KB033315

1

시아란 지음

저승
최후의
날

저승 최후의 날 1

차례

프롤로그

가로등도 없는 어두운 산길을 하얀색 SUV 차량이 헤드라이트에 의지해 달려 내려간다. 도시와 멀리 떨어진 산 속에서 맞이하는 초여름 밤하늘에는 별빛이 한 양동이 쏟아부은 듯 펼쳐져 있었다.

운전대를 잡은 것은 젊은 여성이었다. 지리산 민속학 연구센터에 근무하는 김예슬 연구원은 지리산 형제봉 천문대에서 고등학교 동창 채호연을 태우고 내려오던 길이었다.

"한밤중에 찾아오느라 고생 좀 했어. 천문대는 다 이렇게 외진 곳에 있는 거야?"

"아무래도 시내에 가까우면 사람 불빛이 들어와서."

천문학과 박사과정인 호연은 천문대에 별을 관측하러 온 길이었다.

"어쩌다가 혼자 덜렁 지리산까지 내려온 건데?"

"교수랑 싸웠거든."

"아……."

호연은 예슬에게 자신이 어쩌다가 한밤중에 천문대에 고립되었는지 신세 한탄을 시작했다.

이야기는 호연이 지도교수와 대판 싸운 한 달 전으로 거슬러 올라갔다. 호연이 제안한 연구 계획서를 교수가 묵살했고, 학교와 계약된 천문대의 관측 슬롯은 같은 연구실 포닥Post-doc 선배에게 넘어갔다. 호연은 교수에게 따졌고, 교수는 후배인 호연이 양보해야 한다고 주장했고, 호연은 그럼 자신은 무얼 연구해야 하느냐고 따졌고, 교수는 과거의 천문 데이터부터 제대로 뒤지라고 훈계했다.

"원래 천문학 연구를 하려면 눈으로 별 본다고 해결되는 거 아무것도 없는 거 알아? 별 사진 이런 거는 별로 쓸모가 없고, 전문적인 천문대에서 관측한 데이터를 봐야 해. 그런데 한고식 교수 그 싸가지…… 미안, 우리 교수가, 그렇게 나오는 거야. 내가 요 몇 달 사이에 패턴이 바뀐 별이 있다고, 그걸 들여다보고 싶은 거라고 몇 번을 말해도, 아무튼 옛날 자료부터 보고 오래."

오기가 치솟아 오른 호연은, 포털 지도 검색에 '천문대'라는 세 글자를 타이핑했다. 연구에 실질적 도움은 안 되더라도, 관심을 가진 연구 대상에 한 걸음이라도 더 다가가고 싶은 마음에서였다.

"편하게 예약할 수 있는 데가 여기뿐이더라구. 그래서 고속버스 타고, 또 남원 시내에서 셔틀버스 갈아타고 온 것까진 좋았는데, 열심히 별을 들여다보다가 정신을 차려 보니 영업 시간 끝났다고 나가래. 일반 손님 상대로는 오전 한 시까지만 개방한다면서…… 그래서 나와 봤더니 셔틀버스가 없어. 막차가 오후 여덟 시면 끊긴대. 직원한테 따졌더니 당연히 차 가져온 줄 알았다잖아. 누가 지리산에 차도 없이 오느냐면서. 아니 셔틀버스는 그럼 뭐하러 운행하는 건데? 천문대 셔틀버스가 밤 되면 끊기는 게 말이 돼?"

속에 얹혀 있던 말이 많았는지 끝도 없이 투덜거리는 호연을 보며, 예슬은 쓰게 웃었다. 답답한 마음에 고개를 설레설레 젓던 호연은 곧 맥없이 중얼거렸다.

"이렇게 꼬일 줄 알았으면 그냥 오지 말 걸 그랬나 봐…… 어차피 연구에는 도움 하나 안 될 거…….''

핸들을 크게 꺾어 심하게 굽은 커브 길을 통과하자, 룸미러에 걸린 로켓이 달랑달랑 흔들렸다. 줄에 매달린 십자가 모양의 작은 로켓에는 어린 여자아이가 활짝 웃는 빛바랜 사진이 담겨 있었다.

커브를 빠져나오자 한동안은 곧은길이 이어졌다. 예슬은 곁눈질로 호연을 바라보며 수다를 이어갔다.

"그래서, 뭐에 꽂혔는데 이번엔?"

"알두스."

전공 분야의 이야깃거리가 주어지자마자 호연은 흥이 올라 설명을 시작했다. 밤하늘 별자리 가운데 궁수자리와 염소자리 사이에 외따로 떨어진 그리 밝지 않은 별로, 한동안은 천문학자들이 붙인 복잡한 코드명으로 불려 왔다. 제대로 된 이름이 붙은 것도 비교적 최근의 일로, 이름의 출전은 비잔틴 제국 시대 철학 서적에 남은 희박한 기록에 근거하고 있었다.

예슬은 그런 호연을 흘끗 바라보며 빙긋 웃으며 말했다.

"그 별이 뭐가 그렇게 대단한데?"

"요새 핫한 깜빡이별, 그러니까 변광성이야. 깜빡거리면서 밝기가 주기적으로 바뀌는 별을 말하는데, 보통은 일정하게 깜빡여. 그런데 요 몇 달 사이에 깜빡이는 속도랑 밝기가 갑자기 바뀌었는데, 이런 경우는 정말 드물어서 말이지. 학계에서 알 만한 사람들은 다 들여다보고 있다는데, 나라고 빠질 수는 없잖아. 그래서 데이터 좀 뽑아 보겠다는데, 그 망할 교수가……."

말을 이어가던 호연은 버럭 성을 냈다. 지도교수에 대한 울분이 가시지 않은 모양이었다.

"아 진짜, 인생에 도움이 안 돼! 송원대학교 한고식 교수 확 죽어버리면 안 되나?"

예슬은 워 워 소리를 내며 호연을 진정시켰다.

"화 많이 났나 보다, 호연이."

"화가 안 나게 생겼어?"

"그래도 그런 말 함부로 하는 거 아니야. 나중에 벌 받을라."

호연은 꺄르르 웃고는 맞받아쳤다.

"뭐 누구한테? 하느님한테? 부처님한테? 염라대왕한테?"

예슬은 어깨를 살짝 으쓱해 답을 대신했다. 호연은 한숨을 가볍게 폭 내쉬고는 조수석 의자에 새삼 폭 하고 파고들어 앉았다.

"모르겠다. 그런데 이 정도로 시달렸으면 죽어서 염라대왕님도 용서해 주지 않을까? 포닥 선배 챙겨 준답시고 장학금 빼먹어, 논문도 제대로 안 봐 줘, 연구 승인도 안 해 줘…… 이 정도면 갑자기 비명횡사로 확 죽어도 업보라고 쳐 주지 않을까? 그냥 적당히 앞으로 넘어져도 뒤통수 깨지라고 빌기만 하는 것도 안 되나?"

정말 무슨 모략을 꾸미기라도 하려는 양 흥분하여 목소리를 높이는 호연을 보며 예슬은 피식 하고 웃었다. 저런 걸 진지하게 꼬치꼬치 따지고 있는 광경을 보니, 예슬이 알던 친구 호연이 맞았다.

"그래, 그래. 몇십 년 뒤에 저승 가면 한번 잘 빌어 보도록 해. 요 밑에 마을에 산신령님도 죽어서 좋은 데 보내 주는 걸로 영험하다는데 내일 한번 구경이나 가 볼래? 교수 망하라고 빌든지."

"뭐 대단한 거라도 있어?"

"저쪽 복사골이라는 마을에 오래된 산신각이 하나 있는데, 거기 산신령님한테 진심으로 빌면 죽어서 천도복숭아 나무 밑에 떨어져 복숭아는 원 없이 먹는다더라."

"요새도 그런 데가 있네……."

차는 다시 산자락을 따라 급한 커브를 돌았다. 커브를 돌자

차는 마침 남서쪽을 향했고, 호연은 못내 아쉬운 듯 그쪽 밤하늘을 가리켰다.

"그 알두스란 별이 저기 있거든. 맨눈으로는 안 보이는데."

"내일도 천문대에 별 보러 갈 거야?"

"태워다 주면."

툭 하니 말하고 호연은 겸연쩍게 웃었다.

"아니, 그렇게까지 수고를 끼칠 수는 없겠네, 내일은 일요일이고. 미안해서."

"일단 내일 아침에 생각해 보자."

다시 커브길을 만나 예슬이 핸들을 왼쪽으로 꺾으려던 순간이었다.

갑자기 전방에 눈부신 섬광이 터졌다. 어둠에 잠겨 있던 시야가 갑자기 희게 물들었다. 짧은 비명과 함께 예슬은 급히 브레이크를 밟았다. 커브를 앞두고 서행하던 중이었기에 차가 이상한 데로 가지는 않았지만, 급브레이크의 충격이 온몸에 느껴졌다.

"예슬아!"

"괜찮아! 섰어! 지금 뭐야?!"

"몰라! 뭐가 번쩍했어!"

호연은 부신 눈을 게슴츠레 떴다. 시야가 조금 회복되자, 하늘에 이변이 일어난 것이 보였다.

"예슬아, 저기 저거."

호연은 운전석 창문 너머로 밤하늘을 가리키고는 허둥지둥 안전벨트를 풀고 차에서 내렸다. 그리고 도로 끄트머리의 가드레일을 손으로 짚고 염소자리와 궁수자리 사이의 하늘을 바라보았다. 조금 전까지는 맨눈에 띄지 않던 별이 엄청난 밝기로 빛나고 있었다.

뒤따라 차에서 내린 예슬도 그 광경을 바라보았다. 호연은 손가락으로 별을 가리키며 더듬더듬 말했다.

"저기 저거, 알두스야…… 알두스가 터졌어."

"터진…… 거야?"

"어, 아마도……?"

두 사람은 잠시 넋을 놓고 하늘을 바라보았다. 하늘의 어떤 별보다도 밝은, 밤하늘의 보름달보다 밝은, 그 주변에 있을 목성조차도 가릴 정도의 눈부신 빛이, 마치 밤의 검은 장막에 빛으로 구멍을 낸 것처럼 하나의 작은 별로부터 터져 나오고 있었다.

호연은 섬광을 토하는 알두스를 멍하니 바라보았다. 심장이 두근거렸다.

"어 저거, 저거 관측해야 하는데 저거. 초신성 같은데…… 현대 천문학이 500광년 안쪽 범위에서 초신성 관측하는 거 처음이거든."

그리고 다음 순간, 호연과 예슬은 눈앞뿐 아니라 등 뒤 또한 밝아지는 걸 깨달았다.

뭐지, 하고 돌아보자마자 짐을 잔뜩 실은 1톤 트럭의 헤드라이트가 눈에 들어왔다. 피하기에는 이미 너무 가까이 있었다. 상황을 판단할 겨를조차 없었다.

트럭은 커브를 돌자마자 멈춰서 있던 예슬의 SUV를 충격했고, 튕겨 나온 차체는 길가에서 별을 바라보던 예슬과 호연을 덮쳤다. 우지끈 하는 소리와 함께 두 사람은 가드레일 너머 산비탈로 튕겨 나갔다. 호연의 사고가 정지했다. 어느새 하늘을 날고 있었다. 하늘과 땅이 순식간에 열 번도 넘게 뒤바뀌었다. 하늘이 보일 때마다 알두스의 섬광이 시야를 지배했다. 봐야 하는데. 관측해야 하는데, 알두스를.

시야가 나뭇가지로 가려진 다음 순간, 고통이 온몸을 짓눌렀다.

호연은 예슬을 찾으려 했다. 목소리가 나오지 않았다. 허리가 많이 아프다가 아프지 않게 되었다. 곧이어 끔찍한 두통이 엄습하다가 사라졌다. 목구멍에서 느껴지던 피 맛이 가셨다. 빛나던 알두스의 섬광은 우거진 나무 그림자에 가려서인지 보이지 않게 되었다. 갑자기 초등학교 졸업식이 떠올랐다. 고등학교 때 잠시 사귄 남자친구, 대학교 MT, 석사논문 쓰다 밤 샌 것, 교수와 싸운 기억, 망원경 너머로 본 알두스.

시야가 완전히 검어지고 더는 아무 생각도 떠오르지 않게 되었다.

2020년 6월 7일 오전 2시 48분, 채호연과 김예슬은 사망했다. 이 세상의 다른 모든 이들보다 조금, 아주 조금 일찍.

1장

시야가 밝아졌다. 어둑어둑한 하늘이 보였다.

호연은 한동안 눈을 감았다 떴다 하기를 반복했다. 이상하게 지치면서도 동시에 개운한 기분이었다. 자신이 왜 이런 곳에 누워 있는 건지 잠시 생각하던 호연은, 조금 전 있었던 일을 기억해 내고 누워 있던 자리에서 솟구쳐 일어났다.

차량 사고가 난 뒤 가드레일 너머로 튕겨져 나온 듯했다. 호연은 자신의 몸 상태를 점검했다. 뜻밖에 다친 데라곤 전혀 찾을 수 없었다. 옷자락이 약간 찢어지고 여기저기 베인 듯한 상처가 있었지만, 큰 부상은 없어 보였다.

"이럴 수가 있나……?"

호연은 옷에 묻은 흙먼지를 털어 내며 중얼거렸다.

하늘은 구름 한 점 없이 어두운 검보라빛을 띠고 있었다. 알두스는 물론이고 그 어떤 별도 보이지 않았다. 호연은 자신이 동이 터 오도록 정신을 잃고 있었던 게 아닌가 싶어 섬뜩해졌다.

"예슬아! 김예슬!"

같이 사고를 당했던 친구를 소리쳐 불러 봤지만, 아무 응답이 없었다. 주머니에 넣어 두었던 휴대전화를 꺼내 구조 요청을 하려 했지만, 도둑이라도 맞은 듯 주머니는 감쪽같이 텅 비어 있었다. 호연은 심호흡을 하고 상황을 정리했다. 자신은 산속에 고립되어 있고, 사고를 당했다. 예슬은 보이지 않는다. 그럼 무얼 먼저 해야 할까? 도움을 요청하는 게 급선무였다.

호연은 어느새 어둠이 내린 숲을 둘러보았다. 어떤 건물인지는 알 수 없지만, 숲 저 너머에 높은 탑으로 보이는 것이 있고 그곳 옥상에 상당히 강한 빛의 조명이 켜져 있었다. 산속이 아니라면 등대로 착각할 정도의 밝은 빛이었다.

"지리산에 저런 건물이 있었던가?"

의아하게 여기면서도, 호연은 건물 쪽으로 다가가 보기로 결심했다. 호연이 비탈을 내려가기 위해 눈앞에 우거진 나뭇가지를 손으로 걷어 낸 순간,

"아얏."

갑자기 맹렬한 통증이 호연의 팔을 달렸다. 반사적으로 거두어 들인 손등에는 흉하게 베인 상처가 나 있었다. 피가 흘러 내렸다. 대체 무엇에 베인 건지 당황스러운 마음으로 나뭇가지

를 바라본 호연은, 이내 두 눈을 휑뎅그레 뜨며 놀랄 수밖에 없었다.

방금 걸어 내려 한 나뭇가지는 나뭇가지가 아니었다. 그보다는 나무 줄기에 굉장히 정밀하게 깎은 나뭇잎 모양의 강철 칼날에 가까웠다. 잔뜩 매달린 칼날을 흔한 나뭇잎인 줄 착각하고 쓸어 넘기려 했으니 이만한 것이 다행이었다. 조금 전 호연의 손이 닿았을 때 묻은 피가 칼날 위에 방울방울 맺혀 있었다.

"이게 뭐야……."

생전 처음 보는 광경에 호연은 숨을 들이삼켰다. 주위를 천천히 둘러보자 칼날이 매달린 나무가 한둘이 아니었다. 아니, 사위에 그런 나무들밖에 없었다. 이 숲의 모든 나무는 칼날을 잎으로 기르고 있었다.

"대체 이게 뭐야……? 여기 지리산 맞아?"

오싹하며 마음속으로 굉장한 공포가 밀려 들어왔다. 이상하게도 심박은 더할 나위 없이 차분했지만, 그럴수록 정신은 얼어 죽을 만큼 차갑게 질려 갔다. 호연은 예리한 칼날이 매달린 나뭇가지들을 조심스레 피하며 불빛을 향해 걸어가려 했다. 하지만 한번 공포를 느낀 몸은 쉽게 움직여 주지 않았다.

한 발짝 떼는 순간 발 디딘 곳의 흙이 무너졌다. 호연은 넘어지지 않으려고 반사적으로 옆에 있는 나뭇가지를 확 움켜쥐었다. 순간 손바닥에 뜨거운 통증을 느낀 호연은 비명과 함께 가지를 뿌리쳤고, 그 기세로 산비탈을 굴렀다. 두려움에 몸이 확 움츠러들었다. 굴러 내려가는 내내 스쳐 지나가는 나뭇잎과 풀잎 하나하나가 호연의 피부를 베고 지나갔다. 땅을 짚고 간신히 멈춰선 호연은 온몸이 덜덜 떨리는 것을 느꼈다. 아프고 고통스러웠다. 이 모든 게 대체 무슨 일인지, 여기가 정확히 어딘지, 도무지 영문을 알 수가 없었다.

그때 가까운 곳에서 부스럭하는 소리가 들렸다. 호연은 움찔 놀라 그쪽을 바라보았다. 누군가가 조명을 들고 산기슭을 걸어 올라오고 있었다. 대체 누구일지, 해코지라도 할 사람이 아닌지 긴장하여 망설인 것도 잠시였다. 호연은 온 힘을 다해 고함쳤다.

"사람 살려요!"

걸어 올라오던 인기척이 잠시 멈칫하더니 서둘러 이쪽으로 걸어오는 것이 느껴졌다. 나무들 사이로 비추는 조명이 점점 밝아지고 가까워졌다. 그리고 눈앞의 나뭇가지가 확 젖혀졌다.

소방복 비스무레한 두꺼운 옷을 입은 남성이 랜턴을 들고 서 있었다. 그는 호연을 발견하자 두꺼운 장갑을 낀 손으로 무전기를 꺼내 누군가에게 보고를 넣었다.

"구조73, 3구역 2호산, 인원 발견."

짤막하게 보고 무전을 날린 남성은 호연 쪽으로 다가오며 말했다.

"안심하세요, 선생님. 이제 괜찮습니다. 선생님 구하러 온 구조대원입니다. 다치셨어요?"

호연은 고개를 끄덕였다.

"나무에, 나무에 베었어요. 나무가 전부 칼이라⋯⋯."

"곧 치료해 드릴 겁니다. 이거 뒤집어 쓰세요."

구조대원이라고 스스로를 소개한 남성은 허리춤에 찬 주머니에서 돗자리 비슷한 것을 꺼내 호연에게 건넸다. 꼭 캠핑용 알루미늄 돗자리처럼 보였다.

"방검포防劍布입니다. 나무에 닿으면 위험하시니까요. 그거 뒤집어 쓰시면 안전하게 하산하실 수 있습니다. 조금만 내려가면 도로구요. 거기까지만 같이 내려가시면 차로 모시겠습니다. 뒤따라오세요."

"네, 네⋯⋯."

평소 같았으면 오밤중 산속에서 자기만 따라오라는 남자의 말에 덥석 뒤를 따라가는 일은 없었겠지만, 상대는 제대로 복장을 갖추고 있었고 호연이 겪은 상황을 대충 파악하고 있는 눈치였다. 호연은 달리 길이 없겠거니, 하며 구조대원의 뒤를 따랐다.

구조대원은 두꺼운 옷과 장갑으로 칼날 나뭇가지들을 걷어내거나 심지어 부러트려 가며 길을 냈다. 호연은 방검포로 온몸을 가린 채 그 뒤를 따랐다. 산비탈을 내려가는 방향이었다.

곧 시야가 조금 트이고, 두 사람은 골짜기를 따라 낸 듯한 비포장 임도林道로 나올 수 있었다. 도로에는 숫자가 잔뜩 쓰인 나무 표식이 세워져 있었다. 구조대원은 그 표식을 보면서 다시 무전을 보냈다.

"구조73, 327호선 48호 지점에서 인원 탑승 대기 중."

그는 호연을 바라보며 푸근하게 웃어 보였다.

"이제 다칠 걱정은 안 하셔도 됩니다. 방검포도 벗으셔도 되고요. 곧 저희 차량이 태우러 올 겁니다."

호연은 그제서야 안도의 한숨을 내쉬었다. 호연은 방검포를 접어서 구조대원에게 돌려주며 물었다.

"저, 실은 같이 교통사고 당한 친구가 있는데요."

"아, 그러셨어요? 혹시 친구분 성함이……?"

"김예슬이요. 신고 못 받으셨어요?"

"김예슬 선생님…… 좀 있다가 차 오면 확인해 봐야겠네요."

구조대원은 조금 난처한 듯 헬멧을 쓴 머리를 긁적였다. 호연은 조금 절박한 심정이 되어 다시 그에게 물었다.

"저기, 저는 크게 안 다쳐서 괜찮았는데, 예슬이는 아까 불러도 대답이 없더라고요. 혹시 크게 다치거나 하진 않았는지 싶어서 걱정되는데요."

그 말을 들은 구조대원은 정말 기묘한 표정을 호연에게 지어 보였다. 쓴웃음인지 측은함인지 모를 정말 이상한 표정이었다. 잠시 어, 하고 말을 고르던 그가 호연에게 뭔가 말하려 할 때 멀리서 차 바퀴에 자갈 튀는 소리가 들려왔다.

두 사람은 누가 먼저랄 것도 없이 그쪽을 돌아보았다. 임도 저편에서 헤드라이트를 켠 승합차 한 대가 달려오고 있었다.

곧 두 사람의 눈앞에 도착한 차에는 정갈한 글씨체로 〈사출산 구조대〉라고 쓰여 있었다. 구조대원이 먼저 운전석 쪽으로 달려가 가볍게 경례를 보냈다.

"수고 많으십니다. 구조 인원 한 명 있고요. 혹시 타고 있는 승객이나 최근에 구조한 분들 중에 김예슬 선생님이라고 계십니까?"

뭐라고 대답을 들은 구조대원은 호연을 향해 손짓했다.

"선생님! 차에 타시면 됩니다!"

"예슬이는요?"

구조대원은 고개를 크게 끄덕였다.

"타고 계십니다!"

호연은 달려가 승합차 문을 열었고, 의자에 조금 퀭하니 앉아 있는 예슬을 발견했다.

"예슬아!"

"……어, 어? 호연이야? 진짜 호연이야?"

호연은 차에 올라타서 예슬의 어깨를 붙잡고 한 번 꽉 안은 뒤에, 옆자리에 앉아 예슬의 손을 어루만졌다.

"눈 떴더니 안 보여서 어떻게 된 줄 알았잖아."

해후의 기쁨을 나누는 두 사람에게 구조대원이 말을 걸었다.

"인사 나누시는 중에 죄송합니다만, 문 닫을게요. 차 출발합니다."

"가, 감사합니다! 들어가세요!"

호연은 급히 그에게 감사 인사를 건넸다. 그러자 구조대원은 빙긋 웃으며 대답했다.

"예, 성불하세요!"

그리고 문이 쾅 닫혔다. 호연은 자신이 되돌려 받은 인사가 도대체 무슨 의미인지 고민에 빠졌다. 그사이 차는 출발했고 덜컹거리며 산길을 달려 나가기 시작했다.

"……숲에 나무들 봤어?"

예슬의 물음에 호연은 고개를 끄덕였다.

"응, 여기 좀 이상하긴 한데. 무슨 비밀 실험구역 같은 데 잘 못 들어왔나, 우리가?"

"말도 안 되는데 말 되는 것 같다, 얘."

"다친 데는 없고?"

"응, 없는데……."

예슬은 대답하다 말고 말끝을 흐렸다. 안색이 금방 어두워졌다.

"……아니다, 일단 좀 두고보자."

호연은 의아해하며 물었다.

"뭐 걱정되는 거라도 있어?"

"있긴 한데, 지금 걱정해도 의미가 없어 보여서 그래. 곧 알게 되겠지."

예슬은 조금 수심 어린 말투로 대답했다.

산속을 달린 지 내략 심십 분쯤 지나면서, 차는 점점 등대를 닮은 건물에 가까워지고 있었다. 아까 호연이 가려던 건물이었다. 거친 자갈길이 끝나고, 시멘트로 포장된 길에 접어들었다. 호연은 창밖으로 건물의 생김새를 살폈다. 사위에 불빛을 비추고 있던 건물은 가까이에서 보니 실제로 등대에 가까운 형태였다. 산속에 있는 것만 아니라면 영락없이 등대라고 믿었을 것이다. 건물 주변으로는 낮게는 단층, 높게는 십여 층으로 보이는 큰 건물들 여러 채가 늘어서 있었다.

차는 그 건물들 사이로 접근했다. 그중 기와로 장식된 지붕을 가진 건물로 차가 들어서자 호텔 리셉션이나 공항 출입국장을 연상시키는 널찍한 장소가 눈앞에 펼쳐졌다. 호연과 예슬을 태운 승합차가 멈춰 섰고 조금 후 밖에서 문이 열렸다. 각 잡힌 정복을 깔끔하게 차려 입은 근무자가 어리둥절한 둘을 건물 안으로 안내했다.

호연과 예슬은 조심스레 두리번거리며 건물에 들어섰다. 유리문을 열고 들어서자 마치 공항의 로비를 꼭 닮은 풍경이 펼쳐졌다. 2층까지 위로 뻥 트여 있는 로비 정면의 높은 곳에 큼지막한 슬로건이 쓰인 간판이 걸려 있었다. 예슬이 먼저 그 간판을 발견하고 발걸음을 멈췄다.

"호연아. 우리 큰일난 거 같아."

"응?"

호연이 되묻자 예슬은 떨리는 손으로 간판을 가리키며 말했다.

"……어째 동네 분위기가 영 이상하다 했어."

간판을 바라본 호연은 잠시 사고가 멎어 버렸다. 동시에, 방금 전에 겪은 많은 일들이 전부 이해되기 시작했다. 분명 많이 다쳤을 줄 알았는데 멀쩡했던 몸, 수상한 칼날 나무들, 구조대원의 기묘한 답인사.

삼가 여러분의 명복을 빕니다
— 저승 진광대왕부 임직원 일동 —

그리고 이 당혹스러운 상황에서도 전혀 두근거리지 않는 심장 박동까지도.

*

조금 멍한 채 걸어다니다 보니 여권 심사대처럼 생긴 부스 앞에 다다랐다.

"성함이 채, 호, 연, 맞으시죠?"

제복을 입은 심사관이 호연에게 물었다. 주변의 시설은 현대적이었다. 질문을 건넨 심사관은 서양식 제복을 입고 있었지만, 손에는 웬 낡은 두루마리가 들려 있었다. 그런데 필기를 한답시고 심사관이 꺼내든 것은 붓이 아닌 만년필이었다. 가슴팍에 붙은 명찰에는 '진광대왕부 출입과 심사관 힌경철'이라고 쓰여 있었다.

"선생님, 성함이요."

독촉에 호연은 화들짝 놀라며 대답했다.

"아, 네. 채호연입니다."

대답을 마치자 심사관은 일사천리로 두루마리를 읽어 나가기 시작했다.

"향년 서른두 살 이시고, 사인은 복합 부위 다발성 골절이시네요. 교통사고 나셨구요. 본인 맞으시죠? 심판 대상 특이사항은 없으시고, 수명부와 대조하여 사망시점 이상 없으셔서…… 정상 사망 처리되셨습니다. 저승에 오신 것을 환영합니다."

"아…… 네……."

"선생님, 이제 사망하셨으니까 앞으로 사십구 일간 일곱 번 재판 받으실 거구요. 특별한 죄가 있으신 경우 세 번의 재판을 더 거치면서 최대 삼 년까지 지연될 수 있습니다. 형벌을 받기로 결정되면 더 오래 계실 수도 있고요."

심사관은 작은 종이 쪽지를 꺼내 도장을 찍은 뒤 호연에게 건넸다. 〈삼도천 정기편〉이라고 쓰여 있는 티켓이었다. 심사관이 찍어 준 도장에는 〈진광대왕부 심사필〉이라는 글자가 박혀 있었다.

"이걸로 진광대왕 심판은 마치셨구요. 이거 들고 대기실 가셔서 기다리시면 열차 편으로 이동하실 거예요. 가시는 길 명복을 빕니다."

"네…… 감사합니다."

이게 꿈인가? 호연은 손에 티켓을 들고 터덜터덜 심사대를 걸어나갔다. 손에 났던 온갖 상처는 어느 틈엔가 아물어 있었다.

저승 입구는 정말 공항처럼 되어 있었다. 공항 로비 같은 곳을 지나 공항 출입국 심사대 같은 곳을 통과해 나오니 대합실 같은 곳이 나타났다. 창문이 없는 방에 벤치가 잔뜩 놓여 있고, 사람들이 드문드문 앉아 있었다. 심사관과 비슷한 복장의 저승 직원들이 군데군데 서 있었고, 면세점은 없었다.

"호연아! 여기."

먼저 들어와 앉아 있던 예슬이 호연을 불렀다. 호연은 종종걸음으로 달려갔다.

"예슬아, 별일 없었어?"

"응. 그냥 이름 물어보고 사인 묻고 보내 주더라."

"사인 말이지……."

호연은 새삼스레 그 단어를 곱씹었다. 조금 전 심사관은 호연의 사인이 복합 부위 다발성 골절이라고 말했다. 전신의 뼈가 조각났다는 의미. 이제 모든 것이 납득되었다. 차에 치여 가드레일 너머 산비탈로 튕겨 나간 호연과 예슬은 그 자리에서 사망했고, 같이 죽어서 저승에 와 있는 것이었다. 대기실을 둘러보자 앉아 있는 사람들 모두 하나같이 무거운 표정으로 침묵하고 있었다. 나이 든 사람들도 많았지만 젊은 사람도 적잖이 보였다. 이들도 다 우리 같은 망자구나, 하고 생각한 순간 호연은 실감하고 말았다.

"진짜로 우리 죽었구나⋯⋯."

예슬은 침울한 표정으로 고개를 끄덕였다.

호연은 대기실 벽에 붙어 있는 커다란 홍보물을 발견했다. 붕 뜬 마음을 진정시키고 싶었던 호연은 뭐라도 알아볼 심산으로 포스터를 향해 터덜터덜 걸어갔다. 호연이 걸어가는 걸 보고, 예슬도 뒤따라왔다.

"왜?"

"벽에 뭐가 붙어 있길래. 뭐라고 써 놨는지 보려고."

지하철 광고판을 연상시키는 커다란 홍보물에는 〈시왕十王저승 안내도〉라는 제목이 붙어 있었다. 공공기관 캐릭터 스타일로 그려진 검은 갓의 저승사자였다. 죽어서 저승에 온 사람들에게 저승의 모습을 간단히 알려주는 포스터였다. 저승에는 열 명의 대왕이 있고, 각 대왕들은 서로 다른 죄목으로 망자들을 심판한다는 것이었다. 짧으면 사십구 일만에 심판이 끝나고 환생하게 되지만, 길면 삼 년까지도 걸릴 수 있다. 호연과 예슬이 있는 이곳은 저승의 첫 번째 심판 장소인 진광대왕부로, 사람이 죽어서 도착하는 사출산死出山 도산지옥刀山地獄에 떨어진 영혼들을 "사출산 구조대"가 구해서 데려오는 곳이라고 소개되어 있었다.

"이런 말 하기는 뭐한데, 배운 거하고 꽤 다르네."

예슬이 쓴웃음을 지었다.

"아, 너 민속학 연구소 다녔었지?"

"응. 딱 이런 문헌 뒤지고 다니고 그랬거든. 영화나 그런 데 나오는 것처럼 저승은 고리타분하게 옛날식으로 생겼을 줄 알았어. 안 그렇구나."

홍보물 하단에는 큼지막한 캐치프레이즈가 쓰여 있었다.

생전에 듣던 것만큼 가혹하지 않아요
만화, 영화와는 많이 다릅니다
겁먹지 마세요

호연은 풋 하고 웃었다. 아니, 지금 여기까지 와서 겁을 안 먹을 사람이 얼마나 있을까? 거기까지 생각한 호연은, 그런 안 내를 보고 웃어 버리기 직전까지는 자신이야말로 잔뜩 움츠러 들어 있었던 것을 떠올렸다. 그나마 긴장이 조금은 풀리는 느 낌이었다.

"……이런 거 보면 우리 진짜로 죽은 거 맞는 거겠지?"

예슬은 고개를 끄덕였다.

"아무래도 그렇겠네."

"어쩌다가 이렇게 되었을까."

호연이 넋두리하듯 말을 꺼내자 예슬은 고개를 떨구었다.

"미안해…… 내가 차 세우지 말 걸 그랬어."

자책하는 예슬을 호연은 황급히 달랬다.

"아니, 그런 뜻이 아니야. 네 탓 아니야. 앞에서 그런 게 번쩍이는데 운전을 어떻게 해."

"그래도."

"별 보겠다고 차 문 열고 내린 것도 나고."

"별…… 그러게, 호연이가 그 별 관측을 했어야 했는데 이렇게 죽어 버려서……."

"아니 그러니까, 네 잘못 아니야. 너무 그러지 마……."

호연은 자책하는 예슬을 다독였다. 계속해서 예슬의 탓이 아니라고 타이르는 호연에게, 예슬은 침통하니 고개를 끄덕이다가 결국 눈물을 터트렸다. 호연으로서는 계속 다독이는 것 말고는 마땅히 더 해 줄 수 있는 게 없었다.

한참 시간이 흐르고 난 뒤, 예슬은 눈가를 훔치며 심호흡을 했다.

"좀 괜찮아졌어?"

걱정하는 호연에게 예슬은 고개를 끄덕여 보였다.

"이미 벌어진 일인 걸 어떡하겠어. 기왕이면 좋은 쪽으로 생각해야지."

그렇게 대답하던 예슬은 살짝 웃어 보였다.

"……어쩌면 예은이 만나겠다."

"아."

호연은 조금 움찔했다. 예슬이 항상 챙겨 다니는 지갑 속 사진이나 자동차 룸미러에도 걸어 둔 로켓 속의 사진은, 어렸을 때 세상을 떠난 예슬의 여동생 예은의 생전 마지막 사진이었다. 함께 여행을 간 계곡에서 불의의 사고로 유명을 달리했다고 들었다. 죽어서 저승에 왔다는 건 어쩌면 죽은 사람들과 해후할 수 있을지도 모른다는 막연한 기대를 주는 일이기도 했다. 안타깝게도 호연에게는 작고한 친지들 중 그만한 애착이 남은 이가 없었다. 하지만 예슬에게 예은은 많이 각별하리라.

"……만날 수 있었으면 좋겠네."

호연의 격려에 예슬은 고개를 끄덕였다. 그 순간, 대기실 안에 딩동댕동하는 방송음이 울려 퍼졌다. 호연과 예슬은 열차가 도착한 건가 싶어 주위를 두리번거렸지만, 그런 것 같지는 않았다. 곧 방송을 통해 조금은 다급한 목소리가 대기실 안으로 흘러들었다.

〈진광대왕부에서 직원들을 비상 소집합니다. 필수 인력을 제외한 모든 직원들은 즉시 비상 지원을 나와 주시기 바랍니다. 실제 상황입니다. 관련 정보는 개별 전파하겠습니다. 이상 통제실이었습니다.〉

딩동댕동. 산뜻한 종료음과 함께 방송이 끝났다. 대기실 안을 서성이던 저승 직원들은 부리나케 직원 전용 통로 쪽으로 잰걸음을 옮기기 시작했다.

"무슨 일 났나?"

"글쎄……?"

호연은 그 광경을 의아한 눈빛으로, 예슬은 조금 심란한 시선으로 바라보았다.

*

'사람은 죽어서 열 명의 대왕에게 심판을 받고 다시 새 몸뚱이를 입고 태어난다.'

　아시아의 여러 나라들의 전통에서 흔히 이야기하는 저승의 모습이지만, 실제 저승의 생김새는 그리 간단하게 생기지 않았다. 떠도는 영혼을 구해 오고, 죄가 무거우면 그 죄를 갚게 만들고, 알맞은 길로 인도해 다시 이승으로 내려 보내는 일. 이 모든 일들이 거저 해결되는 게 아니었다. 저승이라고 해도 결국 이승에서 살다 온 망자들이 모여 만드는 장소이고, 누군가는 일거리를 도맡아 처리해야 했다. 저승의 여러 대왕들부터 현장을 뛰는 저승사자와 역사力士들에 이르기까지, 수많은 망자들이 저승을 관리하고 있었다.

　최초의 어머니가 삼도천을 건너 저승에 도달한 이래, 염라대왕의 관청은 저승의 중심 역할을 해 왔다. 대왕이 열 명으로 늘어나며 '시왕十王저승'으로 정착되고, 저승의 관원官員들이 계속 늘어나는 등의 변화를 겪으면서, 염라대왕부는 저승 전체를 아우르는 심장부 역할을 하게 되었다. 최고 결정권자인 염라대왕이 주기적으로 은퇴하며 새 대왕을 맞을 때마다, 저승의 모습은 조금씩 변화했다. 가혹한 지옥이 완화되다가 마침내 사라지고, 육도 윤회의 해석 방법이 바뀌고, 대왕의 심판 업무가 판관에게 위임되고, 마침내 전근대의 동양식 관료제를 답습하던 저승 전체가 현대적 관료 사회로 변화하기에 이르렀다.

현재 시왕저승은 망자의 심판을 관장하는 열 명의 대왕부大王府와 그들의 사무를 돕는 여섯 곳의 소육왕부小六王府로 구성된 십육 부 체제의 거대한 조직이다. 그 중심인 염라대왕부는 현대화의 과정 속에서 비서실을 새로이 설치하였다. 과거에 염라대왕이 다른 저승 왕들에게 명령하고 지시하던 것을 대리하는 부서로, 위임 받은 일부 행정 업무를 염라대왕의 이름으로 대행하는 것은 물론 저승 왕들 간의 이견 조율까지 처리하는 요직要職이었다. 비서실이 설치되면서 비서실장의 자리에 임명된 것은 생전에 학동學童이었던 유능한 저승 판관 이시영이었다.

비서실장 이시영은 사무실에서 신임 저승사자 임명안을 재가하던 중 긴급 연락을 받았다.

"염라대왕부 비서실장 이시영입니다. 말씀하세요."

이승의 모습을 본따 저승에 설치된 무선통신망을 통해, 진광대왕부 서기관의 급박한 목소리가 시영의 통신기에 날아들었다.

〈진광대왕부 서혜지 서기관입니다. 사출산에 대량의 망자가 발생한 게 확인되었습니다. 예상을 벗어나는 숫자입니다.〉

사람의 영혼이 죽어서 시왕저승에 떨어지면 서승의 입구인

사출산에 나타나게 된다. 칼이 자라는 나무 사이에서 헤매는 망자의 영혼을 저승으로 맞이하기 위해 저승의 최전선인 진광대왕부에서는 사출산 구조대를 운용하고 있지만, 이처럼 한꺼번에 수많은 사람들이 갑자기 사망하면 구조 활동에 병목이 생긴다. 진광대왕부의 서기관은 이 같은 상황을 보고하고, 진광대왕의 지시에 따라 대기 중인 구조대원들을 전부 출동시켰다고 보고했다.

"알겠습니다. 또 상황 보고해 주기 바랍니다."

시영은 통신을 끊고 의자에 기대 앉아 이마를 짚으며 한숨을 내쉬었다. 저승이 바빠졌다는 이야기는 이승에서 비명횡사한 사람들이 생겼다는 이야기였다. 대체 무슨 일이 벌어진 것인지 아직은 파악할 수 없었지만, 이토록 많은 망자가 한꺼번에 저승으로 오는 것은 보통 재난이나 재해가 벌어졌음을 암시했다. 태풍이나 홍수로 수백 명씩 죽는 경우도 있었다. 큰 전쟁이 터질 때는 말할 것도 없었다. 다리가 끊기고 건물이 무너지고 배가 가라앉아 넘어온 망자들을 맞이했을 때의 비통함은 도무지 익숙해지지 않았다.

시영은 책상 위에 장식품으로 둔 복숭아 나뭇가지를 바라보았다. 그에게 많은 가르침을 주었던 스승인 지리산 산신령 '산신노군山神老君'이 하사한 물건이었다. 잎도 꽃도 피어 있지 않은 채 대좌에 가만히 올려져 있을 뿐인 나뭇가지였지만, 바라볼 때마다 언제나 생기가 느껴졌다. 심란한 마음에 그 가지를 응시하고 있자니, 스승의 오래된 가르침이 떠올랐다. 시영은 한탄했다.

"……노군께서 말씀하셨지. 사람이 지상에 갔다가 저승으로 돌아오는 데에는 순서가 없다지만, 그 순서를 스스로 결정하지 못한 사람들에게는 연민이 있어야 하는 법이거늘……."

안타까움에 자기도 모르게 혀를 차고서, 시영은 벨을 눌러 비서관을 호출했다.

"실장님, 부르셨습니까?"

염라대왕부 비서실의 강수현 비서관은 이시영 비서실장의 직속 보좌관이었다.

"예. 진광대왕부에서 망자 대량 발생 보고가 들어왔습니다. 염라대왕께 간략히 구두 보고해 주시고, 다른 비서관들은 현장 상황 파악해서 리포트 짜라고 지시해 주세요. 내가 좀 있다가 직보直報 올리겠습니다."

이처럼 한 번에 많은 망자가 넘어왔을 때 취해야 할 업무 지시는 대체로 비서실 업무 규정에 따라 정해져 있었다. 시영은 막힘없이 지시를 내렸고, 강수현 비서관은 그 내용을 낱낱이 받아적었다.

"알겠습니다…… 실장님, 핸드폰이요."

그때, 수현이 책상 위에서 요란하게 깜빡이는 시영의 통신기를 가리켰다. 시영은 고개를 끄덕이고 통신에 응답했다.

"염라대왕부 비서실장 이시영입니다. 말씀하십시오."

〈방금 연락 드린 진광대왕부 서혜지입니다. 추가 긴급 보고 드립니다.〉

"무슨 일입니까?"

〈망자 출현 속도를 구조대가 감당할 수 없을 것 같습니다. 확인된 망자 수가 오천 명을 넘어섰습니다.〉

"……지금 오천 명이라고 했습니까?"

〈네. 무서운 속도로 늘어나고 있습니다. 비번인 구조대원들을 전부 내보내도 불가능한 상황입니다. 진광대왕께서 비상 선포에 동의를 요청하라고 지시하셨습니다.〉

상황이 심하게 좋지 않았다. 이렇게 되면 비서실이 정한 규정만 따르며 대응하기에는 불안했다. 시영은 대기 중이던 수현을 손짓으로 불렀다.

"수현 군, 보고 준비 내리지 마세요. 현장에 제법 큰 난리가 난 모양입니다."

"어, 네……."

시영은 다시 통신기에 대고 말했다.

"진광대왕부의 비상 선포에 동의합니다. 사태 파악을 위해 직접 그쪽으로 가겠으니 대왕께 전달 바랍니다."

〈알겠습니다. 감사합니다.〉

시영은 통신을 끊고 자리를 박차고 일어났다.

"수현 군, 아무래도 진광대왕부로 가야겠습니다. 구름차 좀 꺼내 와 주세요."

"네, 준비하겠습니다."

잠시 후 시영은 염라대왕부 청사를 나섰다. 청사 앞에는 염라대왕부 관용차를 몰고 온 수현이 대기하고 있었다. 관용차의 겉모습은 고급 세단이었지만, 본질적으로는 저승 차사들이 예로부터 타고 다니던 날아다니는 구름이었다. 이른바 '구름차'. 저승 안을 빠르게 누비기에 이보다 좋은 교통 수단은 없었다.

수현이 모는 구름차는 염라대왕부를 빠져나와 하늘로 날아올랐다. 일렬로 늘어선 여러 대왕부의 하늘을 차례로 지나며, 구름차는 저승의 입구를 향했다. 초강대왕부와 진광대왕부 사이에는 그 유명한 삼도천三途川이 흐르고 있었다. 과거에는 배를 타고 건너야 했던 삼도천에는 이제 튼튼한 철교가 놓여 진광대왕부에서 쉽게 건너올 수 있게 되어 있었다. 구름차는 삼도천 철교 상공을 지나 사출산 가운데 등대처럼 높이 솟은 진광대왕부 청사에 도착했다.

공중을 건너는 구름차가 내려앉을 수 있도록, 청사의 팔 층 테라스에는 외부로 돌출된 정차장이 있었다. 구름차가 들어오는 것을 보고 정차장으로 허겁지겁 뛰어나오는 이가 있었다. 소방 근무복을 입고 손에 통신기를 든 그는 다름 아닌 진광대왕이었다. 시영은 차에서 내려 그와 악수했다.

"오랜만에 뵙습니다, 진광대왕님."

"그러게 말입니다. 오랜만인데, 이거 참, 이런 상황에 뵙게 됩니다. 통제실로 안내하죠."

순직한 소방관 출신인 진광대왕은 사출산 구조대를 개편하여 성공적으로 운용해 온 망자 구조 전문가였다. 그런 그의 안색이 흙빛이었다. 시영은 수현을 대동하고 진광대왕의 안내를 따라 통제실로 이동했다. 이동하는 와중에 진광대왕은 시영에게 믿기지 않는 사실을 보고했다.

"망자 수가 얼마라고 하셨지요?"

"보고 드렸을 때보다 더 늘었습니다. 지금은 만 명이 넘습니다."

"예?"

어지간한 대형 재난으로도 나오기 어려운 숫자였다. 전 세계의 모든 죽음이 시왕저승을 향하는 것은 아니었기에, 하루에 시왕저승으로 오는 망자의 수는 보통 많아야 사오백 명 수준이었다. 대형사고가 터져도, 맞이해야 할 사망자 수가 수십 명을 넘으면 그것은 참사 수준이었다. 그런데 무려 만 명이라니. 시영은 조심스럽게 가장 끔찍한 가능성을 입에 올렸다.

"재난…… 정도가 아니겠군요. 전쟁이겠습니까?"

"이 속도에 이 사망자 숫자면 그렇게 볼 수밖에 없지 않겠습니까? 화생방 계통의……."

시영은 원자폭탄이 떨어졌을 때 재일조선인 사망자들을 맞이하던 순간을 떠올리고는 잠시 머리가 떵해지는 기분을 느꼈다.

진광대왕부 중앙통제실에 도착하자, 이미 실내는 아수라장이었다. 구조대의 통신을 중계하는 데 전 직원이 달라붙어 있었다. 망자를 초강대왕부로 보내는 열차편의 운행 관리조차 포기한 상황이었다. 진광대왕이 초동 대응 조치를 설명했다.

"일단 망자들을 구해 오는 게 급선무라, 열차 운행 관련 직원들이나 내근 직원 전부를 비상 대기시켰습니다. 지상으로 나갔던 저승사자들도 복귀하는 대로 출입과로 지원 보내 망자 구조에 투입할 예정입니다."

시영은 잠시 고민한 뒤 진광대왕에게 요청했다.

"혹시 복귀한 저승사자가 있습니까? 만나 볼 수 있을까요?"

"지금 들어오고 있을 겁니다."

때마침 검은 양복을 입은 저승사자 여러 명이 통제실로 들어왔다. 이승에서 돌아오자마자 통제실로 호출된 그들은 모두 어리둥절한 표정이었다. 시영이 자신의 신분을 소개하자 저승사자들은 황급히 고개를 꾸벅거리며 인사를 올렸지만, 시영은 그걸 물리고 급히 물었다.

"사자께선 이승에서 방금 올라왔지요? 혹시 전쟁이 난 겁니까?"

저승사자는 고개를 가로저었다.

"아니요, 전혀……."

저승의 수명부에 기록된 천수天壽와 실제 사람이 사망하는 시점 간에는 제법 오차가 있기 때문에, 천수를 다한 망자의 영혼을 직접 거두어 오거나 예기치 못한 죽음으로 원혼이 된 망자의 영혼을 수습하는 것이 저승사자들의 주 업무였다. 지금 복귀한 저승사자들은 모두 수명을 다한 이들을 저승으로 데려오기 위해 내려갔다가, 그들이 모두 이미 사망해 있어서 빈손으로 복귀한 상태였다. 기이하게도 죽은 이들 모두가 마치 자연사한 것처럼 자려고 누운 자리에서, 또는 심야에 일상적인 생활을 하다가 그대로 숨이 끊어져 있었다. 이승에 재해나 전쟁의 조짐은 없었다. 하지만 시영은 여전히 의구심을 떨치지 못하는 상태였다.

"그래도 외부 요인 없이 이렇게 많은 인원이 동시다발적으로 사망한다는 것은 있을 수가 없는 일입니다. 일종의 신무기를 사용한 전쟁일 가능성은 없겠습니까?"

진광대왕은 팔짱을 끼고 고민에 잠겼다.

"가능성은 있습니다…… 확인해 볼 수 있는 방법이 있겠습니다."

진광대왕은 한 가지 가설을 제시했다. 만약 어떤 기습 공격에 의해 대량 사망이 일어난 것이라면, 공격은 인구 밀집 지역인 대도시를 목표로 했을 가능성이 높았다. 서울, 부산, 평양 같은…… 지금 사출산 구조대가 구조해 온 사람들의 사망 지역을 조사해서 대도시에 집중된 것으로 나타난다면 어떤 무기에 의한 공격을 의심해 볼 여지가 있다는 것이었다. 시영은 진광대왕의 가설에 동의했고, 진광대왕은 바로 조사에 들어갔다.

"거기 사자들, 구조대 지원 가기 전에 지금 구조된 망자들 사망 지역부터 조사해 주게. 다 기록할 필요는 없어. 특정 지역인지, 대도시인지, 전국인지 분위기 파악만이라도 부탁하네."

저승사자들은 지시를 받고 통제실을 뛰어나갔다. 얼마 지나지 않아 보고가 올라오기 시작했다.

〈대도시 사람들만 사망한 게 아닙니다. 도시 사람들이 많기는 한데 딱 그 동네 인구만큼 많고요. 외진 산골 살던 사람들이나 바다에 있던 선원도 있습니다.〉

보고를 받은 진광대왕은 머리를 벅벅 긁으며 신경질을 냈다.

"이건 말이 안 되는데. 전국적으로 갑자기 사람들이 죽어나가기 시작했다고?"

시영도 당혹스럽기는 마찬가지였다.

"이런 일은 저도 처음입니다…… 사망자 수 혹시 계속 늘어나고 있습니까?"

통제실 책임자는 시영과 진광대왕에게 사망자 수가 이만 명을 돌파했다는 사실을 보고했다. 그 짧은 시간 안에 사망자 수가 두 배로 늘었다. 점점 통제실 안의 분위기는 당황에서 공포에 가까워지고 있었다.

그때였다. 조금 전 조사를 위해 내려갔던 저승사자 중 하나가 통제실로 다시 뛰어 들어왔다.

"대왕님! 비서실장님! 보고드릴 게 있습니다! 망자 대량 발생의 원인을 안다는 망자를 찾았습니다!"

"뭐라고?"

"정말입니까?"

진광대왕과 시영이 화들짝 놀라 바라보는 가운데, 저승사자
가 통제실로 망자 두 명을 안내해 왔다.

*

"나는 죽으면 천사들이 데리러 올 줄 알았는데."

예슬이 툭 던진 말에 호연은 웃었다.

"그게 아니어서 실망한 거야?"

"그냥 좀 놀라워서. 정말 저승에 염라대왕이 있을 줄은 몰랐지."

"네 연구주제 아니었어? 민속 문화 속 사후세계."

놀리듯이 건넨 호연의 말에 예슬은 사뭇 진지하게 고개를 끄
덕였다.

"그건 그렇지만서도 말이지. 우리 집안은 다 기독교였고 일
단 나도 다른 종교 가져 본 적이 없으니까."

호연은 예슬의 말에 고개를 끄덕였다. 꾸준히 교회를 나가는
것은 아니었지만 예슬이네 집안 전체가 꽤 신실한 기독교인이
라는 것은 알고 있었다. 무슨 만화나 영화에서처럼 죽어서 정말
저승 시왕을 만난다고 해도, 갑자기 실감이 나지는 않으리라.
그렇게 생각하던 호연은 문득 떠오른 듯 예슬에게 물었다.

"그런데 예슬아. 사람…… 좀 많아지지 않았어?"

"그러게?"

열차가 온다더니 오는 조짐은 없고, 들어오는 이들의 숫자는

계속 늘고 있었다. 조금 전에는 넓은 대기실이 거의 텅 비어 황량함마저 느껴졌는데, 어느 틈엔가 오가는 이들이 서로 부대낄 정도로 늘어나 있었다.

"다른 데서 기다리다가 온 걸까? 왜, 비행기 탑승 시간 가까워지면 게이트로 다들 오잖아."

그렇게 이해해 보려는 예슬이었지만, 호연은 고개를 가로저었다.

"그런 문제만은 아닌 것 같아."

호연은 벽에 설치된 전광판을 가리켰다. 열차 도착까지 남은 시간을 안내하던 전광판에는 열차 도착이 지연되고 있다는 안내만 표시되고 있었다. 호연은 께름칙한 기분을 느꼈다. 저승 가는 열차가 갑자기 안 온다는 상황도 당황스러웠지만, 갑자기 늘어난 인파는 더욱 이해하기가 어려웠다. 여기 온 이들은 모두 죽은 사람들이었다. 사람이 이렇게 한꺼번에 많이 죽을 수가 있는 건가?

그때 그녀들이 앉은 자리 앞을 한 망자가 지나갔다. 잔뜩 성이 난 듯했다.

"아니 이게 말이 돼? 자다가 갑자기 죽는다는 게?"

"진정해요. 나도 책 보다가 눈 뜨니까 여기인데."

"한날한시에 비명횡사라니 이게 무슨 말도 안 되는 소리야 도대체!"

비명횡사.

석연치 않은 단어에 의심을 품은 호연은 다른 망자들의 수군거림에도 귀를 기울여 보았다.

"차 몰다가 앞이 캄캄하더니 갑자기 칼 산에서 깨어나서는……."

"게임하다가 정신 차리니까 죽었다고요……."

"속이 메슥거리더니 갑자기 정신줄을 놓은 거야 글쎄……."

호연은 지금 이 대기실에 온 망자들의 사인도, 구성도 죄다 이상하다는 것을 알게 되었다. 일단 인원 구성부터가 이상했다. 젊고 어린 이들이 너무 많았다. 그리고 하는 말을 들어 봐도 죽을 만한 사건에 맞닥뜨린 이가 없었다. 모든 이들이 공통적으로 말하는 것은 죽을 이유가 없었다는 점이었다. 호연은 모골이 송연해지는 것을 느꼈다.

"호연아, 왜 그래?"

"지금 이 사람들 전부…… 갑자기 죽어서 여기 온 거 같아."

"뭐? 그, 그게 무슨 소리야?"

"우리처럼 사고를 당하거나 한 게 아니라 자다가, 일상 생활 하다가 갑자기 죽은 거라고."

그때 호연의 뒷자리에서 흘러나온 말소리가 호연의 귓가로 스며들었다.

"하늘 참 예쁘다 하고 구경하고 있었더니 갑자기 머리가 띵 해지는 거 아냐."

호연은 벌떡 일어나 고개를 들이밀었다.

"저, 저기요! 하늘이 예쁘다니 그게 무슨 말이에요?"

갑자기 질문을 받은 젊은 청년은 깜짝 놀라 허둥거리다가 호연의 질문에 대답했다.

"아, 아니…… 여기 오기 전에 마지막으로 본 게 그건데요. 하늘에 엄청 밝은 별이 뜨더니 하늘에 막 색색이 구름이 떠서, 구경하다 보니까 머리가 멍해지고 여기 왔다고요. 왜요?"

호연은 고개를 끄덕끄덕 하고는 다시 자리에 털썩 주저앉았다. 호연의 머릿속에서 한 가지 가설이, 너무 험악한 가설이 고개를 들기 시작했다. 예슬은 옆자리에서 호연의 심상치 않은 표정을 살피더니 호연에게 물었다.

"너 혹시 뭐…… 짐작 가는 거라도 있는 거야?"

"……"

호연은 고개를 끄덕였다. 하지만 스스로도 확신할 수가 없었다. 이게 맞을까? 가당키나 한 일일까? '그것'이 정말로 사람들을 죽일 만큼 강할까?

호연의 생각은 대기실에 뛰어든 저승 관리들의 고함소리에 끊겼다. 관계자 전용 출입문을 열고 양복을 차려입은, 그렇지만 한눈에 봐도 저건 저승사자구나 싶은 창백한 안색의 인물들이 나타나 주변의 망자들에게 소리치기 시작한 것이었다.

"진광대왕 명령으로 죄송하지만 협조 좀 요청 드리겠습니다! 여기 계신 분들 사망하시기 전에 마지막으로 계셨던 곳 지역명! 지역 이름 좀 말씀해 주세요! 한 분씩 대답 좀 부탁 드립니다!"

대기실 안이 술렁이다가 이내 시끄러운 대답 소리가 이어지기 시작했다.

"서울이요!" "강원도 화천!" "밀양!" "제주도 중문!" "설악산!" "파주!" "평양이오!" "서대문이요!" "일산이에요!" "평창!" "청주!" "광주광역시 금남로!" "군산!" "남해 바다에 있었소!" "면목동!" "산청!" "대신동!" "개성!" "강릉!" "봉천동!" "도봉구!" "무주!"

지역을 가리지 않고 쏟아지는 대답.

호연은 머릿속의 가설이 점점 형체를 갖춰 가는 것을 느꼈다. 그걸 스스로 깨달은 순간, 호연은 벌떡 일어나 소리치고 있었다.

"……하늘에 별 보신 분!"

저승사자에게 대답하던 목소리가 호연의 고함소리에 끊어졌다. 예슬조차 놀라 지켜보는 가운데, 호연은 다시금 큰 소리로 물었다.

"죽기 전에 하늘에서 엄청나게 밝은 별 다들 보신 거 아니에요? 하늘 전체가 번쩍이고?"

다음 순간 수군거리며 대답이 이어지기 시작했다.

"별이 떴나?" "집 안이라…….." "별 봤지, 달보다 밝던데." "달이 뭐야, 해처럼 밝던데." "하늘이 반짝반짝했어." "오로라인가 했네." "그런 별이 떴다고?" "못 봤어요?" "창밖이 환하더라니." "밤하늘이 눈부셨어." "별 봤어요." "별이 뭐 어째서?" "눈이 부셨어."

한 저승사자가 인파를 헤치고 호연에게 걸어왔다. 매우 곤란한 표정이었다.

"저기요, 망자님. 저희 지금 윗분들 지시로 조사 중인데 방해하시면 곤란합니다."

하지만 호연은 도리어 제지하러 다가온 저승사자의 손을 덥석 붙잡으며 물었다.

"사람들이 동시다발적으로 사망한 거죠? 엄청난 숫자가, 전국에서, 한순간에."

"아…… 맞는데요."

호연은 숨을 들이쉬고는 내질렀다.

"내가 원인을 알아요! 책임자를 만나게 해 주세요!"

"예?"

"호연아?"

깜짝 놀라는 저승사자와 예슬. 하지만 호연은 이제 확신이 들었다. 자신이 생전부터 추측하던 어떤 가능성이 지금 일어나고 있는 현상과 완전히 맞아 떨어지고 있었다. 단지 그 규모가 예상보다 크고 치명적일 뿐이었다. 아마 이것이 정답일 거라고, 호연은 생각했다. 그리고 호연은 다른 이들이 그 사실을 알아주기를 바랐다. 짐작이 맞다면 이건 미증유의 위기 상황이고, 저승은 이제 엄청난 수의 사망자를 맞이할 것이 명백했다.

"아까 진광대왕? 그분 지시로 조사 중이라고 했죠. 그분 만나게 해 주세요."

우물쭈물하던 저승사자는 짧게 한숨을 내쉬고 응답했다.

"……뵙게 해 드리면 설명할 수 있습니까?"

호연은 고개를 끄덕였다. 저승사자는 여전히 곤란한 듯한 표정을 지으며 호연을 한쪽으로 안내했다.

"따라오시죠. 이쪽입니다."

안도의 한숨을 내쉰 호연은 예슬의 손을 잡아 일으켰다.

"예슬아, 같이 가자."

"응, 어, 잠깐만?"

예슬은 허둥지둥 호연에게 이끌려 걸어갔다. 저승사자의 안내로 대기실 한쪽에 마련된 관계자 외 출입금지라 써진 문을 열고 계단을 한참 올라간 호연과 예슬은, 진광대왕부 중앙통제실이라는 문패가 붙은 방으로 안내되었다. 이승에서 보던 관제센터와 비슷한 분위기를 풍기는 통제실에는 수많은 근무자들이 바쁘게 돌아다니고 있었고, 한가운데의 테이블에 소방관 옷을 입은 중년 남성, 개량한복을 입은 젊은 남성, 그리고 현대적 복장 위에 대충 두루마기를 걸친 학생처럼 보이는 인물이 둘러 앉아 있었다. 소방관 복장을 한 남성이 호연을 바라보며 물었다.

"지상에 일어난 이변의 원인을 안다고요? ……참, 소개가 늦었구려. 내가 진광대왕입니다."

"송원대학교 천문학과 박사과정 채호연입니다."

자기소개를 교환한 호연은, 대뜸 말했다.

"지상에서 사람들이 엄청나게 죽을 거예요. 저승을 지배하는 분이 염라대왕이죠? 염라대왕을 직접 만나서 이유를 말씀드려야겠어요."

진광대왕은 조금 뜨악한 눈빛으로 개량한복 차림의 청년을 돌아보았다. 청년은 고개를 끄덕인 뒤 호연에게 말했다.

"염라대왕부 비서실장 이시영입니다. 염라대왕께 보고해야 할 일인지는 제가 듣고 판단하겠습니다."

호연은 마침내 자신이 세운 가설을 꺼내 놓았다.

"……천체 재해가 발생했을 거예요. 헨리 드레이퍼 목록 HD 359084호 천체, 항성 알두스가 초신성이 되었다고 봅니다. 알두스는 최근 몇 달간 원인 모를 변광 현상을 일으켜 왔는데, 초신성 폭발의 전조 증상일 수 있습니다. 저는 죽기 전에 하늘에 초신성이 나타난 걸 봤고, 지금 죽은 사람들 대부분도 초신성을 보고 나서 죽었어요."

시영은 다시 손을 들어 호연의 거침없는 말을 잠시 멈춰 세웠다.

"그래서, 채호연 망자께서는 그 별빛 때문에 사망하신 겁니까?"

호연은 깔끔하게 대답했다.

"아니요, 교통사고요."

시영은 깊은 한숨을 내쉬었다.

"……사자님들, 이분들 대기실로 돌려보내세요."

"잠깐만요! 설명할 게 남았다고요!"

호연은 황급히 설명을 이어나가기 시작했다.

"초신성이 터지면 일어날 수 있는 일 중에 감마선 폭발이라는 현상이 있어요. 별이 수명을 다하고 붕괴하는 과정에서 인체에 치명적인 방사선이 대량 발생하는 거죠. 빛의 속도로 쏟아져 나가기 때문에, 지구에서는 별이 폭발하는 빛과 함께 도달할 거예요. 그 방사선이 지상에 쏟아진 거라고요. 그게 사람들이 동시다발적으로 사망한 원인이에요!"

시영이 다시 호연의 발언을 끊었다.

"그 방사능이 사람을 죽일 만큼 강하다고 확신합니까?"

호연은 깔끔하게 대답했다.

"측정해 보기 전에 죽었으니까 저로서는 모르죠."

시영은 깊은 한숨을 내쉬었다.

"……사자분들, 역시 이분들……."

"하지만 사람들이 정말로 죽었다면 그만큼 강하다는 거 아니겠어요?"

호연이 이어 붙인 말에, 시영은 잠시 생각에 잠겼다. 눈앞의 망자가 말하는 내용은 조금 터무니없을 정도의 가설이었다. 전쟁이나 핵폭탄 같은 가정도 터무니없다고 생각하던 차에, 우주에서 죽음의 방사선이 쏟아졌다는 가설에 의미를 부여해야 하는 것일까? 고민에 잠긴 시영에게 호연은 계속해서 자신의 가설을 주장했다.

"알두스는 지구와 350광년밖에 떨어지지 않은 가까운 별이에요. 우리가 생각했던 것보다 강한 방사선을 지구에 쏘아 냈을 수 있어요. 아까 밑에서 사람들 말하는 거 들어 보니까, 오로라를 본 사람도 있는 것 같아요. 위도가 낮은 한국에서 오로라가 보이려면, 엄청난 에너지를 가진 입자들이 지구 대기권에 쏟아져 들어와야 하고요."

곰곰이 호연의 말을 듣던 시영은 마침내 수긍하는 듯 고개를 끄덕였다.

"……일단, 가설로서 타당은 하군요. 동시다발적이고 원인 없는 대량 사망을 설명할 방법이기는 합니다."

호연은 안도의 한숨을 내쉬었고, 예슬은 그런 호연의 등을 다독여 주었다. 시영은 호연을 가리키며 진광대왕에게 물었다.

"이 망자분들 말씀대로라면 천체 현상이라는 건데, 지금 죽은 사람들 중에 다른 천문학자들도 있겠죠."

"아마 그렇겠지요?"

"일단 저쪽 천문학자 분을 염라대왕부로 모셔 가도록 합시다. 다른 천문학자 망자들이 발견되면 저희 쪽으로 보내 주십시오. 더 많은 인원에 의한 교차 검증이 필요합니다."

그때 호연이 손을 번쩍 들었다.

"저기, 제가 갈 거면 여기 이쪽도 같이 가야 하는데요."

그리고 들었던 손으로 예슬의 어깨를 감싸 안았다.

"어, 잠깐, 호연아?"

시영은 호연에게 물었다.

"그분도 천문학자이십니까?"

예슬이 우물쭈물 대답했다.

"아니요, 민속학자인데요…….."

시영은 짧게 한숨을 내쉬었다.

"친구 분이신 것 같은데, 특별 대우 할 수는 없습니다. 나중에 다시 만나시죠."

하지만 호연은 이런 데서 예슬과 떨어질 생각이 없었다.

"같이 죽어서 왔으니까 같이 가지 않으면 안 되거든요? 괜히 우기려는 게 아니라, 어, 얘가 나름 저승과 관련한 민속학 연구도 하고 했어요. 저승 높으신 분들과 이야기 나눌 때 도움을 받아야 한다구요!"

"대기실에 포스터 못 보셨습니까? 이승에서 연구하시던 거랑은 많이 다를 텐데요."

"그래도요! 얘가 염라대왕만 아는 게 아니라, 어, 지리산 민속연구소에 있어서 그쪽 토착문화도 잘 알고요. 그 왜 지리산 복사골 산신각 뭐 이런 것도 알고."

필사적으로 가져다 붙인 말에, 순간 시영이 눈을 크게 떴다. 별 말 없이 놀란 표정만 짓는 시영을 대신하기라도 하듯, 옆에서 내내 침묵하고 서 있던 두루마기를 입은 학생이 빙긋 웃으며 입을 열었다.

"망자님, 꼭 알고서 아부하시는 것 같습니다."

"……네?"

"저희 비서실장님이 예전에 지리산 복사골 산신령님 밑에 계셨습니다."

시영은 헛기침을 했다.

"강수현 비서관, 쓸데없는 말은 안 해도 됩니다."

수현은 여전히 빙긋이 웃으며 시영에게 건의했다.

"실장님, 역시 이 두 분 같이 모셔 가는 게 낫겠습니다. 염라대왕부로 망자를 모시는 것부터가 특례인데, 한 분이든 두 분이든 상관없지 않습니까. 절친한 사이인 듯한데 일부러 떼어놓으면서까지 처리할 필요는 없을 것 같습니다. 원인을 파악하자고 저희 쪽에서 모셔 가는 것이니 감정 상할 일은 없어야 하지 않을까요?"

으음, 하고 고민 섞인 반응을 보이던 시영은 결국 고개를 끄덕였다.

"……그럼 수현 군 말대로 합시다. 여기 상황이 계속 안 좋아질 것 같아서 나는 좀 더 남아 있을 테니까, 수현 군이 이분들 모시고 좀 다녀와요."

"알겠습니다. 두 분, 이쪽으로 오세요. 안내해 드릴게요."

수현은 여전히 은은한 미소를 띤 얼굴로 호연과 예슬을 안내했다.

*

비슷한 시각, 진광대왕부 사자파견국.

이승에 망자를 데리러 갔다가 그 망자가 이미 사망해 있어

허탕을 친 진광대왕부의 월직차사 유혜영은, 저승 땅을 밟자마자 난리가 났음을 직감했다.

"월직님, 복귀하셨습니까? 큰일 났습니다, 지금."

"왜, 무슨 일인데."

저승사자들이 이승으로 내려가는 창구인 하계문下界門 앞에서 우물쭈물하던 저승사자들이 고참인 유혜영 차사에게 혼란스러운 상황을 보고했다.

"지금 지상에 무슨 큰 재해가 나서, 데려와야 할 사람들이 전부 진작에 다 사망했습니다. 내려가 봤자 의미가 없을 거 같은데, 위에서는 난리가 난 모양이라 아무 지시도 못 받고 있어서요…… 월직차사님 오시는 거 기다리고 있었습니다."

유혜영 차사는 혀를 차고는 말했다.

"그런다고 여기서 나 오기만 기다리고 있었어?"

때마침 방 안에 시끄러운 안내 방송이 울려 퍼졌다.

〈진광대왕부에서 알립니다. 이승에서 복귀한 저승사자들은 중앙통제실로 와서 보고 바랍니다. 단 출입 업무, 구조대 업무 경력자는 즉시 출입과로 비상 지원을…….〉

"다들 바빠 보이면 알아서 도우러 갔어야 할 거 아냐. 빨리들 가 봐! 이승은 가서 뭐해! 너희 둘은 통제실로 올라가고, 너희 셋은 출입과로 가. 어서!"

저승사자들이 부리나케 흩어졌다. 혜영은 이승 파견 장부에 크게 빗금을 치고 '비상 지원 중'이라고 써넣은 뒤, 뒤따라 출입과 쪽으로 향했다. 사자파견국이 있는 진광대왕부 별관에서 출입과가 있는 본관으로 가기 위해서는 구름다리를 건너야만 했다. 시야가 탁 트인 구름다리에서 보이는 사출산의 광경을 보고 혜영은 등골에 소름이 돋는 것을 느꼈다. 망자의 출현을 알리는 섬광이 산속 여기저기에서 계속해서 깜빡이고 있었다. 보통은 산 전체를 통틀어 몇 분에 한 번 반짝이던 빛이, 지금은 드넓은 사출산 전체에 걸쳐 끊임없이 점멸하고 있었다.

"대체 이게 무슨 일이람……."

그때 진광대왕부 본관에서 외부를 향해 설치된 대형 스피커를 통해 장외 방송이 시작되었다.

〈이 방송을 들으시는 여러분께서는 산에서 빠져나와 이 소리가 나는 곳으로, 빛이 보이는 곳으로 오시기 바랍니다. 모든 나무와 풀잎은 칼로 되어 있으니 만지지 마십시오. 빛이 있는 곳으로 오시면 안전합니다.〉

진광대왕부 근무자 교육을 받을 때 들은 기억이 있었다. 망자를 사출산에서 구조하는 구조대 활동에 제약이 생겼을 때, 망자들이 알아서 진광대왕부를 찾아오도록 안내하는 방송이었다. 지나치게 많이 발생한 망자들 탓에 구조대가 구하러 가지도 못하는 상황이리라. 혜영은 서둘러 출입과로 향했다.

출입과는 이미 아수라장이었다. 구조대원들은 구조에 나서기는커녕 진광대왕부 로비의 질서를 통제하는 게 고작이었다. 진광대왕의 법정에서 난폭한 망자를 제압할 때에만 호출되는 힘 센 역사들까지 동원된 상태였다. 쏟아져 들어오는 망자들은 저마다 사출산에서 칼날에 베인 탓에 피를 줄줄 흘리고 있었다. 사출산의 칼날은 죽음 자체의 고통을 의미하는 것이었고, 되도록 망자들이 그 고통을 덜 받도록 하기 위해 구조대가 설치된 것이었지만, 이런 상황에서는 대책이 없었다.

"유 차사! 여기 좀 도와주세요!"

안면이 있던 출입과의 한경철 심사관이 혜영을 알아보고 다급히 불렀다. 수명부壽命簿 두루마리를 잔뜩 들고서 로비 바닥에 주저앉은 망자들의 신원 확인을 하던 그는 당황한 기색이 역력했다.

"한 쌤, 지금 무슨 일 났는지 설명 들을 수 있어요?"

"나도 잘 몰라요. 지상에 대재해가 난 것 같고 윗분들도 지금 난리 났어요. 염라대왕부에서 좀 전에 비서실장님이 직접 구름 타고 왔대요."

"세상에."

"아무튼 유 차사도 수명부 확인 좀 도와주세요. 빨리 들여보내야 상처가 낫잖아요. 다친 사람들 어서 치료 못 하면……."

그때였다. 쿵 하는 충격음과 함께 꺄악 하고 망자들의 비명 소리가 울렸다. 혜영과 경철이 화들짝 놀라 돌아보자, 온몸에 피를 흘리는 망자가 인간 같지 않은 흉측한 몰골로 난동을 부리며 괴성을 지르고 있었다. 구조대가 사출산에서 망자들을 신속히 구조해 오는 이유가 바로 이것이었다. 망자의 영혼이 사출산에서 일정 이상 상처를 입으면, 고통으로 영혼이 망가져 이성을 잃는다. 스스로의 윤회 길이 막힘은 물론, 주변의 망자들이나 저승 관원들까지 해칠 우려가 있었다.

구조대원들이 급히 제압을 시도했지만, 이성을 잃은 망자는 구조대원들과 주변의 다른 망자들을 공격하며 날뛰었다. 역사까지 투입되어 망자를 힘으로 억누르고서야 상황이 간신히 진정되었다. 혜영은 낙담하여 고개를 가로저었다.

"상황이 이러면 저런 일이 계속될 텐데……."

그때 로비에 안내 방송이 다시 울려 퍼졌다.

〈진광대왕 지시사항입니다. 지원 중인 직원 일동은 망자 수용에 힘써주시고, 대왕부 청사 내의 모든 자원을 동원해 망자들이 치료받고 대기할 수 있도록 해 주십시오. 당분간 초강대왕부로의 열차 운행이 되지 않습니다.〉

"뭐?"

방송을 들은 혜영은 어처구니없다는 듯 신음을 흘렸다. 옆에서 방송을 들은 경철도 마찬가지였다.

"아니 열차를 운행시켜야 들어온 망자들을 내보낼 거 아니에요……?"

그 순간 다시금 멀리서 터지는 비명소리. 이번에는 산속 깊은 곳에서였다. 어디선가 망자가 이성을 잃고 날뛰고 있는데, 저승의 관원들은 당장 할 수 있는 일이 없었다. 혜영은 일단 잡념을 떨치고 로비로 모여든 망자들의 수명부 대조를 돕기 시작했다. 그렇지만 신원을 확인해서 건물 안으로 들여보낸다고 해도, 열차가 운행을 멈췄는데 어떻게 정리가 될지는 알 수 없는 일이었다.

*

진광대왕부 통제실에서 열차 운행을 중단시킨 데에는 이유가 있었다. 진광대왕과 시영이 마주 앉은 가운데, 통신기 너머로 초강대왕이 참석한 원격 회의가 진행되고 있었다.

〈삼도천 열차는 망자들이 고생 덜 하고 우리 초강대왕부로 넘어오자고 만들어 놓은 시스템이지, 망자들을 대량 수송하기 위한 게 아닙니다. 열차 수용능력에 한계가 있어요. 지금은 운행하면 안 됩니다.〉

진광대왕이 머리를 긁적이며 반박했다.

"그렇다고 망자가 쏟아져 들어오는데 내보내지 않을 순 없지 않습니까."

〈진광대왕, 나는 원론을 이야기하는 거예요. 준비된 열차는 입석 자리가 없어서 망자들을 많이 태우지도 못하거니와, 탈 때 줄 세우고 내릴 때 줄 세우는 거 감당할 자신 있어요? 분명히 사고 납니다, 그러다가. 열차 통제는 그쪽이 하지만 인프라하고 운전 인력은 다 우리 쪽에서 제공하지 않습니까? 안전 보장 가능해요?〉

그렇다고 이대로 진광대왕부에 망자들을 억류해 둘 수만은 없었다. 시영은 대안을 제시하기로 했다.

"초강대왕님. 그럼 열차 운행의 안전만 보장되면 망자의 대량 수용에는 문제가 없습니까?"

〈그거야 들이닥쳐 봐야 알겠습니다만은, 염라대왕부에서 받으라시면 받겠소이다. 어떻게든 해 내야지.〉

"지금 확약하셨습니다. 그러면 바로 초강대왕부로 망자들을 보내도록 하겠습니다."

〈예? 아니, 대책이 있소이까?〉

초강대왕의 의아한 물음에 시영은 답했다.

"열차를 태우지 않겠습니다. 삼도천 철교에서 열차를 다 빼세요. 망자들은 철교를 걸어서 도보로 초강대왕부까지 이동할 겁니다."

"이 실장님, 재고 바랍니다."

진광대왕이 반대하고 나섰다.

"도보로 초강대왕부까지 간다면 만 하루는 족히 걸어야 합니다. 이유도 모르고 죽어서 올라온 망자들을 죽어서까지 고생시킬 수는 없습니다."

하지만 시영은 완강했다.

"진광대왕님, 현재로서는 방법이 없습니다. 열차 운용은 통제에 어려움이 따르거니와 초강대왕부에서 동의하지 않을 테고, 진광대왕부에 망자들을 전부 수용할 수도 없지 않습니까?

현실적으로 가장 확실한 방법을 택하자는 겁니다."

진광대왕은 깊은 한숨을 내쉬다 마지못해 고개를 끄덕였다.
시영은 이어 초강대왕에게도 물었다.

"초강대왕께서도 이 결정에 이견 없으시리라 생각합니다.
열차를 운행하지 않으면 열차 운행 안전은 고려할 여지도 없겠
지요. 망자를 보내면 받는다고 분명 말씀하셨습니다."

〈허…… 알겠소이다. 만 하루 걸린다고 하셨소이까? 준비할
시간은 있겠구려.〉

"그럼 이 문제는 이렇게 정리하도록 합시다. 초강대왕께서
는 말씀하신 대로 망자를 맞이할 준비를 해 주십시오."

〈알겠소이다.〉

통신이 끊겼다. 진광대왕은 시영을 조금 원망 섞인 눈으로
바라보았다.

"이 실장님. 종종 느끼지만, 본인께서 지나치게 효율 따지시
는 거 아십니까?"

하지만 시영은 태연한 표정으로 진광대왕에게 대답했다.

"알고 있습니다. 하지만 이 자리에 앉은 이상 효율과 원칙을
우선시하는 것은 어쩔 수 없음을 양해해 주십시오. 일이 바르
게 성사되도록 만드는 게 제 역할이고 또 사명이니까요."

"……알겠습니다. 다음 문제로 넘어가십시다. 사출산 구조
대 대책입니다."

진광대왕은 출입과에서 보고 받은 사출산과 구조대 현황을

시영과 공유했다. 현재 구조대 전원은 출입과에 발이 묶인 상태로, 쏟아지는 망자를 맞이하면서 로비를 통제하는 게 고작이었다. 갓 사망해 사출산으로 출현하는 망자의 수는 계속해서 늘어나고 있었고, 멀리서 들리는 흉포한 비명을 통해 이미 여러 망자들의 영혼이 망가졌음도 알 수 있었다. 시영은 눈살을 찌푸리며 물었다.

"본디 사출산에서 망자들이 고통받는 건 저 칼나무들 때문 아닙니까? 칼나무 자체를 밀어 버릴 수는 없습니까? 왜 진작에 밀어 버리지 않았는지 새삼 궁금해지는데요."

"이 실장님, 저희들도 영혼입니다. 장비와 요령이야 갖추겠지만 다치기 십상이고, 심하게 다치면 똑같은 결과를 맞습니다. 그래서 못 하는 겁니다. 진광대왕부가 뒤덮이지 않게 역사들을 동원해 벌채하는 게 고작이었습니다."

담담하게 말하던 진광대왕은 눈썹을 씰룩이며 덧붙였다.

"지금까지는요."

시영은 진광대왕이 던지는 말의 뉘앙스를 알아챘다.

"무슨 지원이 필요하십니까?"

진광대왕은 고개를 끄덕이며 말했다.

"역사들은 이곳 저승에서의 무력 사용에 특화된 이들입니다. 역사들을 대량으로 동원할 수 있으면 사출산의 칼나무를 정리할 수 있습니다."

역사들은 저승의 재판정에서 대왕과 판관들을 보좌하며 법정의 질서를 유지하고 난동을 부리는 망자들을 제압하는 역할을 하는 이들이었다. 시왕저승의 내근직 인사 부처인 동자판관부童子判官府에서 영혼이 강직하고 사후에 공덕을 쌓을 필요가 있는 업業, Karma의 보유자들을 선별해 각 대왕부에 파견하고 있었다. 역사의 수는 각 대왕부의 판관 수만큼 배치되는데, 심판 기능보다는 출입 기능이 강해진 지금의 진광대왕부에는 배치된 역사의 수가 많지 않았다.

요컨대 진광대왕은 다른 대왕부에서의 역사 차출을 제안하는 것이었다. 시영은 자신에게 역사를 비상 동원시킬 권한이 있는지 검토했고, 가능하다는 결론을 내렸다. 시영은 이내 제안을 받아들였다.

"좋습니다. 바로 실시하죠."

시영은 통신기를 집어들고 곧장 동자판관부장을 호출했다.

⟨네, 동자판관부장입니다.⟩

"염라 비서실장 이시영입니다. 긴급 요청이 있습니다. 모든 대왕부에 파견한 역사들을 지금 즉시 진광대왕부로 집결시켜 주십시오."

⟨네? 이시영 님, 지금 뭐라고…… 역사들을 움직이라고 하셨어요?⟩

"진광대왕부에 망자가 폭증해서 사출산 정리 작업을 할 강인한 영혼이 필요합니다. 역사 운용 규정에 따라서 비서실 단위의 비상소집 요청을……."

성난 목소리가 시영의 말을 가로막았다.

〈그 말씀은 지금 저승의 모든 역사를 동원해다가 칼나무 베는 작업을 하시겠단 거네요? ……아니, 이시영 님, 역사들이 무슨 일을 하시는지 아시잖아요. 힘쓰는 게 다 그 양반들 모자란 공덕 쌓는 거예요. 공덕 다 쌓으면 그 사람들 지상으로 돌려보내야 한다고요.〉

동자판관부장의 설명인즉, 역사들은 단지 영혼이 강인해서 뽑힌 게 아니라 생전의 부덕함을 저승을 위해 힘을 쓰는 걸로 갚는 입장이라는 말이었다. 그들은 일을 충분히 하고 나면 이승으로 환생하는데, 칼나무 정리처럼 험한 일을 시키면 엄청난 공덕이 쌓여서 역사들을 조기에 환생시켜야 할지도 모른다는 것이었다.

〈이시영 님, 그렇게 역사들 다 빼내고 나면 날뛰는 망자들은 누가 제압해요? 이승에 난리 한 번 났다고 저승 전체를 홀라당 망하게 할 작정이세요? 새 역사 뽑는 데에도 한참 걸려요. 그동안 우리 동자판관부는 홀라당 망하겠네요, 그냥.〉

진광대왕이 대화에 끼어들었다.

"부장님, 진광대왕 김신철입니다. 그러면 수습도 못 한 망자들이 고통받고 날뛰어서 진광대왕부를 뒤집어엎는 건 홀라당 망하는 게 아닙니까?"

〈아니, 김신철 님은 또 왜 그러세요? 왜 이 난리통에 본인 숙원 사업을 해결하려고 그러세요?〉

"숙원 사업이라니 표현이 지나치십니다. 지금 필요하니까 말씀을 드리는 겁니다. 비상이라고요, 비상!"

진광대왕은 살짝 성을 냈다. 시영은 헛기침을 하고 다시 말을 이었다.

"동자판관부장님, 말씀은 잘 알겠습니다만 이쪽 비상 상황이 정말 심각합니다. 아까도 말씀드렸지만 이건 규정상 정해진 차출 요청입니다."

〈이시영 님, 그러니까 규정이면 다냐고 묻고 있는 거 아닙니까?〉

동자판관부장의 계속된 반발에 잠시 고민하던 시영은, 그가 제일 걱정하는 부분에 대해 답을 건넸다.

"……만약 역사가 부족해지면, 새 역사를 지명하는 과정에 편의를 봐 드리겠습니다."

〈무슨 편의를요? 아니, 후보를 무한정 공급해 줄 수 있는 것도 아니잖아요?〉

상황을 잘 모르는 동자판관부장의 말에, 시영과 진광대왕은 서로를 쳐다보았다. 상대는 비꼰다고 툭 던진 말이었지만, 도리어 사태의 본질에 가까운 발언이었다.

"지금 망자가 무한정 쏟아지고 있으니까 어떻게든 될 겁니다."

〈네? 뭐라고 했어요 지금?〉

"지금 사출산에 몰려든 망자가 오만 명을 넘었으니까, 망자들이 전륜대왕부까지 넘어가면 그중에 알아서 후보 뽑아 가시면 됩니다. 그러니까 일단 역사들 보내십시오."

동자판관부장은 잠시 침묵하더니, 머지않아 떨떠름한 목소리로 답했다.

〈……아니, 상황이 그렇게 심각한 줄은 몰랐죠. 네, 보낼게요. 보낸다고요.〉

동자판관부장이 통신을 끊었다. 곧 진광대왕부 중앙통제실 스크린에 동자판관부발로 시왕저승 전역에 전송된 통신문이 나타났다. 염라대왕 비서실 지시에 따라 모든 대왕부의 역사들을 소환해 진광대왕부로 재파견한다는 내용이었다. 진광대왕은 안도의 한숨을 내쉬었다.

"역사들이 오면 숨통이 좀 트일 겁니다. 일단 여기 건물 주변 공터를 넓히고, 사출산 임도를 최대한 넓혀 놓도록 하겠습니다. 그러고 나면 망자들이 모여들기 수월하겠죠. 날뛰는 망자 제압하는 데에도 도움이 되겠고요."

시영은 일거리가 조금씩 정리되어 가자 상쾌하면서도 동시에 심한 피로감을 느꼈다. 부서 간 협의를 하다 보면 으레 있는 일이었다. 이마를 꾹꾹 누르며 영혼의 두통을 억누르는 시영에게 진광대왕이 말했다.

"이 실장님. 이제 당장 해결해야 할 문제는 거의 다 풀린 것 같은데요."

"그렇습니까……?"

"예, 나머지 현장 대응하고 망자들 넘겨 보내는 건 이제 협의된 대로 이쪽에서 진행하겠습니다. 실장님은 돌아가셔서 염라대왕께 보고 좀 부탁드립니다."

"그렇군요. 보고를 드려야겠군요."

시영은 자리에서 일어났다.

"실장님 덕분에 많은 어려움이 해결되었습니다. 나중에 또 뵙시다."

"그럼 먼저 실례하겠습니다. 현장 대응, 잘 부탁드립니다. 수현 군, 구름차 대기시켜 주세요."

대답하는 이는 없었다. 강수현 비서관은 시영의 지시로 이미 두 망자를 태우고 염라대왕부로 간 상황. 조금 무안해하는 시영에게, 진광대왕은 헛기침을 하며 물었다.

"……저희 쪽 구름차 불러 드릴까요?"

"……부탁드립니다."

*

한편 유혜영 차사는 정신없이 망자들의 수명부 확인을 돕고 있었다. 진광대왕부의 로비에는 물론 앞마당까지 가득찬 망자들이 차마 줄을 세울 수 없을 정도로 밀려들고 있었다. 결국 차사들이 망자들을 한 명씩 불러내거나 돌아다니면서 신원을 확인하고 진광대왕부로 들여보낼 수밖에 없었다.

저승의 영혼들은 신체적 피로를 느끼지 않는다. 하지만 이렇게 업무가 과중되면, 몸이 아닌 마음이 지쳐 버린다. 혜영은 끝도 없이 밀려드는 망자를 상대하며 피로감을 느꼈다. 특히 이 와중에도 행정 업무에 협조하지 않는 이들이 반드시 존재해, 지친 정신을 더 힘들게 했다. 지금 유혜영 차사 앞에 버티고 주저앉은 망자도 그런 유형에 속했다.

"아니, 사람을 이렇게 죽게 만드는 법이 세상에 어디 있어? 어?"

혜영의 눈앞에 앉아 있는 초로의 남성은 이름도 밝히지 않은 채 자신이 왜 죽어야 하는지, 저승이 왜 이 모양인지 계속해서 불평불만을 쏟아내고 있었다.

"망자님, 알겠으니까 성함을 말씀해 주셔야 저희가 업무 처리를 해 드리죠."

난처하게 다그치는 혜영에게 망자는 계속 어깃장을 놓았다.

"이름 알면, 사람을 빼도 박도 못 하게 콱 죽여 버리려고 그러는 거잖아? 됐고, 난 이 상황 인정 못 하니까 책임자 불러와!"

사람…… 이미 죽었으니 사람은 아니지. 혜영은 그렇게 속으로 이죽거리면서도 최대한 정중하게 대답했다.

"망자님, 이미 망자님은 사망하셨고, 그건 저희 뜻이 아니에요. 성함을 말씀해 주셔야 들어가서서 좀 쉬기도 하시고, 또 다른 데로 이동도 하시고 그러죠. 그리고 불러올 책임자는 없어요. 제가 책임자라면 책임자이지요. 당번 월직차사입니다."

그 말에 망자는 버럭 성을 냈다.

"아니 이 여편네가 자꾸 말을 배배 꼬네? 뭔 당신이 책임자야, 높은 사람 불러오라고!"

혜영의 눈매가 확 찌푸려졌다. 이승에서부터 줄곧 공무원 생활을 하고 있는 혜영에게는 너무도 익숙한 패턴이었다. 혜영에겐 몇 가지 선택지가 있었다. 한경철 심사관 같이 남성으로 보이는 동료에게 떠넘기는 게 가장 쉬웠다. 웃을 수 없게도, 그렇게만 해도 진정하는 이들이 참 많았다. 다음으로는 윽박지르든 위협하든 해서 자신의 권위를 인정하게 만드는 방법이 있었다. 고약한 방법으로는 이 망자를 그냥 방치해 버리는 것도 가능했다. 다른 사람에게 신원 확인받고 진광대왕부에 들어가든, 헤매다가 사출산으로 도로 나가서 험한 꼴을 당하든……. 그때 뒤에 있던 다른 망자가 둘의 대화에 끼어들었다.

"말씀 나누시는데 죄송합니다."

혜영은 목소리가 들려온 쪽으로 시선을 돌렸다. 말쑥하게 양복을 차려입고 안경을 쓴, 제법 지적으로 보이는 중년 남성이었다. 그는 초로의 남성에게 넌지시 말을 건넸다.

"선생님, 협조를 좀 하시는 것이 좋을 것 같습니다. 저희처럼 별 잘난 것도 없는 무지렁이 나부랭이들이 저승사자에게 말대꾸를 하면 지옥 갑니다."

그러자 초로의 남성은 분노의 화살을 그에게로 돌려 냅다 고함을 치기 시작했다.

"야! 어디서 어린 것이 말참견이야! 뭐, 무지렁이? 그건 야, 너나 그렇겠지! 내가 누군지 알고 까불어? 어?"

그 광경을 지켜보던 혜영은 오호라, 하고 흥미를 느꼈다. 이 말참견 덕분에 불친절한 민원인을 요리하기 위한 좋은 실마리 하나가 드러났다. 그렇지 않아도 그게 의도였던 듯, 양복 남성은 넌지시 혜영에게 눈치를 줬고, 혜영은 이승 경력 25년 저승 경력 25년의 베테랑 공무원답게 냉큼 말꼬투리를 잡았다.

"죄송한데 저는 선생님이 누구신지 전혀 모르겠으니까, 이해 좀 하세요."

일부러 빈정거리는 투로 도발을 걸었고, 상대는 도발에 넘어왔다.

"야! 내가 말이야, 엉? 부평 지역 경제를 먹여 살리는 오성기업 회장 박상춘이야! 박상춘! 지금 여기가 저승이라고 정신 못차리나 본데……."

아무 의미 없는 위협을 이어가는 망자를 눈앞에 두고, 혜영은 바로 수명부를 펼치고 이름을 적어내렸다. 필요한 건 결국 이름 석 자였고, 수명부는 아무 문제없이 확인되었다.

"네, 박, 상, 춘, 망자님. 성함 확인되셨고요. 사십구 일간 일곱 대왕, 사십구재 아시죠? 그거 하실 거예요. 저기 저쪽으로 올라가서 삼도천 건너 초강대왕부로 가십니다."

속사포처럼 안내사항을 말하며, 혜영은 그의 수명부에 사망확인 사실을 기록했다. 그의 수명부에 적혀 있는 천수 기록에 따르면, 그는 본래 대략 이십칠 년 뒤에 교통사고로 사망할 예정이었다. 저승사자로서 썩 적절한 마음가짐은 아니었으나 혜영은 그가 이승에서 이십칠 년을 더 살았을 미래를 상상하고 싶지 않았다. 그런 혜영을 보며 망자는 분을 못 이겨 삿대질을 하기 시작했다.

"너 이…… 사람을 속여 먹어? 장난해 지금?"

"사망하셨으면 사람 아니시죠. 아무튼 저쪽으로 가시면 됩니다."

결국 생각하던 걸 말로 뱉어 버린 혜영이었다. 이 정도 심술은 부려도 되리라.

"안 가! 못 가! 사람을 어디 저승에 팔아 넘기려고!"

그리고 안내를 다 마쳤는데도 이렇게 눌러앉아 있으면 뒷일은 혜영이 책임질 필요가 없었다.

"저는 안내 다 해 드렸고요. 미어터지는 여기 로비에 계실지 이동하실지는 이제 알아서 하세요."

길길이 날뛰는 박상춘 망자를 외면하고, 혜영은 다음 망자로 차례를 이동했다. 조금 전 대화에 끼어들어 적당한 도움을 준 중년 남성이었다.

"안녕하세요. 임시 심사관, 월직차사 유혜영입니다. 조금 전에는 감사했습니다. 덕분에 조금 덜 귀찮게 끝났네요."

혜영은 먼저 그의 도움에 대한 감사 인사를 전했다. 남성은 겸손하게 고개를 숙이며 대답했다.

"아닙니다. 어쩔 수 없이 목숨은 잃었더라도, 할 수 있는 선한 행동은 해야 한다고 생각했을 뿐입니다."

"니들 지금 날 무시해? 어?"

옆에서 박상춘 망자가 계속 시끄럽게 고함치고 있었지만 혜영은 신경을 끄기로 마음먹었다.

"망자분 성함은요?"

"정상재라고 합니다."

혜영은 별 감상 없이 그의 이름을 받아 적었다. 천수는 사십삼 년 뒤 숙환으로 별세 예정. 이번에 올라오는 망자들이 죄다이런 상황이었다. 저승의 천수 기록은 이승의 인과를 반영해어느 정도 근접하게 사망 시점을 예측하곤 했는데, 지금 죽은이들은 천수에 따르면 이날 죽을 이유가 절대 없었다.

그리고 혜영은 문득, 계속 시끄럽게 참견하던 박상춘 망자가조용해진 것을 깨달았다. 뒤를 돌아보자 그는 어안이 벙벙해져정상재 망자를 바라보았다.

"저, 정상재라고? 방송 나온 그 정상재 교수?"

"맞습니다. 처음 뵙겠습니다."

정상재 교수는 고개를 꾸벅 숙여 인사했다. 그러자 박상춘망자의 호명을 들은 주변의 망자들이 수군거리며 정상재 교수에게 아는 척을 하기 시작했다.

"아니, 그러고 보니까 저 사람 정상재 교수네?" "어떡해, 저분도 돌아가셨나봐!" "누군데?" "너 방송도 안 봤어?" "그 천문학 하는 사람?"

수군거림을 면목 없다는 듯 듣고 있던 정 교수는 혜영에게 고개를 다시 한번 꾸벅 숙여 보였다.

"……면목 없지만 이런 사람입니다."

그리고 혜영은 조금 난처한 표정으로 그에게 대답해야 했다.

"아, 텔레비전에 출연하는 분이시군요. 죄송하지만, 저승에 이승 방송은 나오지 않기 때문에 저는 잘……."

혜영이 그렇게 말하자 정 교수는 황급히 그에게 사과했다.

"아니, 세상에, 죄송합니다. 제가 쓸데없는 소리를 했습니다. 모르시는 게 당연한데…… 천문학 박사 정상재라고 합니다. 발해대학교에서 천체물리학과 교수를 맡으면서, 부족하지만 정책 자문이나 대중 강연 같은 것을 다니고 있습니다."

수명부에 이름을 적었으니 다음 망자를 봐야 할 차례였지만, 정상재 교수의 공손한 자기소개를 들은 혜영은 그에게 약간의 호기심이 생겼다.

"다른 분들이 바로 알아보시는 걸 보니까 제법 유명하신가 보네요?"

정 교수는 쓴웃음을 지었다.

"실력이 있다기보다는, 어디 가서 그럴싸한 말을 좀 할 줄 알 뿐입니다. 그게 실력이라고 하면 제가 뭐라 더 겸양할 방도가 없기는 하겠습니다만……."

혜영은 그렇구나 싶었다. 이승에서 유명세를 날리던 이가 사망하면, 대체로 저승에서도 그 유명세에 그에 걸맞은 행동을 하고 싶어 한다. 앞서 박상춘 망자처럼 거들먹거리면서 합당한 대우를 요구하는 성격도 있는 반면, 사회 명사나 공인이라는 자각을 갖고 되도록 깍듯하게 행세하려는 이들도 종종 있었다. 정상재 교수는 후자에 속하는 듯 보였다. 물론 그런 태도 또한 생전의 명예를 아직 놓지 못한 것뿐 아닌가 생각되기는 하였다.

"그럼, 모쪼록 명복 있으시기를 바랍니다."

"예, 차사님도 업무 수고하시기 바랍니다."

정 교수와 짤막하니 인사를 주고받은 혜영이 다음 망자에게로 이동하려는 순간이었다.

"아아, 들립니까? 여러분 잘 들립니까?"

확성기로 크게 울리는 소리가 들려왔다. 소리의 근원을 돌아보니, 예상치 못한 인물이 있었다. 진광대왕이 직접 로비에 내려와 있었다. 그는 확성기를 들고 로비 전체를 둘러보며 말을 이어갔다.

"진광대왕부 임직원 일동 전원, 업무를 잠시 멈추고 주목 바랍니다. 지금 사망자 대량 발생의 원인 규명 작업을 진행하려고 하는데, 천문학적 사건이 원인으로 지목이 되고 있습니다. 그래서 말씀드리는데, 지금 여기 계신 분들 중에 혹시 천문학에 조예가 깊은 망자가 계십니까? 계시면 협조를 좀 부탁드리려고 합니다."

혜영은 주변을 둘러보았지만, 마땅히 나서는 사람은 없어 보였다.

아무도 없다니? 혜영은 방금 전 천문학과 교수라고 자신을 소개한 정상재 교수를 돌아보았다. 그는 두 눈을 감고 초연한 표정으로 묵묵히 서 있을 뿐이었다. 혜영은 다시 그에게 돌아가 말을 걸었다.

"저기, 정상재 망자님? 천문학 전문가라고 하셨는데……."

그러나 정 교수는 천천히 고개를 저었다.

"아니요, 제가 뭐라고 이런 자리에 함부로 나서겠습니까. 제가 무슨 대단한 자격이 있는 것도 아닌데."

혜영은 조금 당황해하며 그에게 되물었다.

"천문학과 교수라고 하지 않으셨어요? 무슨 자문이나 강연도 다니신다면서요. 그 정도면 자격은 충분하고도 남으신 것 아닌지…… 이유라든가 뭐 짐작 가는 거 없으세요?"

정 교수는 복잡한 표정으로 잠시 침묵하더니, 턱을 매만지며 중얼거렸다.

"이유라고 하면 성급하지만 생각이 안 드는 것은 아닙니다. 정말 아무 예고없는 죽음이었고, 이렇게 대규모의 죽음을 부르는 일이라면, 역시 천문학적인 원인이 아닐지, 특히 우주 방사선의……."

거기까지 말을 이어나가던 그는, 곧이어 머리를 세차게 저으며 말을 흐렸다.

"……아니, 너무 아는 체를 했습니다. 역시 저는 덕이 없어서 어렵습니다."

혜영은 그의 행동이 조금 이해가 가지 않았다. 유명세에 상응하는 겸손함을 보이는 것 같기는 했다. 그런데 마땅히 나서야 할 순간에도 극구 몸을 사리며 부족함과 덕 없음을 이야기하는 모습은, 겸양치고는 너무 과한 것이 아닌가 하는 생각이 들 정도였다. 자신감이 없는 편일까?

"아무도 없습니까? ……허, 이거 난감하네. 교차 검증을 해야 하는데."

확성기로 연신 천문학자를 찾던 진광대왕이 난처해하는 목소리가 들렸다. 혜영은 지금 해야 할 일을 해야만 한다고 생각했다. 진광대왕을 향해 손을 번쩍 들었다.

"대왕님, 여기 천문학 교수님 한 분이 올라오셨는데요!"

"아니, 차사님, 정말 그러지 않으셔도 됩니다."

옆에서 정상재 교수가 계속 사양의 말을 꺼내 왔지만, 이미 보고를 받은 진광대왕이 화색 만연한 얼굴로 인파를 헤치고 걸어오고 있었다.

"아, 유혜영 차사. 어느 분이 천문학 교수라고?"

혜영은 진광대왕을 바라보며 정 교수를 가리켜 보였고, 정 교수는 진광대왕에게 연신 고개를 꾸벅거리며 인사했다.

"아니, 제가 도와드릴 게 뭐가 있다고 이렇게 추천을 다 하시는지 모르겠습니다. 정상재라고 합니다."

"진광대왕입니다. 천문학 교수라고 하셨습니까?"

"부족하지만 발해대학교에서 천체물리학과 교수를 맡아 가르치고 있습니다. 비록 국가 정책연구나 방송 강연 같은 걸 나가고는 있습니다만, 제가 뭘 얼마나 도와드릴 수 있을지……."

진광대왕은 계속해서 몸을 사리는 정상재 교수의 손을 낚아채 반쯤 억지로 악수를 하며 세차게 흔들었다.

"아니 그렇게 대단하신 분께서, 왜 번쩍 손을 안 들고 이렇게 겸손해하십니까? 제가 겪기로는 이런 분들께서 실력이 더 좋으시던데 말입니다?"

"그건 정말 과찬이십니다."

몸 둘 바를 몰라 하며 정상재 교수는 거듭 고개를 숙였다. 진광대왕은 혜영에게 물었다.

"이분 수명부 처리 다 했지?"

"네, 성명 기록하고, 사망 확인도 마쳤습니다."

혜영의 답을 들은 진광대왕은 만족스러운 듯 고개를 끄덕이고는 정상재 교수를 이끌었다.

"자, 저랑 같이 좀 가 주시기 바랍니다. 따로 염라대왕부로 모실 예정입니다."

정 교수는 한숨을 내쉬더니 고개를 끄덕였다.

"……알겠습니다. 제가 필요하시다면 모쪼록…… 차사님께도 감사드립니다."

인사하는 정 교수에게 혜영은 떨떠름하니 마주 인사했다.

"아니요, 제가 뭘……."

그리고 진광대왕은 정 교수를 데리고 직원 통로 쪽 상황실 방향으로 걸어나갔다. 혜영은 그 뒤를 조금 뒤숭숭한 마음으로 바라보고 있었다. 제법 상식적인 유명인을 만났고, 도움을 받았으며, 그의 실력이 도움이 될 만한 자리로 추천해 보냈으니 잘 된 일임에 틀림없었다. 하지만 혜영은 정상재 교수의 뒷모습을 보며 그리 상쾌하지 않은 기분을 느끼고 있었다.

"……그런데 왜 저렇게까지 겸손을 떠는 거지?"

선하고 실력 좋은 사람이라는 것만으로는 설명하기 힘든 어떤 느낌이, 혜영의 마음속을 한동안 맴돌았다.

*

염라대왕부는 저승의 중심부에 해당했다. 산중 외톨이 요새에 가까운 진광대왕부와 달리, 저승의 여러 대왕부는 망자를 수용하고 심판을 진행하기 위한 대규모 시설을 갖추고 있었다. 염라대왕부는 다른 저승을 종합 감독하기 위한 역할까지 더해 시설 규모가 더욱 거대했다. 염라대왕부에서도 중심부인 염라대왕청, 그 중심 건물인 '광명왕원光明王院'에 위치한 회의실에서 호연과 예슬이 대기하고 있었다.

"진짜 생전에 상상하던 거랑은 많이 다르네. 영화나 이런 데 나왔던 것과도 좀 다르지?"

호연의 물음에 예슬은 약간 들뜬 듯이 고개를 연신 끄덕였다.

"완전. 이야기 속에서 조금 더 현대적으로 그려진 적은 있었는데, 이렇게까지 세속적으로 현대적일 줄은 몰랐어."

건물들은 기와지붕 양식을 일부 차용한 현대 양식의 건물들이었다. 지금 호연과 예슬이 대기하고 있는 회의실도 이승의 여느 공공기관이나 대학교에 있을 법한 세련된 모습이었다. 모든 자리에 마이크가 구비되어 있을 정도였다. 회의장 정면 단상에 염라대왕을 묘사한 탱화가 그려져 있다는 점만이 이곳이 저승임을 실감할 수 있게 해 주었다. 예슬은 탱화를 보며 곰곰이 생각에 잠겼다.

"이게 시왕도라는 건데. 원래는 저런 풍경이라야 하는데 말이야. 조선시대 같은 관복 입고 다니고. 주변에 둘러싼 이 사람들이 다 저승 관원들, 그러니까 판관이나 역사나 녹사錄仕들일 텐데……풍경이 이렇게 다른데 관원들은 똑같네. 판관이 다섯, 귀왕이 넷, 동자가 둘, 사자가 하나. 숫자는 맞는데……."

한참 중얼거리며 시왕도를 감상하던 예슬은 뒤늦게 자신이 호연과 대화 중이었다는 걸 떠올렸다.

"아, 미안해. 내가 너무 열중했지……?"

하지만 호연은 빙긋 웃었다.

"됐어. 오히려 괜찮아 보여서 안심도 되고 그러네."

"이제 와서 뭘. 너한테는 내가 감사해야지. 나서 준 덕분에 이런 데까지 같이 오고."

예슬은 후련해진 얼굴로 마주 웃었다. 호연은 쑥스러운 듯이 머리를 긁적였다.

"뭘, 알아낸 걸 자랑하고 싶었고 그걸로 도움이 되고 싶었던 것뿐인걸."

"그걸 실행에 옮기는 게 대단한 거야. 호연이다워."

예슬은 살짝 기지개를 켜고 말을 이었다.

"이렇게 높은 분들 계신 자리에 와 있다 보면, 예은이 이야기를 물어볼 기회가 생길지도 모르고."

호연은 담담한 표정으로 그렇게 말하는 예슬을 대하기 조심스러웠다.

"……계속 신경 쓰고 있구나."

"저승이니까. 정말로 만날 수 있을지도 모르겠다 싶어서."

호연이 예슬의 여동생 예은에 대해 아는 것은 얼마 없었다. 예슬을 처음 만나기도 전에 예은은 이미 세상을 떠나 있었기 때문이었다. 조용하고 학구파인 예슬과는 달리 활발하고 농담을 좋아하는, 그렇지만 예슬보다 믿음이 강해서 찬송가와 성경 구절을 곧잘 외우던 아이라고 들었다. 목숨을 잃은 경위는 물놀이 사고였다. 예슬은 같이 계곡에 놀러 갔다가 일어난 일이었다고만 설명했고, 호연도 더는 묻지 않았다. 호연이 분명히 아는 것은 단지 예슬이 항상 예은을 기리고 있다는 것이었다. 학생 때부터 지금까지 줄곧, 예슬의 손이 닿는 소지품 어딘가에는 꼭 예은의 사진이 있었다. 필통에, 지갑에, 자동차에. 그렇게까지 기리던 동생과 저승에서 해후할 수 있다면.

문득 예슬은 기억나는 대로 노래를 읊었다.

"이 세상 작별한 성도들, 하늘에 올라가 만날 때, 인간의 괴로움이 끝나고, 이별의 눈물이 없겠네."

예슬이 어렸을 때 배운 찬송가에서 유독 기억에 남아 떨어지지 않던 구절이었다.

"며칠 후…… 며칠 후, 요단강 건너가 만나리. 며칠 후, 며칠 후, 요단강 건너가 만나리……."

호연은 쓸쓸한 듯 짓궂은 듯 웃었다.

"예슬아, 그거 찬송가잖아……. 여기서 불러도 되나?"

"그러게. 염라대왕 탱화 앞에서 부르기에 썩 어울리지는 않네."

가벼운 농담을 주고받을 수 있다는 데 호연은 약간의 안도감을 느꼈다.

그때 회의실 바깥에서 두런두런 말소리가 들리더니 문이 열렸다. 염라대왕부 비서실의 강수현 비서관이 문을 열고 호연과 예슬을 향해 고개를 꾸벅 하고 인사했다.

"진광대왕부에서 천문학 관계자분들을 좀 모셔왔는데요. 말씀 나누고 계세요. 이쪽으로 오세요."

뒤이어 망자 두 명이 회의실로 들어왔다. 수현은 문을 닫으며 말했다.

"비서실장님은 지금 염라대왕께 일차 보고 중이십니다. 곧 내려오실 겁니다."

쿵 하고 회의실 문이 닫히고, 이제 회의실 안의 인원은 네 명이 되었다. 호연은 잠시 눈치를 보다가 새로 온 두 명의 망자들에게 묵례를 건넸다.

"저기, 안녕하세요…… 그, 제가 권하기는 좀 그런데요. 앉아서 이야기 나누시면 어떨까요?"

호연은 회의실의 의자를 권했다. 새로 들어온 두 망자들 중 어색하고 시큰둥하게 서 있던 남성은 별 대답 없이 헛기침을 하더니 의자를 빼서 앉았다. 그 옆에 서 있던 양복 차림의 말쑥한 남성은 호연에게 마주 인사를 건네며 의자를 꺼냈다.

"친절하시군요. 감사합니다."

호의가 되돌아오자, 호연은 쑥스럽게 뒷머리를 긁적였다.

"아니요, 별말씀을……."

그렇게 각자 회의실의 자리 하나씩을 잡고 마주 앉았으나 어색한 침묵은 좀체 사라지지 않았다. 호연은 식은땀이 났다. 보통 학회 같은 곳에서 이렇게 모르는 이들끼리 모여 앉으면 자기소개 같은 것을 하곤 했다. 그리고 먼저 도착한 자신이 이 자리의 분위기를 주도해야만 할 것 같았다. 자기소개를 나누자고, 서로의 신원을 밝히자고……. 하지만 자신 같은 학생이 함부로 그런 식으로 먼저 자리를 이끌어도 될지 스스로 의심스러웠다.

고민을 풀지 못한 호연은 예슬에게 조용히 속삭였다.

"……예슬아, 이럴 땐 어떻게 해야 하더라? 어색한데."

뒤따른 예슬의 대답은 매우 명쾌했다.

"그러게, 보통 자기소개부터 하겠지……? 학회 같은 데 가면 보통 그러잖아."

"응, 그렇지……."

이렇게 물어도 별다른 답을 얻을 수는 없을 것이다. 해야 할 행동은 자명했지만 그걸 행동에 옮기는 데 망설임이 있을 뿐이었다. 호연은 다시금 사람들의 눈치를 살피며 분위기를 푸는 말을 어떻게 꺼낼지 셈하기 시작했다. 마침 맞은편에 앉은 양복 차림의 남성을 어디선가 한 번쯤은 본 듯한 기분이 들어, 호연은 용기를 끌어내 보았다.

"저기…… 제가 선생님 낯이 익어서 여쭙는데요. 혹시 성함이……."

그리고 호연이 그렇게 운을 떼자마자, 상대방이 호연의 말을 받는 모양새로 곧장 대화의 물꼬를 트기 시작했다.

"아, 그러고 보니 제가 인사만 드리고 미처 소개를 드리지 않았군요. 이야기가 나왔으니 말입니다만, 여기 모인 분들께서 돌아가면서 자기소개라도 나누고 시작하시면 어떻겠습니까?"

능숙하게 말문을 여는 솜씨에, 뭐라도 해서 분위기를 풀어야 한다는 부담감으로 가득했던 호연의 가슴 속이 마치 체증 풀리듯 녹아내렸다. 호연은 안도하며 대답했다.

"아, 네, 찬성이에요. 네."

옆에서 호연이 긴장을 확 푸는 걸 보니 참 다행이라고 생각하며, 예슬도 호응했다.

"저도요."

시큰둥한 표정의 남성이 가장 마지막으로 응답했다.

"예, 뭐……"

모두가 대답하자, 이야기를 이끌기 시작한 양복 차림의 남성이 앉은 채 가볍게 고개를 숙이며 자신을 소개했다.

"그럼 저부터 인사드리겠습니다. 정상재라고 합니다."

"아……!"

호연은 그 이름을 들은 순간 탄성을 내뱉었다. 그 소리에 놀란 모두의 시선이 자신에게 향하자 호연은 조금 쑥스러워하며 뒷머리를 긁적였다. 그러면서도 호연은 상대에게 조심스레 질문했다.

"가, 갑자기 소리 질러서 죄송해요. 혹시 ETBC 나오시는 그 정상재 교수님이세요?"

호연의 물음에, 상대는 미소 지으며 고개를 끄덕였다.

"아, 네. 그렇습니다."

낯이 익다 싶었더니 개인적으로 어디서 마주친 적이 있었던 게 아니라 방송에 나오는 유명인이었던 것이다. 호연은 갑자기 눈앞에 유명인이 나타난 사실에 굉장히 설레었다.

"유명한 분이야?"

누군지 짐작 가는 바가 없었던 예슬이 호연에게 속삭이며 물었다. 약간 흥분한 호연은 고개를 연신 끄덕이며 대답했다.

"엄청! 혹시 텔레비전에서 본 적 없어? ETBC에서 토요일 밤마다 하는 '세상의 모든 지식'에 패널로 나오는 천문학 교수신데, 교양 과학 강의도 하시고 아는 거 많은 분이야. 소위 한국 천문학계 최고 아웃풋……."

예슬에게 속삭이던 목소리가 어느새 들떠서 줄줄 흘러 나가고 있었다. 호연으로부터 격한 칭찬의 말을 들은 정상재 교수가 손사래를 치며 반응했다.

"아니, 그건 과찬이십니다. 그냥 어쩌다 자리가 있어 나가고 있을 뿐입니다. 그보다 선생님들께도 소개를 좀 부탁드려도 되겠습니까?"

정 교수는 자연스럽게 대화의 흐름을 옆자리의 남성에게로 돌렸다. 조금 전보다는 흥미가 생긴 표정으로, 남성이 이름과 소속을 밝혔다.

"대전과학기술원 우주천문연구소 나성원 책임입니다. 안 그래도 어디서 많이 본 분이다 싶었네요."

나성원 책임의 소개를 들은 정 교수는 크게 고개를 끄덕이며 다시금 물었다.

"혹시 주 연구 분야가 어떻게 되시는지……?"

"어, 전파천문학 전문이긴 한데요."

"그렇군요. 감사합니다."

대답을 들은 정 교수는, 이어서 호연에게 다음 순서를 권하듯 넌지시 손짓을 건넸다. 호연은 두근거리는 마음을 애써 누르며 최대한 정중하게 자기소개에 임했다.

"채호연이라고 합니다. 송원대학교 천문학 전공 박사과정에

재학 중입니다. 잘 부탁드려요. 아, 연구 분야는 항성 발달 이
론입니다."

"좋은 분야를 공부하시는군요."

호연의 소개를 들은 정 교수가 싱긋 웃으며 말을 건넸다. 유
명인에게서 좋은 말을 들었다는 이유로 호연은 새삼 다시 마음
이 들썩거렸다.

"감사합니다. 아, 이쪽은 친구예요."

들뜬 마음이 시키는 대로, 호연은 곧장 예슬에게로 소개 순
서를 넘겼다. 정상재 교수가 지목하기를 내심 기다리고 있었던
예슬은 예상치 못한 호연의 호명에 더듬거리면서도 자기소개
를 시작했다.

"아, 안녕하세요. 지리산 민속문화 연구센터 연구원 김예슬
입니다."

정 교수가 눈썹을 살짝 올려 뜨며 물었다.

"어…… 천문학자가 아니시군요?"

예슬은 아차, 하고 생각했다. 여기는 분명 호연이 이야기했던
시나리오를 검증하기 위해 천문학자들을 모으려는 자리였다.
문외한인 자신이 앉아 있어도 되는지, 순간적으로 싶은 의심과
당혹감이 맴돌았다.

"……네, 저는 그쪽하고는 잘…….'"

조심스레 실토하는 예슬을 보고 호연이 황급히 부연했다.

"대신 민속학과 사후세계 자체에 대한 전문가예요. 그래서

같이 왔어요."

그 이야기를 들은 정상재 교수는 별다른 의문을 제기하지 않고 고개를 끄덕여 보였다.

"그렇군요. 잘 알겠습니다."

호연은 살짝 한숨을 내쉬며 숨을 돌렸다. 예슬은 여전히 조금 불안한 기색을 보이며 호연에게 소근거렸다.

"내가 끼어도 되는 자리 맞지?"

그런 예슬을 보며 호연은 단호하게 대답했다.

"안 될 게 뭐가 있어. 이제 와서 떨어질 수는 없잖아."

"그건 그런데……."

자신이 같이 가자고 해서 왔고, 같이 죽어서 올라온 마당에 새삼 떨어지고 싶지도 않다는 게 호연의 심정이었다. 하지만 그로 인해서 예슬이 초대받지 않은 손님 취급을 받지도 않았으면 좋겠다고 생각했다. 친구로서, 그리고 이 자리에 예슬이 오게 한 책임자로서, 다른 이들 앞에서 예슬의 역할을 변호해야만 한다는 생각이 호연의 마음속에 보글보글 떠오르고 있었다.

한편 모두의 소개를 들은 정상재 교수는 능숙한 솜씨로 대화를 다음 단계로 이끌어 나갔다.

"자, 그러면 여기 모이신 분들은 모두 대량의 사망자가 발생한 사건의 원인을 찾아보기 위해 저승사자 분들이 모셔온 것으로 알고 있습니다만. 혹시 짐작 가는 원인이 있으십니까?"

곧바로 본론의 문을 여는 정 교수를 향해 호연은 서둘러 손을 들고 말했다.

"아, 실은 제가 먼저 이야기를 꺼내서 모이게 된 거예요."

정 교수는 호오, 하는 감탄사와 함께 놀라워했다.

"먼저 이야기를 꺼내셨다고요? 흥미롭군요. 그럼 혹시 원인을 무엇으로 보고 있습니까?"

어쩌면 전공 분야에서 가장 유명한 교수가 자신에게 묻고 있었다. 말하다가 혀라도 꼬이면 망신이다. 호연은 차분하게 또박또박 대답했다.

"저는…… 초신성이라고 생각합니다. 알두스요."

"알 뭐요?"

그리고 전혀 예상치 않은 방향에서 따지듯이 불쑥 날아든 물음에 호연은 순간 가슴이 철렁했다. 정상재 교수가 아니라, 그 옆자리의 나성원 책임이 못 알아듣겠다는 듯 눈매를 찌푸리며 불쑥 물어온 것이었다. 호연은 마음을 가라앉히며 대답했다.

"알두스요. 별 이름이요. 저희는 죽기 직전에 HD 359084 알두스가 맨눈으로 볼 수 있을 정도로 밝아지는 걸 봤어요. 그리고 그 직후에 이런 일이 일어났고요."

그렇게 말하며 호연은 예슬을 바라보았고, 예슬은 동의의 의미로 고개를 끄덕였다.

하지만 성원은 계속해서 고개를 갸웃거리면서 호연에게 질문했다.

"아니, 초신성이 터진다고 사람이 죽는다고요?"

그냥 질문하는 것인지, 따지는 것인지, 빈정대는 것인지. 원래 말씨가 저런 것인지, 감정이 실린 건지 알기 어려웠다. 퉁명스럽게 느껴지는 나성원 책임의 물음에 호연은 조금 도전당한 것 같은 기분을 느꼈다.

"초신성이 폭발할 때 대량의 방사선이 발생하잖아요? 그 방사선이 운 나쁘게 지구를 향했다면……."

호연은 설명을 더 부연해 보았지만, 성원은 고개를 설레설레 저으며 여전히 의구심을 감추지 못했다.

"아니, 방사선이야 나오겠지요. 그런데 저는 그거랑 지금 이 사태랑은 좀…… 사람이 너무 많이 죽었는데."

그 말에 순간 말문이 턱 막히는 기분을 느끼며 호연은 머리를 굴렸다.

수많은 사람들의 죽음, 목격했던 초신성, 시간적 연관성. 다른 가능성이 없다는 판단 아래, 저승 직원들의 외침 속에서 손을 들게 된 근거들이었다. 떠올린 그 순간는 정말 강한 확신에 가득 차 있었다. 하지만 막상 타인에게서 '말이 안 된다'는 지적을 받았을 때 맞받아칠 수 있을 만큼 튼튼한 근거들이 있는 것도 아니었다. 호연에게는 조금 익숙한 감정이었다. 나름의 연구 결과나 가설을 만들어 지도교수 앞에 자랑스럽게 가져갔더니 지도교수의 매서운 비판에 엉망진창으로 토막이 났을 때, 곤혹스러우면서도 동시에 질 수 없다는 듯 오기가 끓어오르는 순간이 온다.

말이 안 되면 되게 만들면 된다. 호연은 초신성 폭발과 관련된 현상 중에 사람을 죽일 수 있을 만한 것이 없는지를 떠올려 보았다. 그리고 한 가지 단어를 꺼내들었다.

"……감마선 폭발, 그러니까 GRB$^{Gamma Ray Burst}$라도 생긴 게 아닐까요?"

감마선은 방사선을 포함하는 전자기파 중에서도 가장 강력한 에너지를 가진 것으로, 흔히 원자력 사고에 의해 사람이 피폭될 때 노출되는 강한 방사선에 해당됐다. 그토록 치명적인 감마선이 대량으로 발생하는 천체 현상이 있었다. 태양이 일평생 쏟아낼 만큼 큰 에너지가, 감마선의 형태로 한순간에 강하게 뿜어져 나오는 것. 이 같은 현상을 천문학에서는 GRB라고 불렀다. 아직까지는 먼 은하에서만 관측되어 왔기 때문에 그 원인이 정확하게 규명된 적은 없으나, 거대 초신성이 잠재적 원인 중 하나로 여겨지고 있었다.

하지만 나성원 책임은 여전히 선뜻 납득하지 못하는 눈치였다. 그가 호연에게 다시 뭐라고 이야기를 꺼내려 하는 순간, 작은 박수소리가 끼어들었다.

"정말 흥미롭군요……."

정상재 교수였다. 감탄하듯이 가볍게 박수를 친 그는 호연을 바라보며 말을 이어갔다.

"요컨대 채호연 학생의 아이디어는 이거로군요. 알두스가 초신성화하였고, 그때 수반된 GRB에서 발생한 감마선이 치사량만큼 지구를 덮쳐서, 마침 그때 알두스가 보이고 있던 한국에서 많은 사망자가 발생했다."

깔끔한 요약이었다. 호연은 강하게 고개를 끄덕였다.

"네, 저는 그렇게 생각합니다."

"정말 흥미로운 가설이에요. 목격한 사실들을 연결해서 사고하는 실력이 아주 탁월하군요."

정상재 교수의 연이은 칭찬. 호연의 마음속의 흔들림이 다시 두근거림으로 바뀌어 갔다. 자신의 아이디어가 인정받을지도 모른다는 작은 기대가 스며들기 시작했다. 그렇지만 그 기대는 오래가지 못했다.

"단지, 한 가지 걸리는 점이 있군요."

부정적인 운을 뗀 정상재 교수는 호연을 지그시 바라보면서 말했다.

"이 가설에는 초신성으로 인한 우주 방사선이 그렇게까지 강하지는 않다는 점이 간과되어 있습니다. 일부 초신성 유형에서 감마선 폭발이 관측될 수는 있지만…… 채호연 학생, 혹시 감마선 폭발 현상이 얼마 이상 지속되면 '장기적 GRB'라고 보는지 알고 있나요?"

설명이 이어질 듯하더니 이내 질문이 돌아왔다. 호연은 순간 당황했다.

"어……."

분명 배운 적 있는 내용이었는데 갑자기 떠올리려고 하니까 분류와 기준이 하나도 떠오르지 않았다. 그런 호연에게서 빠른 응답을 기대할 수 없다고 생각했는지 정 교수는 이내 정답을 제시했다.

"이 초입니다. 이 초라는 시간 동안 감마선 폭발이 지구를 직격한다고 해도, 일시적으로 오존층을 벗겨 내 생태계를 교란시킬 수는 있지만 많은 사람들의 즉사로 이어질 수는 없습니다. 분명 GRB로서는 긴 시간이지만 재해 현상으로서는 극히 짧지 않습니까?"

근거가 확실하고도 강력한 부정이었다. 호연은 가슴 한쪽 구석이 서늘해지는 것 같은 기분을 느꼈다. 아직 남아 있던 오기가 그나마 떨리는 입술을 다시 열리게 만들었다.

"그렇기는 하지만…… 그 밖에 달리 생각할 가능성이 있을까요? GRB나 초신성에 대해서는 밝혀지지 않은 것이 더 많고요. 실제로 알두스는 최근 3개월간 예상을 벗어난 변광 현상을 보였는데……."

하지만 정 교수는 설레설레 천천히 고개를 저었다.

"그 모든 추측이 현재 합리적으로 연결될 만큼 증거나 자료가 없다는 것이 문제입니다. 그리고 우리는 모두 죽었기 때문에 더이상 증거를 모을 수 없지요. 현재로서는 의미가 없는 가설에 불과합니다."

의미가 없다…….

계속해서 이야기의 돌파구를 찾아보려던 호연의 마음이 폭삭 주저앉았다. 부정할 수 있는 지적이 아니었다. 호연의 상상력은 계속해서 자신의 이론의 그럴싸함을 사수하려고 들었지만, 학자로서의 양심은 백기를 들고 있었다. 확고한 근거 없이 주장을 이어갈 수는 없었다.

고개를 떨구는 호연을 향해 정상재 교수는 덕담처럼 말을 건넸다.

"하지만 좋은 시도였습니다. 아까도 이야기했지만 전혀 무관해 보이는 여러 현상들을 연결지어서 스토리가 있는 가설로 내놓을 수 있다는 점은 연구자로서 바람직한 자질입니다. 아직 어린 학생이 대단한 발상을 해냈어요."

"감사합니다……."

이 작은 격려와 칭찬이 호연이 건져갈 수 있는 유일한 소득이었다.

그때 정 교수와 호연의 대화를 내내 듣고만 있던 나성원 책임이 정 교수에게 물었다.

"그런데 정 교수님. 저 친구가 이야기한 것 때문에 우리가 여기 모인 거면, 가설이 의미가 없으면 우리가 모여 있을 이유도 없어지는 거 아닙니까?"

호연은 다시금 가슴이 철렁했다. 이것도 틀린 말이 아니었다. 자신의 가설이 공허한 것으로 결론지어진다면, 천문학적 원인으로 대량 사망이 발생한 것을 규명하겠다고 천문학자들의 영혼을 찾아다니고 있는 염라대왕부 관원들의 노력이 무색해지는 꼴이 된다.

나 책임의 질문을 들은 정 교수는 잠시 생각에 잠겼다가 대답했다.

"분명…… 그럴 수도 있겠군요."

자신의 성급한 추측 탓에 큰 헛수고가 이루어진 게 아닌지, 호연은 점점 두려워지기 시작했다. 그러나 곧 정 교수가 부연해 말했다.

"하지만 저는 그렇게 되지 않기를 바랍니다. 현재까지 이이상의 가설이 나오지도 않은 상황 아니겠습니까? 그렇다면 우리가 이 상황을 활용해 볼 여지가 있을지도 모르겠습니다. 더 많은 전문가를 모아서 계속 가설 수립을 시도해 보도록 합시다."

정 교수는 차분하고 단호한 목소리로 말했다. 호연은 다소간 의아함을 담아 그에게 물었다.

"저기, 하지만…… 조금 전에 제 가설에 의미가 없다고 하셨는데요."

호연에게 있어서, 정 교수의 지적은 비단 자신의 가설에 대한 것이 아니더라도 증거와 자료를 더 모을 수 없는 이곳 사후세계에서 가설을 짜는 데 본질적인 한계가 있다는 말처럼 들렸다. 그런데도 계속 가설을 세워 보자는 정 교수의 이야기가 선뜻 이해가 가지 않았다. 그런 호연을 향해 정 교수는 빙긋이 웃어 보였다.

"맞습니다. 하지만 그걸 저 바깥의 저승사자 분들은 모르지 않습니까?"

"네?"

호연은 더욱 영문을 알 수 없는 대답을 듣게 되었다.

"그게 무슨 말씀이세요?"

뭔가 따로 생각하는 바가 있는 듯한 정상재 교수에게 호연이 막 되묻던 순간, 다시 회의실 문 쪽에서 노크 소리가 들려왔다. 방 안의 모두가 관심 있게 바라보는 가운데 문이 열렸다. 흐트러진 셔츠 차림에 피곤해 보이는 안색의 남성이 머쓱하니 인사를 건네 왔다.

"실례합니다. 여기 천문학자 분들이 모여 계시다고 전해 들었습니다만……."

정상재 교수가 손뼉을 한 번 크게 치더니 곧바로 그를 맞이했다.

"어서 오십시오. 맞게 찾아오셨습니다. 선생님께서도 천문학자시군요? 반갑습니다. 정상재 교수라고 합니다."

남성은 회의실 안으로 들어서며 평범하게 인사를 교환했다.

"예, 처음 뵙겠습니다. 미항공우주국 태양연구센터의 홍기훈 박사라고 합니다."

정 교수는 놀랍다는 눈빛으로 그를 바라보았다.

"아, 나사에서……."

"그렇습니다."

홍기훈 박사는 고개를 끄덕였다. 성원은 그에게 신기하다는 듯 물었다.

"나사면 미국에 계셨던 겁니까? 거기서 돌아가셨고요?"

"그렇습니다. 댈러스Dallas에 있었습니다. 사태가 터지고 나서 그만 폭동에 휘말려 죽었습니다."

기훈의 대답을 들은 성원은 새삼 신기하다는 듯 혀를 내둘렀다.

"와, 미국에서 죽었는데도 한국 저승을 와요?"

호기심에서 하는 이야기인 게 뻔히 보였지만, 기훈은 다소 불편하게 느꼈는지 무덤덤하게 대답했다.

"그게 상관이 있는 거였습니까……? 저는 제가 국적상 한국 인이라 이리 된 줄 알았습니다만."

정색하는 기훈을 보고 성원은 머쓱한 듯 쩝, 하고 입맛을 다셨다.

그때 호연이 기훈에게 질문했다.

"그런데, 저기, 홍 박사님. '사태'라니 무슨 말씀이세요?"

호연의 질문을 받고 기훈은 조금 퍼뜩 놀라더니 좌중의 망자들을 둘러보며 되물었다.

"아…… 그러고 보니, 저 말고 다른 분들께서는 모두 한국에 서 사망하신 겁니까?"

"그렇습니다."

정상재 교수가 대답했고, 다른 이들도 하나같이 고개를 끄덕 였다. 그 모습을 본 기훈은 당혹스러움과 애석함이 섞인 표정을 지어 보였다.

"그럼 정확히 무슨 일이 일어났는지 아무도 모르시겠군요?"

"홍 박사님은 알고 계시다는 말씀이십니까?"

정 교수의 질문에 기훈은 고개를 끄덕이며 말했다.

"예. 간단히 말하면 천문학 현상에 의한 전지구적 재해 상황으로 저희는 의심하고 있습니다."

호연의 눈이 휘둥그레졌다.

*

이시영 비서실장이 염라대왕 알현을 청했을 때, 염라대왕은 자신이 비서실로 내려가겠다는 회신을 보냈다. 단순히 보고만 받고 끝나기보다는 비서진들과 함께 이런저런 대책을 고민해야 할 테니, 시영에게 지시한 후에 다시 검토가 진행되길 기다리는 것보다는 효율적이라는 이유에서였다.

파초선을 든 의전비서관이 비서실 문 앞에서 호령했다.

"염라대왕 폐하 납시오!"

시영을 비롯한 비서진들이 묵례를 하는 가운데 염라대왕이 비서실로 걸어 들어왔다.

최초의 어머니가 이승을 떠나 삼도천을 건넌 이래 저승의 가장 높은 자리는 관례처럼 여성에게 이어져 왔다. 당대의 염라대왕은 평범한 여염집 장녀 출신으로, 삼백여 년 전 선대로부터 지명을 받아 취임한 이래 저승의 많은 잔혹한 제도를 개혁하고 저승의 모습을 시대에 맞춰 현대화하는 데 노력을 다해 왔다.

염라대왕은 비서실 회의 탁자 상석에 앉아 가져온 서류철을 펼쳤다. 시영의 최초 보고를 들으며 메모한 내용이 가득했다. 심판정에 설 때는 휘황찬란한 용포와 열다섯 가닥 면류관을 착용하곤 하는 염라대왕이었으나, 실무 보고를 받는 자리인 지금은 가벼운 서양식 세미 정장 차림이었다. 뒤따라 시영을 포함한 비서진들이 회의 탁자에 착석했고, 염라대왕은 비상 회의의 시작을 선언했다.

"비서실장은 현재 상황을 다시 요약해 보고해 주십시오."

시영은 곧장 보고를 시작했다.

"지상에 전례가 없는 대량 사망이 발생한 상황입니다. 진광대왕부에서 망자를 받아들이는 데 병목이 발생했습니다. 사출산 구조대 활동은 정지되었고, 망자들을 진광대왕부까지 도보로 오도록 하고 있습니다. 칼나무에 베여 이성을 잃는 영혼이 많아질 것에 대비해, 모든 대왕부의 역사들을 전부 진광대왕부로 집결시켰습니다. 역사들을 동원해 칼나무를 베어내고 공터와 길을 넓히는 작업을 시작했습니다. 초강대왕부로 넘어오는 삼도천 급행열차의 경우 초강대왕부에서 혼란을 우려해 운행을 중지하고자 했고, 이에 도보로 철교를 건너게 조치했습니다. 하루 정도 지나면 유입된 망자가 초강대왕부에 도착할 것으로 예상됩니다."

"원인에 대해 조사된 바가 있습니까?"

"천문 현상에 의한 대재난임을 주장하는 천문학자 망자가 있었습니다. 천체 현상으로 별에서 방사능이 발사되어 이승 사람들에게 해를 끼쳤다는 가설입니다. 가설을 낸 당사자는 이곳으로 초빙해 두었습니다. 그외에도 천문학 전문가 망자들을 수소문해 불러모으고 있습니다."

염라대왕은 턱을 만지작거리다가 말했다.

"천문 현상이라고 짐작한 이유가 있습니까?"

"하늘에 실제로 눈부신 별이 나타난 걸 목격한 사람들이 많은 점, 전국적으로 고르게 대량의 사망자가 발생한 점 등입니다. 국지적 재난이나 전쟁 가능성은 일단 배제했습니다."

"타당하군요. 그렇다면 한 가지 확인해야 할 사항이 있습니다. 다른 저승들 동향은 파악된 게 있습니까?"

온 세계에 저승이 시왕저승 한 곳만 있는 것은 아니었다. 문화권에 따라, 종교에 따라 갈래를 달리하는 여러 저승들이 있었고, 그중 일부는 서로의 존재를 확인하여 정기적으로 연락을 주고받고 있었다. 이를테면 다른 염라대왕과 다른 시왕들이 지배하는 중국 전통의 시왕저승이 따로 있었고, 팔백만 신들이 모여든다는 일본의 황천도 있었다. 한반도 안에 존재하는 몇몇 무속 신앙을 따르는 소규모 저승세계들과도 교류가 있었다. 저승의 대외 정보수집 및 통신 기관인 좌도왕부左道王府에서 이들과의 연락을 담당하고 있었다. 좌도왕부로부터 정기 보고를 받는 서정열 연락비서관이 염라대왕의 질문에 답했다.

"아직입니다. 좌도왕부에 조기 확인을 요청했고, 곧 보고가 있을 예정입니다."

염라대왕은 고개를 끄덕였다.

"주변 다른 저승들마저 같은 상황이라면 정말 치명적인 재해를 가정해야 할 겁니다. 대비하세요."

"알겠습니다."

뒤이어 한 비서관이 손을 들고 발언권을 요청했다.

"교통비서관 박영자입니다. 염라대왕님, 대비하라고 하시니 말씀드립니다만, 저승이 감당할 수 있는 수의 사망자가 아니지 않습니까? 지금 초강대왕부로 이동 중이라고 하는데, 정식으로 심판 절차를 다 거치자면 엄청난 병목 현상이 불가피합니다."

"일리가 있습니다. 무엇을 제안하고 싶은 것인지?"

"각 시왕폐하께 연락하여 심판을 생략하거나 정지해서 빠른 수용이 이루어지게 해야 하지 않겠습니까?"

그때 다른 비서관이 손을 들고 의견을 냈다.

"윤회정책비서관 안유정입니다. 아무리 그래도 심판을 생략하는 것은 지나친 조치가 아닐까요? 저희가 지금 저승의 핵심 기능을 포기하면서까지 대응할 필요가 있을지……."

육도윤회를 직접적으로 다루는 주무 비서관의 입장에서는

선불리 동의할 수가 없었던 것이다. 하지만 시영은 두 의견 중 교통비서관 쪽의 의견에 조금 더 마음이 갔다.

"이미 진광대왕부에서 수명부 대조 심사를 대폭 생략해서 최대한 빠르게 들여보내고 있습니다. 안유정 비서관의 의견도 이해하지만, 정식 심판을 다 거치면 정말 힘들 겁니다. 최대한 빠르게 각 대왕부를 통과시켜서 가급적이면 신속하게 오도전류대왕부五道轉輪大王府로 보내야 합니다."

오도전류대왕부, 통칭 전류대왕부는 저승에서 심판을 다루는 열 명의 대왕들 중 마지막 대왕이 기거하는 곳으로, 망자들을 이승으로 돌려보내는 윤회전생輪廻轉生의 실행을 주관하고 있었다.

"우선 가능한 한 빠르게 망자들을 수용하고, 최대한 빠르게 환생시켜 내 보내는 것을 목표로 해야 한다고 생각합니다. 그렇지 않으면 저승 전체에 혼란이 발생합니다. 상황이 좀 더 명확히 확인된다면, 그 뒤에 심판 재실시를 고려하도록 합시다."

교통비서관은 건의가 받아들여진 것에 만족했고, 윤회정책 비서관은 만족스럽지는 않은 듯했으나 상황이 워낙 심각한 것을 느끼고 있었기에 더 이상 다른 의견을 내지는 않고 있었다. 하지만 막상 정리된 제안을 들은 염라대왕은 미심쩍은 표정을 지으며 말이 없었다. 시영이 조심스럽게 물었다.

"……염려하시는 점이 있으십니까?"

염라대왕은 탄식에 가깝게 한숨을 내뱉었다.

"심판을 생략하자는 것은 타당합니다. 그런데 망자들을 이승으로 내려 보내는 게 문제로군요."

"육도윤회六道輪廻의 질서가 흐트러지겠지만 감수할 수밖에 없지 않겠습니까?"

저승에서 망자를 이승에 환생시킬 때는 생전에 지은 죄를, 악업惡業을 갚을 수 있게 안배한다. 베풀지 않은 부덕한 자들은 타인의 베품을 고마워할 수밖에 없는 곳에 태어나게 하는 식이다. 환생할 곳을 정하기 위해서는 여러 대왕들이 망자의 죄를 심판한 기록이 필요한데, 심판 과정을 대폭 생략하면 판단 기준을 마련할 수가 없을 터였다. 그런데 염라대왕이 걱정하는 것은 그보다 더 근본적인 부분이었다.

"육도 이야기를 하는 것이 아닙니다. 환생이 가능하겠습니까?"

"그게 무슨 말씀이신지……."

그 순간, 안유정 윤회정책비서관의 통신기가 요란하게 벨소리를 울렸다. 양해를 구하고 통신에 응한 안유정 비서관은, 건너편에서 전해져 오는 소식을 들으며 점차 얼굴이 흙빛이 되어 갔다.

"……예, 알겠습니다. 마침 대왕께서 계시니 곧장 보고 올리겠습니다. 수고하십시오……."

통신을 끊은 안 비서관은 염라대왕과 시영을 차례로 바라보며 떨리는 목소리로 말했다.

"전륜대왕부 윤회청에서 긴급 연락이 왔습니다. 환생문還生門

이 환생처를 찾지 못하고 있다고 합니다. 지금 환생이 불가능하다고……."

"그게 무슨 소리입니까?"

다급히 되묻는 시영과 달리, 염라대왕은 예상대로라는 듯 고개를 가로저었다. 안 비서관은 시영을 향해 상황을 더 상세히 설명했다.

"환생을 시키려면 지상에 새로 태어날 생명이 있어야 하는데, 적합한 태아를 찾을 수가 없는 상황이라고 합니다. 축생도도 상황이 같다고 해서 환생 업무가 정지되었답니다."

염라대왕은 크게 탄식했다.

"산 사람이 다 죽어 가고 있는데, 앞으로 태어날 사람은 오죽하겠습니까?"

그 말을 들은 시영은 가슴이 덜컥 내려앉는 기분을 느꼈다. 다른 비서진들에게도 당혹감이 퍼져 나갔다.

"아니, 망자들은 십만 단위로 밀려드는데, 환생이 안 된다고요?"

"그럼 그 망자들을 전부 우리 저승에서 떠안아야 하는 겁니까?"

"이런 듣도 보도 못한 경우가……."

술렁이는 가운데 또 다른 통신기가 요란하게 울렸다. 서정열 연락비서관의 것이었다. 그에게 날아든 소식도 절망적이기는 마찬가지였다.

"인접 저승 상황 확인되었습니다. 전부 다 똑같은 상황입니다.

중국 시왕저승 쪽은 파악한 망자의 수만 이미 백만 단위를 넘어서, 완전히 비상 상태라고 합니다. 일본 쪽도 각지의 지역 신들이 죽은 영혼을 제대로 인도하지 못할 정도라고……."

서 비서관은 문득 시영의 눈치를 잠시 살피고는 보고를 이어갔다.

"한국 내 군소 저승들의 경우…… 지리산 복사골 산신령님, 제주 저승할망님, 평안도 마고할멈님 등 연락 원활한 것 확인했습니다. 역시 다수의 망자를 맞이하고 있는 상황이라고 합니다."

겉으로는 내색하지 않았지만 시영은 속으로 조금 마음이 놓였다. 그는 처음부터 이곳 시왕저승의 관원은 아니었고, 한때는 지리산의 산신노군山神老君 밑에 있던 학동學童이었다. 지금은 이곳에서 관직을 맡고 있지만 그에게 옛 산신령은 존경하는 어르신과 같았기에 안부를 확인할 수 있었던 것은 다행스러운 일이었다. 하지만 시영은 그 안도감을 빠르게 마음 한구석으로 치웠다. 존경심은 사적인 감정이고, 지금은 공적인 일에 집중할 때였다. 그럼에도 불구하고 시영은 마음속으로 되뇌었다.

'노군께서 여기 계셨다면 이 상황에 대해 뭐라고 하셨을까.'

비서진들은 다들 당혹감에 젖어 비명에 가까운 탄식을 내뱉고 있었다. 염라대왕은 시영을 바라보며 더 논의할 것이 있는지, 이 혼란을 어떻게 수습할 생각인지 눈빛으로 묻고 있었다.

노군께서는 말씀하셨다. 두려움은 무지無知에서 온다고. 무언가가 두렵다면 도망치는 것도 좋지만, 더 가까이 다가가서 그 정체를 샅샅이 알아내면 두려움은 사라질 것이라고.

시영은 헛기침을 해 비서진들을 진정시켰다.

"다들 정숙합시다. 모두들 초유의 상황에 놀란 것, 이해합니다. 하지만 여기서 놀라고만 있을 때는 아닌 것 같습니다. 일단 무슨 일이 일어났는지, 우리가 무엇을 할 수 있는지 알아내야 합니다."

"그럼, 비서실장의 제안은 무엇입니까?"

염라대왕의 물음에 시영은 답했다.

"확대 대책 회의 소집을 제안합니다. 원인과 관련해서는 천문학자 망자들로부터 직접 이야기를 들어 볼 필요가 있겠습니다. 향후 대책과 관련해서는 윤회청에 직접 이야기를 들어 봐야겠습니다. 진광대왕부의 저승사자들 가운데서도, 이승에서 유의미한 정보를 얻어 온 이가 있으면 전부 참석시키면 어떻겠습니까?"

시영의 제안을 염라대왕이 수락했다.

"좋습니다. 빠르게 소집 바랍니다. 내가 직접 참관하겠습니다."

"알겠습니다. 소집 진행하겠습니다."

"부탁합니다. 잠시 후에 다시 이야기 나눕시다."

염라대왕이 이석했다. 의전비서관이 그 뒤를 따랐다. 비서실 직원들은 회의 소집을 위해 저승의 여러 부서들에 연락을 돌리기 시작했다. 시영은 강수현 비서관을 불렀다.

"수현 군, 나는 윤회청 쪽에 대책 회의 파견을 조율할 테니, 아까 그 천문학자들을 시간 맞춰서 소집해 주기 바랍니다."

"네, 알겠습니다 실장님."

수현이 바쁘게 비서실을 뛰어나가는 것을 보며, 시영은 통신기에 오도전륜대왕부 윤회청의 전화번호를 눌렀다. 업무가 정지되어 패닉에 빠진 부서로부터 인원을 차출해야 했다.

*

홍기훈 박사가 방에 모인 망자들에게 설명을 하기 시작했다.

"제가 죽기 전까지 확인된 사실을 설명해 드리겠습니다."

사건 발생 시각, 미국은 이른 아침이었다. 갑자기 하늘에 오로라가 뜨는 이변이 발생했고 동시에 모든 위성 통신이 차단되는 상황이 빚어졌다. 곧이어 지상의 무선 통신마저 방해받기 시작하더니, 다음으로는 많은 전자기기가 스파크를 튀기며 먹통이 되었다. 간신히 전해 들은 소식에 의하면 지구 대기권에 엄청난 양의 우주 방사선이 유입되어 위성들을 죄다 먹통으로 만들었고, 지상에도 영향을 주고 있는 상황이었다.

기훈이 속해 있던 태양연구센터가 처음 떠올린 가설은 강력한 태양 폭풍이었다. 우주에서 지구로 날아드는 엄청난 에너지 입자들을 만들어 낼 수 있는 가장 가까운 존재는 태양이었다.

태양을 상시 관측하던 우주기상위성들과의 통신이 두절된 상황에서, 각국의 지상 천문대와 태양관측소들이 나서서 태양의 상태를 확인했다. 하지만 잇따른 관측에서는 특별한 이상이 발견되지 않았다. 문제는 태양이 아니었다.

세계의 여러 연구기관들과 통신을 시도하던 센터 관계자들은, 지금 밤을 보내고 있을 아시아 일대의 연구기관들과 일체의 연락이 되지 않는다는 것을 확인했다. 아시아 지역의 천문 관측 계기들이 마지막으로 보내온 자료에는 밤하늘에서의 대폭발이 관측되어 있었다. 나사의 과학자들은 곧, 초신성이나 그에 준하는 고에너지 천문 현상을 의심하기 시작했다. 미증유의 천문 현상이 심야를 보내고 있던 아시아를 덮친 것이다.

"그리고 우리는 재해 상황이 확산하는 것을 확인할 수 있었습니다."

천문학적 현상에 의한 방사선 발생은 많은 경우 일시적이다. 비록 섬광의 순간 노출된 지역이 손쓸 수 없는 피해를 입더라도 거기서 끝나는 편이다.

하지만 모두의 예측은 처참하게 빗나갔다. 지구의 자전에 따라 통신 두절 영역이 점차 서쪽으로 확대되었다. 맨 처음 연락이 두절된 곳은 한국, 일본, 중국, 대만 등 동아시아 지역과 오스트레일리아 서부에 불과하였으나, 이어서 필리핀을 시작으로 동남아시아 국가들의 연락이 두절되었고, 방글라데시와 인도 동부가 뒤를 이었다. 각 지역의 통신이 두절되기 직전에는 사망자 보고가 빗발쳤다.

"공통적으로 통증과 함께 구역감이나 어지러움을 느끼다가 극히 짧은 시간 안에 그 자리에서 사망하는 경우가 계속해서 보고되었습니다. 우리는 이걸 지속적인 천문 폭발의 영향이라 판단했습니다."

치사량의 방사선이 우주로부터 계속해서 지구에 유입되고 있다는 의미였다. 즉, 지구가 자전함에 따라 점점 서쪽으로 피해 영역이 확대될 것이고, 피해 지역의 인류는 절멸에 가까운 피해를 입는다. 최악의 경우 지구가 한 바퀴 도는 동안 방사선의 타격이 멈추지 않을 수도 있다.

다시 말해 인류 문명이 24시간 이내에 멸망할지도 모르는 상황이었다.

"……이 사실을 비밀로 해 두고 싶었지만 그럴 수 없었습니다. 재해를 겪는 지역의 정보가 인터넷에 올라오기 시작하면서 종말론적 폭동이 벌어졌습니다. 저희 연구센터에서도 방사능 피폭 증상을 호소하는 사람들이 생겨 대피 방법을 고민하던 중에 누군가가 총기를 들고 센터에 침입했습니다. 난동이 벌어졌고 …… 거기에 휘말렸습니다."

홍기훈 박사의 설명이 마무리되자 회의실에는 잠시 무거운 침묵이 자리 잡았다. 호연은 온몸에 소름이 끼치는 것을 느꼈다. 두려움과 전율이 뒤섞인 감정이었다. 자신이 예측한 것이 사실이라는 것을 제삼자를 통해 확인할 수 있었다. 하지만 호연이

미처 생각하지 못한 것은 네 번째 가설이었다. 인류 멸망 상황이라고? 정말로?

정상재 교수가 다급히 물었다.

"그래서, 원인은…… 원인은 짐작이 가는 바가 있으십니까?"

그때 호연이 자리에서 벌떡 일어나며 기훈에게 물었다.

"알두스인가요?"

"잠깐, 호연 양, 일단 좀 침착하게 질문을……."

정 교수는 호연의 돌발 행동을 점잖게 나무라며 갑자기 질문을 받은 기훈의 눈치를 보았다. 하지만 기훈은 오히려 호연을 바라보며 순수하게 놀랍다는 표정을 짓고 있었다. 그는 대답했다.

"맞습니다. 그걸 어떻게……?"

호연의 얼굴이 순간 확 밝아졌다.

"초신성 알두스 맞죠! 제가, 제가 그 별 터지는 것까지는 보고 죽었어요!"

거 보라는 듯, 역시 그렇지 않냐는 듯, 제발 맞다고 해 달라는 듯, 호연의 목소리는 한껏 들뜨고 기대에 부풀어 있었다. 한편 정 교수는 떨떠름하니 기훈에게 질문했다.

"……정말입니까? 저 학생 말대로?"

기훈은 정 교수를 향해 고개를 끄덕여 보이고는 호연을 바라보며 대답했다.

"정확히 말하면, 초신성이 아닙니다. '알두스 알파α'가 '알두스 베타β'에 잡아 먹히기 시작한 것으로 보고 있습니다."

호연은 깜짝 놀라며 되물었다.

"알파랑 베타요? 알두스가 쌍성雙星이었나요?"

"우리 센터가 공유받았던, 외계행성 연구센터의 미발표 논문 자료에 따른 가설입니다."

기훈은 학술적인 설명을 시작했다.

외행성 연구센터는 멀리 떨어진 별을 도는 행성의 존재를 관측하는 연구를 전문적으로 수행하는 곳이었다. 그리고 그들은 알두스의 주기적인 변광 현상이 알두스와 지구 사이를 스쳐 지나가는 알두스의 행성 때문인 것으로 의심하고 있었다. 하지만 행성의 존재를 상정한 여러 차례의 관측과 시뮬레이션은 모두 실패로 돌아갔던 차였다.

그 시점에서 한 과학자가 새로운 가설을 꺼내 들었다. 알두스의 변광 현상은 행성 때문이 아닌 보이지 않는 쌍둥이별 때문이며, 그 쌍둥이별이 블랙홀이라서 여태 관측되지 않았다는 내용이었다. 논문에서는 우주 먼지에 의한 그림자가 블랙홀의 관측을 어렵게 만들었다는 가정하에 빛나는 본성本星을 '알두스 알파', 그 본성 주변을 도는 소형 블랙홀을 '알두스 베타'로 명명해 변광 현상을 설명하고자 했다.

"블랙홀이라니, 그런 엄청난 논문이 왜 아카이브에도 올라오지 않은 겁니까?"

나성원 책임의 당혹스러운 물음에 기훈은 차분히 대답했다.

"논문에 대한 보충이 이루어지고 있었습니다."

알두스의 변광 주기가 최근 갑자기 바뀐 것이 원인이었다. 센터의 논문 기획 위원들은 논문이 그 부분까지 설명해 주기를 원했다. 그리고 앞선 가설을 토대로 이 논문에서는 알두스 알파의 가스가 알두스 베타로 빠르게 빨려들어 가기 시작한 것이 변광 주기가 바뀐 원인이 아닌지 추측하고 있었다.

"그리고 여기서부터는 이 논문을 토대로 저희 태양연구센터 쪽이 독자적으로 추론한 것입니다. 논문이 시사하는 쌍성계 구조에 따르면, 블랙홀인 알두스 베타의 자전축은 지구 방향을 향해 있을 가능성이 큽니다. 그리고 만약 알두스 알파가 베타에 잡아 먹히기 시작했다면, 가스가 거대한 강착원반降着圓盤, Accretion Disk을 형성했을 것입니다. 그러면……."

호연이 뒤쫓듯이 중얼거렸다.

"제트Jet로군요."

자전 속도가 빠른 블랙홀이 주변의 천체를 잡아 먹을 때 빨려들어 가던 물질의 일부가 블랙홀의 자전축 방향으로 뿜어져 나오는 현상이 관측된 바 있었다. 별 하나가 다 잡아 먹힐 때까지 플라즈마 상태의 입자가 광속에 가까운 속도로 분출되는 것이다. 상대론적 제트Relativistic Jet. 소위 '우주에서 가장 강력한 레이저총'이라 불리는 현상이었다.

"예. 이 현상은 통상적인 감마선 폭발이 아니라, 블랙홀이 발생시킨 제트가 아닌가 추측하고 있었습니다."

기훈이 긍정하자 호연은 긴장이 풀려 도로 자리에 주저앉았다. 결론적으로 자신이 처음 생각한 것이 크게 틀리지 않았던 것이다. 알두스의 섬광, 우주에서 내려오는 방사선. 자신이 의도하고자 했던 현상의 윤곽은 거의 일치하고 있었던 것이다. 비록 초신성은 아니었지만 그것은 현상을 설명하기 위한 디테일에 불과했다.

반면 정상재 교수는 여전히 쉬이 납득하지 못하겠는지 계속해서 기훈에게 질문을 던졌다.

"확실한 증거가 있습니까? 근거리 초신성만 해도 상상하기 어려운 일인데, 블랙홀이라니요."

기훈은 어깨를 으쓱하더니 대답했다.

"증거까지는 장담할 수 없습니다. 저도 외행성 센터에서 만든 논문의 초고를 간신히 전달받아서 막 한 번 읽은 상황이었습니다."

나성원 책임 또한 고개를 갸웃거렸다.

"너무 나간 추측 같은데요. 아무리 그래도 우주에서 들어오는 방사선이 그렇게까지 강할 리가 없지 않겠습니까? 아무래도 관측상의 증거가 없이는……."

그때 심기일전한 호연이 끼어들었다.

"가장 확실한 증거가 있잖아요."

의아한 눈빛으로 되물어오는 성원을 바라보며 호연은 대답했다.

"우리 자신을 포함해, 지금 여기 저승에 넘쳐나는 죽은 사람들이요. 치사량의 방사선이 내려왔다는 증거로 이보다 강력한 게 또 있겠어요?"

반박하기 어려웠는지 성원은 턱을 짚으며 으음, 하고 신음을 흘렸다. 기훈도 고개를 끄덕였다.

"이미 대량의 사망자가 확인된 상황이었습니다. 피해의 확산도 관측되었고요. 실제로 일어난 일을 바탕으로 거꾸로 추론하면 강력한 방사선 천체의 출현을 상정하는 것은 합리적입니다."

정 교수는 앉은 채 팔짱을 끼고 있다가 끙, 하는 소리와 함께 천천히 고개를 끄덕이기 시작했다.

"과연, 그렇단 말씀이시군요⋯⋯."

생각을 정리하려는지 그는 팔짱을 낀 채 손가락으로 팔꿈치를 툭툭 두드리며 심각한 표정이 되어 침묵하고 있었다. 정 교수는 자신감을 회복한 호연을 흘끗 바라보았다가, 고개를 갸웃거리면서도 달리 더 반박의 말을 잇지 못하는 성원의 모습을 살피고는, 담담하게 자신을 바라보는 기훈을 지켜본 뒤 짧게 한숨을 내쉬었다.

잠시간의 시간이 지난 후 정 교수는 호연을 향해 빙그레 웃어 보였다.

"⋯⋯놀랍군요. 정말 놀라워요. 채호연 학생의 초기 추론이 정말로 맞는 것이었군요."

가볍게 박수를 치며 정 교수는 호연에게 찬사를 건넸다.

"대단한 직관이고, 또 대단한 용기입니다. 아직 배움의 길에 있는 사람에게 결코 쉬운 일은 아닐 텐데 뿌듯하게 여기셔도 좋을 겁니다."

호연의 마음이 벅차올랐다. 호연은 진심을 다해 정 교수에게 감사의 인사를 건넸다.

"감사합니다!"

"그래요."

정 교수는 미소를 지은 채 고개를 끄덕여 보였다.

아니라고 했던 사람들 앞에서 자신의 의견이 틀리지 않았음을 인정받는 것. 호연이 생전 천문학 공부를 하면서, 더 나아가 대학원 생활을 하면서, 몇 번이나 시도했지만 번번이 잘되지 않았던 일이었다. 아직 배움이 부족해서였겠지만 호연이 자신의 직관을 믿고 꺼냈던 이야기들은 늘상 섣부르고 근거 없는 주장으로 취급받기 일쑤였다. 지도교수에게는 핀잔을 듣고 동료 연구자들에게는 무시되었다. 호연은 사후에나마 여한이 조금 풀린 느낌이었다. 심지어 칭찬을 해 준 상대는 유명인이었다!

"국내 탑 천문학자에게 칭찬 들었어."

달뜬 목소리로 소근거리는 호연에게 예슬은 싱긋 웃어 보였다.

"다행이야. 아까 의미 없다고 의심받을 때는 좀 조마조마했거든."

그리고 조금 떨떠름한 듯 정상재 교수를 흘끗 바라보며 호연에게 속닥였다.

"……그런데 이렇게 칭찬해 주실 거 같았으면 아까 너한테 그렇게 몰아붙이지 않으셨어도 될 텐데."

하지만 결론적으로 칭찬을 받아 낸 호연으로서는 딱히 유감스럽지 않았다.

"뭐, 그 시점에서 틀린 말은 아니었으니까."

"그건 그런데……."

그때 회의실 문에서 노크 소리가 들리며 강수현 비서관이 들어왔다.

"여러분, 말씀 나누시는 중에 죄송합니다. 곧 회의가 소집될 예정이라 알려 드리러 왔습니다."

"회의요?"

정상재 교수의 의아하다는 물음에 수현은 빙긋 웃고 대답했다.

"염라대왕께서 전문가 자문 회의를 소집하셨습니다. 직접 알현하시게 될 겁니다. 혹시 지상에서 일어난 일에 대해서 어느 정도 정리는 되셨습니까?"

수현은 호연을 바라보며 질문했고, 잠깐 주춤하던 호연은 곧바로 대답하려 했다.

"네, 실은……."

"아니요, 아직 완전히 결론을 내지 못했습니다."

정상재 교수가 그 대답을 가로막고 나섰다. 수현은 그를 돌아보며 물었다.

"그러시군요. 혹시 시간이 많이 필요하실까요?"

"그렇지는 않을 겁니다."

당당하게 선언하는 정 교수를 별 의심 없이 바라보면서 수현은 고개를 끄덕였다.

"네, 그럼 곧 다시 안내 드리도록 하겠습니다. 되도록 빨리 마무리해 주시면 감사하겠어요."

수현이 회의실 문을 닫고 나서자, 홍기훈 박사가 정 교수를 바라보며 의아한 듯 물었다.

"정 교수님, 여전히 가설이 온전하지 못해 보이십니까?"

정 교수는 고개를 저었다.

"음, 아니요. 그런 의도로 대답한 것은 아니었습니다."

헛기침을 한 번 하고 목청을 가다듬은 그는 회의실의 망자들을 돌아보며 말했다.

"단지 저희들이 이렇게 모인 이상, 본의 아니게 저승을 대표하다시피 하는 자리에 앉은 셈입니다. 천문학자들로서, 그리고 전문가로서, 의견을 제시할 때는 짜임새 있는 단 하나의 결론을 만들어서 가져가는 게 바람직하지 않겠습니까?"

정상재 교수는 자리한 이들을 한 명 한 명 호명했다.

"홍기훈 박사님, 나성원 책임님, 채호연 박사과정 학생, 그리고 김예슬 연구원님. 지금까지 오간 이야기를 하나로 묶는 걸

도와주시겠습니까? 여러분의 의견을 더 듣고 싶습니다."

*

정해진 시간이 되자 강수현 비서관이 찾아와 일동을 안내했다. 망자들이 모여 있던 회의실에서 계단을 두 층 올라간 곳에 '대회의실'이라는 명패가 걸린 방이 위치하고 있었다. 그 문이 열리자 염라대왕부 정점에 위치한 널따란 공간의 위용이 드러났다. 호연과 예슬은 두리번거리며 대회의실로 입장했다. 처음 대기하던 회의실도 그리 작지는 않았지만 이곳은 정말 으리으리했다. 넓은 원형 홀로 된 회의실의 가장자리에는 동양풍의 붉은 색 기둥이 있었고, 천장에는 요란한 단청과 함께 탱화가 그려져 있었다. 천장 정중앙에 염라대왕의 시왕도를 배치한 뒤 그 둘레에 다른 아홉 대왕들의 시왕도를 배치해 둔 웅장한 모습이었다. 하지만 조명은 눈부시게 밝은 현대식이었고 회의실 중앙의 대형 원탁에는 자리마다 안락한 가죽 의자와 함께 마이크가 완비되어 있었다. 회의실 정면 좌우로 거대한 빔프로젝터용 스크린이 두 개 설치되어 있었다. 전통의 아름다움과 적당한 기술이 편안하게 조화를 이루고 있었다. 그리고 그 모든 배치가 가리키는 회의실의 정면으로는, 누가 봐도 '의장석'이라는 느낌의 높은 단독석이 한 개 배치되어 있었다. 예슬은 아마 저곳이 염라대왕이 앉는 옥좌일 것이라고 짐작했다.

원탁에는 이미 여러 명이 도착해 자리를 잡고 있었다. 진광대왕부에서 만났던 이시영 비서실장이 회의 원탁의 가장 상석, 의장석 오른편 바로 아래 앉아 있었다. 일행을 인솔해 온 강수현 비서관이 그 옆자리로 걸어가 착석했다. 그 옆으로 노타이 정장 차림의 인물들이 세 명 더 앉아 있었다. 이들 자리에는 저마다 명패가 놓여 있었는데, 각자의 이름과 직책이 새겨져 있었다. '염라대왕부 비서실장 이시영', '염라대왕부 비서관 강수현'. 이어서 비서관 안유정, 서기관 김희영…… 모두 염라대왕부 소속의 관원들이었다. 한편 의장석의 왼편으로도 비슷한 드레스 코드의 인물들이 다섯 명 앉아 있었다. 그들의 자리 앞에 놓인 명패에는 역시 각자의 이름과 함께 '오도전륜대왕부 윤회청'이라는 소속이 쓰여 있었다.

"망자분들은 편한 대로 앉으시면 됩니다."

수현이 망자들에게 착석을 권했다.

빈자리는 딱 다섯 개였다. 망자 다섯 명이 앉을 수 있는 자리였고, 원탁에서는 의장석의 정면에 해당했다. 즉, 염라대왕을 정면으로 마주보게 되는 셈이었다. 공교롭다기보다 아마 의도된 자리 배치가 아닐까, 하고 호연은 생각했다. 저마다 어떻게 앉으면 좋을지 두리번거리는데, 정상재 교수가 나서서 교통정리를 하기 시작했다.

"자, 어서 착석하시기 바랍니다. 채호연 학생이 그쪽, 김예슬 연구원님이 그쪽, 나 책임님, 홍 박사님 여기 앉으시고요. 네."

무심결에 자리를 잡은 호연은, 정상재 교수가 정중앙 자리에 앉은 것을 발견했다. 호연의 시선을 받은 정상재 교수는 겸연쩍게 웃어 보였다.

"……염라대왕님의 불타는 시선을 정면으로 받는 부담은 제가 어떻게든 이겨 내겠습니다."

"아, 네…… 저기, 응원합니다……."

호연이 정상재 교수와 이야기를 주고받는 동안에도 예슬은 계속해서 회의실 안을 두리번거리며 방 안 풍경을 눈에 담느라 바빴다.

"정말 완전히 현대화되었네……."

예슬은 저승이 이만큼 뒤바뀌었다는 걸 지상의 연구자들이 알면 좋을텐데, 하고 생각했다가 그 지상의 연구자들이 대체로 사망했으리라는 사실이 떠올라 심란해졌다.

한편 자리에 배석한 인원들을 둘러보던 시영은 수현에게 물었다.

"수현 군, 생각보다 사람이 적습니다?"

"진광대왕부가 점점 미어터져서요. 올려 보낼 사람을 찾는 것도 어렵다네요. 샅샅이 살펴서 저렇게 세 분 더 모셔온 거고요."

수현은 잠시 생각하다가 덧붙였다.

"그리고 천문학자들이 죽어서 다 여기로 오지는 않을 거 아닙니까. 다른 저승으로 가셨으면 말이죠."

시영은 납득한 듯 고개를 끄덕였다.

그때 우렁찬 목소리가 회의실에 울려 퍼졌다.

"염라대왕 폐하 납시오!"

그 포고를 듣자마자, 관원들은 물론 망자들까지도 모두 자리에서 일어서 예를 갖추었다.

대회의실의 뒤편에 위치한 통로를 통해 회의석에 앉은 이들과 대조적으로 조선시대 갑옷과 비슷한 전통 무장을 갖춰 입은 이들이 커다란 파초선을 들고 입장했다. 파초선 사이로 금색 용포를 입고 열다섯 가닥의 옥끈을 늘어트린 면류관을 쓴 이가 걸어 나와 의장석에 자리했다. 예슬은 염라대왕의 용모를 보고 한순간 어라, 하고 의아함을 품었다가 이내 깜짝 놀랐다. 문득 호연을 바라보자 예슬은 호연 또한 흥미 가득한 표정으로 의장석을 바라보고 있는 것을 발견했다.

염라대왕이 입을 열었다.

"앉으십시오."

청량한 여성의 목소리였다. 염라대왕이라 하면 수염이 덥수룩하고 호통을 치는 건장한 남성을 상상하기 마련이다. 심지어 이곳 천장에 그려진 시왕도에도 염라대왕은 그런 모습이었다. 그 이미지가 한순간에 깨어지자 예슬은 굉장히 이상하고 신기한 기분이 들었다. 옥끈에 가려 언뜻 드러나 보이는 얼굴은 단정하면서도 강단이 있는, 대략 오십 대 언저리로 보이는 여성의 얼굴이었다.

정상재 교수가 조심스레 손을 들었다. 모두가 그를 바라보는 사이, 그는 입을 열었다.

"지금 들어오신 여성분께서…… 염라대왕이십니까?"

수현이 대답했다.

"그렇습니다."

대답을 들은 정 교수는 굉장히 신기한 광경을 본다는 듯 연신 고개를 끄덕이며 중얼거렸다.

"아, 그렇군요……. 놀랍습니다. 정말 놀랍습니다."

비서실 쪽의 관원 한 명이 헛기침을 하고는 끼어들었다.

"선생님, 의사 진행을 할 수 있도록 사적인 대화와 발언은 잠시 자제 부탁드립니다."

명패에는 윤회정책비서관 안유정 비서관이라고 적혀 있었다. 안 비서관의 지적에, 정상재 교수는 움찔하더니 고개를 꾸벅 숙이고 침묵했다.

염라대왕은 안전의 작은 소란에는 전혀 신경도 쓰이지 않는다는 듯 조금의 동요도 반응도 없이 회의를 진행해 나갔다.

"이 시간부로 비상 대책 회의를 개시토록 합니다."

선언과 함께 염라대왕은 오른손을 뻗어 의장석 한 편에 놓인 죽비竹篦를 집어 들었다. 오른손으로 휘두른 죽비를 왼손이 받아 내자 착, 하는 청명한 소리가 대회의실 안에 널리 울렸다. 저승의 체계에 익숙하지 않은 망자들도 직관적으로 그 죽비 소리가 마치 의사봉을 두드리는 것과 같은 역할을 했음을 알아차렸다.

"주요 부서 관원들과 망자들 중 전문가 여러분을 급하게 소집한 이유는, 현재 지상에서 일어난 원인 모를 대량 사망 사태에 대해 의견을 구하기 위해서입니다. 의제를 정리하도록 하겠습니다."

염라대왕이 손짓을 하자 스크린에 글씨가 나타났다.

1. 망자의 유입 원인은 무엇이며, 향후 전망은 어떠한지
2. 환생이 곤란하다면, 해결 방안은 무엇인지

잘 쓴 손글씨였다. 예슬은 스크린에 비춘 빛의 궤적을 쫓았고, 회의실 한구석에서 몇 명의 저승 관원들이 반사경 방식의 빔 프로젝터에 투명 OHP 필름을 올려 놓고 있는 것을 발견했다. 저승의 기술 현대화 수준이 묘하게 언밸런스하다는 게 예슬의 감상이었다.

"먼저 첫 번째 의제부터 진행합시다. 대량 사망의 원인이 천체 현상이라고 지목한 천문학자께서 계신 것으로 압니다. 채호연 망자라고 들었습니다만, 의견을 요약하여 주시겠습니까?"

염라대왕은 고개를 살짝 돌려 호연을 지그시 바라보았다. 면류관의 옥끈 너머로 보이는 눈빛은 딱히 매섭지 않았으나 직위와 태도, 그리고 복장으로부터 오는 위압감이 압도적이었다. 눈앞에 있는 것은 저승의 주인 염라대왕이었다. 호연은 솔직히

이 눈빛을 이겨 내고 질문에 대답해 낼 자신이 없었다. 그렇지만 지금은 든든한 유명인이 같은 편에 있다.

호연은 정 교수에게로 시선을 옮겼고 정 교수는 고개를 끄덕이고 입을 열었다.

"외람되오나 염라대왕 폐하, 제가 정리해서 설명을 드려도 되겠습니까?"

"귀하는 분명, 정상재 망자로군요."

염라대왕은 곧바로 그의 이름을 불렀고 정 교수는 황송해하며 답했다.

"예, 발해대학교에서 천문학을 가르치고 있는 부족한 몸입니다."

"좋습니다. 설명해 보십시오."

허락을 얻은 정상재 교수는 헛기침을 한 번 하고, 어전 보고에 나섰다.

조금 전 회의실에서 정상재 교수는 호연과 기훈이 이야기한 바를 몇 번이나 스스로 다시 정리했다. 자신이 제대로 이해한 것이 맞는지 거듭 되물으며 가능한 이론과 현상을 조합해 나가기 시작했다. 조금이라도 설명이 안 된다고 생각되면 다시 의견을 요청하는 정 교수를 보며, 호연은 왜 저렇게까지 신경을 쓰나 싶었다. 그리고 호연은 지금 그 이유를 깨닫고 있었다.

한번 시작된 정상재 교수의 설명은 짜임새 있으면서도 이해하기 쉬웠다. 우주 방사선, 알두스, 쌍둥이별, 블랙홀, 그리고 블랙홀 제트에 이르기까지. 정 교수는 그 모든 개념들을 차분한 목소리로 하나씩 짚어 나갔다. 그러면서도 천문학에 익숙하지 않은 청중들이 궁금해할 만한 단어나 개념들에 대한 설명을 빼놓지 않았다. 한 계단씩 딛고 올라가다 보면 어느새 정상에 도달할 수 있을 것만 같은, 정교하게 깔린 등산로 같은 설명이 이어졌다.

호연은 정 교수에게 자신이 생각했던 가설을 열심히 다시 설명했고, 기훈은 알두스 연구 결과와 미국에서 알게 되었던 사실들에 대해 재차 설명해 주었을 뿐이었다. 그리 길지 않은 시간 동안 정상재 교수는 그 모든 내용을 머릿속에 온전히 흡수하고는, 마치 방송국에서 진행하던 교양 과학 강의처럼 설명하기 위한 흐름을 짜 낸 것이었다. 학계의 거물이 보여 주는 대단한 실력이었다. 경이와 감탄이 호연을 오싹하게 했다.

"이 모든 가설에 대해서는 이쪽, 미항공우주국에서 근무하시면서 방사선 재해 상황을 관측하셨던 홍기훈 박사님께서 제반 근거를 제공해 주셨습니다. 홍 박사님, 추가적으로 해설을 부탁드립니다."

자기 몫의 설명을 어느 정도 마무리한 정 교수가 기훈에게로 발언권을 넘겼다. 기훈은 조금 머쓱해하면서도 입을 열었다.

"어, 이미 정상재 교수님께서 가설의 근거와 관련해서는 충분한 설명을 해 주신 것 같습니다. 이게 사람들의 사망으로 이어졌다는 점에 대해서는……."

차츰 연락이 두절되어 가던 아시아 지역의 모습에 대해 짧은 설명을 풀어 놓은 기훈은, 이어서 호연 쪽을 손으로 넌지시 가리키며 말을 맺었다.

"……그리고 무엇보다 이 가설의 골자는 저쪽 채호연 연구원님과 친구분 일행이 제공한 것으로 압니다. 저 두 분이 목격한 하늘에서의 섬광이 어떻게 보면 가장 결정적인 증거가 아닌가 생각합니다."

호연은 지목을 받자 조금 긴장했다. 하지만 기분 좋은 긴장이었다. 논의의 와중에 자신이 기여한 부분이 언급되는 것은 순수하게 기쁜 일이었다.

"섬광을 목격했다고요?"

염라대왕의 직접 질문이 날아들기 전까지는 그랬다. 호연은 순간 얼어붙었다.

"아, 저, 그게…… 어…….'

너무 놀란 나머지, 네, 라는 딱 한 마디 긍정의 말이 입 문턱을 넘어오지 않았다.

"그렇다고 합니다."

당황해 바로 대답하지 못하는 호연을 대신해, 정 교수가 대답했다. 그때 기훈이 굳은 표정으로 호연을 바라보며 말했다.

"그래도 직접 대답을 하시는 게 낫지 않습니까?"

호연은 체한 것 같은 기분이 되었다. 기훈이 자신을 바라보는 눈빛에 우려와 걱정이 담겨 있었다. 갑작스러운 질문이었다고는 하나 지나치게 위축되어 버벅거린 것이 좋지 않게 보였을까. 당황에 더해 걱정마저 마음속으로 스며들어 왔다.

염라대왕이 약간 누그러진 목소리로 다시금 호연을 향해 물었다.

"긴장할 필요 없습니다. 나는 망자 여러분을 심판하려고 여기 온 게 아닙니다. 의견과 사실관계를 들으러 온 것이지요. 채호연 망자는 죽기 전에 섬광을 보았습니까?"

차근차근 이야기를 건네는 염라대왕의 목소리를 듣자 호연의 놀란 가슴은 조금씩 진정되었다. 여전히 조심스러웠지만 호연은 입을 뗄 수 있었다.

"……네. 보았습니다."

호연의 답변을 들은 염라대왕은 의장석 테이블 위에 놓여 있던 동양식 두루마리 하나를 손에 들고 그 내용을 잠시 살폈다.

"채호연 망자는 6월 7일 오전 2시 48분 사망한 것으로 나오는군요. 이시영 비서실장, 사망자의 대량 발생이 언제부터입니까?"

시영은 곧바로 대답했다.

"진광대왕부 기록에 의하면, 6월 7일 오전 3시경부터로 보고되어 있습니다."

이어서 염라대왕은 홍기훈 박사에게도 질문을 던졌다.

"통신 장애가 발생한 시간과 일치합니까?"

"댈러스 시각으로 6월 6일 13시부터였습니다."

곧바로 정 교수가 첨언했다.

"시간이 일치합니다. 미국 텍사스와 한국은 시차가 열다섯 시간이 나는데, 지금 서머타임 중일 테니 열네 시간 차이가 납니다."

모든 대답을 들은 염라대왕은 고개를 크게 끄덕이고는 말했다.

"그것이 궁금했습니다. 역시 시간 정황으로 미루어 보아 채호연 망자가 본 섬광은 앞서 가설에서 언급되었던 천체 폭발에 의한 것이었고, 그 천체 폭발이 재해를 일으켰다고 의심이 되는군요. 합리적입니다."

그때 회의실 문이 벌컥 열리더니 누군가 뛰어들어 왔다. 비서실에서 대기 중이던 서정열 연락비서관이었다. 그는 곧장 시영에게 다가가 보고 사항이 적힌 서류철을 전하고 돌아갔다. 때마침 현재 논의 중이던 지상의 상황에 대한 것이었다. 시영은 이 틈이다 싶어 바로 마이크를 켜고 발언했다.

"중요한 보고 사항이 있어 공유하고자 합니다. 유럽 현지 교민을 데리러 갔던 저승사자의 보고가 들어왔군요."

유럽은 6월 6일 저녁을 지나고 있었고, 저승사자는 천수를 다해 사망할 예정이었던 스위스 제네바의 한국인 주재원을 데리러 간 길이었다.

그의 주변을 맴돌며 수명이 다하기를 기다리던 도중, 모든 방송 매체들이 긴급 속보를 타전하는 것을 목격하게 되었다. 유럽의 천문학자들 역시 아시아에 닥친 이변을 확인한 직후 천문 현상을 의심했으며, 홍기훈 박사 등 나사의 과학자들과 동일하게 우주 방사선에 의한 대량 사망이라는 추측을 내렸다. 러시아 방송국들은 극동 지역의 재해가 시베리아를 거쳐 서진 西進하고 있다는 소식을 전했고, 체르노빌 원자력 발전소 일대에 설치된 환경 방사선량계가 최대 수치를 기록한 끝에 고장나 버렸음을 보도했다. 그러다가 한 러시아 사람이 길거리에서 돌연히 쓰러져 죽어 가는 사람들의 영상을 찍어서 인터넷에 올렸고, 그 영상을 기폭제로 해 유럽은 물론 온 세계가 종말에 대한 공포로 아수라장이 되었다.

그 뒤는 홍기훈 박사도 경험하지 못한 이야기였다. 머지않아 대규모 정전이 도시들을 덮쳤고, 전자기기들은 스파크를 튀기며 멈추어 버렸다. 심야에는 전기는 물론 방송과 통신마저 모조리 두절되었고, 그러자 제네바 시내에서는 대규모 폭력 사태가 일어났다. 예의 그 한국인 주재원은 해가 뜨기를 기다려 숙소를 탈출한 뒤 어떻게든 공항까지 도망치려고 했으나, 그만 무차별 방화에 휘말려 사망하고 말았다. 얄궂게도 그 순간이 그의 천수가 다한 순간이었다. 그렇게 애석하게 사망한 주재원의 영혼과 함께 승천한 저승사자가 자신이 목격한 바를 진광대왕부에 보고했고, 그 내용이 급전으로 염라대왕부에 접수된 것이었다.

"……지상에서 수집된 정황은 이상과 같습니다. 의견 어떠하신지요."

시영이 질문하자 그동안 계속 침묵하던 나성원이 갑자기 불쑥 입을 열었다.

"맞네요, 블랙홀. 이 정도 되면 뭐 의심의 여지라는 게 안 보이네요."

곧이어 정상재 교수가 고개를 끄덕였다.

"예, 모든 정황이 그렇게 말하고 있습니다."

그는 시영이 전한 보고 내용이 무엇을 의미하는지 설명하기 시작했다.

"피폭 범위가 한국에서부터 서쪽까지 한참 이동했고, 적어도 카자흐스탄이나 우크라이나에 방사선이 도달했다는 것은 몇 시간 동안이나 우주에서 치사량의 방사선이 쏟아졌다는 의미입니다. 특히 정전과 전자기기 고장 이야기를 보면 이는 대기권에 유입된 강한 감마선이 대기 중의 원자들과 반응해 일어난 콤프턴 산란Compton scattering의 결과로 보입니다. 이 모든 사건들이 우주 방사선의 장시간 대량 유입을 증명하고 있습니다. 단순히 초신성이나 기타 원인에 의한 감마선 폭발로는 보기 어렵습니다."

정 교수는 자신의 좌우에 앉은 동료 망자들을 돌아본 뒤, 염라대왕을 정면으로 바라보며 말했다.

"감히 한 말씀 올리겠습니다. 저희 일동이 함께 다듬어 도출한 블랙홀 제트 가설은 거의 확정적이라고 여겨집니다."

그 당당한 선언에 회의실에는 한순간 무거운 침묵이 내려앉았다. 사태의 엄중함이 새로이 인식된 탓이었다. 시영은 나직이 한숨을 내쉬었다. 사람들이 떼죽음을 당했고, 천문학자의 문제 제기가 있어 천문학자들을 모아 놓았더니, 어마어마한 가설을 가져온 데다 입증할 만한 보고까지 받은 상황이었다. 인류 역사상 유례 없는 재해를 맞이했다는 실감이 마치 물속에 번져가는 먹물처럼 마음속에 퍼져갔다.

염라대왕이 정 교수에게 질문했다.

"그 가설대로라면 이승은 언제까지 방사선의 영향을 받게 됩니까?"

"그와 관련해서는 알두스 알파-베타 가설을 잘 알고 계시는 홍기훈 박사님께 답변 부탁드리겠습니다."

정 교수는 자연스레 홍기훈 박사에게 답변을 권했다. 기훈은 곰곰이 생각한 뒤 염라대왕을 차분히 바라보며 답변했다.

"오래 갈지 어떨지는 알두스 쌍성계가 가지고 있던 정확한 물리량에 달렸을 것입니다."

상대론적 제트가 어떤 과정을 통해 일어나는지에 대한 이론이 명확하게 서 있는 상황은 아니라고 기훈은 덧붙였다. 하지만 적어도 예측이라도 해 보려면, 쌍둥이별을 잡아먹은 뒤 블랙홀이 어떻게 움직일지를 계산할 필요가 있었다. 하지만 그걸 계산해 내기 위해서는 블랙홀의 자전 속도나 쌍둥이별 각각의 질량 등 필수적인 정보가 필요했다. 그중 어떤 정보도 실제로 관측을 실시하지 않고서는 알아내기 어려웠다. 즉 이미 저승에 넘어와 버린 상황에서 이 같은 정보를 보충하는 것은 불가능에 가까웠다.

여기까지 설명한 기훈은, 돌연 호연에게로 시선을 옮기며 질문을 던졌다.

"채호연 연구원님이 한번 말씀해 보시지요. 최악인 경우의 수는 무엇일까요?"

호연은 당황했다. 기훈이 자꾸만 자신에게 대답을 요구하는 느낌이었다. 아직 정상재 교수에게 가설의 취약함을 지적당했을 때의 두려움이 쐐기처럼 마음에 박혀 있었다. 자신보다 훨씬 똑똑한 사람들이 가설을 가다듬었고 자기들끼리 이야기 나누면 충분할 일에 자꾸만 자신을 전면에 세우는 게 불편했다. 호연은 기훈을 이해하기 어려웠다. 하지만 이제 와서 자신이 없다고 발뺌할 배짱도 없었다. 호연은 필사적으로 머릿속을 뒤져서 답을 찾아 냈다.

"어…… 일단 블랙홀의 크기가 크면 당연히 문제가 되겠죠? 정확히는, 블랙홀인 베타보다는 빨려 들어간 알파의 질량이 문제가 되겠는데요. 제트가 결국 빨려 들어간 물질이 쏟아져 나오는 거라서요. 그리고 상대론적 제트가 발생한다는 건 알두스 베타 블랙홀이 자전을 한다는 건데요. 회전 속도가 빠르면 좋지 않고, 또 자전축이 가만히 있느냐 계속 흔들리느냐도 문제일 것 같구요. 가만히 있으면 가장 안 좋은 거겠지만요."

호연이 꺼낸 대답을 들은 기훈은 타당하다는 듯 고개를 끄덕였다. 호연은 가슴을 쓸어내렸다. 정상재 교수는 답변하던 호연을 쭉 지켜보다가 호연의 이야기가 끝나자마자 그 내용을 요약했다.

"요컨대 채호연 학생이 말한 대로, 알두스 알파로 인해 만들어진 강착원반의 질량이 크고 알두스 베타의 자전 속도가 빠르며 자전축의 변화가 없다면, 태양계를 온전히 덮을 만큼 거대한 방사선 제트가 고정된 천문 현상처럼 장기간 지구에 영향을 줄 수도 있습니다."

최악의 경우를 가정한 것이라지만 소름끼치는 예측이었다. 그렇지만 정 교수는 그 최악의 수를 미지수의 영역에 두고 싶지 않은 모양이었다.

"염라대왕 폐하, 다시금 감히 간언 드리자면, 이 최악의 시나리오가 현실화된다고 생각하고 무슨 대책이든 세우셔야 할 것 같습니다. 아직은 모든 가능성이 열려 있습니다."

염라대왕은 고개를 끄덕인 뒤 회의실의 배석자들을 둘러보며 말했다.

"동의합니다. 우선은 최악의 상황을 가정하도록 합시다. 더 준비해 둬서 나쁠 것 없지요. 대량 사망 추세가 지속된다고 보고 대책을 세우도록 합시다."

말인즉슨 지상의 모든 인간이 사망할 것을 전제하자는 의미였다. 회의실 안의 분위기가 침묵과 함께 서늘해졌다. 차가운 정적을 깬 것은 시영이었다.

"안유정 비서관."

시영 쪽에 앉아 있던 염라대왕부 비서실의 안유정 윤회정책 비서관이 시영의 호출에 돌아보았다. 시영은 안 비서관에게 짤막히 물었다.

"만약 현재 살아 있는 사람들이 모두 사망한다면, 시왕저승에 유입되는 망자의 수는 대략 얼마 정도 됩니까?"

다소 갑작스러운 질문이었음에도, 안유정 비서관은 외우고 있던 수치를 빠르게 꺼내 놓았다.

"네, 얼마 전에 실시한 음력 윤사월 수명부 전수조사 당시 기준으로 약 1,425만 명 수준…… 입니다……."

담당 분야의 숫자를 기계처럼 출납하던 안 비서관은 이내 얼굴이 창백해지며 말끝을 흐렸다. 그 숫자를 들은 이들 대부분이 아찔함을 느꼈다. 서울시 인구보다 많은 수의 사망자가 단숨에 시왕저승에 밀려들 수 있는 상황이었다.

"어…… 어떡하죠?"

입에 올리고 만 어마어마한 숫자에 한순간 패닉을 일으켜 안절부절 못하는 안유정 비서관에게, 염라대왕이 직접 말을 건넸다.

"윤회정책비서관, 그대가 제공한 정확한 수치는 향후 대책을 수립하는 데 큰 참고가 될 것입니다. 침착하게 앞으로의 임무에 집중하여 주기 바랍니다."

안 비서관은 치하와 지적이 한데 얽힌 염라대왕의 코멘트를 받고는 다른 의미로 안절부절못하다가 염라대왕에게 감사의 뜻을 표하고는 다시 침착하게 자리에 앉았다. 그렇게 첫 번째 안건이 정리되었다.

"이번 안건의 결론이 두 번째 안건에도 영향을 주겠습니다. 윤회청에서 더 이상 환생을 시킬 수 없다는 게 사실입니까?"

염라대왕이 의제를 전환하면서 착석해 있는 윤회청 차장에게 바로 질문을 던졌다. 윤회청의 이강필 차장이 공손히 고개를 조아린 뒤 목청을 가다듬고 대답했다.

"그러하옵니다. 아뢰옵기 송구하오나, 환생문이 새로운 생명을 탐색하는 데 어려움을 겪고 있습니다. 혼백을 지상으로 돌려보내고자 하여도 마땅한 방법이 없는 형편이옵니다."

염라대왕은 보고에 고개를 끄덕인 뒤, 다른 이들에게 발언을 요청했다.

"이 상황에 대해 다른 의견이나 궁금한 점이 있는 이가 있습니까?"

조심스럽게 예슬이 손을 들었다.

"저, 생전에 저승 설화에 관한 연구를 했어요. 이승에 전해지던 것과 저승의 모습이 매우 다른데요. 그래서 육도윤회가 무엇인지는 알지만, 어떻게 문제가 생긴 것인지 설명을 듣고 싶은데요."

예슬의 질문에 염라대왕은 이강필 차장을 돌아보았다. 그는 목청을 가다듬고 설명을 시작했다.

"설명 드리겠습니다. 육도윤회란 인간의 영혼이 지상으로 돌아갈 때 고를 수 있는 환생처의 종류를 가리키는 것입니다. 생전에 지은 죄의 무게와 종류에 따라 갈 수 있는 길이 정해져 있지요. 이를 위해 환생문이라 불리는 특별한 장치를 이용해 이승의 출생처를 탐색하여 영혼을 이승으로 되돌려 보내고 있었습니다."

"극락도, 인간도, 축생도, 수라도, 아귀도, 지옥도…… 이렇게 여섯 가지인가요? 극락이나 지옥으로 보낼 수도 있는 건가요?"

예슬의 질문에 담당자는 고개를 가로저었다.

"송구하오나 극락이나 지옥 같은 것은 존재하지 않습니다. 여섯 갈래 길 모두 인간 세상 속에서 갈라집니다."

깜짝 놀란 예슬은 눈을 크게 떴다.

윤회청 담당자의 설명에 의하면, 육도 중 축생도를 제외한 다섯 갈래가 모두 인간으로 태어나는 길이었다. 심지어 거의 대부분의 망자는 인간도로 향한다. 특별히 더 나을 것도 없고, 다 같이 어렵고 힘든 인간의 삶으로. 정말 보상을 받을 만한 영혼들이 가는 극락도란 평화롭거나 유복한 삶을 누릴 수 있는 곳을 의미했고, 전생에 지은 죄를 갚을 필요가 있는 이들이 가는 수라도는 전쟁과 폭력이 가득한 곳이었으며, 아귀도는 가난과 굶주림이 가득한 곳, 그리고 지옥도는 인간의 존엄이 보장되지 않는 곳에 태어나는 것을 의미했다.

"축생도만 동물로 태어나는 길로 운용해 왔습니다."

저승 관원들에게는 하나도 새로울 것 없는 이야기였지만, 망자들에게는 달랐다. 예슬이 경악한 것은 물론이고, 호연을 포함해 같이 앉아 있던 망자들 모두 적잖이 당황한 눈치였다. 호연이 예슬을 돌아보며 소근거렸다.

"너도 처음 듣지?"

"그야 당연하지······. 천국도 지옥도 없구나, 여기는. 아무리 윤회를 한다지만······."

예슬은 멍하니 대답했다. 호연은 그런 예슬을 보다가 어깨를 으쓱하고는 말했다.

"그래도 저걸 들으니까 좀 이해가 간다."

"뭐가?"

"인간 세상에 왜 그렇게 사람 같지 않은 사람들이 많고 잔인한 일이 많은가 했거든."

환생시킬 때 태어나는 환경이 다를 뿐 전부 인간 세상에서 다시 뒤섞인다고 하면, 극락을 사는 사람 옆에 수라와 아귀가 살고, 그 밑에는 누군가 지옥을 살고 있었던 것이다. 예슬은 호연의 말에 약간 공감이 갔다.

한편 망자들 쪽에서 질문이 더 나오지 않자 시영이 손을 들고 윤회청 이 차장에게 질문했다.

"사람들이 죽어 가는 것은 어쩔 수 없지만, 축생도 상황 역시 어려운 겁니까?"

"그렇습니다. 축생도 또한 운용이 어려운 지경입니다."

의아해진 호연이 손을 들고 물었다.

"동물로도 환생시킬 수 없다면 정말…… 지상에 살아남은 생명체가 하나도 없다는 말씀이세요?"

이 차장은 차분히 대답했다.

"축생도라고는 해도, 사람 영혼을 아무 동물에나 보낼 수 없지 않겠습니까? 축생도의 환생문에 연결된 생명들은 개, 고양이, 소, 돼지, 말과 같이 어느 정도의 지성이 있고 인간 주변에 살아가는 동물로 한정되어 있습니다. 소수의 포유류와 조류가 포함됩니다. 그쪽이 모두 어렵게 되었다는 뜻입니다."

시영이 다시금 물었다.

"그럼 다른 생물들의 상태는 아직 확인하지 못한 겁니까?"

그때 정상재 교수가 헛기침을 한 번 하더니 첨언했다.

"아마 제 짐작에는 의미가 없을 듯합니다. 인간을 즉사시키는 수준의 방사선이라면, 대부분의 포유동물이 견디지 못했을 겁니다."

윤회정책 담당인 안유정 비서관도 고개를 끄덕이며 정 교수의 말에 동의했다.

"저도 망자 분과 비슷한 생각입니다. 이 차장님, 어떤가요?"

그리고 모두의 짐작대로 이강필 차장도 비관적인 의견을 내놓았다.

"……지당한 예상들이십니다. 아직 환생문을 조정해 본 것은 아니지만, 다른 생물들이라고 해도 아마 가망이 없지 않을지."

다시금 암담한 기운이 회의실을 가득 메웠다. 그 분위기를 깨고 싶었던 호연은 손을 들었다.

"그래도 찾아볼 필요가 있지 않을까요? 환생문이라는 건 다른 생물로 조작 가능한가요?"

"이론적으로 조작은 가능하지만, 큰 노력이 필요합니다. 일단 시작하면 되돌리기 어렵습니다."

이 차장의 답변이 사실상 '그렇게까지는 안 했으면 좋겠다'는 뉘앙스임은 회의실에 앉은 이들 모두가 느낄 수 있었다.

그때 유정이 손을 들고 의견을 꺼냈다.

"그렇지만 저는 다른 생물도 한번 고려해 보는 게 바람직하다는 생각이 듭니다."

안유정 비서관의 이런 제안을 이강필 차장은 전혀 예상하지 못한 모양이었다. 그는 눈을 동그랗게 치켜뜨며 되물었다.

"아니, 윤회정책을 전담하시는 분께서 어찌 그렇게 쉽게 말씀하십니까? 금번 같은 돌발적인 사건이 발생할 때마다 환생문에 손을 댈 수는 없습니다!"

하지만 유정을 뜻을 굽히지 않았다.

"차장님, 이승의 인간과 동물이 모조리 죽어 가는 이런 상황은 처음이지 않습니까? 상황이 상황이니만큼, 가능성만 열어 놓고 우선 원론적으로 검토를 해 보자는 겁니다. 다른 비서관님들은 어떻게 생각하시나요?"

안유정 비서관은 자연스레 상사들 쪽을 돌아보며 의견을 요

청했다. 수현은 잠깐의 생각 끝에 공감하듯 고개를 끄덕이고
는, 비서실 측의 최종 결정권을 가진 시영을 바라보았다. 하지
만 시영은 이 문제에 대해서 조심스러웠다. 안유정 비서관과
수현이 내심 자신들의 편을 들어 주기를 바라는 것을 이해했지
만, 그렇게 분위기에 따라서 쉽게 찬성을 표명할 문제가 아니
라는 게 시영의 생각이었다.

"……다른 생물들도 염두에 둔다는 건, 결국 환생 문제를 축
생도에만 의존하겠다는 결론이 됩니다. 이는 다시 말해 육도 중
의 다섯 길을 포기하는 것이기도 합니다. 그것만으로도 보통 일
이 아니기 때문에 이렇게 쉽게 결정할 문제는 아닌 듯합니다.
이건 내부적으로 좀 더 논의합시다."

아무리 비상 상황이라지만 전례가 없는 일을 무턱대고 저지
를 수는 없었다. 시영은 수현과 유정을 차례로 돌아보며 양해
를 구했다. 유정은 의견이 가로막혔음에도 어깨를 으쓱하고는
말을 더 이상 이어가지 않았다. 시영의 업무 성격상 곧바로 수
락할 리가 없다고 생각하고 있었기 때문이었다. 운을 뗀 것으
로 충분했다. 업무 회의에서 시간을 들여서 분위기를 만들어나
가면 된다. 하지만 이야기의 흐름은 예상치 못한 곳에서 바뀌
었다.

"의견 드리겠습니다."

윤회청 쪽 관원인 조기열 기술기획관이 손을 들고 발언권을
요청한 것이다. 시영의 지목을 받자 그는 작심한 듯 말을 쏟아

냈다.

"저는 환생문 조작에 찬성합네다. 어떻게 해서든 망자들 빨리 내보내야 합니다. 사망자가 한둘이 아니라지 않습네까. 뭔가 조치를 취해야 합니다."

"아니, 그럼 자네가 다 책임질 겐가!"

이강필 차장이 화들짝 놀라 그를 다그쳤다. 조금 전까지 환생문 조작에 많은 어려움이 있음을 토로했는데, 실무선에서 그것을 뒤엎는 발언이 나온 것이었다. 하지만 조 기획관의 기세는 꺾이지 않았다.

"방금 들으셨지 않습네까? 조만간 전 세계 사람들이 다 죽어서 저승에 오게 생겼습니다. 책임을 따질 때가 아닌 것 같고, 론의論議를 더 오래할 필요도 없겠습니다."

살짝 북쪽 지방의 말씨가 느껴지는 딱딱한 태도로 말을 이어 가던 조 기획관은 말미에 이르러서는 이시영 비서실장을 정면으로 바라보며 말했다. 시영은 불쾌감을 느끼지는 않았으나 즉각적인 결정을 요구하는 발언에 다분한 곤란함을 느꼈다. 굳어가는 시영의 표정을 본 수현은 짧은 고민 끝에 대화의 초점을 다른 쪽으로 돌려 보려고 했다.

"망자님들께서는 혹시 의견 없으십니까?"

수현은 나란히 앉은 망자들 쪽을 둘러보며 물었다. 저마다 정상재 교수에게 시선을 모았고, 그는 잠시 턱을 매만지더니 옆자리의 호연에게 나직이 말을 건넸다.

"……채호연 학생, 의견 제시를 좀 부탁합니다. 분위기가 좀 살벌한데 저보다는 호연 학생이 코멘트하는 편이 낫겠습니다."

"아, 네."

호연은 상재의 제의를 받고 심호흡을 한 번 한 뒤 곧장 손을 들고 말했다.

"저기, 저도 어떻게든 조치를 취해 보자는 쪽에 더 공감이 갑니다."

그 순간 윤회청의 이강필 차장이 호연을 홱 돌아보더니 말없이 불편한 표정을 잔뜩 지어 보였다. 호연은 놀라 움츠러들었다. 그에게서 시선을 피해 반대편을 바라보자 이시영 비서실장도 호연을 바라보고 있었다. 딱히 불편함을 티 내려는 의도 같지는 않았지만, 수심이 더 깊어진 듯 딱딱하게 굳은 얼굴이었다. 호연은 아뿔싸 싶었다. 이야기 오가는 것을 들으면서 계속 생각하던 의견을 곧장 대답한 것이었는데 회의 분위기를 경색시키고만 모양이었다. 원칙을 지키며 천천히 논의하자는 높은 사람들과 뭐라도 시도해 보자는 실무진 사이에서, 실무진 쪽의 편을 냉큼 들어 버린 셈이 되었음을 한 발 늦게 알아차렸다.

끄응, 하고 머리를 긁적이는 호연의 옆에서 정상재 교수가 짧게 한숨을 내쉬고 작은 목소리로 말했다.

"……아니, 잘했습니다. 노력했군요."

격려하는 말투였지만 지금의 호연에게는 한심하다고 혀를 차는 것처럼 들렸다.

그런데 그때 의외의 인물이 논의에 개입했다.

"윤회청 이강필 차장, 내가 한 가지 궁금한 게 있습니다."

염라대왕이었다. 이 차장이 공손히 고개를 숙여 질문에 응하는 가운데, 염라대왕은 청량하고도 묵직한 목소리로 물었다.

"환생문을 손보지 않는다면, 윤회청은 지금 무엇을 할 수 있습니까?"

"아뢰옵기 황송하오나 지금의 국면은 저희 윤회청으로서도 전례가 없는 상황입니다. 환생 집행의 안정성을 해칠 수 있는 위험한 결정에는 막중한 책임이 따르는바……."

구구절절 이어지는 그의 보고를 가로막으며 염라대왕은 다시 다그쳐 물었다.

"책임은 내가 집니다. 부담 가지지 말고 결정하십시오. 윤회청은 지금 무엇을 할 수 있습니까?"

목소리에 아주 약간 날이 선 듯했다. 그리고 그 작은 변화만으로 회의실의 공기가 거의 얼어붙다시피 했다. 회의실의 원탁을 두고 유일하게 높은 자리에 배석한, 그리고 유일하게 완벽한 정복을 차려입은 면류관 뒤로 얼굴조차 반쯤 숨겨진 저승의 최고 결정권자가 다그쳐 묻고 있었다. 외부인인 호연에게조차 압박이 느껴져 왔다. 호연은 염라대왕의 질문이 사실상 질문이 아닌 명령이라고 느꼈다. 저승의 가장 높은 사람이 회의를 소집한 뒤, 책임은 자기가 진다고 선언했다. 이건 아랫사람이 결정을 내리면 책임을 나눠 지겠다는 의미이기도 하지만, 책임을 나누어 져 줄 테니 그만큼 과감한 결정을 내리라는 당부이기도 한 것이었다.

이강필 차장도 그 분위기를 알아채지 못할 리 없었다. 그는 짧게 한숨을 내쉬고는 염라대왕에게 고쳐 보고했다.

"……환생문 조정 외에 달리 할 수 있는 일이 없기는 하옵나이다."

염라대왕의 다그침은 시영의 태도에도 영향을 주었다. 시영 또한 윤회청이 뭔가 조치를 취하도록 하는 것이 염라대왕의 의중임을 눈치챘다. 전례와 원칙은 중요하지만 책임자의 지시사항은 그보다 우선해 이행되어야만 했다. 시영은 이강필 차장에게 반쯤 지시하듯 말했다.

"차장님, 청장님과 협의하셔서 환생문 조정을 위한 준비를 진행해 주시기 바랍니다."

이강필 차장은 조금 힘이 빠진 듯이 그러겠다고 대답했다. 시영은 고개를 돌려 조기열 기획관을 바라보며 질문했다.

"환생문 조작을 하려면 필요한 것이 있습니까?"

"담당 기술자들이 작업을 하게 됩니다. 어떤 생물을 문에 비추어야 할지 자세히 알 수 있으면, 저희 쪽의 로고勞苦가 조금 줄어들긴 합네다."

호연이 다시 손을 들었다. 염라대왕의 개입이, 호연에게 약간의 자신감을 불어넣었다. 호연은 시영을 바라보며 조심스레 물었다.

"저, 혹시, 지금 천문학자들만 수소문하고 계신가요?"

시영은 갑자기 날아든 질문에 호연을 잠시 의아하게 바라보았다. 호연은 곧바로 부연 설명을 이어갔다.

"지상에 살아남은 생명체가 있을지도 모르고, 그걸 잘 알 만한 전문가 분들도 모셔 오면 안 될까요? 그분들이 환생문을 다루는 걸 돕는다면, 저쪽 관계자분들께서 조금이라도 편하시지 않을까 싶고요."

옆에서 듣고 있던 홍기훈 박사도 거들었다.

"좋은 아이디어 같습니다. 생물학자나 생명공학자들이 되겠군요."

시영은 비로소 호연이 꺼낸 말을 이해하고 납득할 수 있었다. 타당한 방안이었다. 아마 그동안 환생의 대상으로 삼지 않았던 동물들을 찾아야 하는 처지일 것이다. 그러려면 생물 종에 대해 해박하게 알고 있는 전문가의 도움을 받는 것이 여러모로 편리하고 유익할 터였다. 시영은 긍정적으로 답변했다.

"진광대왕부와 초강대왕부에 추가로 수색 요청을 보내 놓도록 하겠습니다."

뒤이어 정상재 교수가 손을 들었다.

"그러면 저희 전문가 일동은 당분간 대기하면 되겠습니까? 서둘러 저승을 비워 드려야 하는 게 아닌지 싶습니다만……."

시영이 이에 대해 답했다.

"예, 회의실에서 당분간 대기해 주시기 바랍니다. 환생문 조정이 마무리된 뒤에는 저희가 적절한 예우를 갖출 방안을 찾겠습니다."

말을 마친 시영은 내심 뜨끔한 기분이 들었다. 환생 방법을 조정하게 되면, 사후세계가 약속할 수 있는 가장 확실한 보상이자 예우인 '좋은 곳으로의 환생'을 장담하기 어려울 수도 있었다. 그 부분에 대해서는 따로 고민이 필요하리라고 생각하는 한편으로, 시영은 이 문제에 대해 당장 지적하는 이가 없기를 내심 바랐다.

다행이라 해야 할지 참석자들 사이에서는 별다른 반응이 없었다. 염라대왕은 비로소 유의미한 대책들이 마련되었다고 판단했는지 의제를 마무리했다.

"좋습니다. 윤회와 관련된 대책의 나머지 조정은 윤회청에 일임하겠습니다. 협의해야 할 사항은 그럼 더 이상 없겠습니까?"

결국 윤회청을 불러들여 전원 앞에서 대책을 입안하도록 염라대왕이 끌어온 회의가 아니었는지. 이제 와서 생각해 보면 자연스레 그 의도를 좇는 흐름 속에 있었던 것 같다고 호연은 생각했다.

달리 의견이 나오지 않는 좌중을 한 바퀴 둘러보고 고개를 끄덕인 염라대왕은 회의를 마무리하고자 했다.

"그럼 회의에 오른 두 가지 안건을 모두 토의했습니다. 다른 안건이 있는 분이 있으면 거수하십시오."

홍기훈 박사가 손을 들었다.

"한 가지 질문이 있습니다."

염라대왕이 손짓으로 발언권을 허락하자 기훈은 질문을 던졌다.

"축생도 이야기가 나온 참에 여쭙습니다만, 이 저승에는 동물이 보이지 않는군요. 동물은 다른 저승으로 가는 것입니까?"

기훈의 말을 들은 호연과 예슬은 저마다 퍼뜩 놀랐다. 죽어서 저승에 온 이래로, 어디에서도 동물을 만날 수 없었다. 사출산에도 칼날로 된 나무만 있었지 개나 고양이 같은 짐승은 물론 그 흔한 벌레조차 눈에 띄지 않았던 것이다. 당혹한 둘은 서로 동의의 시선을 교환했다.

"그리고 한 가지 더, 조금 전에 1,400만 명 정도의 망자 유입을 예상한다고 하셨습니다만, 남한 인구수보다도 적어서 좀 의아하게 느껴집니다. 대체 어떤 조건으로 이곳 저승에 오게 되는 것입니까? 저승의 운용 체계를 알고 싶습니다."

저승의 구조에 대해 묻는 기훈의 질문을 들은 염라대왕은 시영으로 하여금 답변토록 지시했다. 시영이 차분한 목소리로 시왕저승에 오는 영혼이 어떻게 결정되는지에 대해 설명하기 시작했다.

"짐작하신 대로입니다. 저승은 인간 영혼만이 올 수 있는 공간입니다. 생전에 기르던 애완동물과의 만남을 기대하는 분도 종종 계십니다만, 저희로서도 그 영혼은 찾아다 드릴 수가 없으니 난감할 따름입니다. 그리고 지상에서 죽은 이들이 모두 이곳으로 오는 것도 아닙니다. 우리 시왕저승은 염라대왕 폐하를 포함해 저승시왕의 존재를 인정하는 분들이 사망하신 뒤 오시게 되어 있습니다."

시영의 설명이 이어지던 중에 나성원 책임이 나직이 중얼거렸다.

"이상하네요. 이런 말씀드리기는 좀 뭐한데, 저는 특별히 종교 같은 거 없거든요. 근데 왜……."

시영은 차분하게 성원과 기훈에게, 그리고 모두에게 설명을 이어갔다.

"저승시왕 설화는 한국 민속 문화에 뿌리가 깊지 않습니까? 불교나 무속 신앙과 무관하셨더라도 다른 사후세계를 믿지 않으셨다면 대체로 저희 수명부에 오르시게 됩니다. 특히 최근에는 저승을 소재로 이승에서 창작된 문화 매체 또한 많이 나오지 않습니까? 특별히 신앙을 갖지 않으신 분들 중에 그런 걸 인상 깊게 보고 이쪽으로 오시는 분도 계신 모양입니다. 그렇게 저희 수명부에 기재된 분의 숫자가, 조금 전에 들으신 바와 같이 약 1,425만 명에 달합니다."

호연은 아하, 하고 작게 탄성을 내질렀다. 그런 것도 저승에 오는 데 영향을 미치는구나 싶었던 호연은 예슬 또한 흥미로워하거나 신기해하고 있을 거라고 생각하며 돌아보았다. 하지만 예슬은 뜻밖에 굳은 표정이었다.

"……예슬아?"

호연이 의아해하며 물었지만, 예슬은 대답하지 않은 채 손을 들고 시영에게 질문했다.

"그럼, 다른 종교를 믿으면요? 기독교라든가."

질문하는 예슬의 목소리는 떨리고 있었다. 시영은 여전히 차분한 목소리로 답했다.

"이곳 시왕저승 말고도 문화권과 종교에 따라 다수의 저승이 존재합니다. 기독교를 믿는 분들이라면 당연히 기독교 저승으로 향하셨을 것입니다. 독립된 사후세계관을 가진 작은 종교나 신앙들도 저마다의 저승을 가집니다. 우리나라에도 여러 군데 작은 저승이 더 존재합니다. 중국에는 별도의 시왕저승과 함께 여러 토착 저승들이 존재하고, 일본에도 문화권에 따른 저승이 따로 존재합니다."

일련의 설명을 듣고 난 기훈은 납득이 간다는 듯 크게 고개를 끄덕였다.

"이해했습니다. 저승도 결국 이승에 뿌리를 두고 있는 셈이군요."

"네, 맞습니다."

시영은 미소 지으며 답변을 마무리했다.

그런데 그때 호연의 뇌리를 스치는 생각이 있었다. 기훈이 방금 꺼낸 말을 듣다 보니 갑자기 굉장히 불길한 상상이 피어올랐던 것이다. 저승이 이승에 뿌리를 두고 있고 종교나 신앙에 따라 저승이 존재한다면 저승이 존재하는 근거가 이승의 믿음에 기반하고 있는 것이고, 그렇다면…….

호연은 대기실에서 알두스 폭발 가설을 떠올렸을 때와 같은 불길한 술렁임이 마음속을 채워 가는 것을 느꼈다. 그 불길한 느낌에 호연이 고민하고 있는 사이 염라대왕이 다시 회의를 마치고자 했다.

"그럼 회의를 종료해도 되겠습니까?"

호연은 말을 미처 정리하지 못한 채로 번쩍 손을 들었다. 이건 말해야만 했다. 하지만 어떻게 말해야 하지? 염라대왕이 손짓으로 발언권을 허락했지만, 호연은 입을 떼지 못한 채 주저하고 있었다.

"채호연 망자, 말씀하십시오."

염라대왕이 호명해 재촉하기에 이르렀다. 아직 생각의 실마리가 제대로 잡히지 않은 상태였지만, 호연은 더듬거리며 조금 전 떠올린 추측을 말로 풀어내기 시작했다.

"지금…… 홍기훈 박사님 말씀을 듣고 퍼뜩 생각이 들었는데요. 비서실장님이 좀 전에 작은 종교들마다 저승이 하나씩 있다고 하셨죠. 그러면 믿는 사람이 있어서 저승이 생겨난 거겠네요……?"

"예, 그렇게 보시면 됩니다. 무슨 의문이 가는 부분이라도 있습니까?"

시영의 답을 들은 호연의 머릿속에서 몇 가지 퍼즐 조각이 맞춰졌다. 호연은 떨리는 목소리로 마저 물었다.

"그럼 믿는 사람들이 다 사라지면요?"

"……무슨 말씀이십니까?"

시영은 호연이 하는 말을 곧바로 이해하기 어려웠다. 호연은 다시금 머릿속에서 하고 싶은 말을 재차 가다듬었다. 이제 좀 더 명확한 말로 꺼낼 수 있었다.

"이승에 신앙이 있어서 특정 저승이 생겨날 수 있다면, 신앙이 소멸하면 저승도 사라지는 거 아닌가요?"

호연이 그렇게 말하고 나자 회의실에 배석해 있던 모두가 말을 잃었다. 저마다 이게 무슨 소리인지 영문을 알 수 없어 의아해하거나, 정확히 무슨 의미인지 고민하는 기색이었다. 수현은 후자에 속했는데 호연이 꺼낸 말을 몇 초 곱씹더니 얼굴에서 미소가 싹 지워져 버렸다. 수현은 옆자리의 시영을 황급히 돌아보았다.

"실장님, 지금 저 이야기……."

시영 또한 호연이 꺼내려는 추측이 무엇인지 짐작이 가기 시작했다. 싫은 예감이 들었다.

호연은 좀 더 직설적으로 다시 말을 가다듬어 말했다.

"……지상에 염라대왕님을 믿던 사람들이 전부 사망하고 나면 시왕저승은 어떻게 되는 거죠?"

회의실에 조금 전보다 더 무거운 침묵이 내려앉았다.

답지 않게 초조해하던 수현이 불쑥 호연에게 물었다.

"채호연 망자님, 그러니까 망자님 추측은요, 그…… 여기 저승이……."

"수현 군. 잠깐만."

시영은 수현이 흉한 이야기를 꺼내려 한다고 생각했다. 하지만 수현은 끝내 말해 버리고 말았다.

"이승이 망하면 저승이 같이 망하는 거 아니냐, 이 말씀이십니까?"

호연은 고개를 끄덕이면서도 자신이 꺼낸 말에 스스로 놀라고 있었다. 하지만 호연의 머릿속에는 이 터무니없는 가설을 말이 되게 만들기 위한 조각들이 계속 모이고 있었다.

"……추론해 보자고요. 어, 그러니까 조금 전에 종교나 문화권별로 저승이 하나씩 있다고 하셨는데요. 만약에 이승에 믿는 사람이 아무도 없어도 어떤 저승이 존재할 수 있다면, 지금 현재 존재하는 종교나 문화랑 아무 상관도 없는 저승들 또한 무수히 존재하고 있어야 하잖아요. 그런 저승이 지금 있나요?"

시영은 고개를 가로저었다.

"아니요, 제가 아는 한 모두 최소한의 종교나 인구 집단을 대표하는 형태로만 존재합니다……."

저승이 어떻게 존재하는지는 시영이 배우고 익힌 지식의 경계를 벗어나는 내용이었다. 저승은 그냥 존재하는 곳이었다. 이승에서 죽은 이가 어떤 저승을 떠올리거나 평소 신앙해 왔다면, 죽음 이후 자연스럽게 이끌려 오게 된다. 하지만 이승에서 신앙이 뿌리 뽑히는 경우는 상정해 본 적이 없었다. 아니, 그런 상황을 상정하는 것 자체가 평소 같으면 터무니없는 기우에 불과했을 터였다. 하지만 지금은 사상 초유의 재난 상황이었고, 상상할 수 없었던 일들이 일어나고 있는 상황이었다.

깊은 고민에 빠져드는 시영. 사색이 되어 버린 수현. 그리고 당황한 다른 비서관들과 관원들. 갑자기 쏟아져 들어온 이야기의 정보량을 감당하지 못해 혼란스러워하는 망자들. 호연은 그 한가운데에서 홀로 고요히 재석해 있는 염라대왕을 바라보았다. 염라대왕도 호연을 보고 있었다. 발언을 허락했으니 하고 싶은 이야기를 끝까지 해 보라고 권하는 듯한 눈빛이었다. 그 시선을 받은 호연은 더듬거리며 다시 입을 열었다.

"어쩌면 지금 저희가 세워야 할 대책은 이승의 재해뿐만이 아니라, 이곳 저승의……."

순간 짝, 하고 손뼉 소리가 났다. 정상재 교수가 모두 들으라는 듯이 손바닥을 한 번 크게 마주쳐 큰소리를 낸 것이었다. 불안한 술렁거림에 잠겨 가던 회의실의 분위기가 일제히 차갑게 가라앉았다. 정 교수는 헛기침을 한 번 하고는 입을 열었다.

"……염라대왕 폐하, 그리고 회의 참석자 여러분, 무례함을 용서하십시오. 송구하게도 냉정을 되찾으시기를 간곡히 부탁드립니다."

정 교수는 이어 호연을 바라보며 나직이 말했다.

"채호연 학생, 다시금 멋진 상상력이었습니다만 이번에는 조금 지나쳤습니다. 그렇게 불안한 추측을 덧붙이면 먼저 질문을 꺼내셨던 홍기훈 박사님이 곤란해지지 않겠습니까?"

마음 한구석이 바늘로 찔리는 것처럼 뜨끔하는 것을 느끼고 호연은 허둥지둥 사과했다.

"죄, 죄송합니다. 홍 박사님께도 죄송합니다."

호연이 연신 꾸벅이며 사과하자 홍기훈 박사는 조금 난처한 듯 옆머리를 긁었다.

"……아닙니다. 저야말로 좀 괜한 질문을 한 것 같군요."

정상재 교수는 저승의 관원들을 돌아보면서 말을 이어갔다.

"채호연 학생이 방금 이야기한 부분은 아직 조금 섣부른 감이 있다고 사료됩니다. 아마 채호연 학생뿐 아니라 여기 계신 분들 모두 조금씩 불안하시겠지요. 이승의 변고로 인해 저승에도 혹시 어떠한 영향이 오지 않을지 우려하실 분이 분명 계실 겁니다."

정 교수의 차분한 정리 발언을 듣던 안유정 비서관이 허어, 하고 한숨을 토했다. 정 교수의 말이 이어졌다.

"하지만 그런 일이 일어날 수 있다면, 저승을 오랫동안 관리해 오신 여러분들께서 모르실 리가 없을 겁니다. 일개 망자인 제가 청하기 조심스럽습니다만, 침착한 대처를 부탁드리고 싶습니다."

다시금 호연을 돌아보며 정 교수는 빙긋 웃었다.

"채호연 학생도 설마 저승이 망할 거라고 생각해서 그런 말을 꺼내진 않았을 테니까요. 불안함이 잘못 표현된 것이지요?"

"아…… 네. 네. 맞아요. 네."

호연은 부끄러움과 당황스러움으로 두근거리는 가슴을 진정시키려 애썼다. 그 와중에 호연의 머릿속에 딴생각이 끼어들었다. 몸뚱이는 이미 죽고 없는데, 저승에 떨어진 걸 알고서도 조용하던 가슴이 이제 와서 두근거리는 것은 어째서일까? 심리적인 공포가 이런 형태로 느껴지는 걸까? 거기까지 생각하던 호연은 자신이 현실도피를 하고 있음을 깨닫고 고개를 세차게 저었다.

정상재 교수가 수습한 덕분인지 술렁이던 관원들 또한 어느 정도 진정을 되찾은 모습이었다. 시영은 다시금 마음을 놓은 듯했고, 수현은 미심쩍어하면서도 뭐라 더 보태고자 입을 열지는 않았다. 윤회청 이강필 차장은 아무 문제도 없으리라는 듯이 거듭 고개를 끄덕이고 있었다.

그렇지만 호연의 짧은 문제 제기가 회의실에 남기고 간 파장은 저마다의 마음속에 잔잔히 요동치고 있었다. 회의실의 모두가 침묵에 빠져들자 염라대왕은 문득 호연을 다시금 지그시 바라보았다. 시선을 받은 호연이 위압감을 느끼고 입을 다문 채 움츠러들자 염라대왕은 곧 시선을 거두었다. 그러곤 입을 열었다.

"여러분, 여기까지 듣겠습니다."

회의를 마치기로 마음먹은 모양이었다. 염라대왕은 마무리 발언을 시작했다.

"조금 전 채호연 망자께서 제시한 가설은 비교적 합리적이지만, 저승의 운명까지 걱정하기에는 우리가 해야 할 일이 산재해 있고 앞으로 주어진 시간이 더 많으리라고 믿습니다. 우선 처음에 제시된 의제들에 대한 방안들을 시행하는 것으로 하겠습니다. 망자 유입이 계속될 것을 전제로 대책을 세우도록 하며, 윤회청은 가능한 윤회 방안을 찾기 위해 노력해 주십시오. 생물학 전문가의 참여를 권고하겠습니다. 이상 마칩니다. 산회하십시오."

염라대왕은 자신의 서류에 결론을 필기하며 따라 읽은 뒤, 산회를 선포하고 곧바로 자리에서 일어나 퇴장했다.

회의실에 가득하던 긴장감이 한순간에 흩어졌다. 남은 이들은 저마다 가져온 자료를 정리하거나 다음에 해야 할 일들에 대해 대화를 나누기 시작했다. 호연은 회의실 바닥이 꺼져라 안도의 한숨을 내쉬었다. 회의 내내 외줄을 타는 듯 아슬아슬했고 마지막에는 상상력을 폭주시키다가 터무니없는 이야기까지 꺼내고 말았다. 머쓱함을 견디기 어려웠던 호연은 옆자리의 예슬을 돌아보며 겸연쩍게 웃었다.

"……아, 내가 또 아무 말 저질러 버렸네. 미안해, 놀랐지?"

하지만 예슬은 대답하지 않았다.

"예슬아?"

예슬은, 조금 전 저승의 시스템에 대해 설명을 들은 이래 계속 딱딱하게 굳은 표정으로 뭔가를 고민하고 있었다. 그리고 그 눈동자는 굉장히 초조하게 떨리고 있었다.

*

처음 도착해 대기하던 광명왕원 제4회의실로 복귀하자마자 호연은 정상재 교수에게 다가가 고개를 숙였다.

"아까는 감사했습니다. 제가 또 한걸음 앞서 나가서……."

휴, 하고 짐짓 깊이 한숨을 내쉬어 보인 뒤 정상재 교수는 호연을 안쓰러운 눈빛으로 바라보며 말했다.

"채호연 학생, 상상력이 뛰어난 것은 정말 축복받은 자질입니다. 그 상상력으로 이런 것 저런 것들을 마구 끼워 맞추다 보면 이번에 블랙홀 가설처럼 정답을 덜컥 손에 쥐는 경우가 생깁니다."

정 교수는 차분하게 호연을 타일렀다.

"문제는 안 그런 경우가 더 많다는 거지요. 부족한 근거들을 지나친 상상력으로 구슬 꿰듯이 이어 나가면, 대개는 음모론에 귀결되게 됩니다. 그럴싸하지만 진실이 아닐 수 있습니다."

호연이 스스로도 자주 생각하던 점이었다. 도망칠 길이 없는 정론이었다. 잔뜩 긴장해 충고를 듣고 있는 호연을 지그시 바라보면서 정 교수는 당부를 마무리했다.

"이런 말 하게 되어 미안하지만 정신줄 놓을 때가 아닙니다. 호연 학생을 포함해서 여기 모인 사람들은 염라대왕의 신임을 얻은 전문가로서 위촉된 셈입니다. 질문을 받는다면 타당한 근거에 기반해서 확실한 대답을 주기 위해 노력해야 합니다."

"네…… 명심할게요."

딱딱하게 대답하는 호연을 잠시 응시하던 정 교수는 싱긋 미소를 지으며 조금 풀어진 어투로 말을 건넸다.

"생전에 만났더라면 이런저런 학술적인 가르침도 줄 수 있었을 텐데 안타깝게도 그때는 마주치지 못했군요. 지금이라도 이렇게 충고를 해 줄 수 있게 되어 다행입니다. 귀담아 들어 주면 좋겠군요."

호연은 다시금 정중히 고개를 꾸벅 숙이며 답했다.

"아무렴요. 저야말로 이런 데서라도 뵙게 되어서 감사한걸요."

해프닝이 잘 마무리되는 느낌이었다. 정상재 교수와의 대화를 수습하고 호연은 회의실의 구석진 곳에 앉아 있는 예슬에게로 걸어갔다.

"휴…… 심장 떨려서 죽는 줄 알았네."

"……."

농담처럼 가볍게 말을 걸어봤지만 예슬은 곧바로 반응하지 않았다. 책상에 턱을 괸 채 심각한 표정으로 뭔가를 고민하고 있는 예슬에게 호연이 물었다.

"……예슬아? 무슨 생각 중이야? 저승 연구?"

"……휴."

짧게 한숨을 내쉬는 예슬의 표정은 영 밝지 못했다.

"연구라면 연구인데, 마음이 진정이 안 되는 거 있지."

"왜? 무슨 문제 있어?"

"아까 나온 이야기 말이야. 저승이 여러 곳 있다면서. 시왕저승이 따로 있고, 민간신앙들도 다 따로 저승이 있고, 기독교 저승도 따로 있다고……."

호연은 고개를 끄덕였다.

"아, 그거 신기하더라. 그게 왜?"

예슬은 잠시 침묵하다가 이내 수심 섞인 한숨을 짧게 내쉬고 말했다.

"그럼 난 왜 여기 있는 건가, 싶어서."

호연은 멈칫했다. 조금 전 회의실에서 오간 이야기들이 머릿속에서 다시 다른 방향으로 짜맞추어졌다. 기독교 저승이 따로 있다면 당연히 기독교인은 그곳으로 갈 테다. 그런데 예슬은…….

예슬은 쓸쓸한 미소를 지어 보였다.

"너도 알잖아. 우리 집안 사람들 전부 기독교인 거. 나도 일단은 신앙인이라고 믿었는데."

"그…… 그랬지. 응."

호연은 떨떠름한 반응 밖에는 꺼낼 수가 없었다. 예슬은 고개를 가로저으며 말을 이었다.

"나, 신앙심이 부족했나 봐. 믿어야지 믿는 저승으로 간다며. 다른 신앙 없으면 만화만 봐도 여기 올 수 있댔잖아. 난 뭐, 만화, 영화만 본 것도 아니고 연구를 했으니까. 그 지식이 하나님 믿는 마음보다 컸었나 봐. 생각해 보면 삼 년 넘게 교회도 안 나갔잖아? 나이롱이었네, 나."

"그럴…… 수도 있겠네……."

궁시렁궁시렁 넋두리를 이어가는 예슬에게 간신히 맞장구를 쳐 준 호연은 예슬의 얼굴이 조금 전보다 풀려 있는 것을 눈치챘다. 속에 있던 이야기를 꺼내 놓아서 조금 마음이 편해진 걸까, 하고 생각한 것도 잠시, 예슬의 눈에서 눈물이 흘러내렸다.

"문제가 뭔지 알아? 우리 집안에 그런 나이롱은 나밖에 없어."

예슬은 눈가를 훔치며 고개를 떨궜다.

"예은이 포함해서."

호연은 더는 아무 말도 꺼낼 수 없음을 깨달았다. 예슬의 굳은 얼굴은 풀린 것이 아니라 무너진 것이었다.

"……예은이랑 떨어진 거야, 나?"

몇 차례 손등으로 닦아내도 눈물은 계속 예슬의 눈가에 그렁그렁 맺혀만 갔다.

저승에 온 뒤로 예슬이 예은을 내내 그리는 걸 보면서, 호연은 자신도 언젠가 가족들과 만나지 않을까 생각하곤 했다. 하지만 호연은 자신과 예슬의 처지가 크게 다를 수 있다는 두려움을 느꼈다. 호연의 일가친척들 중에 진지하게 종교를 믿는 사람은 거의 없었다. 아마 대체로 이곳 시왕저승으로 왔을 것이다. 하지만 예슬의 일가족은, 특히 생전에 주일마다 교회를 나가고 찬송가도 곧잘 외우고 했던 예은이라면. 생각이 뻗어가는 것이 두려웠다. 호연은 세차게 고개를 휘저었다.

"예슬아. 그만. 더 생각하지 말자."

"하지만……."

"그만."

울먹이는 예슬에게 호연은 일부러 강하게 말했다.

"아직 확실한 게 아무것도 없잖아. 나중에 비서실장 그분한테 물어보든가 하자. 너무 앞서서 걱정하지 말자. 지금 더 생각해도 해결할 수 없는 무서움만 늘어날 거야."

호연은 자신이 말하고 있는 것이, 예슬에게 해 주고 싶은 말인 동시에 자기 자신을 안심시키기 위한 것임을 느꼈다. 호연은 예슬이 걱정을 더 크게 키우고 슬퍼하기를 바라지 않았다. 또한 한편으로 그렇지 않아도 여러 가지로 불안하고 혼란스러운 이곳에서 자신 역시 불안해지고 싶지 않은 마음이 들었다.

호연의 복잡한 심정을 아는지 모르는지 예슬은 말없이 고개를 끄덕였다. 하지만 두려움에 흐르기 시작한 눈물은 금방 잦아들지 않았다.

*

회의를 마친 시영은 비서실로 돌아왔다. 몹시 피곤했다. 그도 그럴 것이, 오간 이야기가 이야기였다. 살아 있는 모든 인간들의 죽음이라니. 사태의 규모가 예상한 것을 훨씬 뛰어넘고 있었다. 전례가 없는 일이다 보니 윤회청의 보고와 결정 사항도 심란하기는 마찬가지였다. 환생문을 조정한 적이 없었던 것은 아니었다. 극락이나 지옥이 되어야 할 환생처의 정의가 바뀌었던 경우는 많았다. 수십 년 전에 아귀도의 환생문 운용 방법이 인종차별적이라는 오도전륜대왕부 감사실의 지적이 있어 이를 반영한 적도 있었다. 하지만 환생 자체가 곤란해져 동물들 중에 환생처를 찾게 된 것은 시왕저승 탄생 이래 유례가 없는 일이었다.

탄생 이래 유례가 없는 일. 시영의 머릿속에 떠오른 그 수식어는, 곧 저승의 소멸 가능성에 대한 불길한 경고를 떠올리게 했다. 호연이 처음 천체 폭발 가설을 주장하며 통제실로 올라왔을 때에는 반신반의하는 마음에서 큰 기대 없이 이야기를 들어 보기로 한 게 맞았다. 하지만 회의에서 논의된 결과와 이승에서의 보고를 종합해 보니 그 추측이 대부분 사실로 들어맞고 있었다. 비록 더 노련한 전문가들이 많은 부분을 채워 주었기에 검증될 수 있었던 가설이었지만, 밑바탕이 없이 직관적으로 떠올린 가설이 적중한 것은 상당한 통찰력의 결과라는 게 시영의 생각이었다.

문제는 그 통찰력을 인정한다면, 신앙 소멸에 따른 저승의 소멸이라는 불길한 주장마저도 일개 망자가 겁을 먹고 쏟아 낸 허언으로 단순히 치부하고 넘기기 어렵게 된다는 점이었다.

깊은 고민에 잠겨 있던 시영은 책상 위에서 울리는 부저음을 듣고 시선을 돌렸다. 전자식 탁상시계가 알람을 울리고 있었다. 복사골과 연락을 주고받을 시간이었다.

시영이 죽어서 처음 도착한 저승은 시왕저승이 아닌 지리산의 산신령이 다스리는 저승이었다. 착하게 살다 죽은 이에게 선도복숭아를 원 없이 먹여 준다는 마을 신령 '산신노군山神老君'에게 생전에 열심히 기도해 온 영향 덕분이었다. 그리고 그곳에서 백여 년을 지냈다. 젊어서 세상을 뜬 시영에게 있어, 살아생전보다 더 오랜 시간을 보냈던 지리산 복사골은 거의 영혼의 고향과 같은 곳이었다. 노군은 두 번째 부모나 다름없었다. 복사골 저승에서 오래 머물던 시영은 어느 날 노군의 강한 권유를 받고 시왕저승으로 건너와 관직에 올랐다. 그 뒤 시영이 녹사綠事나 판관 일을 하는 동안에는 한동안 연락이 소원하다가, 시영이 비서실에 발탁된 이후로는 한 달에 한 번 꼴로 안부 인사를 주고받고 있었다.

시영은 통신기를 받아들었다. 저승 간의 통신을 전담하는 부서인 좌도왕부의 교환원을 거쳐 음성 통신이 연결되었다. 목소리를 가다듬은 뒤 시영은 문안 인사를 올렸다.

"이시영입니다. 노군님, 강녕하셨습니까?"

〈그래, 잘 지내고 있느냐?〉

통신기 너머로 들려오는 친숙한 노인의 목소리에 시영의 어지러웠던 마음이 다소 가라앉았다.

"예, 무탈합니다."

의례적으로 그렇게 말을 꺼낸 시영은 곧 마음이 께름칙해졌다. 엄밀히 말하면 무탈한 것은 아니다. 한바탕 난리가 나지 않았는가? 이 이야기를 어디서부터 꺼내야 할지 고민하던 찰나, 통신기 너머에서 노군의 목소리가 인자하게 들려 왔다.

〈이승에 큰 난리가 난 모양이더구나.〉

먼저 운을 떼어 주신 노군께 살짝 감사하면서 시영은 근심 어린 목소리로 답했다.

"예…… 사실 아주 무탈하지는 않습니다."

〈사람들이 많이 죽어 나가더구나.〉

"저희 쪽에도 벌써 수십만 명이 도착했습니다."

〈버겁지 않느냐?〉

"버겁습니다. 하지만 어떻게든…… 어떻게든 조치를 취하고 있습니다."

일단 한번 입을 열고 나자 더 많은 것을 이야기하고 싶어졌다. 시영은 나지막하고 또렷하지만 평소보다는 조금 조급해진 말투로 그동안 있었던 일들을 설명하기 시작했다. 시왕저승에서 망자의 대량 발생을 언제 어떻게 알아차렸는지, 그 상황에서 망자의 유입을 관리하기 위해 어떤 조치들을 취했는지, 시영은 노군에게 모조리 털어놓았다.

그 발걸음 하나하나가 전례에 없고 원칙에 없는, 그러나 옳다고 믿는 바를 행하기 위한 모험들이었다. 비서실장 이시영은 책임을 능히 감내하고 있다고 생각했지만 두려움을 아주 지울 수는 없었다. 산신노군 앞에서 시영은 마치 어린 학동이 된 것처럼 시시콜콜 많은 것을 이야기했다.

"……이 정도입니다. 노군께서는 어떻게 생각하십니까?"

묵묵히 시영의 이야기를 듣던 노군은 시영의 물음에 푸근한 목소리로 답을 돌려주었다.

〈그래, 너야 언제나 그렇지만 이번에는 정말로 애쓰고 있구나.〉

시영은 마음 한구석의 모난 부분이 조금 깎이는 것 같은 기분이 들었다. 여전히 남아 있는 잔잔한 불안을 느끼며 시영은 겸연쩍은 듯 말했다.

"잘 해내고 있는지 늘 의문이 들기는 합니다."

그런 시영에게 노군은 질문을 던졌다.

〈네가 생각하기에는 어떠느냐?〉

언제나 노군은 마지막 결론을 시영에게 묻곤 했다. 스스로 판단하기를 바라는 그 뜻을 시영도 익히 잘 알고 있었다. 그리고 시영의 판단 기준은 간명했다.

"……적어도 법도와 원칙에 어긋나는 결정들은 아니었다는 생각이 듭니다."

〈그래, 그렇다면 되었다.〉

노군은 시영의 단호한 답을 듣자 만족한 듯 말했다. 시영은 의문으로 뭉쳐 있던 마음이 비로소 어느 정도 해결되었음을 느졌다. 오늘도 그릇된 일은 하지 않았다는 안도감이 마음을 채워 갔다. 이런 안도감을 느낄 때마다, 시영은 자신이 죽고 나서 백여 년의 세월이 지났음에도 아직 스승이자 어버이인 노군에게 응석을 부리고 있는 것은 아닌지 때로 의심하곤 했다.

〈그래도 여러모로 어려움이 많겠구나.〉

그렇지만 이처럼 인자한 배려의 말을 기꺼이 받아들이지 않을 이유는 없었다.

"네. 많은 어려움이 있습니다. 하지만 염라대왕 폐하께서 건재하시고, 또 많은 이들의 도움을 받아 잘 이겨 낼 수 있을 듯합니다."

〈그래, 이런 혼란 속에서도 염라께서 강녕하시다니 참으로 다행이로구나.〉

도움을 받은 만큼 노군께 도움이 되어 드리고 싶은 마음이 들었다. 시영은 정보를 제공하기로 마음먹었다.

"혹시 구체적으로 어떤 일이 일어났는지 들은 바가 있으십니까?"

〈없단다. 무언가 알게 된 것이 있느냐?〉

"실은 이승에서 올라온 여러 망자들로부터 정보를 모을 수 있었습니다."

자세한 상황을 모르고 있을 산신노군에게, 시영은 조금 전 전문가 회의에서 보고된 내용을 요약해 설명했다. 지상에서 올라온 망자들과 저승사자들의 보고를 종합해, 전 인류의 사망이 예견되는 상황임을 전했다. 그리고 그 원인이 아무도 예상하지 못했던 천체 현상이라는 사실도.

〈그렇구나, 하늘의 별이 잘못되었다는 말이로구나.〉

노군은 긴 한숨을 내쉬고 착잡한 목소리로 말했다.

〈예로부터 만물유전萬物流轉이라 하였으니, 사람이 태어났으면 죽는 게 당연하듯이 세상도 한번 태어났으면 언젠가 죽기 마련이니라. 그날이 오기를 바라지 않을 수는 있지만, 와 버린 것을 어찌하겠느냐? 죽어서 저승에 넘어 온 이들이 잃어 버린 삶이 안타까울 따름이니라.〉

시영도 깊은 한숨을 쉬었다.

"저도 같은 생각입니다……. 복사골은 어떠십니까? 망자가 몰려와 탈이 나지는 않았습니까?"

〈별 탈은 없단다. 너도 알겠지만 요새 산신령을 깊이 의지하는 이가 몇이나 되겠느냐? 애석하게도 그들을 거의 모두 불러모으는 꼴이 되었다만 번잡하지는 않구나.〉

목소리는 태연하게 이어졌으나 내용은 전혀 그렇지 못했다. 지리산 복사골 마을에서 산신령을 의지해 오던 이들이 모조리 사망해 저승으로 넘어 왔다는 의미였다.

"……거의 모두입니까. 유감입니다."

〈허허, 나눠줄 복숭아는 충분히 많으니 걱정 말거라.〉

너털웃음을 짓는 산신노군이었지만 시영으로서는 잠시 내려놓았던 걱정이 도로 떠오르는 듯했다.

"그러고 보면, 저희 쪽 회의에 나왔던 망자 한 명이 그러더군요. 이승에 있는 사람들이 모두 죽고 나면 그 사람들이 믿던 저승마저 사라질지도 모른다고……."

시영은 그렇게 운을 떼어 놓고는 곧바로 괜한 말을 했나 싶어 후회를 느꼈다. 회의에서도 채호연 망자가 혼자 주장했을 뿐 모든 망자들과 관원들에 의해 섣부른 걱정이라고 수습된 내용이었다. 신앙자들이 거의 다 사망했다고 말한 노군께 꺼내기에는 지나친 화제가 아니었을까? 그렇지만 산신노군은 시영의 걱정이 무색하게 여상스러운 목소리로 답했다.

〈그건 대단히 흥미로운 이야기로구나.〉

"죄송합니다. 괜한 근심거리가 아니었는지요?"

걱정하는 시영에게 노군은 오히려 여유 있는 웃음소리를 돌려 주었다.

〈아니다. 그 이야기가 사실이라면 이 늙은이도 묏자리를 봐 놓아야 하지 않겠느냐?〉

시영은 씁쓸하게 마주 웃었다. 웃자고 하시는 말씀인 것은 알겠지만 결코 웃을 수 없는 내용이었다.

"말씀이 지나치십니다. 그런 일이 생길 리가 없지 않겠습니까. 회의에서도 지나친 이야기라고 일축되었습니다."

그리고 시영은 그렇게 이 주제를 흘려보낼 셈이었다. 하지만 노군은 계속해서 관심이 가는 모양이었다.

〈허나 내가 보기에는 온전히 틀린 말도 아니라고 생각이 된

단다.〉

아니, 오히려 적극적으로 고려하고 나섰다. 시영은 조금 당혹스러워하면서도 조심스럽게 되물었다.

"······가능성이 있는 이야기라고 보십니까?"

〈저승의 신묘한 이치는 이 늙은이도 잘 모르는 바가 많단다.〉

산신노군은 확언하지 않았다. 하지만 시영은 그 말의 속뜻을 능히 짐작할 수 있었다. 그렇다고 말할 만큼 명쾌한 것은 아니지만, 아니라고 말할 만큼 분명하지도 않았다. 가능성이 조금이라도 있는 한 일축할 수는 없다. 원칙적으로는 그래야 마땅하지만, 시영이 이 이야기에 대해서는 차마 취할 수 없었던 태도였다.

〈만약에 그렇게 된다고 해도 염라께서 계신 그곳은 오래 무사할 게다. 염라께서 앉으신 그 옥좌는 오래전 천축국에서부터 믿어져 온 고귀한 자리가 아니더냐.〉

시영은 입술을 살짝 깨물었다. 노군께서는 아무래도 채호연 망자의 주장에서 일말의 신빙성을 느끼고, 이런저런 가능성들을 고민하기 시작하신 모양이었다. 보다 정확히는 시영을 생각해 애써 고민해 주기 시작하신 모양이었다. 괜한 심려를 끼친 것만 같았다. 시영은 역시 정리되지 않은 주장을 섣불리 화제에 올리지 말 것을 그랬다고 후회했다.

〈생각해 보니 위험하다면 시왕폐하 외에 다른 분들이 걱정이로구나.〉

그런 시영의 염려를 아는지 모르는지 산신노군은 현 상황에 대한 합리적인 추측들을 꺼내기 시작했다. 시영은 이즈음에서라도 이 이야기를 그만했으면 하는 마음이 없지 않았으나 노군이 꺼내든 이야기의 엄중함에 그만 되묻고 말았다.

"……다른 분들이라 하심은……?"

〈시왕 외에 여섯 왕을 더 모신다 하지 않았느냐?〉

"소육왕부小六王府 말씀이십니까?"

시왕저승에는 총 열여섯 명의 '왕'이 존재하고 있었다. 흔히 저승시왕으로 불리는 열 명의 대왕들에 더해 지장왕, 생불왕, 좌도왕, 우도왕, 사자왕, 동자판관부왕 등 여섯 명의 왕이 더 있었다. 이 여섯 명의 왕들이 관장하는 저승 부처를 소육왕부라고 부르고 있었다.

〈내가 굽어살피는 이들 가운데는 이 늙은이에게만 기도를 올리는 게 아닌 이들도 제법 있느니라. 여러 무당들이 내 명호名號를 부르는 한편으로, 저승시왕을 찾는 시왕굿을 하는 이들도 있다는 걸 너도 알 게다.〉

"아무렴요. 그 시왕굿 노래를 제게 가르쳐 주지 않으셨습니까."

저승에서 다른 저승을 넘나들 때에는 건너편 저승에 대한 지식이 필요했다. 산신노군이 시영을 시왕저승으로 떠나 보낼 때, 시왕굿 노래를 가르쳐서 찾아가도록 했었다. 시영이 그 기억을 잊을 리가 없었다.

〈그 노래에서 열여섯 왕을 부르는 것도 기억하고 있느냐?〉

"예."

〈시왕十王인데 열여섯 왕을 부른 것이 이상하다고 여긴 적은 없느냐?〉

시영은 노군의 지적이 새삼스럽다는 생각을 했다.

"당연히 의아하게 여겼습니다만, 이곳에 와서 알게 되었습니다. 여섯 분의 왕께서는 일부 민속에서 왕에 준해서 받들어지는 분들인 것으로……."

그리고 그즈음에 이르자 시영의 생각이 돌연 수렁에 빠졌다. 이곳 저승에 도착하여 관원으로서 교육을 받을 때, 처음부터 십대왕과 육왕이라고 시왕저승의 구조를 배웠었다. 시왕에 들지 않는 여섯 명의 왕은 시왕신앙에서 파생된 민속신앙에서 유래하였다는 설명을 너무나 자연스럽게 받아들였고, 그 이래로 한 번도 그에 대해서 의문을 품거나 고민해 본 적이 없었다. 저승의 열여섯 기관들은 항상 그 자리에 있었고 꾸준히 협업해 온 당연한 존재였던 것이다.

하지만 본래의 시왕신앙과 십육왕 민속신앙이 온전히 한 덩어리가 아니라면?

"노군님, 소육왕부를 별개의 신앙으로 봐야 한다는 말씀이십니까?"

〈가타부타 말하기는 조심스럽구나. 이 늙은 신령의 지레짐작으로 그치면 좋을 것이다.〉

다시금 확언을 피하는 노군이었다. 그리고 이번에도 시영은 노군이 말하지 않은 걱정이 무엇인지 곧바로 간파해 낼 수 있었다. 자신의 머릿속에서도 너무나 자연스러운 귀결이었다.

만에 하나의 확률로 채호연 망자가 제기한 우려가 사실이라고 가정하자. 그렇다면, 이승에서 특정 신앙을 믿는 이들이 사라진다면, 상응하는 저승 세계도 위기에 처할 것이다. 그리고 여섯 왕을 왕으로 받드는 민속신앙을 믿는 이들의 수는 염라대왕을 위시해 열 명의 저승 대왕을 아는 이들에 비해 훨씬 적을 것이다. 저승이 영향을 받는 속도에 차이가 날 수 있다.

가설이 사실이라면 그곳부터 먼저 영향을 받는다…….

시영은 이즈음에서 억지로 생각을 멈췄다. 너무 지나친 걱정이었다. 천문 현상에 의한 지구 멸망 가설이 확실해진 지 얼마 되지도 않았다. 또 다른 어마어마한 파국을 어떠한 근거도 없이 상상만으로 단정하고 싶지는 않았다.

"혹시 모르니, 이 부분은 염라대왕 폐하께 고견을 여쭙도록 하겠습니다."

결국 시영은 지금 이 상황에서 산신노군 외에 가장 신뢰할 수 있는 이에게 책임을 미루기로 결정했다.

〈그게 좋겠구나.〉

노군 또한 시영의 결정에 뭐라 더 첨언하지 않았다. 통신선을 건너 짧고도 긴 침묵이 지나갔다. 마음속의 술렁거림이 마치 타다 꺼진 들불처럼 따갑게 일렁이고 있었다. 더 이상 무슨 대화를 나눠야 할지 어지러운 마음은 어떠한 결정도 내리지 못하고 있었다.

그때 노군이 먼저 입을 열었다.

〈이것도 다 이 늙은이 마음에 걱정이 되어 건네는 말이다만.〉

시영은 퍼뜩 놀라 수화기 너머의 목소리를 경청했다.

〈네가 떠나던 그날, 내가 네게 '선업善業을 지으라'고 하지 않았더냐?〉

"예."

차분하고 인자한 노군의 목소리가 한없이 무겁게 느껴졌다. 노군은 타이르듯, 또는 당부하듯 선문답처럼 충고를 건넸다.

〈그러기 위해서는 때로는 올바르기보다는 서둘러야 하는 법이다. 어떤 선善은 때를 놓치면 이룰 수 없느니라. 그러니 두려워하지 말거라.〉

"⋯⋯명심하겠습니다."

시영은 노군의 충고를 재촉으로 받아들였다. 서둘러 염라대왕께 의견을 구하고, 저승의 안부에 대해 확실한 결정을 내릴 것을 당부하는 것이라고.

짧은 마무리 인사와 함께 시영은 산신노군과의 통화를 종료했다. 심호흡 한 번과 함께 흐트러진 마음을 다시 가다듬고는 시영은 자신이 취해야 할 행동들과 보고해야 할 말들을 머릿속에서 정리했다. 평소 익숙한 일이었다. 오래지 않아 시영의 마음은 평온함을 되찾았다. 물론 그 평온함 아래에는 조금 전의 동요가 아직 꿈틀거리고 있었다. 노군의 말대로 서두를 필요가 있었다. 시영은 근무 테이블에 마련된 호출 벨을 눌렀다. 곧 비서실 쪽 문이 열리고, 수현이 들어왔다.

"실장님, 찾으셨습니까? 통화는 잘 마치셨습니까?"

조금 굳은 매무새의 시영은 고개를 끄덕여 보이고는 곧바로 수현에게 요청했다.

"수현 군, 미안한데 지금 즉시 염라대왕 폐하를 좀 뵈어야겠습니다."

"지금이요? ……알겠습니다. 의전실에 연락해 두겠습니다."

갑작스러운 지시에 조금 놀란 수현이었지만, 종종 있는 일이었기에 이내 주어진 업무에 대응하기 시작했다. 연락을 위해 비서실로 향하는 수현을 바라보던 시영은 문득 수현을 다시금 불렀다.

"잠깐, 수현 군."

"네?"

"같이 올라갈 준비를 해 주십시오."

이런 경우는 정말 드물었다. 수현은 시영이 뭔가 심상치 않은 안건을 손에 쥐고 있음을 알아차렸다. 아마 어전에서 다시금 상의가 필요할 만큼 다급한 일일 것이다. 어쩌면 바로 비서실을 움직여야 할 일이 생길지도 모른다. 산신노군과의 통화에서 도대체 무슨 이야기가 오갔는지 궁금해질 정도였지만, 분위기로 보아 조만간 알기 싫어도 알게 될 것임을 짐작했다. 수현은 정중하고도 단호하게 고개를 끄덕였다.

"알겠습니다. 준비하겠습니다."

분명 큰일이 기다리고 있었다.

*

시영은 그 길로 수현을 대동하고 비서실을 나서서 광명왕원 제일 위층에 마련된 염라대왕의 집무실로 향했다. 바쁘게 앞서 걸어가며 의전실에 급전을 보낸 수현 덕분에, 의전비서관실의 경호원들이 곧바로 문을 열어 주었다. 염라대왕은 회의 때 입 었던 용포 차림 그대로 면류관만 벗은 채 비상조치 관련 서류 에 결재를 하고 있었다.

"대왕폐하, 긴급히 보고 드릴 사항이 있습니다."

으레 올리는 인사말조차 건너뛰고 급보를 올리는 시영을 보 며 염라대왕은 서류를 내려 놓았다.

"무슨 일입니까? 다급해 보입니다."

시영은 올라오는 내내 다듬고 또 다듬은 말을 꺼내놓았다.

"조금 전 채호연 망자가 제기한 가설에 대해 산신노군께서 우려를 표하셨습니다. 이에 대한 폐하의 의견을 요청드리고 싶 습니다."

가장 건조하게 맞닥뜨린 문제를 있는 그대로 설명하고 무엇 을 원하는지를 분명히 말한다. 어떠한 완충적 표현도 없이 곧 장 쏟아진 언어였기에 듣는 이들을 놀라게 만들기 충분했다.

실제로 옆에서 듣고 있던 수현은 무척 놀랐다. 직전에 시영이 노군과 어떤 이야기를 나누었는지 전혀 알지 못했기 때문이었다.

하지만 염라대왕은 동요하지 않았다. 시영 또한 그럴 것을 알고 단도직입적으로 말한 것이기도 하였다. 염라대왕은 불필요한 곳에서의 허례허식을 원치 않았다.

"그렇습니까. 어떤 면을 우려하셨습니까?"

"산신노군께서는 만약 신앙의 소멸에 따라 저승이 영향을 받는다면 시왕저승에서는 소육왕부가 먼저 피해를 입을 수 있다고 예측하셨습니다."

"근거가 어떻게 됩니까?"

시영은 소육왕부가 민속신앙에 기반했기 때문에 시왕신앙과 분리될 수 있을지도 모른다고 설명했다. 저승 관원 누구나가 아는 이야기였다. 그렇지만 지금 새로이 생각하면 심상치 않은 이야기가 되기도 한다. 시영의 배경 설명을 경청한 염라대왕은 심각한 표정이 되어 말했다.

"망자의 가설이 사실이라면 우리는 굉장한 위험을 마주하고 있는 셈입니다."

"하지만 사실이라고 단언할 수 있는 단계는 아닙니다."

시영의 지적에 염라대왕은 고개를 끄덕이면서도 말했다.

"만약 사실이라면 위험할 수 있다는 것입니다."

그리고 염라대왕은 천장을 올려다보았다. 시영의 시선 또한 자연스레 따라갔다. 염라대왕 집무실의 천장에는 전통적 시왕도에 따라 염라대왕과 여러 나졸들이 그려진 탱화가 장식되어 있었다.

"조금 전 비서실장도 말했듯이 시왕저승에는 원래 대왕이 열 명입니다. 이들에 대한 그림을 그리면 시왕도이고, 경전을 쓰면 시왕경이 됩니다. 소육왕부가 별개의 신앙이라고 노군께서 말씀하심에는 분명 일리가 있습니다."

탱화를 바라보며 염라대왕은 그렇게 말했다. 그러나 시영에게로 다시 시선을 돌린 뒤 황급히 덧붙여 말했다.

"그렇지만 선대의 염라께서 다시 윤회길로 떠나시던 시기에도 소육왕의 자리와 관청은 이미 존재했습니다. 나 또한 소육왕부가 우리 시왕저승과 떼어 놓고 볼 수 있는 부분인지에 대해서는 명확한 답을 내릴 수 없습니다."

가타부타 분명한 의견을 들을 수 있기를 바랐던 시영은 약간의 아쉬움을 느꼈다.

"……알겠습니다. 그러면 이 사안에 대해서는 당분간 불문에 부치는 것으로 하면 되겠습니까?"

시영은 사안을 이 정도에서 마무리할 생각으로 질문했다.

하지만 염라대왕은 즉답하지 않았다. 대답 없이 집무석에 앉은 채로 눈을 감은 그녀는, 시영과 수현이 초조하게 지켜보는 가운데 한동안 생각을 이어갔다. 굉장히 길게 느껴지는 수십 초의 시간이 흐른 뒤 염라대왕이 눈을 떴다.

"아니오. 염라대왕령을 발동하겠습니다. 지금 즉시 소육왕부의 인원과 필수 기재에 대한 대피를 진행하도록 하십시오."

"예?"

시영은 실례를 무릅쓰고 되물었다. 옆에서 듣고 있던 수현도 화들짝 놀랐다. 하지만 염라대왕의 파격적인 명령은 계속해서 이어졌다.

"만에 하나라도 그러한 추측이 사실인 경우를 대비해야 마땅할 것입니다. 소육왕부에 예기치 못한 이변이 일어날 수 있다면, 속한 이들 모두를 시왕에 속하는 부처로 대피시켜야 할 것입니다. 즉시 전달토록 해 주십시오. 특히 우도왕부에 비치된 수명부를 최우선으로 대피시키도록 지시하십시오. 이번에 사망한 망자들을 관리하는 데 필요할뿐더러, 혹시 있을지 모르는 이승의 생존자를 찾을 때 필수적입니다."

염라대왕이 지시한 내용은 호연이 꺼낸 우려가 있는 그대로 적중하고 산신노군의 걱정마저도 사실로 확인될 경우에만 비로소 의미가 있는 것이었다. 이승의 사람들이 모두 죽어 사후 세계 신앙이 붕괴할 때 상응하는 저승 또한 타격을 입을 것이며, 시왕저승에서는 시왕보다는 여섯 왕이 먼저 영향을 받을 거라는, 이 모든 추측이 사실일 경우에만 필요한 일이었다. 그리고 현재로서 그 근거는 단 하나도 없었다. 시영은 상당한 당혹감을 느끼며 염라대왕에게 고언했다.

"그렇게까지 할 필요가 있으시겠습니까? 현재 이 우려에 대해 증명된 부분은 없습니다."

이에 염라대왕은 시영에게 질문했다.

"그럼 언제 무엇으로 증명이 되겠습니까?"

시영은 말문이 막혔다. 채호연 망자가 주장한 내용이 사실인지 아닌지를 증명할 방법이 대체 무엇이 있을 것인가? 이승에 벌어진 천문 현상도 증거를 모을 방법이 부족해 간신히 검증해낸 상황인데, 사후세계의 운명을 예측할 방법이 있을 리가 없지 않은가?

아니, 단 한 가지 방법이 있었다. 실제로 사건이 벌어지고 나면 증명이 될 것이다. 이승 사람들이 모두 죽고 난 뒤에는 어떻게든 증명이 될 수밖에 없으리라. 그리고 그때 소육왕부가, 더 나아가 시왕저승이 무사하다면 다행이지만, 만일 무사하지 않다면…….

"비서실장님."

점점 표정이 굳어 가는 시영을 보던 수현이 초조한 목소리로 시영을 불렀다. 골똘히 고민하던 차에 퍼뜩 놀란 시영이 수현을 돌아보자 수현은 잔뜩 걱정이 실린 목소리로 말했다.

"말씀하신 것처럼 확신할 근거가 없는 상황입니다. 지나친 고민을 하실 때가 아닌 것 같습니다."

시영은 수현의 충고에 잠시 혼란스러웠다. 그럼 근거가 없으니 염라대왕 폐하의 지시를 따르지 말라는 의미인가? 하지만 수현이 곧바로 덧붙였다.

"지금 고민을 하셔도 답이 나올 리가 없다는 말씀을 드리고 싶습니다. 결정을 내리셔야 합니다."

결정.

이 상황에서 시영이 내릴 수 있는 결정은 둘 중 하나였다. 근거가 없는 추측이므로 염라대왕께 거듭 직언을 고해 아무 일도 일으키지 않는다. 또는 염라대왕의 지시를 수용해 대피 지시를 하달한다.

시영은 더 이상 전례 없는 상황을 만들고 싶지 않았다. 시왕저승은 원래부터 그냥 이 모습대로 존재해 왔다. 시대의 발전에 따라 조금씩 변화해 왔지만, 그 존재 자체가 흔들린 적은 없었다. 저승의 존재 자체가 흔들릴 것이라는 허황된 이야기가 그럴싸해 보인다는 이유로 산신노군 어르신과 염라대왕 폐하가 모두 흔들렸다. 이러한 상황 때문에 한 번도 해 본 적이 없는 대피 명령까지 내려야 하는 상황을 납득할 수 없었다. 하지만 시영은 염라대왕의 지시를 거역하고 싶지도 않았다. 염라대왕은 시영보다 시왕저승에 오래 있었고, 그동안 많은 선진적 결정을 내려온 유능한 지도자였다. 당대의 관원들이 선뜻 받아들이지 못했던 결정과 변화들은, 시간이 흐른 후 시왕저승이 이승의 뒤처진 정의보다 앞서 나가는 데 기여한 것으로 평가되곤 했다. 염라대왕은 지금도 만에 하나 있을지 모를 위험을 예상해 한 발 앞서 대비하려는 것임에 분명했다. 무엇보다 시영이 응당 따라야 마땅한, 시영에게 있어 유일한 명령권자이기도 했다.

갈등하는 시영을 지그시 바라보던 염라대왕은 시영을 향해 물었다.

"내 지시가 너무 앞서 나갔다고 생각합니까?"

시영은 조금 주저하다가 대답했다.

"······사실 그렇습니다."

시영의 대답을 들은 염라대왕은 고개를 끄덕였다.

"이해합니다. 그럴 만한 상황입니다. 비서실장의 의견을 존중합니다."

그러면서도 그녀는 다시 단호한 목소리를 되찾았다.

"그렇지만 이번에는 지시사항을 이행하여 주기를 바랍니다. 이렇게 조치했다가 큰일이 없으면 다행이지만, 조치하지 않았을 때 만약의 사태가 일어나면 회복할 수 없을 것입니다. 모든 책임은 내가 지겠습니다."

염라대왕이 이 정도로 강경하게 말하는 것은 오랜만이었다. 그 순간에 시영은 처음 비서실에 배속되었을 무렵을 회상했다. 그때 염라대왕은 막 생긴 비서실의 고리타분한 관원들을 상대로 저승 조직 전체의 완전한 혁신을 말했고, 여러 어려움과 혼란을 우려하는 목소리 앞에서 자신이 모든 책임을 지고 가겠노라며 한 걸음도 물러서지 않았다.

시영은 복잡한 머릿속을 비워 냈다. 상사이자 지도자인 염라대왕의 지시가 합리적인지만을 고민했다. 합리적이라는 생각이 들었다. 근거 없는 걱정이라 해도 그것이 사실이 되었을 때 감당해야 할 피해 규모는 예상할 수 없을 정도로 막대할 것이다. 그렇다면 걱정의 진위가 분명해질 때까지 조심하자는 것은 타당한 결정이었다. 마침내 시영은 염라대왕 앞에 고개를 조아렸다.

"알겠습니다. 지시하신 대로 대피령을 전달하도록 하겠습니다."

염라대왕은 마주 고개를 끄덕여 보였다.

"따라 주어서 고맙습니다. 가급적 신속한 대응을 바랍니다."

"알겠습니다."

시영은 염라대왕에게 거듭 묵례한 뒤 돌아서서 걸음을 옮겼다. 수현도 염라대왕에게 묵례한 후에 뒤따라 나왔다.

집무실을 나서서 비서실로 돌아가는 길에 시영은 수현에게 지시했다.

"수현 군, 비서실에 조금 전의 지시사항 전달을 부탁합니다. 그리고 당분간 비서실 업무와 관련해서 주요 결정권을 위임하겠습니다."

"위임이라고 하셨습니까? 혹시 소육왕부로 직접 가실 생각입니까?"

시영은 고개를 끄덕였다.

"그래야겠습니다."

수현은 걱정이 묻어나는 목소리로 시영을 말렸다.

"실장님, 현장을 챙겨야 하면 제가 가는 편이 낫습니다. 무리하지 마세요."

하지만 시영은 뜻을 굽히지 않았다. 나름의 이유도 있었다.

"아닙니다. 내가 가야 합니다. 염라대왕 폐하의 명령으로 선제적 대응을 하는 상황입니다. 갑자기 대피를 하라고 해도 각 부府에서 이유를 납득하지 못할 것입니다."

저승에 영향이 있을 수 있다는 가설을 시영 자신부터 아직 확신하지 못하는 상황이었다. 하물며 앞선 회의 자리에 있지 않았던 이들은, 그리고 산신노군의 우려를 전해 듣지 못한 다른 이들은 오죽하겠는가.

"폐하께서는 가급적 신속하기를 바라셨기 때문이기도 하고, 기동력은 물론 결정 권한도 필요합니다. 권한이 있는 내가 직접 가야 유사시에 긴급히 염라대왕령을 대리할 수 있습니다. 수현 군은 대신 대피가 미리 원활히 이루어질 수 있도록 비서실과 함께 각 왕부에 염라대왕령 하달을 도와주십시오."

걱정 가득한 눈빛으로 시영을 잠시 바라보던 수현은 결국 고개를 숙였다.

"……알겠습니다. 구름차는 육 층 차고에 대기시켜 두었습니다."

"감사합니다."

수현을 비서실로 보내고서 시영은 곧장 차고로 향했다. 엘리베이터를 타고 광명왕원 육 층에 내린 시영은 복도를 걸어가던 도중 말소리가 들리는 것을 알아차렸다. 불러온 전문가들의 대기 공간으로 쓰이고 있는 제4회의실 쪽에서였다. 회의실 문 앞

복도에서 채호연과 김예슬 두 망자가 이야기를 나누고 있었다. 시영은 이들에게 현재 상황을 공유할 필요가 있다고 느꼈다.

시영이 다가가자 호연 쪽에서 먼저 알아차렸다.

"아, 비서실장님? 어쩐 일이신가요?"

"전할 말이 있어서 잠시 들렀습니다……. 김예슬 망자님, 무슨 일 있습니까?"

호연의 옆에서 조금 침울해 있는 예슬을 염려하는 시영에게 호연이 대신 대답했다.

"걱정되는 일이 좀 있어서 그래요. 무슨 일이시죠?"

시영은 잠시 설명할 말을 골라낸 뒤 짤막하게 말했다.

"……조금 전 채호연 망자께서 제기하신 가설과 관련해서 예방적 조치를 한 가지 취하게 되었습니다."

"네?"

호연은 그 순간 회의실 문이 잘 닫혀 있는지부터 확인했다. 그러고는 시영에게 다급하게 말했다.

"저기, 그 이야기라면 정말 신경 쓰지 않으셔도 괜찮습니다. 제가 너무 터무니없는 이야기를 꺼냈던 것 같아서요. 정상재 교수님도 그렇고 다들 너무 지나쳤다고 하시니까, 그냥 헛소리였다고 생각해 주시면 돼요. 괜한 일거리나 걱정거리를 만들어 드리려던 게 절대 아니라서, 저는……."

시영은 호연이 무슨 말을 하려고 하는지 충분히 이해할 수 있었지만 고개를 저어 호연의 이야기를 가로막을 수밖에 없었다.

"염려해 주셔서 감사합니다만 저희 쪽 사정에 따라서 고려를 하게 되었습니다."

호연은 조금 망연자실하게 시영을 바라보았다.

"뭔가, 벌써 이야기가 올라갔나요?"

"예. 여러 토의를 거쳐서…… 일단 염라대왕 폐하께서는 저승 일부를 잠시 대피시키도록 지시하셨습니다."

시영의 이야기를 들은 호연은 등골이 서늘해졌다. 자기가 대책 없이 질러 놓은 이야기가 염라대왕의 대피 명령으로 이어지고 말았다. 망연한 표정으로 마주보는 호연에게 시영은 상황을 설명했다.

"저승에는 시왕 외에 여섯 왕이 더 계신데, 그분들 계신 쪽이 먼저 영향을 받을 수 있다는 우려가 제기됐습니다. 안전을 위해 잠시 대피했다가 돌아가도록 조치할 예정입니다."

그때 침울하게 있던 예슬이 고개를 들고 시영에게 말했다.

"……여섯 왕이 더 계시다면, 혹시 제주도 시왕굿 무가巫歌에 나오는 열여섯 번째까지를 말씀하시는 건가요?"

시영은 예슬에게 고개를 끄덕였다.

"맞습니다. 시왕굿을 아십니까?"

"연구 주제 중 일부였어요. 생전에 논문에서 보고 신기해했던 기억이 나거든요. 저승에 무슨 왕을 이렇게 많이 찾는가 했어요. 지장왕에, 생불왕에……."

퀭해 보이던 얼굴을 마른세수하듯 매만지던 예슬은, 마음의 피로를 조금은 회복한 모양이었다.

"그분들이 먼저 영향을 받는다는 건 혹시 호연이가 말한 가설 때문인가요? 믿음을 가진 생존자들이 사라지면 저승이 영향받을 수 있지 않느냐는 거요. 불교 세계관에서 말하는 저승 시왕과 무속 신앙에서 말하는 시왕은 사실 조금 차이가 있으니까요. 어쩌면 구별되는 신앙일 수도 있고요."

예슬의 이야기를 들은 시영은 조금 놀라지 않을 수 없었다. 산신노군이 지적한 부분을 거의 그대로 지목하고 있었던 것이다.

"예, 맞습니다. 제가 따로 모시는 다른 저승의 신령님께서 같은 이야기를 하셨습니다."

"그랬군요. 그래서 만일을 위해……."

한편 갑자기 시영과 예슬이 대화하기 시작하자 호연은 맥락을 따라가지 못하고 머쓱해하며 서 있었다.

"저기, 예슬아, 지금 무슨 이야기야? 내가 이야기한 그게 뭐가 어떻게 됐길래?"

"이따가 자세히 설명해 줄게."

예슬은 엷은 미소와 함께 호연에게 대답했다. 이야기 흐름을 놓친 와중에도 호연은 침울해하던 예슬이 다시 조금이나마 웃고 이야기 나누기 시작했다는 사실이 내심 다행스러웠다.

"전해 드리려던 말씀은 이 정도입니다. 특이 사항이 있으면 또 알려 드리도록 하겠습니다."

하려던 이야기를 모두 전한 시영이 자리를 뜨려고 하자 예슬이 질문을 꺼냈다.

"참, 비서실장님. 궁금한 게 한 가지 있는데요."

"예?"

"조금 전에 '다른 저승의 신령님' 이야기를 하셨죠. 다른 저승과도 연락이 통하나요?"

시영은 조금 의아해하면서도 긍정했다.

"그렇습니다만……."

예슬은 조금 주저하더니 물었다.

"혹시 기독교 저승과는 연락이 되나요?"

질문의 의도를 알 수 없었으나 일단 시영은 고개를 가로저었다.

"그쪽은 저희와 직접적인 연락 수단이 없는 실정입니다."

"연락 수단이 없다고요……."

다시금 안색이 흐려지며 고개를 떨구는 예슬. 호연은 그런 예슬의 등을 다독여 주었다. 뭔가 걱정하는 바가 있는 모양이었다. 시영으로서는 신경이 쓰였지만 지금 이야기를 들을 수 있는 상황은 아니었다. 시영이 염려하는 눈빛으로 호연을 바라보자 호연은 말없이 고개를 끄덕여 보였다.

"……그럼 이만 실례하겠습니다."

시영은 제4회의실을 뒤로 하고 차고를 향했다. 시영은 구름차를 몰아 오도전륜대왕부를 거쳐 소육왕부 입구로 진입했다. 시왕저승은 입구인 사출산 진광대왕부로부터 출구인 오도전 륜대왕부 환생문에 이르기까지 거의 일직선의 계곡으로 열 개 의 저승이 이어지는 구조였다. 그러나 소육왕부는 마치 오도전 륜대왕부의 곁가지처럼, 염라대왕부에서 볼 때 오른편으로 덧 붙어 있는 구조였다. 소육왕에 대한 믿음이 전혀 별개의 신앙 일지도 모른다는 이야기를 듣고서야 시영은 이 구조가 조금 미 심쩍어 보였다.

구름차는 소육왕부 구역의 입구이자 열한 번째 왕부인 지장 왕부地藏王府의 일주문一柱門을 통과했다. 지장왕부에는 한때 지장 보살을 모시는 불당이 들어서 있었고, 불심 깊은 망자들이 환 생하지 않고 저승에 남아 망자들을 돕는 보살행菩薩行을 이어가 는 곳이었다. 현재는 전문적인 교육을 받은 변호 보살들의 사 무실이 되어 저승의 여러 심판부로 변호 인력을 파견하는 역할 을 해 왔다.

하지만 지금은 파견이 아닌 대피를 위해 변호 보살들이 변 호청 청사 정문으로 쏟아져 나오고 있었다. 비서실에서 전파한 염라대왕의 대피 명령이 일단은 제대로 실행되고 있는 듯했다. 물론 모두들 갑작스러운 대피령에 영문을 모르겠다는 표정이 었다. 시영은 차량 속도를 줄이고 한동안 대피 행렬을 관찰했 다. 그때 대피 행렬을 인솔하던 관원이 시영이 탄 구름차를 보 고 황급히 달려왔다.

"거기! 염라대왕부에서 오셨죠?"

시영은 차를 멈춰 세우고 차창을 내렸다. 달려오던 관원은 창문 너머에서 시영의 얼굴을 발견하고 화들짝 놀랐다.

"아니, 비서실장님이 직접 오셨어요?"

낯익은 얼굴과 목소리였다. 지장왕부 총무처 소속으로 행정 실무를 담당하며 염라대왕부에도 자주 드나드는 연락관 오소민 보살이었다.

"예. 상황이 상황인지라 직접 왔습니다. 대피 인도 중이십니까?"

시영의 물음에 소민은 고개를 끄덕이고는 한숨을 푹 쉬었다.

"휴, 맞아요. 그런데 설명 좀 해 주시면 안 될까요? 대체 이거 왜 하는 거예요? 무슨 문제 생겼어요?"

"문제가 생길지도 몰라서 하는 겁니다."

"그러니까 대체 그 문제의 정체를 모르겠으니까 다들 납득을 못 하고 있는 거예요."

계속 불만스럽게 따져 묻는 소민을 바라보며 시영은 문제의 가설을 이야기해야 할지 말지 잠시 고민했다. 역시 그 가설을 덜컥 기정사실로 믿고 전하기에는 불편한 마음이 없지 않았다. 하지만 그렇다고 해서 염라대왕이 결정의 근거로 삼았던 사실 자체가 사라지는 것은 아니었다. 결국 시영은 솔직하게 상황을 설명하기로 했다. 그게 원칙에 맞았다.

"……이건 누구에게 전하지는 말고, 지장왕께만 보고하시고 총무처 내에서만 공유하시기 바랍니다."

보안에 대한 당부와 함께 시영은 가설의 내용을 전했고 모든 내용을 들은 소민은 도저히 못 믿겠다며 뜨악한 표정을 지어 보였다.

"예에에? 그으럴리가요?"

과장되게 질색하는 소민과 대조적으로 시영은 차분히 상황을 설명했다.

"저도 사실이 아니라고 믿고 싶습니다만 염라대왕 폐하께서 상당한 우려를 가지신 모양입니다."

"대왕님 직감이 간만에 틀리신 거면 참 좋겠네요. 흉흉해라, 흉흉해."

차마 상상하기도 싫다며 몸을 부르르 떤 소민은 해당 사안을 관계자들에게 전하고 대피에 속도를 내겠다고 시영에게 전했다. 시영은 안심하고 다음 부서 쪽으로 구름차를 출발시켰다.

지장왕부 다음에는 생불왕부生佛王府가 있었다. 생명을 점지해 주는 생불왕 설화에 근거하는 이곳은 어린 나이에 세상을 떠나 저승에 온 영혼들을 특별히 보호하기 위한 기관으로 운영되고 있었다. 청소년과 어린이 망자들이 지도 교사의 안내에 따라 보호시설에서 빠져 나와 대피하고 있었다. 하지만 아직 제대로 걷거나 대화를 나누기 어려운 나이에 저승에 온 아기들의 영혼이 보호되고 있는 탁아소에서는 대피 행렬이 나오지 않은 상태였다.

시영은 탁아소 앞에 차를 대고 건물 안으로 들어갔다. 겉보기에 조용해 보이던 탁아소 안은 소란스럽고 분주했다. 적지 않은 영아의 영혼이 생불왕부의 탁아소에서 보호를 받고 있었다. 너무 어린 나이에 죽은, 말 그대로 아기들의 영혼이었기에 걷는 법도 아직 모르는 채였다. 생불왕부 소속의 보육교사들이 저마다 품에 어린아이를 안고 건물 뒤편의 차고 방향으로 향하고 있었다.

그 사이를 뚫고 시영은 곧장 소장실로 향했고, 서류 정리에 여념이 없는 탁아소장과 마주했다.

"누구세요? 무슨 일이시죠?"

"염라대왕부 비서실장 이시영입니다. 대피 명령 이행 상황 확인차 나왔습니다."

신분을 밝힌 시영에게, 탁아소장은 곧장 불평을 쏟아 냈다.

"마침 잘 오셨네요! 이유도 모르겠는데 갑자기 건물을 비우라고 하셔서 이게 대체 무슨 소란이랍니까? 어린 영혼들을 함부로 나를 수 없어서 애를 먹고 있거든요!"

"필요한 지원이 있으십니까?"

그 사나운 호소 속에서 시영은 탁아소장이 따로 바라는 것이 있음을 알아차렸다. 소장은 곧장 요구사항을 말했다.

"난데없는 대피 훈련을 할 거면, 머릿수를 좀 더 보내 주세요. 보육교사들이 아이들 다 옮기는 데 시간이 한참 걸릴 거고, 아마 우리 탁아소가 소육왕부에서 맨 꼴찌가 될 걸요?"

시영은 고개를 끄덕였다.

"가능한 지원을 알아보겠습니다."

탁아소장이 서류를 챙기며 쏟아 내는 몇 가지 사소한 불평을 더 들은 뒤, 시영은 차량으로 복귀하며 통신기를 들고 수현에게 연락을 넣었다.

"이시영입니다. 지장왕부 오소민 보살에게 연락해서 변호 보살님들을 생불왕부 탁아소로 좀 보내 달라고 하십시오. 사람이 더 필요하다고 합니다."

〈알겠습니다.〉

시영은 그 상황을 확인한 뒤 다시금 구름차를 몰아 소육왕부의 깊은 안쪽으로 향했다.

생불왕부 다음으로는 우도왕부右道王府와 좌도왕부左道王府가 쌍둥이 건물에 나란히 위치해 있었다. 과거에는 우도왕부가 저승과 망자에 대한 모든 착하고 좋은 일에 대한 기록을, 좌도왕부가 악하고 나쁜 일에 대한 기록을 관리해 왔다. 저승 체제가 현대화된 이후로는 우도왕부가 모든 기록물을 담당하였고, 좌도왕부는 기록의 전파와 통신, 대외정보 수집을 담당하게 되었다.

쌍둥이 건물을 잇는 구름다리 위에 구름차용 주차장이 조성되어 있었다. 그곳에 차를 내린 시영은 먼저 오른편의 우도왕부 건물 쪽으로 향했다. 사무구역으로 진입하자 기록물을 반출하는 관원들을 책임자인 우도왕이 직접 지휘하고 있었다. 시영을 발견한 우도왕은 지휘를 비서관에게 맡기더니 성큼성큼 걸어와 따져 물었다.

"비서실장님! 대체 이게 무슨 난리입니까? 청사를 버리고
대피하라니요!"

"자세히 설명할 시간이 없습니다. 이승의 재해로 인해 시왕
저승의 일부가 영향을 받을지도 모릅니다."

우도왕은 눈을 크게 떴다.

"이승에 영향을 받는다니 대체 무슨 말입니까?"

"어디까지나 아직 가설의 영역입니다만……."

시영의 짤막한 개요를 전해 들은 우도왕은 머리를 벅벅 긁으
며 불평했다.

"그럼 아직 확인도 안 된 위험 때문에 염라대왕께서는 그리
한다는 말씀이십니까? 대피하라고 하셔도 쌓인 기록물만 거의
오천 년어치입니다! 역대 시왕폐하들의 어진과 각종 공문서까
지 생각하면……."

시영은 우도왕의 말에 끼어들었다.

"염라대왕 폐하의 지시사항이 있습니다. 수명부를 최우선으
로 반출하고 나머지는 후순위로 두시면 됩니다."

"아니, 다른 중한 기록을 다 놔두고, 수명부를 말입니까?"

의아해하며 묻는 우도왕에게 시영은 염라대왕의 지시를 반
복해 전했다.

"예. 혹시 모를 생존자를 찾고 심판하는 데 필요합니다."

우도왕은 그 말뜻에는 납득하는 듯했으나, 다른 소육왕부 관

원들과도 마찬가지로 여전히 갑작스러운 대피 명령 자체를 받아들이기 어려운 기색이었다.

"아무튼 잘 부탁드립니다."

"예! 아니 뭐, 염라대왕령이라는데 안 따르면 어쩌겠습니까!"

어깨를 으쓱해 보이는 우도왕에게 조금 급하게 묵례로 인사하고는 시영은 우도왕부를 뒤로 했다.

구름다리의 맞은편인 좌도왕부는 조금 다른 형태로 부산스러웠다. 물건 따위를 들고 오가는 이들은 없었으나, 대회의실에서 소란스러운 소리가 들리고 있었다. 시영이 안을 들여다보자 좌도왕부의 통신 기술자들이 모여 설계도면을 원탁 위에 펼쳐 놓고 입씨름을 하고 있었다. 옥신각신하는 내용으로 보아 통신 설비를 어디서부터 들어내야 옮길 수 있을지 살피고 있는 모양이었다.

토의에 방해가 안 되도록 살짝 안을 들여다보고 있던 시영의 등 뒤에서 돌연 굵은 목소리가 들려왔다.

"엿보시는 게요?"

급히 시영이 돌아보자 좌도왕이 근심 어린 표정으로 시영을 바라보고 있었다. 시영은 태도를 정비하고 답했다.

"대피 점검차 왔는데 논의 중이셔서 방해하지 못하고 있었습니다. 잘 되고 계십니까?"

"잘 되기는, 에이, 보면 모르겠소? 단 한 번도 저 설비들을 옮긴다는 발상을 한 적 없다는 생각, 안 하셨나 그래?"

시영은 씁쓸히 고개를 끄덕였다. 좌도왕부는 저승 환경에 맞게 만들어 쌓아 올린 각종 통신 설비가 집중된 곳이었다. 개중에는 저승사자들에게 연락하기 위해 저승과 이승을 연결하거나, 조금 전 시영이 산신노군과 통화할 때 쓴 것과 같이 서로 다른 저승 사이를 연결하도록 설계된 것들도 있었다. 그리고 그런 모든 복잡한 통신망을 저승 내부의 통신망과 연결하기 위해 다양한 장치들이 들어서 있었는데, 그걸 들어서 옮길 일은 저승 역사상 단 한 번도 없었을 것이다. 기술적으로 준비가 안 되어 있는 것이다.

"염라대왕 폐하께서는 만일을 대비해 서두르셨으면 한다고 하셨습니다. 어려운 것은 압니다만 조금 서둘러 주셨으면 합니다."

시영의 당부에 좌도왕은 곧바로 답했다.

"우리는 이미 족히 서두르고 있수다. 그럴 만한 이유가 있어서 말인데. 이건 좀 더 정리해서 보고하려고 했더니 이리 비서실장께서 와 버리시니 지금 보고를 드려야 하겠소."

"보고하실 특이사항이 있는 겁니까?"

고개를 갸우뚱하며 묻는 시영에게 좌도왕은 고개를 끄덕이고는 굳은 목소리로 말했다.

"조금 전부터 몇몇 저승과 연락이 안 닿기 시작하였소."

"……예?"

시영의 등골에 순간 오싹한 기운이 흘렀다. 지금 무슨 말을 들은 거지?

"연락이 안 닿는다니, 대체……."

"말 그대로요. 대피를 하려거든 연락이 끊긴다고 말은 해야 할 것이 아녀라? 그런데 연락을 걸어서 아예 응답을 않는 곳이 세 군데나 되지 않겠소."

좌도왕의 설명을 듣던 시영은 자기도 모르는 사이에 물음을 꺼내고 말았다.

"그중에 복사골이 포함되어 있습니까?"

말해 놓고서 한 찰나 늦게, 이렇게 흔들려서는 안 되었다는 자책이 들었다.

"……정확히 연결 안 되는 곳이 어디입니까?"

정제해서 다시 던진 질문에 좌도왕은 묵묵히 대답했다.

"제주 삼승할망댁, 묘향산 영정각, 태백 산신각 이렇게 세 군데요."

시왕저승과 지속적인 정보 교류가 있는 한반도의 다섯 민속 저승 가운데 세 곳이었다. 시영은 자신의 마음속에 억눌러놓았던 불안이 다시 스멀스멀 흉한 연기를 피워올리는 것을 느꼈다.

"정확한 단절 원인은 파악되었습니까?"

"원인을 알아보려면 조사를 해야겠지. 그런데 지금 대피를 하라지 않으셨소."

좌도왕은 대피 기획으로 바쁜 회의실 안을 턱짓으로 가리켜 보였다.

시영은 이 상황을 해석하기 위해 빠르게 생각을 이어 나가기 시작했다. 채호연 망자는 이승의 신앙이 붕괴하면 저승도 같이 붕괴하는 게 아니냐고 주장했다. 이 가설은 온전히 망자 한 명의 상상에 기반한 것으로 아무 근거가 없는 상태였으나, 산신 노군과 염라대왕 모두 논리적으로는 타당하다고 결론 내린 상황이었다. 설상가상으로 일부 저승과의 통신이 단절되었다. 어떻게 보면 가장 먼저 획득된 '증거'일지도 모른다고, 시영은 생각했다.

물론 서로 인과관계가 없는 현상을 잘못 끼워 맞춘 것일 수도 있었다. 하지만 염라대왕이 대피 명령을 내린 취지는, 만에 하나라도 인과관계가 성립해 어떤 사태가 발생하고 나면 그 영향을 돌이키기 어려울 수 있다는 걱정에서였다. 명령의 취지에 충실하고자 한다면 채호연 망자의 가설이 사실이고 통신 두절은 그 영향이라는, 즉 세 군데의 저승 세계가 이미 모든 신앙인의 사망으로 미증유의 위기를 겪었다는 가정하에 다음 행동을 결정할 필요가 있었다.

시영은 심호흡을 한 번 크게 한 뒤 좌도왕을 바라보며 입을 열었다.

"좌도왕님. 지금부터 대피 명령의 이유를 설명드리고자 합니다."

이어진 간략한 설명에 좌도왕의 딱딱한 표정은 더욱 굳어졌다. 심상치 않은 정보를 들은 그는 어금니를 꽉 깨물며 고개를 설레설레 저었다.

"으으음……."

사태의 심각성이 충분히 전달되었다고 판단한 시영은 곧이어 좌도왕이 해야 할 일을 지시하기 시작했다.

"염라대왕령을 직권으로 보충해 전달해 드리겠습니다. 통신 장비의 이동보다 좌도왕부에 보관되어 있는 인접 저승들의 본원경本源經을 최우선으로 대피시켜 주시기 바랍니다."

다른 저승을 방문하고 또 교류하기 위해서는 건너편 저승의 모습을 설명하는 최소한의 정보가 필요했다. 교류 업무를 전담하는 좌도왕부에는 그래서, 존재가 확인된 주변의 여러 다른 저승들에 이르기 위한 수단으로 해당 종교들의 경문이나 교리가 적힌 문서들이 보관되어 있었다. 좌도왕부는 언제부터인가 이 문서들을 아울러 '본원경'이라고 불렀다.

"장비보다 우선해서 말이요?"

선뜻 지시를 납득하지 못하는 좌도왕에게 시영은 보충했다.

"최악의 경우에 장비는 다시 만들면 되지만 다른 저승세계로 가는 길이 끊어지면 회복하기 어렵습니다. 통신이 끊어졌으면 인편을 통해서라도 안부를 확인해야지요."

시영의 당부를 들은 좌도왕은 잠시 곰곰이 생각하더니 곧 고개를 끄덕였다.

"그건 맞는 말이요. 그럼 본원경부터 들쳐 보내고, 그다음으로 통신 장비를 보내면 되겠소?"

"예. 통신 장비들 중에서는 저승 내부 통신망 장비를 우선해 주십시오."

시영의 추가 지시에 좌도왕은 눈을 휘둥그레 떴다.

"아니, 다른 저승하고 연결하는 장비가 훨씬 복잡한데 말이요?"

하지만 시영으로서도 당부의 이유가 있었다.

"아까도 말씀드렸지만 다른 저승에는 인편으로라도 연락하면 됩니다. 내부 통신망은 장비만 있으면 어떻게든 운용할 수 있는 반면, 끊어지면 모든 대왕부의 업무 공조가 어려워집니다."

이번에도 좌도왕은 잠시 고민한 끝에 시영의 지시를 수용하는 게 타당하다고 결론지었다. 여전히 이 모든 일이 왜 벌어져야 하는지 온전히 받아들일 수 없었던 좌도왕은 반쯤 농을 치듯 시영에게 투덜거렸다.

"그러니께 아까부터 인편, 인편 허시는데, 만약 그런 상황이 되면 염라대왕부에서 도와주시는 거요?"

시영은 지극히 진지한 표정으로 답했다.

"만약 그런 일이 생기면 제가 직접 갑니다."

좌도왕은 순간 말문이 막혔다. 염라대왕의 지시를 어떻게든 이행하겠다는 비서실장으로서의 권위 때문만이 아니었다. 이 시영 비서실장이 다른 저승 출신인 것은 저승 관가에 널리 알려져 있는 사실이었다. 단신으로 저승길을 넘어와 염라대왕에게 특채를 받았고, 그 뒤로도 다른 저승과의 교류를 떠날 일이 있으면 항상 선봉에 서 온 것이 시영이었다. 즉 그의 단언은 시왕저승에서 가장 유능한 저승길 안내자의 단언이기도 했다.

"필요하면 직접 어떻게든 할 겁니다."

거듭 다짐하는 시영의 기세에 밀리듯 좌도왕은 결국 모든 지시사항을 수긍하기로 마음먹었다.

"……그려, 알겠소."

좌도왕은 회의실에서 엔지니어들을 몇 명 불러내 본원경 수송 임무를 부여했다. 지시가 내려지는 것을 확인하고 시영은 짤막하게 좌도왕에게 인사를 남긴 뒤 황급히 주차장에 둔 구름차로 돌아왔다. 정말 예감이 좋지 않았다. 시영은 좀 더 서둘러 점검을 마치기로 마음먹었다.

좌도, 우도왕부를 지나면 다음으로 나오는 곳이 동자판관부童子判官府와 사자왕부使者王府였다. 동자판관부는 저승의 판관, 동자, 역사와 같은 내근직 관원들을, 사자왕부는 저승사자로 대표되는 외근직 관원들을 육성하고 관리하는 곳이었다.

동자판관부장은 자기 업무 영역에는 굉장히 깐깐하고 철저한 이였기에 다른 대왕부의 요청이나 지시에는 썩 협조적이지 않은 편이었다. 사후세계의 중심 역할보다는 그 과정을 떠받치는 역할이라는 데 소외감과 불만을 표출하는 경우도 허다했다. 이제까지 지켜본 부장의 성격으로 봐서는 갑작스러운 염라대왕령에 온전히 협조하지 않을 가능성마저 있었다.

시영은 동자판관부 청사 앞 주차장에 구름차를 멈춰 세웠다. 시영이 살펴본바 예상대로였다. 동자판관부에서는 어떠한 대피의 움직임도 찾아볼 수가 없었다. 그리고 그를 기다렸다는 듯 청사 정문을 벌컥 열어 젖히면서 뚜벅뚜벅 걸어 나오는 이가 있었다. 동자판관부장이었다.

"이시영님! 대체 이게 뭐 하자는 겁니까? 아니, 먼저는 역사들을 다 데려가더니 이제 아예 건물을 비우라고요? 진짜 우리 동자판관부 홀라당 망하는 꼴을 보자고 이러세요?"

부장의 항의에 시영은 딱딱하게 굳은 표정으로 대답했다.

"부장님, 대피 명령은 염라대왕령이었습니다. 여태 아무것도 안 하신 겁니까?"

부장은 콧방귀를 뀌고 대답했다.

"내가 내 말 한다고 남의 말은 아예 안 들을 사람인 것처럼 또 그러시지요? 대피 준비는 다 시켜 놨는데 출발을 아직 안 한 겁니다!"

"무슨 문제라도 있습니까?"

"큰 문제가 있지요, 이시영님. 내가 사실 이시영님이든 누구든 비서실에서 사람이 오길 기다린 거 아닙니까? 대체 이 대피 왜 하는 겁니까?"

시영은 한숨을 크게 내쉬고는 설명을 시작했다. 더 이상 자세한 사정을 숨기지 않기로 했다. 저승으로부터의 연락이 일부 끊어졌다는 사실까지 언급하며, 예기치 못한 상당한 위험이 있을 수 있다고 강하게 경고했다. 하지만 동자판관부장의 부루퉁한 태도는 크게 바뀌지 않았다.

"아주 미치겠네, 진짜. 그러니까 우리 부를 진짜로 홀라당 망하게 할 작정이다, 이거지요? 기껏 만들어 놓은 교육시설 다 내다 버리고, 서류도 아주 다 갖다버리고."

"부장님, 저희가 망하게 하는 게 아니라……."

"아니 개떡같이 말을 하면 찰떡같이 알아들어요, 좀!"

애써 정정하려는 시영의 말을 가로막아 내팽개치는 부장을 대하며 시영은 가슴이 답답해져 왔다. 그런 자신의 마음을 달래며 대피 지시사항을 보강해 전했다.

"불평 잘 알겠습니다만, 시설과 서류는 다시 만들면 됩니다. 지금 실제 위기 상황입니다. 동자판관부 분들을 이끌고 우도왕부로 가십시오. 거기서 안내를 받아 수명부를 챙겨서 전륜대왕부로 대피하십시오. 이건 염라대왕 지시사항입니다."

내용을 잘 전달받았는지 어떤지 표도 내지 않고, 부장은 계속 성을 냈다.

"아니, 아무리 망자들 심판하고 직접 관련이 없다고 어엿한 저승 왕부 하나를 이렇게 홀대해서야 됩니까?"

시영은 답답한 마음에 장탄식을 내뱉은 뒤 단호한 목소리로 말하기 시작했다.

"홀대라고 생각하시면 지시를 불이행하셔도 상관없습니다. 하지만……"

시영은 잠시 입술을 깨물었다. 이 말을 꼭 해야 하나? 세게 말하려면 얼마든지 말할 수도 있다. 하지만 이런 추측을 꼭 전해야 하나? 나 혼자 떠올리기만 해도 두려운 추측을? 찔러도 바늘 하나 안 들어갈 것처럼 완고하게 불평을 쏟아 내는 동자판관부장을 앞에 두고, 시영은 토해 내듯이 고했다.

"……조만간 동자판관부가 아예 사라져 버릴지도 모릅니다. 벌써 연락이 끊긴 다른 저승들처럼 되고 싶으십니까? 영혼이라도 건져서 대피하실지, 계속 곤란한 말씀만 하시다 휩쓸려 가실지는 부장님이 선택하십시오."

여기서 협조를 구하지 못한다면 시영은 더 잔인한 말이라도 꺼낼 작정이었다. 시영을 한참 빤히 쳐다보던 동자판관부장은 다행히도 한숨을 푹 내쉬고는 마침내 어깨를 늘어트렸다.

"이시영 님, 누가 대피 안 한대요? 내가 오죽 답답하면 이래요? 변두리 기관이라고 만날 맡겨 놓은 듯이 고생만 시키다가 결국 엔 이 꼴이니 황당해서 그래요, 내가."

그는 설레설레 고개를 젓고는 주머니에서 통신기를 꺼내 고 함쳤다.

"아, 아, 부장이다. 대피는 하는 것으로 결정이 났다. 염라대왕 폐하 지시사항이랍시다! 일 교실, 이 교실 멤버들은 나를 따라서 우도왕부를 좀 들렀다가 간다."

기다렸다는 듯이 이내 동자판관부의 여러 교육동 건물 현관에서 관원들이 보따리를 싸들고 걸어나오기 시작했다. 온갖 모진 말들의 조합을 머릿속에서 들었다 놓았다 하던 시영은 간신히 안도했다. 부장은 다시 매섭게 시영을 돌아보았다.

"이시영님하고는 나중에 면담을 요청하도록 하죠."

"뜻대로 하십시오. 저는 이제 사자왕부를 챙기러 가야 합니다."

그렇게 대꾸한 시영은 다시 구름차를 몰아 동자판관부 청사 앞을 벗어났다. 조금만 더 들어가면 소육왕부의 제일 깊은 곳인 사자왕부였다.

사자왕부 경내로 진입한 순간, 시영은 심상치 않은 위화감을 느끼고 급히 차를 멈춰 세웠다. 보이는 풍경이 여느 때와 달랐다. 심하게 달랐다. 사자왕부 너머는 원래 바위 절벽으로 막혀 있었다. 그런데 그 절벽이 하얀 안개에 가려 한 치 앞도 보이지 않는 상태였다.

시영은 이 안개를 본 적이 있었다. 다른 저승으로 향하기 위해 저승의 경계에 이르면 사방이 하얀 안개에 파묻힌 듯 아무것도 보이지 않게 된다. 저승의 경계, 저승의 끄트머리를 나타내는 안개였다. 그런 안개가, 멀쩡한 저승 왕부의 영역인 이곳에 드리워져 있다는 건 조짐이 좋지 않았다.

게다가 문제는 안개에서 끝나지 않았다. 시영은 사자왕부의 건물 배치를 떠올려 보았다. 본청이 가장 바깥쪽에 있고, 부속 건물 여러 동이 있으며, 가장 안쪽 절벽 아래에 교육동이 위치하고 있어야 했다. 그런데 교육동의 모습 또한 안개 너머로 사라져 보이지 않는 상태였다. 시영은 차에서 내려 황급히 본청 쪽으로 달려갔다. 본청 현관에서는 사자왕부의 이인자인 강찬진 총무부장이 안절부절못하며 발을 동동 구르고 있었다.

"총무부장님 아니십니까? 사자왕께서는 안에 계십니까?"

다급히 말을 거는 시영을 발견하고 강 부장은 낭패라는 얼굴로 안개 너머를 가리키며 대답했다.

"왕께선 지금 교육동으로 가셨습니다!"

"대피 명령은 이행하고 있는 겁니까?"

시영이 다그쳐 묻자 강 부장은 쩔쩔매며 고개를 가로저었다.

"아니요! 왕께서 일단 상황을 확인하고 후속 지시를 내릴 테니 꼼짝 말고 있으라고 하셨는데, 아직 소식이 없으십니다!"

아뿔싸. 시영은 탄식했다. 이승에서 군 장교였던 사자왕은, 세세한 일을 전부 직접 지시 감독하는 만기친람^{萬機親覽}으로 유명했다. 그런 성격의 최고 책임자가 지시한 한 마디로 인해, 온 사자왕부가 수상한 현상을 눈앞에 두고도 꼼짝도 못 하고 있는 것이었다.

시영은 우선 상황을 하나씩 타개하기로 했다.

"이건 염라대왕령입니다! 지금 즉시 전 직원을 오도전륜대왕부로 대피시키십시오!"

"아, 알겠습니다."

사자왕이 남겨 놓은 지시를 권위로 찍어 누르고서야 총무부가 움직이기 시작했다. 강 부장은 불안에 떨리는 손으로 건물벽의 인터폰을 낚아채고는 말했다.

"초, 총무부장 강찬진입니다. 사자왕부 전원 즉시 오도전륜대왕부로 대피하십시오. 이상……."

그리고 그 지시를 기다렸다는 듯이 사자왕부의 건물에서 겁에 질린 관원들이 쏟아져 나오기 시작했다. 조금 전 동자판관부와도 비슷한 모양새였지만, 훨씬 더 무질서하고 관원들도 겁을 먹은 상태였다. 그도 그럴 것이 그들의 질서를 세워야 할 이가 자리를 비운 상태였던 것이다.

대피가 시작된 것을 확인한 시영은 문제의 안개 쪽을 바라보았다. 교육동 건물의 모습은 여전히 보이지 않았다. 저 안개의 정체가 무엇인지, 시영은 안에 들어가서 알아봐야 한다고 생각했다.

그때 강찬진 부장이 머뭇거리다가 안개 쪽을 향해 뛰어갔다. 그는 시영을 돌아보며 말했다.

"저, 저는 그럼 왕님을 좀 모셔 오겠습니다!"

"잠깐 기다리십시오! 같이 가겠습니다!"

시영은 허둥지둥 안개 쪽으로 뛰어가는 강 부장을 뒤따라 달렸다.

그리고 앞서 달려가던 강찬진 부장은 뿌연 안개 속으로 뛰어들자마자 외마디 비명을 내질렀다.

"억!"

깊은 당혹감이 느껴지는 비명과 함께 강 부장은 단번에 다섯 걸음 정도 뒤로 물러섰다. 시영은 달리기를 그만두고 그에게 걸어가며 물었다.

"부장님, 무슨 일입니까?"

강 부장이 시영 쪽을 돌아보았다.

돌아보는 그의 왼팔이 팔목 언저리에서 사라져 있었다.

시영은 발에 못이 박힌 듯 그 자리에 멈춰 섰다.

잘린 것은 아니었다. 어떻게 되었다고 설명할 수도 없었다. 처음부터 없었던 것처럼 그냥 없었다. 강 부장은 말없이, 그러나 깊은 충격과 경악을 담은 눈빛으로, 시영을 바라보았다. 시영 또한 같은 시선으로 강 부장을 바라보았다.

도대체 무슨 일이 일어난 거지?

그때, 강 부장이 뭔가 퍼뜩 알아차린 듯, 성한 오른팔로 안개를 헤집었다. 이제 강 부장의 오른팔도 없어졌다.

강 부장이 시영을 돌아보며 고함쳤다.

"이시영 실장님! 도망치십시오! 이 안개는 위험합……."

안개가 불쑥 앞으로 전진해, 강찬진 부장을 집어삼켰다. 그러고는 아무 목소리도 들려오지 않게 되었다.

시영은 지금 목격한 것이 무엇인지 알 수 없었다. 지금까지 모은 모든 정보를 모아서 해답을 찾으려 했다. 이승의 사망자들로 인해 저승이 영향을 받을 수 있다. 소육왕부는 별개의 민속 신앙이다. 그래서 먼저 영향을 받을 것이다. 일부 다른 저승들과는 이미 연락이 두절되었다. 이 안개는 저승의 경계에 나타나는 것이다. 안개 너머 교육동에 갔던 사자왕은 돌아오지 않았다. 강찬진 부장의 영혼은 안개에 닿은 부위부터 사라졌다. 그의 목소리마저 사라졌다.

지금, 소육왕부가 무너지고 있었다. 저 안개에 집어삼켜지는 방식으로.

그리고 시영은 안개로부터 불과 다섯 걸음 떨어진 곳에 있었다.

시영은 몸을 돌려 뛰기 시작했다. 아직 사자왕부의 건물에서는 탈출 인파가 계속해서 나오고 있었다. 시영은 고함쳤다.

"안개에 닿지 마십시오! 소육왕부가 삼켜지고 있습니다!"

사자왕부 관원들은 패닉에 휩싸여 동자판관부 방향으로 달리기 시작했다. 시영은 급히 구름차에 올라타 시동을 걸었다. 후사경後寫鏡으로 뒤를 바라보자, 행정동 건물의 끄트머리가 안개 속으로 빨려드는 것이 보였다. 건물을 잠식해 오는 안개의 속도를 눈으로 좇을 수 있었다. 시영은 당장 구름차를 출발시키려다가, 우선 보고와 전파가 급선무라고 판단했다. 통신기를 집어 든 시영은 비서실과 통신이 연결되자마자 다급한 목소리로 외치듯 말했다.

"비서실장입니다. 긴급 상황입니다. 사자왕부에서 이변의 조짐을 확인, 흰색 안개가 확장하며 시설과 영혼을 모두 집어삼키는 중. 실제 상황이 발생하였음을 모든 소육왕부 담당자에게 전파해 주기 바랍니다. 또한 염라대왕 폐하께 속보를 넣어 주십시오."

대답도 듣지 않고 지시를 쏟아 낸 시영에게, 통신기 너머의 강수현 비서관이 황급히 물었다.

"지시 들었습니다. 지금 그럼 사자왕부에 계신 겁니까? 실장 님이야말로 대피하셔야지요!"

잔뜩 걱정 어린 목소리. 시영은 차분한 목소리로 수현을 안심시켰다.

"이제 합니다. 조금 이따가 다시 연락하겠습니다."

통신을 끊고, 시영은 다시 뒤를 돌아보았다. 행정동 건물은 이제 절반 정도가 안개 너머로 사라진 뒤였다. 시영은 구름차를 전속력으로 출발시켰다. 수많은 관원들로 이루어진 대피 행렬을 이끌다시피하며, 구름차는 소육왕부를 벗어나는 방향으로 날아 달리기 시작했다.

동자판관부. 부장의 명령이 있자마자 신속하게 대피를 진행해 이미 건물에는 인기척이 없었다.

좌도왕부. 아직 저승 내부 통신망 중계기를 반출하고 있는 엔지니어들과 그들을 감독하고 있는 좌도왕이 보였다. 시영은 차에 탄 채로 좌도왕에게 다가가 실제 상황이 확인되었음을 알렸다. 굳은 표정의 좌도왕은 엔지니어들에게 중계기 이동을 잠시 멈추게 시키더니, 중계기에 직접 연결된 방송 발신기를 붙잡고 외쳤다.

"좌도왕부로부터 전 시왕저승에 긴급히 고함. 소육왕부에 재해 상황 확인. 염부 이시영 비서실장이 확인함. 모든 소육왕부 관원들은 신속히 피난할 것."

중계기의 반출이 마무리되면 대왕부 간의 통신 중계가 어려워질 것을 고려한 결정이었다. 시영은 고개 숙여 감사의 뜻을 전했다. 좌도왕은 당연히 할 일을 했을 뿐이라고 답했다.

우도왕부. 직원들이 수명부가 보관된 궤짝을 이인 일조로 나르고 있었다. 우도왕부의 관원들은 물론이고 동자판관부로부터 대피하던 이들도 섞여 있었다. 시영은 이들에게도 긴급 상황임을 고함쳐 알렸다. 조금 전 좌도왕부로부터 날아든 비상 방송에 놀랐는지 다들 서둘러 대피하고 있었다.

생불왕부. 청소년부 건물들은 이미 대피가 완료된 듯 보였고, 영유아 영혼들이 머무르던 탁아소에서는 계속해서 포대기에 감긴 어린 영혼들이 업혀 나오고 있었다.

지장왕부. 소육왕부의 가장 바깥쪽인 이곳에서는 오히려 여러 보살들이 안쪽으로 향하고 있었다. 대피를 진행 중인 다른 왕부들을 도울 셈이었다. 저승에서 선업을 쌓기로 서원誓願한 보살들이 위기의 순간에도 희생을 마다하지 않고 있었다.

빠르게 달리는 시영의 구름차는 지장왕부의 일주문을 다시 통과했다. 시영은 그 길로 오도전륜대왕부의 행정청사 방향으로 향했다. 청사 앞에 차를 세운 시영은 급히 청사로 달려 들어가 곧장 오도전륜대왕실로 뛰어들었다.

"대왕님 계십니까!"

평소에는 차분한 행정가이던 전륜대왕은 극도로 당황해 어쩔 줄 몰라 하는 상황이었다.

"이시영 비서실장님! 이게 대체 어떻게 된 겁니까? 좀 전의 좌도왕부 방송은 대체……."

"자세히 설명할 시간이 없습니다! 소육왕부를 전부 대피시키는 중입니다. 관리를 위해서 전륜대왕부의 관원들과 공간을 동원할 필요가 있습니다."

시영이 또박또박한 목소리로 빠르게 요구 조건을 말하자 전륜대왕은 심호흡을 한 번 내뱉고는 되물었다.

"관원과 공간이라 하셨습니까?"

여전히 긴장한 상태였지만 조금은 진정한 것 같았다.

"예. 포괄 승인을 해 주시면 제가 지도하겠습니다."

전륜대왕은 시영의 요청에 고개를 저었다.

"아니요, 아니요, 아니요. 매뉴얼이 있습니다. 인원 수용은 일차적으로 행정청 대강당에 해 주시고, 이차적으로는 윤회청 별관 건물과 옛 판관청 터를 이용하면 됩니다. 관원들에게는 제가 통지하겠습니다."

대응 방안을 곧바로 제시한 뒤, 전륜대왕은 심란한 목소리로 시영에게 말했다.

"저승의 심부深部로서 우리 오도전륜대왕부는 비상시 대응을 위한 모든 매뉴얼을 갖추고 있습니다. 확인하고 싶은 것은 지금이 정말 비상시인지 여부입니다만, 보기만 해도 알겠네요. 실장님이 이렇게 겁에 질린 광경은 제가 죽고 나서 처음 봅니다."

듬직한 이야기였지만, 시영은 전륜대왕이 덧붙인 말에 조금 충격을 받았다.

"……제가 지금 겁에 질린 것처럼 보입니까?"

시영이 따져 묻는 것이라고 생각했는지 전륜대왕은 곧바로 고개 숙여 사과했다.

"결례를 용서하십시오. 그만큼 엄중함을 느꼈다는 소리입니다."

하지만 시영은 전혀 다른 감정을 느끼고 있었다. 순수한 놀라움이었다. 시왕저승에서 관원 생활을 하면서 어려운 일은 있었어도 겁을 먹은 적은 없었다. 힘들어한 적은 있었어도 두려워한 적은 없었다. 단 한 번도 그런 평가를 받아 본 일이 없었다. 시영이야말로 죽고 나서 처음 듣는 이야기였다. 시영은 굉장히 이상한 기분에 사로잡혔다.

……아니, 다 잡생각이었다. 한시가 급한데 모호한 마음에 휩쓸릴 여유는 없었다. 마음속에 거품처럼 떠오르던 생각을 한순간에 흩어 버리고, 시영은 전륜대왕과 대응 업무 협의를 진행했다. 소육왕부 인원들의 분산 배치 방안을 확정지은 뒤, 시영은 일차 대피 장소로 지정된 전륜대왕부 대강당으로 향했다.

이미 전륜대왕부의 관원들은 대피해 온 이들에게 안내를 시작한 상태였다. 가장 먼저 대피해 온 지장왕부의 변호 보살들과 생불왕부의 보호 교사들이 모여 있었다. 특히 생불왕부에서 대피해 온 청소년 망자들은 극도로 불안한 모습을 보이고 있었다.

대강당 안에는 영아 망자들의 애처로운 울음소리가 가득했다. 생전에도 온전한 삶을 다 누리지 못하고 죽었는데, 저승에 와 서까지 재해에 직면한 어린 영혼들을 본 시영의 마음은 참담하기 이를 데가 없었다.

전륜대왕부 측 관원이 시영에게 현재 상황을 보고했다.

"매뉴얼에 따라 대피 인원을 수용할 수 있는 시설을 계속 마련하고 있습니다. 지장왕부의 변호 보살님들부터 우선 윤회청 별관으로 임시 이송할 예정입니다만……."

"아니요. 변호 보살님들은 염라대왕부로 보내십시오. 거리는 좀 있지만, 선명칭원善名稱院의 변호 보살 출장소로 들어가는 편이 더 나을 겁니다."

"알겠습니다. 그렇게 조치하겠습니다."

그때 순식간에 출입구 근처가 어수선해졌다. 대피해 있던 생불왕부 보육 교사들 중 한 명이 대피소를 뛰쳐 나가려다 동료 교사들과 전륜대왕부 관원들에게 제지를 당하고 있었다. 시영은 상황을 파악하기 위해 황급히 달려갔다. 다투는 소리가 들려왔다.

"돌아가야 해!"

"진정하세요! 들어가면 잘못하다가 죽어요!"

"이미 한 번 죽었는데 또 죽으면 어때서! 구해 와야 한다고!"

시영이 끼어들었다.

"무슨 일입니까?"

대피소를 나서려던 교사는 염라대왕부 관원 복장을 한 시영을 보자마자 황급히 달려와 시영을 붙잡고 울음을 터트렸다.

"비서관님, 구름차 좀 빌려주세요! 저 다시 돌아가 봐야 해요! 못 데려온 아이들이 있어요!"

시영은 순간 가슴이 철렁하는 기분이었다. 탁아소에 들렀을 때 어린 영혼들을 실어 나를 머릿수가 부족하다는 불평을 들었던 기억이 선명했다. 변호 보살들의 지원을 요청했고, 안쪽에서 대피해 나오는 다른 왕부의 관원들도 협조했을 것이라고 생각했다. 그런데 아직 못 데려온 아이가 남아 있다니?

"도대체 어떻게 된 겁니까? 탁아소장님은 어디 계십니까?"

주변을 둘러보며 황급히 책임자를 찾는 시영이었지만, 혼란스러운 인파에 뒤섞여 행방을 모르는 상황. 다들 당황스레 고개를 가로저을 뿐이었다. 시영은 일단 패닉에 빠진 교사에게 다급히 물었다.

"어느 건물입니까!"

"보육 3, 4, 7호동이 아직 대피를 다 못 시켰어요! 제가 7호동 담당인데, 제가, 아아……."

보육교사는 하염없이 눈물을 흘리며 대답했다. 시영은 짧게 고민했다. 구름차를 내 줘야 할까? 하지만 구름차를 조작하는 데에는 어느 정도의 숙련된 경험이 필요했다. 자칫 오가는 길에 운전이 잘못되기라도 한다면? 최대한 빠르게, 최대한 많은 인원들을 태우고 와야 한다.

시영은 눈앞의 보육 교사를 온전히 신뢰하기 어렵다는 판단을 내리게 되었다.

"……내가 가겠습니다."

하지만 교사는 완강했다.

"아니에요, 제가, 제가 가게 해 주세요! 제가 구해 와야 해요!"

그렇지만 시영으로서도 한번 판단을 내린 이상 지체할 여유가 없었다. 시영은 다소 우악스럽게 교사를 떼어내고 단호하게 말했다.

"아니요, 제가 빠르게 다녀오는 편이 낫습니다. 믿어 주십시오."

시영은 그렇게 단언하고는 곧장 대강당을 뛰쳐 나갔다. 주차해 둔 구름차에 다시 시동을 걸고, 시영은 하늘로 날아올라 다시 소육왕부로 향했다.

이미 멀찍이 보이던 동자판관부의 건물들조차 아무것도 보이지 않는 희뿌연 안개 속에 휘감겨 버린 상황이었다. 좌도왕부와 우도왕부의 쌍둥이 건물이 안개 앞에 위태롭게 서 있었다. 시영은 먼저 생불왕부의 보육 3호동 건물로 향했다. 창밖에서 상황을 확인해 보니 한 보육실에 남겨진 영아들이 있었다. 머뭇거릴 시간이 없었다. 구름차를 거칠게 몰아 복도 창문을 깬 시영은, 망가진 차에서 내려 보육실로 뛰어 들어갔다.

시영은 아기 침대에 누워 있는 영아 망자들의 영혼을 서

투르게 양팔로 한 명씩 안아 들고 차에 태웠다. 좁은 차 안에 아이들이 들어차면서 서로 짓눌리고, 고통스러운 울음소리가 터져 나왔다. 아무리 쉬이 죽지 않는 망자의 영혼이라지만 차에 짐짝처럼 실을 수밖에 없는 상황이 참담했다. 하지만 시영의 입장에서는 안전한 곳으로 이동하는 것이 급선무였다.

다시 전속력으로 구름차를 몰아 전륜대왕부 청사 앞에 내린 시영은 큰 소리로 관원들을 불렀다.

"3호동 아이들을 데려왔습니다!"

시영의 외침 소리를 듣고는 전륜대왕부 관원들과 대피 중인 보육교사들이 황급히 모여들었다. 조심스럽게, 하지만 서둘러 차에 실려온 아이들의 영혼을 품에 안아 대강당으로 옮겼다. 아이들을 모두 내려 준 시영은 다시 생불왕부를 향해 구름차를 내달렸다.

조금 전처럼 시영은 보육 4호동을 바깥에서 살핀 뒤, 아이들이 남아 있는 보육실을 확인하고 근처 창문으로 구름차를 돌진시켰다. 포대기에 싸인 채 이승도 저승도 모른 채 옹알거리는 아이들의 영혼을 스물도 넘게 구해서, 시영은 다시 전륜대왕부로 탈출했다.

그렇게 세 번째로 다시 진입한 시영은 이번에는 보육 7호동 건물 앞에 도착해 건물의 상황을 살폈다. 그리고 핸들을 붙잡은 채로 잠시 얼어붙었다. 3호동, 4호동은 대피가 누락된 보육실이 각각 한 군데에 불과했었다. 7호동은 상황이 더 심각했다. 건물의 여덟 개 보육실 중 절반인 네 곳이 아직 영아로 가득차 있었다. 그리고 7호동은 생불왕부에서도 가장 안쪽에 위치한 건물이었다. 소멸의 안개가 가장 먼저 덮칠 것이 분명했다.

하지만 주저하고 있을 틈은 없었다. 뭐라도 해야만 했다. 시영은 구름차를 건물 복도로 진입시켜 먼저 보육실 한 곳의 아이들을 모두 차에 태웠다. 뒤이어 시영이 복도 맞은편의 두 번째 보육실에서 아이들을 반쯤 데리고 나왔을 무렵이었다. 시영은 창문 밖에 어렴풋이 흐리게 보이던 좌도왕부와 우도왕부 청사가 더 이상 보이지 않게 된 것을 깨달았다. 소멸의 안개가 이제 생불왕부 지척까지 도달한 것이다.

일단 아기 침대에서 버둥거리던 두 아기를 옆구리에 끼고 차로 달려가 뒷좌석에 태운 시영은 잠시 갈등했다.

한 명이라도 더 구해야 할까.

아니, 당장 떠나야 한다.

시영은 갈등하면서 다시 보육실로 향했다. 보이는 대로 아기들을 안아 들었다. 허겁지겁 차로 달려와 거칠게 차에 태웠다. 아무리 대형 세단 모양으로 다듬어졌다지만 시영이 몰고 온 구름차는 아기 수십 명을 태우기에는 너무 좁았다. 더 이상 태우는 것은 아기들에게 가혹한 일이 될 것이었다.

아니, 그것은 떠나기 위한 핑계다. 그럼에도 불구하고 아기들을 구해야 한다. 시영은 다시 보육실에서 아기를 안아 들고 차로 돌아왔다. 시영은 이를 악물고, 아이들을 차 안에 욱여넣다시피 태웠다. 몇 겹으로 짓눌려 차에 태운 아기들이 비명처럼 울고 있었다. 더 태우면 안 될 것 같았다. 하지만 태우기로 작정했다.

시영은 다시 아기를 두 명 안아 나왔다. 이제는 정말 더는 태우면 안 될 것 같았다. 환생할 때까지 저승에서 자라나야 할 아이들이다. 지나친 고통으로 영혼이 상처 입게 둘 수는 없었다. 하지만 그런 핑계로 도망칠 수도 없었다. 자신이 가겠다는 담당 보육 교사를 믿지 않고 부득불 직접 나섰다. 모두 구해 가야만 했다.

"……"

아니, 그럴 수 없었다. 보육실 두 군데를 들렀다. 이미 안개는 지척에 엄습해 있었다. 지금 태운 아이들을 내려 주고 돌아오면 이미 늦을 것이다. 포기하고 당장 떠나야 한다.

"……"

아니, 그래서는 안 된다. 이것은 직무유기다. 스스로 위임받은 일을 방기함은 원칙에 반하는 일이다.

"……"

하지만 어차피 다 구해 갈 수 없다.

노군께서는 선업을 쌓는 데 있어서 올바르기보다는 서둘러야 한다고 말씀하셨다.

시영은 다음 순간 두 아기를 품에 안은 채로 운전석에 올라 탔다. 지금 태운 아기들만이라도 살려야 했다. 그것이 최선이 었다. 시영은 구름차를 몰고 보육 7호동을 빠져나왔다. 뒤를 돌아볼 새도 없었다. 조수석과 뒷좌석을 가득 메운 아기들의 요란한 울음소리 말고는 아무 소리도 들리지 않았다. 안개가 어디까지 밀려왔는지, 무엇이 어떻게 사라지고 있는지 살필 겨 를이 없었다. 살피고 싶지도 않았다.

시영이 모는 구름차가 다시 전륜대왕부에 도착했다. 관원들 이 이전 두 번보다 더 엉망으로 태워진 아기들을 차에서 간신 히 내리게 했다. 시영은 관원들과 함께 아기를 안고 대강당으 로 달렸다. 모든 아기들이 인계된 다음, 시영은 다시 구름차의 운전석에 올랐다. 어쩌면 늦지 않았을지도 모른다. 남은 아기 들을 구해 와야 했다.

시영은 구름차를 몰고 또다시 지장왕부에 진입했다. 그리고 지장왕부 변호청 건물을 돌아 나서자마자, 그 뒤에 있어야 할 지장각 건물이 보이지 않는 것을 발견했다. 생불왕부는 이미 안개 너머로 사라진 뒤였다.

시영은 급히 핸들을 왼쪽으로 세게 꺾었다. 공중에서 구름차 가 예리한 커브를 그리며 방향을 돌렸다. 좌우 창문 너머가 온 통 하얀색이었다. 왼쪽 후사경을 보자 비치는 것이 아무것도 없었다. 오른쪽은 후사경마저 사라져 아무런 흔적조차 남아 있 지 않았다. 조금 전 방향을 크게 꺾을 때 안개가 오른편 코앞에 있었던 모양이었다. 몇 초라도 늦었더라면 구름차째 휘말릴 수 있는 상황이었다.

망자의 심장은 뛰지 않는다. 하지만 시영은 오래전에 잊어버렸다고 생각한 절박한 심장 울림을 떠올려 내고 있었다. 멈추지 않는 급한 맥박과, 반대로 심장이 멎을 듯 조여드는 초조함이 시영의 온 영혼을 지배했다.

전속력으로 달려온 구름차는 지장왕부의 일주문 안으로 탄환처럼 날아들었다. 시영은 차를 땅에 대며 황급히 제동을 걸었다. 급제동이 걸린 구름차는 옆으로 몇 바퀴 어지럽게 회전하며 멈춰섰다. 차가 멈추고 나자 시영은 비틀거리며 운전석 문을 열고 나섰다. 시영은 그제야 자신이 온몸에 식은땀을 흘린 것을 깨달았다. 다리가 후들거려 운전석 문을 붙잡고 몸을 일으켜야 했다.

시영이 뒤를 돌아보았을 때는 이미 지장왕부의 건물 대부분은 흔적도 없이 사라져 보이지 않았다. 조금 전 지나 온 일주문과 바로 너머의 작은 건물 한 채만이 흐릿한 안개 속에서 간신히 형체를 유지하고 서 있었다. 그 너머로는 이제 온통 하얀색의, 아무것도 보이지 않는 아득한 공간만이 펼쳐져 있을 뿐이었다.

하얀 소멸의 안개가 그대로 계속 전륜대왕부를 엄습하는 것은 아닐지 불안한 마음으로 지켜보았지만, 안개는 이제 멈추어 더 이상 다가오지 않았다.

공포와 혼란에 잠식된 시영의 머릿속에 단 한 가지 절박한 외침이 떠올랐다. 상황을 보고해야만 한다. 시영은 들고 다니던 통신기를 꺼내 비서실을 연결하려 했다. 그런데 연결이 되지 않았다. 통신기의 작은 액정 화면에는 통신망 연결을 찾을 수 없다는 표시만 깜빡이고 있었다. 좌도왕부가 사라졌기 때문이리라. 이럴 때에는 어떻게 해야 할지 시영은 필사적으로 생각했다. 통신기를 조작해 녹음 기능을 켜고는 액정에 나타난 현재 시각을 확인했다. 그리고 시영은 차마 쉬이 떨어지지 않는 입을 열어 음성 기록을 남겼다.

"6월 8일…… 오전 1시 26분…… 소육왕부로부터 탈출한 뒤, 소육왕부가 소실된 것을…… 확인했다."

재해가 시작된 것은 6월 7일 오전 2시 48분.

수많은 사람들이 목숨을 잃고, 수많은 영혼이 이승을 떠나야 했으며, 동시에 수많은 믿음이 흩어졌다. 죽어서 삼성혈의 할망을 만나게 되리라는 믿음이, 태백산 줄기에서 불호령을 내리는 산신령에 대한 믿음이, 나라에서 미신을 믿지 말래도 정화수를 떠 놓고 빌기만 하면 망자의 영을 거두어 주던 각시귀신에 대한 믿음이, 이승과 저승을 통틀어 흔적도 없이 자취를 감추고 말았다.

그리고 지장왕과 생불왕, 좌두영기 우두영기, 동자판관 사자왕을 부르며 시왕저승을 돕는 여러 왕들을 부르던 믿음도, 어느 틈엔가 흩어지고 말았다. 그렇게 시왕저승은 소육왕부를 잃었다.

　만 24시간이 지나기 전에 재해는 삶과 죽음의 경계를 넘었다. 이승이 멸망하기 시작한 지 대략 만 하루만에, 이제는 저승이 멸망의 문턱에 서고야 말았다.

UTC+0900, 대한민국 표준시 6월 8일 오전 2시.

"한통, 한통 응답하라. 여기는 솔개. 한통 응답하라."

"봉황 응답 바랍니다. 여기는 솔개. 봉황은 이 통신을 수신하는 즉시 응답 바랍니다."

"통신 감도 확인 중. 망치 응답하라. 여기는 솔개."

모자이크 무늬 군복을 입은 여러 명의 사람들이 어두운 방안에 앉아 저마다 송수화기를 들고 돌아오지 않는 대답을 독촉하고 있었다. 절박한 목소리에는 체념의 기색이 깃들어 있었다. 건너편에서는 응답이 없었다. 이렇다 할 예고도, 어떠한 경고도 없이 일어난 일이었다.

그중 한 명이 수화기를 내려 놓고 뒤를 돌아보며 물었다.

"대위님, 계속 응답이 없습니다. 연결 시도…… 계속해야 합니까?"

대위는 심란한 목소리로 되물었다.

"지금이 몇 시간째지?"

"연락 두절된 지 곧 24시간째입니다."

깊은 한숨과 함께 박인영 대위는 고민에 잠겼다.

이곳은 서울 도심 모처에 비밀리에 조성된 지하 벙커로, 민관군 합동 특임 부대인 '솔개부대'의 거점이었다. 민관군이라는 수식어 안에는 국군은 물론 청와대, 행정안전부, 방송통신위원회, 국가정보원, 기간 통신사와 같은 수많은 기관들이 포함되어 서로 뒤엉켜 있었다. 솔개부대의 임무는 이들 기관이 공유하는 국가 비상 통신 회선망의 중계 거점을 유지하는 것이었고, 박인영 대위는 솔개부대의 현장 책임자였다. 명목상의 상부 조직은 안보지원사령부였지만, 실제로는 좀 더 복잡한 지휘 체계 아래에 놓여 있었다. 지휘 체계를 구성하던 그 모든 기관들과 일제히 연락이 끊긴 지 만 하루째였다.

박인영 대위는 고개를 가로저었다. 아무래도 당장은 가망이 없어 보였다.

"……아니, 일단 중단하자. 오늘 당직 누구지?"

"오성국 중사와 김철 하사입니다."

"그래. 나머지 인력들은 좀 쉬러 들어가고, 당직들은 입전入電 있는 대로 나한테 보고해. 나는 지휘실로 돌아가 있을 테니까."

"옙, 충성!"

지시와 함께 수화기를 붙잡고 있던 하사관들이 흩어졌다. 당직 하사도 수화기를 내려 놓고 눈가를 누르며 의자에 기대어 앉아 숨을 돌리기 시작했다. 박인영 대위는 통신실을 나서서 지휘실로 향했다. 몇 안 되는 형광등으로 밝힌 어두운 지하 벙커의 터널 안에는 불길한 정적만이 감돌고 있었다. 터널 끝에 위치한 지휘실 문을 열고 들어가자, 통신실 지휘를 나섰던 그 대신 자리를 지키고 있던 부부대장 이혜진 중위가 자리에서 일어나며 경례를 붙였다.

"충성. 복귀하셨습니까."

"충성."

의례적으로 경례를 받은 인영은 지끈거리는 이마를 손으로 누르며 지휘실 구석의 탕비 테이블로 향했다. 머그컵 두 개에 커피 믹스를 세 개씩 쏟아붓고 온수기에서 뜨거운 물을 따랐다. 인영이 독하게 탄 커피 두 잔을 들고 회의 탁자에 앉자, 이혜진 중위가 맞은편에 앉았다. 평소와 같은 임시 지휘 교대 풍경이었지만 상황이 조금 암담했다.

"대위님, 통신 반응 없습니까?"

혜진의 걱정 어린 질문에 인영은 고개를 크게 좌우로 저으며 대답했다.

"없어, 전혀 없어. 청와대도 국정원도 세종시도 혜화전화국도 어디 하나 응답하는 데가 없어."

"지금 거의 하루쯤 되지 않았습니까?"

"응. 이제 거의 만 하루쯤. 6월 7일 새벽 3시쯤부터 쭉."

혜진은 한숨을 내쉬었다.

"대위님. 핵 공격이라고 생각하십니까?"

인영도 강하게 의심하는 바였지만 석연치 않은 마음을 지울 길이 없었다.

"반반이다. 핵치고는 너무 조용하게 연락이 끊겼어. 핵미사일이 날아드는데 국군이 탐지를 못했다고? 심지어 서울, 세종, 계룡대를 한꺼번에 전부 날려 버릴 만한 공격이 들어오는데도?"

"말씀대로라면, 대위님."

혜진은 인영에게 건의했다.

"저는 아무래도 매뉴얼을 벗어나는 상황이라는 생각이 듭니다. 외부 통신망을 열람하거나 벙커 밖으로 나가서 바깥 상황을 확인하거나 해야 한다고 생각합니다."

솔개부대는 특성상 부대의 존재 자체가 대내외적으로 기밀이었다. 때문에 벙커의 출입구는 정말 상상하기 어려운 건축물로 위장되어 있었다. 근무하는 부대원들은 전원 상주 근무로, 잠수함 승조원에 가까운 처지였다. 그리고 비밀을 유지하기 위해 지정된 통신 회선 외에는 어떠한 외부 접촉도 행해서는 안 된다는 지침이 있었다. 민간 통신사 회선은 연결되어 있지만 일반 전화나 인터넷을 사용해서는 안 된다. 벙커로 접속되는 네트워크 회선이 노출될 수 있기 때문이다. 당연히 벙커 문을 안에서 열고 나가는 것도 안 된다. 은폐되어 있는 벙커 입구가 드러날 수 있기 때문이다. 설령 모든 외부와의 통신이 두절되어도, 원칙대로라면 최소 삼십 일간은 은폐 상태를 유지해야 할 의무가 있었다.

물론 모든 지침에는 예외가 있다. 부대장은 지휘 권한으로 외부와의 접촉을 허용할 수 있었다.

인영은 약간의 주저가 섞인, 그렇지만 단호한 목소리로 답했다.

"아니, 연락이 끊겼으면, 우리는 매뉴얼대로 간다. 그 수밖에는 없어."

"그렇지만 이런 상황은……."

"매뉴얼에서는 분명 외부와의 통신이 두절되면 삼십 일간 은폐 상태를 지속하도록 되어 있다. 안에 있는 우리가 바깥에서 무슨 일이 일어났는지 알 방법은 없어. 그렇다면 매뉴얼에 예외를 인정할 이유도 없지."

완고하게 답하는 인영에게 결국 혜진은 더 이상 건의하지 않기로 했다.

"……알겠습니다. 다른 정보 들어올 때까지 재론치 않겠습니다."

"고맙다. 지휘실 지키는 건 내가 하고 있을 테니, 이혜진 중위는 들어가서 좀 쉬도록."

"알겠습니다. 충성."

이혜진 중위는 남은 커피를 단숨에 들이켜고 가볍게 경례를 올렸다. 인영은 남은 커피를 들고 지휘관석으로 향했다. 그가 착석하자마자 지휘관석의 인터폰 전화기에 소리 없이 착신등이 들어왔다. 인영은 수화기를 집어 들었다.

"통신보안. 지휘실 박인영 대위다."

"통신보안, 통신당직 오성국 중사입니다. 특이사항 있어 연락드렸습니다."

"뭐? 입전 있었어?"

"아닙니다, 보안사고입니다. 김철 하사가 통신보안 원칙을 위반했습니다. 그런데 상황이…… 아무래도 직접 와 보셔야 할 것 같습니다."

박인영 대위는 수화기 밖에 대고 욕설을 몇 마디 뱉은 뒤 대답했다.

"……바로 가겠다."

수화기를 거칠게 내려놓고 지휘실을 나서려는 인영을 혜진은 놀란 눈으로 바라보았다.

"대위님, 무슨 일 생겼습니까?"

"통신실에서 보안사고. 직접 와 달라고 한다. 미안한데 지휘실 잠시만 더 지켜 주길."

"알겠습니다."

인영은 성난 걸음걸이로 조금 전 나왔던 통신실로 다시 걸어 들어갔다. 당직 사관 두 명 중 김철 하사는 통신반에서 멀리 떨어진 방구석에 놓인 의자에 쫓겨나 앉아 있었다. 딱딱하게 굳은 표정의 오성국 중사는 그가 통신기나 출입문을 향하는 것을 막을 수 있는 자리에 버티고 서 있었다. 사고 대응 지침대로였다.

"무슨 일이야."

"충성."

"충성."

두 하사관의 경례를 받은 인영은 성난 목소리로 물었다.

"대체 무슨 일이길래?"

오성국 중사가 대답했다.

"김철 하사가 외부 통신망에 무단 접속했습니다."

"외부 어디?"

"인터넷 회선 절연된 것을 무단으로 연결하고 외부 인터넷 홈페이지를 열람했습니다. 확인 즉시 회선 연결을 다시 끊고 통신기기로부터 격리했습니다."

인영은 엄지로 미간을 눌렀다. 머리가 점점 더 아파 왔다.

"김철, 왜 그랬는지 진술해."

구석에 격리된 김철은 그답지 않게 죽상이 된 채로 고개를 떨구고 대답했다.

"……통신이 너무 안 되지 않습니까. 어떻게든 외부 정보를 얻어야겠다고 생각해서……."

인영은 성을 냈다.

"누구는 그런 생각 안 하는 줄 아나? 방금 지휘실에서 부부

대장하고도 협의했고, 근무 지침대로 삼십 일간은 은폐 근무하기로 결정했다. 그런데 그 순간에 보안 규정을 어기고 있었다고?"

오성국 중사가 조심스레 인영의 말에 끼어들었다.

"대위님. 그런데 직접 오셨으면 했던 이유가 있습니다. 김철 중사가 열람한 페이지에 문제가 좀 있습니다."

"뭔데? 어딘데?"

"포털사이트 뉴스하고 해외 방송국 뉴스 사이트입니다만……."

오성국 중사는 김철 하사가 조작하던 통신 컴퓨터의 화면을 가리켰다. 인트라넷에만 연결되어야 할 웹 브라우저는 외부 인터넷에 연결되어 여러 웹 사이트들의 대문을 보여주고 있었다. 업데이트가 멈추거나 접속이 되지 않는 한국 인터넷 포털 사이트들과 달리, 해외 뉴스 사이트들은 일제히 속보를 내보내고 있었다.

문제는 속보 헤드라인의 내용이었다.

종말이 임박했다

천문 현상에 따른 강한 우주 방사선이 지구를 타격

아시아 각국 연락 두절, 재해는 서쪽으로 확산 중

나사 예측:

"24시간 내로 세계 인구 90퍼센트 이상 사망 가능성"

박인영 대위는 한참 말없이 페이지를 쳐다보았다. 지금 꿈을

꾸고 있는 건가? 영화를 보고 있는 건가?

"대위님, 이게 사실이면 저희……."

표정 변화가 적은 편인 오성국 중사의 표정이 지나치게 딱딱하게 굳어 있었던 이유를, 아무리 사고를 쳤다지만 훈련된 특무부대 하사관인 김철 하사가 얼굴을 엉망으로 구긴 채 고개를 떨구고 있었던 이유를, 인영은 비로소 짐작할 수 있었다. 어느 누구도 지구 종말 뉴스 헤드라인 앞에서는 평정심을 유지하기 어려운 법이다.

인영은 조금 전 이혜진 중위의 건의 사항을 떠올렸다. 핵공격에 대비한 매뉴얼은 분명 최악의 경우를 상정한 것이었다. 그런데 핵공격보다 더한 일이 일어났다면, 그 매뉴얼이 더 이상 의미가 있을 것인가?

*

UTC-0400, 미국 동부 일광절약시간 6월 7일 오후 1시.

"아무 의미 없습니다. 끝장이에요."

갈색 체크무늬 셔츠를 입은 백인 남성이 태블릿 PC를 들고 고개를 가로저었다.

미시간주 슈피리어 호반의 지하 암반을 뚫고 만들어진 거대한 터널 속에, 미국항공우주국 나사가 몇몇 유명 대학들과 협력해 설치한 천문 관측 시설이 있었다. 천문대는 하늘을 향해 열려 있는 것이 일반적이었지만, 가끔은 지하 깊은 곳에서만 관측할 수 있는 것이 있는 법이었다. '연동 관측 간섭계 연구소 Combined Observation Interferometer Laboratory', 통칭 '코일COIL'이라 불리는 이 관측 시설은, 지상의 전파 간섭을 피해 우주에서 날아드는 미세 소립자들과 중력파 진동을 검출하고자 건립된 대규모 지하 연구소였다.

본래 각자의 연구실에서 데이터를 정리하고 있어야 할 연구원들이 전원 대회의실에 모여 있었다. 체크무늬 셔츠를 입은 이는 시설관리를 담당하고 있는 알버트 피네건 박사였다. 그는 조금 전 나사 본부로부터 받은 이메일 내용을 공유했다.

"방금 온 연락입니다만, '최후 연락'이라고 되어 있습니다. 지상으로 나오지 말라는군요. 방사선과 인간, 양쪽 모두로부터 생존을 보장할 수 없다고…… 최대한 오래 생존하라며 행운을 빈다고 합니다. 이상입니다."

보고를 마친 그는 앉아 있는 동료 연구자들을 돌아보았다. 얼굴에는 하나같이 수심과 절망이 가득했다. 그도 그럴 것이, 회의실의 프리젠테이션 PC에는 인터넷 브라우저가 켜져 있었고, 브라우저가 접속한 미국 CNN 방송 홈페이지에는 큼지막하게 'END IS NEAR(종말이 임박했다)'라는 속보 헤드라인이 떠 있었다. 이미 몇 시간 전에 모든 기사의 갱신이 멈춘 상태였다.

한 연구원이 조용히 손을 들고 질문했다.

"지상이 위험해진 거라면…… 우주인들은 안전한가요?"

하지만 질문을 하고 있는 본인조차도, 말도 안 되는 것을 기대하고 있음을 잘 알고 있는 눈치였다. 피네건 박사는 침울한 표정으로 다시금 고개를 가로저었다.

"유감스럽게도…… 우주 방사선의 영향으로 모든 지구 궤도 상의 인공위성은 이미 궤도를 벗어나거나 연락이 두절되었다고 합니다. ISS(국제우주정거장)도 이미 태평양에 낙하한 것으로 추정된다고……."

너 나 할 것 없이 고통스러운 탄식을 내뱉었다. 그 와중에 누군가가 조용히 중얼거렸다.

"이렇게 죽어야 하나……?"

그 말이 기폭제가 된 것처럼 회의실 안은 삽시간에 비탄의 목소리 속으로 잠겨 들었다.

"하나님 맙소사……."

"남편이랑 딸애가 무사해야 할 텐데……."

"어떻게 이럴 수가 있어?"

"끝장이야, 다 끝장이야!"

그 소란을 뚫고, 똑똑똑 하는 날카로운 소리가 모두의 귀로 파고들었다. 회의실의 나무 탁자를 손가락 마디로 두드리는 소리였다. 모두의 주목을 끈 이는 COIL 센터장 에니스 최 박사였다.

"다들 잠깐 조용히 좀 해 볼래?"

에니스 최 박사는 일순 조용해진 회의실을 둘러보며 빙긋 미소를 지었다. 저마다 당황하거나 절규하고 있던 다른 이들과 달리, 박사는 그저 느긋하기만 했다.

"내가 개쩌는 이야기를 하나 해 주려고 그러는데."

그는 박사들과 연구원들을 앞에 두고 마치 손녀에게 전래동화 보따리를 들려주는 할머니인 양, 팔로 턱을 괴고 이야기를 시작했다.

"다들 내가 한국계인 건 알지? 우리 어머니가 딸내미 교육 좀 잘 시켜 보겠다고 무리해서 이민을 왔거들랑. 어머니는 내가 치과의사가 되기를 바라셨어. 그런데 내가 공부 열심히 해서 기껏 간다는 데가 칼텍CalTech이었지. 내가 너를 어떻게 키웠는데 하고 우시는 걸 놔두고 집을 나왔었어. 아, 물론 그 후에 화해를 하긴 했지. 불쌍한 우리 엄마, 지금 살아는 계실지 모르겠네. 아무튼 하려던 이야기는 이게 아니고…… 한국에는 아직도 옛날 농경시대의 전통 같은 게 은근히 많이 남아 있는데, 애니미즘Animism적이거나 토테미즘Totemism적인 것들도 부지기수 걸랑. 그중에서도 굉장히 영적인 미신이 있는데, 무당들이 죽은 위인이나 장군을 신으로 모시면서 그 신통력으로 점이나 예언을 해 주는 거야. 그게 그냥 신을 모시고 싶다고 해서 모시는 일도 아니고, 신이 무당을 지명하는 시스템이야. 지명된 무당이 무당 일을 안 하면 영적으로 병이 난다고도 하는데, 아마 아토피나 면역 질환을 그렇게 해석하는 것 같아. 내가 어쩌다 이런 데 이렇게 빠삭하냐고? 우리 어머니가 한국 계실 때부터 무당 말씀을 그렇게 잘 들으셨거든. 오죽하면 이민도 무당 말 듣고 결정하셨다니까? 미국 와서도 엘에이 코리아타운에 있는 무당이란 무당들은 다 꿰고 다니셨어. 근데 나도 그게 썩 싫지가 않더라고. 재미있잖아? 오색찬란한 옷 입고, 방울 막 흔들고. 퍼포먼스가 굉장히 에스닉Ethnic해. 게다가 가끔 되게 용하다니까. 이제부터가 본론인데, 반년 전쯤 이야기야. JPLJet Propulsion Laboratory, 제트추진연구소 다니는 윤정훈 박사랑 간만에 페이스타임 하다가 들었는데, 산호세San Jose에 아주 끝내주는 한인 무당이 산다는 게 아니겠어? 한인 무당들은 미국까지 와서도 한국에서 모시던 신을 그대로 모셔. 저기 동계올림픽 했던 평창 사는 산신도 막 섬기고 애드미럴Admiral 이순신이나 중국 장군 관우 같은 거 섬긴다고. 그런데 이분이 글쎄, 캘리포니아에서 율리시스 그랜트를 장군 신으로 모신다는 거야. 캘리포니아에서! 한국 인천에 맥아더 제독 모시는 무당 이야기는 들어봤어도, 살다 살다 서부에서 그랜트를 대통령도 아니고 장군으로 모신다니까 너무 엄청나잖아? 그래서 지난번 크리스마스 휴가 때 한번 가 봤거든. 솔직히 별로 추천은 안 하고 싶어. 사무실이 너무 낡았고 무당이 대마초를 피우더라. 나는 대마 별로 안 좋아해. 그런데 그 무당이 용하긴 용했던 모양이야. 게티스버그의 로버트 리처럼 망하고 싶지 않으면 나보고 무조건 땅을 파고 들어가라는 거야. 가장 깊은 참호에 들어가야 목숨은 건지고 명예를 얻을 수가 있대. 이게 무슨 해괴망측한 소리인가 하고 복귀해 보니까, 세상에, 여기 지하관측센터 센터장 공모를 하는 거 아니겠어? 속았다 생각하고 한번 응모했는데 선발이 됐네? 그래서 내가 여기서 중력파 연구하면서 노벨상이라도 타서 대박이 나겠거니 하는 기대를 가지고 들어왔지. 그런데 반년 만에 이런 꼬라지를 보고 있는 거야. 근데 어쨌든 목숨은 일단 건졌잖아. 명예는 모르겠지만."

아라비안나이트처럼 단숨에 쏟아진 에니스 최 박사의 아시안 에스닉 미신 이야기를, 배석한 연구원 전원은 얼이 빠진 표정으로 듣고 있었다.

에니스 최 박사는 푸근한 웃음을 지으며 다시 말을 이었다.

"하고 싶은 말이 뭐냐면, 그랜트 장군 신이 이렇게 될 걸 다 내다보고 날 여기로 보내신 거고, 목숨뿐 아니라 명예까지 건진다고 하셨으니까 아마 어련히 안전하게 여기서 살아 나가겠거니 예상한다 이거야. 여러분들 모두 그랜트 장군 신의 영험함에 묻어가는 줄 알라고."

멍하니 이야기를 듣던 피네건 박사는 물었다.

"……아니, 닥터 최가 신령의 가호를 받았다고 해도, 저는 기독교인인데요."

최 박사는 어깨를 으쓱해 보였다.

"그럼 닥터 피네건은 하나님께 기도하면 되지. 딴 사람들도 저마다 믿는 종교 있으면 믿는 신이나 신들한테 기도 좀 해. 무사히 살아서 나가게 해 달라고. 지금 할 수 있는 일이 그거 말고 또 뭐가 있겠어?"

최 박사의 그 말에 회의실을 누르고 있던 무거운 공기가 조금은 열어졌다. 그렇다고 기도밖에는 할 게 없다는 말로 분위기가 완전히 전환될 리는 없었다. 물론 최 박사는 거기까지 상정해 놓고 있었다.

"지금 '그렇지, 기도밖에 할 게 없지' 하고 납득한 사람들은 반성해야 해."

어느 틈엔가 신비한 동방 미신 이야기를 하던 때의 싱글벙글한 표정은 온데간데없었다. 최 박사는 진지한 얼굴로 동료 연구원들을 독려했다.

"우리 다 과학자들 아냐? 죽기 전까지는 과학자의 본분을 다 해야 할 것 아니야. 시설에서 나가지 않아도 우리가 조작할 수 있는 지하 시설 내부의 관측 장비가 많고, 지상 당국이 관할을 포기한 관측 장비도 원격으로 연결해 쓸 수 있을 거고. 살아 있는 우리가 이 현상을 규명하고 기록에 남겨야지."

최 박사는 짝 하고 손뼉을 쳤다.

"여기까지. 다들 재난 영화의 피해자에서 전문가로 돌아가자고."

그 손뼉 소리에 연구원들의 마음이 단단해졌다. 아직 할 수 있는 연구가 남아 있다면, 지하에 갇혀 있어도 무의미한 생존이 되지는 않을 터였다.

더 자세한 이야기는 조금 후에 다시 모여서 나누기로 하고, 최 박사는 회의실에 모인 연구원들을 해산시켰다. 본부에서 최후 통신을 보낸 이상 다들 일부러 모여 있을 이유가 없었다. 저마다의 연구실로 돌아가는 사람들 사이에서 최 박사가 피네건 박사를 불러세웠다.

"닥터 피네건, 당신은 진짜로 좀 푹 쉬어야겠어. 어디 가서 눈 좀 붙여."

"알겠습니다, 닥터 최. 이제 본부에서 연락도 없을 테니까요……."

피로에 찌들어 고개를 끄덕이는 피네건 박사에게 최 박사는 주머니에서 무언가를 꺼내 건네주었다.

"자기 전에 머리맡에 이거 걸어 놓고."

"이게 뭡니까……?"

최 박사가 그에게 쥐어 준 것은 드림캐쳐^{Dream Catcher}였다. 침대로 다가오는 악몽을 거미줄 같은 그물로 붙잡아 준다는 미국 원주민의 전통 장신구였다. 이상한 꿈 꾸지 말고 푹 자라는 의미인 것은 바로 이해되었지만, 피네건 박사는 피식 웃으며 묻지 않을 수 없었다.

"닥터 최, 조금 전에 분명 한국 무속신앙 이야기를 잔뜩 하지 않았습니까?"

"그래서?"

하지만 최 박사는 전혀 거리낌이 없었다.

"우리 어머니도 무당 쫓아다니면서 한인교회는 꼬박꼬박 나가셨어. 마음의 평화에 도움이 될 거 같으면 손에 잡히는 대로 믿어 보는 거 아니겠어? 사도신경이든, 아브라 카다브라든, 불경이든, 뭐든. 과학자라면 그 정도 열린 마음은 가져야 할 것 아니야."

종교관도 과학관도 도무지 종잡을 수가 없는 궤변이었지만, 피네건 박사는 그 궤변에서 웃음과 안심을 찾을 수 있었다.

2장

이 복숭아 향기는 생시에는 맡을 수 없는 향기다. 하늘을 가리고 있는 수많은 나뭇가지들은 단 한 그루의 거대한 나무둥치에서 뻗어 나온 것들이었다. 그 드넓은 나무 그늘 아래에 마을 하나쯤은 둘 수 있을 것만 같다. 주변은 온통 은은한 복숭아 향기로 가득했다. 흐드러진 나뭇가지에 사시사철 복숭아가 열리는 탓이다.

어느 산골의 산신령님께 지심至心으로 기도하면 학업이 원만해지고 관운은 성취되며 좋은 배필을 짝지어 주고 용모 수려한 자식을 점지해 준다고 한다. 무엇보다 죽기 전에 한 번이라도 신령님 앞에 지심으로 기도하면, 죽어서 간 곳에서 선도 복숭아를 원 없이 먹으며 보낼 수 있다고 했다.

지리산 복사골의 산신노군이 키운 저승의 복숭아나무 아래에서 한 청년이 굿노래를 부르고 있었다.

"제열에 오도대왕 전륜왕은 인간혼신 집어다 죄 없으면 석
효산 윗마을로 날리시고, 죄 많은 혼신은 해도 달도 못 보는 데
깜깜한 데 하옥시키고, 산천 좋은 데 산 써도 산천발복 못하게
하는 왕이옵고……."

저승에 기거하며 망자의 죄를 심판한다는 열 명의 대왕들과,
그들을 보필하는 여러 왕들, 판관들, 차사들, 사자들…… 그들
을 모두 청해 부르며 망자의 극락왕생을 기원하는 시왕굿의 노
래였다.

청년이 노래를 외워 부르는 광경을 흐뭇하게 지켜보는 노인
이 있었다. 백발이 성성하고 수염을 허리춤까지 기른 노인은
소박한 흰색 바지저고리를 입고 큼직한 돌 위에 가부좌를 틀고
앉아 있었다.

"……환란 병마 횡액 들것 막아 주옵소서. 상업에랑 재수대
통 시켜 주옵소서."

노래가 끝나자 노인은 치하의 말을 건넸다.

"이제 곧잘 외워 부르는구나, 시영아."

시영은 고개를 꾸벅 숙여 감사를 표하고는 노인에게 물었다.

"노군老君님, 정말 이 노래만 제대로 외우면 저기 먼 데 기거
하신다는 염라대왕님을 만나러 갈 수 있는 것입니까?"

시영의 질문을 들은 노인, 산신노군은 푸근한 미소를 지은
채로 고개를 끄덕였다.

"그럴 것이니라. 저승 세상은 아주 넓으니, 네가 아는 만큼 갈 수 있는 곳도 늘어나는 법이니라."

산신노군은 바위 옆에 놓인 복숭아 하나를 주워 베어 물었다. 멀리서도 맡을 수 있는 신선한 복숭아 과즙의 향기가 확 퍼져 나갔다. 그는 시영을 바라보며 말을 이어 갔다.

"나는 네가 생시일 때부터 꾸준히 지켜보아 왔느니라. 어린 나이에 과거를 봐서 높은 벼슬에 올라간다고 서당을 쫓아다니며 사서삼경을 외운다고 애쓴 것도 알지. 그러다가 고뿔이 열병이 되어 이팔청춘 젊은 나이에 죽어서 여기 온 것도 잘 알지. 저승에 와서도 생전 버릇 못 버리고 항상 공부하고 마음을 갈고 닦아 온 것은 더욱 잘 안다."

노군의 깊은 치하에 시영은 담담하게 대답했다.

"제가 할 수 있는 일이 그런 것들뿐 아니겠습니까."

그런 시영에게 노군은 흐뭇하게 웃어 보였다.

"이제는 더 많은 일을 해야 할 게다, 시영아."

노군은 바위에서 일어나 시영에게 걸어왔다. 그리고 시영의 어깨를 다독이며 고했다.

"내가 보기에 너는 이제 염라대왕님께 떠날 준비가 다 된 것 같구나."

긴장한 표정으로 바라보는 시영에게 노군은 물었다.

"저승의 경계를 넘는 법을 내가 여러 번 일러 주었느니라. 잘 외웠느냐?"

시영은 고개를 끄덕였다.

"물론입니다. 노래를 지성으로 읊으면서 읽었던 경전을 마음에서 놓지 말라 하셨습니다. 별천지를 향한다 생각하지 말고, 내가 알던 어느 고장을 향해 돌아간다고 믿으라 하셨습니다. 복숭아나무를 등지고 걸어갈 때는 떠난다는 생각조차 하지 말라 하셨습니다. 미련을 남기지 말고 마음을 단단히 먹으라 하셨습니다."

시영은 노군이 불러 주었던 요령들을 또박또박 외웠다. 노군은 흐뭇하게 미소 지었다.

"잘 기억하고 있구나. 시왕굿 노래를 외우며 저 너머로 계속 걸어가면 이윽고 칼로 뒤덮인 산이 나타날 게다. 그곳이 시왕께서 기거하시는 곳이다. 도착하거든 지리산의 산신노군이 보내서 왔다고, 염라대왕 폐하를 모시러 왔다고 고하거라."

시영은 조금 머뭇거리다가 물었다.

"노군님, 저를 그곳으로 보내려 하시는 이유가 무엇입니까?"

산신노군은 계속 흐뭇한 미소를 지은 채로 시영에게 답했다.

"항상 말하지 않았느냐. 시영이 너는 좀 더 넓은 곳에서 더 큰 일을 해야 한단다. 나 같은 산신령이 이런 골에다 숨겨 놓기에는 너무 아깝구나."

진한 복숭아 향기 속에서 산신노군은 시영에게 당부를 이어 갔다.

"네가 원한다면 언제든지 이곳에 다시 찾아올 수 있을 것이다.

그러니 혹여 이곳이나 나를 그리워할 걱정은 하지 말거라. 네가 오거든 언제든 복숭아 한 아름을 안겨 주도록 하마."

산신노군은 그렇게 말하며 머리 위로 축 늘어진 복숭아나무의 가지 하나를 손으로 움켜쥐었다. 노군이 어루만지는 그 손길에 나뭇가지의 끝단이 부러진 데 없이 깔끔하게 떨어졌다.

산신노군은 그 나뭇가지를 시영에게 건넸다. 시영은 행여라도 부러질세라 조심스레 받아들었다.

"그러니 이제 가거라. 때가 되었다."

머뭇거리며 가지를 매만지던 시영은 곧 결심을 굳히고 고개를 깊이 숙였다.

"······그동안 감사했습니다."

산신노군은 고개를 끄덕이며 인사를 받았다.

"가거든, 그 무엇도 두려워하지 말거라. 네겐 지어야 할 선업 善業이 아주 많단다."

"명심하겠습니다."

시영은 몸을 돌려 걸어가기 시작했다. 복숭아나무를 등지고 복숭아나무로부터 멀어져 가는 길. 자욱한 안개에 가려 보이지 않는 저 건너편을, 시영은 향했다. 복숭아나무 그늘로부터 벗어날 즈음 시영은 뒤를 돌아보았다. 멀리 작게 보이는 산신노군이 그에게 손을 흔들어 보였다.

시영은 손에 쥐고 있던 복숭아 나뭇가지를 저고리 품속에 넣었다. 숨을 들이쉬고 나서 노래를 부르기 시작했다.

"초제 진강대왕, 칼도자 메산자 도산지옥, 이 왕 찾는 이는 갑자 을축 병인 정묘 무진 기사생 혼이로다."

다시 발을 뗀 시영의 앞으로 길이 계속 이어져 나갔다. 시야를 가로막은 하얀 안개는 시영이 다가가자 조금씩 흩어졌다. 걸어가야 할 저승의 대지는 계속해서 이어졌고, 시영의 발걸음은 멈추지 않았다.

"제다섯 염라왕은 인간 사이 죽은 곡식을 남을 주어 여문 곡식으로 받아 오고, 없는 사람한테 돈을 주어 돈에 별리하게 받고, 못할 일을 하여 한 백성을 집어다 대집게로 설 빼는 왕이옵고……."

시영은 걷고, 또 걸었다. 하늘이 어두워지고, 황량한 대지에 드문드문 풀이 보이기 시작했다. 풀은 칼로 되어 있었다. 평평하던 대지는 이윽고 비탈이 되고, 산길이 되었다. 다음 순간, 멀리 내다보는 것을 허락하지 않았던 시야가 확 트였다. 시영은 자신이 칼로 된 나무와 칼로 된 풀이 우거진 산속 골짜기에 선 것을 알게 되었다. 그리고 저 너머에 세워진 높은 성탑과, 그 정상에서 눈부시게 타오르는 불꽃을 보았다. 시영이 처음 본 진광대왕부의 불빛이었다.

시영은 그렇게 시왕저승에 도달했다.

이미, 백 년도 더 지난 이야기였다.

*

……

……이쪽으로……

……보살 여러분들은……

……어린 망자들을 지금 즉시……

……갈 곳이 마땅치 않은……

……누구든 지시를……

……책임자!……

시영은 헉 하고 숨을 들이켰다.

인적이 드문 복도의 벽에 기대어 두통에 시달리던 사이, 과거에 대한 회상으로 도피했던 모양이었다. 시영은 약간의 어지러움을 느꼈다. 지나친 스트레스 탓이리라. 생불왕부에서 태우고 온 아이들을 보육교사들에게 인계한 뒤부터 기억이 흐릿했다. 차를 적당한 곳에 세워 놓고 조용한 곳을 찾아온 것 정도가 어렴풋하게 떠올랐다. 멀리서는 계속해서 시끄러운 외침 소리가 들려오고 있었다. 대피한 이들이 뒷수습에 부산한 상황이었다. 그리고 그들은 상황을 정리해 지시를 내려 줄 책임자를 찾고 있었다.

시영은 복도를 나섰다. 전류대왕부 대강당에 붙어 있는 행정동 중앙홀에는 전류대왕부의 관원들이 비상 동원되어 지원 업무에 나선 상태였다. 이곳 중앙홀 바닥에는 좌도왕부에서 급히 꺼내 온 영계 통신 장비들이 임시로 운반되어 오고 있었다.

장비를 부리던 좌도왕이 시영을 발견하고 크게 손을 흔들었다.

"어어, 여기! 여기! 이시영 비서실장!"

"아, 좌, 좌도왕님. 무사하셨습니까."

이름을 불리자, 여전히 혼탁하던 시영의 머릿속이 번개를 맞은 듯 긴장했다. 황급히 다가간 시영에게 좌도왕은 굉장히 곤란한 표정을 지어 보이며 물었다.

"그야 무사는 했지. 내가 지시받은 대로 최대한 챙겼는데 장비는 많이 놓쳤수다."

지시받은 대로라고? 자신이 내렸던 대피 지시의 내용도 한순간 가물거렸다. 시영은 눈살을 찌푸리고 열심히 머릿속을 더듬어 기억을 되살려 냈다.

"……아, 제가 당부를 드렸었지요. 그, 본원경은 그럼……."

"본원경은 전부 무사하고, 통신망용 장비는 본품은 유실되고 비상용 교환기만 챙겨 나왔수다."

"그렇습니까……."

시영은 습관처럼 후속 대책을 고민하기 시작했다. 처리할 일이 주어지고 나서야 시영은 혼란에서 잠시나마 벗어날 수 있었다.

"그럼 저승 내부 통신망은 지금 어떤 상태입니까?"

"망했지 뭐. 지금 각 대왕부 안에서만 통신이 되는 상황일 게요. 각각 대왕부에서 회선이 좌도왕부 자동교환기로 들어와서 다시 나가게 되어 있는데 좌도왕부가 날아가 버렸으니. 저기 저 비상용 교환기를 빨리 어드메다가 재설치를 해야 어찌든 복구가 될 거라."

좌도왕이 가리킨 곳에는 담당 엔지니어들이 부품별로 떼어서 들고 온 교환기가 홀 바닥에 어지럽게 널려 있었다. 시영은 좌도왕에게 물었다.

"설치할 장소에 무엇이 필요합니까?"

"기존 통신 회선하고 가까우면 좋겠는디."

"그럼 당장 전륜대왕부 통신실에라도 설치하시면 되지 않겠습니까?"

당연히 그리 되어야 하지 않느냐는 듯이 묻는 시영을 바라보며 좌도왕은 어깨를 으쓱했다.

"그러니까 지금 그 지시를 못 받아서 이러고 있는 것 모르겠소?"

시영은 아차 하고 조금 자책했다. 자신이 피로에 잠식되어 있는 동안에도 권한과 결정을 필요로 하는 일들은 계속해서 늘고 있었던 것이다. 진짜로 정신을 차려야 했다.

"염라대왕께 보고 드리고 바로 조치를 하겠습니다…… 그러려면 통신망부터 회복이 되어야겠군요. 제가 책임지고 전륜대왕께 사후 양해를 구할 테니 일단 설치를 진행하십시오."

좌도왕은 고개를 끄덕이고, 장비를 정리하던 엔지니어들에게 지시를 내려 장비 일체를 전륜대왕부 통신실로 옮겨 갈 것을 지시했다. 중앙홀은 새삼 더욱 부산스러워졌다.

"더 필요한 사항은 없습니까?"

"우리는 됐수. 그보다 우도왕한테도 좀 가 보셔야 할 거요. 챙겨 나온 수명부 어떻게 할지 곤란해하던데."

시영은 계속 은은한 자책감을 느끼며 좌도왕에게 고개를 꾸벅 숙여 보이고 현관 쪽으로 바쁘게 걸어 나섰다. 건물을 나선 시영은 마음의 고삐를 다잡고 상황을 파악하러 돌아다니기 시작했다. 건물 밖에는 대피한 소육왕부 관원들이 저마다 들쳐 안고 나온 짐을 정리하거나 동료의 대피 성사 여부를 확인하고 있었다. 시영은 물어물어 우도왕을 찾아갔다. 그는 저승 변두리 쪽에서 지장왕과 이야기를 나누는 중이었다.

"우도왕님, 지장왕님! 무사히 나오셨습니까?"

시영이 달려가 안부를 묻자 우도왕이 버럭 성을 냈다.

"아니, 비서실장님! 한참 찾지 않았습니까!"

"죄송합니다. 수명부는 무사히 반출되었습니까?"

"무사히 반출은 했으나 이제 그걸 어째야 하겠습니까? 우리 직원들이 각자 짐보따리에 들고 나왔는데 어디 가져다 놓을 곳이라도 있어야 하지 않습니까?"

우도왕의 물음에 시영은 고개를 끄덕였다.

"맞는 말씀입니다. 생존자 탐색을 위해 수명부가 필요하다는 게 염라대왕님 지시사항이었습니다. 염라대왕부 광명왕원으로 모두 이동시켜 주시면 되겠습니다."

"그래요! 그러니까 그렇게 확정된 내용을 듣고 싶어서 찾았는데 어디 갔는지 안 보이시더란 겁니다."

시영은 자책을 담아 짧게 탄식했다.

"……예, 제 불찰입니다. 송구합니다."

그때 지장왕이 우도왕에게 제안했다.

"지장왕부 변호 보살들은 이시영 비서실장이 아까 지시해 놓은 대로 염라대왕부 선명칭원으로 우선 피신하도록 했는데, 기왕 염라대왕부로 가는 길이면 우리 보살들이 수명부를 좀 나누어 들어 줄 수 있겠습니다."

"그러면 저희들이야 좋다마다요!"

우도왕은 반색했다. 지장왕은 그런 우도왕에게서 시선을 돌려 시영을 바라보았다.

"그보다 이시영 비서실장, 한 가지 알아 두어야 할 사항이 있습니다. 저걸 보십시오."

그는 등 뒤를 돌아보며 그 너머를 가리켰다.

본래 지장왕부가 있어야 할 곳은, 아무것도 보이지 않는 하얀 안개로 온통 뒤덮여 있었다. 그런데 지장왕부에 속한 여러 건물들은 모두 사라졌음에도 변호청 별관으로 쓰이는 보살전^{菩薩殿} 건물과 지장왕부의 입구에 세워져 있던 일주문一柱門만은 안개 바깥에 남아 있었다. 시영으로서도 의아한 부분이었다.

"안개가 더는 진행해 오지 않은 것입니까?"

"그렇습니다."

지장왕은 침통한 표정으로 시영에게 말했다.

"실은 지금 여러 경로로 이 사태의 이유를 전해 들었습니다만. 소육왕부라는 사후세계를 믿고 있던 이승 사람들이 전부 사망하는 바람에 벌어진 일이 아닌지 의심하고 계시다 들었습니다."

"……맞습니다."

대답하는 마음이 뻐아팠다. 한편으로 시영은 지장왕이 무슨 문제를 지적하려는지 한발 앞서 짐작할 수 있었다.

"이렇게 말씀드리기도 조심스럽습니다만 보살전과 일주문이 남은 것은…… 이상하군요."

지장왕은 고개를 끄덕였다.

"안개가 저기서 멈춘 것도 어쩌면 이승에 아직 믿음을 가진 분이 살아 있어서가 아닌지 의심이 갑니다. 여하간 지장왕부만 애매하게 일부 무사한 이유가 저는 께름칙합니다."

그의 지적에 시영은 고개를 끄덕였다.

"일리 있는 말씀이십니다. 염라대왕부로 돌아가면 그 이유 또한 알아보도록 하겠습니다."

시영은 보살전을 포함한 지장왕부 권역에 아직 영혼이 머물고 있는지 물었고, 지장왕으로부터 대피는 진작에 끝났다는 답을 얻을 수 있었다. 수명부 이송 작업에 대한 상호 협력을 당부하고 시영은 다른 곳을 살피기 위해 돌아 나왔다.

피난 장소인 전륜대왕부 대강당 앞으로 나선 시영은 우도왕부의 관원들이 산더미 같은 수명부 보따리를 정리하고 있는 것을 목격했다. 저 많은 것을 다 들고 나올 수 있었구나 하고 잠시 경탄하던 시영은 대강당으로 다시 들어섰다. 대강당 안에는 가장 안정이 필요한 피난자들인 생불왕부의 유소년 망자 영혼들이 머물고 있었다. 책임자를 통해 상황을 파악하고 싶었던 시영은 지나가던 생불왕부 교사를 붙잡고 물었다.

"염라대왕부 비서실장입니다. 혹시 생불왕께서는 어디 계십니까?"

"대피 과정에 조금 무리하셔서 혼란을 일으키셨습니다. 지금 전륜대왕부 휴식실로 들어가셨습니다."

영혼은 과로한다고 쓰러지거나 병이 나지는 않는다. 단지 극심한 부담을 견디기 어려워져 휴식을 통해 정신을 이완시켜야 하는 순간이 찾아오곤 할 뿐이다. 시영은 생불왕을 탓할 수 없었다. 당장 조금 전까지 자신도 그런 상황이었다. 심지어 제대로 된 인수인계도 없이.

"……알겠습니다. 이해합니다…… 그럼 현장 책임자는 어느 분입니까?"

이내 완장을 찬 교사 한 명이 걸어왔다.

"생불왕부 청년반 교감 황순석입니다. 현재 책임 대리를 맡고 있습니다."

시영은 순간적으로 생불왕부의 직제를 따져 보았다. 생불왕이 부재 중이라면 직제상 차석은 교육비서관이고, 그다음이 청년반 교장일 터였다. 차석자가 두 명이나 비는 이 상황이 소육 왕부를 덮친 안개가 얼마나 갑작스러웠는지, 그리고 그로 인해 얼마만큼 커다란 희생이 빚어졌는지를 짐작케 했다.

거듭 참담한 심정으로 시영은 물었다.

"무사히 대피한 분들 상황은 어떻습니까?"

황순석 교감은 어수선한 대강당 안을 둘러보며 대답했다.

"급하게 도망 나와서 다들 정신이 없는 상태입니다. 교사들이 돌아다니면서 진정시키고 있습니다. 지금 보시다시피 대강당 안에 머물기엔 인원이 너무 많습니다. 안정적인 피신처를 제공받았으면 합니다만……."

"피신처 말씀이시지요……."

시영은 잠시 고민에 잠겼다. 대강당을 가득 채울 정도로 많은 수의 어린 망자들이 당분간 안전히 기거할 만한 빈 공간은 저승에도 몇 군데 없을 터였다. 각 대왕부마다 과거에 운용하던 지옥 관리용 건물들이 현재는 비어 있지만, 대체로 작고 낡은데다 오래 방치되어 피신처로는 부적합했다. 그곳 말고도 빈 시설이 있을지 고민하던 시영의 머릿속에 한 가지 묘안이 떠올랐다.

빈 시설을 만들 수 있지 않을까?

"……윤회청 별관 사무동을 비우도록 지시하겠습니다."

"예? 저희로서야 좋긴 하지만, 거기 업무는 어떻게 합니까?"

황 교감이 의아해하며 반문했지만, 시영에게는 나름의 생각이 있었다.

"지상의 급변 사태로 인해 육도윤회 분류가 중지되었습니다. 당분간 회복될 기미가 없기 때문에 어차피 한동안 업무를 보지 못할 겁니다."

지금쯤 염라대왕부 회의 결과가 전파되었을 것이고, 관련 부서의 업무 역시 완전히 정지되었을 터였다. 업무가 비게 된 관원들은 전부 망자 관리나 환생문 재조정에 투입될 것이 분명하므로, 그 건물을 사용하는 것에는 무리가 없었다. 특히 전륜대왕부 안에 피신처를 마련하는 것에는 합리적인 근거를 들 수 있었다. 이 많은 인원을, 그것도 약한 미성년 영혼들을 멀리 피신하게 할 필요가 없었다. 가까운 곳으로 이동하도록 조치하는 것이 바람직했다.

그리고 시영의 마음속에는 한 가지 계산이 더 있었다. 그것은……

"어려서 다루기 힘들 것 같으니까 먼저 치워 버리려고요?"

옆에서 날아든 쏘아붙임에 시영과 황 교감은 깜짝 놀라 돌아보았다.

성난 보육교사 한 명이 분노로 온몸을 떨며 서 있었다. 시영은 그가 낯이 익었다. 조금 전 대피 과정에서, 탁아소의 아이들을 모두 데려오지 못했다고 시영을 붙잡고 절규했던 바로 그 교사였다.

"그게 아니면 애들을 윤회청으로 데려가는 이유가 뭔데요?

다루기 힘든 애들부터 빨리 환생문 너머로 던져 버릴 생각인 거잖아요! 애들이 불쌍하지도 않은 거죠, 당신은!"

그때는 공포와 슬픔으로 절규하던 그는 지금은 분노로 몸을 떨며 시영을 향해 손가락질하며 고함을 이어 갔다.

"잠깐, 조 선생!"

황 교감이 급히 다가가 조 선생이라 불린 보육교사를 붙잡고 말리려 했지만, 교사는 그를 뿌리치고 시영에게 달려들 기세로 성큼 발을 내디뎠다. 황 교감이 그를 다시 붙잡고, 소란에 놀라 달려온 다른 보육교사 한 명이 더 붙어서야 성난 조 선생을 진정시킬 수 있었다.

그리고 시영은 조 선생의 삿대질에 달리 대꾸할 방법이 없었다. 그 계산을 안 한 것이 아니었기 때문이었다. 미성년자와 영유아 망자들을 저승에 오래 돌보아 온 것은, 영혼을 조금이라도 더 성숙시켜서 이승으로 돌려 보냄으로써 다음 삶을 선하게 살 수 있도록 배려해서였다. 그런데 이미 인간 세상이 완전히 무너져 가고 육도윤회의 분별조차 포기한 상황에서는 의미가 없는 일이었다.

한 번도 이런 상황에 대한 원칙을 세운 적은 없었다. 그렇지만 만약 지금 원칙을 세워야 한다면, 어린 영혼들을 어서 지상으로 돌려 보내는 것은…… 분명 효율적이고, 합리적이었다. 하지만 그런 계산을 마음속에서만 했을 때와, 타인에게 들켜서 지적당했을 때의 심경은 다를 수밖에 없었다. 시영은 고민 끝에 입을 열었다.

"선생님, 오해입니다. 저는 유소년 망자들을 보호하기 위해서……."

"보호 같은 소리 하지 말아요! 구하러 간다면서요! 구해 오겠다면서요!"

시영은 반박했다.

"선생님, 저는 최선을 다했습니다."

하지만 조 선생은 곧바로 쏘아붙였다.

"최선이 무슨 소용이에요! 애들이 두 번 죽었는데!"

시영의 말문이 순간 막혔다.

그런 시영을 향해, 보육교사 조 선생은 양팔을 동료들에게 붙잡힌 채 발버둥치며 울부짖었다.

"내가 구하러 간다고 했잖아요! 기껏 구하러 가서 그런 변명이나 하는 거 들을 것 같았으면 내가 직접 가서 같이 살든 같이 죽든가 했을 텐데. 애들은 죽었는데 당신은 왜 안 죽고 돌아왔어?"

참다못한 황 교감이 안타까운 듯 성난 목소리로 조 선생을 다그쳤다.

"조 선생, 어쩔 수 없었다는 걸 알지 않나."

하지만 시영은 황 교감을 말렸다.

"교감선생님, 아닙니다."

"예?"

시영은 붙들려 있는 조 선생에게 다가가서 허리를 깊이 굽혔다.

"……죄송합니다. 직접 나서서 전원 구조에 실패한 것은 어떤 변명도 할 수 없는 제 책임입니다."

분노에 몸을 떨고 있는 조 선생을 향해 시영은 사죄했다.

"그 상황에서 할 수 있는 일을 다한 것이기에 부족함이 있다면 모두 저의 잘못입니다. 저를 비난하십시오."

그 말을 들은 조 선생은 고함을 질렀다.

"……으아아아아아아아아!"

자신을 붙잡고 있던 동료들을 거칠게 뿌리친 뒤 고개 숙인 시영에게 달려 들었다. 그 순간 머리채가 잡혔다. 시영의 머리를 양손으로 붙잡은 조 선생은 시영을 거칠게 흔들며 온몸을 부딪쳤다. 다리로 걷어차기까지 했다. 시영은 아픔에도 불구하고 신음 하나 흘리지 않고 버텼다. 갑자기 벌어진 상황에 당황한 황 교감과 동료 교사들이 달려들어 조 선생을 시영에게서 억지로 떼어 내기까지 몇 분이나 걸렸다. 황 교감은 머리가 산발이 된 시영을 부축해 물러서게 했다. 시영에게서 떨어진 조 선생은 다리에 힘이 풀려 주저앉은 뒤 통곡을 하기 시작했다. 다른 교사들이 그런 조 선생을 들쳐업고 대강당 안쪽으로 옮겼다.

"괜찮으십니까?"

황 교감의 염려에 시영은 고개를 끄덕이며 그의 부축을 물렸다.

"저는 괜찮습니다."

시영은 흐트러진 옷차림을 가볍게 정돈한 뒤 말을 이었다.

"구름차 운전에 익숙한 제가 가는 것이 가장 확실했습니다. 그 순간의 최선이었다고는 생각하지만 충분할 수 없었다는 걸 압니다. 그 책임은, 그에 따르는 비난은 제가 달게 받아야 하는 것이 당연합니다."

그렇게 말하는 시영을 황 교감은 착잡한 시선으로 바라보았다. 그는 뭔가 말을 하려고 입을 떼었다가, 잠시 머뭇거리며 입을 다물었다가, 결국 다시 입을 열었다.

"비서실장님. 고언苦言을 좀 드려도 되겠습니까?"

"예?"

다소 의아한 듯 바라보는 시영에게 황 교감은 잠시간 생각을 다듬은 끝에 말했다.

"……저는 비서실장님께서 차를 몰고 들어가셨던 게 최선의 선택이었을 거라는 것은 이해합니다. 그 자리에 다른 누가 있었더라도 더 많은 아이들을 구해 오기는 힘들었을 거라는 걸 압니다. 단지, 굳이 말씀을 드리자면…… 일선의 직원들이 스스로 책임을 질 기회를 빼앗으신 것이 아닌가 생각됩니다."

"책임을 질 기회……라고요?"

황 교감은 고개를 끄덕였다.

"그건 비서실장님께서 책임질 영역이 아니었을지도 모릅니다."

"교감 선생님, 그러면 조 선생님을 보내서 죽게 내버려 두었어야 한다는 말씀이십니까?"

"그러지 않으셨던 점은 비서실장님의 덕목입니다. 하지만 이 넓은 저승의 모든 일에 그렇게 하실 수는 없으십니다."

"하지만 저는 원칙적으로……."

시영은 황 교감의 말에 자기 생각을 부연하려 했지만, 하고 싶은 말의 형체를 갖출 수 없었다. 황 교감이 무슨 말을 하려는 것인지 알 것 같으면서도 그것이 무엇인지 말하기 어려웠다. 황 교감도 이 이상 뭐라고 이야기해야 옳을지 몰라 곤란하다는 기색이었다.

결국 시영은 대화를 정리하기로 마음먹었다.

"……참고하도록 하겠습니다."

그리고 한동안 이 대화를 곱씹게 되리라고 시영은 생각했다. 혼란스러운 마음을 억누른 채 시영은 다시 사무적으로 황 교감에게 말했다.

"아무튼 만약 현장 여러분들의 반발이 예상된다면, 윤회청 별관으로의 이동은 일단 없던 것으로 하겠습니다. 불필요한 오해가 있을 수 있으니……."

"아니요, 저는 그 방안에 찬성하고 싶습니다."

황 교감은 손사래를 치며 시영을 다시 말렸다.

"조 선생이 감정적으로 지적하기는 하였으나 유사시에 가장 먼저 지상으로 돌려 보내는 것은…… 고려할 수 있는 부분입니다. 망자가 늘어 저승이 과밀해질 수도 있고, 어쩌면 소육왕부처럼 또 어딘가가 사라질지도 모르는 것 아닙니까. 이런 상황에서는…… 오히려 자비로운 결정일 수 있다는 생각도 듭니다."

이해를 표해 준 황 교감에게 시영은 가볍게 고개를 숙였다.

"……감사합니다."

황 교감은 헛기침을 한 번 한 뒤 시영에게 말했다.

"정말 외람되오나, 비서실장님께서는 그 위치에서 할 수 있는 일들을 해 주십시오. 어려운 결정을 내려 주시기 바랍니다. 현장의 일들은 비록 부족하더라도 일선에서 챙기고, 그에 상응하는 책임을 지도록 하겠습니다. ……여러 말씀을 굳이 드리는 무례를 용서하십시오."

시영은 고개를 젓고 다시금 옷매무새와 몸가짐을 다잡으며 대답했다.

"아닙니다. 잠시 마음이 흐트러져 있었습니다. 가르침을 받았군요."

황 교감은 쓸쓸히 웃었다.

"죽어서도 안 낫는 교사의 직업병입니다."

*

오도전륜대왕부에서 복귀한 시영은 곧바로 염라대왕에게 보고하기 위해 이동했다.

초조한 정신으로, 타들어 가는 마음으로, 시영은 염라대왕 집무실에 들어섰다.

......

......

......

보고를 마치고 시영은 염라대왕의 집무실을 나섰다. 걸어 나와 중앙 계단참 앞에 서고 나서야 시영은 퍼뜩 정신이 들었다.

조금 전, 염라대왕께 자신이 뭐라고 보고를 올렸는지 제대로 기억이 나지 않았다. 시영은 식은땀을 흘리며 흐린 기억을 되짚었다.

초유의 사태를 보고해야 하는 중압감이 시영을 짓눌렀다. 전륜대왕부에서 염라대왕부로 오는 길에 목적지에 가까워지는 만큼 어깨와 온몸이 점점 더 무겁게 느껴졌다. 광명왕원에 구름차를 대고 나서부터의 기억은 모호하기만 했다. 염라대왕을 찾아갔고, 목격한 것을 보고했으며, 염라대왕에게서 여러 가지 이야기를 들었다는 것만 어렴풋이 남아 있었다.

이마를 짚어 누르며 시영은 소리 없이 탄식했다. 염라대왕이 뭔가 지시를 하지는 않았다. 어렴풋이 남은 기억은 염라대왕이 그동안 한 번도 본 적이 없는 얼굴로 놀라고, 그 와중에도 과한 반응을 자제하였으며, 눈앞에서 재해의 순간을 목격해야 했던 시영에게 위로의 말을 건넸다는 정도였다. 그런데 그렇게 주고받은 대화의 구체적인 내용이 전혀 기억나지 않았다.

육신이 없는 영혼은 정신적 부담에는 생전보다 취약하다. 정신을 잃기도 하고 혼란에 빠지기도 한다. 저승에서 일하는 다른 이들이 이런 증상을 겪었다는 이야기는 들었다. 하지만 자신이 겪을 거라고는 예상하지 못했다. 한 번으로 그쳤으면 모를까, 계속해서 마음의 매무새가 흐트러지고 있었다.

바람직하지 않았다. 매우 바람직하지 않았다.

시영은 머릿속을 다시금 정돈했다. 다음에 해야 할 일이 무엇인지를 떠올렸다. 비서실과의 후속 협의가 필수적이었다. 가장 중요한 일이었지만, 그런 만큼 일단 시작하면 한 고비를 넘길 때까지 손을 뗄 수 없는 일이었다. 달리 할 일이 있다면 먼저 처리한 뒤 협의에 임하는 것이 바람직했다.

시영은 문득 제4회의실에 대기하도록 요청한 전문가 망자들에게 생각이 미쳤다. 특히 저승도 위험해질 수 있지 않느냐는 추측을 가장 먼저 꺼냈던 채호연 망자를 떠올렸다. 그들은 이 상황에 대해 전달받을 만한 권리가 있었다. 시영은 직접 브리핑을 진행할 요량으로 제4회의실을 향했다.

계단을 두 층만큼 걸어 내려와 회의실 앞에 이르자, 회의실 문이 열려 있고 안에서 말소리가 새어 나오는 것이 들려왔다.

"그게 사실이에요?"

"그럼 여기는 안전한 겁니까?"

"자세한 정황이 어떻게 됩니까?"

여러 망자들이 묻는 목소리가 뒤섞였고, 익숙한 목소리가 그에 답하고 있었다.

"그 질문은 나중에 정리해서 답을 드리겠습니다. 저도 상황만 전하려고 잠깐 들른 거라 자세히 모릅니다."

강수현 비서관이었다. 시영보다 한발 앞서 이들에게 소식을 전하러 왔다가 붙들린 모양이었다. 찾아오길 잘했다고 생각하면서 시영은 열려 있는 문짝에 노크했다. 옥신각신하던 목소리가 잦아 들었다.

"이시영 비서실장입니다. 대화 중에 죄송합니다."

질문 공세에 시달리고 있던 수현은 시영이 온 것을 확인하고 눈에 띄게 안도하며 뒤로 물러났다. 회의실에 들어서자 망자들은 모두 격앙되어 있었다. 무너진 표정과 움츠러든 자세로부터 당혹감과 공포가 느껴졌다.

정상재 교수가 시영에게 질문했다.

"비서관님께 이야기를 전해 들었습니다. 큰일이 났다고요."

"맞습니다."

"정확히 어떤 일이 일어났는지 저희가 들을 수 있겠습니까?"

시영은 빠르게 머릿속에서 사실 관계를 정리했다. 조금 전 염라대왕께 올렸던 보고의 내용을 흐트러진 머릿속에서 다시 건져 올릴 수 있었다.

"6월 8일 오전 0시 6분을 기해, 시왕저승 내 여섯 왕부가 원인을 알 수 없는 안개 너머로 사라졌습니다. 제가 현장에 있었고, 사실상 소멸한 것으로 보고 있습니다."

히익 하는 소리와 함께 호연이 헛숨을 들이켰다. 예슬은 조용히 입술을 깨물었다.

"또한 한반도의 다른 민속 저승 세 군데와 연락이 끊겼습니다."

홍기훈 박사는 침통한 표정으로 시선을 테이블 위에 떨구었고, 나성원 연구원은 안절부절못하고 있었다.

"이 같은 정황으로 보아, 현재로서는 이승의 재해가 저승에 영향을 줄 가능성이 있는 게 사실이라고 봐야 하겠습니다."

그리고 정상재 교수는 오른손으로 이마를 짚은 채 심각한 표정으로 시영의 설명을 듣고 있었다.

시영의 말이 맺어지자마자 기훈이 테이블을 바라본 그 자세 그대로, 잠긴 목소리로 시영에게 물었다.

"요컨대, 저승도 사라진다는…… 그런 말씀이십니까?"

어떻게 대답해야 할까. 아무런 확증도 없지만, 너무나 뚜렷한 현상을 마주하고 온 참이었다. 표현할 방법을 머릿속에서 몇 차례 골라 낸 끝에, 시영은 조심스럽게 대답했다.

"……좀 더 조사해 보아야 하겠습니다만, 현재로서는 그렇게 보고 있습니다."

"말도 안 돼요."

순간 호연이 떨리는 목소리로 불쑥 내뱉었다. 자리한 모든 이들의 시선을 모았음에도, 호연은 신경조차 쓰지 못할 만큼 동요하고 있었다.

"그게 그렇게 될 리가 없잖아요. 제가, 제가 그냥 헛소리한 건데, 그게 그렇게……."

호연의 머릿속은 꼬투리를 물고 이어지는 수많은 두려운 생각들로 가득찬 상태였다. 죽어서 저승에 왔다고 생각했는데, 그리 오래지 않아 저승에도 문제가 생길 가능성이 생겨났다. 그럴 가능성이 있다는 생각을 떠올린 지 얼마 지나지도 않아 실제로 일이 터져 버렸다. 더 이상 생각이 적중했다는 식으로 받아들일 자신이 없었다. 자신이 상상한 것이 두렵고 불경스럽게 느껴졌다. 정상재 교수가 지적했던 것처럼 단순한 헛소리로 끝났으면 좋았을 텐데, 어째서?

떨리는 목소리로 현실을 부정하려 애쓰는 호연을 시영은 다급히 달랬다.

"망자께서 그런 식으로 우려하실 일은 아닙니다. 우선 침착해 주십시오."

호연은 조금 까마득한 감각을 느끼며 의자에 맥없이 기대어 앉았다. 그때 나성원 책임이 시영에게 불쑥 물었다.

"아무튼 여기는 안전한 겁니까?"

"소육왕부를 삼켜 오던 안개가 멈춘 상태입니다. 일시적으로 멈추었는지 더 전진해 올지는 아직 확답하기 어렵습니다."

시영으로서는 이렇게 밖에는 대답할 수 없었으나 성원은 여전히 불만이 가시지 않은 눈치였다.

"그럼…… 만약 여기까지 위험해진다면, 대책 같은 건 있습니까?"

궁금증이 풀리지 않아서라기보다는 두려움이 해소되지 않는 탓이리라. 시영은 성원을 타이르고자 했다.

"나성원 망자님, 이런 사태가 저희들로서도 처음입니다. 전례가 없는 상황이다 보니 그 원인부터 파악할 필요가 있습니다."

물론 그렇게 말하면서도 시영은 성원이 쉬이 납득할 거라고는 생각하지 않았다. 역시나라고 해야 할지 성원은 시영이 덧붙인 내용 따위는 귀에 들어오지 않는다는 투로 짜증을 냈다.

"아니, 아무튼 대책은 없단 거잖아요. 지금 한 번 죽은 걸로 모자라서 두 번 죽게 생겼는데, 나 참……."

그때 호연이 불쑥 외쳤다.

"그럼 원인을 밝혀야죠!"

상황에 대한 공포와 자기 입에서 꺼냈던 추측에 대한 두려움. 그 모든 불안을 억누르기 위해서 호연은 뭐라도 호언장담을 해 안심하고 싶었다. 말투는 단호했지만, 시선은 위태롭게 떨리고 있었다.

"원인을 파악하고, 정말 저승까지 사라지는 건지 확실히 해 주셨으면 좋겠어요."

시영은 잠시 말문이 막혔다. 소육왕부 소멸의 원인 규명. 그 원인이 이승의 생존자들이 사망했기 때문일 것이라고 추측하는 것은 쉽지만, 그것이 분명한 원인이 되었다고 규명하는 것은 결코 쉽지 않을 터였다. 솔직한 심정으로 시영은 그 원인 규명의 방법조차도 곧바로 떠올릴 수 없었다. 이제부터 고민이 필요한 일이었고 시영으로서는 호연에게 어떠한 확약도 해 줄 수 없었다. 아니, 확약이 다 무엇인가. 시영의 머릿속이 다시 요동치기 시작했다. 조금 전 눈앞에서 목격했던 장면들이 한순간 뇌리를 지배했다. 익숙하지 않은 선명한 공포가 되살아나 시영의 영혼을 짓눌렀다.

곧바로 답을 주지 못하고 침묵하는 시영에게 호연은 애타는 목소리로 외쳤다.

"필요하면 저희도 뭐든지 도울 테니까요!"

그때 회의실에 헛기침 소리가 울려 퍼졌다. 정상재 교수였다. 긴장감으로 표정도 몸짓도 차갑게 굳은, 하지만 어느 정도 충격을 회복한 듯 의자에 편한 자세로 기대어 앉아 약간의 여유를 보이는 모습이었다.

다른 목소리가 잦아들고 시선이 자신에게 모이자 정 교수는 입을 열었다.

"말씀 중에 죄송합니다만, 다들 조금만 침착해 주셨으면 좋겠습니다."

정 교수는 이어 호연을 바라보며 차분히 당부했다.

"채호연 학생, 일단 진정하세요. 지금 겁에 질려서 그렇게 아우성 친다고 해결되는 게 있습니까?"

"……죄송합니다."

고개를 떨구는 호연을 옆에서 예슬이 다독였다. 정 교수는 이어 나성원 책임을 바라보면서도 말했다.

"나 박사님도 조금만 차분한 대응을 부탁드립니다. 패닉에 빠질 때가 아닙니다."

"아니 그걸 또 패닉이라고 하시면⋯⋯."

지적을 받고 시퉁스레 반박을 하려던 성원은, 마음을 고쳐먹었는지 곧 입을 닫고 의자에 눌러앉았다.

정상재 교수는 시영을 바라보며 신중한 목소리로 질문을 던졌다.

"그래서 비서실장님, 정말 확실한 겁니까? 사람들이 다 죽으면, 저승도 존재 이유가 사라져서 아예 없어져 버린다는 겁니까?"

질문이었지만 그 표현 한 마디 한 마디가 시영의 신경을 할퀴고 지나갔다.

"⋯⋯거듭 말씀드립니다만 확인된 사실은 아닙니다."

"현재까지 말씀하신 것만으로는 사실처럼 여겨집니다."

시영은 부정할 수 없었다. 착잡하게 입을 닫은 채 답하지 않는 시영을 바라보며, 정 교수는 짧게 한숨을 내쉬었다. 몇 번입을 떼었다 닫았다 하면서 말을 고르는 듯하던 정 교수는 곧시영을 향해 작정한 듯 말을 꺼냈다.

"인과관계와 상관관계라는 개념이 있습니다. 서로 상관이있어 보이는 일이라고 해서 반드시 인과를 형성하지는 않습니다. 그럴싸한 일들이 연속해서 일어났다고 해서 그것들이 서로 원인과 결과의 관계에 있는 것은 아니라는 뜻입니다."

서설絮說을 풀어 놓고 정 교수는 곧 단호한 목소리로 본론을 말하기 시작했다.

"대단히 죄송한 말씀을 드리고 싶습니다만, 현장에 계셨다면 그 광경을 목격하셨을 것이고 아마 크게 놀라셨을 겁니다. 그런데 그 결과, 인과관계를 너무 빠르게 단정 내리신 게 아닌지 여쭙고 싶습니다."

시영은 정 교수의 물음의 속뜻이 한 번에 짐작가지 않았다.

"그럼 정상재 망자께서는 어떻게 생각하십니까?"

"교수입니다."

정 교수는 호칭을 짤막하게 정정하고서 다시 말했다.

"저는 채호연 학생의 추측이 지나치게 이른 단계에서 사실처럼 받아들여진 게 아닌가 싶어 걱정스럽습니다. 회의 마치고 나서 본인과도 이야기를 나눴고, 섣부른 추측이었다고 인정을 했습니다. 때맞추어 여러 큰일이 터졌는데 그런 분위기에 휩쓸려 섣불리 기정사실로 만들고 계신 게 아닌지 우려를 표합니다."

지적의 도중에 이름이 오른 호연은 새삼 움츠러들었다. 한편 시영은 정 교수의 발언에서 약간의 불쾌함을 느꼈다.

"분위기에 휩쓸렸다고 말씀하셨습니다만, 앞서 염라대왕 폐하는 물론 다른 저승의 관리자이신 산신노군께도 조언을 구했습니다. 타당성은 있어 보이는 상황이기에……"

"그렇게 말이 된다고 해서 다 맞는 말은 아니라는 말씀을 드리려는 것입니다."

정 교수는 시영의 말을 가로막으며 거듭 문제를 제기했다. 회의실의 공기에 서리가 맺히는 듯했다. 호연에게는 정 교수가 노여움을 참고 있는 것처럼 보였다. 시영의 입장을 강하게 비판하고 있는 그의 모습은 차분하고 여유 있게 상황을 정리하던 조금 전과는 많이 달랐다. 그도 속에서 많은 말들을 떠올리고 골라 내고 있는 게 아닌가 생각하며, 호연은 걱정스럽게 둘의 대화를 지켜보았다.

"조금 전에도 여쭈었습니다만, 그러면 정상재 망자께서는 이 문제에 대해 어떤 의견이신지요."

정 교수는 굳게 입을 다문 채 시영을 한동안 가만히 응시하다가, 어깨를 으쓱하고는 도리어 시영에게 질문을 던졌다.

"원인을 파악할 거라고 하셨습니다만 원인을 파악할 방법이 마련되어 계십니까?"

"비서실에서 토의를 통해 방법을 찾을 예정입니다."

답을 들은 정 교수는 고개를 가로저었다.

"없다는 말씀이시군요. 죄송하지만, 방법을 찾을 방법도 없으신 것 아닙니까?"

시영은 눈매를 살짝 찌푸렸다. 정상재 교수가 지금 말한 내용 자체는 크게 불쾌하지 않았다. 부정할 수 없는 사실이었고, 실제로 역량의 한계는 명확했다. 그렇지만 시영이 난처하게 느끼는 부분은 그의 태도였다. 정 교수는 분명 어떤 결론을 내린 채로 시영을 몰아붙이고 있었다. 그 결론을 빠르게 제시하지 않는 것이 시영으로서는 불만스럽고 답답했다.

옆에서 안절부절못하고 있던 강수현 비서관이 주저하다가 끼어들었다.

"교수님, 그건 말씀이 조금 지나치신 듯한데요……."

하지만 시영이 손을 살짝 올려 수현을 제지했다. 움찔하며 다시 뒤로 물러서는 수현. 시영은 정 교수를 응시하며 그에게 다시금 물었다.

"그럼 망자께서는 그 방법을 갖고 계십니까?"

정 교수는 고개를 한 차례 끄덕이고는 그제서야 결론을 꺼내 놓았다.

"여기 모인 저희들이 원인 조사를 직접 진행할 수 있도록 해 주십시오. 새로 모셔 오는 전문가분들도 다 같이 모여서, 전문가다운 도움을 드리고 싶습니다. 민속학을 전공한 연구원도 있고, 비록 저승에 관련해서 아는 것은 적더라도 생전에 연구 일선에 서 있었던 훌륭한 박사님들도 계십니다. 원인을 모르는 사태에 대해서 어떻게 접근해야 할지, 신속하게 결정을 내리고 실질적인 도움을 드리고자 합니다."

예슬과 다른 사람들을 아울러 가리켜 보이며, 정 교수는 시영에게 제안했다. 시영은 그런 정 교수에게 질문했다.

"혹시 이미 조사의 방법이나 방향에 대해 염두에 둔 게 있는 겁니까?"

그리고 정 교수는 수긍했다.

"맞습니다."

정 교수는 시영에게, 그리고 중간중간 회의실 안의 다른 망자들을 돌아보며 설명했다.

"일단 저는 공포를 떠나서 냉정하게 결론을 내리고 싶습니다. 아무리 그래도 이곳은 염라대왕께서 계신 시왕저승입니다. 저승 세계가 그렇게 쉽사리 생겼다 없어졌다 하는 곳은 아닐 거라고 생각합니다."

시영은 마음이 철렁하는 것을 느끼며 무심코 천천히 고개를 끄덕였다. 만약 정말 그렇기만 하다면 얼마나 좋겠느냐고, 시영은 생각했다.

"그 사실을 뒷받침하기 위해서 증거에 기반한 조사를 진행하려고 합니다."

초조하게 대화를 지켜보던 가운데서도, 호연은 새삼스럽게 정상재 교수에게 놀라움을 느꼈다. 저승에 온 지 만 하루를 간신히 넘긴 시점이었고, 소육왕부가 사라졌다는 보고를 들은 지 얼마 되지도 않은 상황이었다. 그 틈에 조사의 윤곽을 머릿속에 세워 놓고 시영을 압박해 조사를 제안하는 데 이르렀다. 대화를 초조한 방향으로 이끌어 나간 것은 아마 그 압박을 위해서였으리라. 호연은 정 교수가 굉장한 속도로 정보를 처리하고 있다는 데 감탄했다.

"증거라 하면, 어떤 것을 염두에 두고 계십니까?"

시영의 물음에 정 교수는 말했다.

"시왕저승에도 역사 기록물은 있으시지요?"

"예, 있습니다."

수현이 옆에서 잠깐 끼어들었다.

"아, 하지만 우도왕부가 그렇게 되어서 완전성은 보장하기가……."

하지만 정 교수는 딱히 개의치 않아 했다.

"그것만 있으면 조사할 수 있습니다."

정 교수는 시영을 바라보며 간곡한 목소리로 요청했다.

"이 위기의 정체를 밝혀 내기 위해 연구할 기회를 주십시오. 문제가 있으면 분명히 하고, 문제가 없으면 그 또한 분명히 하고, 문제를 회피할 방법이 있다면 서둘러 찾아야 하지 않겠습니까? 계획을 제시할 테니 실행할 수 있도록 허락해 주시기를 바라는 것입니다."

정 교수가 풀어 놓는 차분하고 또렷한 목소리는, 두려움과 혼란이 뒤섞여 끓어오르려던 회의실의 분위기를 가라앉혔다. 그 목소리에는 확신을 주는 힘이 있었다.

호연은 용기를 끌어 올려, 손을 들고 시영에게 말했다.

"……저도 같은 건의를 드리고 싶어요. 직접 조사할 수 있게 해 주세요."

발언에 나선 호연을 보고, 예슬도 옆에서 동참했다.

"저도 가능한 한 돕겠습니다."

홍기훈 박사도 수긍하듯이 고개를 끄덕였다. 그 옆에서 나성원 박사는 뒷머리를 긁적이면서 말했다.

"아니 박사라고 뭘 다 잘 아는 것도 아닌데…… 하여튼 뭐 도움을 드려야죠."

참여한 전문가 일동의 의견이 하나로 모인 모양이었다. 이제는 책임자인 시영이 답을 내놓아야 할 순간이었다. 시영은 고민했다. 이 판단을 지금 여기서 즉각적으로 내려도 되는가? 아니면 비서실에 돌아가서 다른 비서관들과 상의를 해 보아야 하는가?

일단 시영은 비서실과의 토의는 배제하기로 마음먹었다. 비서진들과 업무 협의를 시작하면 멈출 수 없을 거라고 생각해서 먼저 이곳에 들른 게 아니었던가? 하지만 그렇다고 해서 단독으로 결정을 내리기에는 지나치게 불확실한 요소가 많았다.

그렇다고 이 제안을 방치하기에는…… 조금 전 시영은 확실한 이끌림을 느꼈다. 저승에 별 탈이 없을 거라는 점을 확실하게 해 둘 수 있는 기회라면, 함부로 흘려 보내고 싶지는 않았다.

시영은 두통을 느꼈다. 몸뚱이가 없는 영혼이 물리적인 신경통을 느낄 리는 없었다. 하지만 쇠약해진 정신력이 비명을 지르고 있었다. 이 이상 혼자서 고민하는 것은 무리였다. 그리고 마침 가장 신뢰하는 비서관이 가까이 있었다.

"잠시만 기다려 주십시오. 강수현 비서관, 잠시 이야기 좀 합시다."

시영은 재빨리 수현을 회의실 밖으로 인도했다. 수현은 예상했다는 듯 시영의 뒤를 따라 잠시 회의실을 나섰다. 회의실 문을 닫고 나서, 시영은 곧장 수현의 의견을 구했다.

"수현 군은 저 제안을 어떻게 생각합니까?"

수현은 침착하게 대답했다.

"저분이 조금 앞서가시는 것처럼 보이기는 합니다. 하지만 …… 사실 다 염두에 두고는 있었습니다."

"무슨 말입니까?"

엷은 미소와 함께 수현은 시영에게 설명했다.

"사실 비서실장님 돌아오시는 동안, 비서실 내부에서 일차 토의를 했었습니다. 그 과정에 저런 방법들을 통해서 조사를 진행해야겠다는 내용도 어느 정도 정리가 되어 있었고요."

"잘했습니다. 그렇다면 이야기를 하지 그랬습니까……."

그리고 시영은 조금 전 수현이 끼어들었을 때 자신이 발언을 차단했던 것을 떠올렸다.

"……아닙니다. 내가 막았군요."

그때 이 말을 하려고 했던 거구나, 하고 시영은 뒤늦게 깨달았다. 수현은 방법을 찾을 방법도 없지 않느냐는 정상재 교수의 면박에 반박하려고 한 것이었다. 비서실은 이미 어느 정도의 조사 방법을 도출해 둔 상태였다. 수현은 설명을 이어 갔다.

"사실, 비서실에서는 이미 조사 위탁도 검토하고 있었습니다. 비서실 전체가 아마 빠른 환생 지원 업무로 바빠질 테고, 소육 왕부의 사후처리도 관리해야 할 겁니다. 도저히 저희가 머리를 싸매고 분석할 여지가 없어 보였습니다."

시영이 보기에 이는 합리적인 추측이었다. 그렇다면 그 합리적 추측에 근거한 대안도 이미 만들어져 있을 터였다.

"그럼, 위탁 조사를 지원할 방안이 있겠습니까?"

예상대로 수현은 막힘없이 대답했다.

"육도윤회를 정지시키는 바람에 윤회정책비서관 업무가 갑자기 사라졌습니다. 안유정 비서관님을 여기에 상주시키고, 바로 원인 조사에 착수하실 수 있게 조정하겠습니다."

시영은 고개를 끄덕였다. 아주 약간은 허탈하고 아쉬운 마음도 들었다. 정상재 교수는 아마 염라대왕부 비서실의 취약한 대비 태세를 지목해서 자신들이 조사를 도울 근거를 마련하려고 한 모양이었지만, 실제로 비서실은 이미 여러 가지 가능성을 열어 놓고 그들에게 조사를 맡길 계획을 갖고 있었다. 시영은 자신이 이런 내용을 비서관들과 공유하기 전에 급하게 회의실부터 찾은 것을 후회했다. 한편으로는 정 교수가 조금만 더 협조적으로 조사를 요청했더라면, 이다지도 날을 세운 대화가 진행되지는 않았을 텐데 하는 아쉬움도 있었다.

지나간 일은 지나간 일이었다. 시영은 잡념을 떨치고 결론을 내리기로 마음먹었다.

"……좋습니다. 그러면 서두릅시다. 바로 비서실에 통지해 주십시오."

"알겠습니다."

수현은 시영의 지시를 받자마자 곧장 몸을 돌려 위층의 비서실을 향해 빠른 걸음으로 이동했다. 시영은 다시 회의실 문을 열고 들어서서, 기다리고 있던 전문가 망자들에게 대답을 들려주었다.

"선제적으로 협조를 제안해 주셔서 감사드립니다. 여러분들께 당분간 조사 업무를 위탁하도록 하겠습니다. 비서실 권한 범위 내에서 원인 조사 활동이 가능하도록 협조를 받으실 겁니다. 필요하다면 관용 구름차를 이용해서 소육왕부나 기타 필요한 장소를 방문하셔도 좋습니다. 이 과정에서는 비서실에서 도움을 드릴 것입니다."

시영의 통지를 듣고 호연은 눈에 띄게 기뻐했다. 예슬과 기훈은 납득했다는 듯 차분히 고개를 끄덕였으며, 성원은 여전히 시큰둥했다.

그리고 정 교수는 자리에서 일어나 시영에게 허리 굽혀 정중히 인사했다.

"신뢰에 감사드립니다."

이어 겸연쩍은 목소리로 시영에게 말했다.

"조금 전에는 죄송했습니다. 이렇게라도 강하게 말씀드리지 않으면 조사 협조를 받기 어려울 거라고 생각했습니다."

그가 밝힌 심경은 시영이 짐작한 것과 같았다. 시영은 잠시 동안의 불편함을 좋게 흘려 보내기로 마음먹었다.

"괘념치 마십시오. 전례가 없는 상황이다 보니 저 또한 판단이 빠르지 못했던 모양입니다."

시영의 관대한 답에 정 교수는 다시 고개를 꾸벅 숙였다.

"감사합니다. 저희가 모쪼록 상황을 극복할 수 있는 방안을 찾아 드릴 수 있으면 좋겠습니다."

"예, 모쪼록 부탁드립니다."

시영의 제4회의실 방문은 그렇게, 전문가 망자 그룹에 대한 소육왕부 사건 원인 조사 위탁이라는 결론으로 마무리되었다. 시영이 비서실로 복귀하고 나자 회의실 안에서 긴장이 풀린 망자들이 이야기를 나누기 시작했다. 성원이 가장 먼저 정 교수에게 걱정 어린 불평을 쏟아냈다.

"아니, 정 교수님. 뭐 큰일 하시려는 것 같아서 제가 말은 안 했는데요. 갑자기 막 이렇게 지르셔서 번거로운 일 만드시는 거 아닙니까?"

하지만 정 교수는 오히려 빙그레 미소를 지어 보이면서 대답했다.

"나 박사님. 이럴 때야말로 머리를 쓰고 일을 해야 합니다. 남들이 다 재앙이다 사태다 하고 혼란스러워하더라도, 전문가들은 중심을 잡고 침착하게 원인을 찾아 나서야 하지 않겠습니까? 기왕에 전문가 집단이라고 이렇게 죽어서 모이게 된 것, 전문가답게 한번 기여해 봅시다."

그의 태도에는 프로젝트를 따 낸 전문가로서의 자신감이 엿보였다. 정 교수는 이어서 호연을 향해 위로와 격려를 던졌다.

"채호연 학생도 그렇게 풀 죽어 있지는 마십시오. 이런저런 이야기를 하다 보니까 아주 무슨 거짓말쟁이로 몰아 간 것 같아서 내가 마음이 안 좋네요."

"아니에요. 괜찮습니다."

위축되고 불만스러운 순간들이 없었던 건 아니었지만, 정 교수에게서 뒤늦게나마 차분한 격려를 듣자 호연의 굳은 마음이 편안하게 녹아 내렸다. 눈에 띄게 태도가 누그러지는 호연을 바라보며 정 교수는 주먹을 불끈 쥐어 보이며 당부했다.

"내가 부탁하려는 일도 있고 하니까 같이 힘을 내 봅시다."

정 교수는 회의실 안에 모인 이들을 하나하나 돌아보면서 말했다.

"자, 여러분. 서두를 필요가 있겠습니다. 모쪼록 저를 믿고 다 같이 이 미지를 파헤칩시다."

*

좌도왕에게 요청한 대로 전륜대왕부 통신실에 임시 중계 설비가 설치되고, 시왕저승의 여러 대왕부 간을 연결하는 광역 통신망이 회복되었다. 곧장 시왕저승 내 여러 부서에서 염라대왕부의 협조와 판단을 요청하는 통신들이 날아들었다. 비서실은 곧바로 비상 대응에 나서야만 했다. 원인 조사를 심도 있게 진행할 여유가 없으리라는 수현의 예상대로였다. 시영은 바쁜 와중에도 염라대왕에게 정상재 교수 등 전문가 망자 그룹에게 원인 조사를 위탁하는 방침을 보고하고, 재가를 받았다. 각

비서관들이 담당 업무 영역에서 바쁘게 조정 업무에 착수하는 동안 안유정 윤회정책비서관은 제4회의실로 파견되었다. 물론 일은 언제나처럼 수월하게 풀리지 않는 듯했다.

"비서실장님, 윤회청에서 급한 연락입니다."

수현이 통신기를 들고 찾아왔을 때 시영은 초강대왕부로 진입하기 시작한 망자 대열의 대응 방안을 놓고 올라온 여러 대안 문서를 검토하고 있었다. 검토를 방해받는 것이 썩 마음 편할 리 없었다.

"그러면 윤회정책비서관이 가서 대응하도록 해 주십시오."

시영은 급한 대로 지시를 내렸다. 그러고는 곧바로 낭패감을 느꼈다.

"아니, 내가…… 지금 정말 정신이 없군요."

바로 그 안유정 비서관을 전문가 망자 그룹 지원 역할로 파견한 지 한 시간도 지나지 않았다. 수현이 보기에 시영은 연이은 스트레스로 많이 지쳐 있었다. 평소라면 하지 않았을 실수를 하고 그답지 않게 때때로 조급한 모습을 보이는 시영을 보니, 수현은 부하 된 입장에서 많이 안쓰러웠다. 수현은 시영을 다독이는 듯한 목소리로 덧붙여 보고를 올렸다.

"……그, 안 비서관님 계셨더라도 이건 실장님께 보고 드렸을 겁니다. 환생문 관련 지시 이행 과정에서 트러블이 있어서 상부 중재를 요청하는 안건입니다."

시영은 한숨을 내쉬었다. 수많은 생각들에 짓눌려 생각하는 힘이 아주 멈춰 버릴 것만 같았다. 시영은 시선을 돌려 사무실 테이블 위에 놓여 있는 산신노군의 복숭아 나뭇가지를 바라보았다. 귓가에 산신노군의 목소리가 들리는 듯했다. '무엇이 맞다고 생각하느냐?'라는 인자한 목소리가 머릿속을 정리해 주는 기분이 들었다. 수현의 말대로 이건 자신이 가야 하는 일이 맞았다. 염라대왕령을 이행하는 과정에서 문제 제기가 있다면 결정권을 가진 자신이 나서서 수습을 하는 게 원칙에 맞았다.

지친 영혼을 자리에서 일으켜 군말 없이 집무실을 나서려는 시영의 앞을, 수현이 점잖게 가로막았다.

"비서실장님, 짧은 시간에 너무 바쁘게 다니셨습니다. 이번에는 제가 가겠습니다. 위임 부탁드립니다."

한순간 시영의 마음이 흔들렸다. 자신의 손에서 연이어 빚어지는 실수가 불쾌했다. 휴식을 취하고 정신 상태를 다잡을 여유가 필요했다. 하지만……

"그렇지만 염라대왕령의 시행 협의를 위탁하기는 어렵습니다. 내가 할 일이 맞습니다."

아무리 수현이 믿음직하다고 해도 원칙에서 벗어나 업무를 위탁할 수는 없었다. 하지만 시영의 거절에도 불구하고 수현은 계속해서 시영을 만류했다.

"그럼 하다못해 제가 모셔다 드리기라도 하겠습니다. 운전대는 잡지 않으시는 게 좋겠습니다."

운전대.

후사경이 안개에 잡아먹히던 순간의 기억이 시영의 뇌리를 선명하게 스치고 지나갔다. 결국 시영은 더는 사양하지 못했다. 안 좋은 장면의 기억과 함께 굉장한 피로감이 엄습해 왔던 것이다. 수현에게 운전을 맡기고, 구름차 편으로 시영은 다시 오도전륜대왕부를 향했다. 염라대왕부 광명왕원 6층의 차고를 빠져 나온 구름차는 공중을 빠르게 가르며 날기 시작했다.

변성대왕부를 지나쳐 갈 즈음, 오른편 뒷좌석에 앉아 있던 시영이 문득 입을 열었다.

"그러고 보니 수현 군."

"네?"

"실은 조금 전 소육왕부에 들어갔다가 생불왕부 망자들의 대피를 도왔습니다."

그 말을 들은 수현은 눈을 동그랗게 뜨며 놀랐다.

"아니, 그러면 그냥 다녀오신 게 아니셨던 겁니까?"

"생불왕부에서 전륜대왕부 대피소까지를 네 번 정도 왕복했습니다."

시영이 그렇게 말하자 수현은 혀를 내두르며 시영에게 찬사를 보냈다.

"맙소사. 정말 실장님은 대단하십니다. 그 상황에서 대피까지 도우시고……."

하지만 시영은 좋은 말을 들으려고 입을 연 것이 아니었다.

"그리고 성공하지 못했습니다."

심상치 않은 시영의 태도를 보고 수현은 시영이 큰일을 겪었음을 짐작할 수 있었다.

"……무슨 일이라도 있으셨습니까?"

정말 평소답지 않은 마음이었다. 시영은 구름차의 좌석에 기대에 앉은 채 자신이 겪은 일에 대해서, 그리고 한 일에 대해서, 부하인 수현에게 털어 놓기 시작했다. 항상 유능해 보이던 상사가 보이는 이례적인 모습에도, 수현은 침착을 유지하며 시영의 이야기를 경청했다. 물론 잡은 운전대를 소홀히하지도 않았다.

시영은 소육왕부에서 목격한 재해 현장에 대해 말했다. 도착했을 때 이미 실종되어 있던 사자왕에 대해서, 자신의 눈앞에서 안개 너머로 사라진 총무부장에 대해 말했다. 수현에게 연락을 한 것이 그즈음이었다. 그러고서도 많은 일들이 더 있었다. 시영은 탁아소의 어린 영혼들을 모두 구해 오지 못한 것을 말했다. 바로 등 뒤까지 쫓아 오던 안개로부터 간신히 벗어났던 것을 말했다. 탈출하고 나서 혼절하고 말았던 것을 말했다. 그리고 대피소에서 탁아소의 교사에게 머리채를 붙잡히며 원망을 들은 것을 말했다.

시영은 복사골 저승에서 처음 넘어와 염라대왕부의 재판정에서 처음 일을 시작한 이래로, 일이 힘들거나 마음이 지쳤다고 누군가에게 불평하거나 위로를 구해 본 적이 없었다. 시영은 유능했고, 또 유능해야만 했다. 원칙과 합리에 기대어 마음을 다잡고 또 다잡으면서 비서실장의 자리까지 올라올 수 있었다. 그렇지만 지금 시영은 마음속의 술렁임을 누군가에게 꺼내 보이고 싶었다. 자신이 겪은 일을, 자신이 한 일을, 그때 느낀 감정과 그 판단의 이유를 혼자서 감당할 수가 없었다.

시영이 털어 놓은 이야기를 모두 들은 수현은 깊은 안타까움을 담아 시영에게 말했다.

"……그래서 그렇게 지쳐 보이셨군요."

시영은 고개를 끄덕이고는 앞자리를 바라보며 말했다.

"수현 군에게도 미안합니다. 그곳 출신이었지요."

수현은 운전대를 잡고 전방을 응시한 채 으음, 하는 음성을 흘렸다.

"그게 신경 쓰이십니까?"

대답 대신 시영은 한숨을 내쉬었다. 분명 수현은 생불왕부를 거쳐 사자가 되고 관원이 되었다. 하지만 그것도 오래전 이야기였다. 시영은 자신이 구체적으로 무엇이 마음에 걸렸는지 되짚어 보았다. 잠깐의 침묵이 흐르고 시영은 답했다.

"……아마도 그런 이유를 달아서라도 누군가에게 사과를 하고 싶은 모양입니다."

수현은 시영의 고백을 묵묵히 들었다.

"한계가 있었지만 결과적으로 다 구해 내지 못했습니다. 그게 내 탓이라고 말하는 이에게는 사과가 닿지 않았습니다. 사과를 받은 이는 처음부터 내가 나설 필요가 없었다고 비난했습니다."

구름차가 평등대왕부의 옛 풍도지옥을 통과하고 있었다. 차창 밖으로는 저승의 강풍을 견디는 방풍벽이 하염없이 뒤로 흘러갔다. 단조로운 그 풍경을 바라보며 시영은 말했다.

"그래서야 이 어려운 마음을 누구에게 전한단 말입니까."

우는 아이들의 영혼을 두고 나오던 순간의 기억이, 흔적도 없이 사라진 왼쪽 후사경의 빈자리가 뇌리를 스치고 지나갔다. 시영은 그 기억들이 어떠한 감정이 되어 맺히기 전에 생각의 저편으로 몰아 내려고 했다. 힘든 일이었지만 그것은 자신의 소임이었고, 자신의 책임이었다. 자신 개인에게 그 사건들이 가지는 의미를 논할 겨를은 없었다. 없어야만 했다.

그렇지만 이제 시영은 인정하지 않을 수 없었다. 전례 없는 이번 재해는, 시영 자신에게 있어서도 전례 없는 피해를 끼치고 말았다. 백여 년 만에 처음으로 시영은 마음속의 혼란스러운 감정을 인정해야만 했다.

무력감. 죄책감. 의구심. 후회. 공포. 불안.

시영의 이야기를 듣고 있던 수현은 핸들에서 오른손을 떼어 목깃을 매만졌다. 두루마기 안으로는 가디건과 셔츠, 넥타이로 구성된 교복이 있었다. 수현은 조금 답답한 기분에 타이를 느슨하게 풀며 말했다.

"……제게 털어 놓으셔서 마음이 편안해지신다면 얼마든지 말씀하십시오."

좌석에 깊이 기대어 앉은 채 시영은 말했다.

"나를 비난해도 좋습니다."

수현은 고개를 저었다.

"마음고생이 심하셨던 모양입니다. 그럼에도 불구하고 할 수 있는 일을 하고 오셨다고 생각합니다."

떠오른 말을 이어서 꺼내 놓아도 될지, 수현은 잠깐 생각했다. 그리고 약간의 용기와 함께 시영에게 말했다.

"이렇게 말씀드리면 제가 조금 주제를 넘는 게 아닐까 저어됩니다만…… 그런 모든 사건들에도 불구하고 무탈히 돌아오셔서 다행이라고 저는 생각합니다."

"그 모든 희생에도 불구하고 말입니까?"

말을 꺼내 놓고도 시영은 정말 자신답지 않다고 생각했다. 자신이 이렇게까지 수동 공격적인 말을 할 수 있는 사람이었던가? 다분히 자학적인 악의가 섞인 물음이었지만, 수현은 그런 시영에게 차분히 답했다.

"네. 실장님의 직무는 다른 분이 대신할 수 없으니까요."

시영은 수현이 말한 것을 곱씹었다. 비서실 구성원 대 구성원으로서의 사적인 마음으로 느껴졌다. 한편으로는 직책과 그에 따른 책임을 상기시키는 철저히 공적인 지적으로도 느껴졌다. 아마 둘 모두를 동시에 의도했으리라고 시영은 생각했다. 강수현 비서관이라면 그렇게 말할 수 있었다.

여전히 복잡한 생각이 휘몰아쳤다. 자신의 직무를 대체할 이가 없는 것만큼이나, 생불왕부에서 잃어 버린 소육왕부에서 소실된 영혼들의 대체물도 존재하지 않으리라. 어떠한 말로도 이미 소실된 이들의 자리를 정당화할 수는 없을 것이다.

그런 모든 어지러운 마음들을 혼자서 억누르기는 버거웠다. 하지만 마치 속을 게워 내듯이 말로서 털어 놓고, 신뢰할 수 있는 부하이자 동료의 대답을 거머쥐고 나자 견딜 수 있게 되었다.

시영은 마음을 다잡았다.

저승이 위기에 처해 있었다. 해야 할 일을, 할 수 있는 일을 계속해야만 했다.

*

수현이 모는 구름차가 오도전륜대왕부에 진입했다. 구름차는 천천히 하강하며 전륜대왕부의 가장 안쪽으로 향했다. 무한히 이어지는 것 같던 저승의 대지는 이곳에서 끝없이 깊은 벼랑을 만나 끝나고 있었다. 그 벼랑이 임박한 곳에 층마다 기와지붕을 올린 5층 건물이 자리했다. 거대한 단면적을 지닌 이 건물이, 바로 망자들의 윤회 전생을 전담하는 윤회청 본관이었다.

옥상에 위치한 구름차 정차 장소에 차를 대고 내리자 대기 중이던 윤회청 직원이 시영과 수현을 3층으로 안내했다. 윤회청 건물 3층에서는 저승의 끝에 있는 절벽을 향해 길게 나아간 테라스가 이어져 있었다. 이 테라스가 모든 망자들의 종착 지점이었다. 바닥에는 타일로 법륜法輪이 그려져 있고, 원을 그리며 총 서른여섯 개의 환생문이 설치되어 있었다.

환생문은 기와집의 대문처럼 생겼는데, 두 기둥 사이에는 문짝 대신 검은 어둠이 일렁이고 있었다. 각각의 환생문 앞에는 무단 진입을 막기 위한 게이트가 설치되어 있고, 행선지를 알리는 간판이 붙어 있었다. 극락과 지옥을 향하는 각각 한 개씩의 문과 아귀도와 수라도로 나가는 네 개씩의 문, 축생도로 가는 두 개의 문이 있고, 나머지 스물네 개의 문은 모두 인간도로 향하는 것이었다.

그중 축생도 방면의 한 환생문 앞에 여러 인원이 모여 옥신각신 이야기를 나누고 있었다. 시영과 수현이 다가가는 동안에도 열띤 대화는 계속되었다.

"그게 그렇게 간단한 문제가 아니라고 몇 번을 말해야 알아듣습니까?"

"말씀을 똑바로 하셔야죠! 간단한지 어려운지의 문제가 아니라 관습을 버리는 데 대한 저항감 아닙니까?"

"그러니까 그게 어렵다는 이야기입니다!"

시영은 헛기침을 하고 대화에 끼어들었다.

"염라대왕부 비서실장입니다. 중재 결정을 요청했다고 들었습니다만."

모여 있는 이들은 윤회청의 환생문 담당 엔지니어 다섯 명과, 그들과 말다툼을 벌이고 있는 망자 한 명이었다. 윤회청 엔지니어들이 시영을 알아보고 꾸벅 인사를 하자, 그 눈치를 보고 망자 또한 떨떠름하니 묵례했다. 자연스레 자기소개가 이어졌다.

"윤회청 환생문 정비반의 수석엔지니어 하정입니다."

"어, 그, 부산대학교 계통학연구소의 오정식 박사입니다만…… 아, 비서실장님이시라고요? 그쪽 분 지시로 제가 여기 온 거네요, 그쵸?"

오정식 박사가 시영의 직함을 알아보았다. 시영은 염라대왕 주재 회의 결과 생물학자를 수배해 윤회청에 보내도록 진광대왕부에 요청해 둔 것을 기억해 냈다.

"예, 윤회 대책 협의를 좀 도와주십사 했던 것입니다만, 지금 이야기가 잘 안 되는 모양입니다?"

시영이 하정 수석과 오정식 박사를 번갈아 보며 물었고, 둘은 각자의 입장을 시영에게 하소연했다.

"보니까, 저승에서 환생을 더는 못 시킬 위기라고 하데요? 뭐 하늘에 별이 터져 가지고 지구가 종말을 했다고 그러던데. 아무튼 그 사정까지는 잘 모르겠고, 산 동물을 못 찾겠다고 해서 살아 있을 만한 동물들을 이야기해 줬더니 어떻게 그런 데다가 사람 영혼을 집어넣느냐는 말밖에는 안 하잖아요, 이분이. 난감해 가지고서는, 참……."

"그쪽만 난감합니까? 그럼 사람 영혼이 얼마나 중한데, 그걸 아무 미물한테나 보내자고 한다고 '예 그럽시다', 하고 들어 줄 것 같아요?"

시영이 다시 대화를 가로막았다.

"두 분, 지금 말씀 나누기 시작한 지 얼마나 되셨습니까?"

돌아온 대답에 따르면 이 이야기가 오가기 시작한 지는 한 시간쯤 되긴 했지만, 갑자기 불려 온 생물학자 오 박사가 저승의 체계와 육도윤회의 개념을 바로 받아들이지 못해 그 부분을 설명하는 데 많은 시간이 소모된 모양이었다. 고등동물로 환생시키기 어렵게 되었다는 말에 오 박사가 대뜸 해저에 사는 물고기 이야기를 꺼냈고, 하 수석이 그 말을 듣자마자 버럭 성을 내며 곧장 염라대왕부에 도움을 요청했다는 것이었다.

시영은 일단 각자의 입장을 조율할 필요를 느꼈다.

"일단 두 분, 차분히 자기 입장을 말씀해 보십시오. 서로 들어 보시고……"

하지만 하 수석은 그럴 필요를 못 느끼는 모양이었다.

"아니, 무슨 입장을 들어요! 사람의 영혼이 얼마나!"

"오정식 박사님 말씀부터 듣겠습니다."

강제로 교통정리를 할 수밖에 없었다. 시영의 지목을 받은 생물학자 오정식 박사가 자기 의견을 말하기 시작했다.

"우주 방사선으로 지구 생명체 대멸종 상황이라면서요? 그런 상황에서 죽은 사람들을 이승에 못 돌려 보내서 어떻게든

산 생명체를 찾는다고 그러잖아요? 기왕에 그럴 거면 확실하게 오래 살 만한 생물들이 있다, 그래서 뭐냐 물으시길래 심해저에 사는 세균에다가 집어넣으면 된다 했더니 이분이 갑자기 막 화를 내는 거예요. 나 진짜 당황스러워서. 내가 뭐 틀린 말 했어요?"

"지금 세균이라고 하셨습니까?"

오 박사는 열심히 고개를 끄덕였다.

"지표면이 방사능으로 구워졌다는 거 아녜요? 그 방사능을 막는 최고의 매질이 물이에요, 물. 어지간한 깊이까지 들어가면 방사능 영향 없을 거라고 보고요. 그래서 가장 생존률이 높을 만한 생명체가 뭐냐 하면 심해저, 태평양이나 대서양 밑바닥, 특히 해저 열수공熱水孔이라고 지각운동으로 인해 온천수같이 뜨거운 물이 뿜어져 나오는 곳들이 있어요. 여기는 미네랄도 풍부하고 온도도 따듯해서 생명의 요람이거든요."

기왕 죽은 영혼들을 도로 되살려 보낼 거면 최대한 오래 살아 남을 수 있는 곳으로 보내는 게 맞지 않느냐, 그래서 해저 열수공 주변에 사는 생명체를 추천했는데 뭐가 문제냐는 게 오 박사의 입장이었다.

"그래서 그 해저 열수공에 사는 생명체의 종류가 세균밖에 없는 겁니까?"

"세균도 살고, 새우도 살고, 게나 따개비처럼 생긴 것들도 살고 하죠……."

"그러니까, 어떻게 거기다가 사람을 환생을 시키냐는 겁니다!"

성을 내고 나선 것은 하정 수석이었다. 시영은 그쪽의 의견도 들어 볼 필요를 느꼈다. 지나치게 완강한 데는 이유가 있을 터였다.

"안 되는 이유를 설명해 주시겠습니까?"

"비서실장님도 아시다시피, 시왕저승에는 사람의 영혼만 찾아옵니다. 동물령들은 오지 않습니다. 사람에게 이렇게 저승이 있다면 분명 동물들에게도 저승이 있을 텐데, 그 구조가 어떻게 되어 있는지 아무도 모릅니다. 여기 사람 저승의 기억도 이승에 내려 가면 까맣게 잊어 버리는 판에, 동물로 태어났을 때의 사후세계를 증언해 줄 사람이 없기 때문입니다."

하지만 윤회청 엔지니어들은 동물들이 가는 저승에 대해 간접적으로 추측을 하고 있었다. 그것은 수천 년간 환생문을 관리해 오던 장인들 사이에 전해져 내려오는 통찰 같은 것이었다.

"인간을 인간으로 환생시키려고 할 때도, 나쁜 짓을 많이 해서 악업이 가득 찬 영혼을 억지로 좋은 몸에 들여 보내는 건 어렵습니다. 환생문에 들여 보낼 때 저항이 걸립니다. 괜히 육도를 나눠 놓은 게 아니란 말입니다. 그런데 인간 영혼을 축생도로 보낼 때는 아무 저항이 없습니다. 굳이 환생할 곳에 급을 나눈다고 하면 축생도를 가장 낮게 보는 이유입니다."

영혼이 맑고 증오나 악행이 덜할수록 더 평화로운 곳의 육신에 들어가기 더 쉽다는 것이었다. 하정 수석은 운명론이나 계급론으로 해석될 것을 경계한다면서도, 소위 '높은 곳'에 갈 수 있는 영혼이 '낮은 곳'에 태어나기는 쉽지만, 그 반대는 매우 어렵다는 게 환생문 관리자들 사이의 정설이라고 설명했다.

"그걸 아니까 저희들은 그래도 되도록이면 좋은 곳으로 보내 드리려고 노력하는 편입니다. 환생문 들어가기 조금 어렵더라도 최대한 좋은 곳에 태어나게 해 드려야 영혼이 조금이라도 성숙할 기회를 갖지요. 그런데 우리는 지능이 있고 생각을 하는 영혼들이니까 이런 배려가 가능합니다. 동물 저승이 만약 있다면 거기선 어떻게 환생을 하겠습니까? 체계가 없을 거 아닙니까?"

여기서부터는 완전히 가설의 영역이었다. 하정 수석은 한번 동물로 태어난 영혼이 다시 사람 몸을 입기까지는 굉장히 오랜 시간이 걸릴 것으로 보고 있었다. 동물들의 저승에 만약 환생의 길이 있어도 거의 무작위적으로 작동할 것이므로, 인간의 몸으로 태어나는 비율이 몇이나 되겠느냐는 것이었다.

"그래서 저희들은 축생도를 운용하면서도 되도록 고등동물들로 보내고 있습니다. 특히 인간과 접촉이 많은 동물들…… 개, 고양이, 말, 소, 돌고래, 이렇게 좀 감정 표현도 할 줄 알고, 인간 세상을 마주할 줄 아는 동물을 물색해서 보내고 있었죠. 그런데 세균이요? 새우에 따개비요? 거기 들어간 영혼이 다시 인간 세상에 태어나는 데 얼마나 오랜 시간이 걸릴지, 저는 짐작도 안 갑니다. 이게 무슨 바다거북이가 나무판 올라타는 소립니까?"

그때 오 박사가 손바닥을 다른 손 망치로 땅 치더니 아는 척을 했다.

"아, 그거 나 알아요. '맹구우목盲龜遇木'이다, 그죠?"

하 수석은 버럭 하니 성을 냈다.

"그걸 아는 분이 그런 말씀을 하십니까?"

시영은 빠르게 기억을 되짚었다. 맹구우목이란 불교 경전에서 말하는 가르침 중에 등장하는 말이었다. 인간이 죽어서 윤회를 할 때 다시 인간의 몸을 입을 확률이란, 바다 속에 사는 눈먼 거북이가 백 년에 한 번 숨을 쉬러 물 위로 고개를 내미는데, 하필 그때 물 위에 구멍난 나무판자가 떠 있어 그 판자에 목이 낄 확률과 같다는 가르침이었다. 요컨대 육도 중 다섯 도를 사람 몸으로 운용해 온 윤회청 관계자들로서는, 한번 사람 몸을 입은 영혼을 되도록 사람 몸에 머물게 하여, 저승이 맹구우목의 장이 되지 않도록 애써 온 셈이었다. 성을 낼 만했다. 하지만……

"하 수석님, 환생처 변경에 당혹스러우신 이유를 충분히 이해했습니다. 오정식 망자께서도 충분히 이해하셨으리라고 생각합니다."

시영은 하정 수석을 바라보며 차분히, 하지만 강한 어조로 당부했다.

"그렇지만 지금은 최대한 빠르게 망자들을 이승으로 내보낼 필요가 있습니다. 그로 인해서 영혼이 인간의 몸을 입기 어려운 처지에 놓인다 한들…… 어쩔 도리가 없습니다."

하 수석은 팔짱을 끼고 시영을 똑바로 바라보았다.

"납득하기 어렵습니다. 그 이유를 설명해 주시기 바랍니다."

얼핏 보아서는 완고한 거부의 의사처럼 보였지만 설명을 요구한다는 것은 설득의 여지가 있다는 것이다. 그리고 시영은 처음부터 하 수석을 설명을 통해 설득할 작정이었다. 시영은 그가 말한 환생의 원칙을 존중하면서도 지금 그 원칙이 동작할 수 없다고 선언하고자 했다. 그러기 위해서 가장 기본적인 문제들부터 짚기로 했다.

"일단 시왕저승은 천만 명이 넘는 망자들을 수용할 수 없습니다."

시영의 단언을 하 수석은 동요도 없이 받아 넘겼다.

"공간이 없는 건 아니지 않습니까? 윤회청이 나설 일이 아닐수도 있습니다."

하 수석이 꺼낸 말을 시영은 점잖은 도발로 인식했다. 윤회청이 나설 일이 아니라는 말은, 이 망자들을 저승의 각 대왕부가 알아서 잘 받아들이면 되지 않느냐는 소리였다. 하 수석 본인도 오래 일한 관원으로서 그게 불가능하다는 것은 잘 알 것이다. 그렇지만 그 뻔한 사실이 이 국면에서 구체적으로 어떤 방향으로 문제가 되는지 시영의 설명을 내놓으라는 의미이리라. 시영은 그에 응하기로 했다.

"그러려면 이 저승 세계의 존재 이유를 완전히 뒤바꿔야 합니다. 여기에 이승을 하나 더 차리자는 제안입니까? 천만 명이 함께 살아가는 도시가 되자는 의미입니까? 그 급진성에 비해서, 환생문을 조정하는 편이 훨씬 온건한 해결책이지 않겠습니까?"

환생문을 함부로 손대지 않는 게 원칙이라면 시왕저승이 본질적으로 영혼을 윤회 전생시키기 위한 사후세계라는 원칙은 더욱 중하고 거대했다.

시영이 그 부분을 지적하자 하 수석은 별다른 반응 없이 콧숨만 내뱉을 뿐이었다. 달리 반박할 뜻은 없는 모양새였다.

"그리고 제가 짐작하기로, 오정식 박사님."

"예?"

시영은 오 박사를 돌아보며 물었다.

"만약 정말로 인간을 포함한 고등동물들이 전부 멸종에 이른 것이라면 다시 그런 존재가 이승에 태어나기까지 얼마나 걸리겠습니까?"

짐작하는 대답이 있어 묻는 것이었다. 그렇지만 오 박사는 그 짐작을 대차게 빗겨 나갔다.

"그건 나도 모르지요?"

오 박사가 그렇게 당당히 선언하고 나자 잠시 침묵이 깃들었다. 시영은 참을성 있게 오 박사를 바라보았고 그는 한 차례 헛기침을 하고는 다시 대답했다.

"……아니 뭐, 진화 속도라는 걸 단정은 못 하는데, 바닷속에 물고기 비슷한 게 살기 시작하고부터 호모 사피엔스가 나타날 때까지 대충 한 8억 년 정도 걸렸는데, 중간에 막 대멸종 같은 게 안 일어난다고 치고 좀 줄여도 1억, 2억 년은 걸리지 않나, 뭐 그렇네요."

시영의 짐작과 같은 내용이었다. 시영은 곧바로 하 수석에게 말했다.

"수석님, 그동안은 인간으로 태어나고 싶어도 어차피 못 태어납니다."

환생시킨 영혼이 훗날 이곳 시왕저승으로 다시 돌아오게 하는 게 정녕 목표라면, 대단한 각오가 필요할 터였다. 하 수석은 이에 대해서 딱히 반론하지 않았다. 시영은 곧바로 다음 이야기를 꺼내려고 했다. 그 순간에 한 번 망설였다. 하지만 하지 않을 수는 없는 이야기였다. 시영은 말했다.

"……그리고 소육왕부 상황을 보지 않으셨습니까."

옆에서 듣고 있던 오 박사는 영문을 모르겠다는 듯 듣고 있었지만, 하 수석은 단번에 안색이 나빠졌다. 소육왕부에서 대피해 오도전륜대왕부로 쏟아져 나온 여러 관원들과 망자들은 오도전륜대왕부 곳곳에 급히 터를 잡고 도움을 요청하고 있었고, 윤회청도 그 영향에서 자유롭지 못했다.

시영은 정상재 교수가 단언했던 내용을 떠올렸다. 염라대왕

께서 거하시는 시왕저승이 그렇게 쉽게 사라지고 무너질 장소
는 아니다. 아닐 것이다. 아니라고 믿고 싶었지만, 아직 확신할
수 있는 상황은 아니었다. 만일의 상황에 대비해야만 했다.

"아니기를 바라고, 또 그럴 거라고 믿고는 있습니다만, 시왕
저승에 언제 또 예기치 못한 사고가 빚어질지 모릅니다."

무엇보다 이미 일어난 사건을 부정할 수는 없었다.

"이미 다수의 관원과 영혼들을 잃었습니다."

"……그런 일이 있었습니까?"

하 수석의 물음에 시영은 고개를 끄덕였다.

"있었습니다."

시영의 단언에 하 수석은 어깨를 으쓱하며 말했다.

"아니, 도저히 믿기지가 않아서 그럽니다만. 저만한 대피 행
렬이 나왔는데……."

하 수석은 시영이 사태의 중대함을 강조해서 겁을 준다고 생
각했다. 하지만 시영은 조금의 감정적 요동도 보이지 않는 얼
굴로 담담하게 하 수석에게 말했다.

"제 눈앞에서 사자왕부 총무부장께서 사라지는 걸 봤습니다.
조금만 지체했으면 다음은 저였습니다."

말실수를 했음을 깨닫고 하 수석은 신음을 흘렸다. 눈앞에서
본 목격담이었으리라는 예상은 하지 못했던 것이다. 그런 하
수석에게 시영은 쐐기를 박듯 덧붙여 말했다.

"그다음은 수석님일 수도 있고, 이 저승의 누구라도 될 수 있

을 겁니다."

하 수석은 곤란한 마음에 불편한 헛기침을 했다. 시영은 이제까지 말한 모든 내용을 한 데 요약해, 다시금 하 수석을 타이르듯이 설득했다.

"동물로 태어난 영혼들의 미래에 대해서 단편적인 예측만 갖고 계신 것은 압니다. 하지만 영혼이 저승세계에서 실종되고 나면 어떻게 될지에 대해서는 어떤 가르침도 없지 않습니까? 법도나 자비는 없어도 동물 세계에서라도 태어나는 것이 낫겠습니까, 아니면 미어터지는 저승에 혼란스럽게 머물다가 여차했을 때 사고라도 당해서 영영 사라져 버리는 편이 낫겠습니까?"

달리 뭐라 요구할 설명도, 반박할 말도 없었다. 하 수석은 턱을 매만졌다. 어쩔 도리가 없어 보였다. 하 수석이 시영에게 답하기 위해 입을 떼려는 순간 오 박사가 끼어들었다.

"이분 말씀이 다 맞는 거 같네요. 그죠?"

자신을 빤히 바라보는 오 박사를 하 수석은 한참 동안 지켜보았다.

"……."

하려던 말도 다 들어가게 만드는 고약한 타이밍의 끼어들기였다. 하 수석의 시선에 오 박사는 머쓱하니 뒷머리를 긁적이며 시선을 돌렸다. 한숨을 내쉬고 하 수석은 시영에게 말했다.

"알겠습니다. 그렇지만 역시 그래도 미물로 내보내기보다는, 조금이라도 덩치나 머리가 큰 생물이었으면 합니다."

그때 다시금 오 박사가 불쑥 끼어들었다.

"아니 그러니까, 그러면 그거 그 환생하는 분들한테도 몹쓸 짓 된다니까요?"

"그건 또 무슨 소립니까?"

하 수석은 조금 성을 내면서 오 박사에게 따져 물었다.

그러나 이번에 오 박사가 끼어든 것은 정말 제대로 된 문제 제기를 위해서였다.

"머리 좀 큰 고래나 뭐 청새치나 이런 생명들, 다 저 위에 얕은 데서 살아요. 바다에서 수심 몇백 미터 이런 데는 얕은 겁니다. 우주에서 저 맨치로 방사능이 쏟아진다고 하면 안심할 깊이가 아니겠죠, 그죠?"

오 박사는 연이어 하 수석과 시영을 돌아보며, 추임새로 묻는 건지 정말 동의를 구하는 건지 헷갈리게 만들었다. 두 관원이 뭔가 대답을 해 줘야 이어지는 상황인가 고민하기 시작할 때, 오 박사는 그 말은 그냥 추임새였다고 선언이라도 하듯 곧장 설명을 덧붙여 나갔다.

"그렇게 억지로다가 뭍에 가까이 사는 몸집 좀 큰 생물한테 들여 보냈다가, 방사능 때문에 금방 죽어 버리면, 기껏 이승에 태어나게 해 놓고 그런 몹쓸 노릇이 세상에 또 어디 있어요, 예? 어차피 죄 없는 사람들 전부 짐승 만들 꼴인데, 기왕 태어나는 거 좀 오래 잘 살 만한 데로 보내야죠, 그죠?"

시영이 듣기에 이 또한 타당한 이유였다. 시영은 고개를 끄덕이며 하 수석에게 말했다.

"제 생각에는 오 박사님 말씀이 일리가 있어 보입니다."

하 수석은 시영의 말을 듣자마자 잔뜩 약이 오른 듯 표정을 일그러트렸다. 시영은 곧, 자신이 별생각 없이 꺼낸 말이 조금 전 오 박사가 끼어들어 말했던 내용을 거의 그대로 주거니 받거니 한 셈이 되었다는 것을 깨달았다. 마치 하 수석에게 장난을 건 것 같은 모양새가 되어 버렸다.

그렇지만 하 수석이라고 달리 뭐라 더 할 말이 있는 상황은 아니었다. 놀림당한 기분은 그저 기분일 뿐이고, 내용 자체에는 더 이상 반박할 말을 찾을 수 없었다. 그럼에도 불구하고 더 큰 원칙들을 위해서 자신이 담당하던 작은 원칙을 꺾어야 한다는 불쾌한 감각은 쉬이 지울 수 있는 것이 아니었다. 결국 그는 애먼 데 화를 쏟아 냈다.

"……에잇, 하여튼 뭘 벼락 맞을 놈의 별이 터져 가지고선 이 난리람, 도대체가!"

그때 오 박사가 다시 냉큼 끼어들었다.

"아, 근데 우주 방사선이면 벼락하고 성분은 크게 안 다를 거라, 벼락은 별이 지구에다가 때린……."

"거 마음 놓고 화 좀 냅시다, 좀!"

농처럼 한 마디 했다가 다시금 하 수석의 노성을 들은 오 박사는, 익숙한 반응이라는 듯 말끝을 흐리고는 짓궂은 표정으로 모른 체하며 고개를 돌렸다. 씩씩거리며 분을 삭이던 하 수석은 결국 타협안에 이른 모양이었다.

"좋습니다. 좋은 말씀들 참 잘 들었습니다. 저는 여전히 동의 못 하겠습니다만, 지금 제가 동의를 하든 말든 상황이 그러하다면 저한테 더 이상 재량권은 없는 셈입니다. 염라대왕령대로 진행하겠습니다. 대신 이에 대해서는 저희 윤회청 책임은 없는 겁니다. 다 염라대왕님하고 비서실장님께서 책임지실 걸로 알겠습니다. 원하는 대로 하십시오."

시영은 안도했다. 어떻게든 정리가 되는 분위기였다.

"알겠습니다. 그러면 오정식 망자님, 환생문을 조정할 수 있도록 협조 부탁드립니다. 그럼 저는……"

상황을 마무리 짓고 비서실로 복귀하려고 몸을 돌리는 시영에게, 하 수석의 남은 분노가 찬바람처럼 날아들었다.

"비서실장님 지시가 있으니까 작업한다고 제가 말씀드렸습니다. 조정 끝날 때까지는 좀 계셔 주시죠."

비서실로 돌아가 잠시라도 복잡한 머리를 정돈해 볼 생각이었던 시영은 그 말에서 굉장한 피곤함을 느꼈다. 하지만 타당한 요구였다.

"……알겠습니다. 조정 과정만 봐 드리면 되겠습니까?"

"부탁 좀 드립시다. 이러면 안 되는 걸 하게 시키셨으면 지켜보시죠."

시영에게 그렇게 답하고서 하 수석은 엔지니어들을 인솔해 환생문의 조작에 착수했다. 환생문의 오른쪽 기둥에는 커다란 나무 궤짝이 붙어 있는데, 그 궤짝에 조작 패널이 설치되어 있었다. 세 명의 엔지니어가 동시에 조작해야 생명 탐색이 가능한 구조였다. 조작 패널은 세월이 흐르면서 이승의 온갖 기술을 조금씩 뒤집어 쓴 독특한 형태로, 종이 두루마리에 글씨를 써서 작동하는 부분과 어렵게 생긴 스위치들과 어지럽게 박힌 밸브와 LED가 반짝이는 정보 표시기들이 뒤섞여 있었다.

"거기, 박사님. 그래서 지구상 어디로 가면 됩니까?"

"지명으로 말해 주면 되는 겁니까? 남태평양 이스터섬으로 갑시다."

"2번, 위치 입력하고, 3번, 탐색 범위 최대한 넓히고."

2번 패널의 엔지니어가 패널 위로 드리운 한지 두루마리에 붓으로 '婆婆世界 南贍部洲 南美大陸 智利國 復活節島(사바세계 남섬부주 남미대륙 지리국 부활절도)'를 써 넣자, 환생문에 섬 하나의 영상이 비춰 보이기 시작했다. 오정식 박사가 섬을 알아보고는 서쪽으로 좀 더 이동해야 하겠다고 지시를 내리자 환생문의 영상은 빠르게 바다 위를 움직이다 이윽고 바닷속을 향했다. 영상이 점점 깊은 곳을 비추면서 이내 사방이 어둠으로 가득해졌지만, 환생문을 통해 보는 영상에서는 수많은 생명들이 움직이고 있었다. 살아 있는 생명 하나하나가 흰색 테두리를 두른 모양으로 표시되고 있었다.

"해저 2,000미터 정도까지 내려왔습니다. 저기 저게 열수공인 것 같습니다."

1번 패널의 엔지니어가 보고했다. 오 박사가 패널에 가까이 와서 환생문의 영상을 보며 말했다.

"찾을 대상의 크기를 최대한 줄여 주세요. 생존력 좋은 세균이나 단세포 생물부터 찾아보죠."

3번 패널 엔지니어가 패널을 만지자, 영상의 흰색 테두리가 모조리 사라졌다. 찾는 크기를 조금 키워 보아도 마찬가지였다. 그는 고개를 갸웃하고는 보고했다.

"찾는 생물의 크기를 세균 사이즈로 줄이고 나면 찾아지는 목숨이 없습니다."

"그럴 리가요! 열수공 주변은 생명의 요람인데!"

그때 하 수석이 끼어들었다.

"본디 저희는 이 환생문으로 세균을 찾아본 적이 없습니다. 그러니까 이 환생문에 세균이 나타나기나 하는지 의문입니다. 어쩌면 이 사이즈는, 영혼을 환생시킬 수 있는 최소한의 생명체 기준도 만족시키지 못하는 게 아니겠습니까?"

"와, 그 기준이 뭘로 정해질까요?"

"아니, 그건 차라리 그쪽이 더 잘 아실 것 같습니다만? 생명체의 급을 가를 만한 어떤 특징이라든가 하는 게 있는 것 아닙니까?"

오정식 박사는 머리를 긁적이며 대답했다.

"그런 거 없는데…… 생물 종이란 게 애초에 칼로 자르듯이 딱딱 나뉘는 게 아니고. 환생이 가능한지 불가능한지가 갈리는 기준이 뭐가 있을란지……."

끄응, 하는 신음성과 함께 몇 분 정도 생각을 이어 가던 오 박사는 곧 시원하게 손망치를 내리쳤다.

"뇌 신경계! 영혼이 의지나 기억과 관련된 거라고 치면, 영혼을 담는 그릇이 있어야 할 거 아녜요, 그쵸? 그러면 검색 조건에다가 뇌가 있는 생명체라고 적어 보면 어때요?"

그 말을 들은 하 수석은 3번 패널 엔지니어를 바라보았고, 그는 고개를 가로저었다. 오 박사는 머리를 몇 번 더 긁적이다가 다시 대안을 제시했다.

"그러면, 아예 종을 특정하면 되겠습니까? 근처에 물고기 있나요, 물고기? 물고기는 뇌라든가 신경조직이 있으니까. 그리고 이 정도 깊이에 사는 물고기는 분명 지상이 쑥대밭이 되어도 안 죽을 거란 말이죠."

3번 패널 엔지니어가 패널을 재조작하자 비로소 환생문에 드문드문 생명체의 윤곽이 잡히기 시작했다. 빛이 들지 않는 해저, 온통 어둠만 가득한 환생문이었으나, 윤곽으로 미루어 포착된 생명체의 형태를 짐작할 수 있었다. 길게 늘어진 지느러미, 엄청나게 거대한 입, 기이한 형상의 몸뚱이…… 심해어의 특징이었다.

"저기가 수심 2,000미터입니다, 2,000미터. 우주 방사능 정도로는 절대 안 죽어요. 저기다가 어떻게, 환생이 되겠습니까?"

하 수석은 고개를 끄덕였다.

"……환생문에 저렇게 윤곽이 잡히면 대상이 된다는 겁니다."

"아, 그럼 이제 됐네요, 그쵸?"

안도하며 태연스레 웃는 오 박사와 달리 하 수석은 여전히 께름칙한 표정이었다. 그는 오 박사에게 대답하지 않고 한동안 침묵하더니 돌연 시영을 돌아보았다.

"비서실장님, 꼭 저기다가 환생을 시켜야겠습니까?"

시영은 한숨을 쉬었다.

"그 부분에 대해서는 이미 충분히 이야기된 것 아니었습니까?"

"지시사항을 보충해 주셨으면 좋겠습니다. 아무리 그래도 최소한의 도리는 지켜야겠습니다."

"도리라고 하셨습니까?"

의아해하며 되묻는 시영에게 하 수석은 강하게 주장했다.

"저 심해어 가운데서도 포식자와 피식자는 있을 것 아닙니까? 최소한 그 급을 가려서 망자들을 보내야겠습니다. 육도의 분별을 아주 철폐할 수는 없습니다."

시영은 당혹스러웠다.

"하 수석님, 지금은 비상 상황입니다. 빠르게 환생을 서두르라는 것이 염라대왕 폐하의……."

그렇지만 하정 수석은 완고했다.

"생전에 선하게 살아온 망자들에 대한 최소한의 예의라고 생각합니다. 그렇지 않았던 삶에 비해서, 죽고 나서 뭔가 조금이라도 득이 있어야 맞는 것 아니겠습니까? 망자들을 분류해

서 보낼 수 있도록 허가해 주십시오. 저희가 이 부분은 양보가
어렵습니다."

"……."

완고하면서도 타당한 주장이었다. 하지만 염라대왕이 소집
했던 대책 회의의 결론과 상충되는 부분이 있었다. 앞서 육도
윤회를 염두에 둔 저승 재판부의 심판 기능을 정지하고, 모든
영혼을 축생도로 환생시키는 결정을 내린 바 있었다. 하지만
축생도 안에서 다시 급을 나누고, 그렇게 나누어진 급을 위해
망자를 재분류하려면, 어떻게든 재판부가 동작해야만 했다.

여기서 다시 한번 강하게 하 수석을 압박해 의지를 꺾는 방
법도 있었지만 시영은 더 이상 그의 원칙을 꺾고 싶지 않았다.
축생도의 분할이라는 아이디어는 처음 회의에서 결정이 이루
어질 때는 고려하지도 않았던 것이고, 건의 사항으로 받아들여
재론의 여지는 있었다. 시영은 결론 내리는 것을 뒤로 미루기
로 마음먹었다.

"정당한 의견이십니다만, 염라대왕령에 상충될 우려가 있습
니다. 그 문제는 제가 여기서 대신 결정해 드릴 수가 없겠습니다."

그러자 하 수석은 추가적인 절충안을 제시했다.

"그럼 이렇게 합시다. 여기 있는 환생문을 바닷속 물고기들
한테 전부 연결하는 데는 시간이 걸립니다. 서둘러야 한다고
계속 강조하셨으니, 저희는 서둘러서 조정하고 있겠습니다. 대
신 문마다 체급을 달리 설정하겠습니다. 염라대왕님 허락이 떨

어지면 그 사이에서 급을 나누어 운용하고, 허락이 안 되면 구별을 안 하면 되지 않겠습니까?"

이 제안은 받아들일 만했다.

"좋습니다. 그렇게 진행해 주십시오. ……오 박사님, 계속 협력 가능하시겠습니까?"

오 박사는 자신감 있게 고개를 끄덕였다.

"예, 재미있게 되어 가는 것 같네요. 그쵸? 힘 닿는 데까지 도와 드리겠습니다. 사람 좀 더 보내 주시면 좋을 거 같기도 하고요."

"다른 생물학자분을 더 모시는 대로 이쪽에 모셔 오도록 지시해 두겠습니다."

"아유, 감사합니다."

너스레를 떠는 오 박사를 보고 시영은 짧게 미소 지었다. 꼬여 있던 문제가 하나씩 풀리는 것은 시영에게 있어 마음이 편해지는 일이었다. 시영은 대기하고 있던 수현을 손짓해 부르며 다시 돌아갈 채비를 했다.

"그럼 저는 돌아가서 보고 올리도록 하겠습니다. 수고 부탁드립니다."

그때 하 수석이 시영에게 물었다.

"비서실장님은 바로 염라대왕부로 가시는 겁니까?"

"그럴 예정입니다."

대답을 들은 하 수석은 자신의 가슴께를 툭툭 두드려 보이며 말했다.

"그럼 같이 잠시 가도 되겠습니까? 조금 전 했던 이야기에 대해서 직접 말씀을 올리고 싶습니다."

시영은 걱정스레 하 수석 뒤의 엔지니어들을 바라보았고, 하 수석은 그 시선을 알아차리고 뒤이어 말을 이었다.

"괜찮습니다. 대상이 명확해졌으면 조정은 저 없이도 가능할 겁니다. 하지만 염라대왕님께는 제가 직접 이유와 내용을 설득하고 직접 그분께 판단을 받고 싶습니다."

＊

임시 대피 장소였던 오도전륜대왕부로부터 출발한 구름차 트럭 여러 대가 염라대왕부 광명왕원 앞에 정차했다. 우도왕부에서 반출된 수명부와 그 밖의 기록물들을 실은 행렬이었다. 화물 주차장에 멈춰 선 트럭에서 기록물 상자들이 실려 나오기 시작했다. 염라대왕부 관원들이 와서 기록물 상자를 주차장 바닥에 정리하는 것을 돕기 시작했다. 여기에서 일차로 자료 누락 여부를 확인한 뒤 일부는 광명왕원 강당으로, 일부는 창고로 옮기기로 협의되어 있었다. 어려운 와중에도 어떻게든 절차에 따라 업무가 진행되어 가는 것에 우도왕은 안도했다.

그런 우도왕이 염라대왕부에 도착하자마자 만나게 된 것은 염라대왕부 비서관을 대동한 일반 망자들이었다.

"우도왕 전하이시지요? 인사 올리겠습니다. 정상재 교수라
고 합니다."

세 명의 망자들 중 선두에 서서 싹싹한 미소를 지으며 꾸벅
하고 고개를 숙이는 망자로부터 시선을 옮겨, 우도왕은 그 옆
에 선 안유정 비서관에게 물었다.

"윤회비서관님, 이분 뭡니까?"

"아, 우도왕님, 그게 말이죠 사실……."

유정은 그에게 사정을 설명했다. 소육왕부 붕괴 사건과 관련
해 비서실이 독자적으로 조사할 여력이 없어 전문성을 갖춘 망
자들 손을 빌려 조사를 진행하게 되었다는 것과, 그 기획안이
이미 비서실을 거쳐 염라대왕의 승인을 얻었으며 그에 따라 자
신이 파견되어 행정 편의를 돕고 있다는 내용이었다.

우도왕은 다시금 눈앞의 망자를 바라보았다. 으스대지 않으
면서도 자신감이 느껴지는 당당한 자세로 처음 보는 저승 왕을
마주하고 있는 기개만큼은 대단해 보였다.

"그래서, 정상재 교수라고 했습니까? 내가 뭐 도와줄 것이
있습니까?"

"기록물 담당 부서장이시라고 들었습니다."

"그렇습니다. 보시다시피!"

우도왕은 등 뒤 주차장에 차곡차곡 내려 놓이는 기록물 상자
들을 턱짓으로 가리켜 보였다. 정 교수는 다시 고개를 숙이며
말했다.

"먼저 소육왕부가 그리 되신 것에 대해 심심한 안타까움을 표합니다."

위로의 말을 건네고 잠시 묵례를 유지하던 정 교수는 곧 자세를 바로하고 우도왕에게 질문을 꺼냈다.

"이런 일이 혹시 예전에도 있었던 적이 있습니까?"

우도왕은 고개를 가로저었다.

"아니, 듣도 보도 못한 일입니다."

"그렇군요. 저승의 모든 기록을 관리하는 우도왕께서도 이런 일에 대해서는 알지 못하신다는 말씀이로군요."

탐색하는 듯한 질문에 우도왕은 곧바로 대답하는 대신 다시금 망자의 옆에 선 안유정 비서관을 바라보았다. 유정은 모쪼록 양해 바란다는 듯 겸연쩍은 표정으로 머리를 긁적여 보였다. 저 태도로 보아 눈앞의 망자가 조사를 명목으로 이런저런 행동을 할 수 있다는 허가가 내려진 게 분명해 보였다.

우도왕은 정 교수에게 물었다.

"필요로 하는 것이 뭡니까?"

본론에 접근할 수 있게 되어 기쁘다는 듯 정 교수는 내심 기대 섞인 표정으로 말하기 시작했다.

"저는 이번 사고가 소육왕부에 한정된 불행한 사고가 아닌지 의심하고 있습니다. 여러 관측에 의하면 다른 대왕님들이 계신 저승 전체가 위험에 빠질 수도 있다는 우려가 나오고 있는데, 저는 그 추측에 근거가 많이 결여되어 있다고 느낍니다."

의례적으로 끄덕거리며 듣고 있던 우도왕에게 정 교수는 마침내 요청하려는 안건을 꺼내 놓았다.

"그래서 근거에 기반한 조사를 진행하려고 합니다. 혹시 저승의 과거 역사 기록을 열람할 수 있겠습니까?"

초면에 기록물 운운할 때부터 어느 정도 예상하고 있던 내용이었다. 우도왕은 조사의 방법보다는 목표가 궁금했다.

"열람해서 무엇을 찾으려는 겁니까?"

정 교수는 차분히 설명했다.

"저승 세계 자체가 신도들의 믿음에 의해 존폐를 달리한다고 하면, 그러한 큰 사건에 대한 기록이 과거에도 있었을 게 분명합니다. 그 유무를 확인하고 싶습니다."

우도왕은 한숨을 푹 내쉬고는 시큰둥하니 대꾸했다.

"그런 걸 찾고 싶거들랑 우도왕부가 사라져 버리기 전에 오지 그랬습니까?"

말을 꺼내 놓고 나니 말이 안 되는 소리였다. 우도왕은 헛기침 한 번으로 무마하고, 고쳐 답했다.

"……시왕저승 오천 년어치 기록물들 가운데 대부분이 유실되었습니다. 우리가 간신히 챙겨온 건 수명부들과 자료의 색인 목록 정도입니다. 도울 방법이 없군요."

우도왕의 답이 나오자마자 뒤에 서 있던 나성원 책임이 곤란함 가득한 목소리로 정 교수에게 따져 물었다.

"방법이 없다잖습니까. 어쩌실 거예요?"

하지만 정 교수는 그저 침착했다. 오히려 흥미롭다는 표정이었다.

"……지금 오천 년이라고 하셨습니까? 아무튼 이 시왕저승의 연혁이 오천 년은 넘는다는 것이로군요?"

우도왕은 고개를 끄덕였다.

"그렇습니다. 우리가 갖고 있던 자료들 중에는 누대 염라대왕 폐하의 어진을 포함한 사료가 있었습니다. 그 점에 대해서는 확신할 수 있습니다."

"혹시 무슨 자료가 있었는지 색인은 가져 오실 수 있으셨습니까?"

"이미 말하지 않았습니까? 색인은 반출했습니다."

대답을 들은 정 교수는 빙긋 미소 지으며 우도왕에게 요청했다.

"그거면 충분합니다. 우도왕 전하, 저희 조사를 도와주십시오. 저승이 소멸하는 정도의 거대한 사건이라면 자료가 남지 않았을 리 없고, 분명 색인에 기록되어 있을 겁니다."

그렇게 말하는 정상재 교수는 상당히 자신만만해 보였다. 우도왕은 그런 그의 열의가 신기하면서도, 한편으로는 께름칙했다. 본디 소육왕부는 일반 망자들이 발을 들일 일이 없는 공간이었고 우도왕 또한 망자들과 부대껴 본 경험이 별로 없었다. 하물며 우도왕부의 기록물에 망자가 접근하는 일은 상상도 할 수 없는 일이었다. 연이은 비상 상황에 우도왕은 피로감을 느꼈다.

안심할 수 있기 위해서는 확신이 필요했다. 우도왕은 세 번째로 안유정 비서관을 바라보며 물었다.

"해 달라는 대로 해 드리면 되는 겁니까?"

"네, 말씀드렸다시피 일단은 염라대왕부에서 승인을 받고 진행하는 일이라……."

거듭 협조를 당부하는 유정에게 우도왕은 다짐을 받아 내기로 했다.

"대신 그만큼 자료 정리 협조는 나중에 해 주시는 겁니다?"

"그럼요, 물론이죠."

염라대왕 폐하의 승인과 사후 협조에 대한 약속. 우도왕은 더 이상 고민하지 않기로 마음먹었다. 때로는 상위의 결정권자에게 책임을 넘기는 것이 마음이 편했다. 지금처럼 이상한 일들이 거듭해서 일어나는 동안에는 더욱 그랬다.

"좋습니다! 원하는 대로 한번 찾아보십시오. 색인을 실어 온 차는 저쪽에 있습니다."

"대단히 감사합니다."

호탕하게 말하며 서 있는 트럭 쪽을 가리키는 우도왕에게, 정 교수는 다시 한번 깊이 고개를 숙였다. 뒤편에서 협의가 마무리되기를 기다리고 있던 홍기훈 박사와 나성원 책임을 돌아보며, 정 교수는 곧바로 조사 진행을 요청했다.

"나 박사님, 홍 박사님, 혹시 색인 탐색을 함께 진행해 주실 수 있으시겠습니까?"

"구체적으로 무엇을 찾으면 되는 겁니까?"

기훈의 질문에 정 교수는 태연한 목소리로 말했다.

"색인을 전수조사해서, 사후세계의 소멸을 목격했거나 기록한 것으로 의심되는 제목이 하나라도 있으면 확인해 주셨으면 합니다."

그 말을 듣는 기훈은 눈썹을 들어올리며 눈을 동그랗게 떴고, 성원은 확 짜증을 냈다.

"아니, 좀 전에 오천 년이라고 안 그랬어요? 세 명이서 그걸 다 뒤지자고요?"

너무 태연하게 터무니없는 요구를 한다고 느낀 것이다. 하지만 정 교수는 문제가 있으면 해결을 하면 되지 않느냐는 듯, 조금의 동요도 없이 우도왕에게 고개를 돌려 물었다.

"함께 오신 직원 여러분들께 혹시 도움을 요청할 수 있겠습니까?"

그러나 우도왕으로서도 당황스럽기는 마찬가지였다. 색인을 보겠다고 했지만 전수조사를 운운할 줄이야. 아무리 염라대왕 허락을 등에 업고 하는 일이라지만 너무도 쉽사리 직원들 동원을 요청하는 모습에 우도왕은 말문이 막혔다. 정 교수는 곧바로 대답하지 않는 우도왕을 계속 지그시 바라보며 답을 요구했다. 우도왕은 곧 세차게 고개를 가로저으며 입을 열었다.

"……아니, 아니, 우리 관원들 다 달라붙어도 저 기록을 다 뒤질 수는 없을 겁니다!"

다행히 제시할 수 있는 대안이 있었다. 그나마도 없었더라면 우도왕은 더 이상의 협조를 거부할 작정이었지만 이곳은 염라대왕부였고 써먹을 만한 기계가 있었다.

"음, 그러지 말고, 일단 관원들하고 같이 우선 광명왕원으로 기록물을 반입하면 어떻습니까? 광명왕원에는 판결 기록 찾는 데 쓰는 색인 장치가 있을 겁니다. 거기다 넣고 돌리시지요."

우도왕은 광명왕원 건물을 가리켜 보이며 말했다. 정 교수는 안유정 비서관을 돌아보며 물었다.

"아, 그런 게 있습니까?"

"네, 있기는 한데요……"

유정은 떨떠름하니 대답했다. 되도록 뭐든 협조해 주라는 지시가 있기는 했지만, 본래 저승재판에 사용하던 판관청의 기자재까지 건드려도 될지 곧바로 판단이 서지 않았다. 그런 유정의 고민을 아는지 모르는지, 정 교수는 해답을 찾았다는 듯 고개를 끄덕이며 말했다.

"그럼 모쪼록 이용하도록 하겠습니다."

"그런 기계도 없었으면 생으로 다 찾을 셈이었습니까?"

나성원 책임의 불평에 정 교수는 싱긋 웃어 보이며 대답했다.

"그때는 그때 나름대로 다른 방법을 찾았을 겁니다."

그러자 홍기훈 박사가 질문했다.

"정 교수님, 그럼 기록의 유무를 통해 확인을 하게 되는 것입니까?"

"그렇습니다. 저쪽 채호연 학생이 조사해 온 결과랑 합치면, 대략의 윤곽은 나올 겁니다."

정 교수의 답을 들은 기훈은 턱을 만지작거리며 말했다.

"알겠습니다. 만약 저승 소멸과 관련한 기록이 나온다면 확정적이겠습니다만……."

"예, 그렇지 않기를 바랄 따름입니다만…… 혹시 무슨 문제라도 있으십니까?"

무언가 골똘히 생각을 하는 듯이 보이는 기훈에게 정 교수가 물었지만, 기훈은 생각을 털어 버리려는 듯 기지개를 한 번 켜더니 대답했다.

"……아닙니다. 신경 쓰이는 부분이 있습니다만, 우선 기록물 열람부터 해 보도록 하지요."

"알겠습니다. 모쪼록 많은 도움 부탁드립니다."

기훈의 승락을 얻어 낸 정 교수는 이어서 나성원 책임을 바라보았다. 작은 소리로 투덜거리고 있던 성원은 정 교수의 시선을 알아차리고는 한숨을 내쉬고 입을 다물었다.

"그럼 곧바로 착수하도록 하겠습니다."

정 교수는 협조를 위한 환경이 정리되었다고 판단했다. 정교수는 곧장 성큼성큼 기록물 상자 쪽으로 다가갔다. 각 상자에는 급하게 써 붙인 식별표들이 붙어 있었다. 그중 '색인 589'라고 적혀 있는 상자에 손을 뻗어 번쩍 안아 든 정 교수는, 그

의 거침없는 행동을 보며 어안이 벙벙해진 다른 이들을 돌아보
며 물었다.

"이 상자들 말씀이시지요? 어디로 가면 되겠습니까?"

"아, 이쪽으로 오시면 됩니다!"

유정이 서둘러 광명왕원으로 안내했다.

*

정상재 교수는 말했다.

"채호연 학생이 소육왕부 현상의 원인 파악에 대해서는 전
권을 갖고 조사에 임해 주었으면 합니다."

한편 이렇게도 말했다.

"방법과 관련해서는 창의적이고 좋은 아이디어를 낼 거라고
확신하고 있습니다. 믿고 있겠습니다."

전폭적인 신임이었다. 호연은 이렇게라도 기대를 받는 것이
내심 기뻤다. 실력을 인정받고 있다는 생각이 들었고, 그 기대
에 부응하여 더욱 확실한 인정을 받고 싶다는 생각이 마음속에
이슬처럼 맺히기 시작했다.

하지만 두근거리는 희망은 오래가지 않았다. 정상재 교수가
다른 두 명의 박사들과 함께 우도왕부의 기록물 조사를 하러
나선 뒤, 예슬과 함께 제4회의실에 남은 호연은 한참 동안 입
을 다문 채 고민을 거듭하고 있었다. 한 분야에 대해 조사의 전

권을 쥔 것은 좋았지만, 막상 조사를 진행시켜 나갈 방법이 전혀 떠오르지 않았다.

호연은 생전의 대학원 지도교수를 떠올렸다. 대학원 공부는 학생이 알아서 하는 것이라고 강조하던 지도교수는 호연이 모든 연구계획을 스스로 짜 오기를 원했다. 아무것도 모르는 상태에서 맨땅에 헤딩하듯이 연구를 이어 가야 했을 때의 막막한 기분이, 저승에서도 새삼 되살아나고 있었다.

정상재 교수가 과거의 지도교수보다 나은 점은, 적어도 뭐든지 할 수 있는 권한은 부여해 주고 갔다는 점이었다. 지도교수는 천문대 사용 신청 허가도 쉽게 내 주지 않았다. 그래서 개인 비용을 들여 지리산 민간 천문대를 들락거려야 했다. 그 바람에 예슬을 불러 냈고, 그리고 이렇게…….

독실한 천주교인이었던 지도교수와 저승에서 만날 일이 없는 게 다행이라고 호연은 생각했다. 그리고 생각이 거기에 이르렀을 때, 자신이 거의 한 시간 가까이 아무 조사 계획도 못 세운 채 고민만 하고 있다는 걸 깨달았다.

"아, 진짜!"

호연은 고함을 치고는 머리를 벅벅 긁었다. 호연의 옆자리에서 다른 생각을 골똘히 하던 예슬이 화들짝 놀라 호연을 바라보고는 놀란 가슴을 쓸어 내렸다.

"왜? 잘 안 돼?"

예슬의 걱정 어린 물음에 호연은 시무룩하니 고개를 끄덕였다.

"솔직히 뭘 어떻게 해야 할지 아무것도 모르겠는걸…… 기왕에 믿어 주셨는데 무능하게 이게 뭐야……."

머리카락을 쥐어뜯으며 앓는 호연을 옆에서 가만히 바라보다가, 예슬은 약간 작심한 듯이 말을 꺼내 놓았다.

"이건 사실 아까부터 들었던 생각인데."

호연이 돌아보았다. 예슬은 다시 한번 고민했지만 역시 말하고 싶었다.

"그 교수님, 너 싫어하는 거 아니셔?"

"뭐?"

깜짝 놀라는 호연을 보면서, 예슬은 조금 전부터 말할까 말까 고민하던 이야기를 풀어나가기 시작했다.

"난 솔직히…… 호연이 네 말대로 될 것 같아. 그래서 무서워."

무슨 말이냐고 되물으려던 호연은, 곧 자신이 염라대왕 어전 회의에서 꺼내 놓았던 그 이야기를 가리킨다는 것을 알아차렸다. 저승이 망할지도 모른다는 섣부른 추측.

"아닐 거야."

호연은 부정했지만 예슬의 생각은 조금 달랐다.

"아니면 좋겠지만 그 교수님 말씀하시는 것도 들어 보면 묘하게 결론을 정해 놓고 말씀하시는 것 같아서 좀 걱정이 되더라. 너한테, 우리한테 이 조사 다 떠넘긴 것도, 사실 아무것도 조사 못 할 거라고 믿고서 그런 걸지도."

한번 말문이 열리자 예슬의 입에서는 걱정이 거침없이 쏟아지기 시작했다. 정상재 교수의 신임에 대한 부정적인 반응에 호연은 떨떠름한 반응을 보였다.

"에이, 설마······."

예슬은 짤막하게 한숨을 내쉬었다.

시왕저승이 무너질지도 모른다는 이야기가 예슬은 별로 두렵지 않았다. 그럴 수도 있지, 하는 생각이 들 뿐이었다. 호연의 추측도 크게 틀린 곳은 없어 보였다. 일어나고 있는 일들을 살펴보더라도 대략 맞아떨어지는 가설이었다. 그럼에도 불구하고 별로 걱정은 되지 않았다.

달리 신경 쓰는 일이 있어서인지도 모르겠다고, 예슬은 생각했다. 예슬에게 지금 가장 신경 쓰이는 것은 영영 헤어졌을지도 모르는 가족의 행방이었다. 따로 있다는 기독교의 저승. 동생 예은이 먼저 가 있을 그곳. 자신이 혼자 길을 잘못 들어 무리에서 떨어진 어린 양처럼 느껴졌다. 큰 두려움이 들지 않는 것은 양치기가 없는 이곳에 정을 붙이지 못한 탓인가 하고 예슬은 생각했다. 그리고 한편으로 예슬은 호연이 걱정스러웠다.

"······기억하고 있어? 내가 아까 자세히 설명해 준다고 했던 거."

예슬은 호연에게 물었다. 이시영 비서실장이 상황을 파악하러 출발하다 잠깐 회의실에 들렀을 때 나눈 대화를 가리키는 말이었다. 호연은 고개를 끄덕였다.

"응, 그래도 역시 아닌······"

예슬은 다시 자기 생각을 부정하려 하는 호연의 말을 가로막

왔다.

"그 이야기, 원래는 아까 회의 자리에서 더 자세히 하려고 했어. 그런데 정상재 교수 그분이 계속 그렇게 나오고, 너도 몰아붙여져서 그거 아니라고 말하고 그러니까 이야기를 못 한 거야."

호연은 거듭 자책감이 들었다.

"……미안해. 내가 너무 오락가락해서."

"흔들린 거겠지."

예슬의 대꾸에는 안타까움과 핀잔이 함께하고 있었다. 호연은 예슬의 그 대꾸를 잠시간 곱씹었다. 고맙고 조금 아팠다. 예슬이 아무리 자신을 도와주고 싶더라도, 자신이 생각하던 걸 계속 철회하고 뒤집어서야 선뜻 도와줄 수 없는 것은 너무 당연했다. 호연은 예슬에게 물어보기로 했다.

"그럼 넌 그때 내가 생각한 게 말이 된다고 생각했던 거지? 근거가 있어서?"

예슬은 고개를 끄덕였다.

"응. 사라졌다는 소육왕부의 기원에 대해서 짚이는 데가 있었거든."

계속 그런 공부만 했으니까, 하고 운을 떼며 예슬은 설명을 시작했다.

저승에 존재하는 열 명의 대왕에 대한 전설은 여러 갈래로 나뉘어 전승되고 있었다. 대승불교의 경전으로 취급되는 '시왕생칠경'과 같은 저승의 모습을 다룬 종교 문헌들이 있고, 사찰에서는 시왕도+王圖를 탱화로 그리기도 했다. 한편으로 저승시왕에 대한 개념은 한국의 민속 문화 그 자체에도 뿌리를 내려, 고전 단편소설집 금오신화의 '남염부주지'와 같은 이야기에 영향을 주는가 하면 무당들의 무속 신앙으로도 침투했다. 무당들이 죽은 이를 달래기 위한 굿을 할 때 자연스럽게 저승사자나 염라대왕, 저승시왕 등을 부르게 되었던 것이다.

"우리나라 무속 신앙은 많은 부분이 무가巫歌, 그러니까 굿노래를 통해서 이어지고 있어. 그리고 그 노래는 지역마다 구전되는 형식이 다르고. 저승시왕에 대해서도 그래. 진광대왕부터 오도전륜대왕까지 열 명의 시왕을 부르는 노래는 전국적으로 흔해. 지장보살을 더 찾는 곳도 많고. 하지만 지장보살을 '지장왕'으로 추켜 올리는 곳은 드물어."

차근차근 길게 이어지는 예슬의 이야기를 호연은 경청하고 있었다. 처음 알게 되는 흥미로운 지식이었다. 그리고 호연은 자신이 예슬의 전공 분야에 대해 이만큼 긴 이야기를 듣는 게 처음이라는 것에 생각이 미쳤다. 친구와 생전에 좀 더 많은 이야기를 나누었어야 했다는 후회가 호연을 더욱 집중하게 만들었다.

"왕의 수가 더 늘어나는 경우는 지장보살에 더해서 저승의 재판관이나 저승사자까지 더해서 왕으로 꼽기 때문이야. 서남 도서 지역 신앙에서 자주 관찰되는 패턴이고. 신안이나 흑산도 쪽에서는 열넷이라고 보기도 해. 특히 왕을 열여섯 명까지 호명하는 건, 내가 알기로는 제주도 서귀포 일대에서 전승되는 시왕굿 노래뿐이야."

지장왕, 생불왕, 우두영기, 좌두영기, 동자판관, 사자왕. 예슬은 기억을 더듬어 시왕굿 노래의 그 부분을 따라 불러 보았다. 호연은 마른침을 삼키고는 예슬에게 물었다.

"열여섯 명의 왕…… 그래서 소육왕부가 있고, 여섯 명의 왕이 더 계신 거라는 이야기야?"

"그럴 수도 있다는 거지."

어깨를 살짝 으쓱한 뒤 예슬은 호연에게 제안했다.

"조사 방법이 하나 떠올랐는데 들어 줄래?"

"당연하지."

호연이 수락하자 예슬은 곧장 떠올린 것을 이야기했다.

"이승에서의 죽음과 저승의 영향 사이에 정확한 연결을 알아 내고 싶은 거잖아? 소육왕부가 갑자기 사라졌다면 이승에서 저승시왕에 여섯 명을 더 부르던 제주도 분들이 모두 돌아가신 게 아닐까? 제주도 무당분들 중에 여기로 온 사람들이 있는지, 그리고 그분들이 열여섯 왕을 부르는 시왕굿 노래를 아는 사람들인지 확인해 보면 어때?"

예슬의 제안을 들은 호연은 한순간 뇌리를 감싸던 안개가 흩어지는 것 같은 기분을 느꼈다.

"그렇겠네…… 어, 그렇겠다. 응."

마음속을 잠식해 오던 불확실함과 두려움이, 자신의 생각이 온통 틀린 게 아닐까 걱정하게 되던 마음이, 사상누각처럼 무너져 가던 자존감이 붕괴를 멈춘 것 같았다. 호연은 예슬에게 조금 쑥스럽게 감사 인사를 건넸다.

"고마워. 정말 고마워. 머릿속이…… 완전 백지였거든."

예슬은 피식 웃으면서 대답했다.

"배운 게 그런 거니까."

단지 예슬은 자신의 미소 끄트머리에서 씁쓸한 맛을 느꼈다.

"……정말 이런 것만 열심히 연구하고 살았으니깐."

그 결과로 이런 곳에 오게 되었으니까, 라는 말을 예슬은 목너머로 삼켰다.

일단 방향이 정해지고 나자 다음 단계는 밟기 쉬웠다. 저승에서 무언가가 되는지 안 되는지 알아보려면 비서실에 물어 보는 것이 가장 확실할 것이었다. 전문가 망자 그룹에 도우미 역할로 파견된 안유정 비서관은 지금 정상재 교수의 조사 작업을 참관하고 있었다.

호연과 예슬은 조사가 진행 중인 장소인 1층의 대강당으로 향했다. 대강당 문은 활짝 열려 있었다. 광명왕원의 거대한 지상층 정문을 통해 관원들이 드나들며 큼지막한 궤짝을 나르고 있었다. 건물 바깥의 주차장에서 들어오는 궤짝 하나하나마다 기록물 두루마리가 잔뜩 실려 있었다. 그렇게 옮겨진 상자들은 대강당 바닥에 줄을 맞추어 내려 놓여 있었다.

그리고 대강당 한쪽 구석에 거대한 기계 세 대가 놓여 있는 것이 보였다. 세 대의 기계를 홍기훈 박사, 나성원 책임, 그리고 정상재 교수가 각자 다루는 중이었다. 저마다 기계에 두루마리를 넣었다 빼기를 반복하거나, 기계의 다이얼 따위를 만지거나, 기계의 평판 위에 펜으로 무언가를 쓰거나 하며 조사를 진행하고 있었다.

그 근처에서 작업 상황을 관찰하던 안유정 비서관이 문간에 선 호연과 예슬을 발견하고 종종걸음으로 다가왔다.

"안녕하세요. 조사 때문에 오셨나요?"

"아, 네."

호연은 유정의 등 뒤를 손끝으로 가리키며 물었다.

"저 기계는 대체 뭔가요?"

"아, 저건 정보검색기입니다. 원래 판관청에서 행실록 열람용으로 쓰던 건데요."

"판…… 네?"

갑자기 생소한 명사가 뒤섞여 흐름을 놓친 호연 대신, 단어에 익숙한 예슬이 먼저 설명을 이해하고는 물었다.

"저승 재판을 할 때 저걸로 행실록을 조사하는 건가요?"

예슬의 되물음에 유정은 고개를 끄덕였다.

"맞습니다. 두루마리를 넣으면 그 안에 무엇이 적혀 있는지 검색할 수 있게 되어 있습니다."

아무리 봐도 손글씨로 써내려 간 두루마리였지만, 정상재 교수를 비롯한 기록물 조사 담당자들은 마치 컴퓨터에 USB 메모리 카드를 꽂았다 빼는 것처럼 두루마리를 기계에 넣고 빼며 조작하고 있었다.

"저게 검색이 돼요?"

영문을 알 수 없다는 듯 묻는 호연에게 유정은 싱긋 웃어 보였다.

"신기하시죠? 저승의 기계는 이승의 것과는 좀 다르거든요. 이승에서 되는 게 저승에서는 안 되고, 이승에서 안 되는 게 저승에서는 되기도 하죠."

호연은 염라대왕 어전 회의에서 사용된 필름식 빔프로젝터를 떠올렸다. 비서관들은 구형 휴대전화에 가까운 통신기를 들고 다니기도 했다. 차는 날아다녔고, 손으로 쓴 글씨를 자동으로 검색하는 기계가 있었다. 이곳이 생전의 지상과는 다른 세계라는 사실이 새삼스럽게 온몸으로 느껴졌다.

한참 기계를 곁눈질하던 호연은 찾아온 목적이 있었던 것을 상기해 냈다.

"참, 진행하려는 조사 때문에 여쭈어 볼 게 있어서 찾아왔는데요."

호연이 그렇게 운을 떼자 유정은 고개를 끄덕이며 잔뜩 기대 어린 목소리로 말했다.

"네, 그렇지 않아도 정상재 교수님께 이야기는 들었어요. 소육왕부 쪽 사건에 대해 따로 책임지고 조사를 진행하신다고."

"음…… 네, 그게 그렇게 되었네요……."

'책임지고.'

어깨를 눌러 오는 부담의 무게가 스멀스멀 되살아나는 기분에 호연은 말끝을 흐렸다. 예슬이 옆에서 그런 호연의 어깨를 다독였다. 격려의 손길 너머로 에너지가 흘러드는 느낌이었다. 호연은 다시 태도를 정비했다.

"실은 조사 방향을 확정했는데, 어떻게 조사할 수 있을지 조언을 구하려고요. 저희가 저승의 구조에 대해서는 전혀 아는 게 없어서요."

"네, 무엇이든 물어보세요!"

자신 있게 질문을 청하는 유정에게 호연은 조금 전 예슬과 나누었던 이야기를 전했다. 제주도 출신 망자들을 조사하고 싶다는 호연의 말에 유정은 잠시 팔짱을 끼고 곰곰이 여러 가지 가능성에 대해 고민했다.

"통계적으로 의미가 있는 사망자를 찾고 싶으신 거죠. 특정한 조건에 맞는……."

"네, 맞아요. 특히 사망 시간으로 골라 내고 싶은데요."

사망 시간이라, 하고 유정은 호연의 물음을 중얼거렸다. 그러고는 곤란하다는 기색을 내보이며 고개를 갸웃거렸다.

"……그게 평소 같으면 그다지 어렵지 않았을 텐데 말이죠."

유정은 짧게 한숨을 쉬고 사정을 설명했다.

"망자분들이 너무 빠르게 유입되셨어요. 사망 시각은 저희가 진광대왕부에서 망자분 통관을 할 때 체크하거든요. 지금 그게 안 되어 있는 경우가 절대 다수입니다."

명색이 저승인데도, 죽은 이가 언제 죽었는지도 관리하지 못하는 상황이었다. 호연은 대답 자체에 실망한 것은 물론이고, 그 대답에서 진하게 느껴지는 대재해의 자취를 느끼고 잠시 아찔해졌다.

옆에서 듣고 있던 예슬은 이상하다는 생각이 들어 물었다.

"저승에 수명을 관리하는 장부 같은 게 있지 않나요?"

보통 시왕저승과 같은 동양의 민속 저승들은 산 자가 수명을 다하고 죽는 날을 미리 알고 있는 경우가 많았다. 중앙집권 관료제의 영향을 받아서 수명과 관련된 공문서가 저승에 존재하고, 그 공문서에 적힌 대로 사자에 의해 죽음이 집행되는 것으로 묘사되곤 했다. 수명의 기록이나 그에 준하는 것을 고쳐서 장수하거나 단명하게 되었다는 민담도 숱하게 많았다. 그런데 죽은 이의 사망 시점을 추적할 기록이 없다니 예슬로서는 잘 이해가 가지 않았다.

그러나 예슬의 질문을 들은 유정은 예상한 질문이라는 듯 차분히 답했다.

"네. 수명부가 있죠. 죽을 날인 천수天壽도 적혀 있고요."

"그러면 저 기록물 중에 수명부를 꺼내서 어떻게……."

섣불리 제안하는 호연을 바라보며 유정은 부정의 의미로 짧게 고개를 가로저었다.

"지금 이 경우에는 큰 의미가 없을 거예요. 저희 수명부에 적힌 천수가 별로 정확하지가 않아요. 게다가 오차가 심하고 자주 틀리고요."

갈수록 새로운 사실들을 알게 되었다. 천수가 정확하지 않다니? 예슬은 눈을 휘둥그레 뜨고 물었다.

"그건 의외네요. 정해진 시간에 저승사자가 목숨을 거두는 게 아닌가요?"

예슬의 질문에 유정은 굉장히 입맛이 쓴 표정을 짓더니 잠시간 침묵했다. 곧이어 유정은 속상함과 난처함이 뚝뚝 묻어 나는 목소리로 대답했다.

"수명부에 나오는 천수의 오차가 얼마나 심하게 다른지는 저희가 이 난리를 무방비 상태로 겪은 것으로 증명이 되지 않았을까요?"

"그게 무슨 말씀……."

유정의 대답을 곧장 이해하지 못했던 호연은 몇 초 늦게 맥락을 파악하고는 헉 하고 숨을 삼켰다.

수명부에 기록된 천수가 정확하게 사람의 죽을 날을 예언한다면, 단순히 수명이 다해 죽는 것뿐 아니라 병사나 사고사로 요절하는 것도 미리 알 수 있어야 마땅했다. 그렇게 원인 불문하고 죽음의 시점을 미리 알 수 있다면, 거의 모든 살아 있는 인간들이 금년 6월 7일 새벽에 사망하리라는 것에 저승이 진작 대비하고 있었을 것이다. 그렇게 하지 못했다는 것은…….

"……다들 죽을 거라는 것도 예측해 내지 못한 거예요, 수명부가?"

천수가 결코 정확하지 못하다는 가장 확실한 방증(傍證)이었다.
유정은 고개를 끄덕이고는 깊은 안타까움을 드러냈다.

"정말, 좀 정확하게 일찍 알려 줬으면 좋았을 텐데요."

적당히 오류를 내며 굴러가던 시스템을 방치해 두었다가 결
정적인 순간에 가장 끔찍한 오류를 맞닥뜨린 셈이었다. 유정이
드러내 보이는 안타깝고 분한 감정이 호연에게는 정말로 안쓰
럽고 딱해 보였다. 그렇지만 호연으로서는 해야 할 일이 있었다.
수명부를 조사해서 망자의 사망 시점을 파악할 수 없다면, 무
엇이라도 다른 방법을 찾아야 했다. 호연은 재차 유정에게 물
었다.

"그럼 저기, 저희가 조사를 어떻게 진행할 수 있을까요? 힘
들까요?"

유정은 다시 곰곰이 생각하더니 조심스럽게 입을 열었다.

"음, 하나 있긴 하지만, 추천해 드리고 싶지가 않네요."

"괜찮아요. 말씀해 주세요."

호연이 재촉하자 유정은 차마 말하기 께름칙하다는 듯 머뭇
거리면서 말을 이어 나갔다.

"진광대왕부에서 망자들을 아직 다 수용하기 전이라서 생기
는 문제니까⋯⋯ 진광대왕부에 직접 가서, 아직 수용되지 못
한 망자들을 직접 탐문하시는 방법 밖에는 없지 싶은데요."

직관적인 해결책이었다. 망자의 사망 시점을 조사하고 싶다

면 망자를 찾아가서 사망 시점을 물으면 된다. 너무도 당연하고 명확한 방법이었기에 호연으로서는 도전하지 않을 이유가 없어 보였다.

"그럼 그렇게 할게요. 다시 진광대왕부로 갈 수 있을까요?"

하지만 유정은 곧바로 가타부타 말을 하지 않고 호연에게 다시 물었다.

"……정말 하실 건가요?"

"혹시 무슨 문제가 있나요?"

예슬이 묻자 유정은 으음, 하고 곤란한 신음을 뱉었다.

"문제랄까, 조사 인원이 말이죠."

그리고 왜 이 방법을 제안하기 주저했는지를 털어놓았다.

"이번에 발생한 망자분들 숫자가 대략 1,400만 명인 거, 아까 전에 들으셨죠……?"

망자를 찾아가서 사망 시점을 묻는다. 몇백 명쯤 되는 사람을 붙잡고 질문을 거듭하는 고된 상황이라면 미리 상상하고 대비할 수 있었다. 하지만 대상자가 1,400만 명이라면? 서울 인구를 다 합친 것보다 많다면? 대한민국 인구의 삼분의 일 정도를, 단둘이서 조사해야 한다면?

그런 고됨은 함부로 상상하는 것조차 어려웠다. 호연과 예슬은 순간 말문이 막혔다.

*

우도왕부 색인 기록물을 쌓아 놓고, 행실록용 정보검색기로 내용을 뒤지기를 몇 시간째. 쉴 틈도 없이 조사가 진행되던 중, 정상재 교수가 우도왕과의 면담을 요청했다. 대강당에 부속된 별실에서 면담이 이루어졌다.

"그래, 조사 성과는 있으십니까?"

별실의 테이블 앞에 놓인 의자를 앞으로 꺼내 앉으며 우도왕이 물었다. 정 교수는 그 맞은편에 앉은 채 고개를 꾸벅 숙이며 답했다.

"예, 협조해 주신 덕분에 잘 진행되고 있습니다. 정말 마음 깊이 감사드립니다."

우도왕은 마주 고개를 끄덕이고는 곧바로 물었다.

"따로 보자고 한 이유가 뭡니까?"

"기록물 조사 결과가 나와서 좀 여쭙고 싶은 게 있습니다."

정 교수의 대답에 우도왕은 닫혀 있는 별실 문 쪽을 돌아보았다. 그 너머에 있는 대강당에서 아직도 검색을 진행하고 있는 것을 보고 들어왔는데 '결과'를 이야기하는 것이 놀랍게 느껴졌다.

"고작 너덧 시간쯤 지나지 않았습니까? 벌써 다 확인하신 겁니까?"

우도왕이 의아해하며 물었다. 정 교수는 예상했던 질문이라는 듯 담담하게 답했다.

"일차적인 결과입니다. 먼저 가장 확실해 보이는 키워드로 검색을 돌려 보았습니다. 사라지다, 소멸, 다른 저승, 이계……때때로 사절이 오가면서 소통을 하고, 통신을 연결했던 기록들은 있는 모양이더군요."

정 교수는 자신이 확인했던 색인들의 이름을 떠올렸다. 중국 쪽에 따로 있는 시왕저승과 교류한 기록이 여럿 있었고, 그리스도교의 저승을 확인했다는 내용의 기록도 있었다. 홍기훈 박사가 찾아낸 자료 중에는 수십 년 전쯤 통신 기술자 망자들의 도움을 받아 저승의 경계를 넘는 통신선을 부설했다는 기록도 있었다. 비록 현재 내용은 확인할 수 없게 되어 버렸지만, 제목만으로도 흥미로운 내용이 많았다. 그리고 그렇게 흥미로운 색인 속에서 정상재 교수가 발견할 수 없었던 게 있었다.

"하지만 연락이 두절되었다는 자료는 전혀 찾을 수가 없었습니다."

다른 저승과의 교류를 다룬 많은 기록들이 존재했지만, 그런 저승과 교류가 끊어졌다는 기록은 전혀 찾을 수가 없었다.

우도왕은 심드렁하니 대답했다.

"그야 그럴 겁니다. 나도 그런 일이 있었는지 어떤지, 전혀 아는 바가 없습니다."

다른 저승에 관한 사무는 좌도왕부의 업무다. 하지만 좌도왕부가 저승 내부에서나 다른 저승과 통신을 하면서 만든 모든 기록물들은 바로바로 우도왕부에 보관되어 왔다. 우도왕이 이 자리를 무탈하게 500년 넘게 지키고 앉아 있는 동안, 새로이 교류가 시작되었다는 기록을 받은 기억은 있어도 교류가 끊어졌다느니, 저승이 사라졌다느니 하는 기록을 받은 기억은 없었다.

"예, 그것에 대해서 좀 더 자세히 여쭙고 싶어서 면담을 요청 드렸습니다."

정 교수는 의자를 바짝 당겨 앉으며 다시 우도왕에게 묻기 시작했다.

"만약 이곳 시왕저승 외에 다른 저승세계들이 있었다가 어떤 일로 인해 그 저승을 믿는 사람들이 불행한 운명을 맞닥뜨려서 저승이 사라졌다고 하면, 그걸 이곳 시왕저승에서 알 방법이 있겠습니까?"

"알 방법이라."

우도왕은 잠시 고민했다. 만약 그런 걸 알 방법이 있다고 해도, 그걸 알아야 하는 건 좌도왕이나 저승 간 교류를 담당해 온 염라대왕부 비서실 정도이지 기록물 관리 담당인 자신은 아니다.

그런 생각을 하며 우도왕이 대답에 뜸을 들이고 있자니 정 교수가 불쑥 말했다.

"그 정도의 큰일이라면 당연히 아셔야 한다고 저는 생각합니다만."

우도왕은 눈살을 찌푸렸다. 각 왕들의 직역이 있고 사무가 달라 대답에 대해 고민을 하고 있던 와중에 불쑥 날아든 말이었다. 우도왕은 정 교수가 자신에게 대답을 끌어 내리려고 도발을 하고 있다는 생각과 함께 불쾌한 기분이 들었다. 그렇지만 일개 망자를 상대로, 그것도 이런 시국의 이런 상황에서 노호를 내지를 이유도 없었다.

"망자께서는 저승의 구조에 대해서는 아시고서 하는 말씀입니까?"

우도왕이 많이 삭여 내놓은 핀잔에 정 교수는 딱히 아랑곳하지 않는 듯 대꾸했다.

"모르지요. 그래서 여쭙고 있지 않습니까."

상대는 몽매한 일개 망자다. 그렇게 마음속으로 되뇌며 우도왕은 정 교수의 사사로운 무례함에 연연하지 않기로 했다.

"……다른 저승이라고 해도 이승에서처럼 산 넘고 물 건너가면 자연히 가 닿는 곳들이 아닙니다. 눈으로 보고 나서 알게 되는 게 아니라, 있다는 것을 알고 나서야 비로소 갈 수 있게 됩니다."

다른 저승에 이르는 저승길을 넘으려면, 그 너머에 있는 저승 세계를 설명하는 종교 경문이나 교리를 중얼중얼 외우면서 저승의 입구에 해당하는 사출산 쪽으로 길을 떠나야만 했다. 제대로 알지 못한 채로 길을 나섰다가는 영영 미아가 될 수도 있었다.

우도왕이 그런 내용을 간략하게 설명하자 정 교수는 고개를 짐짓 갸웃거리며 물었다.

"이상하군요. 시왕저승은 분명 죽어서 염라대왕을 만날 거라고 믿는 사람들만 오는 곳 아니었습니까? 다른 저승에 대해 아는 사람들이 올 리가 없지 않습니까?"

정 교수에게는 일견 모순되는 것처럼 들렸다. 그러나 우도왕은 간단한 설명으로 이를 풀어 냈다.

"신앙이 아닌 지식으로 알고 오는 경우가 가장 많습니다. 망자께서도 이승의 다양한 종교에 대해서는 알고 계시지 않습니까? 야소교나 회교의 천국이 어떻게 생겼는지 이야기는 들어 보셨을 것 아닙니까."

"아하, 과연. 그렇군요."

우도왕이 기독교와 이슬람교를 언급하며 예를 들자, 정 교수는 단번에 납득했다. 우도왕은 보충 설명을 조금 더 했다.

"그리고 간혹 정말 여러 저승으로 향할 수 있는 망자들도 계십니다. 무당 같은 분들은 이 신에게 빌고 저 신에게 빌고 하기 때문에, 평소에 염라대왕께 제를 올리고 산신령께도 올리고 했다고 하면, 사망했을 때 더 이끌리는 쪽으로 가게 되어 있습니다."

"그거 참 흥미롭군요. 기록물 부서이신데도 상당히 자세히 아시는군요?"

정 교수가 흥미를 보였다. 조금 얕잡아보는 듯한 표현이 귀에 거슬렸으나, 우도왕은 그런 그에게 저승의 구조에 관해 좀 더 설명해 주기로 마음먹었다. 저승 일이라는 게 그렇게 단순한 것이 아니었다.

"자세히 알 수밖에 없습니다. 왜냐면 우리는 그렇게 접하게 된 다른 저승의 자료를 모아다가 본원경本源經을 만들어서 좌도왕부에 넘기는 임무를 맡아 왔기 때문입니다."

우도왕은 본원경의 작성 과정과 그 내용을 간략히 설명했다. 진광대왕부에서 망자가 진입했다는 통보가 들어오면, 이후의 여러 대왕부에 속한 재판관들이 망자의 수명부와 행실록을 열람할 수 있게 된다. 그 과정에서 다른 저승세계에 대한 지식이나 신앙을 가진 것으로 의심되는 경우에는 심판 기록에 메모를 남겨 두고, 망자가 환생하기 직전에 오도전륜대왕부에서 대기하는 동안 우도왕부 직원들이 찾아가 면담하곤 했다. 그렇게 취합된 다른 종교와 신앙에 대한 자료를 서로 조합해 나가다 보면, 이윽고 그 신앙에 속한 저승세계를 방문할 수 있을 정도로 상세한 자료가 만들어지게 된다. 그렇게 모인 시왕저승에서 짜 모은 다른 종교의 경전에 해당하는 자료가 바로 본원경이었다.

"그런 구조로 되어 있었던 거군요. 이제 어느 정도 이해가 갑니다."

정상재 교수가 고개를 끄덕였다. 우도왕이 보기에 이제는 순수하게 배우는 자세에 가까워진 것처럼 보였다.

"좌도왕부는 그 본원경을 가지고 저승길을 넘어서 교류를 트고 통신선을 깔고 하는 일들을 했습니다. 몇몇 곳들하고는 이야기가 잘 되어서 정기 연락도 주고받고 그랬는데……."

우도왕이 덧붙인 말에 정 교수가 불쑥 질문을 꺼내 들었다.

"통신이라고요? 그렇다면 적어도 그렇게 통신이 이루어졌던 저승들 가운데 여태껏 연락이 끊어진 곳은 없었단 말이죠?"

상당히 기대가 섞인 질문이었으나, 우도왕은 이내 부정해야만 했다.

"아닙니다. 좌도왕 말로는 무당들이 믿는 저승 세 군데랑 통신이 안 되기 시작했다고 합디다."

대답을 들은 정 교수가 눈썹을 축 내리까는 것이 적잖이 낙담하는 눈치였다.

"……통신이 안 된다라…… 지금 그것을 확인할 수 있겠습니까?"

우도왕은 앉은 채 팔짱을 끼고 말했다.

"글쎄요, 저승 간 통신선은 대피하면서 전부 끊어졌다고 하니 물어는 보겠지만 어려울 겁니다."

그건 좌도왕에게 물어야지 왜 내게 묻느냐는 것이 우도왕의 솔직한 심정이었다. 하지만 정상재 교수는 통신 두절 사실을 분명히 해 두고 싶은 것인지, 계속해서 우도왕에게 질문을 던져 왔다.

"그냥 통신선 문제 때문에 연락이 끊어진 것은 아닙니까?"

"그럴 수도 있겠지만 이제 와서 검증할 방법은 없을 겁니다."

또박또박한 목소리로 계속해서 물어보는 정 교수에게 우도왕은 계속해서 심드렁하니 대답했다.

"그 저승들이 사라졌는지 어떤지 찾아가서 확인해 볼 수는 있습니까?"

"그것도 가능이야 하겠지만, 저승길 넘는 것이 쉽지 않아서 말입니다."

우도왕이 그렇게 대꾸하고 나자 정상재 교수는 흐음 하고 한숨 같은 소리를 내더니 한동안 침묵했다. 그는 고개를 조금씩 갸웃거리면서 계속 턱을 쓰다듬었다. 뭔가 깊이 궁리하는 듯한 눈치였다. 묻고 싶은 것을 다 물었으면 나가겠노라고 우도왕이 막 고하려던 순간, 정 교수가 아 하는 작은 탄성과 함께 손가락을 들어 보였다. 그러고는 다시 우도왕에게 질문했다.

"……그럼 현재로서 그곳들이 정말 사라졌는지 어떤지, 확인할 방법 자체가 없는 겁니까?"

우도왕은 슬슬 이 대화가 피곤했다. 딱히 틀린 말 같지 않아 적당히 답하기로 했다.

"일단 그렇게 봐도 좋겠습니다."

"그렇군요. 잘 알겠습니다."

정상재 교수는 그 대답을 듣고는 어느 정도 납득한 듯 계속 고개를 끄덕였다. 우도왕은 조금 기다렸다가 다시금 대화의 종료를 선언하려고 했는데, 또다시 방해를 받았다. 누군가가 별실 문을 노크한 것이다. 그래도 누군가가 방에 들어오려 한다면 교대하듯 나가 버리기에는 좋은 기회였다. 슬며시 문을 열고 얼굴을 보인 것이 염라대왕부 비서실장이 아니었다면.

"대화 중에 죄송합니다. 정상재 망자님이 여기 계시지요?"

옆에는 안유정 비서관을 대동하고 있었다. 정 교수가 꾸벅 고개 숙여 인사하고는 응답했다.

"바쁘실 텐데 여긴 어쩐 일로 오셨습니까?"

"윤회 정책 관련해서 갑자기 새로 조정해야 할 문제가 생겨서 안유정 비서관이 잠시 와 주어야 할 것 같습니다. 업무 협조에 방해가 될 것 같아 양해를 구하고자 합니다."

"윤회는 정지하기로 하지 않았습니까?"

갸우뚱하며 묻는 정 교수에게 안유정 비서관이 송구하다는 듯 대답했다.

"그럴 만한 사정이 생겨서요. 제가 가 봐야……."

정 교수는 잠시 생각하더니 고개를 끄덕였다.

"알겠습니다. 어쩔 수 없지요."

그렇게 말해 놓고는 곧이어 시영을 향해 물었다.

"그런데, 비서실장님, 기왕에 오신 김에 잠시만 도와주실 수 있으시겠습니까? 우도왕께 여쭙고자 했던 내용들이 마무리되어 가는 중입니다만…… 혹시 괜찮으시다면 실장님께서도 잠시 입회해 주십시오."

"아니, 뭘 그렇게까지……."

어서 자리를 파하고 싶었던 우도왕이 끼어들려 했지만, 시영이 곧바로 수락했다.

"알겠습니다."

우도왕은 한숨 대신 콧김만 길게 뿜을 수밖에 없었다.

시영이 지켜보는 가운데 정 교수는 우도왕에게 조금 전까지 물었던 내용들을 요약해서 다시 한번 물었다. 우도왕은 적당히 단답식으로 대답했다. 이미 해 줄 이야기는 다 해 주었고, 새삼 비서실장 입회하에 길게 설명을 한다고 해도 달라질 것은 없어 보였다.

문답을 반복한 뒤, 정 교수는 그 모든 대화를 요약하려는 듯 고쳐 질문했다.

"……그럼 정리하겠습니다. 과거에 있던 저승이 없어진 사례는 없고, 지금 연락이 끊긴 곳도 확실하게 사라졌는지 어떤지 단정하기 어려운 상황인 게 맞습니까?"

우도왕은 정 교수가 정리 과정에 약간 양념을 쳤다는 생각이 들었다.

"그걸 그렇게 요약해도 될는지 모르겠지만……."

하지만 그걸 굳이 지적해서 또 옥신각신하기에는 이 대화가 지겨웠다.

"……크게 잘못된 해석은 아니겠습니다. 그렇게 보셔도 무방하겠습니다."

우도왕은 그렇게 정리하기로 했다. 실제로 아주 틀린 말은 아닌 것이다. 통신이 끊어진 것은 좌도왕이 아는 일이고, 자신은 들은 것에 기초해서 대답했을 뿐이고, 단정하기 어려운 것은 맞다.

긍정적인 반응을 얻은 정 교수는 편안한 미소와 함께 우도왕에게 감사의 뜻을 표했다.

"고견에 감사드립니다. ……참, 그리고 후속 조사를 위해서, 혹시 현재 이승의 생존자 명부도 저희가 좀 확인할 수 있을까요?"

참 많은 것을 요구한다 싶었다. 우도왕은 배석한 시영을 바라보았다. 대피 과정 중에 수명부를 꺼내 오라고 지시한 것은 염라대왕부였다. 시영은 우도왕의 시선을 알아차리더니 살짝 고개를 끄덕여 보였다. 그렇다면 신경 쓸 필요는 없으리라. 우도왕은 선심 쓰듯 정 교수에게 말했다.

"열람 정도라면 허락하겠습니다. 곧 다른 데로 옮겨야 하니 서두르시고."

"감사합니다."

정 교수가 다시금 감사 인사를 건네는 것으로 면담은 마무리되었다. 우도왕은 의례적으로 정 교수 쪽과 시영 쪽에 인사를 건넨 뒤, 얼른 별실을 나섰다. 다른 기록물들을 광명왕원으로 반입 중인 부하 관원들 상황을 살피러 갈 셈이었다. 잠깐의 대화가 너무나 영혼을 눌어붙게 만들었기에 뭔가 다른 일을 하고 싶었다.

정상재 교수는 한발 늦게 시영과 유정을 뒤따라 방을 나섰다. 별실 문을 닫고 나오며 정 교수는 시영에게 말을 걸었다.

"따로 보고 드릴 수고가 조금은 줄어든 것 같아 다행입니다."

"결과가 어떻습니까?"

시영의 물음에 정 교수는 자신감 있는 미소를 띠면서 대답했다.

"최종 보고는 좀 더 취합해 봐야 알 것 같습니다만, 어느 정도 윤곽이 잡혔습니다. 우려하던 일은 일어나지 않으리라고 생각합니다."

예상 이상으로 당당하게 확신에 찬 정 교수의 답변에 시영은 조금 놀라움을 느꼈다. 아직 만 하루가 지나지 않은 상황이었다. 물론 저승에는 육체적인 피로가 없고 수면을 취할 필요가 없다. 이승에 있을 때보다 많은 일을 쉼 없이 해 낼 수 있는 것은 자명했다. 그렇지만 그런 것 치고도 제법 빠른 마무리였다.

정말로 이곳 시왕저승의 안녕을 보장할 수 있다는 증거를 모은 것인가? 조금 전 우도왕을 면담하면서 확인했다는 사실들을 보면, 아주 어긋난 조사를 진행한 것으로는 보이지 않았다.

"단언할 수 있는 수준입니까?"

시영의 물음에 정 교수는 고개를 끄덕였다.

"예. 음…… 어떻게 말씀을 드리는 편이 나을지 모르겠습니다. 위험이 실재한다는 명확한 근거를 찾지 못했다고 해야 하나……."

정 교수는 허공에 뭔가를 쓰듯이 손가락을 굴리며 고민했다. 시영은 좀 더 자세한 설명을 원했다.

"앞선 기록을 통해 어떠한 선례도 발견되지 않았다고 말씀드리면 되겠습니까?"

"선례가 없습니까?"

시영의 물음에 정 교수는 자신만만한 미소를 지으며 고개를 끄덕였다.

"예, 선례가 없다고 말씀드리는 편이 낫겠습니다. 시왕저승의 오랜 역사를 통틀어서 말입니다."

이제 시영은 정 교수가 이토록 자신만만한 이유를 알 수 있을 것 같았다.

"……그렇습니까. 선례도 없는 것입니까."

우려하던 것과 같이 시왕저승의 누적된 역사에서 다른 사후 세계에 파국이 일어난 선례가 없다면, 분명 희망적인 신호임에 틀림없었다. 섣부른 기대는 금물이겠지만 납득을 하든 의심을 하든 최종 보고를 보고서 판단해도 늦지 않으리라고 시영은 생각했다.

그때 정 교수가 시영에게 물어 왔다.

"그보다 윤회 관련 문제라 하셨는데, 혹시 어떤 일인지 조금 여쭈어도 되겠습니까? 안유정 비서관께서 도로 차출되어 가실 정도라니요."

업무 협조를 위해 비서관을 파견해 놓고 도로 불러들이려면 사정 설명이 필요할 터였다.

"실무선에서 문제가 조금 있었습니다."

시영은 그렇게 운을 떼고, 조금 전까지 있었던 일들을 정상재 교수에게 뭐라고 설명해야 할지 잠시 궁리했다. 안유정 비서관을 불러야 하는 상황에 이른 것은 하정 수석이 염라대왕부에 도착하고서 벌인 이런저런 일들 탓이었다.

시영의 차를 타고 염라대왕부에 온 하정 수석은 비서실 한편의 회의용 테이블을 점거한 채 혼자 장황한 윤회 재개 기획안을 세웠다. 시영은 그가 자신의 기획을 정리하고 있다고 믿고 신경을 쓰지 않았는데, 시영이 다른 부서 일로 잠시 자리를 비운 사이 하정 수석은 '이시영 비서실장에게 양해가 된 일'이라고 주장하며 염라대왕 알현을 요청하고는 혼자 짠 기획안을 그대로 보고해 버린 것이었다. 보통 이런 일은 강수현 비서관이 차단하지만, 수현 또한 때마침 다른 용무 중이었던 것이다.

독대 알현이 진행되어 내부에서의 대화를 직접 들은 비서관은 없었으나, 하정 수석은 염라대왕 집무실을 나서면서 죽상이 되어 있었다. 모르긴 몰라도 상당히 조목조목 비판을 받은 기색이었다. 무단으로 직보한 사실을 따져 묻는 시영에게, 하정 수석은 염라대왕의 명령을 전달했다.

'윤회 중단을 재고할 수는 있으나, 이 기획안은 비서실이 나서서 정돈해 다시 보고할 것.'

반려한 게 아니라 비서실을 끼워서 보완을 명령한 것이었다. 일이 이렇게 되면 안유정 비서관이 윤회정책비서관으로서 관여를 하지 않을 수 없었다. 이 복잡한 사정을 시영은 길게 설명하지 않기로 했다.

"……사후심판과 윤회를 재개해야 한다는 의견이 있어, 기획에 도움이 필요합니다."

좋지 않은 사정은 다 날리고 말할 수 있는 깔끔한 요지였다.

"그렇습니까……."

정 교수는 그 짧은 설명만으로도 어느 정도 납득을 한 듯 고개를 끄덕였다. 그러더니 문득 시영에게 조심스럽게 물었다.

"……혹시 제가 도와드릴 부분이 있을까요?"

도움을 주겠다는 것이 나쁠 일은 아니지만 조금 영문을 알수 없었기에 시영은 되물었다.

"기록 조사를 진행 중이신 게 아니셨습니까?"

시영은 강당 안쪽을 돌아보았다. 여전히 두 망자가 관원들과 함께 검색장치에 색인 두루마리를 넣고 검색을 진행 중인 게보였다. 다른 일을 도울 여력이 된다는 말인가?

그렇지만 정 교수는 그러한 염려를 이해한다는 듯 차분하게 설명했다.

"제 선에서의 조사는 어느 정도 일단락이 되었습니다. 다른 박사님들이나 학생 연구원들에게는 보조적인 조사 업무를 위탁 드려 놓은 상태입니다. 제가 일일이 지도하지 않아도 당분간은 괜찮을 겁니다. 그래서 뭐라도 다른 작업을 할 게 없을지, 그렇지 않아도 고민하던 차였습니다."

시영은 안유정 비서관을 돌아보았다.

"어떻게 생각합니까?"

유정은 잠깐 고민하더니 대답했다.

"어…… 지금 고민을 같이 해 주실 분이 많을수록 좋기는 하겠는데요."

시영은 고쳐 물었다.

"도움이 될 것 같습니까?"

유정은 이번에는 곧바로 고개를 끄덕였다.

"네, 제가 조사하시는 과정에 계속 입회했는데요. 꼼꼼하셔서……."

조사 결과는 망자 본인이 책임지는 것이고 주무 비서관인 유정이 거부하지 않는다면 시영으로서도 나쁘게 여겨지지는 않았다.

"알겠습니다. 망자께서도 이쪽으로 오시지요."

"감사합니다."

시영은 안유정 비서관과 정상재 교수를 대동하고 대강당을 나서 비서실로 향했다. 심란해진 하정 수석이 그곳에서 기획안을 다시 고치고 있을 터였다.

*

염라대왕부에서 빌린 구름차가 다소 거칠게 내려앉았다. 구름차를 운전해 온 하급 관원이 운전이 서툴렀다며 연거푸 사과했다. 호연은 정말 신경 안 쓰셔도 된다고 그를 달래고는 예슬과 함께 차에서 내렸다.

칼나무가 자라는 산 한가운데에 자리한 높은 등대와 같은 건물.

진광대왕부 청사였다. 8층 높이의 테라스에 조성된 구름차 정차장에서는 난간 너머로 주변의 모습이 보였다. 진광대왕부 주변은 거대한 난민촌처럼 보였다. 칼나무는 청사를 중심으로 상당 부분 벌목되어 있었다. 그렇게 드러난 맨땅과 민둥산 곳곳에 끝없는 인파가 모여 있었다. 만석을 이룬 스포츠 경기장이나 대규모 시위 현장에서나 볼 수 있던 밀집한 군중이, 산을 넘고 넘어 시야가 닿는 곳 끄트머리까지 이어지고 있었다.

호연은 생전에 서울 시내의 고층 빌딩 전망대에서 내려다본 풍경을 떠올렸다. 100층이 넘는 곳에서 지평선을 바라보아도, 1,000만 명이 모여 사는 서울 땅의 끝을 쉬이 가늠하기 어려웠다. 그리고 지금, 1,400만 명의 영혼이 머물 곳도 없이 사출산에 맨몸으로 진을 치고 있었다. 보이는 광경에 끝이 없는 것이 당연했다. 아무리 현실이 아닌 저승 세계의 풍경이라지만, 지나치게 초현실적이었다.

"어서 오십시오. 아니, 또 뵙게 되어 반갑다고 인사해야 하려나?"

미리 연락을 받은 진광대왕이 정차장에 나와 호연과 예슬을 맞이했다. 여전히 소방관복을 직업상의 유니폼처럼 입은 채였다.

"안녕하세요. 요전에 뵀었죠?"

꾸벅 고개를 숙이며 인사하는 호연에게 진광대왕은 히죽 웃어 보였다.

"그랬었지요. 요전이라고 해도 만 하루 정도 전인데, 아무튼

간에."

진광대왕은 둘을 건물 안쪽으로 안내했다. 진광대왕부의 고층부에는 적막이 감돌고 있었다. 복도에 면해 있는 모든 사무실은 어질러진 채 텅 비어 있었다. 단지 계단실을 지나칠 때쯤, 저 아래쪽으로부터 메아리치는 소리가 멀찍이 들려왔다. 내용을 분간하기는 어려웠지만 수많은 사람들이 웅성거리고 때로 고함을 치는 소리가 계단이 놓인 수직 통로 안에서 울리고 있었다.

그렇게 긴 복도를 건너 호연과 예슬은 진광대왕의 집무실에 도착했다. 진광대왕은 방 가운데의 회의용 소파에 앉기를 권했다.

"이승이었다면 따뜻한 믹스 커피라도 내올 텐데, 저승엔 먹고 마실 게 없어서 아쉽구려. 마실 거라고 해 봐야 화탕火湯에 녹은 구리 쇳물이 다인 동네라서. 허허."

마음껏 웃어넘기기에는 제법 끔찍한 농담이었다. 호연과 예슬은 떨떠름하게 입가에 웃음기를 간신히 걸쳤다. 상석에 앉은 진광대왕은 곧바로 호연을 향해 물었다.

"자, 그래서, 염라부에 안유정 비서관한테 설명은 좀 들었습니다만, 어떤 게 필요합니까?"

"실은 저희가 특정 조건에 맞는 망자분들이 계신지 찾아보려고 하는데요……."

수소문 말고는 방법이 없지 않겠냐고 안유정 비서관이 말

했다는 사실을 전하자, 진광대왕이 고개를 끄덕이며 맞장구를
쳤다.

"그분이 제대로 이야기를 해 주셨구만."

"그럼 역시……."

예슬이 설마 하고 운을 떼자, 진광대왕은 다시 고개를 끄덕
이며 말했다.

"직접 돌아다니셔야지 이건 뭐, 방법이 없겠구려."

그럴 수도 있다고 각오는 하고 왔지만, 정말 그렇다는 것을
알게 된 느낌은 예상보다 더 암담했다. 호연은 떨리는 마음으
로 진광대왕에게 질문했다.

"정말…… 1,400만 명이 대기 중인가요?"

진광대왕은 호연의 걱정을 아는지 모르는지 허허 하는 웃음
과 함께 대답했다.

"우리 진광대왕부에서 지난 24시간 동안 죽어라 통과시켜서
좀 줄어들었지요. 한 20만 명 정도?"

1,400 대 20. 티도 나지 않을 숫자였다.

"이 정도면 어린이날 놀이공원 입장객 수보다 많이 통과시킨
건데, 이래도 대기자가 지평선 끝까지 있어서 말이요, 나 원 참."

투덜거리는 진광대왕의 이야기를 듣는 호연은 말소리가 귓
가에서 웅웅 울리는 것만 같았다. 호연은 예슬을 돌아보며 물
었다.

"어떡하지?"

당연하지만 예슬 또한 막막하기는 마찬가지였다.

"그러게…… 정말 하나하나 다 만나고 다녀야 하나……?"

난처함과 당혹스러움을 온몸으로 드러내는 둘을 가만히 보고 있던 진광대왕이 툭 던지듯 물었다.

"그런데 그 특정 조건이라는 게 정확히 뭡니까?"

"제주도에서 사망하신 분들 가운데 소육왕부에 일이 터졌을 무렵 돌아가신 분을 찾고 싶은데요."

호연은 진광대왕에게 자신들이 조사하려는 내용이 무엇인지, 그리고 그런 것을 조사하기로 한 이유가 무엇인지를 설명했다. 안유정 비서관에게 한 번 설명한 뒤 두 번째 설명하게 되자, 조금 더 조리 있는 표현이 튀어나왔다.

추측을 하고, 그에 기반한 가설을 세워서, 필요한 근거를 얻기 위해 조사를 한다. 생전에 대학원생이었던 호연에게는 익숙한 일이고, 또 잘 할 수 있는 일이었다. 설명을 이어 가면서 호연은 자신감을 약간 회복했다.

물론 여전히 1,000만 명이 넘는 망자들을 하나씩 만나러 다닐 용기는 들지 않았다. 스멀스멀 되살아나는 걱정에 호연은 떨리는 목소리로 설명을 마무리 지었다.

"……그래서 제주도 분을 어떻게 좀…… 어려울까요 역시?"

호연의 내내 경청하던 진광대왕은 호연의 물음에 곧바로 대답하지 않았다. 소파에 앉은 채 묵묵히 무언가를 생각하던 진광대왕은 마침내 숨을 한 번 크게 들이쉬고는 입을 열었다.

"자, 대충 이해했습니다. 그러면 이야기가 조금은 쉬워지는데."

그렇게 말을 꺼낸 진광대왕은 곧장 자리에서 일어나 집무용 책상으로 향했다. 책상 위에 올려져 있던 큰 두루마리를 집어 든 진광대왕은 그것을 가져와 회의 탁자 위에 펼쳐 놓았다.

"이게 뭔가요?"

호연의 물음에 진광대왕이 답했다.

"밖에 진 치고 있는 대기자들 지도이올시다."

펼쳐진 두루마리에는 넓은 화폭이 놓여 있었다. 그리고 그 위에 여러 도형들이 그려져 있었다. 어렴풋이 산들과 그 사이를 달리는 길들을 그려 놓은 듯 보였는데, 진광대왕은 그 하나하나가 사출산의 봉우리들과 그 사이로 이어진 구조 도로를 나타내는 것이라고 설명했다. 그 길을 끼고 여기저기에 테두리를 친 도형이 그려져 있었다. 각각의 도형들은 최소 수십 명에서 최대 수백 명까지 망자들의 영혼을 임시로 억류해 놓은 '캠프'였다. 각각의 캠프에는 대략의 인원수와 함께 그들이 언제 저승에 도착했는지에 대한 기록도 메모로 남겨져 있었다.

"지난 24시간 동안 저승 전역에서 관원들을 비상 소집해서 인원 단속에 들어갔지. 최대한 도착 순서대로 한 데 모아 놓고, 군데군데 역사들도 배치해서 함부로 돌아다니지 못하게 했고. 여기 대왕부 근처 쪽은 좀 혼란한데, 늦게 들어온 망자분들은 도착 순서별로 무리 지어서 이쪽 계곡에 무리 지어 계십니다."

진광대왕은 지도의 가장 바깥쪽 언저리에 위치한 한 골짜기를 지목했다. 작은 골짜기를 따라 이어지는 사출산 구조 도로를 따라 십여 개의 캠프가 배치되어 있었다. 그 부분을 손가락으로 툭툭 두드리며 진광대왕은 말했다.

"소육왕부 난리 난 게 8일 오전 0130시 언저리니까, 그때는 이미 들어오는 망자분들 수가 크게 줄었지. 여기서부터 총 열다섯 개 캠프가 8일 자정 이후부터 들어온 망자들이고, 인원은 대략 한 500명쯤 되겠네. 어떻습니까?"

예슬이 제안한 내용대로라면, 소육왕부에 문제가 생긴 그 순간에 사망한 이들을 조사할 필요가 있었다. 그들만 골라낼 수 있다면 조사는 극적으로 쉬워진다. 그리고 실제로 그렇게 된 것이다. 진광대왕이 미리 사망 순서대로 인파를 묶어 놓은 덕분에, 조사 대상자는 1,400만 명에서 500명으로 줄어들었다.

"……감사합니다! 정말 감사합니다!"

안도와 함께 벅차오르는 마음. 호연은 진광대왕에게 연신 고개를 숙이며 인사했다. 예슬도 마음이 놓여 가슴을 쓸어내렸다.

"정말 큰 도움을 주셨어요. 저희 정말 대책 없이 온 거였는데."

하지만 진광대왕은 별 생색을 내지 않고 그저 담담하게 웃어 보일 뿐이었다.

"아니 뭐, 이런 식으로 도움 될 거라는 생각은 안 하고 해 놓은 거니까, 딱히 감사할 필요 없어요. 진짜로."

그렇게 말하고는 진광대왕은 다시 자리에서 일어나 집무실

책상을 향했다. 서랍에서 나무로 된 작은 판자를 꺼낸 진광대왕은, 그 위에 만년필로 글씨를 쓴 뒤 도장을 찍었다. 그리고 그 판자를 호연에게 내밀었다. 호연은 조심스레 판자를 받아들었다. 명함 크기의 나무판 위에는 알아보기 힘든 한자가 잔뜩 적혀 있었다. 나무판의 정체를 궁금해하는 호연에게 진광대왕이 말했다.

"명령장입니다. 그거 들고 정차장 옆에 있는 차고로 가세요. 거기서 우리 역사가 하나 기다리고 있을 테니까, 이거 보여주고, 데려가서 운전수로 좀 부려먹으시고."

나무판은 일종의 마패와 같은 물건인 모양이었다.

"감사합니다."

호연은 거듭 진광대왕에게 깊이 고개를 숙였다. 그런 호연을 진광대왕은 묘한 표정으로 바라보았다. 미소 띤 얼굴이었으나, 그 표정에서는 흐뭇함과 동시에 안쓰러움이 묻어나왔다. 진광대왕이 생각 끝에 입을 열었다.

"요전에 상황실에 왔을 때도 생각했는데, 적극적으로 해야 할 일을 찾아 나서는 것 같아서 대단하다고 생각을 합니다. 응원하겠습니다."

진광대왕의 말을 들은 호연은 순간 굉장히 당황했다. 전혀 예기치 못한 칭찬이었다. 호연은 쩔쩔매면서 대답했다.

"아니에요. 과찬이세요. 대왕님께 감히 칭찬받을 만큼은 아닌걸요."

감사와 겸손함을 함께 표현하려던 것이었지만, 호연의 말을 들은 진광대왕의 표정은 한층 더 묘하게 바뀌었다. 안쓰러움에 더해 씁쓸함이 더 얹힌 것처럼 보였다.

"……아니, 그건 반대라야 맞겠는데."

"네?"

진광대왕이 툭 던지듯 중얼거린 말을 들은 호연이 되물었다. 그런 호연을 지그시 바라보던 진광대왕은 곧 작심한 듯이 입을 열었다.

"너무 지나치게 겸손해하지 않았으면 좋겠어요. 하려는 일이 있으면 자신을 믿고 하세요. 내가 망자분 보기 좋았다고 말한 것은 그렇게 당당하게 주장하는 모습이 대단하다고 생각해서였습니다. 지금도 생각한 바가 있어서 나한테 도움을 구하러 온 거니까, 스스로에게 자신감을 갖고 해 나갔으면 좋겠습니다."

고민하고 있었던 듯, 진광대왕은 한달음에 충고를 쏟아 냈다. 이어 조금 투덜거리듯이 덧붙였다.

"그사이에 누구한테 뭔 소리를 듣고 왔는지 그렇게 계속 조심조심, 기가 꺾여 있는지 원."

호연은 진광대왕의 그런 충고가 갑작스러웠다.

"……아, 그게…… 아무튼 감사합니다."

더듬거리며 감사의 뜻을 전했지만, 말이 마음에 곧바로 스며들지 않았다. 이해하기 어렵다고 해야 할지, 마음이 받아들이지 못하고 있다 해야 할지 표현하기 어려운 기분이었다. 머뭇거리는 호연을 보며 진광대왕은 싱긋 미소 지었다.

"한번 천천히 잘 생각해 보세요."

진광대왕과의 대담은 그렇게 마무리되었다.

집무실을 나서서 구름차 정차장 방면으로 걸어가는 길에 예슬이 문득 말했다.

"좋은 분이시네."

호연은 고개를 끄덕이면서도 여전히 조금 전의 무거운 충고가 마음에 짐처럼 남아 떨떠름했다.

"응, 그래도 난 역시 저런 분들 좀 어렵더라……."

"어려워?"

"오히려 어떻게 대해야 할지 모르겠다는 기분이라서."

준비가 되어 있지 않을 때 좋은 충고와 조언을 해 오는 사람들이 있다. 분명한 선의를 느끼지만, 그 선의를 어떻게 풀어 내 자신의 삶에 적용해야 할지 알 수 없는, 착한 수수께끼를 떠안는 것 같은 느낌. 호연은 그런 것을 건네는 상대에게 어떤 반응을 보여야 옳은 것인지 결론을 짓기 어려웠다.

"그럴 수도 있겠네."

복잡한 생각을 토로하는 호연을 보며 예슬은 조금쯤 공감할 수 있었다.

정차장에서 경비 중이던 역사를 명령장으로 호출해 빈 관용 구름차 한 대를 빌릴 수 있었다. 역사가 운전대를 잡자 호연과 예슬은 사출산 깊은 골짜기의 망자 캠프를 향해 출발했다. 건물을 떠나자마자 아래로는 무수히 많은 망자들의 인파가 물결치는 풍경이 이어졌다. 캠프 근처에서는 여러 관원들이 저마다 망자들을 붙잡고 신원 조사를 하는 것이 보였다. 그 너머의 수많은 대기자들은 군집을 이룬 채 서성이고 있었다. 난동을 부리다가 근처의 역사에게 제지되는 이들도 간혹 보였다.

사출산에 울창하던 칼나무들은 역사들의 노력 덕분인지 온통 베어 나가 진광대왕부 주변의 넓은 영역이 민둥산처럼 변해 있었다. 회갈빛 흙바닥이 드러난 곳곳에 망자들이 진을 치고 있었다.

계곡 사이로 이어지는 사출산 구조 도로 위를 한참 날아가자, 지도에 나와 있던 가장 안쪽 계곡의 모습이 나타났다. 구름차는 계곡 입구에 사뿐히 내려앉았다. 계곡을 조금 들어간 비탈진 곳에 수많은 망자들이 모여 있는 게 보였다. 이 계곡에 배치된 첫 번째 망자 캠프로, 6월 8일 자정 무렵에 도착한 망자들이 모여 있는 곳이었다.

호연은 심호흡을 하고 캠프를 향해 걸어갔다. 예슬도 차분히 동행했다. 차를 몰고 온 역사가 둘의 뒤를 따랐다.

캠프의 망자들은 여러 가지 방법으로 갑작스러운 죽음을 맞이하고 있었다. 흙바닥에 눈을 감고 자는 듯 누워 있는 이도 있었고, 넋이 나간 표정으로 멍하니 주저앉아 있는 이도 있었다. 한편으로는 혼자 스트레칭 체조 따위를 하며 어떻게든 시간을 죽이려는 이도 있었다. 서로 이야기를 나누는 망자들도 여럿이 보였다. 대략 쉰 명 남짓의 망자들이 도로가 내려다보이는 비탈에 드문드문 모여 있었다.

처음 보는 이들이 역사를 대동하고 나타나자 모두의 눈동자가 쏠렸다. 일제히 집중되는 시선에, 호연은 긴장감을 느꼈다.

호연은 그 긴장감을 털어 낼 요량으로 목청 높여 소리쳤다.

"안녕하세요! 염라대왕부에서 나왔습니다!"

조사를 쉽게 진행하기 위해 염라대왕부 공무원이라고 주장하자는 것 또한 예슬의 아이디어였다. 예슬 자신이 과거 대학원 시절에 다른 연구소의 촉탁 연구를 진행했을 때, 대외적으로는 그 연구소 소속인 것처럼 말하고 다녔었다는 경험을 말해 준 것이었다. 기관의 이름에는 권위가 있다. 일개 망자가 연구 목적으로 찾아왔다고 말하는 것과 염라대왕부에서 조사를 나왔다고 말하는 것은 듣는 이에게 와 닿는 무게의 차이가 클 터였다. 그리고 예상했던 대로였다. 염라대왕이라는 말을 듣자, 심드렁하게 있던 여러 망자들이 화들짝 돌아 보는 것이 보였다.

호연은 다시금 예슬에게 고마움을 느끼며 목청을 가다듬고 조사 질문을 시작했다.

"갑자기 죄송하지만, 조사를 좀 하러 나왔습니다. 여기 계신 분들께서 대략 8일 자정 전후로 사망하신 것으로 압니다. 맞나요?"

호연이 목소리를 높여 질문하자, 모여 앉아 있던 이들 가운데 몇 명이 말없이 고개를 끄덕였다. 침묵하는 이들은 많았으나 아니라고 답하는 이들은 없었다.

"혹시 사망하셨을 때 제주도에 계시던 분이 계신가요? 저희가 꼭 여쭤 봐야 하는 게 있어서요. 손 좀 들어 주실 수 있을까요?"

다시 이어진 질문에, 두세 명이 힘없이 손을 들었다.

"감사합니다. 손 들어 주신 분들 가운데 혹시 굿이나 무속 신앙에 대해 잘 아는 분이 계실까요?"

손을 들었던 이들이 죄다 머뭇거리며 손을 내릴지 말지 고민하는 눈치였다. 호연은 지푸라기를 잡는 심정으로 질문을 좀 더 명확히 했다.

"시왕굿을 보거나 치르신 적이 있으시다거나요."

질문이 바뀌자 모두가 망설임 없이 손을 내렸다.

"……네, 알겠습니다. 협조 감사드립니다."

호연은 망자들에게 마무리 인사말을 남기고 돌아섰다. 그러고선 예슬을 바라보며 쓰게 웃었다.

"역시 바로 나타나지는 않네."

조금 맥이 빠지는 느낌이었다. 당연히 처음부터 뭔가 성과를 내리라고 기대했던 것은 아니었다. 하지만 막상 그런 현실을 마주하면 실망스러운 것은 어쩔 도리가 없었다. 예슬은 그런 호연을 다독였다.

"차근차근 해 나가자."

"응. 이제 시작이니까."

목표하던 망자들이 이 캠프에는 없는 이상, 빠르게 다음 캠프로 넘어가는 편이 나을 터였다. 호연이 역사에게 다음 캠프로의 안내를 부탁하려고 할 무렵이었다. 갑자기 누군가가 덥석 어깨를 붙잡았다. 호연은 기겁하며 뒤돌아보았다. 눈치채지 못한 틈에 오른쪽 뒤편에서 한 망자가 걸어와 호연을 붙잡은 것이었다. 청회색 작업복 차림의 중년 여성이었다. 상반신에는 '태화환경'이라고 적힌 형광 조끼를 입고 있었다. 여성은 호연을 붙잡고 대뜸 말을 토해 냈다.

"날, 날 높으신 분 만나게 해 주세요!"

"자, 잠깐, 놓고 말씀하세요!"

당황한 호연이 여성을 뿌리치며 물러나려 했지만 여성은 호연을 붙잡고 놓지 않았다. 놀란 예슬이 달려들었지만 여성의 힘은 강했다. 결국 뒤따라 온 역사가 힘으로 제압하고 나서야 여성은 호연의 어깨로부터 떨어졌다. 진광대왕이 다른 관원도 아니고 역사를 데려가라고 한 이유를 알게 되는 순간이었다.

여성은 호연에게 연신 고개를 숙이며 간절한 표정으로 두 손을 모아 빌다시피 했다.

"미, 미안합니다. 염라대왕님이 보내셨다고 하셔서…… 내가, 내가 꼭 저승 높으신 분 만나서 하고 싶은 이야기가 있어서 그래요. 내가 이렇게, 이렇게 죽을 수가 없는데, 내가…… 우리 집에 가족들이 있었는데……."

놀람이 잦아들고 나자 호연과 예슬의 마음에 밀려드는 것은 아득한 안타까움이었다. 자신들도 죽었다는 것을 알고서 그 사실을 받아들이기까지 어느 정도 시간이 필요했다. 죽은 원인을 기억하고 진광대왕부의 안전한 인도를 받은 뒤에도 그랬다. 하물며 갑작스럽게 사망한 뒤 아무 인도도 받지 못한 채 마냥 기다려야 하는 이의 심정이 오죽할까.

여성은 계속해서 호연에게 간절히 호소했다.

"딱 하나만, 하나만 물어보게 해 주세요. 우리 남편하고 딸 셋은 무사한지만 알고 싶어서……."

무사할 리가 없다. 이곳은 가장 최근에 사망한 망자들이 모여 있는 캠프였다. 여성은 한반도에서 사망한 이들 가운데서도 상당히 늦게 사망한 축에 속했다. 어쩌면 방사선이 조금이라도 막힌 장소에서 일하고 있었을지도 모른다. 그렇지만 여성의 가족들은 어땠을까.

알두스에 이변이 생기고 나서 순식간에 목숨을 잃은 1,400만 명의 망자들이 저 계곡 너머에 빼곡했다. 아마, 진작 저승에 와 있을 가능성이 높았다.

호연은 그 사실을 말해야 할지 고민하다가, 예슬의 눈치를 보았다. 예슬은 호연의 시선을 알아채고 짧고 빠르게 고개를 저었다. 역시 너무 잔인한 말이 될 것이었다. 무엇보다 지금 그런 사실을 알려 주더라도 호연과 예슬이 여성에게 지금 해 줄 수 있는 일이 아무것도 없었다.

"……저희도 그건 답해 드릴 수가 없어요."

간신히 얼버무리는 호연이었지만 여성의 간절함은 사라지

지 않았다.

"제발, 그러지 말고……."

보고 있는 것만으로 울 것 같은 광경을 보며 예슬은 마음을 모질게 먹고 여성을 타일렀다.

"죄송합니다. 저희가 해 드릴 수 있는 게 아무것도 없어요."

하지만 여성은 포기하지 않았다.

"괜찮아요, 다 괜찮으니까 제발……."

결국 다시 역사가 나섰다. 키가 크고 우람한 역사가 한쪽 무릎을 꿇고 앉아 여성과 눈높이를 맞추었다. 그리고 여성을 곧은 시선으로 바라보며 무거운 목소리로 고했다.

"진정하시오."

여성은 허, 하고 헛숨을 내쉬었다. 역사는 다시금 여성은 타일렀다.

"때가 되면 저승의 관원을 만날 것이고, 그때 모두 설명하여 드릴 것이니, 진정하시오."

역사의 말을 들은 망자는 그 자리에 무너지듯 주저앉아 통곡하기 시작했다. 비통한 울음소리가 산비탈에 메아리쳤다. 차마 어떻게 달랠 방법도 없었다. 그렇다고 그 광경을 가만히 지켜보고 있는 것도 실례였다. 지체할 여유가 없기도 했다. 하지만 호연과 예슬은 그 울음을 쉬이 뒤로 할 수가 없었다. 근처의 캠프들을 돌며 순찰하던 진광대왕부 관원이 달려와 망자를 다독이기 시작한 뒤에야 둘은 착잡한 마음으로 자리를 뜰 수 있었다.

걸음걸이가 무거웠다. 하지만 해야 할 일이 있었다.

캠프와 캠프를 돌며 같은 질문을 반복하며 수소문하기 시작했다. 네 번째 방문한 캠프에서는 제주도에서 사망한 이를 찾는다고 운을 떼자마자 삼십 대쯤 되어 보이는 남성이 버럭 성을 내고 나섰다.

"제주도 살던 사람만 찾는 이유가 뭔데? 출신지를 색출해서 뭘 어쩌려는 건데? 장난하나 지금?"

깜짝 놀란 호연이 다급하게 해명했다.

"다른 이상한 의도는 전혀 없어요. 필요한 게 있어서 확인만."

하지만 남성은 막무가내였다.

"그럼 똑바로 설명해야 할 거 아냐! 자다가 눈떠 보니 이미 죽었다는 거부터 어처구니가 없는데 마냥 기다리라고만 하지, 몇 시간 동안 아무것도 못 하고 이러고 앉아 있는데 대뜸 와서 한다는 소리가, 뭐? 제주도 사람 나오라고?"

계속 성을 내던 그는 결국 역사가 나서서 제압해야만 했다. 역사가 말로 타일렀음에도 계속 악을 쓰던 그는 점차 무슨 말을 하는지도 알기 어렵게 고함을 쳐 대기 시작했다. 그 상황에 이르자 역사가 힘으로 그를 제압한 뒤, 주머니에서 줄을 꺼내 그의 팔을 등 뒤에서 묶었다. 그러고는 목덜미에 부적을 붙였다. 남성은 마치 기절하듯 쓰러졌다.

"망자께서 이성을 잃으면 영혼이 망가집니다. 예방적 조치입니다."

역사는 설명했다.

이렇게 괜한 시비를 걸어 오는 이는 이후로도 종종 있었다. 대개는 역사가 나서서 위협하면 제압까지는 이르지 않고 해결 되곤 했다. 호연과 예슬로서는 역사의 도움을 믿고 조사에 전 념하는 데 어려움은 없었다.

그렇지만 반대로, 둘은 선한 이들의 어떤 반응을 상대하기가 곤란했다.

"아뇨, 제주도 살던 사람은 아니에요. 저 창원 살았어요. 그 런데 진짜 저승에 막 공무원들 있고 그런가 봐요. 부럽다…… 나도 저승 공무원 하고 싶다…… 어떻게 하면 돼요?"

일곱 번째 캠프에서 만난 젊은 여성이 사망자 조사를 진행하 던 호연에게 붙임성 있게 말을 걸어 왔다. 호연은 예슬에게 소 곤거리며 물었다.

"솔직하게 말할까?"

"글쎄……."

예슬은 아니라고 이야기해서 굳이 실망시켜야 하나 싶은 생 각이 들었다.

그런 둘의 고민을 아는지 모르는지, 여성은 배시시 웃으면서 이야기했다.

"아무튼 더 이상 냉동창고 일 안 해도 되니까 너무 좋은 거 있죠?"

그러고 보면 여성은 여름답지 않게 두꺼운 옷을 입고 있었다.

작업용 방한복인 모양이었다. 가슴의 명찰에는 유명 인터넷 쇼핑몰의 로고가 새겨져 있었다.

"창원 살던 사람들 다 같이 죽은 거라면서요. 빨리 엄마아빠 보고 싶다. 이제 고생 다 끝났는데."

정말 기쁘게 다행이라는 듯 기대를 실어 말하는 여성을 보며, 호연과 예슬은 잠시 말을 이어 가지 못했다. 자세한 사정을 캐묻지 않고도 짧은 말 속에서 생전의 어려움이 진득하게 묻어 나왔다. 대체 어떤 삶이 저승에서 부모님과 만나는 것이 기쁨이요, 고생의 끝이 될 수 있는 것일까. 특히나 예슬은 가족과의 해후를 소망하는 모습을 보며 다시금 가슴 한구석이 미어지는 것을 느꼈다.

"……곧 만날 수 있을 거예요."

예슬은 쥐어짜내듯 애써 평정을 가장하며 말했다. 그 말은 여성을 달래는 것이기도 하지만 자신을 달래는 것이기도 했다.

"정말요? 이히히."

그런 예슬의 마음을 모르는 여성은 해맑게 웃었다. 호연은 예슬의 손을 꼭 붙잡았다.

여러 어려운 상황에도 불구하고 조사는 계속해서 진행되었다. 제주도에서 살던 이들을 일부 만날 수 있었다. 일부는 무속 신앙에 연이 있거나 간단한 굿노래를 외울 줄 아는 이들이었다. 하지만 이들 모두 삼승할망이나 서낭당 신령을 능히 찾을 수는 있어도, 죽은 영혼의 왕생을 기원하는 시왕굿 노래는 온전히 부르지 못했다. 나이 든 무당 할머니 한 분이 첫 소절을 간략히 기억하고 있는 것이 전부였다.

그렇게 헤매다 찾아간 열한 번째 캠프. 멀리 모여 있는 또 다른 수십 명의 망자들을 보고, 호연은 마음이 점점 지쳐 가는 것을 느꼈다. 그럼에도 불구하고 다시금 힘을 내어 호연은 그들에게 다가가 간단한 인사를 하고는 다시 질문을 던졌다.

"제주도에 계셨던 분 계신가요?"

"저요."

여기서도 한 사람이 손을 들었다. 티셔츠를 입은 말쑥하게 생긴 남성 청년이었다. 한눈에 보기에는 대학생 정도로 보였다. 호연은 별 대단한 기대 없이 그에게 질문을 이어 나갔다.

"혹시 대략 언제까지 이승에 계셨는지 기억하세요?"

그리고 뜻밖의 답을 들었다.

"밤에 시간 맞춰서 굿 치른다고 기다리다가 이렇게 되었으니, 대략 한 시 반쯤 되었을 겁니다."

"굿이요?"

"머위오름 성혈聖穴 깊은 곳에 들어가서 밤중에 치성을 올리려고 했거든요."

호연은 화들짝 놀라 예슬을 돌아보았다. 예슬 또한 놀란 상태였다. 제주도에서 8일 자정께 사망한 이들 중, 처음으로 만나는 무속 신앙 관계자였다.

예슬은 반신반의하며 청년에게 질문했다.

"죄송한데 그럼 혹시 시왕굿 할 줄 아시나요?"

청년은 고개를 끄덕였다.

"예, 그야…… 제주도에서 무당 노릇 하면 다들 한두 번쯤은 주워들었을 텐데요."

호연의 등골에 전율이 달렸다. 어쩌면 가설을 세울 때부터 찾아 헤매던, 바로 그 망자인지도 모른다는 생각이 들었다. 다급한 마음을 애써 진정시키며 호연은 망자에게 부탁했다.

"저기, 저희가 꼭 좀 확인할 게 있어서 그러는데요. 그 노래, 대충만이라도 한번 불러 주시겠어요? 특히 저승 대왕님들 부르는 부분이요."

청년은 호연의 간절한 물음에 고개를 잠시 갸웃거리더니 이내 목청을 풀고 입을 열었다. 성량이 확 올라가며 청량한 박수 무당의 굿 노래가 시작되었다.

"초제 진강왕, 칼 도자 뫼 산자 도산지옥이라, 인간 백성 집 어다 점점이 썰어 다스리는 왕이옵고."

그 노래를 호연은 잠시 넋을 놓고 들었다. 이곳은 이미 시왕 저승 땅이지만, 새삼 저승의 여러 대왕을 불러오는 것과 같은 몰입감이 느껴졌다. 망자가 염라대왕을 부를 때에는 어전회의에서 마주했던 염라대왕의 근엄한 얼굴이 뇌리를 스쳐 지나갔다. 그 옆에서 예슬은 청년이 부르는 노래의 소절 하나하나를 유심히 들으며 계속 고개를 끄덕이고 있었다.

"열다섯이랑 동자판관, 열여섯이랑 사자왕, 영혼님 송사제

오라 치고 영혼님 다닐제 이끄는 왕이온데, 오라는 늦추고 바른길에 데려 주옵소서. 일곱 신아, 아홉 귀야, 천왕차사님 월직 사자님······."

그리고 이 노래에서는 분명 열여섯 명의 왕을 찾았다. 저승 대왕의 호명을 모두 마친 망자는 스스로 흥에 취해 곧장 다음 소절로 노래를 이어 가려다가, 부탁받은 것이 여기까지였음을 한 박자 늦게 상기하고 헛기침과 함께 노래를 멎었다. 그러고 선 호연에게 물었다.

"음, 이 정도면 됐습니까?"

노래가 멈추자 퍼뜩 정신을 차린 호연이 대답했다.

"······아, 네! 협조 감사드립니다!"

박수무당 청년은 별걸 다 물어본다는 듯 머리를 긁적이며 자리에 앉았다.

호연은 예슬을 데리고 망자들로부터 조금 떨어진 산비탈로 향했다. 그리고 잔뜩 흥분한 목소리로 예슬에게 물었다.

"찾은 거야? 진짜 찾은 거야 우리?"

유의미한 발견을 했다는 기쁨에 달아오른 호연과 달리 예슬은 차분함을 유지하고 있었다.

"자, 자, 침착하게 다시 정리해 보자."

호연은 고개를 끄덕이고 손가락을 꼽아 가며 정리하기 시작했다.

"응. 한 시 반쯤 돌아가신 분이었고, 거의 그 무렵에 소육왕부에 문제가 생겼다고 했지."

예슬은 고개를 끄덕였다.

"그리고 정확히 십육왕을 부르고 계셨어."

곧바로 예슬은 조금 전 들었던 노래를 다시 한번 떠올렸다. 들기로 소육왕부라는 조직은 지장왕부, 생불왕부, 우도왕부, 좌도왕부, 동자판관부, 사자왕부로 구성되어 있다고 했었다. 그 명칭에 대응되는 이름들이 하나하나 조금 전 망자의 노래에 언급되었다.

"지금까지 찾아 본 사람들 중에 시왕굿 무가를 이만큼 아는 분은 없었거든. 그러면……."

조심스럽게 결론에 접근해 가는 예슬에게 맞장구를 치듯 호연이 덧붙였다.

"어쩌면 저분이 십육왕 노래를 기억하는 마지막 분이셨던 거 아닐까."

예슬은 다시금 고개를 끄덕였다.

"이다음에 돌아가신 분 중에 다른 분이 안 계신다면, 아마도."

호연도 마주 고개를 끄덕이고, 정리를 진전시켜 나갔다.

"그러면 우리가 가설을 세우게 되는 건…… 저분께서 사망하셨을 때 십육왕 신앙이 이승에서 완전히 사라져서 그런 일이 일어났다는 게 되는 거네."

시왕저승의 십육왕을 증거한다고 볼 수 있는 시왕굿 노래를 정확하게 기억하고 있는 무당. 그가 새벽 1시 30분께 사망했고, 같은 시각 소육왕부에 이변이 일어났다. 만약 호연이 처음 짐작했던 것처럼 이승의 신앙이 있어서 저승의 공간 또한 유지되는 거라면, 이 같은 시간의 연관 관계는 그 사실을 증명하기 위한 증거로 상당히 강한 설득력을 가질 게 분명했다.

물론 그 짐작은, 정상재 교수가 지나친 상상이라고 일축한 것이기는 했다.

"……정 교수님은 아마 달리 생각하실 거 같긴 한데."

들떠서 이야기를 나누다가도 한순간에 풀이 죽는 호연. 그런 호연을 보는 예슬의 마음은 안쓰러운 한편 답답하기도 했다. 예슬은 호연을 채근하듯이 말했다.

"일단 보고해 보기로 하자. 그 뒤에 의견을 들어 보는 걸로."

머뭇거리던 호연은 곧 고개를 끄덕이며 말했다.

"응. 여기까지 왔는걸."

그렇게 둘은 조사의 마무리를 향해 다시금 발걸음을 옮겼다.

다음 캠프에서는 소육왕부 이변 시점 이후에 사망한 망자들을 만나게 되었다. 만약 이 가운데에 저승의 열여섯 왕을 기억하거나 신앙해 온 이가 있다면 시간적 연관성이 부정되고 조금 전의 가설은 수정이 불가피해질 것이었다.

하지만 이제는 정말 그런 망자를 찾을 수 없었다. 제주도에서 사망한 이 자체가 더는 나타나지 않았다. 저승왕을 여럿 부르는 것은 남도 굿에서 흔히 벌어지는 일이라며, 예슬은 전남이나 경남 출신의 무속인이 있는지도 묻고 다녔다. 하지만 더는 나오지 않았다. 이 시점에 뒤늦게 사망한 이들은 대개 깊은 지하 시설이나 벽이 두꺼운 창고 등에서 작업을 하다가 늦게 또는 천천히 피폭되어 사망한 노동자들이었다. 대체로 무속과는 전혀 연이 없어 보였다.

그렇게 도착한 열다섯 번째 캠프에는 불과 열일곱 명이 대기하고 있었다. 그 망자들 옆에는 회백색 도장의 승합차 한 대가 서 있었다. 옆면에 큼지막하게 적힌 '사출산 구조대'라는 글자를 보니 기시감이 들었다. 호연과 예슬이 죽고 나서 사출산에 떨어졌을 때 둘을 구하러 왔던 구조대 차량이었다.

차량 주변에는 구조대원 몇 명이 앉아서 휴식 중이었다. 한 구조대원이 호연과 예슬을 뒤따라온 역사를 보며 물었다.

"정 역사님 아닙니까? 대왕부에 대기하는 줄 알았더니 어쩐 일입니까?"

"염라대왕부 지시로 조사 중인 담당자분들을 호위하고 왔습니다. 여기가 마지막 캠프입니까?"

역사의 질문에 구조대원은 턱짓으로 뒤편의 계곡을 가리켜 보이며 말했다.

"예, 여기가 마지막입니다. 이 이후로 새로 오신 망자분들은 계시지 않습니다."

마지막 망자가 도착한 지 이미 열 시간 가까이 흘렀으며, 앞으로 새로 망자가 도착하면 즉시 이 캠프에 호송해 오기 위해 대기 중이라고 구조대원은 덧붙였다.

호연은 마지막 캠프에 있는 망자들을 둘러보았다. 이전의 몇 몇 캠프들처럼, 무속과는 전혀 상관없는 사람들만 기다리고 있지 않을까 하는 기대 내지 짐작 같은 것이 있었다. 망자들의 면면을 빠르게 훑던 호연은 그러나 이내 얼굴이 굳고 말았다.

한눈에 봐도 무당이라고밖에는 볼 수 없는, 색동옷 차림의 여성이 앉아 있었던 것이다.

"……저분, 무당이시겠지?"

호연은 긴장된 목소리로 예슬에게 물었다. 하지만 예슬은 담담하게 대답했다.

"응. 맞는데, 아마 우리가 생각하는 분은 아니실 것 같아."

"보기만 했는데 그걸 알아?"

신기하다는 듯 묻는 호연에게 예슬은 살짝 웃어 보였다.

"옷."

호연을 놔둔 채 예슬은 색동옷을 입은 여성에게 걸어가 사근사근하게 물었다.

"선생님, 안녕하세요."

예슬은 소곤거리는 목소리로 여성에게 몇 가지 질문을 건넸다. 문답이 오가더니 이내 여성은 뜨악하다는 듯이 예슬을 바라보며 반문했다.

"지금 무슨 소리 하십니까? 아니 저승에 대왕이 열 분이지 무슨 열여섯 왕을 말한답니까? 차사 판관 다 끼워 넣는 그런 굿은 내가 안 합니다!"

"알겠습니다. 말씀해 주셔서 감사해요."

대화를 마친 예슬은 호연에게 돌아와 말했다.

"무관하셔."

"그래 보이시네…… 그런데 정말, 어떻게 짐작한 거야?"

"시시콜콜 설명하기는 좀 복잡하고."

예슬은 몇 가지 근거를 들어 짤막하게 설명했다. 색동옷에 붙은 장식의 종류, 색동옷을 지은 방법, 지니고 있는 신물神物로 보이는 구슬 등등을 짚은 예슬은 그것들이 남도 무속에서는 보기 힘든 특징이라고 지적했다. 결론적으로 무속 신앙을 믿는 분이기는 하나, 소육왕부와는 무관했다.

예슬의 설명을 다 들은 호연은 이제 조사의 결론을 지을 시점에 도달했다는 것을 깨달았다.

"그럼 우리 조사는 이걸로 끝…… 인가?"

"아마도?"

조심스럽게 확인하듯 묻는 호연에게 예슬은 고개를 끄덕였다.

호연은 예슬을 물끄러미 바라보다가 울 것 같은 표정이 되어서는 말했다.

"……고마워, 정말 고마워. 덕분에 어떻게든 뭐라도 조사해 갈 수 있게 됐어."

예슬은 쑥스럽게 웃었다.

"뭘. 떠오르는 대로 이야기했을 뿐인걸."

예슬은 여전히 호연이 짐작한 게 사실이 아닐까 생각하고 있었다. 신앙이 사라지면 저승도 사라진다. 그 인과 관계를 확인해 보려고 어렵사리 세운 가설이었지만, 정확히 맞아 떨어지는 조건의 망자가 발견됨으로써 어느 정도의 신빙성을 가질 수 있게 되었다. 십육왕을 찾으며 시왕저승을 신앙하는 마지막 망자가 사망한 순간 소육왕부에 붕괴가 시작된 것이 아니냐는 게, 이번 조사의 결론이 될 터였다.

그 조사를 좀 더 자신감 있게 진행할 수도 있었을 텐데. 텔레비전에 나오는 유명인인지 누구인지, 정상재 교수라는 이는 분명 똑똑하고 잘났겠지만 몇 시간도 안 되는 사이에 호연의 자존심을 엉망으로 헤집어 놓았다. 예슬은 그 점이 못내 안타까웠다.

"스스로 한 조사에 확신은 있어?"

안타까움을 담아 예슬은 물었다. 아니나 다를까, 호연은 다시금 주저하는 모습을 보였다.

"솔직히 여전히 좀 걱정은 되지만······."

짧게 한숨을 내뱉으며 예슬은 호연을 격려했다.

"아까 진광대왕님도 그러셨잖아. 자신감 갖고 하라고. 나도 그랬으면 좋겠어."

호연은 곧바로 대답하지 못했다. 머뭇거리면서 조금 고민하는 것 같더니 호연은 위축된 목소리로 예슬의 눈치를 살피며 입을 열었다.

"······이랬다가 괜히 일 키우게 되는 건 아니겠지? 막, 정 교수님하고 의견 갈리고 그래서······."

그런 호연에게 예슬은 단언했다.

"그러면 어때서? 커질 만한 일이 커지는 건 당연한 거잖아."

호연이 평소 보아 왔던 조심스러운 예슬의 성격에서는 상상하기 힘들 만큼 예슬의 대답은 단호했다. 그 반응에 호연은 조금 놀랐다.

사실 말을 꺼내 놓고서 예슬 자신도 조금 놀란 상태였다. 하지만 그렇게 강한 말이 뿜어져 나올 만큼, 예슬의 마음에는 답답함이 쌓여 있었다. 호연이 머뭇거리는 모습을 보고 있는 것이 답답했다. 기가 죽는 모습을 보는 것이 안타까웠다. 그런 호연에게 도움을 주고 싶었다.

이제 호연의 손에는 독립적인 조사 결과가 있었고, 증거와 함께 주장할 수 있는 가설도 있었다. 이걸로 일이 커져야 한다면, 커져야 마땅했다.

예슬은 호연을 지그시 바라보았다. 호연은 그 시선이, 자신이 힘을 내야 한다고 타이르는 것처럼 느껴졌다. 호연은 예슬을 마주보며 고개를 끄덕였다.

"그렇지, 응."

커질 만한 일이 커지는 것은 당연한 일. 조금 전 예슬이 해준 말을 되뇌며, 호연은 다시금 용기를 내 보기로 마음먹었다.

*

비서실 부속 회의실. 안유정 윤회정책비서관은 어처구니가 없다는 표정으로 맞은편에 앉은 윤회청 하정 수석에게 따져 물었다.

"그러니까 어떻게든 심판을 부활시키자고, 혼자서 찾아가셨다는 말씀이세요?"

하정 수석은 팔짱을 낀 채 의자에 기대어 앉아 말했다.

"정확히는 축생도에 급을 나누자는 것입니다."

"그게 그거잖아요!"

유정은 버럭 성을 냈다. 주무 분야에서 생각지도 못한 거대한 일거리가 굴러 들어온 것이었다.

시영은 하정 수석에게 물었다.

"폐하께 직보를 다녀오셨다고요?"

그 물음에는 약간의 힐난이 담겨 있었다. 아무리 스스로 바른 방향으로 믿어 의심치 않기로서니, 자신도 수현도 부재 중인 사이에 대뜸 직보를 올린 것은 아무리 생각해도 부적절한 처신이었다. 하지만 하정 수석은 자신의 행동에 여전히 확신을 갖고 있는 모양이었다.

"예, 다녀왔습니다. 그리고 이게 그때 올린 기획안입니다."

그렇게 말하며 하 수석은 두루마리를 내밀었다. 안유정 비서관이 그 두루마리를 받아들었고, 곧바로 펼쳐서 내용을 확인하기 시작했다. 제법 길고 꼼꼼하게 작성된 기획서였지만, 안유정 비서관은 초입에서부터 이미 머리가 아파 오기 시작했다. 하 수석의 기획안은 어떻게 환생문의 조작을 해야 하는지에 대한 기술적 설명으로 시작해, 그 내용으로 거의 70퍼센트 가까이가 채워져 있었다. 그렇게 조정한 환생문을 이용해 축생도의 급을 세 가지로 나누자는 내용이 나머지 30퍼센트 부분에 정리되어 있었다.

전체 내용을 빠르게 속독한 뒤 두루마리를 내려놓고 유정은 하 수석에게 쏘아붙였다.

"……이러니까 거절을 당하셨죠."

하 수석은 영문을 모르겠다는 반응이었다.

"대체 뭐가 문제입니까?"

유정은 머리를 신경질적으로 긁고는 하 수석에게 말했다.

"정말 죄송한데요. 환생문을 어떻게 조정하실지, 축생도 급을 어떻게 나누실지는 오히려 굉장히 지엽적인 문제예요. 망자들의 급이 나뉘어 있으면 그 급대로 적당히 잘 보내시면 되고, 그건 윤회청에서 알아서 판단하시면 돼요. 급을 나누기 위한 심판을 어쩔 건지에 대한 내용이 하나도 없잖아요."

윤회청에게 있어서 윤회는 환생문에 망자를 통과시키는 기술적인 문제다. 하지만 윤회정책비서관에게 있어서 윤회란 시왕저승의 존재 이유 중 하나요, 인세의 영혼을 정화하는 숭고한 목적을 가진 행위로, 사후 심판의 결과를 구현하는 수단이었다. 즉 유정의 관점에서 윤회의 핵심은 환생이 아니라 심판이었다. 분류를 하지 못한다면 차등 대우도 할 수 없다. 그 내용이 하 수석의 기획안에서는 통째로 누락되어 있었다.

그러나 따져 묻는 유정에게 하 수석은 대단치 않다는 듯이 대꾸했다.

"그거야말로 적당히 잘 판단하시면 되는 거 아닙니까?"

"그럴 수 있을 리가 없잖아요!"

화가 치밀어 오른 유정이 자리를 박차고 일어나며 버럭 소리질렀다. 옆자리에 앉은 시영이 헛기침을 하자 유정은 꾸벅 고개를 숙이고 다시 착석했지만, 여전히 하정 수석에게 당황스럽고도 황당하다는 눈빛을 보내며 성을 내고 있었다.

"여기서도 대화가 평행선을 달리게 생긴 모양입니다."

시영이 툭 말을 꺼내 놓자 하 수석이 시영을 응시하며 눈살을 찌푸렸다.

"또 내 잘못이다, 이겁니까?"

"그런 의도는 아니었습니다. 죄송합니다."

가볍게 양해를 구하는 시영이었다. 사실 약간은 그런 의도가 있었다. 시영은 여기서도 대화를 중재해 나가야 할지 고민스러웠다. 하지만 반갑게도 안유정 비서관이 다시금 평정을 되찾고 논의에 복귀했다. 그리고 조금 예상 외의 화두를 꺼내 놓았다.

"……윤회를 재개할 거면, 심판을 간소하게라도 부활시켜서 제대로 살펴야 해요."

"하지 말자는 쪽 아니셨습니까?"

하 수석이 의아해하며 물었다. 방금 전까지 대책 없는 윤회 재개에 반대하더니, 웬일인가 싶었던 것이다. 그러나 유정은 심드렁하니 부정했다.

"그럴 리가요. 명색이 윤회정책비서관인데, 윤회를 멈춘 게 마음에 들 리가 있겠어요?"

유정이 성을 낸 것은 윤회 재개를 위한 기획에 구멍이 너무 많았기 때문이었다. 또 그런 구멍투성이 기획이 비서실을 뛰어넘어 염라대왕에게 직보되었다는 상황에 대한 스트레스 탓이었다. 유정은 한숨을 깊게 내쉬고는 자기 입장을 좀 더 설명했다.

"사후심판을 통한 육도윤회는 이승에서 실현되지 못한 정의를 구현하고 피해자를 위로할 마지막 안전망이라고요. 악한 망자는 뉘우치게 하고, 선한 망자는 평화로이 다음 생을 누린다. 재난 상황에서 그걸 아예 일괄적으로 안 하겠다면 차라리 받아들일 수 있어요. 하지만 할 거면 제대로 해야 해요. 억울한 사람이 없게."

단숨에 말을 이어 나간 유정은 방점을 찍듯이 덧붙였다.

"저승에 와서 오히려 영혼에 분노를 쌓아 나가면 그게 말이 되겠어요?"

그때 옆에서 동의하는 목소리가 들려왔다.

"저도 같은 생각입니다."

테이블 한쪽 구석 자리에 앉아 있던 정상재 교수였다. 그렇지 않아도 조금 전부터 그의 존재가 신경 쓰였던 하 수석이 그에게 물었다.

"댁은 누군데 여기 계십니까?"

유정이 정 교수를 대신 소개했다.

"생전에 천문학 교수 하시던 망자님이세요. 전문가로 초빙되어 이것저것 도와주고 계세요."

소개를 받은 정 교수가 정중히 고개 숙여 인사했다.

"정상재 교수라고 합니다."

인사를 마치자마자 정 교수는 마주 앉아 있는 이들의 면면을 돌아보며 입을 열었다.

"외람되지만 제 의견을 말씀드려도 되겠습니까?"

유정과 시영은 정 교수의 발언을 기다린다는 듯 바라보았다. 하 수석은 잘 모르는 이가 회의에 끼어드는 게 썩 내키지 않는 듯했으나, 곧 어깨를 으쓱하고 침묵했다. 발언이 허락되었음을 느낀 정 교수는 먼저 유정을 돌아보며 말했다.

"얼핏 듣고 제가 이해한 바로는, 이곳 시왕저승의 존재 의의는 죽은 영혼의 악한 성정을 다스리는 데 있는 것 같습니다. 그리고 안유정 비서관님이 걱정하시는 것은 자칫 불공정한 심판으로 인해 부당한 결과를 맞닥뜨린 망자들의 성정이 더 악해지는 것…… 맞습니까?"

조심스러운 말투였지만 그 내용은 실제 윤회 정책의 핵심을 짚고 있었다.

"어, 네…… 대단하시네요. 제가 따로 설명 안 드린 것 같은데요."

유정은 정 교수의 통찰에 감탄했다. 아무리 저승에서 초자연적인 수단을 일부 동원해 심판을 실시하더라도, 결국 제한된 지능을 가진 인간의 영혼이 하는 일이다 보니 완벽하기란 쉬운 일이 아니었다. 간혹 저승에서의 심판마저도 불공정하게 결론이 날 때, 억울함을 품은 영혼이 망가져 환생하고 난 뒤 이승에서 잔혹한 성품을 드러내는 경우가 간혹 있었다. 유정이 심판을 제대로 해야 한다고 강조한 것은 바로 이런 이유 때문이었다.

"섣부른 제 짐작이 잘 들어맞았다면 다행입니다."

정 교수는 유정을 향해 차분한 미소를 지어 보이고는 말을 이어 갔다.

"만약 심판을 서투르게 진행한다면, 자칫 억울한 누명을 쓰고 낮은 급의 축생도로 투입되는 망자들이 생겨날 수 있을 것입니다."

유정은 이번에는 강한 공감과 함께 고개를 끄덕였다.

"맞아요. 저는 사실 그 반대의 경우가 더 걱정이에요. 잘못한 사람과 잘못 당한 사람이 같이 죽어서 왔는데 심판이 공정하지 않으면…… 피해자는 얼마나 억울하겠어요."

"그 또한 그렇겠습니다."

정 교수는 유정의 공감에 짤막하게 동의를 표했다. 그러곤 유정에게 물었다.

"원래 저승에서는 49일 동안 재판을 받지요?"

"짧게는 49일, 최장 3년이에요."

"각 대왕부에서 심판은 어떻게 진행하고 계십니까? 망자가 스스로를 변호할 기회가 주어집니까?"

계속해서 이어지는 정 교수의 질문에 유정이 답했다.

"네. 수명부의 부속 서류인 행실록에 큰 선행과 잘못이 기록되어 있거든요. 그걸 추궁해서 사정이 있었는지, 뉘우치고 있는지 의견을 듣게 됩니다."

말을 꺼내 놓고 나자 걱정이 되는 부분이 있었다. 유정은 깊은 우려가 묻어나는 목소리로 덧붙였다.

"······그런데 그 수명부를 제대로 다 대피시켰는지 모르겠네요. 전부 우도왕부에 보관되어 있었거든요. 아까 보니까 일부만 간신히 가져온 모양이던데······."

시영은 보고 받았던 내용을 되짚어 보았다. 염라대왕의 지시는 분명 수명부를 최우선으로 대피시키라는 것이었다. 하지만 그 지시가 완벽히 이행되기에는 시간이 다소 부족했다. 아직까지 정확한 상태는 확인되지 않고 있지만, 전량 반출에는 실패했을 가능성이 높았다. 특히 망자의 신원을 파악하기 위한 수명부가 모두 운반되었더라도 행실록까지 전부 꺼내 오지 못했다면 심판 자료로 쓸 수 없었다. 공정한 심판을 구현하려면, 자료 또한 모든 망자에게 동등한 수준으로 구비되어 있어야 한다. 그런데 이제 그 조건을 장담할 수 없었다.

"일부만 있을 거라고 생각하는 편이 낫겠습니다. 수명부는 쓸 수 없다고 가정합시다."

이야기해 두고 갈 필요가 있다고 생각한 시영이 첨언했다. 유정의 표정은 좀 더 어두워졌다. 그때 정상재 교수가 불쑥 입을 열었다.

"요점은 억울함이 발생하지 않도록 하는 것 아니겠습니까?"

"아이디어라도 있으세요?"

하늘에서 동아줄이라도 내려온 것처럼 유정이 정 교수에게 잔뜩 기대를 실어 물었다. 정 교수는 계속 무언가를 고민하면서 천천히 입을 떼었다.

"음…… 여전히 제가 저승의 구조에 대해 잘 몰라서 조심스럽습니다만. 이런 건 어떻겠습니까? 망자 본인에게 억울할 만한 일을 물어보는 겁니다."

그렇게 운을 뗀 정상재 교수는 차분하지만 나름 확신이 느껴지는 목소리로 자신의 구상에 대해 설명하기 시작했다.

"조금 냉정한 이야기가 될지도 모르겠습니다만, 죽어서 기억도 못 하는 일에 억울해질 리는 없습니다. 그리고 죽어서까지 기억에 남아 사무칠 만한 일이 그렇게 많지는 않을 것입니다."

그렇게 망자가 사후에까지 잊어버리지 못하고 가져온 잘못과 억울함을 여기서 새로 물어보고 기록하자는 게 정 교수의 제안이었다.

"그렇게 만든 기록이 일종의 행실록이 될 거라고 생각합니다."

거기서 정 교수의 제안은 한 걸음 더 나아갔다.

"그리고 그 사이사이에는 자신이 폐를 끼친 상대나 자신에게 잘못을 저지른 상대의 이름이 나올 겁니다. 그러면 그 잘못만 골라서 심판하면 되지 않겠습니까?"

교수의 제안을 요약하면 망자의 인생 전체를 공명하게 심판하는 대신 망자가 풀지 못한 원한을 조사해서 그 원한만을 빠르게 해결하자는 것이었다. 특히 잘못의 당사자끼리 묶어서 심판에 넘겨 서로 억울함이 남지 않도록 시비를 확실히 가리자는게 정 교수의 제안이었다. 정 교수는 문득 생각났다는 듯 덧붙였다.

"아, 심판정에서 서로 마주 보고 이야기를 나누게 해도 좋겠습니다. 오해가 있으면 확실하게 풀어 버릴 수 있게 말입니다."

그때 정 교수의 이야기를 가만히 듣고 있던 하정 수석이 질문을 꺼냈다.

"소육왕부 저렇게 되고, 온 저승까지도 위험할 수 있는 마당에 그걸 다 듣고 있어도 됩니까?"

정 교수는 즉답했다.

"예, 그 부분은 안심하십시오. 시왕저승 자체에는 큰 문제가 안 생길 거라고 저는 보고 있습니다."

"확실합니까?"

선뜻 믿지 못하겠다는 듯 되묻는 하 수석에게 정 교수는 고개를 끄덕여 보였다.

"아직 단정할 단계는 아니지만 그렇게 관측하고 있습니다."

한편 안유정 비서관은 정 교수의 제안이 얼마나 타당한지 계속 고민하고 있었다. 수명부와 행실록을 쓸 수 없다면 본인에게 물어보면 된다. 발상의 전환이었다. 나쁜 방법은 아니리라는 생각이 들었다. 문제는 그 방법으로 과거사를 물어봐야 하는 망자의 수가 크다는 것이었다. 그 숫자를 떠올리고 계산을 한 순간, 유정은 무리라는 생각에 사로잡혔다.

"······굉장히 어렵겠는데요."

유정은 고개를 설레설레 젓고는 말했다.

"시왕저승이 지금 받아들인 망자의 수가 1,000만 명이 넘어요. 그 사이에서 은원恩怨을 정산한다고 쳐도 관계의 숫자가······ 1,000만에 제곱을 하면 얼마냐고요."

단순 계산이었다. 천만 명이 천만 명에 대해 서로 하나씩 은원을 교환한다고 하면, 그 최대치는 천만의 제곱이었다. 정 교수는 0의 개수를 어림셈하더니 말했다.

"100조로군요. 하지만 그건 이론적인 수치에 불과합니다."

유정의 걱정을 단번에 부정하면서 정 교수는 말을 이어 나갔다.

"사람이 어떻게 혼자서 1,000만 명과 관계를 맺겠습니까? 사회학자들의 연구에 따르면 사람 한 명이 유의미하게 관계를 맺는 사람의 수는 대략 150명 정도라고 합니다. 그중 죽어서도 잊히지 않을 사건에 엮이는 사람의 수가 그렇게 많을까요? 물론 1,000만 명에 150을 곱하면 15억이니 적은 수는 아닙니다. 그래서 본인의 진술에 의존하게 하자는 것입니다. 가장 청산하고 싶은 원망에 집중하도록 요구하는 겁니다. 최소한의 공정함을 유지하면서 케이스를 줄이는 겁니다."

유정은 조금 께름칙하게 중얼거렸다.

"그게 그렇게 정리가 되는 종류일지는 모르겠지만……."

하지만 옆에서 듣고 있던 하정 수석은 그럴싸하다는 듯 고개를 끄덕였다.

"나쁘지 않아 보입니다, 저는? 요컨대 이놈이 좋은 데 가는 꼴 보고 어떻게 환생을 하겠냐, 이런 강한 원망만 막자는 거 아닙니까? 생각보다 그런 케이스가 또 많지는 않을 겁니다."

곧이어 하 수석은 당당하게 주장했다.

"제가 보기에는 그런 원한, 망자 한 명당 평균 한 건 이하로 나올 겁니다."

"장담하실 수 있나요?"

안유정 비서관의 질문에 하 수석은 여유롭게 고개를 끄덕이며 대답했다.

"예, 이게 윤회청에서 일하면서 보면, 윗분들 생각하시는 것보다 다들 평화롭게 사망하셔서 평화롭게 흘러들 가십니다. 당장 아귀도 지옥도로 처넣는 망자가 뭐 그리 많지도 않았으니."

하 수석의 말을 조용히 듣던 유정의 머릿속에 순간 스파크가 튀었다.

"가만…… 그렇네요. 심판을 제대로 안 하면 안 될 큰 잘못을 하면…… 평등대왕부 같은 곳에 구류를 당하는 게 아니면 아귀, 지옥, 수라, 축생도로 빠지게 되고…… 그쪽으로 가는 망자의 숫자가……."

머릿속에 암기하고 있던 숫자들이 서로 엮이기 시작했다. 전체 망자들 중에 중죄인으로 분류되어 윤회에 명확한 불이익을 받는 자들의 비율. 그 비율을 1,000만 명에 적용한다고 했을 때의 결과. 그 결과로 짐작되는 사건의 숫자와 그걸 처리해야 할 저승 관원들의 숫자.

"……음…… 십대왕부 판관의 총 숫자가……."

하지만 서로 엮여 해解를 낳을 것 같던 숫자들은 곧 뒤섞여 엉키기 시작했다. 제대로 암기가 되어 있지 않은 숫자들이나, 암산이 어긋나는 것들이 생기기 시작했기 때문이었다. 머릿속에서 굴릴 수 있는 규모를 벗어난 것이다. 유정은 암산을 포기하며 말했다.

"아무래도 기획을 좀 더 정교하게 짜 봐야겠는데요. 뭐가 좀 보이는 것 같은데 자세한 수치를 확인해야 할 부분들이 있네요."

유정이 기획을 말하자 하 수석이 맞장구를 치고 나섰다.

"바라는 바입니다. 뭐 도울 거 있겠습니까?"

의욕이 앞서가는 하 수석을 유정이 진정시켰다.

"비서실에 무슨 자료 있는지 모르시잖아요. 제가 우선 숫자들을 좀 모아 올 테니까, 그다음에 다시 논의에 함께해 주시면 좋겠네요."

"그럼 멀리 안 가고 기다리고 있겠습니다."

하 수석은 축생도 분할 기획이 진전되기만 한다면 어떤 지시에라도 응할 기세였다.

유정은 이어서 정상재 교수에게 물었다.

"정 교수님께서는 이제 다시 조사 업무로 복귀하실 거죠?"

"예, 그럴 생각입니다만……."

정 교수는 잠시 뜸을 들이더니 조심스럽게 제안했다.

"……혹시 그쪽 조사가 일단락되고 나면, 저도 계속해서 논의하시는 데 도움을 드려도 되겠습니까? 주제넘은 것 같다고는 생각합니다만 저도 이런저런 아이디어들이 계속 머릿속에서 떠돌기 시작하는군요. 관심이 갑니다."

유정은 또다시 놀랐다. 정 교수가 이런저런 아이디어를 내는 것을 대단하게 여기고는 있었지만, 이렇게까지 논의에 깊이 참여하려고 할 것은 예상하지 못했기 때문이었다. 무엇보다 이미 소육왕부 사건과 관련한 조사를 지휘하고 있는 입장이지 않은가. 몸이 두 개라도 된다는 듯 나서는 것이 놀라울 따름이었다. 참여한다면 도움이 될 것은 자명했다. 그렇지만 유정은 즉답하는 대신 시영을 돌아보았다. 자신은 조사를 도와주는 역할이었고, 조사와 다른 일에 정 교수가 참여할 수 있느냐에 대한 결정을 내릴 권한은 없었다.

시영은 유정의 시선을 받고 잠시 생각에 잠겼다. 어차피 비서실 인원만으로는 망자 수용 이외의 무슨 일이든 처리하기 벅찬 상황이었다. 의욕을 갖고 참여하는 망자가, 특히 여러 활동으로 능력을 증명하고 있는 망자가 참여한다면 득이 될 것임은 분명했다. 단지 지금 맡겨 놓은 조사는 염라대왕의 위임을 받은 것이므로 소홀히하기를 원치 않았다.

시영은 정 교수의 요청을 조건부로 승인하기로 했다.

"계획하셨던 조사를 마무리하신 뒤라면, 상관없습니다."

그 정도면 자신에게 충분하다고 여겼는지 정 교수는 만족스럽다는 미소와 함께 고개를 숙였다.

"감사합니다."

＊

염라대왕부 광명왕원 제4회의실에, 다시금 전문가 망자 일동이 집결했다. 정 교수는 비서실에서 진행된 회의로부터 돌아온 참이었다. 홍기훈 박사와 나성원 책임은 우도왕부 색인에 대한 후속 조사를 마치고 조금 일찍 와서 대기하고 있었다. 그리고 호연과 예슬은, 고되고 수고스러웠던 진광대왕부 망자 조사로부터 돌아와 자리에 앉아 있었다.

이 회의는 정 교수의 주도로 진행된 소육왕부 사건 관련 조사 결과를 취합하고 정리하기 위한 회의였다. 교수의 요청으로, 이시영 비서실장이 회의실 한쪽에 앉아 회의 진행을 참관하고 있었다.

"다들 수고 많으셨습니다."

정상재 교수가 자연스레 회의 진행역을 맡아 정리 회의가 시작되었다.

"만 하루 정도의 긴급한 조사가 되었습니다만, 각자 맡은 자리에서 내실 있는 조사를 진행할 수 있었던 것 같아 다행스럽습니다. 피로와 수면이 없는 연구 환경이란 이런 것이로군요."

그 말을 듣고서야 호연은 새삼스럽게 자신의 상태를 자각했다. 만약 이승에서였다면 굽이치는 산길을 타넘으며 수백 명의 사람들을 만나고 다닐 엄두도 내지 못했을 터였다. 아마 지금쯤 몸도 정신도 엉망으로 지쳐서 아무것도 할 수 없는 상태가 되어 있었을 게 분명했다. 하지만 그런 반응은 몸이 있기에, 육체적 피로가 찾아오고 정신을 잠식할 수 있기에 빚어지는 일인 모양이었다. 망자들을 상대하는 것이 부담스럽고 감정을 소모하는 일이기는 했지만, 해야 할 일이 있다고 결심하고 돌아다닌 덕분인지 호연은 조금도 피로를 느끼지 않고 있었다. 피곤함이 없는 감각은 신비하기까지 했다.

"생전에 이랬으면 참 좋았을 텐데 말이에요."

나성원 책임도 비슷한 것을 느꼈는지 맞장구를 쳤다.

정상재 교수는 가볍게 손뼉을 쳐서 분위기를 정리한 뒤 다시금 회의를 진행시켜 나갔다.

"그럼 조사 결과를 취합해 보도록 하겠습니다. 각자 맡은 분야의 조사 결과를 발표해 봅시다."

각자라고는 해도 실질적으로는 정상재 교수팀과 호연-예슬 팀밖에는 없었다. 호연은 테이블의 한쪽 구석, 조금 떨어진 자리에 앉아 회의 전체를 관망하고 있는 시영의 존재가 조금 부담스러웠다. 자신의 조사 결과를 정상재 교수에게 납득시키기 위해 어떻게 대화를 나눠야 할지 열심히 고민하면서 왔는데, 정 교수가 곧바로 공식적인 보고의 자리로 만들어 버린 것이었다. 이렇게 된 이상 한 번에 제대로 설명해야만 했다.

정상재 교수가 먼저 설명을 시작했다.

"먼저 제 쪽부터 하겠습니다. 우도왕부에서 반출된 색인에 대한 집중 조사를 실시했습니다."

정 교수의 설명은 차분하고 정연했다. 가설을 먼저 말하고, 그걸 확인하기 위한 방법을 말하고, 결과를 설명했다. 어떤 원고나 대본도 없었지만 호연은 정 교수의 설명이 마치 작은 논문처럼, 그리고 방송에서 진행하던 교양 강의처럼 들렸다.

'만약 신앙의 소멸로 저승이 소멸하는 것이 사실이라면, 과거에 최소 한 번은 그런 사례가 목격되었을 것이다.'

정상재 교수의 조사는 이 가설에서부터 출발했다. 시왕저승이 과거 다른 저승 세계의 소멸을 목격한 적이 있는지 확인하는 방법으로, 우도왕부가 가져온 기록물의 색인을 샅샅이 뒤졌다.

자동 검색 기계를 이용해 의심이 가는 키워드를 여러 가지 투입하고, 그 결과를 하나하나 살펴보았다.

"조사 과정은 홍기훈 박사님과 나성원 박사님이 많이 도와주셨습니다. 저 혼자였다면 대단히 어려웠을 겁니다."

우도왕부 색인 조사를 통해 정상재 교수가 다다른 결론은, 시왕저승의 모든 기록을 통틀어서 그런 엄청난 일이 벌어진 증거는 단 하나도 찾을 수가 없다는 것이었다. 무려 오천 년어치의 색인이 누적되어 있었음에도, 어디에서도 유사한 흔적을 찾을 수가 없었다.

물론 기록물의 본문은 대부분 소실되어 확인할 수 없는 상태였다. 하지만 인접한 저승 세계가 사라져 버릴 정도의 큰일이라면 분명히 별도의 안건으로 다루어져 색인에 남았을 거라는 게 정 교수의 추측이었다. 그렇지만 그런 기록은 전혀 발견되지 않았다.

색인에 문제가 있을 가능성도 배제되었다. 굉장히 오래된 기록물들도 문제없이 내용을 확인할 수 있었다. 색인에서는 조선 시대의 왜란과 호란으로 인한 망자의 심판 문제와, 발해 시대 백두산 폭발로 인한 대규모 망자의 수습 방안은 물론, 기원전으로 추정되는 시기에 작성된 망자의 명부들까지 확인되었다. 또한 중국의 시왕저승과 통교通交하게 된 사실이나, 일본 민속의 저승신이 방문한 사실 따위도 확인할 수 있었다. 다른 저승과의 교류 사실은 분명히 기록에 남아 있었다.

그렇지만 여전히, 다른 저승이 사라졌다는 증거는 발견되지 않았다.

결론이 점점 한 가닥으로 좁혀져 가는 듯했다. 시영은 손을 들어 정 교수의 설명을 잠시 멈춰 세우고, 조심스럽게 물었다.

"그럼 역시, 처음 말씀하신 그 방향으로 확증을 잡았다고 보시는 겁니까?"

정 교수는 고개를 끄덕이며 선언했다.

"그렇습니다. 조심스럽게 단정하고 싶습니다. 시왕저승은 멸망하지 않습니다."

곧바로 보충 설명이 이어졌다.

"본디 시왕저승의 신앙적 모토가 되는 것은 이른바 '시왕생칠경'으로 불리는 불교 경전입니다. 제가 알기로 이 경전은 기원후 7세기경에 등장했다고 합니다."

전공 분야의 이야기가 나오자, 예슬이 앉은 자세를 고치며 신경을 곤두세웠다. 그 모습을 아는지 모르는지, 정 교수는 계속해서 자신의 생각을 이야기해 나갔다.

"하지만 이상하지 않습니까? 그 경전 때문에 이 저승이 존재할 수 있었던 거라면, 시왕저승의 역사는 길어도 1,300 내지 1,400년 정도에 머물러야 합니다. 하지만 저희가 오늘 확인한 색인 자료는 거의 5,000년어치라고 하더군요. 즉, 이 저승세계는 이승의 신앙 성립 여부와는 무관하게 존재해 왔다는 의미입니다."

정 교수는 테이블을 양팔로 짚고 좌우에 앉은 이들을 돌아보며 새로운 가설을 꺼내 들었다.

"제가 감히 추측하건대, 이곳 시왕저승과 같은 거대한 사후세계는 어쩌면 지구가 그 자리에 존재하는 것처럼 태초부터 자연스럽게 존재해 온 것이 아니겠습니까? 단지 후대에 저승시왕을 믿는 분들이 이곳에 도착하심으로 인해 자연스럽게 지금과 같은 모습으로 바뀌어 온 것이지, 이승에 신앙이 존재하고 나서 만들어진 공간은 아니지 않을까 생각합니다. 따라서 신앙이 사라진다고 한들 영향도 받지 않을 겁니다."

시영이 듣기에 조금 도전적인 가정이라는 느낌이 들었지만, 그렇다고 기각해야 할 만큼 허술해 보이지도 않았다. 시영은 정 교수의 설명을 이해했다.

한편으로 호연은 약간의 두려움을 느끼기 시작했다. 정 교수가 말하는 내용은 분명 자신과 예슬이 조사하면서 잡았던 것과는 방향이 달랐다. 갈등에 직면할 순간이 다가오고 있었다.

"그러면 소육왕부 사건에 대해서는 어떻게 설명이 되겠습니까?"

"그 부분에 대해서는 채호연 학생과 김예슬 연구원 두 분에게 조사를 부탁드렸습니다."

시영의 질문을 받은 정 교수는 바로 호연 쪽으로 시선을 돌렸다.

"어떻게, 유의미한 결과가 있었는지 궁금합니다."

정 교수는 그렇게 말하며 빙긋 미소 지었다.

호연은 저승에 와서 정상재 교수를 만난 뒤 처음으로, 그의 미소에서 신임이 아닌 압박을 느꼈다. 지금까지는 상대의 선의에도 불구하고 자신이 부족해서 압박을 느낀다고 여겼다. 하지만 지금 호연은 정 교수의 차분한 미소에서 순수한 압력을 느끼고 있었다. 그때 옆자리에 앉아 있던 예슬이 테이블 밑에서 호연의 손을 꼭 붙잡았다. 예슬 또한 같은 것을 느끼고 있었다. 호연은 예슬의 손을 한 번 꼭 마주잡아 보인 뒤, 의자에서 일어나 목을 가다듬었다. 그리고 조사 결과를 설명하기 시작했다.

"저희는 진광대왕부 쪽으로 가서 사망하신 분들 면담을 하고 다녔습니다."

너무 주저하지도, 그렇다고 서두르고 싶지도 않았다. 호연은 차분하게 자신과 예슬이 조사했던 경과를 설명했다. 호연이 떠올렸던 추측을 증명하기 위해 예슬이 꺼낸 가설을 설명하고, 그걸 증명하기 위해 제주도 출신의 무속인 망자를 찾아 진광대왕부로 향한 이야기를 했다. 망자들을 조사하고 다닌 이야기는 길게 말하지 않았다. 낱낱이 설명할 필요도, 그럴 여유도 없었거니와 한번 말을 시작했다가는 그곳에서 만난 여러 망자들의 절박한 이야기가 목구멍을 넘어 쏟아져 나올 것만 같았다.

하지만 반드시 보고해야 할 단 한 명의 망자가 있었다. 호연은 시왕굿 노래를 불렀던 박수무당을 만났다고 말했다.

"그리고 그분께서 사망한 시간은 소육왕부에 이변이 일어난 시간과 거의 일치합니다."

그 사실로부터 결론을 끌어낼 차례였다.

"과연, 그래서 어떤 결론을 낼 생각입니까?"

정상재 교수가 흥미롭다는 듯한 말투로 그 차례를 가로막았다. 흥미에도 종류가 있다. 호연은 정 교수가 지금 자신을 바라보는 시선이, 자신이 이어갈 결론에 대한 흥미가 아니라고 느꼈다. 이 시선은 달랐다. 그는 호연이 말하는 내용이 아닌, 화자로서의 호연을 흥미롭게 지켜보고 있었다. 호연은 한순간 뱀 앞의 쥐가 된 기분이었다.

"……결론은, 그러니까, 서로 간의 연관성이 있을 수 있다고 판단되어……."

차분하게 조사 과정을 설명해 나가던 호연의 말소리가 빠르게 흔들리기 시작했다. 정 교수는 그저 그런 호연을 바라보면서 자애롭게 미소 짓고 있을 따름이었다. 그때 예슬이 호연의 떨리는 말을 쫓아가듯이 입을 열었다.

"서로 간의 연관성이 있다고 판단했습니다. 저희는, 채호연 연구원은, 그분의 사망으로 인해 소육왕부의 존재 근거가 사라졌다고 추측하고 있습니다."

호연은 깜짝 놀라 예슬을 돌아보았다. 하지만 예슬은 자리에 가만히 앉은 채, 호연에게 시선을 주지 않았다. 예슬은 그저 정상재 교수를 차분히 정면으로 바라보고 있었다.

정 교수는 그런 예슬의 시선을 마주하다가 다시 호연을 돌아보았다.

"설명은 마무리가 되었습니까?"

"……네."

"좋습니다."

그 말을 듣고 호연은 자리에 다시 앉았다. 그 후 정 교수는 예슬에게 시선을 돌려 물었다.

"조금 성급해 보일 수도 있는 접근 같습니다만…… 직접 보충 설명이 가능하겠습니까?"

예슬은 조금 전 호연의 말소리가 떨리기 시작한 이유를 곧바로 알 수 있었다. 정상재 교수의 시선은 친절한 듯하면서 사납고 매서웠다. 호연은 그를 존경하는 것처럼 보였다. 방송에서 본 적 있는 유명인인데다, 같은 천문학계에 있는 사람으로서 선망하는 모양이었다. 하지만 예슬은 정상재 교수라는 사람을 이곳에서 처음 만났다. 한 번도 본 적 없고, 언론에 다루어진 것을 기억하지도 못했다. 예슬에게 정상재 교수는 그저 선해 보이지만 자기 주관이 심하게 강하고 그 주관을 관철하기 위해 언제든 날을 세울 수 있는 중년 남성 교수에 지나지 않았다.

예슬은 조금 각오를 굳히고 입을 열었다.

"채호연 연구원이 말한 대로입니다."

정상재 교수는 호연과 예슬이 스스로의 추측을 방어해 보라는 것처럼 말했다. 하지만 예슬은 다른 마음을 먹었다.

"저희가 관측한 연관성에 대해 설명드리기에 앞서서…… 교수님께서는 오천 년어치 기록과 시왕생칠경의 발간 시점이 모순된다고 지적해 주셨는데요. 거기에 대해서 좀 말씀드리겠습니다."

그는 조금 전 시왕경의 발간 시점을 운운하며 자신의 논리를 정당화했다. 그리고 예슬은 그 내용이 터무니없다고 생각했다. 상대가 아무리 박사고 교수라 한들 사후세계는 자신의 전공분야였다. 예슬은 정상재 교수에게 반박하기 시작했다.

"원래 '염라대왕'이라는 칭호는 힌두 신화 속 죽음의 신 '야마'에서 파생된 것으로 여겨집니다. 불교 신앙과 접목된 것은 이미 싯다르타 시대 직후의 문헌인 아함경에서부터 이름이 오르내리다, 훗날 도교와 결합하면서 지금의 시왕신앙으로 탈바꿈하고 시왕경이 발간된 것으로 여겨지고요."

예슬은 생전에 읽었던 연구 논문의 결론부를 떠올리며 설명을 이어 나갔다. 정 교수의 친절해 보이는 경청의 미소가 점점 딱딱하게 굳어 갔다. 예슬은 그 표정 변화를 놓치지 않았지만, 반응하지 않기로 했다.

"힌두의 야마 신에 대한 기록은 인도의 고전 신앙 시대인 초기 베다 시대로까지 거슬러 올라가서, '리그베다'에서도 언급되는데요. 그 시기만 해도 이미 기원전 1000년대까지 거슬러 올라갈 수 있습니다."

이야기를 듣던 정 교수가 불쑥 예슬에게 물었다.

"혹시 결론만 간단하게 말해 주실 수 있겠습니까?"

이야기를 끝내 달라는 요청이었으나, 할 이야기가 좀 더 남아 있었다. 예슬은 응답하지 않기로 했다.

"……따라서 이승의 신앙에 기반해서 저승이 유지될 수 있었던 시기는 짧게 잡아도 3,000년 이상으로 보는 게 타당합니다. 인더스강 유역 문명의 역사는 최대 1만 년 가까이 거슬러 올라가니까, 지금 기록을 확인할 수 없는 민간 신앙이 그보다 한참 더 오래되었을 가능성도 있습니다."

예슬은 준비한 결론을 꺼내 놓았다.

"말씀드리려는 요지가 무엇인가 하면, 신앙이 없이도 오래전부터 이 공간이 존재했다는 가정 또한 조금 단정하기 이르지 않은가 하는 거예요."

정상재 교수가 난감하다는 듯 입술을 깨무는 것이 보였다. 예슬은 그런 정 교수를 가만히 지켜보았다. 옆에서 듣고 있던 호연은, 예슬의 또박또박한 반박이 후련하게 느껴지는 한편으로, 정상재 교수가 버럭 화를 낼 것 같다는 두려움이 몰려와 안절부절못하는 상태가 되어 있었다.

"좋은 지적입니다. 좋은 지적인데요……."

정상재 교수는 그렇게 말하고, 뭔가를 궁리하듯 허공에 손가락으로 글씨를 쓰기 시작했다. 그때 그의 궁리를 방해하는 목소리가 있었다.

"저도 어느 정도는 수긍이 갑니다."

홍기훈 박사였다. 정 교수가 의아하다는 듯 돌아보자 기훈은 덧붙여 말했다.

"사실 저희가 우도왕부 자료를 통해 조사한 것은 기록의 유무이지 않았습니까? 그런데 관련된 기록을 찾지 못한 것으로부터 결론을 내린 것이니, 이는 곧 '부존재의 증명'이 됩니다. 그리고 아시다시피 이는 논리학적으로 매우 어렵습니다."

호연은 부존재의 증명에 대해 떠올렸다. 석사과정 시절, 논문 작법 수업을 들을 때 들었던 개념이었다. 어떤 대상이 존재한다는 것을 증명하기 위해서는, 존재한다는 증거 하나를 가져오면 모든 논의가 종료된다. 그렇지만 어떤 대상이 존재하지 않는다는 것을 증명하는 것은 사실상 불가능하다. 존재하지 않는다는 것을 확인한 증거를 아무리 많이 찾아내더라도, 만약 훗날 정말로 존재한다는 증거가 단 하나라도 나온다면 그 앞에서 부존재의 증명은 붕괴하기 때문이다.

기훈은, 지금 정상재 교수의 주도로 진행한 조사가 마치 그런 방향이 아니었느냐고 묻고 있었다. 시왕저승의 과거 기록에 사후세계의 붕괴에 관한 기록이 없었다는 것이 사실이라 해도 그걸 일반화시킬 수 있느냐는 것이었다.

호연은 기훈의 지적에 수긍하면서도 설마 정 교수가 그런 초보적인 실수를 했을 리는 없으리라고 생각했다. 호연은 그래서 정 교수가 기훈의 지적에 어떻게 반응할지가 궁금했다.

좀 더 오래 입술을 깨물고 있던 정 교수가 곧 고개를 끄덕이며 입을 열었다.

"어떤 말씀이신지 충분히 이해했습니다."

정 교수는 회의실 테이블에 앉아 있는 이들을 좌우로 돌아보며 말했다.

"상반되는 추측들이 올라왔군요. 그렇지요?"

그러고는 가끔 방송에서 화제를 전환할 때 그랬던 것처럼, 허공을 손가락으로 한 번 눌러 보였다.

"아닙니다. 상반되지 않습니다. 이 두 가지 이론은 서로 경합하는 것처럼 보이지만, 사실은 같은 현실의 서로 다른 측면을 보여 주고 있는 것입니다."

정 교수는 다시금 자신 있게 강의를 할 때의 모습을 회복했다. 그는 먼저 예슬을 바라보며 말했다.

"김예슬 연구원님이 야마 신앙 이야기를 잘 해 주셨습니다. 그럼 이 저승은 왜 이런 모습일까요? 어째서 진광대왕님으로부터 시작해서 열 명의 대왕님이 계신 걸까요? 힌두 신 야마께서 저 옥좌에 앉아 계시지 않고 어째서 염라대왕 폐하께서 계신가 하는 것입니다."

예슬은 한순간 말문이 막혔다. 자신은 지금의 저승이 왜 이런 모습으로 존재하는지 알지 못한다. 알 리가 없다. 그러니 저 질문에 바른 답을 할 수도 없다.

정 교수의 주장은 계속되었다.

"물론 저승 세계가 이승의 믿음에 의해 일부 영향은 받을 수 있겠습니다. 하지만 그게 정말로, 사망자들의 사망 시각과 연관이 있으리라고 단언할 수 있을까요? 단지 시간이 우연히 같았던 것은 아닙니까? 인과 관계를 확신할 만한 데이터가 있습니까? 없습니다. 하나의 사건과 다른 사건을 연결하는 단 하나의 조합. 그게 우연이 아니라고 어떻게 말할 수 있겠습니까?"

이 또한, 어떻게 반박하기 어려운 공격이었다. 실제로 딱 하나의 연결고리를 찾았을 뿐이었다. 호연과 예슬은 그 시간이 일치하는 것을 결정적인 한 방으로 여겼지만, 정상재 교수는 어쩌다 겹쳤을 뿐인 한 번의 우연으로 격하시켰다. 인과를 증명해 줄 어떤 다른 근거도 존재하지 않았다. 같은 사건에 대한 다른 해석일 뿐이었다. 이런 공격은 반박할 수가 없었다.

정 교수는 예슬을 응시하며 거듭 질문을 던졌다.

"김예슬 연구원님. 이승의 가장 오래된 기록보다 저승의 기록이 앞서는 것을 설명할 수 있겠습니까?"

조금 전에도 그랬지만, 이런 질문에 예슬은 바른 답을 할 방법이 없었다. 하지만 예슬은 뭐라도 대답을 해야 한다고 생각했다. 정상재 교수 또한 그렇다는 것을 모를 리 없었다. 그는 자신이 밝혀낸 사실과 예슬이 알 리가 없는 사실을 나란히 세우고 있었다. 그걸 통해서 예슬이 말하고 호연이 추측했던 내용이 틀렸다고 말하고 싶은 모양이었다.

"그건, 물론 불가능하겠지만……."

하지만 그 답을 고민할 여지조차 주지 않고 예슬이 운을 떼자마자 정 교수가 대화의 주도권을 다시 빼앗아 갔다.

"네, 불가능합니다. 오천 년 전이면 기원전 30세기까지는 거슬러 올라갑니다. 중요한 것은 그동안 저승에서는 기록을 남기고 있었다는 것입니다. 저는 이만한 역사가 끊어지지 않고 연속되어 온 이 공간의 영속성을 부정할 수 있는 강력한 증거를 찾으려고 오천 년어치의 자료를 뒤졌습니다."

텔레비전을 통해 흘러나가 많은 사람들을 교양 과학의 세계에 초대했던 또렷한 발성의 목소리가 이어져 나갔다.

"그 과정에서 증거의 단초라도 나왔다면, 우리는 여기서 더 신중한 조사에 들어갈 수 있을 것입니다. 그렇지만 제 눈에는 그럴 만한 근거가 전혀 보이지 않는군요."

어떤 대상이 존재하지 않는다는 증명은 분명 언제든 무너질 위험에 노출되어 있다. 하지만 그렇게 무너지기 전까지는 부존재를 증언하는 수없이 많은 증거의 보호를 받는다.

정상재 교수는 우도왕부의 오천 년어치 색인을 등에 업고 말하고 있었다. 숫자가 모든 것일 수는 없지만, 숫자를 쉽게 무시할 수도 없었다.

정 교수는 호연에게로 시선을 옮겼다.

"채호연 학생, 한 가지 묻고 싶은 게 있습니다."

"네? 저요?"

지목을 당하자 얼어붙은 듯 대답하는 호연에게, 정 교수는 입가에 잔잔한 미소를 띠며 물었다.

"처음 이 흥미로운 가능성에 대해 제기해 주셨었지요. 지금은 어떻게 봅니까? 채호연 학생이 추측했던 대로, 여전히 이 저승이 모조리 한순간에 무너질 수도 있다고 생각하는지 궁금합니다."

순간 호연의 머릿속은 백지가 되었다. 호연은 예슬을 돌아보았다. 예슬은 난처해하고 있었다. 호연은 기훈을 바라보았다. 딱히 할 말이 없어 보였다. 나성원 책임은 관심이 없어 보였다. 이시영 비서실장은 신중하게 경청하고 있을 따름이었다. 그리고 정상재 교수가, '한국 천문학계 최고의 아웃풋'이, 자신의 대답을 요구하고 있었다.

"저는……."

처음 가능성을 떠올렸던 것은 자신이었다. 정상재 교수는 무리한 추측이라고 했다. 예슬은 자신의 추측을 믿어 주었다. 나름의 유력한 증거도 손에 넣었다. 정상재 교수는 자신과 예슬이 대답하지 못할 질문을 꺼내 왔다. 그리고 거기에 답을 제시할 방법은 없었다. 자신이 생각한 게 맞다고 다시 우기기 위해서 얼마나 큰 용기를 내야 할까.

그때 정상재 교수가 나직이 물었다.

"무리가 있겠지요?"

정 교수의 말에서 호연은 기이하게도 따듯하고 다정한 염려 같은 것을 느꼈다.

호연의 뜻은 녹아내렸다.

"……네, 역시, 역시 그런 엄청난 일이 쉽사리 일어날 리가 없겠죠."

그 말을 들은 예슬이 놀란 눈으로 돌아보았지만, 호연은 눈 앞의 테이블에 시선을 내리꽂은 채 그 시선을 피했다.

그리고 정상재 교수는 푸근하고 흡족한 미소와 함께 말했다.

"예, 저도 동의합니다."

그렇게 모든 이견이 정 교수의 조율 아래에서 봉합 지어졌다. 그는 곧장 시영 쪽을 바라보며 보고했다.

"비서실장님, 짧은 조사였습니다만 어느 정도 정돈이 된 듯 합니다. 시왕저승은 안전합니다. 빠르게 보고서를 작성해서 염 라대왕께 보고 드리고자 합니다."

"……."

시영은 바로 답하지 못했다. 대략 만 하루 만에 내려진 결론 이었다. 집중적으로 진행되기는 했지만, 그리 긴 시간이라고 볼 수는 없었다. 시영은 정상재 교수가 조금 빠르게 조사를 마 무리했다는 생각이 들었다. 하지만 전례가 없는 사건에 전례가 없는 조사였고, 시영은 그의 조사가 불충분하다고 지적할 만한 근거를 마음속에서 찾지 못했다. 호연과 예슬 등 망자들이 생 존자 사망과의 연관성을 언급하기는 했지만, 시영의 시선에서 는 정상재 교수가 그 의견을 잘 통합해 넘어가는 것처럼 여겨 졌다.

그렇지만 여전히 마음속에는 작은 걸림돌이 있었다. 정말 이 런 결론으로 괜찮은 것인가. 해소되지 않는 불확실함은 거듭 두통이 되어 시영을 괴롭혔다.

그때, 정 교수가 시영을 응시하며 물었다.

"비서실장님. 저승의 안전을 확보하기 위한 결론입니다. 승인해 주십시오."

저승의 안전.

일단 이 저승의 안전을 보장 받을 수 있게 된다면, 더 이상 예기치 못한 일들이 일어날 걱정은 조금 덜 수 있게 될 것이었다. 사후 심판을 부활시키자는 논의에 더 집중할 수 있게 되고, 1,400만 명의 망자를 수용하는 일도 시간을 두고 진행할 수 있게 될 터였다. 정상재 교수는 그 방향으로 결론을 낼 수 있었고, 보고서를 올리겠다고 말하고 있었다.

시영은 한숨을 내쉬었다. 그리고 대답했다.

"……예, 알겠습니다. 좋은 결론이 도출되어 다행입니다."

말을 꺼내 놓고 나자 시영은 조금 마음이 편안해지는 것을 느꼈다. 고민거리가 사라졌고 우환도 사라졌다.

정상재 교수는 그런 시영에게 황송하다는 듯 답했다.

"저야말로 큰 다행으로 생각하고 있습니다. 당분간의 안전을 보장해 드릴 수 있게 되었습니다."

조사의 결론이 지어졌으니 정 교수의 요청처럼 가급적 빠른 시간 내로 어전에 보고하고 다음 할 일들을 확정할 필요가 있었다. 그리고 그때까지 비서실에 주어진 축생도 분할안도 마무리 지어야 했다. 시영이 보고와 정리를 위해 회의실을 나섬으로써, 소육왕부 사건을 계기로 한 조사에는 마침표가 찍혔다.

저승은 큰 영향을 받지 않고 안전할 것이다.

정말로?

호연은 마음속에서 다시 되물었지만, 그렇게 되묻는 것 자체가 이미 스트레스였다. 통하지 않을, 한번 조목조목 부정당한 의견을 계속 반추하는 것은 고통스러운 일이었다.

그때 정상재 교수가 말했다.

"그럼 어전 회의에 올릴 보고서를 만들어야 하겠습니다만, 혹시 저 대신 초안을 빠르게 잡아 주실 수 있는 분이 계시겠습니까?"

나서는 이가 없자 정 교수는 갑자기 호연 쪽을 바라보았다.

"채호연 학생에게 좀 부탁해도 괜찮을까요?"

호연은 다시 한번 놀랐다. 조금 전 자신과 예슬의 추측을 거의 대부분 기각해 놓고, 결과의 정리를 자신에게 맡기겠다는 정 교수의 마음속을 헤아릴 방법이 없었다.

"제가요? 잘할 수 있을지……."

주저하는 호연에게 정 교수는 미소 지으며 말했다.

"괜찮습니다. 조금 전 이야기 나눈 내용을 충실히 정리하기만 하면 됩니다. 제가 리뷰하겠습니다."

"직접 쓰시는 게 낫지 않으실까요?"

아무래도 부담스러웠던 호연이 재차 넌지시 사양했지만, 정교수는 완고했다.

"저도 그러고 싶습니다만, 사실 바쁘게도 또 저를 찾는 곳이 있어서 잠시 자리를 비우려고 합니다. 그래서 제가 호연 학생을 믿고 좀 부탁을 하겠습니다."

그러고는 덧붙였다.

"조금 전 우리가 건설적으로 교환했던 의견을 충실히 잘 반영해 줄 것으로 믿습니다. 호연 학생은 그렇게 할 수 있는 사람이지요?"

그제서야 호연은 정 교수가 자신에게 보고서 정리를 맡기는 이유를 짐작해 냈다. 결이 다른 의견을 제시했던 자신에게 전체 내용을 정리하도록 시켜서, 조금 전의 결론을 온전히 받아들이게 하려는 모양이었다. 호연은 체념하고 고개를 끄덕였다.

"……알겠습니다. 노력해 볼게요."

그때 홍기훈 박사가 불쑥 물었다.

"그런데 정 교수님, 굉장히 바쁘십니다?"

기훈의 말에는 뭐라 설명할 수 없는 묘한 감정이 담겨 있었으나, 정 교수는 눈치채지 못한 것인지 개의치 않은 것인지, 그저 싱긋 웃으며 고개를 끄덕였다.

"예. 실은 윤회정책 쪽 자문을 해 달라는 요청을 받아서……과분한 자리입니다만 호출을 받았으니 안 갈 수도 없고 해서, 이렇게 부탁을 하고 가려고 합니다. 다른 분들께서도 호연 학생 작업을 좀 옆에서 도와주시면 좋겠군요. 그럼 대단히 죄송하지만 실례하겠습니다."

바쁘다는 말을 남겨 놓고서, 정 교수는 곧바로 회의실 문을 향해 걸어가기 시작했다. 다음 순서로 행동을 옮기는 게 신속하기 이를 데 없었다. 한바탕 폭풍이 휩쓸고 간 것 같았던 회의실에는 다시 적막이 내려앉았다.

이제 보고서를 써야 했다. 뭐라고 말을 꺼내고, 무엇부터 시작하고, 어떻게 정리해야 할지. 조금 전 한 번 하얗게 지워졌던 호연의 머릿속에, 잡다하고 난잡한 생각들이 새로 자리를 잡기 시작했다.

예슬은 그런 호연을 가만히 지켜보다가 물었다.

"……괜찮아?"

"어, 응. 할 수 있어. 해 봐야지."

힘들지만 노력을 해야지, 하고 호연은 대답했다. 하지만 예슬은 작게 고개를 저었다.

"아니, 그거 말고."

"응?"

예슬은 이야기하고 싶었다. 정상재 교수가 본래 어떤 사람이든, 조금 전의 대화는 너무나 사나웠다고. 호연은 몰아붙여졌고, 그 결과로 자신의 생각을 다시 한번 부정해야 했다고. 지금 괜찮냐고, 마음은 다치지 않았느냐고, 정말로, 정말로 호연 자신의 추측이, 예슬이 고안했던 가설이, 정상재 교수의 현란한 지적처럼 의미가 없다고 믿느냐고.

그렇지만 호연에게는 해야 할 일이 주어져 있었고, 할 말은 많지만 시간은 부족했고, 지켜보는 눈이 많았다.

"……아니야. 다음에 이야기하자."

예슬은 그 마음을 잠시 접어두기로 했다.

*

다시 광명왕원 대회의실에 염라대왕 주재 회의가 소집되었다. 지난번에 비해 인원은 조금 줄어 있었다. 비서실에서는 이시영 비서실장이 참석했고, 안유정 비서관과 하정 수석이 실무 담당자로서 참석했을 뿐, 다른 보좌진이나 서기는 참석하지 않았다. 조금 전까지 정신없이 기획안을 정리했던 안유정 윤회정책비서관은 정신적 피로에 지치다 못해 마치 삼혼칠백이 분리된 듯 의자에 힘없이 주저앉아 있었다. 그 옆에 앉은 하정 수석은 비교적 멀쩡해 보였다. 의욕이 가득한 얼굴로 앉아 있는 그의 손에는 새로이 정리한 축생도 분리 방안의 초안을 담은 서류가 들려 있었다.

전문가 망자들은 다섯 명 모두가 배석했다. 엄밀히 말해 염라대왕부에서 신임한 전문가 망자는 생물학자 오정식 박사까지 모두 여섯 명이었으나, 그는 윤회청에 머물고 있어 이 회의에는 배석하지 않았다.

호연이 작성한 최종 정리 보고서가 정상재 교수의 손에 들려 있었다. 이들 중 무언가를 진척시켜야겠다는 의욕에 찬 것은 정 교수뿐이었다. 홍기훈 박사는 침착하게, 나성원 책임은 무료하게, 그리고 호연과 예슬은 낙심한 마음을 간신히 일으켜 세운 황폐한 마음으로, 각자 나름의 이유를 가지고 무거운 침묵을 지키며 앉아 있었다.

"염라대왕 폐하 납시오!"

파초선 사이로 염라대왕이 걸어 나와 의장석에 재석하자 죽비 소리와 함께 회의가 개시되었다. 곧장 빔프로젝터에 안건 목록이 나타났다.

1. 소육왕부 붕괴 원인 조사 보고의 건

2. 축생도 분할 및 심판 재개 제안의 건

염라대왕은 안건 목록을 보더니 곧장 시영에게 물었다.

"이시영 비서실장, 소집 요청을 받았을 때부터 다소 기이하게 여겼습니다만, 이 자리에서 공개적으로 묻겠습니다. 1번 안건은 이미 보고할 준비가 다 된 것입니까?"

시영은 건조하게 긍정했다.

"그렇습니다."

시영의 답변을 들은 염라대왕은 신기하다는 듯 평했다.

"놀랍군요. 상당히 빨리 조사가 진행된 것 같습니다."

현재 시각은 이승 한국 기준으로는 9일 자정이었다. 조사가 시작된 것이 8일 아침께였으니, 만 24시간이 지나지 않아 조사의 결론이 나온 셈이었다. 하지만 염라대왕은 이에 대해 그 이상 첨언을 하지 않은 채로 시영에게 회의의 진행을 요청했다.

"그럼 안건 1번에 대하여 정상재 망자께서 보고 올려 주시기 바랍니다."

시영의 호명을 받고서 정상재 교수는 자리에서 일어나 염라대왕을 향해 깊이 허리 숙여 인사했다. 그러곤 손에는 호연이 정리한 보고서를 들고 보고에 착수했다.

"안녕하십니까? 먼저 염라대왕 폐하 어전에 이처럼 중대한 문제에 관한 보고를 올리게 되어, 깊은 영광으로 생각합니다."

정 교수는 정중한 인사말로 보고를 시작했다.

"저희 망자 일동은 지난 30여 시간 동안을 쉼 없이 할애해 시왕저승 소육왕부에 일어난 불행한 이변의 원인을 파악하였습니다. 그리고 이 이변이 시왕저승 전체에 파급될 수 있는지 여부를 조사하고자 하였습니다."

조사의 이유를 요약한 뒤, 정 교수는 곧장 두괄식으로 결론을 꺼내 들었다.

"결론부터 먼저 말씀드리자면, 시왕저승은 이승의 신앙 붕괴에도 불구하고 안전하게 유지될 것입니다."

이어서 그렇게 판단하게 된 경위를 설명하였다. 그 내용은 조금 전 망자들 간의 정리 회의에서 발표된 것과 대동소이했다. 과거 기록으로부터 사후세계의 붕괴가 일어날 수 있다는 증거를 찾지 못했고, 소육왕부에 이변이 일어난 것은 지엽적인 문제로 추측되며, 시왕저승은 지상의 신앙이 나타나기도 전부터 존재해 온 불멸의 공간으로 여겨진다는 것.

설명을 이어 나가던 정 교수는 보고서에 없던 말을 덧붙였다.

"이승의 신앙자가 모두 사라지면 저승 세계 또한 소멸한다는 것은, 어떻게 보면 이 위대한 저승 세계의 존재 가치를 하찮게 보는 위험한 발상일 수도 있겠다는 생각이 듭니다. 오천 년 역사에 빛나는 시왕저승이 과연 그렇게 사상누각과도 같은 처지란 말입니까?"

정 교수는 염라대왕을 바라보며 발표를 이어가고 있었지만, 호연은 마치 그가 곁눈질로 자신을 흘겨본 것처럼 여겨졌다. 측은하게 바라보는 차가운 시선을 느낀 것만 같았다. 그렇지 않아도 뒤숭숭한 호연의 마음이 조금 더 미어졌다. 그런 호연을 누구도 신경 쓰지 않은 채로, 보고는 계속되었다.

"앞서와 같은 조사 결과들을 근거로, 저는 시왕저승이 쉬이 위험에 빠질 거라는 추측은 신뢰할 근거가 부족하다고 감히 말씀 올리는 바입니다. 전례 없는 사건이 연이어 이어지고 있는 상황입니다만 그렇다고 해서 전례에 없었던 모든 상상 속의 일이 현실로 일어나지는 않을 것입니다."

그렇게 결론을 내리며 보고를 마치고는 정상재 교수가 다시 착석했다.

"잘 들었습니다."

염라대왕은 간단히 코멘트한 뒤 시영에게 물었다.

"이시영 비서실장, 이 내용을 사전에 충분히 보고받았습니까?"

"그러하옵니다. 조사 과정은 안유정 비서관이 지켜보았으며, 논의가 정리되는 과정에도 입회하였습니다."

시영의 답을 들은 염라대왕은 다시금 물었다.

"조사가 잘 진행되었습니까?"

"그러하다고 판단됩니다."

"결과를 신뢰할 수 있습니까?"

"예."

거듭되는 질문에 시영은 다시금 긍정했다.

"알겠습니다."

시영에게서 답을 들은 염라대왕은 회의실 안을 둘러보며 물었다.

"달리 첨언할 자가 있습니까?"

나서는 이가 없었다. 염라대왕은 고개를 끄덕인 뒤 선언했다.

"그렇다면 이 주장은 비서실이 추인하였으므로 신임하도록 하겠습니다."

정상재 교수의 발표 내용을 받아들이기로 하는 것이었지만, 시영은 염라대왕의 선언 속에 자신에게 지워지는 묵직한 책임이 담겨 있음을 알아차렸다. 염라대왕은 조사 결과를 '주장'으로 칭했고, 기각하지는 않았지만 동의하거나 승낙하지도 않았다. 즉, 염라대왕은 조사 결과에 대한 의구심을 해소하지 못했고, 단지 그 의구심을 비서실에 대한 믿음으로 상쇄한 것에 지나지 않았다.

사후세계에 명백한 위험이 존재한다고 판단할 근거는 없다. 자신이 소육왕부에서 목격했던 소름 끼치는 광경이 또다시 반복될 가능성은 없다. 그 결론을 신뢰하기로 한 것은 시영의 책임으로 남았다. 시영은 그 엄중한 무게를 인식하고 마음을 고쳐 다잡았다.

그때 정상재 교수가 염라대왕을 바라보며 손을 들었다.

"아뢰옵기 황공합니다만, 폐하. 여쭙고 싶은 것이 있습니다."

염라대왕이 지그시 바라보자 정 교수는 질문했다.

"제안하여 드린 이론에 대하여 동의하셨다는 뜻으로 제가 감히 받아들여도 되겠습니까?"

시영이 느낀 껄끄러움을 정상재 교수 또한 느낀 모양이었다. 시영은 그 또한 조사의 책임자로서, 염라대왕의 모호한 표현에 의문을 가진 것이 아닌가 생각했다. 그리고 한편으로 염라대왕이 그에게는 뭐라고 답할지 궁금하기도 하였다. 시영이 짐작한 것들을 기우로 만드는 말들이 있지 않을까 했던 것이다.

하지만 염라대왕의 대답은 조금 전과 다를 바가 없었다.

"나는 비서실의 추인을 신임한다고 하였습니다."

염라대왕은 정 교수가 동의 여부를 직접 물었음에도 그에 대해 답하지 않았다. 정 교수는 석연치 않다는 듯, 또는 답답하다는 듯한 표정이 되어 무언가 더 말하려는 것처럼 보였지만 염라대왕이 먼저 회의를 속개했다.

"그럼 다음 안건으로 이행하도록 합시다."

시영은 염라대왕의 명확한 뜻을 확인하고 다음 안건을 설명하기 시작했다.

"안건 2번에 대하여 개요를 말씀드리겠습니다. 오도전륜대왕부 윤회청으로부터 사후 심판의 완전한 정지와 축생도로의 일괄 환생은 형평에 맞지 않는다는 건의가 있었으며, 앞서 폐하께 보고가 상신된 내용입니다. 이를 보완하여 의논하고자 합니다."

"의논을 듣겠습니다. 발제하십시오."

염라대왕의 보고 지시에, 시영은 안유정 비서관을 돌아보았다. 유정은 바쁘게 기획안을 새로 만들고 검증하느라 정신적으로 완전히 지쳐 나가떨어진 상태였다. 하지만 눈을 게슴츠레 뜨면서도 이를 악물고 다시금 자세를 고쳐 앉았다.

"……이야기 할 수 있겠습니까?"

염려스레 묻는 시영에게, 유정은 천천히 고개를 끄덕여 보였다.

"네…… 제가 설명해야죠."

유정은 할 수 있는 한 정신을 다잡고 보고를 시작했다.

"지시하신 바에 따라 비서실에서 축생도 분할 제안을 보다 구체화한 뒤 보고드립니다."

보고의 내용은 조금 전 비서실 회의를 통해 확정된 내용이었다. 뿌리는 정상재 교수가 냈던 아이디어였다. 망자의 행실록이 대부분 소실된 상황에서 다른 대안이 없다는 것을 인정하고, 망자들 본인에게 억울함이 남은 사건을 질문해 그 한을 풀어주는 데 심판 역량을 집중하는 방안이 설명되었다.

유정은 방안의 취지와 한계점을 설명했다.

"실체적 사후 정의의 구현에는 다소 미진해질 수 있습니다. 그렇지만 망자가 억울함을 풀지 못해 영혼이 상하는 일을 막게 될 것입니다."

심판을 진행하는 방법을 설명했으니, 다음은 그걸 어떻게 실행해 낼지에 대한 설명이 필요했다. 하정 수석이 직보했을 때 가장 미진했던 부분이었다. 따라서 유정은 각종 실제 수치를 근거로 실행 방안을 검증했다. 비서실이 붙었는데도 다시 반려당하는 상황을 만들고 싶지는 않았다.

"망자당 답하는 사건의 건수에는 제한을 두지 않되 접수하지 않는 선택을 보장하고 일인당 세 건 이상의 사건 접수를 지양하도록 유도합니다. 이걸 이용해서 전체 사망자에 대한 사건 처리 접수 수를 관리합니다."

유정은 따로 메모해 온 계산 결과를 읽어 내렸다.

"현재 대기 중인 추정 사망자 수 1,425만 3,337명에 대해서 평균 한 건의 생전 고충을 듣고 판단한다고 가정하고, 십대왕부의 판관 총원 837명이 사건 한 건 해결에 한 시간을 소요하며, 세 시간마다 한 시간의 휴식을 보장하여 하루에 열여덟 시간을 심판한다고 할 경우, 약 947일, 2년 반가량이 걸리게 됩니다."

저승의 모든 재판관이 달라붙어 속전속결로 처리해도 2년 반. 아득한 업무량이었다.

"만약 최소한의 심판 취급 경험이 있는 녹사, 변호청 보살, 기타 판관부 동자 등을 모두 절차에 투입하면, 총원 2,384명이 332일간 처리할 분량이 됩니다."

전례 없는 비상상황인 만큼 유정은 인원을 더 동원해서 처리를 서두르는 방법도 제안했다. 그런데 염라대왕은 반대로 질문했다.

"안유정 비서관, 앞서 안건 1에 의한 결정대로라면, 소요 시간은 걱정하지 않아도 되지 않은지요?"

"아…… 네, 그렇습니다."

문제는 조금 전 회의에 보고된 내용이 시왕저승에는 별 탈이 없을 것이니 안심하라는 내용이었던 것이다. 더는 시급한 비상상황이 아니라면 달리 생각할 여지가 생길 터였다.

"사건 한 건당 처리 시간을 더 늘려도 되지 않습니까?"

어차피 더 죽어서 올 망자도 없고, 이미 들어온 망자들을 느긋하게 살펴도 되지 않느냐는 것이었다.

"그건 그렇습니다만……."

염라대왕의 질문은 타당했다. 유정은 잠시 고민했다. 하지만 생각지도 못한 방향이었기에, 곧바로 답할 수 없었다. 초조함 속에 잔뜩 소모된 정신력은 빠르게 회복되지 않았다.

그때 시영이 나서서 다른 문제를 제기했다.

"우리 저승이 그 숫자의 망자들이 장기간 체류하는 것을 감당할 수 없다고 사료됩니다. 저승의 운명이 어찌 되든 빠르게 진행할 수 있는 방안을 채택하는 게 바람직하겠습니다."

조금 전 하정 수석에게도 지적했던 부분이지만, 더 망자가 들어오지 않더라도 이미 시왕저승은 포화 상태였다. 시영은 진광대왕부에서 아직 사망 수속을 밟지 못한 망자들을 캠프 단위로 묶어 억류해 놓았다는 소식을 전해 들은 참이었다. 저승 각부의 여기저기에 그런 망자들의 군집이 머물도록 하면 장기적으로 도저히 관리가 될 것 같지 않았다. 시왕저승은 재판소이지 도시가 될 수는 없었다.

시영의 고언을 들은 염라대왕은 수긍했다.

"좋습니다. 그럼 그 심판의 결과는 어떻게 반영합니까?"

이제 보고가 다음 차례로 넘어갈 때였다. 안유정 비서관에 이어, 하정 수석이 보고를 시작했다.

"앞서 보고드린 것처럼 축생도를 분할하고자 합니다. 현실적으로 축생도, 그것도 심해저 생물로밖에 윤회 전생이 어려워진 상황에서 이승을 올바르게 살았던 망자들에게 최소한의 배려가 있어야 한다고 생각합니다."

설명된 내용은 그가 꾸준히 주장해 왔고 앞서 염라대왕에게도 무턱대고 보고한 적 있었던 내용과 대동소이했지만, 조금더 짜임새가 갖추어져 있었다.

비서실의 지원을 받아 그림으로 정리한 새로운 축생도 운용 방법이 빔프로젝터에 제시되었다. 해저 생명체들을 포식 어류, 피식 어류, 그외 생물로 분류하여 축생도를 상·중·하로 나누겠다는 안이었다. 명백히 육식동물인 어류를 생태계 최상위로 간주해 극락도에 대응시키고, 초식으로 추정되거나 체급이 작은 어류를 잡아먹히는 대상으로 보아 지옥도, 수라도, 아귀도에 대응시키는 개념이었다. 그 외 해저 열수공 주변에 살아가는 모든 동물은 포식과 피식을 겸한다고 판단하여, 대부분의 망자가 환생하는 인간도에 대응하도록 설정하였다.

"긴급한 상황임을 고려해 필요 최소한도의 심판을 실시하여 축생 상도上道로 윤회할 대상과 하도下道로 윤회할 대상을 각각 상하위 10퍼센트 선으로 제한할 예정입니다."

여기에 유정이 보충 설명을 덧붙였다.

"인당 심판을 한 시간 내로 끝낼 수 있는 이유이기도 합니다. 명백한 선인과 명백한 악한을 구별하는 선에서 운영하려고 합니다."

하 수석의 제안 발표를 모두 들은 염라대왕은 이에 대해 간단히 평했다.

"잘 들었습니다. 앞서 보고하였을 때와 큰 차이는 없어 보입니다만, 분류의 기준이 명확해졌으므로 이제는 나름의 의미가 생겼다 하겠습니다."

요컨대 조금 전 하정 수석의 직보 단계에서는 아무 의미도 없는 주장에 불과했다는 말에 다름 아니었으나, 하 수석은 최종적으로 제안이 받아들여진 것에 만족한 모양이었다. 곧이어 염라대왕이 다른 질문을 던졌다.

"이 일체의 제안은 비서실에서 보충한 것입니까?"

"네. 저와 하정 수석의 고안을 합치고, 추가로 망자인 정상재 교수께도 아이디어를 얻었습니다."

안유정 비서관이 그렇게 대답했다. 염라대왕의 시선은 정상재 교수에게로 향했다. 자신의 정면 자리를 잡고 앉은 정상재 교수를 의장석으로부터 내려다보며 염라대왕은 나직이 말했다.

"그대는 많은 일에 참여하고 있군요."

"과찬이십니다."

정 교수는 겸손히 고개를 숙였다.

"이후의 사후심판 대책 준비에도 참여하려 합니까?"

"제가 감히 어찌 그런 중책을 맡겠다고 말씀드릴 수가 있겠습니까?"

염라대왕이 묻자 정 교수는 가볍게 손사래를 치며 대답했다. 그렇지만 누가 봐도 그 모습은 짐짓 물러서는 겸손의 표현이었다. 염라대왕은 시선을 돌렸다.

"안유정 비서관의 생각은 어떻습니까?"

안 비서관은 정 교수의 눈치를 살폈다. 초안의 아이디어를 실질적으로 정 교수에게 빚진 셈이라 그의 도움을 받을 수 있다면 후속 준비 과정이 좀 더 수월할 거라는 생각은 들었다. 하지만 조금 전 적극 참여하고 싶어하던 정상재 교수가 막상 기회가 찾아오자 사양하고 나서는 것이 의아하게 느껴졌다. 그렇게까지 겸손할 필요는 없을 텐데 싶은 생각이 들었다.

머뭇거린 끝에 유정은 생각나는 대로 염라대왕에게 대답했다.

"저는 참여하시는 데 찬성입니다. 원래 하고 싶어 하셨었는데요……."

그 대답을 들은 염라대왕은 고개를 끄덕였다.

"그렇다면 실무진의 판단에 위임하겠습니다."

이번에는 유정 또한 염라대왕의 모호한 태도에 의문을 느꼈다. 이번에도 정 교수의 참여를 허락한다거나, 유정의 의견에 동의한다거나 하는 분명한 선언 없이 실무진의 판단을 믿는다는 정도로 결정을 내리는 모습이 보였다. 유정은 염라대왕의 심기에 무언가 불편한 것이 있는 건 아닌지 걱정이 되기 시작했다.

"다른 안건은 없습니까?"

하지만 회의를 이끌어 나가는 염라대왕에게서는 그 이상의 어떠한 감정적인 흔적도 찾을 수 없었다. 시종일관 표정의 변화 없이, 어떠한 목소리의 흔들림도 없이, 그저 필요한 발언을 이어 가고 있었다. 표현과 단어의 선택으로부터 느껴지는 묘한 느낌을 제외하고는 평소와 다른 것을 찾을 수 없는 모습이었다.

염라대왕은 그렇게 어떠한 해석도 거부하는 자세로 회의실을 한번 크게 둘러본 뒤, 더 이상의 의견이 없음을 확인하고 회의를 마무리 지었다.

"없다면 이번 회의는 마치기로 하겠습니다."

폐회 선언과 함께 염라대왕은 옥좌에서 일어났다. 그러고는 시영을 향해 지시했다.

"이시영 비서실장, 잠시 집무실로 방문하기 바랍니다."

"예, 그리하겠습니다."

갑작스러운 지시였지만 시영은 거의 반사적으로 응답했다. 대답을 들은 염라대왕은 의전관들을 이끌고 그대로 대회의실을 나섰다. 그 모습이 문밖으로 사라진 뒤에야 시영은 염라대왕이 굉장히 이례적으로 자신을 호출했음을 알아차렸다. 염라대왕은 만약 회의의 결과에 대해 의견을 하교할 것이 있다면 회의실 안에서 마치고 폐회를 선언하는 편이었다. 그렇지 않고 추가로 의견이 있는 경우에는 비서실로 통지를 보내 따로 들도록 요청하곤 했다. 회의를 마치자마자 마치 바로 따라오라는 듯이 시영을 부른 것은 분명 이례적이었다.

안유정 비서관은 하정 수석과 함께, 그리고 정상재 교수를 데리고 회의실을 나섰다. 전문가 망자들은 차분하거나 무료하게 터벅터벅 걸으며 회의실을 빠져나갔다.

시영은 가장 마지막에 회의실을 나섰다. 나선 그 길로 시영은 계단을 올라 염라대왕 집무실로 향했다. 조금 전 의전관들의 앞에서 입실 지시가 있었기 때문인지, 의전관들은 곧바

로 집무실로 향하는 문을 열어 주었다. 시영은 염라대왕 앞에
섰다.

"찾으셨습니까?"

염라대왕은 관복을 아직 갈아입지 않은 채 테이블 위에 옥류
관만을 벗어 내려 놓은 채였다.

"따로 묻고 싶은 게 있습니다."

염라대왕은 시영에게 물었다.

"정말 시왕저승의 안전이 보장되었다고 확신합니까?"

조금 전, 정상재 교수의 보고에 관한 것이었다. 그렇게 묻는
염라대왕은 조금 전 회의실에서 보여 주던 미동 없는 모습과는
조금 달라 보였다. 미간에 맺히는 옅은 주름. 걱정과 우려가 드
러나 있었다.

앞서 붕괴의 가능성을 우려해 대피를 지시했고, 실제로 우려
했던 일이 일어나 염려가 깊은 상황이었을 것이다. 그 상황에
서 안심을 말하는 보고가 올라오자 염라대왕은 의구심을 가진
것이리라.

"⋯⋯달리 판단할 근거가 보이지 않습니다."

그렇지만 시영으로서도 달리 답할 여지는 없었다. 염라대왕
도 마주 고개를 끄덕였다.

"그 점은 동의합니다. 조금 전 조사 내용을 들어 보니 그런
내용이더군요."

비서실은 조사를 진행할 여유가 없었고, 나름 전문가라고 맡

긴 망자들이 비록 길지 않은 시간이었지만 나름의 결론을 만들어 가져온 것이었다. 무엇보다도 우도왕부가 보관해 온 시왕저승의 모든 과거 기록을 뒤진 결과였다.

시영은 생각을 다듬어 염라대왕에게 고언했다.

"저는 저희가 갑작스러운 위기에 놀라 위기를 과장하고 있을 수 있다는 생각이 듭니다. 저는 그런 두려움이 이번 조사를 통해서 해소될 수 있었다고 생각합니다."

정상재 교수는 시왕저승이 영겁 존재하는 특별한 공간이라는 식으로 설명했지만, 시영에게 가장 설득력 있었던 부분은 사후세계의 붕괴와 관련된 어떠한 기록도 찾을 수 없었다는 점이었다.

시왕저승 반만 년 역사에 한 번도 없었던 위기는, 이승의 대재해로 이미 한 번 일어났다. 그런 엄청난 일이 연달아서 두 번이나 일어날 거라고 생각하고 싶지 않았다. 그렇게 생각하지 않는 편이 합리적일 터였다. 시영은 그렇게 생각하며 말했다.

"저는 전례와 원칙으로부터 지나치게 벗어난 움직임을 경계하고 싶습니다."

염라대왕은 그런 시영을 한동안 가만히 응시하다가, 곧 납득했다는 듯 고개를 끄덕였다.

"알겠습니다. 그 판단을 믿고 맡기겠습니다."

하지만 마음에 여전히 염려가 남는지 덧붙여 말했다.

"하지만 이후로 집행하는 과정에 문제가 있거나 어려움이 있다면, 즉시 조정을 요청해 주기 바랍니다."

시영은 곧바로 답했다.

"그렇게 하겠습니다."

단지 그럴 일이 일어나지 않도록, 깊은 신임에 보답할 수 있도록 최선을 다해야겠다고 다시금 다짐했다.

＊

호연은 대기 장소였던 제4회의실로 복귀하지 않고 어딘가를 향해 걸었다. 무거운 걸음으로 대회의실을 나선 호연은, 계단으로 내려가는 대신 무턱대고 복도 저편으로 성큼성큼 걸어갔다.

"호연아, 어디 가?"

"바람 좀 쐬러. 너도 갈래?"

아직 분이 덜 풀린 목소리였다. 예슬은 호연을 안쓰럽게 바라보며 고개를 끄덕였다.

복도를 쭉 걸어 나가자 탁 트인 테라스가 나타났다. 광명왕원 대회의실은 7층에 있었고, 6층의 지붕이 이어진 중층 옥상에 가까운 곳이었다. 염라대왕부를 에워싸고 있는 큰 산들이 멀리 시야에 들어오는 가운데, 구름 한 점 별 하나 보이지 않는 기묘한 하늘은 흐린 저녁 노을처럼 탁했다. 오직 옅은 주홍빛이 섞인 칙칙한 회색이 시야에 가득했다. 맞은편으로는 염라대왕부의 또다른 주요 건물인 선명청원 건물이 내다보였고, 그 아래로 여러 부속 건물들이 눈에 들어왔다. 실내에 비해서는 탁 트인 공간이었다. 호연은 테라스 끄트머리의 난간까지 걸어 갔다. 그러고 나선 건물 밖을 향해 냅다 고함질렀다.

"으아아아아아아아아아아악!"

뒤에서 걸어오던 예슬은 깜짝 놀라 멈춰 섰다. 하지만 이내 다시 호연에게로 다가갔다.

"많이 쌓였구나?"

학생 때 가끔 본 적이 있었다. 굉장히 짜증 나는 일이 있는데 뭐라고 말도 못 하는 시간을 보내고 나면, 호연은 한적한 곳에 가서 천지가 떠나가라고 고함을 지르고 풀곤 했다. 그때는 고 등학교 뒷산 산책로에서 숲을 향해 내지른 거였다면, 오늘은 저승 하늘을 향해서였다.

비명에 가깝게 내지른 고함에도 답답함이 풀리지 않는지, 호 연은 바닥이 꺼져라 한숨을 쉬고는 넓은 난간에 상체를 엎드리 다시피 하며 기댔다. 예슬은 곁으로 가서 그 어깨를 다독였다.

호연은 예슬을 바라보며 물었다.

"내가 잘못한 거야? 진짜로?"

고개를 가로저으며 예슬은 말했다.

"아까도 말했잖아. 나는 그렇게 생각 안 해."

예슬은 달래려고 꺼낸 말이었지만, 그 말은 호연의 마음속에 눌려 있던 불만과 짜증에 새로이 불을 붙인 모양이었다.

"그런데 왜 이렇게 된 거야?"

화를 쏟아 내는 호연의 얼굴을 예슬은 한동안 바라보았다. 호연은 위험을 미리 떠올렸음에도 온갖 이유로 평가절하당하기를 거듭해 왔다. 타당한 과정을 통해 부정되었다면 이렇게까지 속이 상하지는 않았을 것이다. 예슬은 호연의 성난 표정 속에서, 혼란스러운 분노의 뒷면에서, 깊은 억울함을 볼 수 있었다. 그런 호연을 바라보는 예슬의 마음 또한 아팠다. 이 친구가 이런 대우를 받아서는 안 되는데.

예슬은 고민 끝에 조심스럽게 말을 꺼냈다.

"……호연아. 한 가지 물어보고 싶은 게 있는데."

호연은 한숨을 푹 쉬고, 마음을 진정시키려고 마른세수를 한 뒤 예슬에게 대답했다.

"혹시 아까 그거야? 나중에 이야기하자는 거."

조금 전, 정상재 교수가 주도한 정리 회의를 마치고 나서 예슬이 꺼내려다 말았던 이야기를 호연을 기억하고 있었다. 예슬은 고개를 끄덕였다.

"비슷한 거야. 아까 물어보고 싶었던 건 너 고함치는 거 보고 대답을 들은 기분이고."

사실 예슬은 그때 이런 식으로 결론이 나도 괜찮은지 호연에게 물어보고 싶었다. 나름의 근거를 갖고 생각해 온 모든 것이 조목조목 부러졌는데 정말 이대로 괜찮냐고 묻고 싶었다. 괜찮은 것처럼 묵묵히 보고서 정리를 해낸 호연이었지만, 결국 괜찮지는 않았던 모양이었다. 예슬은 괜찮지 않게 된 이유에 대해 묻고 싶었다.

"정상재 교수 그분, 어떻게 생각해?"

단도직입적이었다.

"……."

호연은 고개를 떨구고 생각에 빠졌다. 이 짜증의 근원이 정상재 교수인 것은 분명했다. 하지만 호연은 여전히 그에 대한 시선을 깔끔하게 정리할 수 없었다. 호감과 두려움이 뒤섞여 엉망진창이었다. 어떻게 생각하냐고 물어도 좋거나 싫다고 한마디로 대답을 할 수는 없었다.

"……나 그분 방송 나오는 거 사실 꼬박꼬박 챙겨 봤어. 롤모델이었거든."

결국 호연은 생각이 흘러가는 대로 이야기하기 시작했다.

"멋지잖아. 순수과학 분야에서 그렇게까지 잘 나갈 수 있다는 거. 별이 좋아서 이 전공으로 온 거지만, 그렇다고 눈부신 인생에 대한 기대가 왜 없겠어. 다큐멘터리에 코멘트 넣고, 영화에 자문해 주고, 그렇게 유명해지는 꿈이 왜 없겠냐고."

정상재 교수가 유명세를 얻기 시작한 것은 대략 7, 8년 전부터였다. 다양한 분야의 교양 지식을 대중 수준에서 가볍게 다루는 프로그램에 초청 전문가로 출연해 현란한 입담을 과시한 뒤부터였다. 비슷한 시기에 그는 외계행성의 예측과 관련된 논문의 주저자로 언론의 주목을 받아 일약 학계의 스타로 떠올랐다.

여러 인사들의 추천을 받아 청와대의 과학기술정책자문회의에 출입하기도 했다. 그는 여러 지면과 방송을 통해 교양 지식을, 과학적 현상을, 나아가서는 과학 정책과 나라의 미래를 논하기도 했다. 그러다가 마침내는, 유명 종합편성채널의 주간 교양 토크쇼에 고정 패널로 출연하기에 이르렀다.

"오죽하면 내가 VOD를 일부러 사서 봤다니까."

천문학계 출신의 유명인이 고정 방송을 따냈다는 사실이 너무나 대단하고 멋져 보였다. 자취방에 텔레비전이 없고 생방송을 챙기기 어려웠던 호연이었지만 놓치고 싶지 않았다. 일부러 돈을 써 가면서까지 바쁜 시간을 쪼개 모든 회차를 정주행했다.

"정말…… 대단한 분이라고 생각했어."

정상재 교수를 존경하게 된 이유와 그 결과에 대해 말하고 있었지만, 그 말을 하는 호연의 표정은 마치 벌레라도 씹은 것처럼 엉망이었다.

"지금은 어때?"

예슬의 물음에 호연은 잠시 대답하기를 주저했다. 몇 년간 그렇게 롤모델로 여겨 오던 이를 직접 만나고 만 하루만에 겪은 일이 너무나 아팠다. 호연은 목구멍에 걸려 있던 말뭉치를 토하듯이 꺼내 놓았다.

"……무섭다는 생각을 했어. 잡아 먹히는 줄 알았어."

그 말은 예슬은 순순히 고개를 끄덕였다.

"독사 같은 눈이더라, 그 사람."

호연은 한순간 '아무리 그래도 사람한테 그 말은 심하다'고 대꾸할 뻔했다. 하지만 정말 예슬의 표현대로였다. 예슬이 맞게 본 걸 넘어서, 호연 스스로도 그 이상의 감상을 떠올릴 수가 없었다. 선하고 명석해 보이지만, 먹이를 노리는 뱀의 눈동자와 같이 표적을 노리고 있는 그 시선.

결국 호연은 마주 고개를 끄덕이며 중얼거렸다.

"그러네. 응."

그렇게 정상재 교수에 대한 좋지 못한 느낌들을 인정하고 나자, 호연의 마음속에서 연쇄 반응이 일어나기 시작했다.

"내가 생각했던 그런 대단한 분은 아마…… 아닌지도 모르겠어."

머뭇거리며 호연이 운을 떼자마자 예슬이 곧바로 맞장구를 쳤다.

"대단하기는. 그분, 좀 이상해. 네 말은 하나도 안 들으려고 하잖아."

"본인께서 정해 놓은 어떤 결론으로 자꾸 몰고 가……."

"그런 큰일에 대한 조사를 한나절도 안 걸려서, 발품도 안 팔고 끝내 놓으시고선 말이야."

"그리고 그 와중에도 계속 새 일 맡으려고 하고."

호연과 예슬은 주거니 받거니 하며 정상재 교수를 논평했다. 그리고 실망스러웠던 면모를 이야기해 나가던 호연의 마음속에서 마침내 조금 전의 분노에 다시 불이 붙었다. 그리고 이제는 태워 버리고 싶은 것이 명확해졌다.

"……생각해 보니 화나네? 사람을 그렇게 주눅 들게 하고는, 나보고 보고서를 쓰라고 했잖아. 대체 뭐 하자는 거야? 스스로 항복 문서라도 쓰라는 거야? 내가 무슨 포로야, 범죄자야? 어이가 없네?"

호연이 가장 억울하고 답답하게 생각해 온 부분이었다. 강압적으로 자기 뜻을 벗어나 결론 지어지는 경험 자체는 생전에도 너무나 익숙했다. 호연은 경력으로, 학위로, 성별로 무시당하는 경험에 슬프게도 익숙한 편이었다. 하지만 그렇게 동의하지도 않는 결론을 강제로 떠먹이고는 그 입장에서 스스로 글을 쓰도록 만든 것은, 돌이켜보면 호연이 겪은 여러 불공정한 경험들 가운데서도 독보적으로 모욕적이었다.

새삼스레 다시 성을 내는 호연을 보던 예슬은 문득 씁쓸한 미소를 짓고 말았다.

"……왜 웃어?"

샐쭉하니 묻는 호연에게, 예슬은 조금쯤 편해진 마음으로 대답했다.

"아니. 다행이다 싶어서. 완전히 의기소침한 줄 알았거든. 걱정했어."

예슬은 호연이 선명하게 분노할 에너지를 아직 갖고 있는 것이 참 다행스러웠다. 그게 다행스러운 이유는 여태까지 한동안은 안 그래 보였기 때문이었다. 정상재 교수와 주고받은 몇 마디 말만으로 기력을 다 빼앗긴 것처럼 보였다. 게다가 스스로가 말했던 것을 헛소리였다면서 애써 부정하려 하는 모습, 분노를 하면서도 그 분노가 이를 곳을 못 찾고 있는 모습을 보고 있으니 예슬로서는 걱정이 안 될 수가 없었던 것이다.

호연으로서는 나름 티를 안 내려고 애쓴 것이었기에, 보기만 해도 의기소침해 보여서 예슬이 내내 걱정하고 있었다는 걸 알고 나니 마음이 좋지 않았다.

"……나, 그 정도였어?"

조심스레 물어보는 예슬은 고개를 끄덕였다.

"그 정도였어."

호연은 한숨을 내쉬었다. 마음이 답답해진 호연은 다시금 난간 너머로 시선을 옮겼다. 탁한 하늘과 민둥산. 아름답고 웅장하지만 위압감밖에는 느껴지지 않는 염라대왕부의 건물들. 살풍경스러웠다. 하지만 호연은 그 풍경을 조금 다른 시선에서 보게 되었다. 이것은 저승의 풍경이다. 정상재 교수 말대로라면 반만 년의 역사를 자랑하는, 시왕저승의 중심부인 염라대왕부의 풍경이다. 호연은 테라스에서 내려다보이는 이 경치가 마치 말로만 듣던 먼 나라의 거리처럼 느껴졌다.

그 먼 나라에 자신이 와 있었다. 그리고 어쩌면, 이 나라가 자신을 안은 채 산산조각날지도 모른다는 공포를 떠올렸다.

"……진짜로 여긴 문제 없는 걸까."

정상재 교수는 저승이 그렇게 쉽게 무너지지 않을 거라고 말했다. 하지만 그가 주장한 근거는 쉽사리 수긍이 가지 않았다. 차라리 그의 말을 믿고 편하게 마음이라도 놓을 수 있었으면 좋으리라. 하지만 정상재 교수가 당당하게 주장하는 어떤 말을 들어도, 호연은 처음 위험을 떠올렸을 때의 두려운 마음을 지울 수 없었다.

"만약 우리가 생각했던 것처럼 아직 살아 있는 생존자들이 다 사망하고 나면 여기 시왕저승에도 문제가 생기는 거라면……."

낱낱이 부정당한 추측이지만 호연은 또다시 입에 올려 보았다.

조금 전 어전회의에서 망자들에 대한 사후 심판을 재개하자는 이야기가 오갔다. 3년이 걸리네 300일이 걸리네 하는 이야기를 나누었다. 서둘러서 300일이 걸린다고 쳐도, 이 저승이 적어도 300일 동안은 무사히 버텨야만 한다는 말이 된다. 하지만 만약 그보다 앞서서 무슨 일이 생긴다면 어떻게 되나.

호연은 걱정스럽게 중얼거렸다.

"……좀 서둘러서 대비를 해야 할 텐데."

"그러게. 일이 터지고 나면 늦을 텐데."

예슬도 같은 생각이었다.

"지금이라도 다시 이야기해 볼까? 위험하다고, 걱정된다고."

호연은 꺼져 가는 불씨를 어루만지듯 말했다.

"그럴 수 있었으면 좋겠는데……."

예슬은 이제부터는 격려를 넘어서 무엇을 할 수 있는지 함께 고민해 주어야 할 단계라고 생각했다.

"다시 이야기를 꺼내려면 뭔가 더 많은 근거가 있어야 할 거야. 비서실장님 앞에서 한번 아니라고 이야기했었으니까……."

호연은 예슬이 꺼낸 말을 듣고 두 손으로 머리를 부여잡으며 후회에 떨었다.

"아 진짜 왜 그랬지…… 미친 척하고 끝까지 우길걸."

"잡아 먹힐 것 같은데 일단 도망치고 봐야지. 그거 보고 뭐라고 할 생각은 없었어. 미안."

자책하는 호연을 예슬이 서둘러 달랬다. 호연은 스스로에게 다짐하듯이 투덜거렸다.

"……다음엔 진짜 물고 늘어질 거야."

둘은 어디서부터 다시 시작해야 할지 함께 고민하기 시작했다. 이미 보고서는 제출되어 결론이 났고, 염라대왕의 승인도 내려진 상태였다. 그 결정에 이의를 제기하기 위해서는 딛고 설 근거가 필요했다. 호연과 예슬은 지금 자신들이 아는 것이 무엇인지부터 서로 떠오르는 대로 이야기 나누기로 했다.

"일단 우리는 간단한 이야기만 들었지 소육왕부에 정확히 무슨 일이 일어났는지 몰라."

호연이 지적했다. 소육왕부에 문제가 생긴 순간 사망한 망자를 찾아 내서 보고하기는 했지만, 막상 소육왕부에 어떤 일이 일어났는지에 대해서는 제대로 들은 적이 없었던 것이다. 이시영 비서실장이 이변 직후 회의실로 방문해 전해 준 소식을 들은 게 전부였고, 그걸 기정사실로 두고 바쁘게 움직이는 관원들을 목격했기에 의심하지 않은 것뿐이었다. 둘은 여전히 그곳에서 정확히 무슨 이변이 어떻게 일어났는지 보거나 들은 적이 없었다.

예슬은 고개를 끄덕였다.

"그걸 알면 시왕저승에 어떤 일이 생길 수 있는지도 추측해 볼 수 있겠네."

호연이 앞서 추측했던 대로라면, 소육왕부에 일어난 일이 곧 머지않은 미래에 시왕저승 전체에도 일어날 수 있었다. 그 윤곽을 그리는 작업이 문제를 해결하는 데 어쩌면 도움이 될지도 몰랐다.

거기까지 생각이 미친 호연은, 문득 시왕저승이 현재 멀쩡하게 버티고 있다는 사실 자체가 의문스러워졌다.

"그러고 보니까 사망한 분들은 많이 봤지만 아직 살아 있는 사람들이 있는 걸까?"

진광대왕부에 나갔을 때 만난 사출산 구조대원들은 몇 시간 동안이나 새로운 생존자가 오지 않았다고 했었다. 전 지구를 골고루 휩쓸어 버린 우주 규모의 방사선 쇼크로부터 만 이틀 정도가 지났다. 노출된 사람들을 즉사로 몰아 넣을 만큼 강력한 방사선을 피해 아직도 살아 있는 사람이 있을 것인가?

"이렇게 전 세계 사람들을 즉사시킬 만큼 강한 방사선에 만 하루 이상 무사히 살아 남았다는 게 신기하긴 한데."

호연의 말을 들은 예슬은 다른 방향의 의견을 꺼냈다.

"그보다 만약 시왕저승으로 와야 하는 생존자가 더는 남아 있지 않은 거면, 오히려 걱정 안 해도 되는 거네."

"어…… 그건 그렇네."

호연은 조금 허를 찔린 기분이었다. 만약 시왕저승으로 올 생존자가 남아 있지 않다면, 그건 호연의 추측이 완전히 틀렸고 정상재 교수의 주장이 맞다는 결론으로 귀결되기 때문이었다. 그 생존자들이 모두 사망하면 저승에도 문제가 생길 것이라는 게 호연의 추측이었는데, 이미 모두가 사망했음에도 현재 시왕저승에 아무 변고가 없는 상황이라면 그 추측은 바로 반증된다. 속은 쓰리겠지만 더 고민하고 번민할 이유도 없어질 거라고, 호연은 생각했다.

여러 가지 의문점과 주제들을 새로 손에 쥐었다. 이제는 그 의문을 해결해야 다음 단계로 나아갈 수 있었다.

"그럼 이 질문거리들을 누구한테 어떻게 물어보지?"

호연은 예슬에게 의견을 구했다. 예슬은 나름 생각해 보았지만 달리 떠올릴 수 있는 이가 없었다.

"일단 비서실에 찾아가 보자."

정상재 교수와 상의할 수는 없는 노릇이었다. 게다가 전문가 망자 그룹으로 모인 다른 이들은 어디까지 신뢰할 수 있을지 분명하지 않았다. 그들을 제하고 나면 남는 것은 시영, 수현, 유정 등 비서관들밖에 없었다. 둘 모두 저승이 초행길인 마당에 저승에 누가 무엇을 하며 사는지 알 리가 없었고, 그외에는 떠올릴 수 있는 얼굴이 없었다.

결국 둘은 비서실로 향했다. 물에 빠져 지푸라기라도 쥐는 심정이었다.

다들 정신없이 바쁜 상황이라 아무도 없지 않을까 하는 걱정이 호연의 머릿속에 뒤늦게 떠올랐다. 아니나 다를까, 정말로 비서실은 텅 비어 있었다. 하지만 현대식으로 단장된 사무실 한가운데의 회의용 탁자에 강수현 비서관이 앉아 있었다. 비서실 문간을 조심스럽게 기웃거리는 호연과 예슬을 눈치채고는 수현이 먼저 인사를 건넸다.

"안녕하세요. 대기하고 계시지, 어쩐 일로……?"

"바쁘실텐데 죄송해요. 혹시 이것저것 좀 여쭤봐도 될까요."

호연이 조심스레 묻자, 수현은 흔쾌히 응했다.

"괜찮습니다. 당직 대기 중이라서요. 어떤 게 궁금하신가요? 대답해 드릴 수 있는 건 대답해 드릴 수 있는데요."

질문을 해도 좋다는 승낙을 받았으니 질문을 꺼낼 차례였는데, 호연은 여기서부터 뒷말을 떠올릴 수 없는 자신을 발견했다. 막상 물어보려니 무엇을 어떻게 말해야 하는지 가늠하기가 어려웠다. 물어보는 이유를 되물어 오면 그때는 어쩌지? 의도를 설명해야 하나? 만약 물어보면 안 되는 내용이라면 실례를 끼치는 건 아닌지?

그렇지만 이미 시작해 버린 대화였다. 천 년 만 년 고민만 하고 앉아 있을 수는 없었다. 호연은 용기를 내기로 했다. 그냥 앞뒤 없이 궁금한 걸 꺼내 놓고 부딪혀 보기로 한 것이다.

"실은 소육왕부에서 정확히 어떤 일이 있었는지 알고 싶어서요."

호연은 자신이 아무 전제 없이 본론을 들이밀었다고 생각했지만, 수현은 자연스럽게 질문을 받아 대답해 주었다.

"아, 그게 궁금하셨군요…… 그냥 그 공간이 없어졌습니다. 저도 아까 한번 가서 확인하고 왔구요. 무너지고 뭐 이런 게 아니라 그냥 아무것도 없었던 것처럼 되어 버렸어요. 새하얀 안개가 점점 안쪽에서부터 밀려 들어와서……."

수현은 차분하게 설명하고는 있었지만 어렴풋이 상상해 보면 오싹하기 이를 데 없는 이야기였다. 호연은 그 충격적인 광경을 연상하며 새삼 심란해졌다.

그때 수현이 설명에 한 마디를 덧붙였다.

"아무튼 그렇게 건물 한 채 남기고 전부 안개 너머로 없어져 버린 거죠."

"……네?"

호연은 불쑥 되물었다. 예기치 못한 반응에 의아하게 설명을 멈춘 수현에게 호연은 물었다.

"'한 채 안 남기고'가 아니라 '한 채 남기고'요?"

"네, 맞습니다. 소속 건물 하나와 일주문이 남긴 했습니다만."

"왜…… 남아 있어요?"

지나가듯이 나온 말이었지만 호연에게는 순간 굉장히 이상하게 들렸다. 호연은 자신에게만 그랬나 싶어 잠깐 예슬을 돌아보았지만, 예슬은 호연과 같은 생각이라는 듯 말없이 고개를 끄덕여 보였다.

제주도에서 사망했던 그 망자가 저승에 십육왕이 있다는 굿 노래를 기억하는 마지막 생존자였을 터였다. 그 영향으로 소육 왕부에 이변이 일어난 거라면, 여섯 왕이 기거하는 공간 전부가 사라졌어야 이치에 맞을 것이었다. 하지만 굳이 건물 한 채가 남았다는 사실이 매우 신경 쓰였다.

호연이 사뭇 진지하게 의문을 제기하는 것을 보고 수현은 뒷머리를 긁적이며 말했다.

"저희도 그것까지는…… 조사 진행하시면서 그 부분까지는 깔끔하게 설명이 안 되셨나 보네요. 혹시 후속 조사이신가요?"

이건 좋은 명분이었다. 호연은 바로 수현의 이야기 흐름에 올라탔다.

"네. 후속 조사 때문에요. 그래서 궁금했어요."

그렇지만 그 흐름은 곧바로 예상치 못한 급류에 휘말려 들었다.

"그런데 제가 별도의 지시를 못 받아서…… 원래 하시던 조사는 일단락이 된 걸로 들었는데요. 일단 염라대왕님 도장 찍힌 협조 허가가, 정상재 망자님이 진행하시는 조사에 한해서만 유효한 상황입니다. 혹시 정 망자님 지시로 진행되는 건인가요?"

호연은 마음이 덜컥 내려 앉았다. 여기서 또 정상재 교수의 이름이 나오다니. 그의 허락을 받아야 한다고 말한다. 그가 지시한 게 아니면 안 된다고 말한다. 곤란한 상황이다. 하지만 남탓을 할 수가 없었다. 결국 보고 회의에서 침묵하고, 시키는 대로 굴욕적인 보고서를 제 손으로 쓰고, 어전 회의에서도 아무 말을 하지 못한 것은 호연 자신이었다. 침묵한 결과로 대세는 확정된 것이고, 그 결과가 이것이다. 그리고 그렇게 켜켜이 쌓인 답답한 마음은, 호연이 잡생각을 하게 두지 않았다.

"네. 정상재 교수님이 시키셨어요."

될 대로 되라지. 용기의 부추김을 받은 호연은, 오래 생각하지 않고 대뜸 내뱉었다. 옆에서 예슬이 움찔 굳는 게 느껴졌지만 예슬에게 구구절절 설명할 수 있는 상황이 아니었다. 일단 둘러대고 속여서라도 새로운 지식을 알아내고 다른 조사를 진행할 허가를 얻어서, 자신이 맞았는지 틀렸는지 납득할 때까지 파고들어야 했다. 기묘한 자신감이 호연의 마음속에서 보글보글 솟아올랐다. 그때 갑자기 등 뒤에서 인기척이 났다. 호연은 무심코 뒤를 돌아보았다. 이번에는 마음속이 아닌 겉으로 굳어 버렸다.

비서실 현관에 홍기훈 박사가 서 있었다.

"망자님, 어떤 일로 오셨습니까?"

호연의 심정을 알 리가 없는 수현이 태연하게 기훈에게 물었다.

기훈은 양해의 의미로 두 손을 들어 보였다.

"죄송합니다. 말씀 나누시던 중에 방해를 한 것 같습니다."

둘 간에 짧은 대화가 오가는 동안, 호연은 빠르게 생각했다.

홍기훈 박사를 믿어도 될까? 신중한 사람으로 보였다. 외국 출신이고, 정상재 교수의 유명세를 잘 모르는 듯했다. 정 교수의 주장이 부재의 증명에 가깝지 않냐고 지적한 적도 있었다. 하지만 그 부재의 증명에 해당하는 조사를 위해, 정상재 교수와 계속 함께 행동하지 않았던가. 호연의 머릿속 저울추가 기울었고, 호연은 다시금 약간의 만용을 집어먹었다.

때마침 기훈이 물어 왔다.

"혹시 길어지십니까?"

호연은 곧바로 대답했다.

"소육왕부 붕괴와 관련해서 납득이 안 가는 부분이 있어서 추가 조사를 하려고 부탁드리고 있었어요."

그리고 덧붙였다.

"그렇게 정상재 교수님이 시키셔서요."

가급적 뻔뻔하게.

예슬이 오싹할 정도로 긴장하는 것이 옆에서 느껴졌지만 호연은 더 물러설 곳이 없었다.

기훈은 의아하다는 투로 입을 열었다.

"예? 정 교수라면 제가 좀 전까지 같이 있다가 왔습니다만."

끝장이다. 호연은 순간 그렇게 생각했다. 일이 꼬이려니 이렇게 꼬이는구나. 거짓말을 하지 말걸. 거짓말을 하지 말걸. 만용을 부리지 말걸. 망했다.

그런데 그때 홍기훈 박사가 눈을 잠깐 게슴츠레 뜨더니, 천천히 덧붙였다.

"……아마 따로 언질을 주신 모양이군요."

하늘에서 내려온 동아줄 같았다.

"네! 맞아요!"

호연은 동아줄을 낚아챌 기세로 황급히 기훈의 말을 긍정했다. 기훈은 뭔가 알아챈 눈치였다. 그리고 다행스럽게도 호연이 지금 뭔가 하려는 것을 딱히 방해할 의사가 없어 보였다.

그런 긴장된 시선이 오간 것을 아는지 모르는지, 수현이 편안한 목소리로 상황을 정리했다.

"그럼 정상재 망자님께서 요청하신 바가 있으신 걸로 이해하겠습니다. 어떤 게 더 궁금하세요?"

십 년 감수한 기분이 든 호연은 순간 머리가 아찔해졌다. 바로 대답하지 못하고 서 있는 호연을 대신하여 예슬이 서둘러 나서서 질문을 꺼냈다.

"조금 전에 결론 보고 드린 것 중에 소육왕부에 이변이 생긴 것까지는 이승의 생존자분이 사망하신 결과라고 보고를 드렸거든요. 그럼 그 건물 한 채가 왜 남았는지, 그 이유도 저희가 알아야 할 것 같아요."

다행히 호연은 빠르게 회복해 곧바로 대화를 따라잡았다.

"그래서 말인데요, 혹시 지금 이승에 생존자분들이 아직 계신가요?"

호연이 묻자, 수현은 고개를 끄덕였다.

"네, 좀 남아 계십니다."

생존자가 있었다. 호연의 고민 중 한 가지가 흩어졌다.

"어, 얼마나요?"

떨리는 호연의 물음에 수현이 대답했다.

"조금 전 확인한 바로는 여든일곱 분입니다."

수현의 설명에 따르면 우도왕부에서 반출한 수명부들 가운데 아직 살아 있는 사람들의 것만을 추려 낼 수 있었고, 그 일체를 염라대왕부가 따로 반출한 상태였다. 처음 꺼내 왔을 때 이후로도 여러 명이 더 사망하긴 했지만, 한 시간쯤 전에 마지막으로 확인했을 때는 생존자 수가 총 87명이었다. 수현은 그 내역을 구체적으로 설명했다. 대한민국 영토 내에 41명, 북한 영토 내에 7명, 일본에 12명, 중국에 10명, 미국에 7명, 그외 국가에 10명이 생존해 있었다. 호연도 예슬도, 어쩌면 생존자가 있을 수는 있겠다고 생각했지만 수십 명에 달할 거라고는 예상치 못했다.

"생각보다 많네요?"

예슬에 이어 호연도 물었다.

"다들 어떻게 살아 계신 거예요?"

그리고 홍기훈 박사는 질문하는 대신 추측을 꺼냈다.

"혹시 지하 시설에 거주하는 분들이십니까?"

기훈의 말을 들은 수현은 고개를 끄덕이면서 대답했다.

"예, 저희가 업경業鏡을 통해 확인해 본 바로는, 모두 지하 깊은 곳에 머무르고 계십니다. 군사 벙커, 원자력 발전소, 지하 연구시설, 심해의 잠수함, 자연 동굴…… 그런 곳에 계신 분들입니다."

그제서야 호연은 이해할 수 있었다. 하늘에서 쏟아지는 강력한 방사선을 막을 유일한 방법은 방사선이 뚫고 들어오기 힘든 벽을 세우는 것이다. 호연이 진광대왕부에 갔을 때 만난 많은 망자들은 대형 창고나 지하실과 같은 곳에서 일하다가 조금 늦게 사망한 경우였다. 여태 사람들이 생존할 수 있을 만큼 방사능을 막아 낼 가장 확실한 벽이 있는 장소라면, 역시 깊은 땅속이나 물속일 것이었다. 만약 정말 잘 밀폐된 곳이라면 의외로 오래 살아 남을 수도 있을 것이다.

그때 예슬이 문득 물었다.

"그런데 저기, 업경이라고 하셨나요?"

저승 설화에 나오는 단어가 불쑥 튀어나온 것이 신경 쓰였던 것이다. 업경이란 저승에서 망자를 재판할 때 망자가 이승에서 무슨 일을 했는지 보여 주는 신통한 거울을 말하는 것이었다. 예슬은 저승에 그런 거울이 실존하는지 궁금해졌다.

그리고 예상대로 수현은 긍정했다.

"네. 그걸로 비춰 봤습니다."

호연이 뒤따라 물었다.

"비춰 본다고요? 그럼 여기서 생존자분들의 현재 동향을 확인할 수가 있다는 건가요?"

"그렇습니다."

수현의 그 말을 들은 순간, 호연의 머릿속에서 갑자기 어떤 퍼즐 조각이 맞춰지는 느낌이 들었다. 호연은 생각을 정리할 필요성을 느꼈다. 더는 임기응변으로 끌고 나가기 어려웠다.

"저기, 잠시만 논의 좀 하고 와도 될까요? 정리해서 요청드릴게요."

초조하게 묻는 호연에게 수현은 빙긋 웃어 보였다.

"네, 얼마든지요. 말씀드렸다시피 저는 당직 중이니까요."

그 길로 호연은 예슬과 기훈을 이끌고 조금 전에 있던 테라스로 다시 걸어 나갔다. 지금부터 무엇을 하려고 하는지 이야기를 나누고 의견을 맞출 필요가 있었다.

테라스 끝까지 다시 걸어 나선 뒤에야, 호연은 긴장의 끈을 풀었다. 어휴, 하고 한숨을 쏟아 내고는 호연은 곧바로 홍기훈 박사에게 고마움을 표했다.

"박사님, 진짜 감사해요. 말 맞춰 주셔서……."

그 상황에서 기훈이 조금만 더 눈치 없이 상황을 부정했더라면 호연은 제법 곤란한 상황에 처할 수도 있었다. 기훈은 전혀 감사받을 일이 아니라는 듯 고개를 저으며 말했다.

"아닙니다. 대충 상황은 짐작이 갔습니다. 조금 전 조사 정리 결과에 납득이 가지 않으신 것, 맞습니까?"

"네, 아무래도……."

"그렇군요. 사실 저도 영 마음에 걸려서 할 수 있는 일이 없을지 알아보려고 했습니다."

그때부터 호연, 예슬, 기훈은 각자가 조금 전 내려진 조사 결론에 대해서, 그리고 그걸 이끌고 간 정상재 교수에 대해서 가지고 있는 생각들을 나누기 시작했다. 그동안 다같이 힘을 합쳐 이것저것을 해 보자는 분위기 속에 드러내 놓고 말하지 못했던 부정적인 감상들이 흘러나왔고, 서로의 공감을 얻어 갔다.

저승에 온 뒤로 내내 차분하고 침착해 보이던 홍기훈 박사는, 평소답지 않게 답답함을 드러내며 내뱉었다.

"아무래도 그 선생님께서는 따로 어떤 퍼스널한 의도를 갖고 계신 것처럼 느껴집니다."

작심한 듯한 비판이었다. 예슬도 고개를 끄덕이며 기훈에게 동조했다.

"홍 박사님도 그렇게 생각하시죠?"

"예. 듣자 하니 텔레비전에도 나온 유명인이라고 들었습니다만, 사실 그런 분들이야말로 조금 경계를 하게 됩니다. 아니나 다를까 이런 모습을 보는군요."

예슬과 기훈은 모두 앞서서 정상재 교수를 잘 알지 못했던 이들이었다. 저승에 와서 그를 처음 만난 이들에게 정상재 교수는 처음부터 그렇게까지 좋은 사람으로 보이지 않았던 모양이었다.

"……역시 다들 그렇군요."

호연은 실망스레 중얼거렸다. 호연이 내내 가지고 있던 정상재 교수의 멋진 이미지는, 어쩌면 화면 너머에만 존재했던 것일지도 몰랐다. 롤모델에 대한 기대와 신뢰가 깎여나가는 만큼 화는 화대로 나면서, 그에 덧붙여 일렁거리는 실망감이 기름불처럼 호연의 마음속을 헤집고 다녔다. 남에게 분노하는 만큼 자신도 고통스러웠다.

그렇게 한동안 정상재 교수에 대한 푸념을 이어 가던 세 망자들은, 이제 앞으로 무엇을 해 나가야 할지에 대한 이야기로 주제를 옮겨 갔다. 호연은 조금 전 비서실에서 떠올렸던 아이디어를 꺼냈다.

"그래서 더 해 보려는 조사 말인데요. 생존자 목록을 전수조사 해 보면 어떨까요?"

생존자들의 목록이 수명부로 나타나고, 업경으로는 생존자들을 관찰할 수 있다는 걸 들었을 때, 호연의 머릿속에 스쳐 지나간 생각이었다. 생존자들의 신상 정보나 살아 있는 모습을 확인할 수 있다면, 그들이 구체적으로 어떤 사람인지도 파악할 수 있는 게 아닐까? 행동거지나 종교, 그 밖의 상세한 특징들을 알아 낼 수 있을지도 모른다. 그렇게 생존자들의 면면을 조사하다 보면, 어쩌면 소육왕부에 건물 한 채만이 살아 남은 이유를 파악할 어떤 특징을 알 수 있을지도 모른다. 그 특징이 과연 어떤 형태일지 당장 상상할 수는 없었지만, 분명히 뭔가가 발견될 거라는 게 호연의 생각이었다.

예슬은 호연의 생각에 찬성했다.

"괜찮은 시작 같아."

그리고 기훈이 호연에게 물었다.

"만약 어떤 실마리를 찾게 된다면, 그다음에는 어떻게 됩니까?"

호연은 대답하기 어려웠다. 어떤 생존자에게서 어떤 특징을 찾아내 연관 지을 수 있을지도 아직 알지 못하는 마당에, 그다음의 일을 말하는 건 섣부르다는 생각이 들었다. 호연은 어려움을 인정하기로 했다.

"……그건 그때 가서 다시 생각해 봐야죠. 하지만 지금 달리 알아 볼 수 있는 게 없지 않을까요?"

무엇을 알게 될지는 모르지만 지금 시도할 수 있는 가장 확실한 일인 것은 분명해 보였다.

"그건 그렇습니다."

기훈도 수긍했다.

호연, 예슬, 기훈은 계속해서 이야기를 나누며, 강수현 비서관에게 요청할 내용을 다듬어 나갔다. 다음에 할 일은 생존자들에 대한 전수조사다. 업경으로 낱낱이 비춰 볼 수 있으면 좋겠지만, 우선은 생존자의 목록부터 확인해 보자는 쪽으로 의견이 모였다.

그리고 이 모든 걸, 일단은 정상재 교수가 시켰다고 둘러대기로 했다.

"이렇게 말한 책임은 제가 다 질게요."

"혼자 다 감당하지는 마."

"여차하면 저도 거들겠습니다."

호연이 각오를 다지고 말하자 예슬과 기훈이 잇따라 도움의 손길을 내밀었다. 그렇게 각본을 한 차례 정리한 뒤, 세 망자들은 다시 비서실로 향했다. 수현은 여전히, 비서실 테이블에서 대기하고 있었다. 다시 돌아온 망자들을 반갑게 맞이하는 수현에게, 호연은 앞서 정리해 온 계획을 설명했다. 호연의 설명을 꼼꼼하게 듣던 수현은 설명이 마무리되자 곧바로 대답하기 시작했다.

"우선 생존자 목록은 있습니다. 조금 전에 말씀드린 여든일곱 명의 생존자분들의 수명부는 저희가 전부 수거해서 따로 모아 놨고요. 생존자 각각에 대한 자세한 목록도 따로 만들어 두었습니다. 다음으로 업경을 쓸 수 있냐고 물어 보셨는데요, 제가 다룰 수 있는 권한은 있습니다만, 원칙적으로는 보고 후에 사용해야 합니다. 그러니 수명부나 생존자 목록을 먼저 조사해 보시는 게 좋겠습니다."

가능한 것들을 차근차근 설명해 주는 수현을 호연은 기대 가득한 얼굴로 바라보고 있었다. 이제 그걸 조사하는 것부터 해야 한다.

"그 전에 제가 좀 확인하고 싶은 게 있는데요."

하지만 곧바로 산통을 깨는 이야기가 수현의 입에서 흘러나왔다.

"아무래도 이승에 계신 분과 저승의 이번 사이에 확실한 연관 관계가 있는 걸 증명해 보이고 싶으신 것 같습니다만……제가 앞서 정리 회의에 들어가지를 못해서 어떻게 토의된 것인지 모르지만요. 조금 전 회의 결론과는 확실히 상반되지 않나요?"

정곡이었다. 정상재 교수가 시키지 않은 일을 시켰다고 둘러댈 작정은 했지만, 그 고민만 하다 보니 막상 하려는 조사 자체가 전혀 정상재 교수가 시킬 법하지 않은 내용이라는 데 생각이 미치지 못했다. 수현의 지적은 지극히 합리적이었다. 하지만 앞서 급하게 짠 각본에는 여기에 대답할 말이 없었다.

기훈이 더듬거리며 해명을 시도했다.

"그것은 그러니까…… 음."

하지만 이내 말문이 막힌 모양이었다. 예슬 또한 난처한 얼굴이었다.

그런 둘의 반응을 보고 호연은 생각했다. 둘러댄 책임은 전부 자신이 지겠다고 말했다. 만약 여기서 어줍잖거나 이상한 대답을 해서 수현에게 불신을 산다면, 더 이상 어떠한 새로운 시도도 하기 어려워질 게 분명했다. 상상하고 싶지 않은 결과였다. 지금 호연이 가장 뚜렷하게 말할 수 있는 건, 자신이 믿고 있는 추측에 대한 것뿐이었다.

"제가 설명할게요."

호연은 자신을 믿고 정면 돌파하기로 했다.

"사실 조금 전 결론에 동의할 수가 없어서 그래요. 저는 역시 시왕저승이 위험하다고 생각해요."

호연은 솔직하게 털어 놓았다. 조금 전 테라스에서 짜 뒀던 모든 각본을 한순간에 헛수고로 만들어 버리는 행동이었지만, 호연은 어설픈 변명보다 솔직한 인정이 답이라고 느꼈다. 호연의 이실직고를 본 기훈은 조금 놀란 모양이었다. 예슬은 오히려 차분했다. 예슬은 호연이 바른 행동을 했다고 느꼈다.

가장 놀란 건 수현이었다. 많이 놀랐는지 한동안 입을 멍하니 벌린 채 말을 잇지 못하던 수현은, 곧 헉 하고 숨을 들이켜고는 천천히 말했다.

"······그럼 설마, 아까 전에 말씀하신 건······."

정상재 교수가 시켜서 왔다는 이야기는 거짓말이었고, 이 세 명은 그 결론에 전면적으로 동의하지 않기에 찾아온 것이라는 것을 수현도 알아차렸다.

호연은 초조하게 수현을 바라보았다. 왜 거짓말을 했냐며 규탄할까? 이미 내려진 결론을 뒤집을 수는 없다고 방어적으로 대답할까? 어쩌면 이런 상황에서 도와줄 것은 없다며 애석해하거나 차가운 반응을 보일지도 모른다.

입을 다문 채 한동안 말없이 생각을 이어가던 수현이 마침내 호연을 바라보며 말했다.

"······여기는 보는 눈이 많으니 회의실로 잠깐 가시죠."

곧바로 내치지 않는 것만으로도 호연에게는 너무나 다행스러웠다. 비서실에 딸린 회의실로 일행을 안내한 수현은, 모두가 방 안으로 들어서자마자 안쪽에서 문을 잠갔다. 그러고는 호연에게 물었다.

"결론에 동의 못 한다고 하셨습니까?"

마른침을 삼키고 호연은 대답했다.

"네."

대답을 들은 수현은 뒷머리를 긁적였다. 그리고 회의실의 한쪽 구석 의자에 가서 앉았다.

"다들 앉으세요. 자세한 이야기를 듣고 싶습니다. 왜냐면 저도 좀 마음이 켕겨서요."

잔뜩 긴장했던 호연 일동의 얼굴에 화색이 돌았다. 조금 전 테라스에서 나누었던 여러 가지 이야기가 회의실 안에서 다시금 논의되었다. 정리 회의에 들어오지 못했던 수현의 물음에, 호연은 자신이 회의에 가져갔던 조사 결과와, 그 결과가 어떤 논리로 부정되었는지, 그리고 정상재 교수의 주장은 어떤 논리로 통과되었는지 조목조목 설명했다. 그리고 정리 회의의 마지막 순간에, 이시영 비서실장이 그 주장을 있는 그대로 승인해 준 것까지도.

수현은 차분히 모든 이야기를 들은 뒤 약간 낙담한 듯 어깨를 늘어트렸다.

"논의가 어떻게 진행되었나 했더니 그렇게 되었군요."

그렇게 말하는 수현의 표정에는 짙은 실망과 걱정이 어려 있었다.

"……제가 여러분들 앞에서 할 말은 아닙니다만, 아무래도 비서실장님께서 이번에는 좀…… 판단을 그르치셨다는 생각이 듭니다."

복잡한 감정을 곱씹던 수현은 어렵사리 말문을 열었다. 신뢰하던 상사의 판단을 불신하는 순간이 오지는 않았으면 했다. 하지만 수현이 듣기에 정상재 망자가 주장한 내용의 근거는 너무나 빈약했고, 이견 조율 과정은 거의 날치기였다. 비서실장은 결론을 승인하도록 반쯤 협박당한 것처럼 여겨졌다. 일개 망자가 어떻게 비서실장의 추인을 강요할 수 있었을까. 그 강직한 비서실장님이, 어쩌다가 냉철한 판단으로 가로막지 못한 걸까. 수현은 거듭 생각했다. 그렇지만 생각할수록, 그 마음은 실망이 아닌 걱정의 모양이 되어 갔다.

"대신 변명하는 것 같습니다만, 소육왕부에서 충격을 많이 받으셨을 겁니다. 그 뒤로 제대로 쉬지도 못하고 계속 뛰어다니고 계세요. 마음을 좀 편한 쪽으로…… 그렇게 움직이고 싶으셨을 겁니다."

모두가 영원불멸하리라고 믿었던 저승 세계가 그 근본부터 산산조각나는 광경. 시영은 그 현장을 겪고, 손끝에서 희생을 치르고 돌아왔다. 염라대왕부의 가장 우수한 관원조차도 명석함을 잃어 버릴 수밖에 없었으리라. 수현은 자신이 시영의 입장이었더라도 온전한 정신을 유지하기 어려웠을 거라고 생각했다.

그렇지만…… 그렇긴 하지만.

"……저는 채호연 망자님 생각에 공감이 갑니다. 지금 좀 스텝이 꼬였어요 저희가."

미심쩍은 결론이 성립 과정부터 미심쩍었던 거라면 바로잡아야 한다고, 수현은 느꼈다. 상사가 승인했고 어전 회의에서 인정된 결론에 문제를 삼으려는 상황이었다. 수현은 눈앞의 망자들이 그 책임을 져서는 안 된다고 생각했다.

"여차하면 제가 혼이 나겠습니다. 제가 인도해 드릴 테니, 원하시는 조사를 하러 갑시다."

그것이 수현의 결론이었다.

전면적인 협조를 얻어 낸 것에 기뻐 호연은 벅차오르는 마음에 큰 소리로 수현에게 인사했다.

"정말 감사합니다!"

그러자 수현은 싱긋 웃으면서 입가에 손가락을 가져다 댔다.

"조용히 부탁드려요."

＊

호연 일행은 수현과 함께 살금살금 비서실을 빠져 나왔다.

아무도 없는 비서실이었지만 혹시나 하는 마음에서였다. 언제 이시영 비서실장이나 다른 비서관들이 복귀할지, 언제 정상재 교수가 협의하러 찾아올지 알 수 없었다. 수현 입장에서는 당직 근무 스케줄을 방치하는 일이기도 했다. 다행히 아무에게도 눈에 띄지 않았다.

수현은 일행을 광명왕원 3층의 한 사무실로 안내했다. 문에는 '대심판정 대기실'이라는 현판이 붙어 있었다. 방에 들어서자 어수선한 풍경이 드러났다. 한쪽 구석에는 두루마리가 잔뜩 든 궤짝이 여러 개 놓여 있었다. 궤짝 표면에 '수명부'라는 글자가 휘갈긴 글씨체로 적혀 있었다. 그리고 방의 안쪽 벽에는 거대한 전신거울 다섯 개가 세워져 있었다. 화려한 금장으로 장식된 거울의 테두리에는 시왕도 그림에서 차용한 듯한 동양적인 느낌의 부조가 잔뜩 새겨져 있었다. 거울의 경대 부분에는 여러 개의 기계식 다이얼과 무언가를 집어 넣을 수 있는 둥근 구멍이 있었다. 예슬은 저 거울들이 업경임을 직관적으로 알아차렸다.

"여긴 뭐 하는 방인가요?"

호연이 묻자 수현이 대답했다.

"대심판정에 생존자 상황실을 만들려고 가져다 놓은 물건들입니다. 남은 생존자분들 관리가 필요할 것 같아서 비서실 차원에서 준비하고 있었습니다. 지금 사후심판 재개 협의 쪽으로 리소스가 다 빠져 나가서 마무리를 못 하고 있는데요."

수현은 수명부 궤짝 맨 위에 올려진 두루마리를 가져와 테이블 위에 펼쳤다. 일행이 테이블 주위로 모여들었다. 펼쳐진 두루마리에는 한자와 한글이 뒤섞인 긴 목록이 적혀 있었다.

"이게 현재 생존자 목록입니다."

수현은 칸칸이 나뉜 목록을 한 칸씩 짚어 가며 설명했다.

"왼쪽에서부터 이름, 나이, 현 소재지, 그리고 신앙 형태입니다."

"신앙 형태요?"

예슬이 조금 놀란 목소리로 물었다. 수현은 고개를 끄덕였다.

"네. 가령 여기 이분 같은 경우는 불교 신자로서 시왕신앙을 가지신 분이고요."

수현이 가리켜 보인 곳에는 한 줄로 한자가 쭉 적혀 있었다. 중간에 두 글자, '서울'만 한글이었다.

白才腕 二十四 大韓民國서울地下坑內 佛

이어서 수현이 조금 떨어진 다른 줄을 가리켜 보였다. 그 줄에는 놀랍게도 영어가 함께 적혀 있었다.

"여기 이분은 외국 교포이신 것 같고요. 종교는 없으신 듯한데, 문화적 영향력으로 인해 이곳에 오시는 분 같습니다."

EUGINE CASEY 三十一 美合衆國密歇根州地下坑內 無

국내외를 망라한 것은 물론 생존자들의 종교 유무까지 낱낱이 적힌 목록을 보고 호연은 혀를 내둘렀다.

"이렇게까지 관리하는군요……."

수현이 쓰게 웃으면서 부연했다.

"저희도 원래 이런 정보를 이렇게 꼼꼼하게 들여다보지는 않아요. 상황이 엄중해서 급하게 모은 겁니다."

한편 전공상 한자에 익숙한 예슬은 목록을 위에서부터 아래로 쭉 읽고 있었다. 마지막 글자가 믿는 신앙색을 나타내는 부분으로, 대개 불교를 나타내는 '佛'자나 무교를 나타내는 '無'자가 적혀 있었다.

그런데 그 와중에 조금 다르게 적힌 이가 있었다. 예슬은 수현에게 물었다.

"저, 이분은요? 여기 적힌 게 무슨 의미인지……."

李愛景 七十八 大韓民國智異山天靈穴石窟內 巫 十王 桃

종교를 나타내는 부분에 적힌 '무 시왕 도^{巫 十王 桃}'. 예슬은 한자 자체는 읽을 수 있었지만, 내내 한 글자로 정리되던 종교 부분의 글자수가 잔뜩 늘어난 의미를 알 수 없었다. 질문을 받은 수현이 들여다보더니 곧바로 해설했다.

"이애경 님, 78세, 무속 신앙 계통이시고요. 시왕굿을 하는 분이네요. 그리고 이건, 음. 같이 갖고 계신 다른 신앙 대상입니다."

맨 끝에 붙은 '도䤍'자를 손가락으로 어루만지듯 하며 수현은 말했다.

"지리산 산신령님께도 치성 드리거나 한 적 있으신가 봅니다. 저희 쪽으로 오시거나, 그쪽 저승으로 가거나 하시겠네요."

수현은 평범한 일이라는 것처럼 말했지만, 예슬은 조금 놀라지 않을 수 없었다. 신앙에 맞춰 저승을 향하게 된다더니, 그 길이 여러 개 있을 수 있었단 말인가?

"믿음이 여러 갈래면…… 저승을 골라서 갈 수 있나요?"

이어진 예슬의 질문에 수현은 조금 자신 없다는 듯이 덧붙여 설명했다.

"글쎄요…… 고른다고 말하긴 어려울 겁니다. 사망하시는 순간에 마음이 더 이끌리는 데로 가시게 되는 거라서요. 가능성이 있다는 정도로 알고 있습니다."

예슬은 그 답을 듣고 아무도 모르게 마음에 생채기가 나고 말았다. 아무리 썩 신실하지 않았다고는 하지만 그래도 의식적으로는 기독교인이라고 생각했는데, 죽는 그 순간에 마음이 닿는 대로 날아 온 결과가 시왕저승이었다니. 여러 번 생각했지만 정말 얄궂은 일이었다. 부정적인 생각에 사로잡히려던 예슬은, 빠르게 고개를 저어 머릿속의 먼지를 털어냈다. 지금 낙담하고 있을 때가 아니었다.

"다른 분들 중에 시왕굿 하는 분은 더 안 계신가요? '무㊉'자가 더는 없는 것 같은데요."

호연은 목록을 위에서 아래로 쭉 가리켜 보았다. 여든일곱 명의 생존자들 가운데, '무巫'자가 맨 뒤에 붙은 이는 이애경 생존자를 제외하고는 아무도 없었던 것이다.

"네, 없네요."

수현이 그 사실을 확인했다.

뭔가 실마리가 잡힐 것 같았다. 모여 선 이들 모두가 한동안 테이블 위의 목록을 바라보고 있었다. 잠시 후에 홍기훈 박사가 호연을 돌아보며 물었다.

"이승에서 믿는 사람이 사라지면 저승도 사라지는 게 아니냐는 게 채 연구원님 생각이었지요?"

호연은 고개를 끄덕이고는 생존자 목록을 바라보았다.

지리산에 생존해 있는 시왕굿을 하는 무속 신앙인. 그리고 적어도 시왕저승이 아는 한, 지상에 남아 있는 유일한 무속 신앙인.

"그럼 혹시 이분께서 건물 한 채를 지탱하고 계신 걸까요……?"

무리한 추측이라는 생각을 하면서도 호연은 조심스럽게 말을 꺼내 보았다. 하지만 지금은 그런 무리한 추측조차도 조사의 실마리가 되는 상황이었다. 예슬이 수현에게 물었다.

"지상에서 무엇을 하고 계신지 업경으로 볼 수 있다고 하셨죠?"

예슬이 묻는 의도를 수현은 물론 모든 이들이 바로 이해할 수 있었다. 종이만 보고서 만들어 낸 추측은 의문투성이일 수밖에 없었다. 이 의문을 해소하기 위해서는 생존자가 실제로 어떤 사람인지 더 자세히 이해할 필요가 있었다. 그리고 여기서부터는 월권越權 행위에 가까웠다. 수현은 보고 없이 업경을 가동하면 안 되기 때문이었다. 하지만 수현은 각오를 하고 내려왔다.

"네. 한번 보도록 하죠."

결심에 책임을 질 작정이었다. 놓여 있던 수명부 궤짝을 뒤져 이애경 생존자의 수명부를 집어 든 수현은, 벽에 나란히 선 업경 중 가장자리 쪽 업경 앞에 서서 경대의 구멍에 수명부를 밀어 넣었다. 다음 순간, 평범한 거울로 보이던 업경의 유리면이 불투명한 하얀색 빛을 발하기 시작했다. 호연은 그 모습을 보며 마치 컴퓨터에 전원이 켜지는 광경 같다고 생각했다.

수현은 경대에 붙은 다이얼을 조심스레 조작해 나갔다. 흰빛으로만 가득 차 있던 거울이 다시 맑아졌다. 하지만 이제 거울에 비치는 풍경은 방 안의 풍경이 아니었다. 높은 곳에서 내려다보는 지리산의 모습이었다. 한밤중이다 보니 제대로 보이는 것은 아무것도 없었다. 그 풍경부터 이미 일상적이지 않았다. 점점이 빛나고 있어야 할 도로의, 취락의, 각종 시설의 전깃불이 모두 꺼진 완전한 암흑에 잠긴 대지만 보였다.

다이얼이 돌아감에 따라 시야가 점점 지상에 가까워지기 시작했다. 한참 내려오자 어둠 속에서 은은한 달빛을 받은 나무의 모습이 보이기 시작했다. 초여름이었지만 잎은 모조리 떨어지고 죄다 바싹 말라붙어 있었다. 고에너지 방사선의 영향 때문이었다. 이윽고 업경의 시야는 그 아래 지면을 뚫고 들어갔다.

"땅속 깊은 동굴에 계신 모양입니다."

기훈의 말에 예슬도 고개를 끄덕였다.

"네, 목록에도 '지리산 천령혈 석굴 내'라고 적혀 있었어요."

"그래서 살아 계셨구나……"

호연은 신기함과 놀라움, 그리고 안타까움을 담아 중얼거렸다.

마침내, 시야가 다시 트였다. 동굴 안 깊은 곳에 손전등과 촛불로 밝혀진 좁은 공간이 눈에 들어왔다. 개량한복 차림의 나이 든 여성이 알루미늄 돗자리를 펴고 그 위에 가부좌를 틀고 앉아 두 손을 모으고 기도를 이어가고 있었다. 여성의 맞은편에는 옻칠을 한 작은 상 위에 촛불이 타고 있고, 사과와 배가 정수리가 깎인 채 하나씩 놓여 있었다.

그 모습을 본 예슬은 고개를 갸웃했다.

"굿하는 상처럼 보이기는 하는데요…… 시왕굿은 이렇게 하는 게 아닌데……?"

당사자의 행색부터 전문적인 무속인처럼은 전혀 보이지 않았다. 깊은 굴속에서 춥지 않으려고 두껍게 껴 입은 평상복 차림에, 상차림을 제외하고는 어떠한 무속적인 도구도 보이지 않았다. 그저 진심을 다해 기도를 올리고 있을 뿐이었다.

〈제열에 전륜왕은 인간 혼신 죄 없으면 윗마을에 날리시고

죄 많으면 해도 달도 못 보는데…….〉

단지 간절한 목소리로 계속해 외우고 있는 기도문의 내용이 시왕굿 노래의 내용과 같았다. 뚜렷하지는 않은 암송이었지만, 노래는 천천히 저승시왕의 명호名號를 하나씩 부르며 저승의 모습을 묘사하고 있었다. 그리고 예슬은 그 노래의 흐름이 남도에서 십육왕을 찾던 노래의 흐름과 비슷하다는 것을 알아차렸다.

이대로 이어진다면 곧이어 여섯 왕의 이름을 더 불러야 할 차례가 왔다. 그런데.

〈불쌍한 이 어미 불쌍한 자식놈 중문에 걸지 마소. 열하나라 음음 왕, 열두째에 음음 왕…….〉

오도전륜대왕의 이름에 이어 지장왕이 나올 차례에 업경에 비친 여성인 이애경 생존자는 돌연 발음을 모호하게 웅얼거렸다. 박자와 각운만 대충 맞추어 웅얼웅얼 이어지는 노래. 노래를 외워 불러야 하는데 가사가 생각나지 않을 때 누구나 곧잘 하곤 하는 행동이었다.

예슬은 원래의 노래를 떠올려 읊었다.

"……열다섯이랑 동자판관, 열여섯이랑 사자왕, 영혼님 송사제 오라 치고…….”

〈열다섯에 으음 으음, 열여섯일랑 음 으음, 지장보살 지장보살, 지장보살 지장보살…….〉

이어지는 부분은 아예 지장보살만 부르면서 하나도 제대로

부르지 못했다. 하지만 그 얼버무림이 시사하는 바가 있었다. 예슬은 살짝 탄성을 흘렸다.

"정말로 지장보살만 아직 기억하고 계셔서……."

호연도 놀라움에 젖어 중얼거렸다.

"……딱 시왕 플러스 지장보살까지만."

함께 업경을 지켜보던 수현이 입을 열었다.

"우연일까 싶긴 합니다만. 딱 한 채 남아 있다는 지장왕부 건물 이름이 보살전입니다."

무슨 조각으로 어떻게 맞춰야 할지 알 수 없었던 퍼즐이, 순식간에 완성되는 것같은 순간이었다. 호연은 조심스럽게 머릿속에 떠오른 추측을 꺼내놓았다.

"역시, 이분께서 아직 살아계셔서 그 건물이 무사한 걸지도 모르겠네요."

제주도에서 사망했던 박수무당은 십육왕을 찾는 굿노래를 또렷하게 기억하는 마지막 생존자였을 것이다. 그의 사망으로 인해 소육왕부는 망각 속으로 사라져 버린 것이다. 하지만 저승 시왕과 함께 지장보살만을 더 찾는 이가 생존해 있었기 때문에, 지장보살에 상응하는 '보살전'이라는 건물 한 채만 간신히 남아 날 수 있었던 것이 아닐까?

"나도 비슷한 생각이야."

예슬이 가장 먼저 호연의 추측을 지지했다.

"저도 동의합니다."

"일리가 있네요."

이어서 기훈과 수현도 뜻을 함께했다.

새로운 발견의 실마리를 잡아 낸 호연의 마음은 조금 들떴다.

"이제 어떻게 하지? 어쩌죠 이제?"

호연은 예슬과 다른 이들을 돌아보며 의견을 물었다. 수현이 먼저 제안했다.

"어떻게, 이 사실을 비서실장님께 일단 보고를 드려 보시면 어떨까요?"

하지만 기훈이 고개를 저으며 다른 방향을 제안했다.

"저는 좀 더 고민해 봐야 할 필요가 있다고 생각합니다."

"이유를 여쭤봐도 될까요?"

예슬이 물었다. 기훈은 걱정스럽게 말했다.

"정상재 교수님이 만들어 낸 가설의 뿌리가 부실하게 느껴지는 것은 사실입니다. 하지만 지금 밝혀 낸 사실이 솔깃하기는 해도, 아직 그걸 뒤집을 만큼 큰 의미를 가진다는 생각은 들지 않습니다."

기훈의 지적을 들은 호연은 순순히 수긍했다.

"……그건 그래요."

호연은 그렇게 중얼거리고는, 황급히 예슬을 바라보며 덧붙여 말했다. 자신의 계속된 의기소침함에 예슬이 다시금 실망할까 싶어서였다.

"아니, 사실이 그렇잖아. 뭔가 아직 한 조각이 더 부족해."

그렇지만 지금은 앞서와는 달랐다. 부족함을 인정하지 않고서는 부족한 부분을 채울 수 없다. 이것은 더 나아가기 위한 고민이었다.

그때 수현이 말했다.

"결국 생존자분께서 사망하시면 저승이 영향을 받는다는 확실한 증거가 필요한 건데요……."

수현의 그 말을 들은 다음 순간, 예슬이 갑자기 퍼뜩 놀라며 헛숨을 집어삼켰다.

"무슨 아이디어라도 떠올랐어?"

"어…… 아니, 어……."

호연은 다급히 예슬에게 물었지만, 예슬은 더듬거리며 쉽게 말을 꺼내지 못했다. 스스로가 떠올린 생각에 너무나 소스라치게 놀란 모습이었다.

"……아뇨, 이건 차마 말할 수가…… 아무리 그래도……."

그때 옆에서 듣고 있던 홍기훈 박사가 말했다.

"저는 짐작이 갑니다."

모두의 시선이 모이자, 기훈은 헛기침을 한 번 하고는 입을 열었다.

"저분, 이애경 님이라고 하셨지요. 이애경 님께서 사망하시는 순간 보살전이 동시에 영향을 받는다고 하면…… 사망과 이변을 잇는, 두 번째 사례가 수집되는 셈입니다."

정상재 교수는 오직 위험을 단정할 근거가 없다는 이유로 자신의 주장을 관철했다. 그에 맞서 호연이 꺼냈던 추측은 '단 한 건의 단서에 불과하다'는 비판을 받고 묵살되었다. 이 비판을 극복하려면 더 많은 단서가 필요했다. 같은 현상을 가리키는, 즉 '생존자의 사망이 저승에 즉각적인 영향을 준다'는 또 다른 증거가 필요했다. 그리고 이애경 생존자는 지장왕부 보살전의 생존과 연결되어 있을지도 모른다. 그의 사망 순간, 그 증거가 손에 들어올 가능성이 있었다.

거기까지 생각이 미치고 나자 호연 역시 이 생각의 잔인한 부분을 알아차렸다.

"잠깐만요, 그럼 저희가…… 저분을 데려와야 한다는 건가요? 저승으로?"

호연은 당혹스럽게 물었다. 그 와중에도 결정적인 표현은 입밖에 내지 못했다.

예슬은 가라앉은 목소리로 말했다.

"그래서 이야기 못 한 거야."

사망으로부터 사례를 수집한다는 말은 곧 사망을 기대해야 한다는, 사망을 일으켜야 한다는 말에 다름없었다. 아무리 죽음 이후의 세계에 와 있는 입장이라 해도, 다른 누군가를 '죽음에 이르게 해야 한다'는 말은 끔찍해 차마 입에 올릴 수 없었다.

그리고 그 옆에서 강수현 비서관은 입을 멍하니 벌린 채로 무슨 말조차 꺼내지 못하고 완전히 사색이 되어 있었다. 처음 구체적인 이야기를 꺼내 놓았던 기훈은 다시금 헛기침을 하고 는 수현 쪽으로 작게 고개를 숙여 사과했다.

"……아무래도 제가 괜한 이야기를 한 것 같습니다. 저승의 법도에 결례가 되었다면 사죄드립니다."

굳어 있던 수현은 황급히 기훈에게 답했다.

"아, 아니요, 아닙니다. 그 말씀 때문이 아니라……."

그렇게 말을 꺼내 놓고는 수현은 갑자기 테이블 위에 놓인 생존자 목록을 다시 꼼꼼히 살피기 시작했다. 한 번, 두 번, 세 번, 목록의 위에서부터 아래까지, 87명분을 하나하나 확인한 수현은 조금 허탈한 목소리로 중얼거렸다.

"……그랬지, '무'에 '도'가 이분밖에 안 남으셨으니까……."

이어 수현은 심란한 한숨을 내쉬었다. 갑작스럽게 대화에서 이탈한 수현을 모두들 궁금한 눈빛으로 바라보고 있었다. 수현 은 그 시선을 알아채고는 조금 머쓱한 듯 머리를 긁적이더니 말했다.

"일단, 잠깐 침착하십시다."

그렇게 말하는 수현이야말로 가장 침착해 보이지 않았다. 조 금 전 오간 대화에서 제법 동요할 만한 생각을 떠올린 모양이 었다. 수현은 테이블에 모여 선 일동을 둘러보면서 모두를 안 심시키려고 했다.

"다들 너무 심려치는 마십시오. 살아 있는 분의 목숨을 빼앗

다니요. 그런 일은 안 합니다. 저승은 산 사람이 죽는 걸 바라고 원하는 곳이 아닙니다. 목숨을 함부로 다루는 것은 저승의 법도에 어긋납니다."

그 이야기를 듣고 호연, 예슬, 기훈 모두 일제히 안도의 한숨을 내쉬었다. 수현은 이어서 비교적 안전한 대안을 제시했다.

"대신 좀 비정한 이야기가 되겠습니다만, 재해 상황이잖아요. 망자님을 추적 조사하고 있다가 자연히 사망하시면 그때 교차 검증을 하는 방법이 있겠습니다."

이애경 생존자가 사망하면 검증이 된다는 사실은 분명했다. 안타깝지만 비록 오래 생존해 계신 중이긴 하여도 그리 멀지 않은 시기에 방사능의 영향을 받아 사망할 것이 거의 확실했다. 목숨을 빼앗겠다는 식의 불경스러운 접근을 하지 않더라도, 조만간 어쩔 수 없이 그 결과를 확인할 수밖에 없게 되리라.

"이 업경은 이대로 계속 켜 놓는 게 낫겠네요."

수현은 그렇게 말하며 업경을 바라보았다. 거울 속 이애경 생존자는 계속해서 제사상을 향해 기도문을 암송하고 있었다.

"그래도 돌아가시기를 기다리는 건 좀…… 마음이 안 좋네요."

호연이 안타까운 목소리로 말했다. 수현도 고개를 끄덕였다.

"저도 마찬가지입니다. 아무쪼록 덜 고통받고 편안히 오시기를 기원하는 게…… 최선일 것 같습니다."

그 점은 모두들 공감하는 바였다. 하지만 여전히 침통한 마음을 금할 수는 없었다.

수현은 한숨을 내쉬고는 뭔가를 다짐하듯 혼자서 고개를 끄덕거리더니 말했다.

"……그럼 보고서를 작성해서 보고를 드리도록 합시다."

호연은 그렇게 말하는 수현의 표정과 말투가 묘하게 비장해 보인다고 생각했다. 조금 전 생존자 목록을 급히 다시 확인했을 때부터, 뭔가에 적잖은 충격을 받고 신경이 분산되어 있는 것처럼 보였다. 대체 무슨 일일까?

의문이 드는 호연이었지만 우선은 수현의 제안을 믿어 보기로 했다.

*

한 시간쯤 뒤, 다시 염라대왕부 비서실. 수현을 앞세워 호연, 예슬, 기훈 등 망자들이 들어섰다. 비서실 가운데의 테이블에는 김희영 서기관이 당직을 서고 있었다. 인사를 건넬 틈도 없이, 수현은 성큼성큼 걸어오며 물었다.

"비서실장님 안에 계십니까?"

"네, 그런데 지금 심판 대책 회의 쪽 망자분하고 미팅 중이신데요."

김희영 서기관은 그렇게 바로 대답하고는 수현에게 조금 볼멘소리를 꺼내 놓았다.

"그보다 강수현 비서관님, 당직 서다 말고 어디 가셨던 겁니까? 교대 때문에 한참 찾았잖습니까."

"죄송합니다. 그럴 일이 좀 있었어요."

수현은 간단하게 대꾸하고는 몸을 돌려 망자들에게로 돌아갔다. 그리고 물었다.

"어쩌죠?"

심판 대책 회의의 망자라 함은 정상재 교수를 말하는 것임에 틀림없었다. 그의 주장을 뒤집기 위한 제안을 하러 왔는데, 가는 날이 장날이라고 본인이 이시영 비서실장을 만나고 있었다.

"잠시 피하는 것도 좋겠습니다."

기훈이 걱정스레 의견을 냈지만, 호연은 단호하게 고개를 저으며 말했다.

"……아뇨, 차라리 잘 됐어요."

호연은 수현을 마주 바라보았다. 호연은 더는 물러서지 않겠다고 계속 스스로에게 속삭이고 있었다. 호연의 시선으로부터 뚜렷한 의지를 읽을 수 있었다. 수현 또한 이제 와서 신중하게 움직일 이유는 없다는 생각이 들었다.

"알겠습니다."

그렇게 호연에게 대답하고서 수현은 다시 비서실 안쪽을 향해 걷기 시작했다. 호연이 심호흡을 한 뒤 그 뒤를 따랐고, 예슬과 기훈이 뒤이어 함께했다.

"잠깐, 강수현 비서관님?"

당직 김희영 서기관이 당황스럽게 불렀지만, 수현과 망자들은 멈추지 않았다. 이들은 곧장 비서실 가장 안쪽의 비서실장 집무실 문 앞에 다다랐다. 수현은 마음을 굳게 먹고 문을 두드렸다.

"강수현입니다. 긴급한 일로 잠시 실례하겠습니다."

그렇게 통보를 하고는 응답을 기다리지 않고 바로 문을 열어젖혔다. 급한 일이 생길 때마다 해 오던 일이지만 이 순간만큼은 수현 또한 떨리고 두려웠다.

방 안의 풍경이 드러났다. 타원형의 나무로 만든 집무석에 피로한 표정의 시영이 앉아 있었다. 그 앞에 선 정상재 교수가 두루마리 서류를 들고 뭔가를 설명하다가 말이 끊기자 문간을 돌아보고 있었다.

시영이 의아한 듯 물었다.

"수현 군, 무슨 일입니까?"

이어 정상재 교수가 망자들을 향해 반가운 미소를 지으며 말했다.

"아, 여러분. 쉬고 계시지 갑자기 어쩐 일로 오셨습니까?"

선한 미소. 정말로 선해 보이는 미소. 진심으로 반기는 듯한, 상쾌하고 잘생긴 미소. 한순간 호연은 저런 사람에게 함부로 대드는 게 정말 바른 일인지 고민했다. 호연은 정상재 교수의 얼굴을 지그시 응시했다. 그리고 그의 눈이 웃고 있지 않다는 걸 알아차렸다. 그의 눈은 여전히 독사의 눈이었다.

조금 전의 오싹한 기억이 다시금 떠오르며 호연의 마음을 다잡게 했다. 호연은 내뱉었다.

"역시, 납득할 수가 없어요."

정상재 교수는 영문을 모르겠다는 듯 놀라면서 걱정스럽게 물었다.

"무슨 이야기입니까? 무슨 문제가 생겼습니까?"

그렇게 물어 오는 목소리에도 정말 남을 걱정해 주는 듯한 다정함이 묻어 났다. 하지만 호연은 더는 흔들리지 않기로 했다. 호연은 다시금 입을 열었다.

"제 추측이 맞는 것 같고, 저는 걱정이 해소되지 않습니다."

곧바로 시영을 돌아보면서 탄원했다.

"이시영 비서실장님, 이승의 재해로 인해 저승이 분명 영향을 받을 겁니다. 계획을 재고해 주세요."

그 말을 들은 시영의 표정에는 큰 흔들림이 없었다. 단지 새로운 안건이 또 발생했구나 하는 정도의 피곤함이 느껴졌다. 그러나 한편으로 정상재 교수의 얼굴은 마치 탈처럼 굳어 버렸다. 빙그레 웃던 미소가 번지던 얼굴이 마치 광대가 얼어버린 것 같은 부자연스러운 웃음기에 침식당했다.

시영이 호연에게 물었다.

"미안합니다. 그렇지만 이미 정리된 안건이 아니었습니까?"

그때 수현이 나섰다.

"실장님, 지장왕부 보살전 건물만이 살아 남은 것으로 보이는 이유가 추가로 확인되었습니다. 보고서로 만들어 왔으니 검토해 주셨으면 합니다."

수현은 정상재 교수를 지나쳐 시영에게 다가가서 시영에게 조금 전 급하게 정리한 보고서 두루마리를 제출했다. 두루마리를 받아든 시영은 고개를 한번 끄덕여 보이고는 바로 내용을 읽기 시작했다. 정상재 교수는 그런 수현을 빤히 바라보고 있었지만, 수현은 개의치 않고 다시금 호연 일동이 있는 자리로 돌아갔다.

보고서를 읽는 시영에게서 등을 돌린 채, 정상재 교수는 집무실 문간에 서 있는 네 영혼을 바라보았다. 수현, 호연, 예슬, 기훈을 차례로 바라보며, 정 교수는 사나운 시선을 보내기 시작했다. 그렇지만 얼굴에 딱딱하게나마 어려 있는 웃음기가 가시지는 않았다. 곧 정 교수는 점잖은 항의를 시작했다.

"……음, 대체 이게 무슨 경우입니까? 다소 불쾌하군요."

호연은 담담하게 사과했다.

"회의 중이신데 끼어든 점은 죄송합니다."

"채호연 학생, 그 이야기가 아니지 않습니까?"

정상재 교수가 곧바로 반박했다. 물론 호연 또한 알면서 그렇게 대답한 것이었다. 정 교수는 호연을 타이르듯이 말했다.

"채호연 학생, 우리 조금 전에 다 정리했잖습니까. 학생 본인도 인정했고요. 허황된 짐작이었다, 너무 놀라서 그랬다. 그렇게 깔끔하게 끝난 이야기 아니었습니까?"

이 목소리에도 약간의 마성이 있다고, 호연은 새삼 생각했다. 신비로울 정도로 발음이 명확하고 알아듣기 쉬운 목소리. 그 목소리로 교양과 지식을 이야기하는 모습에는 누구라도 매료될 수밖에 없었다.

"그렇지만 아무리 생각해도 정 교수님이 내리신 결론은……."

생각해 온 말을 이어 나가면서 호연은 갈등했다. 자신이 뭔가를 잘못하는 게 아닐지. 괜한 시비를 거는 것은 아닐지. 큰 인물에게 누를 끼치는 상황은 아닌지. 하지만 예슬이 자신을 믿어 주었고, 기훈이 의문을 함께 품어 주었고, 수현이 방향에 동의해 주었다. 만약에 자신이 틀렸다면 연대 책임이리라.

그렇게 생각하는 호연의 마음속에는 작은 용기가 솟아올랐다. 호연은 마음속에 준비한 말들을 정상재 교수를 향해 쏟아냈다.

"……부실해요. 근거가 부족해요. 아까 홍 박사님 말씀처럼 부재의 증명이라고요! 증거 하나만 가지고 말하고 있는 것도 피차 똑같잖아요."

마침내 정상재 교수의 미소가 무너졌다. 떫은 것을 씹은 듯 그의 입가가 일그러졌다.

"아니, 채호연 학생, 그거랑 이거랑 같습니까? 망자 하나 죽은 시간 조사한 거 하고, 오천 년어치 자료를 다 뒤진 걸 같다고 말할 겁니까?"

정 교수가 조곤조곤 따져 물었다. 하지만 호연은 바로 맞받아쳤다.

"제가 알아 온 건 그래도 최소한 하나의 일치하는 증거죠! 정 교수님이 찾아 오신 건 증거가 없다는 사실이지 증거가 아니잖아요!"

조금의 주저도 없는 항변에 정 교수는 조금 움찔하는 듯 보였다. 그러고는 혀를 차며 표정을 일그러뜨렸다.

"……똑똑하고 일을 믿고 맡길 수 있는 학생이라고 생각했더니 쓸데없이 고집이 있어서는……."

호연은 등골에 전류가 흐르는 것 같은 기분을 느꼈다. 텔레비전에서 보던, 저승에 와서 경이롭게 보았던, 선하고 유능한 이미지의 정상재 교수에게서 처음으로 보는 완연한 분노의 기색이었다. 정 교수는 턱을 살짝 치켜들어 호연을 아래로 깔아보며 호령을 하기 시작했다.

"지금 본인이 무슨 말을 하는지 알고 있습니까? 오천 년 역사의 이 저승이 하루아침에 사라질 수도 있다고 말하는 겁니다. 지금 학생은 염라대왕부 비서실장을 겁박하고 염라대왕을 능멸하고 있는 셈입니다."

하지만 호연은 더 이상 두렵지 않았다. 오히려 마음이 편해졌다. 그의 미소 뒤에 숨은 독사가 두려웠다. 웃으며 사람을 난도질하는 그의 언변이 두려웠다. 하지만 그가 겉으로도 속으로도 일관되게 분노하고 있다면, 차라리 상대하기 쉬웠다. 호연은 정 교수의 말이 끝나기가 무섭게 거의 고함치듯 맞받아쳤다.

"무슨 말씀이세요? 그게 사실이면 대비를 해야지, 없던 일로 치고 넘어갈 수는 없잖아요!"

정 교수는 또다시 움찔 놀라며 호연을 노려보았다. 큰 소리로 반박해 올 것을 전혀 예상치 못한 눈치였다. 그가 호연을 향해 뭐라고 다시 말을 내뱉으려 하는 순간이었다.

"수현 군."

이시영 비서실장이 입을 열었다.

호연과 정 교수는 물론, 둘의 언쟁을 초조하게 지켜보고 있던 다른 이들 모두의 시선이 시영에게로 향했다. 하지만 눈앞에서 벌어진 언쟁에는 조금의 관심도 주지 않는다는 듯, 시영은 보고서 두루마리로부터 눈도 떼지 않은 채였다.

"네, 비서실장님."

수현이 시영에게 다가갔다. 시영은 보고서의 한 대목을 가리켜 보이며 수현에게 물었다.

"마지막의 이 결론은 대체 무슨 이야기입니까. 생존자를 감시하겠다니요?"

"지리산에 생존해 계신 무당이십니다. 신앙적으로는…… 시왕저승 또는 복사골로 가실 것으로 예상되십니다."

수현의 대답에 시영은 조금 언짢게 되물었다.

"복사골이라고요."

"네. 생존자 상황실에서 그분을 관찰해서…… 사망하시는 순간 지장왕부 보살전의 상태를 확인하려고 합니다."

그때 호연이 부연 설명과 함께 끼어들었다.

"비서실장님, 사망 시각에 이변이 일어난다면, 신앙인의 사망이 저승에 가져오는 영향을 추측할 수 있는 두 번째 증거가 될 거예요."

시영은 침착하게 수현의 보고와 호연이 지금 말한 내용을 머릿속에 입력했다. 그리고 그로부터 아무런 결론을 내릴 수 없는 자신을 발견했다. 사실 조금 전, 수현에게 질문한 것 또한 그 의의를 확인하기 위해서가 아니었다. 정말로 보고서가 무슨 내용인지 한눈에 파악할 수 없었기 때문이었다.

시영은 오른쪽 관자놀이를 꾹 눌렀다. 정신에 피로가 점점 누적되어 가고 있었다. 눈앞의 글을 빠르게 해석해 처리할 수가 없었다. 이해한 것 같으면서도 이해가 되지 않았다. 아니, 어쩌면 이해하고 싶지 않은 것인지도 모른다는 생각이 들었다.

정리가 다 된 안건을 다시 꺼내와 새로운 근거를 주장하는 내용. 망자를 감시하겠다는 둥, 맥락이 쉽사리 파악되지 않는 제안들. 그 모든 내용들이 머릿속에서 결합되지 않은 채 맴돌기만 했다.

"그리고 정말 이건 드리기 어려운 말씀입니다만, 실장님."

그때 수현이 작심한 듯 입을 열었다.

"보고서에 기재된 가설대로라면, 그분께서 사망하시면 산신 노군 어르신께도 이변이 미칠 가능성이 있습니다."

산신노군. 그 명호名號에 시영의 사고가 다시 삐걱거리며 움직이기 시작했다.

"자세히 말해 보십시오."

시영의 물음에 수현은 한 차례 심호흡을 하고는, 어떻게 말해야 할지 한참 고민하고 있던 보고 사항을 꺼내 놓았다.

"저희 수명부 중에서 무속 신앙을 가진 마지막 분이십니다. 만약 지리산 산신노군께만 지성으로 치성을 드린 다른 생존자 분이 안 계시다면 어쩌면…… 복사골 저승을 기억하시는 마지막 생존자일 수도 있습니다."

수현이 거기까지 말한 순간 호연과 예슬은 숨을 집어삼켰다. 조금 전 수현이 생존자 목록에서 무속 신앙인의 존재 유무를 낱낱이 뒤진 이유를 뒤늦게 알아차린 것이었다. 이애경 생존자의 사망 순간 확인할 수 있는 것은 보살전에 미치는 영향뿐이 아니었던 것이다.

시영에게 결론을 전해야 했다. 수현은 토해 내듯이 말했다.

"이분께서 사망하시면 복사골이 파괴될 수도 있습니다."

"어떻게 말을 그렇게 합니까!"

그리고 시영에게서 거의 반사적으로 꾸지람이 날아들었다. 감정적 약점을 찔려 성을 내는 망자처럼 보였다. 수현이 보기에는 전혀 시영답지 않은 행동이었다. 하지만 한편으로, 수현은 충분히 그런 반응이 돌아올 수 있다고 예상했었다. 시영은 지쳐 있었다. 또 궁지에 몰려 있다. 그리고 산신노군의 이름과 복사골의 존재는, 시영에게 있어 특별했다. 충분히 격한 반응이 돌아올 수 있다고 수현은 생각했다.

반면 시영은 자신이 이런 행동까지 하게 될 거라고는 전혀 생각지 못한 듯했다.

"······미안합니다. 실언했습니다."

자책감을 느끼며 시영은 수현에게 사과했다. 이성을 잃고 튀어나온 꾸지람이 스스로 너무나 수치스러웠다. 심지어 왜 그렇게까지 한순간 분노하게 되었는지, 시영 스스로도 자신의 감정을 알기가 어려웠다. 시영은 참담함을 느끼며 이마를 짚었다. 몸뚱이도 없는데 열이 느껴지는 기분이었다.

그때 정상재 교수가 헛기침을 한 번 하더니 호연을 향해 말했다.

"채호연 학생, 그만합시다. 지금이라도 철회하세요."

그리고 그는 수현을 바라보면서도 말했다.

"강수현 비서관님도 그만 편드시기 바랍니다. 지금 모두를 혼란에 몰아넣고 있지 않습니까!"

마치 모두를 진정시키는 것 같은 말이었지만 그 가운데서 정 교수는 정확히 호연과 수현을 지목해 침묵을 요구하고 있었다. 마치 자리의 주도권을 쥔 어른이 아이들을 얼러 달래는 듯한 모습이었다.

그런 정 교수를 보다 못한 예슬의 인내심이 한계에 이르렀다.

"대체 바라시는 게 뭐예요?"

"예?"

갑자기 날카롭게 귀를 찔러 든 예슬의 목소리에, 정 교수는 흠칫 놀라며 반문했다. 황당하고 어처구니없다는 듯 자신을 바라보는 정 교수를 향해 예슬은 계속해서 쏘아붙였다.

"무엇을 원해서 계속 그렇게 새로운 일에 뛰어들고, 자문역을 맡으려 하고, 일어날 수 있는 이변을 애써 부정하려 하시냐고요!"

정 교수는 콧방귀를 뀌고는 가슴을 펴고 자세를 바로하며 예슬에게 대꾸했다.

"내가 무서울 게 뭐가 있어서 그걸 부정하겠습니까?"

겉보기에는 당당하기 이를 데 없는 태도였다. 하지만 그런 정 교수를 가만히 바라보던 예슬은 눈썹을 찌푸리며 한마디를 던졌다.

"무서우세요?"

정상재 교수의 표정이 한층 굳어졌다.

"큰일 터지는 게 무서우세요? 그걸 인정하기보다는, 끝까지 모른 척하다가 갑자기 당하는 게 나을 만큼?"

이어진 예슬의 힐난에 정 교수는 시선을 돌리며 흥, 하고 콧방귀를 뀌었다. 다시금 예슬을 노려보다시피 하며 정 교수는 응수했다.

"……매우 불쾌하군요. 그 질문은 무례합니다."

하지만 예슬은 그런 정 교수의 반응이 무섭지도 실망스럽지도 않았다. 그저 '아주 부정할 수는 없구나' 하는 생각뿐이었다. 묻지도 않은 표현을 대답에서 꺼낸 것은 그의 말실수였으리라. 하지만 그런 실수를 통해서 마음속에서 생각하던 진심의 끄트머리 같은 것은 드러나리라. 예슬은 눈앞의 존재가 어떤 생각과 이유를 가지고 그동안 그렇게 행동해 왔는지를 약간은 알게 된 것 같은 기분이 들었다.

그때 수현이 다시금 시영의 결단을 재촉하고 나섰다.

"비서실장님, 별일이 생기지 않으면 그 경우에는 제가 전부 책임지겠습니다. 하지만 별일이 생기는지는 확인해 봐야 합니다. 상황실을 가동해서 이애경 망자님의 자연사 시점을 추적할 수 있도록 허가해 주십시오."

하지만 시영은 즉답하지 못했다. 이마를 짚고 참담한 표정을 지은 채, 수현의 거듭된 요청에 응답하지 못하고 있었다. 그 모습을 본 정상재 교수는 수현과 시영 사이에 끼어들었다. 시영을 바라보던 수현의 시선을 가로막은 그는 수현에게 타이르듯이 말했다.

"강수현 비서관님. 무익한 일을 하지 마십시오."

수현은 본격적으로 그가 불쾌하게 느껴지기 시작했다.

"정상재 망자님, 무익하지 않다고 판단해서 제가 비서실장님께 건의 드리고 있는 겁니다."

수현은 솟아오르는 짜증을 최대한 정중하게 억눌러 말했다.

그 말을 듣고서 정상재 교수는 수현에게 근엄한 목소리로 경고했다.

"이봐요, 교수입니다, 교수. 망자가 아니고."

수현은 이제 정말 이 자가 싫어졌다. 수현은 매뉴얼대로 대답했다.

"알겠습니다, 정상재 망자님."

정상재 교수는 수현을 빤히 바라보며 헛웃음을 흘렸다. 답이 없다는 듯 신경질적으로 고개를 설레설레 저으며 자리에서 일어난 그는 방 구석으로 터덜터덜 걸어갔다. 그러고는 뒤돌아방 안의 모두를 바라보면서 소리쳤다.

"왜 안 죽입니까?"

"무슨 말씀이시죠?"

수현은 날 선 목소리로 그에게 물었다. 정 교수는 호연 쪽을 삿대질하며 말했다.

"이야기를 들어 보니까, 채호연 학생이 주장하는 건 결국 저분께서 사망하시면 바로 건물이 무너질 거다, 그리고 다른 저승 한 곳도 같이 사라져 버릴 거다, 이거 아닙니까?"

방 안 모두의 곤란해하거나 적개심 어린 시선을 마주하면서, 정상재 교수는 도발이라도 하려는 듯 악에 받친 목소리로 말을 이어 갔다.

"그게 맞는 거 같으면, 여기 저승 아닙니까? 아예 지금 저승 사자라도 보내서 그 생존자분 목숨 거두어 오면 바로 증명될 일을, 뭐 하자고 미적대고 있습니까?"

"정상재 교수님! 어떻게 그런 말씀을 하세요! 사람을 죽이자고요?"

곧바로 호연이 고함쳤다. 하지만 정상재 교수는 조금도 물러서지 않고 마주 큰소리를 치기 시작했다.

"채호연 학생, 학생이 주장하고 저기 비서관분이 보고서로 정리한 아이디어가 뭐 다른 걸 말하는 것 같습니까? 그게 정말로 맞을 것 같으면, 자연사할 때까지 뭐 하러 기다리고 있습니까? 솔직히 말해 보세요. 다들 그 생각 안 한 것도 아니지 않습니까?"

그랬다. 한순간이나마 그 가능성을 떠올리지 않은 것은 아니었다. 호연도, 예슬도, 기훈도, 수현도, 이 순간에는 뭐라고도 반박할 수 없었다. 그러한 반응을 본 정상재 교수는 비웃음에 가까운 헛숨을 토하고서 말했다.

"거 보세요. 자, 지금 목숨 빼앗아서 데려오세요. 어차피 이승이 그렇게 된 거 오래 살아 계셔서 뭐 합니까? 그분도 편하시게, 우리도 확실하고 신속하게 해결을 보자 이겁니다. 결과 나오면 내가 다 책임지겠습니다. 해 보세요. 예?"

수현이 성난 목소리로 소리쳤다.

"망자님, 저승은 산 사람 목숨을 함부로 다루지 않습니다!"

하지만 정 교수는 물러서지 않았다.

"결국 못 한다는 거 아닙니까? 말만 잔뜩 거창하게 해 놓고서, 증명해 보자고 하면 '시간을 들여서 천천히 하자.' 이건 뭐, 용기만 가상하고 추진력은 없고."

그렇게 내뱉은 정상재 교수는 수현, 기훈, 예슬, 호연 순으로 시선을 옮기며 그들을 쏘아보았다. 그리고 숫제 경멸하는 투로 말했다.

"나는 여러분 같은 사람이 싫습니다. 예, 아주 싫어요."

그 말을 꺼내는 정 교수의 눈매는 날카롭게 곤두서고, 입가에는 오기가 맺히고, 표정은 사납기 그지없었다.

'그야말로 독사다.'

예슬은 생각했다.

정 교수는 입고 있던 양복 깃을 펴고 헛기침을 두어 차례 해 숨을 가다듬은 다음 다시금 차분한, 그렇지만 차가운 표정을 취하고서 일방적으로 선언했다.

"아무튼 나는 허락 못 합니다. 그리고 채호연 학생, 김예슬 연구원, 홍기훈 박사님, 세 분께는 크게 실망했습니다. 혹시 다른 일을 같이할 기회가 생기더라도 지금 이 일에 대해서는 나중에라도 제가 사과를 받고 가야겠습니다."

"사과라고요?"

어처구니가 없어 되물은 호연에게 정 교수는 당연하지 않냐는 듯 답했다.

"내가 내린 결론에 거역하고, 염라대왕부 비서실의 권위를 모욕하고 혼란에 빠트리지 않았습니까?"

기가 찬 호연은 혀를 내둘렀다. 수현 또한 황당함을 누르지 못하고 그에게 따져 물었다.

"왜 망자님이 비서실을 대변하십니까?"

그때 시영이 나지막한 목소리로 단호하게 말했다.

"다들 그만하십시오."

한참 동안 이어진 말다툼이었지만, 과연 시영의 호령에는 아무도 맞설 수가 없었다. 비서실장 집무실에 침묵이 내려앉았다. 시영은 간신히 찾아온 적막 속에서 주위를 둘러보았다. 다툼과 분노, 실망과 증오가 온 방 안에 가득했다. 시영은 대체 무엇이 지금의 이런 모습을 불러왔는지 생각해 보았다.

손에 들린 수현의 보고서를 다시금 눈에 담았다. 눈은 빠르게, 하지만 마음은 차분히, 내용을 읽어 보았다. 이제는 좀 더 또렷하게 그 내용이 머리에 들어오기 시작했다.

수현이 올린 보고서의 내용은 크게 다음과 같았다. 먼저 정상재 교수가 제안한 가설의 근거가 부족함을 주장하고 있었다. 이어서 이애경 생존자의 발견에 대한 정보와, 그것을 채호연 망자가 앞서 조사했던 결과의 연속선상에 둘 수 있다는 내용이 포함되어 있었다. 끝으로 저승의 위험을 확인하기 위해 생존자의 사망 순간을 관측할 수 있도록 허락해 달라는 내용과 함께, 그 순간 복사골 저승과의 연락이 두절될 수도 있으니 사전에 준비하기 바란다는 당부가 적혀 있었다.

그리 길지도 않고, 전혀 어려운 내용이 아니었다. 수현은 장기간 일해 온 유능한 비서관이다. 급하게 만든 짧은 보고서라고 해도 허투루 썼을 리가 없었다. 단지 시영 자신이 그 내용을 받아들이기 어려웠을 뿐이었다.

시영은 테이블 위에 장식된 복숭아 나뭇가지를 바라보았다. 가르침의 상징. 깨달음의 상징. 좀 더 나아가서는, 노군께서 말씀하셨던 '선업을 지으라'는 당부의 상징이기도 했다. 지금까지 자신의 책상 위에 있는 이 가지 앞에 부끄럽지 않으려고 애써 왔다. 그런데 조금 전의 혼란스러운 인식을, 수현의 말에만 반응하다 감정적으로 노성怒聲을 뱉은 것을, 시영은 깊이 자책하지 않을 수 없었다.

시영의 침묵이 길어지자 무거운 공기를 가장 먼저 깨고 나선 것은 정상재 교수였다.

"……비서실장님, 숙고하셔야 할 일이라면 억지로 하지 않으시는 편이……."

하지만 정상재 교수의 간언을 무시하고, 시영은 명령했다.

"다들 잠시만 방에서 나가 주십시오."

그렇게 말하며 시영은 방 안의 아무도 바라보지 않고 있었다. 그저 멀리 빈 벽을 바라보며 모두에게서 시선을 피하고 있었다.

"……실장님."

안타깝게 자신을 부르는 수현의 목소리에도 아랑곳않고 시영은 다시금 명령했다.

"비서실장 명령입니다. 혼자 생각할 시간이 필요하니 방에서 모두 나가 주시기 바랍니다."

수현은 한순간 갈등하다가 용기를 내기로 작정하고 말했다.

"실장님, 지금 지체하실 때가……."

하지만 시영은 단호했다.

"지체하지 않기 위함입니다. 그러니 생각할 시간을 주십시오."

그런 시영의 명령에 가장 먼저 응한 것은 정상재 교수였다. 정 교수는 시영을 가만히 응시하다가 그에게 정중한 목소리로 말했다.

"비서실장님, 제 말을 믿으시고 저승이 안녕할 방법을 고민하셨으면 좋겠습니다."

시영에게 묵례를 남기고 정 교수는 다른 누구도 거들떠보지 않은 채 성큼성큼 걸어 비서실장실을 걸어 나갔다. 안절부절못하는 다른 망자들을 수현이 손짓으로 조용히 독려했다. 호연과 예슬, 기훈은 차례로 비서실을 빠져나갔다.

그렇게 다른 모두를 내보낸 뒤, 수현은 다시금 시영을 바라보며 그 자리에 섰다.

"강수현 비서관."

시영은 마침내 시선을 돌려 수현을 바라보았다. 더 길게 말하지 않았으나 어서 비켜 달라는 완곡한 요구임을 알 수 있었다. 하지만 수현은 시영에게 꼭 전하고 싶은 말이 있었다.

"실장님, 많이 지치셨습니다."

"압니다."

"판단을 그르치셨다고 생각합니다."

"내가 말입니까?"

건조하게 묻는 시영에게 수현은 대답했다.

"제가 아는 평소의 비서실장님은 바로 그런 말부터 쉬이 하지 않으십니다."

"……."

시영은 다시 수현에게서 시선을 돌렸다.

그렇게 말해야 하는 수현의 마음은 심란하기 그지없었다. 그리고 수현에게서 그 말을 들은 시영의 마음 또한 혼란스럽기만 했다. 시영에게는 그 혼란을 정리할 시간이 필요했다.

"다시 한번 부탁합니다. 잠시 생각할 시간을 주십시오."

거듭 요청하며, 시영은 덧붙였다.

"노군께도 상의 드리려고 합니다."

그래야 하는 순간이, 그래야 하는 상황이 왔다는 생각이 들었다.

시영의 그 말까지 듣고 나서야 수현은 고개를 꾸벅 숙였다.

"……알겠습니다."

수현은 몸을 돌려 비서실을 나섰다. 문이 닫혔다.

홀로 남은 시영은 자리에 앉은 채로 머리를 감싸 쥐었다. 그리고 한참 동안 소리 없는 비명을 질렀다.

이승에서 스무 해를 보냈다. 저승에서는 백스물다섯 해를 보냈다. 그 기간 동안 시영은 스스로의 평정심과 판단력을 믿어

왔다. 당황하지 않았다. 해야 할 일에 주저함이 없었다. 정해진 앞날을 두려워하지 않고, 항상 맑은 정신을 유지하려고 노력했다. 원칙을 준수하고 바른 일을 바르게 판단하는 것. 시영은 그렇게 행동하는 것이 자신이 길이요, 자신이 쌓아 가야 할 선한 업의 길이라고 늘 믿었다.

역병이 돌아 요절하던 순간에도 시영은 두려워하거나 흔들리지 않았다. 정해진 운명이라면 따를 것이고, 사후에 자신의 역할이 있으리라는 것을 확고히 믿었기에 죽음조차 두려워하지 않고 생사의 경계를 넘어 산신노군의 품에 자리할 수 있었다. 하지만 유례 없는 재해가, 그리고 생전과 사후를 통틀어 가장 두려웠던 공포의 순간이 시영의 마음에 큰 상흔을 남겼다. 어쩌면 정말 시영의 영혼이 처음으로 마주하는 완전한 미지에 대한 공포이자 영원한 소멸에 대한 공포에 다름없었다.

그렇게 정신이 혼탁해졌다. 두려움에 사로잡혔다. 쉬운 결론에 이끌렸다. 바르지 않은 방향에 손을 들었다. 자신이 판단을 그르쳤다고, 수현이 말했다. 온 영혼에 스스로를 향하는 고통이 가득 차올랐다.

시영은 집무실 테이블 위에 놓여 있던 통신기를 집어 들었다. 좌도왕부 경유 채널에 연결해 신호가 잡히기를 기다렸다. 피신 과정 중에 저승 간 통신 설비는 무사할지 걱정이었다. 연결이 복구되었을지 걱정하며 시영은 지금 이 순간, 이 통화가 이루어지지 않으면 버티기 어려우리라는 생각을 했다.

다행히도 저승의 경계를 넘어 이어진 통신선 너머에서 복사골 저승의 송수화기가 응답했다. 통화가 연결되었다.

"노군님, 시영입니다."

주기적으로 안부를 물을 때마다 걸곤 하던 터였지만, 이렇게나 간절하게 응답을 기다린 적이 없었다. 그리고 통신기 너머에서 언제나와 같이 푸근하고 인자한 목소리가 들려왔다.

〈그래, 어쩐 일이더냐?〉

시영은 그 목소리를 듣는 것만으로도 마음의 시름을 절반은 덜어 낸 듯한 기분이 들었다. 그렇지만 한편으로 시영은 다시금 자책했다. 그러고 보면 소육왕부를 향해 떠나기 전에 연락한 이래로, 그 많은 의혹과 결정을 거치는 동안 한 번도 노군께 다시 의견을 물어보지 않았다는 데 생각이 미쳤다. 무슨 일이 있었는지 먼저 연락해 의견을 구했더라면, 여러 가설들이 나왔을 때 노군의 의견을 물어보고 진행했더라면, 지금 이런 상황에 처하지 않았던 것은 아닐까.

시영은 침통한 목소리로 노군에게 고백했다.

"노군님, 제가…… 제가 판단을 그르친 것 같습니다."

그렇게 말문이 열리자, 시영은 곧 모든 것을 쏟아 낼 듯 노군에게 이야기하기 시작했다. 마치 어린아이가 부모와 스승에게 칭얼거리듯이 시영은 노군과의 마지막 통화 이후로 자신이 겪어야 했던 모든 일들을 전부 털어 놓았다.

시영은 염라대왕의 명으로 소육왕부에 들어갔다가 하얀 안개와 마주한 이야기를 했다.

"그래서 소육왕부에 들어갔다가, 정말로······ 정말로 그곳이 사라지는 것을 눈앞에서 보고 말았습니다."

시영은 그 뒤 정상재 교수의 조사를 승인하고 그의 강한 주장을 받아들인 이야기도 했다.

"그렇게 되지 않을 거라고 했습니다. 그 판단을, 그 주장을······ 그걸 무시할 수가 없었습니다."

시영의 목소리에는 점점 절박함이 덧씌워졌다. 시영의 하소연은 이윽고 수현과 망자들이 가져온 보고서와 이애경 생존자에 대한 이야기에 이르렀다.

"그래서 그분께서 돌아가시면 모든 게 확인될 거라는 말을 하지 않는 게 아니겠습니까."

한참 동안 자신이 겪은 것을 쏟아 내던 시영은, 이야기의 흐름상 이어 가야 할 그다음 말을 차마 곧바로 꺼내지 못했다. 입에 올리기도 끔찍한 그 이야기를 상기하는 것조차 괴로웠다.

〈시영아.〉

말문이 막힌 시영을 노군이 나직이 불렀다.

"예."

떨리는 목소리로 대답하는 시영에게 노군은 말했다.

〈두려웠느냐?〉

노군의 질문을 받은 순간, 시영은 조금 전 자신의 방에서 일어난 말다툼을 떠올렸다. 김예슬 망자가 정상재 망자에게 거의 같은 물음을 던졌었다. 무서웠느냐고. 무서워서 모든 것을 외면하고 덮으려고 했느냐고.

그리고 시영은 노군의 이 질문을, 정상재 망자가 그랬던 것처럼 피해갈 수는 없다고 느꼈다.

"……아마도, 그랬던 것…… 같습니다."

입을 떼는 것은 두려웠으나 말을 맺어 놓고 나자 오히려 마음이 조금은 가벼워지는 느낌이 들었다. 그리고 시영의 이야기를 들은 산신노군은 변함없이 자상한 목소리로 시영을 달랬다.

〈엄청난 경험을 하고서 많이 놀랐겠구나. 그러면 그럴 수 있다.〉

그 짧은 말 한마디가 다 무너져 가던 시영의 마음에 버팀목이 되었다. 시영은 바로 대답하지 못하고 노군이 건네 준 말이 마음속에서 맴돌게 두었다. 혼자서 전부 감당해야 했던 혼란을, 가까운 이들이 나누어 지겠다고 나서는 데도 거부하려던 마음이, 커다란 보자기 같은 것에 감싸여 보이지 않게 되는 느낌이었다. 정말로 이 순간이 시영에게는 필요했다.

시영은 조심스럽게 노군에게 물었다.

"노군님, 외람되오나…… 복사골로 올 혼백이, 몇 분이나 더 남아계십니까?"

〈한 명 남았느니라.〉

"……제가 아까 말씀드린 그분이 맞습니까."

〈아마도 그러할 것이다.〉

예상했지만 예상대로가 아니기를 바랐던 답들이었다. 시영은 마지막으로 물었다.

"그럼 노군님, 만약 그분께서 돌아가시고 나면…… 그래도 노군님께서는 그곳에 계시겠지요?"

빗나가기를 바라면서.

〈아마도 그렇지 못할 것이니라.〉

그리고 슬픈 예상은 결코 빗나가는 일이 없었다. 통신기 너머의 산신노군은 평화롭기만 한 목소리로 시영에게 말했다.

〈지난번 네 이야기를 듣고 곰곰이 돌이켜 보았느니라. 한때는 인연이 닿아 전언이 오가다가도, 어느 날부터인가 소식을 모르게 된 신령들이 있었다. 그들의 운명이 거기까지였던 것이 아닌가 하는 생각을, 이 늙은이가 조금 뒤늦게 떠올리게 되었단다.〉

시영은 다시 마음 한구석이 저며 오는 것을 느꼈다. 산신노군은 앞서 사라져 간 다른 저승 세계의 존재들을 알고 있었다. 단지 시왕저승이 그들을 처음부터 알지 못했던 것이리라. 정상재 교수가 내내 주장해 온 것과는 완전히 반대되는 것이었다. 이 말씀을 좀 더 일찍 들었더라면 좋았을 것이다.

"……제 불찰입니다. 제가 좀 더, 좀 더 설명을 드리고, 노군께 의견을 먼저 여쭈었어야 했습니다."

다시금 스스로를 책망하며 시영은 노군에게 사죄했다.

〈이 늙은이가 늙어서 미리 생각이 못 미친 것이니 자책하지 말거라.〉

노군은 다시금 자상하게 시영을 타이르며 말했다.

〈그리고 설령 내가 그때 이런 이야기를 해 주었더라도, 주변에 미혹하는 목소리가 있었다면 흔들림으로부터 자유롭기란 쉽지 않았을 게다.〉

시영은 노군에게 매달리듯이 물었다.

"노군님, 제가…… 제가 이제 어찌해야 하겠습니까."

마음의 위로는 얻었지만 가야 할 방향을 알 수가 없었다.

"제가 무엇을 할 수 있겠습니까……."

그런 시영에게 노군은 도리어 되물었다.

〈시영아, 네가 바라는 것이 무엇이냐?〉

시영은 노군에게 답을 달라고 호소하고 싶었다. 하지만 시영은 곧 마음을 다잡았다. 노군께서 허투루 자신에게 묻지는 않으셨으리라. 시영은 생각했다. 자신이 무엇을 바라는지 생각했다. 시영은 간신히 떠오르는 생각을 이야기했다.

"저는 이 저승의 안녕을…… 아닙니다, 아닙니다."

그리고 그렇게 말을 꺼내자마자 그게 진심이 아니라는 생각이 들었다.

자신의 마음을 다시금 돌이켜본 시영은 어리고 부끄러운 마음을 발견했다. 하지만 그것이 지금 시영에게 있어서 가장 간절한 마음이기도 했다. 시영은 그것을 그대로 말하기로 했다.

"……저는, 부디 노군께서 무사하시기를 바랍니다."

그 말을 들은 산신노군은 다시금 시영에게 물었다.

〈그래서 망설이고 있는 게 무엇이냐.〉

노군의 안부를 염려하는 마음을 어째서 이렇게까지 억눌러야만 했을까. 시영은 생각했고 답을 찾았다.

"만약 제가 정말로, 정말로 판단을 그르친 거라면, 산 사람들이 모두 죽고 나서 저승이 존재할 수 없는 것이라면, 시작한 일을 당장 다시 물러야 합니다. 일이 년씩 심판을 치르고 있을 여유가 없습니다. 생존자들의 수명을 낱낱이 파악해서, 우리에게 주어진 시간이 얼마인지 계산해야 합니다. 어쩌면 불과 며칠밖에 남지 않았을지도 모릅니다……"

시영의 머릿속에서 멈춰 있던 합리적 판단의 흐름이 다시 흐르기 시작했다. 그리고 시영은 자신이 왜 그 합리적인 결론을 내지 못하고 있었는지 또한 알 수 있게 되었다.

"그 시간을 낭비하지 않으려면, 최대한 빨리 확실한 결론을 얻어야 합니다. 그 말인즉……"

말할 수 없는 결론.

경애하는 스승에게 위해를 끼치게 될지도 모르는, 하지만 지금 자신들에게 있어, 그리고 시영 자신의 실책을 치유하기 위해서 가장 필요한 행동. 그렇지만 결코 일어나기를 원하지 않는 일.

시영은 마지막으로 그 결론으로부터 도망쳐 보려고 했다. 시영은 노군에게 물었다.

"노군님, 정말로 제가 어찌해야 하겠습니까?"

하지만 그런 시영의 마음을 꿰뚫어 본 듯이, 노군은 시영은 타일렀다.

〈그것은 네가 정하기 나름이다.〉

시영은 정할 수가 없었다.

"아닙니다, 노군님, 답을 주십시오."

〈아니다. 그것은 네가 정해야 한다.〉

노군은 이어서 익살스러운 목소리로 시영에게 말했다.

〈너는 그렇게 중대한 결정을 먼 데 사는 늙은이에게 맡길 셈이냐?〉

그 농담을 들은 순간 기묘하게도 시영은 확실하게 느끼게 되었다.

이제 정말 돌이킬 수 없게 되었구나. 합리적 목표를 위해서든, 거역할 수 없는 재해 때문이든, 어떤 일이 일어나는 것을 정말 돌이킬 수 없게 되었다는 실감이 느껴졌다.

시영은 잠긴 목소리로 노군에게 청했다.

"제가, 제가 먼저 한번 찾아뵙겠습니다."

그 일이 일어나기 전에 노군의 얼굴을, 복숭아나무와 그 향기를, 보고 느끼고 어루만지고 싶었다. 하지만 노군은 시영의 간청을 차분히 거절했다.

〈한시가 바쁘다 하지 않았느냐? 그리고, 네가 해야만 하는 일들이 있지 않느냐?〉

시영은 더 뭐라 말할 수 없었다. 산신노군은 시영을 계속해서 다독였다.

〈시영아, 회자정리會者定離 거자필반去者必返이라 하였다.〉

시영은 노군의 목소리를 들었다.

〈인연이 닿아 만나는 법이 있으면, 다시 헤어지는 날도 오는 것이다. 그러고도 인연은 또다시 닿는다. 그러니 두려워 말거라. 내 걱정도 말거라.〉

그 목소리를 얼마나 더 들을 수 있을지 모르기 때문에, 그저 들었다.

〈네가 해야 할 일을 하도록 해라.〉

듣고 기억에 남기고자 했다.

"……."

시영은 노군의 충고를 마음속에 새겼다. 뜻으로도 새기고, 기억으로도 새겼다. 가르침을 받아들이기만 하고 실천하지 못하는 제자가 될 수는 없었다. 시영은 마음속의 고통을 극복해야만 할 순간이 찾아왔다고 느꼈다.

"노군님."

통신기 너머의 노군에게 시영은 고했다.

"제가 그르친 판단을…… 서둘러 수습하도록 하겠습니다. 이애경 망자님을 이곳으로 모셔 오도록 하겠습니다. 그 결과로 빚어지는 일을 확인해…… 새로이 결론을 내리겠습니다."

두려움과 주저, 그리고 괴로움을 이겨 내며, 시영은 더듬더듬, 하지만 한 마디 한 마디 새로운 확신을 담아 노군에게 말했다.

"이로서 큰 죄를 짓게 됩니다. 산 목숨을 앗아 오고, 노군께는 말로 다 할 수 없는 참담한 일을 저지르게 됩니다. 부디 용서하십시오."

당신께서 기다리는 마지막 망자를 빼앗아 당신께서 기거하시는 저승을 안개 속으로 내몰고, 당신을 상실하고자 한다는 것을 시영은 침통하게 고했다.

노군이 그런 시영을 불렀다.

〈시영아.〉

그 목소리는 너무나 평소와 같았고 너무나 인자했다.

〈나는 선업을 지으라고 너를 염라께 보낸 것이다. 그리고 너는 잘하고 있단다.〉

시영은 자애로운 스승의 목소리를 마지막까지 경청했다.

〈이 또한 모두 지어 온 업으로 받는 것이다. 그러니 괘념치 말거라.〉

"……용서하십시오."

시영은 쥐어짜내듯 말했다. 노군은 허허 웃으며 그런 시영을 다독였다.

〈작별 인사치고는 너무 비장하구나.〉

어쩌면 아마도 분명히 이 대화가 산신노군과 나누는 마지막 대화가 될 것이었다. 시영은 이 대화를 어떻게 마무리 지어야 좋을지 두려웠다. 무슨 말을 전해야 하는가. 어떤 내용으로 끝

맺어야 하는가. 이 오랜 인연의 마침표를 어떻게 자기 손으로 찍는단 말인가. 산신노군에게, 자애로운 스승에게, 저승에서의 어버이와 같은 이에게, 뭐라고 마지막 마음을 전해야 한단 말인가. 그 마음은 어떻게 해도 요약이 되지 않는다는 것을 알았다.

"전하고픈 마음을…… 어찌 말로 다 하겠습니까."

하지만 만약에 단 한마디로 요약한다면, 오직 단 한 가지 단어만을 쓸 수 있었다.

"감사했습니다."

마음 깊은 데서부터 온 영혼을 다해, 시영은 노군에게 인사했다.

〈네가 자랑스럽구나.〉

노군은 그런 시영을 격려했다.

"……그럼, 이만하겠습니다."

〈그래, 가거라.〉

시영은 통신기를 얼굴에서 떼어 이를 악물고 통화 종료 버튼을 꾹 눌렀다.

갑작스럽게 후회가 밀려 왔다. 다시 노군을 부르고 싶었다. 하지 못한 말이 있다고 전하고 싶었다. 이대로 끝낼 수 없다고 말하고 싶었다. 역시 한 번은 배알을 다녀온 뒤에 무슨 일이든 벌어지게 두는 편이 좋겠다는 생각도 들었다. 아니, 서두를 필요도 없었다. 서둘러 검증에 나서지 않더라도 분명히 잘 조율

할 방법이 있을 것이다. 이제부터 그걸 생각할 수도 있을 것이다. 그러니까 당장 다시 복사골에 전화해서, 잘못했다고, 그런 무참한 일을 저지르지 않는다고 빌고 싶었다.

아니, 그래서는 안 된다. 그래서는 안 된다. 산신노군께 자랑스러운 이시영으로 남아야 한다. 끝없는 주저로 부끄러운 모습을 보여서는 안 된다. 해야 할 일을 해야 한다.

시영은 분연히 자리에서 일어났다. 터벅터벅 걸어가, 비서실장실의 문을 열고 나섰다.

"실장님."

문 앞에서 초조하게 기다리고 있던 수현이 걱정어린 표정으로 다가왔다. 채호연, 김예슬, 홍기훈 망자가 함께 서서 기다리고 있었다. 시영은 이들을 차례로 돌아보았다.

"수현 군, 그리고 여러분."

각자에게 시선을 맞춘 시영은 곧이어 모두를 향해 허리를 숙였다.

"먼저 사과하겠습니다."

놀란 수현이 차마 말릴 틈도 없었다. 시영은 자세를 바로 한 뒤, 담담한 목소리로 말했다.

"시왕저승 전체가 소육왕부처럼 사라질지도 모른다는 데 두려움을 느꼈습니다. 무사할 거라고 주장하는 목소리를 좀 더 의심하지 못하고 손쉽게 받아들여 일을 그르쳤습니다."

"실장님……."

실책을 고백하는 시영을 수현은 심려와 감동이 뒤섞인 눈빛으로 바라보았다. 이어서 호연이 손사래를 치며 시영에게 말했다.

"아니에요, 저야말로 좀 더 강하게 주장하지 못해서……."

하지만 그때 예슬이 호연의 어깨를 붙잡았다. 돌아보는 호연에게 예슬은 고개를 가로저어 보였다. 호연은 심란한 마음을 품고 고개를 끄덕였다. 더 이상 자기 탓은 하지 않기로 했지만, 이전의 자신이 조금 더 용기를 냈더라면 하는 아쉬운 마음을 다르게 표현할 방법은 없었다.

수현은 시영에게 조심스럽게 물었다.

"실장님, 그러면 생존자님을 관찰할 수 있도록 허가해 주시겠습니까?"

"그보다 앞서 다른 지시사항이 있습니다."

시영은 가라앉은 듯하지만 단호한 목소리로 말하기 시작했다.

"지금부터 말하는 것은 내가 독단으로 진행하는 일이 될 것입니다. 그에 따른 모든 책임은 내가 집니다. 의문이 있고 동의할 수 없더라도 따라 주기 바랍니다."

의아해하며 바라보는 수현과 망자들을 향해, 시영은 선언했다.

"이승에 다녀오겠습니다. 내가 직접 이애경 님을 모시고 올 것입니다."

"네?"

수현이 비명처럼 되물었다. 바라보던 망자들 모두가 숨을 집어삼켜야 했다. 하지만 시영의 각오는 굳었다.

"잘못된 결정을 최대한 신속하게 돌이켜야 합니다. 가장 확실한 증거를 확보하여, 결정을 번복할 수밖에는 없습니다."

"실장님, 그래야만 한다면 차라리 제가 가겠습니다!"

시영의 일방적인 선언을 들은 수현이 다급히 나섰다. 하지만 시영은 고개를 가로저었다.

"내가 가야만 합니다. 이 일은 내 손에서 잘못된 것이고, 내가 수습해야만 합니다."

"하지만, 노군께서는요!"

가장 깊은 걱정을 담아 묻는 수현에게, 시영은 어떠한 감정도 느껴지지 않는 목소리로 대답했다.

"허락하셨습니다."

수현은 더 이상 아무 말도 할 수 없었다. 수현은 떨리는 눈으로 눈앞의 시영을 바라보았다. 도대체 안에서 시영이 산신노군과 무슨 대화를 나누었을지, 수현은 전혀 짐작할 수 없었다. 하지만 수현은 평소의 시영을 잘 알았다. 어려울 때마다 스승인 노군의 말씀을 인용하곤 했다. 정기적으로 연락을 취하고 환담을 나누곤 했다. 집무실 테이블 위에 늘 가지런히 장식되어 있는 나뭇가지가 복사골의 복숭아나무에서 꺾여 온 것도 알고 있었다. 그 각별한 상대의 허락을, 저토록 감정을 지우고 말할 수 있게 되는, 그런 대화를 나누었으리라.

수현은 시영을 바라보았다. 시영의 표정은 한번도 보지 못한 감정의 유화油畫처럼 보였다. 하나하나 구분하기 힘든 수많은 생각과 감정들이 양감 있는 물감의 획처럼 시영의 얼굴 위에 켜켜이 내려앉아 있었다. 수현은 시영이 모종의 각오를 굳혔음을 깨달았다.

시영은 수현에게 지시했다.

"수현 군, 그리고 망자님들께서는, 염라대왕께 이 사실을 보고해 주십시오. 그리고 회의를 소집하여 주십시오. 업경을 대회의실로 반입하고 내가 생존자분의 목숨을 멈추는 순간, 보살전과 복사골에 무슨 일이 생기는지를 즉시 확인하기 바랍니다."

평소의 시영다운 꼼꼼하고 계획된 업무 지시였다. 하지만 그 내용은 수현이 피하고 싶었던 바로 그 방향을 향하고 있었다.

"그런 걸 지켜볼 준비를 하란 말씀이십니까······?"

수현은 망연하게 시영에게 물었다. 시영은 고개를 끄덕이고는 말했다.

"부탁합니다. 나는 내가 할 일을 하겠습니다."

그리고 시영은 대답을 듣지 않고 그대로 모두를 지나쳐 비서실을 나섰다.

너무 갑작스럽고 충격적인 선언에, 다들 잠시 동안 그 발자취를 좇는 것 말고는 아무 반응도 하지 못했다. 지금 무슨 일이 일어났는지 마침내 자각한 예슬이 당혹스러운 목소리로 수현에게 물었다.

"지금 비서실장님, 아까 그분 모셔 오려고 나가신 거예요?
그래도 되는 거예요?"

수현은 난감하게 고개를 저었다.

"안 됩니다. 안 되는데……."

시영의 갑작스러운 행동에 놀란 수현은 동요의 수렁으로 빠
져들고 있었다. 하지만 수현은 자신보다 더 빠르게 평정을 잃
어 가는 영혼을 목격했다. 수현은 흔들리는 자신의 마음을 붙
잡고, 다급히 호연에게 외쳤다.

"채호연 망자님, 채호연 망자님! 이상한 생각 하지 마십시오!"

호연은 눈을 휘둥그레 뜬 채 아무 말도 하지 못하고 있었다.
동공이 파르르 떨리고 생기가 다 떠난 것처럼 보였다. 시영의
단독 행동은 호연에게 있어서 자신의 미진한 행동이 낳은 결
과처럼 여겨졌다. 수현은 급한 마음에 호연에게 가까이 다가가
그 눈을 정면으로 바라보며 소리쳤다.

"잘못하신 게 아닙니다. 바른 일을 하셨어요! 실장님은 상황
을 바르게 고쳐 놓으려고 하시는 겁니다!"

수현은 강한 목소리로 호연을 타일렀다. 용기를 내는 것이
늦은 게 대수인가. 그 용기조차 내지 않았더라면, 저승 전체가
계속 엉뚱한 방향으로 흘러가고 있었을 것이다. 호연에게서 다
시금 물러서며 애통함을 담아 수현은 덧붙였다.

"그리고 어차피 언젠가는 일어났을 일입니다……."

사나운 진실이었다. 시영이 이렇게 나서지 않았더라도, 언젠가 이애경 생존자는 사망했으리라. 그날 같은 결과를 목도하게 되는 것은 이미 필연적이었다.

시영이 그 순간을 앞당기기로 한 결정은 충격적이었지만, 그것이 호연의 책임이 될 수는 없었다. 예슬이 뒤이어 호연의 어깨를 감싸 안고 다독이며 말했다.

"정말이야. 넌 잘못한 거 없어."

호연은 깊은 후회와 함께 중얼거렸다.

"처음부터 좀 더 당당하게 말할 수 있었더라면 좋았을 텐데."

만시지탄이었다. 예슬이 계속 호연을 다독였다.

수현은 자신이 힘을 내야 한다고 생각했다. 충격을 극복해야 했다. 시영은 이미 결단을 내리고 행동에 나섰고, 여기 모여 있는 이들이 그를 말릴 수 있을 것 같지 않았다. 비정하지만 시영의 지시를 이행하는 것이 최선이었다. 그러지 않으면 시영이 각오한 일조차 허사로 만들어 버리게 될 것이었다.

머릿속에 휘몰아치는 혼란을 애써 억누르며 수현은 망자들에게 협조를 요청했다. 혼란스러운 모두에게는 집중할 다른 일이 필요했다.

"제가 염라대왕 폐하께 보고 드리고 오겠습니다. 세 분께서는 아까 그 방에 있던 수명부와 업경을 대회의실로 옮겨 주세요. 누가 묻거나 제지하거든 제가 요청했다고 말하시면 됩니다."

호연은 간신히 고개를 끄덕였다. 그러자 예슬과 기훈이 차례로 대답했다.

"그렇게 할게요."

"알겠습니다."

당부를 남겨 놓고, 수현은 서둘러 비서실을 나서 염라대왕 집무실을 향했다. 수현은 시영이 이 모든 짐을 혼자 짊어지게 두지 않을 생각이었다.

*

지리산 자락의 바위 동굴, 천령혈天靈穴. 거대한 화강암 바위가 부서지고 쓰러져 켜켜이 쌓인 틈으로, 기묘하게 깊이 들어갈 수 있는 공간이 있었다. 지하수가 만든 석회 동굴에서 흔히 있는 종유석은 찾아볼 수 없었다. 그 대신 이끼가 점점이 끼어 어두운 점박이로 물든 단단한 돌로 된 벽이 사방을 감싸고 있었다. 오래전에는 무슨 신령이 산다는 전설이 있었던 모양이지만, 지금은 대단한 이름과 함께 막연히 영험한 장소라는 소문만 남은 채였다.

그 천령혈의 가장 깊은 곳에서 기도를 이어 가고 있는 나이든 여성이 있었다. 널찍한 바위 바닥에 돗자리를 펴고, 앞에는 간단한 제사상을 차려 놓은 채였다. 상 위에는 촛불이 일렁거렸고 돗자리 구석에는 손전등이 켜져 있었다.

"일곱 신님, 아홉 귀님, 천왕차사, 월직차사, 지왕차사, 일직차사, 옥황차사, 거북차사, 저승차사, 이승차사, 강림도령님……."

몇 번이나 읽었는지 아예 머릿속에 다 담아 버린 듯한 기도문은, 웅얼거리는 목소리는 계속해서 저승의 여러 존재들을 부르고 있었다.

아무도 없는 이 적막한 공간에서 며칠째 기도에 여념이 없던 여성의 귓가에 돌연히 목소리가 들렸다.

"실례합니다."

젊은 남자의 목소리였다. 여성은 화들짝 놀란 나머지 자리에서 뛰어오르다시피 했다.

"아이구, 깜짝이야. 뉘슈?"

여성이 바라본 곳에는 단정한 개량한복 차림의 젊은 남성이 서 있었다. 그런데 그 행색이 기묘했다. 발밑에 그림자가 없는데다 몸 너머로 어렴풋이 뒤편의 풍경이 비쳐 보였다. 도저히 산 사람 같아 보이지 않았다. 그가 입을 열었다.

"저승에서 왔습니다. 이애경 선생님 되십니까?"

자신의 이름을 또박또박 부르는 남성의 형체에 애경의 머릿속에 순간 엄청나게 많은 생각이 스쳐 지나갔다. 그리고 그 모든 생각이 딱 한 가지 답으로 이어지고 있었다.

"아이구, 아이구 세상에. 내가 헛것을 보나?"

"아닙니다. 모시러 왔습니다."

혹시나 했더니 역시나. 저승사자가 찾아온 것임에 분명했다. 애경은 두려움에 주눅든 목소리로 조심스레 물었다.

"······내가 죽을 때가 된 거유?"

저승사자는 고개를 가로젓고, 대답 대신 엉뚱한 말을 하기
시작했다.

"선생님, 바깥에 큰 난리가 난 걸 알고 계십니까?"

저승사자는 자신을 염라대왕 밑에서 일하는 이시영이라고
소개했다. 그리고 그는 애경에게 믿기 힘든 이야기를 꺼내 놓
았다. 애경이 굴에 들어와 기도를 하는 며칠 사이에 바깥세상
에는 엄청난 규모의 재해가 일어났다는 내용이었다. 죽은 별이
내뿜는 무시무시한 방사선이 온 지구를 뒤덮어 버려서, 땅 위
에 살던 사람들은 전부 목숨을 잃었다는 것. 온 남한 땅에 살아
남은 사람이 수십 명에 불과하고, 그중 한 명이 자신이라는 이
야기를, 애경은 한동안 올바로 이해할 수조차 없었다. 너무나
어마어마하고 말도 안 되는 이야기였다.

시영이 여러 차례 다시 설명하고, 애경이 여러 차례 다시 질
문했다. 그렇게 문답이 오간 끝에, 마침내 애경은 지상에 일어
난 일의 전모를 어렴풋이 짐작할 수 있게 되었다.

"그랬구만······ 작정하고 한 달은 틀어박혀 있을 생각으로
들어왔더니, 세상이 홀라당 망해 버리는 줄도 모르고 기도만
하고 있었네, 그랴."

애경은 갈 데 없는 속상함에 돗자리 바닥을 힘없는 주먹으
로 연신 내리쳤다. 시영은 그런 애경에게 건조한 목소리로 말
했다.

"이대로 계시다가는, 아프고 힘들게 사망하실 겁니다. 앞서서 제가 안전히 모시겠습니다."

그 말을 들은 애경은 시큰둥한 표정으로 앉아 있다가 툭 내뱉듯이 대답했다.

"……그래도, 하던 굿은 다 치르고 가면 안 되겠슈?"

애경은 제사상을 돌아보았다. 한숨을 푹 내쉬고 애경은 덧붙였다.

"아들 기일 날까지 삼칠일 잡고 치성 올리고 있었는데."

상 위에서는 촛불이 애처롭게 타고 있었다. 시영은 나직이 물었다.

"아드님께서 일찍 돌아가셨습니까."

민감한 질문일 수도 있어 조심스럽게 물은 시영이었다. 애경은 이미 말할 만큼 말하고, 곱씹을 만큼 곱씹었다는 듯이 두런두런 이야기를 꺼냈다.

"마른하늘에 비도 안 오는데 갑자기 계곡물이 불어 가지고 말이유."

그렇게 말하는 애경의 표정은 감정이 모두 삭아 버린 것처럼 텅 비어 있었다.

"얼른 피하면 될 걸 사람들 떠내려간다고 뛰어들어가지고서는. 같이 뛰어들었던 학생들이 누구는 건져 오고 누구는 빠져나오고 그랬는데, 애는 그 길로 올라오지를 못했어야. 몸뚱이도 그 뒤로 못 찾았는데."

518

시신도 찾지 못한 죽은 아들의 이야기를 어머니가 말하고 있었다.

"넋이라도 좋은 데 가라고, 그래도 어미한테 뼈다구 하나라도 돌아오면 안 되냐고, 염라대왕님하고 지리산 산신령님 불러가면서 기도를 올리고 있었수. 원래는 용하다는 무당 나리 모시구서 하다가, 아무것도 없이 모셔올 방법이 없으니까, 나라도 해야지 해서. 그렇게 한 십 년은 되었수."

시영은 마음 아파하며 눈을 질끈 감았다. 죽음을 관장하는 저승의 관원이라 해도, 이승에서의 슬프고 고통스러운 죽음의 순간까지 아무렇지도 않게 받아들일 수 있는 것은 아니었다. 산신노군도 종종 말했다. 아무리 저승으로 오는 데 순서가 없다고 해도, 그 순서를 스스로 결정하지 못하고 비명에 운명을 달리하게 된 이들을 가엾게 여길 필요가 있었다.

그리고 한편으로 시영은 조금 전의 이야기로부터 많은 것들이 설명된다는 생각을 했다. 지장보살만 간절히 찾는 그 기도문은, 아마도 이분이 다른 무당이 부른 굿노래를 열심히 듣고 외운 결과물인 듯했다. 죽은 아들을 위하는 간절함으로 무당을 여러 차례 불러 굿을 하다가, 더 이상 그럴 여유가 없어지자 직접 발 벗고 나서서 기도를 올리기 시작한 모양이었다. 정식으로 신내림을 받은 무당이 아니다 보니, 저승의 염라대왕을 찾으면서도 지리산 산신령에게 치성을 올리는 복잡한 신앙을 유지할 수 있었을 것이다. 그 모든 신앙을 마음 깊이 유지할 수 있는 이유는 역시, 아들에 대한 애타는 마음이리라.

시영은 애경에게 다시금 조심스럽게 질문했다.

"혹시 아드님께서는 종교가……."

"절간 사람들하고 봉사활동 갔다가 그리된 거유."

애경의 답을 듣고, 시영은 아주 조금이나마 마음이 놓였다. 시영은 애경에게 제안했다.

"선생님, 저승에 가면 아드님 행방부터 알아 봅시다."

애경은 크게 놀라며 되물었다.

"그게 돼유?"

"되는지 알아 보겠습니다."

사찰 봉사활동에 참여했다면, 이애경 생존자의 아들은 불교 도였을 가능성이 높았다. 그렇다면 아마도 시왕저승을 거쳐 갔을 것이다. 10년쯤 지난 일이라고 하니, 당사자의 영혼은 아마 진작 환생하여 다시 지상으로 돌아갔을 터였다. 하지만 사후 심판 과정에 염라대왕부를 거쳐 갔을 게 분명하고, 염라대왕부 내부에 당시의 기록이 남아 있을 터였다. 잘하면 어디로 환생 시켜 보냈는지도 추적할 수 있으리라.

시영은 애경에게 최소한의 보답을 할 수 있게 된 것에 안도 했다. 목숨을 앗아 가는 마당에 어떤 보답이라도 충분할 리는 없었다. 하지만 적어도 단지 생명을 거두는 것에서 그치지 않을 수 있었다. 애경에게는 이 제안이 마음 깊이 와 닿았던 모양이었다.

"아이구, 아이구, 그러고 보니 내가 사자를 앞에 두고서 헛소리를 하고 앉았었네, 아이구."

한탄처럼 말하던 애경은, 이내 옷섶으로 눈가를 훔치고서는 시영에게 애타는 목소리로 부탁했다.

"갑시다, 가요. 진구 소식만 알 수 있게 해 주면 내가 어디든 따라가요, 내가."

그 간절함이 시영에게는 너무나 가슴 아팠다. 내색하지 않으려 애쓰며 시영은 애경에게 답했다.

"예, 모시겠습니다."

존엄한 마지막을 위한 준비가 시작되었다. 애경은 상을 정리하고 촛불을 껐다. 개인 소지품을 가지런히 정리해 굴 한쪽 구석에 곱게 쌓아 놓았다. 그리고 돗자리를 좀 더 평평한 바닥으로 옮겼다. 시영은 돗자리 가운데에 애경이 편히 눕도록 권했다. 애경이 눈을 감고 바른 자세로 누웠다. 눈가는 긴장감으로, 그리고 애타는 기대로 바들바들 떨리고 있었다. 시영은 차분히 그녀에게 다가갔다.

"조금 놀라실 수 있습니다. 하지만 위험하지 않으니 안심하십시오."

그리고 시영은 애경의 손을 붙잡아서 일으켰다. 시영의 손을 잡고 다시 일어난 애경은 영문을 모르겠다는 듯 시영에게 물었다.

"누우라면서 왜 도로 일으키시는…… 아이구, 아이구 세상에."

하지만 곧 무슨 일이 일어났는지 알게 되었다. 일어난 애경은 이미 육신을 벗어나 있었다. 애경의 육신은 누웠을 때의 자세 그대로 편안히 돗자리 위해 누워 숨이 끊어져 있었다. 시영의 손이 그 안에 깃든 영혼을 붙잡아 끄집어 올린 것이었다.

누구나 처음 겪는 죽음. 미리 알고 대비했음에도 불구하고 생경한 감각에 사로잡혀 애경은 혼란스러워했다. 그런 애경의 손을 붙잡고서 시영은 말했다.

"제 손을 꼭 잡으십시오. 이제 저승으로 향하겠습니다."

"예, 아이구."

시영의 손을 양손으로 감싸 잡은 애경은 마침내 흐느끼며 울기 시작했다. 고통스러운 영혼을 견디다 못한 육신의 눈물샘은 닳아 버렸다. 하지만 이제 육신을 벗어난 애경은 온 마음으로 울 수 있었다.

"진구야, 엄마 간다. 엄마가 간다 홍진구 내 새끼야……."

목놓아 죽은 아들을 부르는 어머니의 목소리를 들으며 시영은 지상을 박차고 솟아올랐다. 이승에서 저승으로. 위라고도 말할 수 없고 아래라고도 말할 수 없었다. 세계 그 자체를 건너는 경이로운 방향으로, 시영은 애경을 인도했다.

*

"……아니, 염라대왕께서 부르셨다고 들어서 왔습니다만,

왜 면면들이 이렇습니까?"

염라대왕부 대회의실에 들어선 정상재 교수는 불쾌함을 숨기지 않았다. 회의실에는 염라대왕이 재석 중이었다. 정 교수는 그 부름을 받고 온 것이었다. 회의실에는 앞서 도착해 있던 다른 이들도 있었다. 호연, 예슬, 그리고 기훈이었다.

"저는 조금 전 그 불쾌한 대화에 대해 여러분들께서 적절한 사과를 하기 전까지는, 대화에 응할 의사가 없습니다."

정 교수는 조금 전 자신과 말다툼을 한 이들을 낱낱이 돌아보며, 특히 호연을 주로 응시하며, 단호한 목소리로 쏘아붙였다.

그때 염라대왕이 입을 열었다.

"정상재 망자, 내가 그대를 부른 것이 맞습니다."

그 이야기를 들은 정 교수는 곧바로 염라대왕을 바라보며 탄식했다.

"폐하. 대체 이분들이 무슨 말도 안 되는 이야기를 흘려 넣은 것입니까?"

정 교수는 호연 일행을 비켜 회의실 한가운데로 걸어가서는, 의장석에 앉은 염라대왕을 똑바로 바라보며 하소연하듯이 소리쳤다.

"저는 성심을 다해 조사했습니다! 도울 수 있는 일을 돕고 있습니다! 근거도 분명치 않은 이들이 논리적으로도 틀린 방법으로 주장하는 말을 믿고 잘못된 결정을 하시면 안 됩니다!"

"망자님, 그 근거를 확인하기 위해 오시도록 한 것입니다."

회의실 한쪽에서 들려온 목소리에, 정 교수는 돌아보았다. 강수현 비서관이 대회의실 안쪽 벽에 서 있었다. 그리고 그의 옆에는 커다란 장식 거울이 서 있었는데, 거울에는 방 안의 모습 대신 전혀 다른 풍경이 보이고 있었다. 어두운 굴속에 앉아 있는 나이든 여성의 모습이 보였다.

"뭡니까? 뭘 보여 주는 겁니까?"

거울, 즉 업경을 바라보며 당황스럽게 묻는 정 교수에게 호연이 대답했다.

"지상에 계신 생존자세요."

정 교수는 호연을 어처구니없다는 듯 바라보더니, 이내 무슨 상황인지 이해했다는 듯이 천천히 고개를 끄덕이기 시작했다.

"⋯⋯아까 말한 그분입니까?"

정 교수는 헛웃음을 내뱉고 다시금 다른 망자들을 하나씩 쏘아 보며 성난 목소리로 고함쳤다.

"지금 이래도 되는 겁니까? 정말로 사람을 죽여서 데려오기로 작정하셨습니까 다들? 이게 용납될 수 있는 일입니까?"

그에 대한 대답은 이 방 안에서 가장 권위 있는 이로부터 내려왔다.

"용납되는 일은 아닙니다."

염라대왕이 정 교수를 바라보며 말했다.

"이시영 비서실장이 자신의 판단으로 시작한 일입니다. 그는 귀 망자가 말한 것처럼 저승이 안전한지 어떤지 빠르게 확인할 생각으로 내려갔습니다."

정상재 교수는 점입가경이라는 듯, 태도에서 깊은 당혹감을 숨기지 못했다.

"이시영 비서실장님이 지금 저기 가 계시단 말입니까?"

업경을 가리키며 묻는 정 교수에게 수현이 답했다.

"예, 직접 저승사자로 내려가셨습니다."

업경 속에 시영의 모습은 비치고 있지 않았다. 하지만 업경이 비추고 있는 여성은 허공에 있는 누군가를 바라보며 이야기를 건네고 있었다. 아마 그곳에 시영의 영혼이 서 있을 것이었다.

정 교수는 도저히 용납이 안 된다는 듯 사납게 고개를 가로젓더니 호연 쪽을 바라보며 성난 목소리로 소리쳤다.

"이렇게까지 했어야 합니까?"

정 교수의 날 선 외침에도 호연은 반응하지 않은 채 그저 굳은 표정으로 그를 바라보고만 있었다. 더 이상 호연은 정상재 교수가 무섭지 않았다. 정상재 교수의 분노가 무섭지 않았다. 그 분노가 학식과 확신으로부터 나온 것이 아닌, 아집과 독선으로부터 온 것임을 안 이상 두려워할 이유가 없었다. 쉽게 두려움을 집어먹은 결과로 상황이 여기까지 이르게 되었다는 것을 절감했다. 더는 두려움에 마음을 내맡길 수 없었다.

꿈쩍도 하지 않는 호연을 노려보던 정 교수는 답답하다는 듯이 자기 가슴을 손바닥으로 두드리며 말했다.

"애꿎은 사람 목숨을 빼앗아서까지 나를 부정하고 모욕해야만 했습니까?"

예슬이 차가운 목소리로 말했다.

"왜 그렇게 받아들이시죠?"

정 교수가 사나운 시선을 예슬에게로 돌렸다. 예슬은 그에게 또박또박 말했다.

"왜 반대되는 증거 하나만 나오면 주장하시던 게 한 번에 부정될 것처럼 말씀하세요?"

예슬이 생각하기에 정상재 교수는 스스로가 해 온 주장에 자신이 있다면 절대 취하지 않을 태도를 보이고 있었다. 스스로가 옳다고 믿는다면 그 옳은 주장이 도전받는 것을 두려워하지 않을 터였다. 하지만 정 교수는 줄곧 약간의 의심도 거부하며 의심이 제기되는 것만으로 자신의 주장 전체가 부정된다는 듯 불쾌감과 분노를 숨기지 않고 있었다.

그리고 정 교수는 그 말에 그저 침묵으로 답했다. 그 침묵 자체가 무엇보다도 선명한 대답과도 다름없었다. 그런 정 교수를 바라보며 기훈은 큰 실망감을 담아 정 교수에게 물었다.

"설마 확신을 갖고 말씀하신 것이 아니었던 겁니까? 부재의 증명 방식만으로도 충분하다고 확신하지 못하셨던 겁니까?"

기훈에게까지 한소리를 듣자 정 교수는 살짝 입술을 깨물었다. 뭐라고 반박을 할지 말을 고르고 있는 눈치였다. 그는 잠깐의 침묵 끝에 한숨을 내쉬고는 사납게 날 서 있던 표정을 차분히 고쳤다.

그러나 그가 기훈을 향해 뭐라고 말하려는 찰나에 호연이 끼어들었다.

"교수님, 진짜 대충 믿고 싶은 대로 주장하신 거였어요?"

정상재 교수의 평정심이 와르르 무너지는 게 보였다. 더는 숨겨지지도 않는 날카로운 분노가 얼굴과 몸짓에 고스란히 드러났다. 흉한 것을 쳐다보는 눈빛으로 정 교수는 호연 쪽을 천천히 돌아보며 미움이 묻어 나는 목소리로 물었다.

"대체 사람을 뭘로 보고 그런 말을 합니까……?"

호연은 자신을 바라보는 그의 눈에서 완연한 독기를 읽을 수 있었다. 하지만, 여전히, 호연은 더 이상 그가 무섭지 않았다. 그리고 이 방의 그 누구도 정상재 교수의 위협적인 목소리에 위협을 느끼지 않았다.

정 교수는 자신의 시선을 차분하게 맞받는 호연과 한참 동안 눈싸움을 벌였다. 호연은 물러서지 않았다. 그렇다고 정 교수를 딱히 날카롭게 쏘아 본 것도 아니었다. 담담히, 그저 담담히 마주 보았을 뿐이었다.

몇 분 정도 적막이 이어진 끝에, 정상재 교수가 쳇, 하는 소리와 함께 시선을 돌렸다. 그리고 염라대왕에게, 기훈에게, 수현에게, 예슬에게 연달아 시선을 옮겨 가며, 오른손을 자기 가슴에 얹고서는 호소하듯이 소리쳤다.

"확신합니다. 확신이 있으니까 말한 겁니다! 나, 정상재입니다! 허튼소리를 하는 사람이 아녜요, 예?"

마지막에 이르러서는 정말로 호소에 가까웠다. 정 교수의 목소리 끄트머리에 약간의 절박함이 맴돌기 시작했다.

호연은 테이블 위에 놓여 있던 구식 휴대전화처럼 생긴 기계를 집어 들었다. 그리고 정상재 교수에게 말했다.

"교수님, 이건 저승에서 쓰는 통신기예요. 건너편은 진광대왕부에 연결되어 있습니다."

정 교수가 호연을 돌아보았다. 호연은 그 기계를 내려 놓고 그 옆의 다른 휴대전화형 기계를 들어 보였다.

"이 통신기 건너편에는 소육왕부 앞에 나가 있는 전륜대왕부 분이 대기하고 있어요."

그 옆에 놓여 있는 것은 묵직한 무전기처럼 생긴 물건이었다. 호연은 그것도 손에 집어 들어 정상재 교수에게 내밀어 보였다.

"이것도 통신기고요. 이건…… 다른 저승, 복사골 저승으로 연결되어 있어요."

통신기를 다시 테이블 위에 내려 놓은 호연은 등 뒤 벽 쪽에 놓인 업경을 가리켜 보이며 말했다.

"저 업경을 통해서 생존자분께서 사망하시는 순간을 관찰할 수 있어요. 만약 교수님께서 확신하던 대로라면 그 순간 아무 일도 일어나지 않을 거예요. 만약 그렇게 된다면 그때는 제가

다 책임질게요."

정 교수는 호연의 말이 끝나자마자 코웃음을 치며 빈정거렸다.

"책임? 책임을 지기는 뭘로 진다고 그런 말을 합니까. 이 저승에서, 몸뚱이도 없는 일개 망자가!"

신랄한 비난이었지만 호연은 무덤덤했다. 그리고 예슬이 다시금 정 교수에게 쏘아붙였다.

"아까부터 말씀하시는 게 되게 별로세요."

"뭐라고요?"

돌아보는 정 교수에게 예슬은 말했다.

"아까는 저분 어서 돌아가시게 해서라도 검증하자고 본인께서 말씀하셨잖아요. 결과 나오면 본인께서 다 책임진다고 하셨고요. 그때그때 그럴듯해 보이는 말을 하시지만 내용이 계속 바뀌시잖아요."

분명히 조금 전 비서실장 집무실에서 그렇게 말했었다. 곧바로 답하지 못하는 정 교수에게 호연이 물었다.

"하라고 하신 걸 하는데 왜 화를 내세요? 본인께서 책임진다고 하셨을 때는 그럼 무슨 책임을 뭐로 지려고 하셨던 거예요?"

호연으로서는 딱히 빈정거릴 생각도 없었다. 정말로 그 모순의 뿌리가 궁금할 뿐이었다. 하지만 그렇게 건조하고 순수한 의문을 정상재 교수는 감당할 수 없어 보였다. 더는 탓할 누구도 찾지 못한 채 떨리는 시선으로 이 테이블과 저 의자, 이 허공과 저 허공으로 시선을 옮기던 그는 곧 지쳐 보이는 목소리로 짤막하게 내뱉었다.

"……난 이런 데서 시간 낭비할 수 없습니다."

그 말을 꺼내자마자 그는 몸을 돌려 성큼성큼 바쁜 걸음걸이로 회의실을 나서려 했다.

하지만 그 순간 문 좌우의 안 보이는 공간으로부터 슬며시 염라대왕부의 의전관들이 걸어 나왔다. 회의실 입구를 지키도록 명받은 이들은 저마다 손에 구리로 된 몽둥이를 쥐고 있었다. 가시가 숭숭 돋아 도깨비방망이에 가까운 위압적인 몽둥이를 들고 의전관들이 문 앞을 막아섰다. 정상재 교수는 멈춰설 수밖에 없었다.

말없이 앞을 막는 의전관들을 막막하게 쳐다보는 정 교수의 등에, 염라대왕의 목소리가 날아들었다.

"그대에게 조사를 위탁하고 승인한 것은 나입니다. 비록 법도에 어긋나는 상황으로 이어지기는 하였으나 그 조사의 결론이 지어지려는 상황이라고 봅니다."

정 교수가 돌아섰다. 그의 어깨가 조금 전보다 약간 처져 있었다. 앞서 어전 회의에서는 당당하게 염라대왕을 마주 보며 보고서를 발표하던 교수였지만, 지금은 염라대왕을 살짝 우러러보고 있었다.

염라대왕은 그런 정 교수에게 고했다.

"나는 귀 망자가 여기에 머무르기를 바랍니다. 이후 잘못된 주장을 한 쪽이 누구든 간에 상응하는 조치를 취할 것입니다."

결국 정 교수는 말없이 회의실 중앙으로 터덜터덜 걸어 왔다. 그리고 어전 회의에서 매번 앉던 염라대왕 정면 자리를 다시금 차지하고 앉았다. 입을 굳게 닫은 그는 그저 누구에게도 시선을 옮기지 않은 채 눈앞의 텅 빈 테이블 바닥만을 응시했다.

그런 그를 내버려 둔 채, 회의실 안의 다른 모든 이들은 업경을 바라봤다. 업경 속에서는 이애경 생존자가 연신 고개를 끄덕거리더니, 제사상과 소지품을 정리하는 모습이 보이고 있었다. 이윽고 옷차림을 단정히 다듬은 생존자가 알루미늄 돗자리 위에 가지런히 누웠다.

통신기들 앞에서 대기하기 시작한 수현이 잔뜩 긴장한 목소리로 말했다.

"곧⋯⋯이겠습니다."

호연은 마른침을 삼켰다. 예슬은 차마 볼 수가 없어 살짝 눈을 감았다. 기훈은 심란한 눈빛으로 업경을 바라보고 있었다. 염라대왕은 회의실 전체를 굽어보며 업경 너머를 응시했다.

이애경 생존자가 자리에 눕고 움직임을 멈추었다.

그렇게 몇 초가 흘렀다.

십 초, 이십 초, 삼십 초, 사십 초, 오십 초, 일 분.

모든 것이 멈춘 것처럼 얼어붙은 적막 속에서 시간은 아득하고도 느리게 흘러갔다.

다시 십 초, 이십 초, 삼십 초⋯⋯.

그 순간 요란한 전자음이 모든 고요를 부수었다.

전륜대왕부로 연결된 통신기에서 호출음이 울리고 있었다.

수현이 곧바로 연락을 받았다.

"강수현입니다."

통신기 너머에서 다급한 목소리가 흘러나왔다.

〈전륜대왕부 배금태 사무관입니다. 방금 눈앞에서 보살전이 지워졌습니다!〉

"정말입니까?"

〈계속 지켜보고 있었는데 눈 깜빡하니까 하얀 안개 말고 아무것도 안 보입니다! 일주문도 없어졌습니다!〉

다음 순간 진광대왕부 쪽의 통신기 또한 호출음을 울리기 시작했다.

"알겠습니다. 시간 기록해 보고하고 복귀하십시오."

사무관에게 간략히 당부하고 연결을 끊은 수현은 울리고 있던 두 번째 통신기를 집어 들어 진광대왕부와의 통신을 연결했다. 그리고 물었다.

"강수현입니다. 오셨습니까?"

통신기 너머에서 진광대왕부의 당직 역사가 침착한 목소리로 보고했다.

〈예, 한국 시간 6월 9일 0523시에, 하계문下界門을 통해 이시영 비서실장이 복귀하며 신규 망자님을 대동하셨습니다. 현재 특례 수속 처리를 준비 중입니다. 〉

"알겠습니다. 감사합니다."

연락을 마무리하려던 수현은 문득 생각이 미치는 데가 있어 조금 안타까운 목소리로 덧붙였다.

"참, 비서실장님께는…… 염라대왕부에 복귀하시는 대로 폐하께 방문 드리도록 전해 주십시오."

〈그렇게 하겠습니다.〉

사정을 모르는 당직 역사는 수현의 당부를 순순히 받아들이고 통신을 끊었다.

연이어 들어온 두 번의 통신을 소화해 낸 수현은 침묵하고 있는 세 번째 통신기를 바라보았다. 시영이 쓰던 지리산 복사골로 연결되는 저승 간 통신기였다.

수현은 통신기를 집어 들고 선언했다.

"……걸겠습니다."

정상재 교수를 제외한 모든 이들로부터 긴장된 시선을 한 몸에 받으며 수현은 떨리는 손가락으로 저승 간 통신기의 연결 버튼을 눌렀다.

아무 반응이 없었다.

수현이 다시 버튼을 눌렀다.

아무 반응이 없었다.

수현은 거듭 버튼을 눌렀다.

역시 아무 반응이 없었다.

통신기를 테이블 위에 내려 놓은 수현은 초조한 몸짓으로 주머니를 뒤져 자신의 개인 통신기를 꺼내 들었다. 그리고 좌도 왕부 담당자의 전화번호를 눌렀다. 신호가 가고 곧 피난 중인 좌도왕부의 담당자에게 연락이 닿았다.

"안녕하세요. 염라대왕부 비서실입니다. 다른 저승 통신 상태를 확인할 수 있을까요. 지리산 복사골입니다."

수현은 이런저런 대답을 들었다. 그리고 그 내용을 모두가 들을 수 있게 복창했다.

"건너편 기계가 파손된 것 같다고요…… 시간대가 확인됩니까? 5시 20분 전후요? 알겠습니다."

묵묵히 좌도왕부와의 대화를 마친 수현은 살며시 통신기를 테이블 위에 내려 놓았다.

바쁘게 오간 통신들이 무엇을 의미하는지 회의실 안의 모두가 짐작하고도 남았다. 그러나 누군가는 그것을 요약해 말로 만들어 내야만 했다. 염라대왕이 수현에게 명했다.

"요약해 보고하십시오."

수현은 염라대왕에게 고개를 조아린 뒤, 무거운 마음 탓에 쉽게 열리지 않는 입을 열어 천천히 보고를 시작했다.

"보살전의 소멸을 확인했습니다. 복사골과의 연락 두절도 확인되었습니다. 이 사건이 모두 이애경 망자님의 소천과 동시에 벌어진 것으로 확인되었습니다."

먼저 벌어진 일을 요약한 뒤, 수현은 염라대왕에게 결론을 보고했다.

"즉 이승의 생존자가 사망함에 따라 생존자가 기억하고 있던 저승 세계가 즉각적인 영향을 받는 것으로 볼 수 있습니다. 이 같은 정황상 채호연 망자님께서 제기하셨던 추측 쪽에 좀 더 부합하는 결론이 나온 것으로 판단됩니다. 후속 조치를 취해 주시기 바랍니다."

이 결론에 이르기까지 너무나 어려운 일들이 많았다. 호연은 깊은 한숨을 내쉬었다. 안도를 담아서. 후회를 담아서. 슬픔을 담아서. 예슬은 그런 호연을 옆에서 다독였다. 기훈은 사필귀정이라는 듯이 고개를 끄덕였다.

그리고 정상재 교수는 자리에 못 박혀 앉은 채로 일체의 반응도 미동도 보이지 않고 있었다.

수현의 보고를 받은 염라대왕은 곧바로 후속 조치를 명령하기 시작했다.

"우선 사후심판 재개 준비를 즉시 중단하도록 지시해 주기 바랍니다. 그리고 시왕저승을 유지하는 데에 관련된 생존자들을 면밀히 관리할 수 있도록, 비서실이 체계를 마련하기 바랍니다. 필요하다면 업경을 포함한 어떤 자원이든 동원해도 좋습니다. 저승사자들 또한 제한 없이 이승에 파견할 수 있도록 허락합니다."

"그리하겠습니다."

수현은 염라대왕의 지시를 받은 뒤, 그를 올려다보며 제언했다.

"아울러, 제가 감히 의견 한 가지 올리겠습니다. 살아 계신 분들의 천수를 다시 계산해 보았으면 합니다."

염라대왕은 조금 의아하다는 듯한 표정을 짓더니 수현에게 말했다.

"우리의 천수 예측은 대재해가 일어나는 것을 알아내지 못했습니다."

시왕저승에서는 사람의 수명을 예측하는 복잡한 시스템을 운영하고 있었다. 어떤 사람이 죽는 순간을 병마와 사고 등을 고려해 알아내는 능력을 갖추었으나, 천만 명이 넘는 사람들이 같은 날 사망하리라는 사실은 예측해 내지 못했던 것이다. 그간 자잘한 오차와 고장이 있었던 천수 시스템에 결정적인 문제가 생긴 것이 아닌지, 염라대왕은 의심스러웠다.

하지만 수현의 의견은 달랐다.

"옳은 말씀이십니다. 하지만 그 재해는 이미 지나갔습니다. 앞으로 일어날 일들을 가지고 새로이 예측해 볼 수 있을지도 모릅니다. 생존자의 남은 수명이 저승의 미래와 직결되는 이상 확인해 보는 것이 타당하리라고 생각합니다."

그리고 염라대왕은 수현의 말에도 일리가 있다고 여겼다.

"좋은 생각입니다만, 앞서 천수의 예측이 실패한 이유를 먼저 알아 보기를 권합니다."

염라대왕은 이어서 수현에게 서두르도록 지시했다.

"즉시 이행하십시오. 강수현 비서관에게 퇴정을 명합니다."

"예."

수현은 염라대왕에게 고개 숙여 인사를 올린 뒤 곧바로 대회의실을 나섰다. 조금 전 정상재 교수의 퇴실을 막던 의전관들이 문을 열고 나서는 수현을 위해 길을 터 주었다.

문이 닫히자 회의실에는 염라대왕과 함께 망자들만이 남았다. 염라대왕은 시선을 정면으로 옮겼다. 의장석에서 잘 내려다보이는 회의실의 여러 좌석 중 한가운데에 해당하는 좌석. 그곳을 당당하게 차지하고 앉아 조금 전부터 석상처럼 움직이지 않고 있는 자가 있었다. 호연을 비롯한 다른 망자들도 자연히 그를 바라보게 되었다.

염라대왕이 물었다.

"정상재 망자는 이 일에 대해 할 말이 있습니까?"

호명을 받고도 그는 한동안 반응하지 않았다.

대략 일 분 정도 침묵이 흐른 뒤에야, 정상재 교수가 말없이 자리에서 일어났다. 그는 고개를 들어 염라대왕을 바라보았다. 성을 내고 남을 쏘아보던 기세는 다 어디로 갔는지, 그의 얼굴 표정은 처연해 보이기까지 했다. 떨리는 눈동자에서 오직 깊은 허무만이 느껴졌다. 정 교수는 그대로 몇 걸음 뒷걸음질 쳐 물러났다. 그리고 그 자리에서 무릎을 꿇고 털썩 주저앉더니, 그 길로 땅을 짚고 엎드려 고개를 조아렸다. 무덤 앞에서 통곡이라도 하는 듯한 자세로, 정상재 교수가 입을 열었다.

"저의 불찰로 지대한 폐를 끼치게 되어 대단히 송구스럽고 부끄럽게 생각합니다."

모래를 씹은 것처럼 탁한 목소리였다.

"주어진 여건하에서 바른 결론을 내고자, 그로서 저승의 위기에 조금이라도 도움을 드리고자 하였던 노력이 기대하지 않은 결과를 낳아 그저 침통하고 송구스러울 따름입니다."

모두가 지켜보는 가운데 정 교수는 염라대왕에게 탄원했다.

"처분을 내리신다면 달게 받겠습니다."

그 모습을 보는 호연의 마음은 솔직한 심정으로 참담했다. 후련할 줄 알았지만 참담했다. 별로 보고 싶지 않은 광경이라는 이유가 가장 컸다. 그 밑으로는 좀 더 다양한 생각들이 흘러갔다. 존경하던 인물이 추해지는 모습을 보고 싶지 않았다. 이 모든 상황이 빚어진 것 자체에 환멸이 났다. 그리고 계속해서 고민하게 되는 것은 자책이었다. 좀 더 당당하게, 능숙하게 대처했더라면. 그랬다면 모든 것이 잘 흘러가고 누구도 모욕당하지 않는 결과가 올 수 있지 않았을까.

석고대죄를 하듯 고개를 들지 못하는 정 교수를 가만히 바라보던 염라대왕은 준엄한 목소리로 말했다.

"여느 명부재판이었다면 그대가 진실로 그리 말하고 있는지 어떠한지, 행실록과 업경을 열어 고찰하였을 것입니다. 나는 그대가 어떤 마음에서 그 같은 주장을 쉬이 말하고 관철하였는지 짐작 가는 바가 있으나, 여기는 재판하는 자리가 아니기 때문에 굳이 낱낱이 지적하지는 않겠습니다."

염라대왕은 오른손을 뻗어 죽비를 집어 들었다. 그러곤 자신의 왼손바닥 위로 내리쳤다. 청량한 파열음과 함께 염라대왕의 처분이 내려졌다.

"그대가 그런 주장을 함으로써 이루려고 했던 일들이 이루어지지 않도록 하는 것이, 곧 그대에 대한 처분입니다. 필요가 있으면 부를 것이니, 근신하고 있기를 바랍니다."

그 말을 들은 정상재 교수는 부당하다는 듯 고개를 들어 염라대왕을 바라보며 외쳤다.

"아닙니다. 벌을 내려 주십시오! 달게 받겠습니다."

염라대왕은 그런 그를 지그시 내려다보며 답했다.

"그대가 바라는 것이 벌이기 때문에 내리지 않는 것임을 아십시오. 퇴정을 명합니다."

그 말을 듣고서 정상재 교수는 엎드린 채 고개를 떨구었다. 나가라는 명령을 받았으나 움직이지 않았다. 그가 한동안 움직임이 없자 문간에 서 있던 의전관들이 다가갔다. 문을 열어 놓고 몽둥이를 든 채 정 교수에게로 걸어와서는 강제로 끌어낼 기세였다. 저벅거리며 다가오는 발소리를 듣고서야 정 교수는 몸을 일으켰다. 다시 다른 이들의 시선에 드러난 그의 표정은 그저 불행하고 억울해 보였다. 온 세상으로부터 거절당했다는 양 죽상이 된 표정으로 몸을 움츠린 채 그는 자신을 에워싸려던 의전관들을 피해 말없이 회의실 문을 향했다. 늘 성큼성큼 당당했던 그의 걸음걸이는 비틀거리는 종종걸음이 되어 있었다.

그가 회의실을 나서자마자 그를 뒤따라 간 의전관들이 문을
닫았다.

정상재가 퇴장했다.

호연은 닫힌 문을 한참을 바라보았다. 그 너머로 사라져 간
정상재의 모습을 좇았다. 굉장히 복잡한 생각의 파문이 계속해
서 호연의 마음속에 맴돌았다.

"채호연 망자."

"네, 넷!"

그 순간 자신을 부르는 염라대왕의 목소리에 호연은 황급히
몸을 돌려 대답했다.

조금 전 상재에게 처분을 통고할 때와 비교하면 확연히 부드
러운 목소리로, 염라대왕은 호연에게 말했다.

"결과적으로 이 저승이 그대의 스쳐 지나가는 생각에 많은
빚을 진 셈이 되었습니다."

치하에 감사할 마음보다 호연은 자신의 용기에서 시작된 예
기치 못한 일들에 대한 걱정이 솟아올랐다. 호연은 가장 걱정
되는 것을 물었다.

"……비서실장님은 어떻게 되나요?"

염라대왕은 담담히 말했다.

"저승의 법도를 어기고 독단적인 행동을 한 것이니 조치할
것입니다."

호연은 염라대왕을 향해 깊이 고개를 숙이고는 말했다.

"선처를 부탁드립니다."

정상재에 대한 실망과 혐오는 자신이 감당할 수 있었다. 하지만 호연은 자신이 너무 늦게 문제를 제기한 탓에 시영이 불필요한 각오를 해야만 했다는 생각에서 벗어나기 어려웠다.

"제가 충분히 제 생각과 의견을 강하게 이야기하지 못했어요. 좀 더 용기를 냈더라면, 당당하게 생각한 걸 지켜 낼 수 있었더라면, 이렇게까지는 되지 않았을 거예요. 제 잘못도 있습니다."

호연은 반성과 자책을 담아 염라대왕에게 간원했다. 그런 호연이 안타까웠던 예슬이 나서서 호연을 다시금 변호하려던 찰나에, 염라대왕이 예슬을 바라보며 왼손을 넌지시 들어 보였다. 자신에게 맡겨 달라는 듯한 손짓이었다. 예슬은 잠시 머뭇거리다가 고개를 끄덕이고는 물러섰다.

"채호연 망자, 고개를 드세요."

염라대왕은 호연에게 말했다.

"그대는 갓 죽어 저승에 올라온 망자에 불과합니다. 그대에게 힘이 없는 것을 그대의 잘못이라 말할 수는 없습니다. 그대보다 오랜 시간을 살아 노련한 이들을 상대로는 힘겨운 순간들이 있을 것입니다. 그러나 그것은 그대의 잘못이 아닙니다."

그대의 잘못이 아닙니다.

그 말 한마디에 호연의 마음속을 짓누르던 무거운 생각들이,

홀연히 가벼워지는 것 같았다. 긴장이 풀어졌다. 잔뜩 굳어 있던 호연의 어깨가 풀어졌다.

그 모습을 지켜본 염라대왕은 무표정하게, 그러나 염려가 담긴 목소리로 호연에게 말했다.

"만약 오늘의 일로 느낀 것이 있다면 그대의 영혼을 더 성숙시킬 계기로 삼기 바랍니다."

그러고 나서 덧붙였다.

"그리고 이시영 비서실장에 대해서는 나 또한 참작하여 조치할 것이니 지나친 염려를 말기 바랍니다."

호연의 얼굴에 화색이 돌았다.

"감사합니다!"

허리를 꾸벅 숙이며 인사하는 호연에게 염라대왕은 무심히 대답했다.

"그대가 감사할 이유는 없습니다. 저승의 법도에 따르는 것입니다."

염라대왕은 죽비를 한 번 휘둘러 소리를 울리고 선언했다.

"그럼 이만 폐회하겠으니 모두 퇴정하기 바랍니다."

의장석에서 일어난 염라대왕은 의전관들을 거느리고 뒤편 통로로 걸어 나갔다. 대회의실 정문의 의전관들은 문을 열어 보이며, 남은 망자들에게 퇴실을 권했다.

호연은 업경을 바라보았다. 지켜보던 생존자의 사망 이후 업경은 꺼져 있었다. 하지만 호연의 마음속에서는 업경에 비쳐

보이던, 돗자리 위에 가지런히 누워 마지막 순간을 맞이하던
이애경 씨의 모습이 계속해서 보이는 것만 같았다.

모든 것이 무너져 가는 재해의 한복판에서 그 무너짐을 재촉
하는 일이 일어나고 말았다. 앞으로도 무슨 일들이 더 일어날
지는 모른다.

하지만 이런 참담한 상황을 더는 만들지 않도록 하자고, 염
라대왕의 충고를 가슴에 새기자고, 호연은 다짐했다.

*

광명왕원 고층 주차장에 비서실 소속의 구름차가 사뿐 내려
앉았다. 주차장 중앙에 있던 차는 주차 구획선을 찾아 움직이
는 듯하더니, 대충 미끄러지면서 세 구획에 비스듬하게 걸치는
불성실한 모습으로 멈춰 섰다. 운전석 문이 열리고 시영이 내
렸다.

이제는 망자가 된 이애경의 영혼을 진광대왕부에 인도하고
돌아오는 길이었다. 마냥 기다리던 다른 망자들과는 별도로,
진광대왕부 안에서 보호받을 수 있도록 당부해 두었다.

진광대왕은 시영의 행동에 대해서 어떠한 참견도 하지 않았다.
단지, 강수현 비서관이 남겨 놓았다는 전언만을 전달했다. 복
귀하는 즉시 출두하라는 염라대왕의 지시였다.

하지만 시영은 도저히 그럴 힘도, 의지도 없었다. 시영은 터

덜터덜 계단을 올라, 익숙한 방향으로 향했다. 비서실로 들어섰다.

비서실에서 당직을 서고 있던 서기관이 시영을 보고 화들짝 놀라 일어났다. 왜 여기 계시냐고 묻고 싶은 눈치였지만, 차마 묻지 못하는 것을 알 수 있었다. 시영은 그런 그에게 눈빛으로 인사를 전한 뒤, 말없이 자신의 집무실을 향해 걸어갔다.

집무실 문이 이렇게까지 무거울 수가 없었다. 문을 열고 닫았다. 문은 천 근처럼 무겁게 닫혔다. 아무도 없는 집무실이 이렇게까지 조용할 수가 없었다.

시영은 집무 테이블로 다가갔다. 터벅거리며 걸어가는 자신의 발자국 소리가 귀에 울릴 듯 크게 들렸다. 허무했다. 시영은 의자에 앉았다. 바로 무슨 일이라도 할 것처럼 자세를 잡았다.

테이블 위에는 비서실 내선용 전화기와 저승 간 통신기가 놓여 있었다. 누가 건드렸는지 놓인 자리가 뒤바뀌어 있었다. 아마 강수현 비서관이 자신의 지시에 따라 들고 가서 사용하고 되돌려 놓았을 것이다.

시영은 저승 간 통신기를 집어 들었다. 익숙하게 버튼을 눌렀다. 이 통신기 너머에는 존경하는 스승님이자 신통한 신령, 사후死後의 어버이가 계실 터였다.

하지만 통신기는 그저 침묵할 뿐이었다. 더 이상 어디에도 연결되지 않았다. 건너편에서 누구의 응답도 들려오지 않았다. 시영은 통신기를 다시 제자리에 내려 놓았다.

시영은 시선을 돌렸다. 테이블의 반대편 자리에 복사골에서 받아 온 복숭아 나뭇가지가 여전히 놓여 있었다. 잎도 꽃도 피어 있지 않은 채 대좌에 조용히 놓인 나뭇가지. 꺾여 있는데도 생기가 느껴지는 가지 하나.

바로 그 가지가 복사골과 관련해서 남아 있는 것의 전부였다.

생각이 여기에 미치자 시영은 더 이상 버틸 수 없었다. 시영은 소리 없이 머리를 감싸쥐며 책상에 엎드렸다. 이내 감싸쥔 손은 머리카락을 움켜쥐었다. 고통스러웠다. 너무나 고통스러웠다. 감당해야 하는 모든 것들이 고통스러웠다. 이런 일로 무너질 수는 없었다. 하지만 무너지지 않을 수가 없었다.

"……아아아."

시영의 입에서 신음이 새어 나왔다. 둑에 구멍이 나고 나면 쏟아지는 물살을 막을 수 없게 된다. 시영은 그대로 무너졌다.

"아아아아아아아아아……!"

영혼의 가장 깊은 속에서부터 쏟아져 나온 아픔이 오열이 되어 시영에게서 쏟아져 나왔다.

어느 옛날, 지리산 낮은골 마을에 역병이 돌았다. 서당 공부를 하던 시영도 앓아누웠다. 병이 옮는다고 부모도 함부로 드나들지 못해 외로이 고열과 싸우던 시영은, 끓어오르는 온몸에도 절규하거나 울부짖지 않았다. 그저 고통을 덜어 주십사 기도를 했고, 그러다가 영혼이 육신을 떠나게 되었다.

그리고 산신노군을 만났다.

영원히 시들지 않는 거대한 복숭아나무 아래에서 시영은 같은 마을에 살던 이들과 그 조상들을 만날 수 있었다. 사후의 안식은 평안했다. 어디를 가나 진한 복숭아 향기가 가득했다. 그곳에서는 누구나 하고 싶은 공부를 했다. 또한 부르고 싶은 노래를 부르며, 뛰놀고 싶을 때 뛰놀 수 있었다. 산신노군은 모인 영혼들을 보살피고, 늘 가르침을 주었으며, 간혹 어떤 영혼들을 다독여 지상으로 돌려보내곤 했다.

그러던 어느 날, 산신노군이 시영을 불렀다. 시영은 이승으로 돌아갈 때가 왔나 보다 하고 짐작했다. 산신노군은 놀라운 이야기를 꺼냈다. 염라대왕이 거하는 시왕저승으로 떠나야 하니 준비하라는 말이었다.

그렇게 모든 것이 시작되었다. 노군께서 일러주시는 대로 시왕굿 노래를 외웠다. 단신으로 저승의 경계를 넘었다. 염라대왕을 만났다. 염라대왕은 흔쾌히 시영을 판관으로 임용했다. 그리고 오래지 않아, 지금의 비서실이 된 당시의 염라대왕 의정원議政院에 등용했다. 그 뒤로 시왕저승의 구석구석이 현대화되고 지옥들이 개편을 거쳐 철폐되고, 저승에 도로와 통신이 들어오기까지, 시영은 의정원과 비서실에서 일하며, 노군이 자신을 이곳으로 보낼 때 건넨 말을 거듭 되새겼다.

가거든 그 무엇도 두려워하지 말거라. 네겐 지어야 할 선업善業이 아주 많단다.

시영은 처절하게 오열했다. 가장 영단英斷을 내렸어야 할 순간에 결국 두려움에 무너지고 말았다. 선업을 짓기는커녕 산자의 목숨을 일부러 앗아 가는 일을, 그로 인해 스승이 계신 곳을 세상에서 지워 버리는 일을 제 손으로 하고야 말았다.

입으로는 비명이 쏟아지고 눈으로는 눈물이 쏟아졌다. 살아 있는 몸뚱이를 처음 입었을 때 이후로 가장 처참한 고통이 시영의 영혼을 헤집어 놓았다.

시영은 간신히 고개를 들었다. 테이블 위에 놓인 복숭아 나뭇가지가 마치 시영을 응시하는 것처럼 느껴졌다. 마치 시영을 힐난하는 듯했다. 더 이상 생기는 온데간데없고, 슬픔과 분노를 간직한 채로 시영을 음산하게 응시하는 것처럼 느껴졌다. 나뭇가지를 당장 테이블에서 치워 버리고 싶었다. 하지만 시영은 도저히 그럴 수가 없었다. 저 나뭇가지는 복사골의 마지막 남은 조각이었다.

어찌할 수도 없는 이 모순이 시영에게 거듭 고통을 주었다. 시영은 나뭇가지를 눈에 담지 않을 요량으로 다시금 테이블 위에 머리를 파묻고 엎드려 절규했다.

그때 집무실 문이 열렸다.

시영은 당혹했다. 누구인가. 이렇게 고통받는 자신에게 대체 누가 말을 걸러 온 것인가. 어떤 무신경한 비서관인가. 걱정에 잠긴 수현인가. 누구인지 확인하는 것이 두려웠다. 이 추한 모습을 누구에게도 보이고 싶지 않았다. 그가 이 방에서 눈치껏 나가 주기만을 원했다.

하지만 시영의 바람은 이루어지지 않았다. 문이 닫히는 소리가 나고도 발소리가 들렸다. 테이블 정면으로 걸어온 이가 시영을 가까이서 내려다보며 말했다.

"복귀하였다는 전갈은 받았는데, 오지 않기에 내려와 보았습니다."

시영은 화들짝 고개를 들었다.

염라대왕이 평상복 차림으로 그곳에 서 있었다. 허리춤에는 의사議事용 죽비를 휴대하고 있었다. 시영은 자세를 바로 했다. 일어나서 맞아야 예법에 맞을 터였으나, 그럴 기력조차 없었다. 의자에 바른 자세로 앉은 채로, 시영은 염라대왕을 향해 고개를 숙였다.

"심려를 끼쳤습니다."

그러고선 염라대왕을 바라보며 말을 이어 갔다.

"사적인 공포로 인해 중요한 순간에 판단을 그르치고 말았습니다. 그리고 비록 그 수습을 위해서라고는 하나, 어떠한 허가도 없이 독단으로 이승에 내려가 천수가 다하지 않은 사람의 목숨을 거두어 왔습니다."

시영은 이승에서 돌아온 뒤, 진광대왕부에서 돌아오는 내내 생각했던 말을 염라대왕에게 꺼내 놓았다.

"이에 대한 모든 책임을 지고 비서실장 직을 반납하겠습니다."

이렇게 나약한 자가 더는 비서실장을 해서는 안 된다. 그것이 시영의 결론이고 믿음이었다.

었던 것 아닌가 생각합니다."

약간의 안도와 함께 깊은 송구스러움이 시영의 마음속에 맺혔다.

"면목이 없습니다."

다시금 고개를 조아려 사죄하는 시영을 바라보며 염라대왕은 말했다.

"그렇지만 나는 그 순간에 이시영 비서실장이 소육왕부에 있어서 다행이었다고 생각합니다."

염라대왕은 자신이 가장 믿는 부하 관원을 지그시 응시했다.

"나는 그대의 판단을 있는 그대로 신임하고 싶었습니다. 비록 힘든 와중에도 어떻게든 내리는 결정을 존중하고자 하였습니다. 그러나 내가 좀 더 살펴야 마땅했습니다. 이를 애석하게 생각합니다."

과분한 관용이라고 시영은 생각했다.

시영은 염라대왕이 여전히 자신에게 실어 주고 있는 깊은 신임을 느꼈다. 상사가 자신을 진심으로 신뢰하고, 나아가 염려하는 것을 알 수 있었다. 하지만 그렇기에 염라대왕이 자신에게 건넨 말은 자신이 도저히 받아들일 수 없을 만큼 과분했다.

"황공한 말씀입니다."

오히려 그런 신임에도 불구하고 이 지경에 이른 자신에 대한 책망이 더욱 커졌다. 믿음을 느끼고 현명하게 행동해야 한다고 계속 되뇌면서도, 이런 지경에 휘말리고 말았다.

가장 중요한 순간에 가장 엉망으로 망가져 버렸다. 시영은 더는 책임의 무게를 감내할 수 없었다. 시왕저승에 앞으로 무슨 일이 일어나든, 언제 이 저승이 사라지든 말든, 이만한 오판을 저지른 책임을 자신이 져야만 했다.

사직을 청하고 고개를 떨군 채 앉아 있는 시영을 말없이 응시하던 염라대왕은, 씁쓸하게 한숨을 내쉬었다. 그리고 시영에게 말했다.

"그대가 이 유례 없는 사태로 인해 많은 고난을 겪은 것을 알고 있습니다. 그대가 집무실에서 그런 모습을 보인 것은 처음이었습니다."

소육왕부 붕괴를 처음 보고하러 갔을 때의 이야기였다. 시영은 더 이상 변명할 여력조차 없었다.

"죄송합니다. 그 순간 제가 무어라 말씀 올렸는지조차 기억하지 못합니다."

자포자기한 듯 말하는 시영에게 염라대왕은 담백하게 말했다.

"횡설수설하였습니다."

시영은 눈을 질끈 감았다. 기억도 하지 못했던 추태가 되었다. 하지만 염라대왕의 말은 아직 끝나지 않았다.

"……그러나 그 가운데서도 간신히 살아 나왔음에 지못한 영혼이 너무나 많음에 자책하였습니다. 나를 영혼이 그 말을 했던 기억마저 흩어 버리지 않고는 」

"그렇지만 결국, 잘못을 저지른 것은 저입니다. 직을 내려놓고자 하오니 윤허하여 주옵소서."

시영은 의자에서 일어나 염라대왕 앞에 깊이 고개를 숙였다. 염라대왕은 그런 시영을 바라보며 깊은 한숨을 내쉬었다.

지금 염라의 눈앞에 앉아 있는 이는 과연 염라대왕부의 비서실장답지는 않아 보였다. 도저히 저승 행정의 전권을 지휘할 수 있는 이로는 보이지 않았다. 지금 그의 눈앞에는 유례 없는 재난을 겪고 피폐해지고 사멸의 공포에 마음을 다친, 그 결과로 빚어 내고만 여러 실수에 대해 끝없이 자책하는 힘없고 지친 영혼이 있었다.

"……그것이 정녕 뜻이라면, 윤허하겠습니다."

염라대왕은 허리에 차고 온 죽비를 오른손으로 들고 시영에게로 다가갔다. 그 죽비로 시영의 왼쪽 어깨와 오른쪽 어깨를, 그리고 머리를 가볍게 내려쳤다. 한 번 죽비가 내려올 때마다 착, 하는 맑은 소리와 함께 가벼운 충격이 시영에게 닿았다.

염라대왕은 선언했다.

"금일 7시 40분부로 이시영 비서실장을 해임하고 비서실 소속 평관원으로 강등합니다. 후임은 내가 인선할 것이며, 익일 0시부터 차기 비시실장이 업무를 맡을 것입니다. 그 기간 동안은 강수현 비서관이 실장권한을 대행토록 지시하겠습니다."

시영은 허리 숙여 답했다.

"명 받들겠습니다."

시영은 비로소 어깨가 가벼워지는 느낌을 받았다.

이것이 최선이었다. 시영으로서는 자신을 짓눌러 오는 책임을, 마음속을 옥죄어 오는 고통을 달리 감당해 낼 방법이 없었다. 모든 것을 자신의 책임으로 두고 자신이 지금까지 일해 온 모든 과정을 여기서 멈추는 것만이, 시영이 도망칠 수 있는 유일한 길이었다. 이렇게 멈춰 서는 것이 참담하지 않을 리 없었다. 하지만 더 참담한 마음으로부터 피신하기 위한 선택이었다. 이대로 아무것도 아닌 존재가 되어 저승이 마지막을 맞이할 때까지 흘러가기를 원했다.

그런 시영을 바라보던 염라대왕이 입을 열었다.

"차기 비서실장으로는 책임감이 있고 상황 판단 능력이 탁월하며 현 사태 대응에 일련의 공이 있는 이를 임명할 계획입니다. 전임자로서 어떻게 생각합니까?"

이미 염두에 두고 있는 이가 있다는 듯한 말투였다. 시영은 비서실장직을 맡아 갈 만한 이들을 몇 명 떠올려 보다가, 다 부질없는 상상이라는 생각을 했다.

"지당하십니다. 아무쪼록 뜻하시는 대로 행하시옵소서."

시영은 그저 염라대왕의 판단에 따르고자 했다. 그 대답을 들은 염라대왕은 시영에게 말했다.

"그러니 명을 받들 준비를 하고, 마음을 정결히 하며 대기하기 바랍니다."

"……예?"

말뜻을 이해하지 못한 시영이 되물었다. 염라대왕은 다시금 차분히 명령했다.

"이시영 관원, 그대를 차기 비서실장으로 내정하였으니 익일 0시부터 근무하기 바랍니다."

시영은 한동안 말은커녕 생각조차 이어가지 못했다. 왜? 어째서? 무엇을 위해서?

염라대왕은 굳어 있는 시영에게 명령의 이유를 설명했다.

"업무 연속성이나 역할에 대한 적합성을 고려하건대 그대 외에는 비서실장직을 인수할 수 있는 이가 없습니다."

그것을 모른 체하고서 비서실장직을 내려놓고자 한 것이 아니었다.

"폐하, 하오나."

시영은 간신히 입을 열어 염라대왕에게 간청했다.

"저는 제가 저지른 잘못에 대한 책임을 져야 마땅합니다."

비서실장직을 박탈당하는 것으로도 감당이 되지 않으리라는 것이 시영의 생각이었다. 시영은 자신이 더 많은 것을 빼앗겨야 하는 처지라고 여겼다. 그런데 재임용이라니, 얼토당토않다고 생각했다.

"바라옵건대 저 같은 자를 중용하지 마십시오. 아니, 오히려 더 벌해 주시기를 바랍니다. 저는 대가를 치러야 마땅한 자입니다."

시영은 자신에 대한 처벌을 간청했다. 염라대왕은 그런 시영을 가만히 바라보다가 곧 깊은 한숨을 내쉬었다.

"이시영. 그대는 이미 죽은 몸입니다."

뜻을 헤아릴 수 없는 말이었으나 염라대왕은 곧이어 말했다.

"그대는 지금 죽음으로 사죄하려 하는 산 사람처럼 보입니다. 나는 그대가 그런 이들과 같은 행동을 하기를 원하지 않습니다."

시영은 한순간 깊은 부끄러움을 느꼈다. 그러나 조금 전 자신의 앞선 행동을 책망하면서 느끼던 것과는 전혀 다른 종류의 부끄러움이었다.

시영은 비서실장직을 내려놓겠다는 자신의 말이 가지는 다른 의미를 한발 늦게 깨우쳤다.

앞서 수많은 이들이 있었다. 이승에서 응당 책임져야 할 것을 팽개친 채, 죽음이 그 모든 책임을 완결해 줄 것이라고 믿고 이곳에 도착하고 마는 망자들이 있었다. 그렇지만 그것은 도피에 지나지 않는 것이었다. 저승에서는 그런 이들이 생전에 다하지 못한 책임을 징수하곤 했다. 그리고 시영은 자신이 거의 그에 근접한 일을 하려고 했던 것을 깨달았다.

비서실장직을 내려놓겠다. 그 비장한 각오와 별개로, 과연 그것이 이 책임을 감당하는 합당한 방법이기는 한지. 그리고 그 행위를 통해 자신의 책임에서 해방되려는 생각을 과연 조금도 하지 않았는지. 그냥 모든 것을 없던 일로 해 버리고 싶었던 것은 아닌지.

고개를 숙인 채 말이 없는 시영에게 염라대왕은 말했다.

"반성할 것이 있다면 하십시오. 그러나 갚아야 할 것이 있다면, 그대는 자리에서 도망침으로써 그것을 갚을 수는 없습니다. 그리고 무엇보다."

염라대왕은 시영을 측은하게 바라보았다.

"그대는 이미 지나칠 정도로 대가를 치렀습니다."

"……."

시영은 염라대왕이 무엇을 가리켜 말한 것인지 알 수 있었다.

시영은 시선을 돌려 테이블 위의 복숭아 나뭇가지를 보았다. 저 나뭇가지가 복사골의 마지막 잔재라고 생각했다. 하지만 시영 자신이야말로 복사골의 마지막 남은 흔적이기도 했다.

처음 밟은 저승 땅. 스승이자 어버이가 기거하던 곳. 그리고 바로 그 존경하는 산신노군. 영원히 꽃을 피우고 열매를 맺어 가는 복숭아나무의 향기와 열매, 그늘. 그 모든 것을 잃어버렸다.

만약 그것이 자신이 치러야 했던 대가라고 한다면.

시영은 더 이상 자신이 무언가를 내려놓겠다는 말을 할 수 없다는 것을 깨달았다.

이미 잃어버린 것이 너무나 거대하고 소중했다. 어떻게 잃어버림이 모자랐다고 주장할 수 있을 것인가. 자신이 어떤 결단을 내리든, 감히 그 상실을 보충하거나 보완한다고 말할 수 있을까.

고개를 떨구고 고뇌하는 시영에게 염라대왕이 말했다.

"더 할 말이 있습니까?"

시영은 대답을 해야만 하는 순간이 왔다는 것을 알았다. 그러나 다른 대답은 할 수가 없었다. 시영은 깊이 고개를 숙이며 말했다.

"……거듭된 신임에 감사드립니다."

염라대왕은 마주 고개를 끄덕여 보였다. 시영을 집무실에 남겨두고 방을 나서며 염라대왕은 말했다.

"이 방은 주인이 없으니 당분간 그대로 머물러도 좋습니다. 다른 이들은 출입하지 못하도록 조치하지요."

그리고 덧붙였다.

"이는 내가 강제로 내리는 휴식이니, 손상된 정신을 치유하기를 바랍니다."

그렇게 말하는 염라대왕의 목소리에는 평소답지 않게 어떤 감정이 희미하게 실려 있었다. 시영은 오직 깊은 부끄러움과 함께 감사를 느낄 따름이었다.

염라대왕이 나선 집무실은 다시 고요 속에 빠져들었다. 시영은 다시 자신의 의자로 걸어가 털썩 주저앉았다.

비서실장직을 더 지속할 수 없다고 생각했던 마음은 진심이었다. 그렇게밖에는 되갚을 수 없는 일이 벌어졌다고 생각했다. 하지만 염라대왕의 지적에 반박할 수가 없었다. 그것이 도피에 지나지 않다는 데 부정할 수 없었다. 그리고 이미 잃어버린 것들을 상기하라고 한다면, 어찌 상기하지 않을 수 있을 것인가.

시영은 혼란스러운 생각들을 차츰 진정시켜 나갔다. 염라대왕의 뜻에 거역할 수는 없었다. 그 신임을 거절할 방법은 없었다. 그렇다면 부끄러움을 안고서, 다시금 일을 해 나갈 수밖에 없다. 기왕에 이 일을 계속하는 거라면 염라대왕에게도, 산신노군에게도 부끄럽지 않도록 다시는 앞서와 같은 불찰을 반복하지 않아야 한다.

더는 두려움에 굴하지 않을 것이다.

더는 판단을 그르치지 않을 것이다.

그렇게 생각하던 시영은 곧 빠르게 고개를 저었다. 이미 자신은 백 년 가까이 그런 마음으로 지내 왔고, 그 결과가 오늘이었다. 같은 마음가짐으로는 지금까지와 다를 바가 없다.

시영은 고쳐 생각해 보았다. 이미 두려움에 휩싸여 버렸다면, 두려움으로부터 회복할 필요가 있었다. 앞서 시영은 그러지 못했다. 판단을 그르칠 위기가 온다면 그러지 않도록 일부러 느리게 갈 필요가 있었다. 시영은 그러지 못하는 편이었다. 잘해야 하고, 원칙에 충실해야 하고, 지체할 수 없다고 자신을 채찍질해 온 마음가짐 하나하나가, 도리어 자신을 궁지로 몰아갔음을 시영은 알게 되었다.

시영은 의자의 각도를 조절했다. 집중된 업무를 마치고 나서 정신을 쉬기 위해 기대어 쉴 때의 자세였다. 의자에 편히 기댄 시영은 문득 생각이 미치는 데가 있었다. 각도를 다시 조절해 등받이를 끝까지 뒤로 눕혔다. 시영이 이 현대식 의자를 지급

받은 이래로 한 번도 도달해 보지 않은 각도였다. 의자에 눕다시피 한 시영은 천장을 바라보며 생각했다.

그러고 보면 이렇게 편하게 몸을 뉘어 본 기억이 시왕저승에 온 이래 전혀 없었다.

다른 비서관이 보기라도 하면 체통과 위신의 문제라고 생각했다. 하지만 염라대왕은 이 '빈 방'을 시영에게 맡긴다고 했다. 그렇다면 누구의 눈치도 볼 필요가 없으리라.

시영은 의자에 누워 눈을 감았다. 피로에 지쳐 있던 시영의 정신은 마치 잠에 빠져들듯 몽롱하게 흩어지기 시작했다. 잠들 수 있는 몸이 없는 저승에서 생각을 멈추는 것은 가장 수면에 가까운 휴식이었다. 깊고 어둡고 안락한 고요함이 시영에게 찾아왔다. 의식이 꿈처럼 흘러갔다. 시영은 텅 빈 생각 속을 잔잔한 추억으로 채웠다. 평소 휴식을 취할 때면 시영은 복사골 저승의 거대한 복숭아나무를 떠올리곤 했다. 진한 복숭아 향기. 선도복숭아의 달콤한 과즙, 자애로운 산신노군의 미소…… 그 속에서 시영은 산신노군과 나누었던 말들을, 대화를, 하나씩 떠올렸다.

'만물유전萬物流轉이라 하였으니, 사람이 태어났으면 죽듯이 세상도 한 번 태어났으면 언젠가 죽기 마련이니라.'

'때로는 올바르기보다는 서둘러야 하는 법이다. 어떤 선善은 때를 놓치면 이룰 수 없느니라.'

'두려워하지 말거라.'

'시영아, 네가 바라는 것이 무엇이냐?'

'망설이고 있는 게 무엇이냐.'

'너는 그렇게 중대한 결정을 먼 데 사는 늙은이에게 맡길 셈이냐?'

'한시가 바쁘다 하지 않았느냐? 그리고 네가 해야만 하는 일들이 있지 않느냐?'

'인연이 닿아 만나는 법이 있으면, 다시 헤어지는 날도 오는 것이다. 그러고도 인연은 또 다시 닿는다. 그러니 두려워 말거라. 내 걱정도 말거라.'

'시영아, 회자정리 거자필반이라 하였다.'

회자정리,

거자필반.

시영은 의자를 박차고 일어났다. 그리고 이마를 짚고 방금 전 자신의 머릿속을 흐릿하게 스쳐 지나간 생각을 놓치지 않으려 했다.

산신노군과의 마지막 대화에서, 노군께서는 자신을 달래기 위해 '회자정리 거자필반'이라고 말했다. 회자정리라면, 만나게 된 이들은 반드시 헤어진다는 말이었다. 분명 그 상황에 맞는 말이기는 하였다. 그간의 오랜 인연이 그치는, 회자정리의 순간이었다.

그렇지만 그 상황에서 도대체 거자필반이란 말은 도대체 무엇인가? 거자필반이란, 헤어진 이들은 반드시 다시 만난다는 말이다.

의문이 피어 올랐다. 이승의 모든 신앙자들이 죽고, 저승의 존재 그 자체가 잊혀져 영영 알 수 없는 안개 속으로 흩어지는 형편에, 도대체 무슨 앞날을 기약해 다시 만나리라는 말을 하셨단 말인가? 물론 '회자정리 거자필반'이라고 흔히 한 묶음으로 언급되는 표현이기는 하지만, 시영은 산신노군께서 그 사자성어를 허투루 붙여 말씀하지 않으셨으리라는 생각에 사로잡혔다.

어쩌면 노군과 재회할 길이 어딘가에 있다는 말인가?

노군이시여, 대체 어떤 뜻으로 말씀하신 것입니까, 라고 묻고 싶었지만 산신노군은 이미 없었다.

혼자 깊은 고민에 잠겨 가던 시영은, 곧 고민하기를 그만두었다. 지금까지 모든 의문과 고민들을 혼자서 결론 내리려고 했었다. 그러다가 혼자서 감당할 수 없는 상황을 마주하자마자 자신의 모든 것이 망가져 버렸다.

시영은 주변을 믿기로 했다. 시간이 흘러 날짜가 바뀌면, 자신은 다시 직무에 복귀하게 될 것이었다. 그때 이 의문을 좀 더 파고들어 보리라. 그리고 다른 이들의 조언을 구하되, 그 목소리에 휩쓸려 가지 않을 생각이었다. 신뢰할 수 있는 이들이 주변에 있었다. 염라대왕 폐하가 계시고, 강수현 비서관이 있고, 그 외에 믿음직한 여러 비서관들이 도움을 줄 것이다. 정상재 같은 망자가 있는 반면, 큰일이 될 것을 각오하고 문제를 제기하러 온 채호연 망자와 같은 이들도 있었다.

짐을 내던지기보다 나누어 들어야겠다는 생각을 하며, 시영은 다시 의자에 누웠다.

그리고 눈을 감았다.

사무실 안에 복숭아 향기가 감도는 듯했다. 테이블 위의 나뭇가지에는 여전히 꽃도 열매도 맺혀 있지 않았지만, 눈을 감은 시영에게는 그 가지가 만개한 것처럼 느껴졌다.

시영이 죽은 뒤 처음으로 맡았던 향기는 진한 복숭아 향기였다. 거대한 복숭아나무 그늘에 모두가 모여 있었던 복사골에서는, 어디를 가든 그 향기가 따라다녔다. 세월이 흐르고 건너온 시왕저승에는 어떠한 향기도 없었다. 나무는 모두 칼이었고, 화탕에 끓는 구리에서 간혹 금속 비린내가 날 뿐이었다. 시영에게 있어 복숭아 향기란 저승의 향기였다.

이제는 다시 맡을 수 없는 향기가 시영의 영혼 속에 아로새겨져 있었다. 그 흔적을 더듬으며 시영은 더욱 깊은 마음속으로 잠들 듯 가라앉으며 모든 생각의 끈을 놓았다.

일러두기

· 본 작품은 픽션이며, 작품에 등장하는 인물, 단체, 사후세계는
모두 창작된 것입니다.

· 과학적 현상과 문화적 전통을 인용하는 과정에서, 필요한 경우
이야기에 맞추어 왜곡을 가하거나, 편의적으로 적용하거나,
완전히 창작한 경우가 있습니다. 따라서 본 작품은 어떠한 새
로운 지식을 배우거나 도출하는 데 있어서 최초 출처로 사용
하여서는 안 됩니다.

· 본 작품은 창작 시점인 2019~2021년 연간의 사회적, 문화적,
윤리적, 과학적 배경에 기초하고 있습니다. 따라서, 새로운 과
학적 발견이나 사회문화적 환경의 변화로 인해 독자의 작품
경험이 달라질 수 있습니다.

· 본 작품의 배경에는 코로나바이러스감염증-19(COVID-19,
코로나19) 판데믹 확산으로 인한 사회적 영향이 반영되어 있

지 않습니다. 본 작품의 배경 시기는 2020년이지만, 코로나19가 발생 또는 확산되지 않은 것으로 간주합니다.

· 본 작품의 서사와, 본 작품에 등장하는 인물들의 인종, 성별, 정체성, 지향성 구성은 특정 인종, 성별, 정체성, 지향성에 대한 배제나 차별을 의도하지 않습니다.

· 본 작품에서 명시적으로 언급되지 않은 인물의 개인적 특징, 외모, 성별, 정체성, 지향성 등은 작가가 규정하지 아니하며, 작가는 이러한 부분에서 등장인물들이 반드시 사회적 다수성, 보편성, 정상성을 띄거나, 이분법적 분류 중 어느 하나에 속할 것으로 예단하지 아니합니다.

· 본 작품은 특정 실존 인물, 국가, 문화, 종교, 신앙 및 신앙의 대상 등에 대한 옹호나 비난을 의도로 창작되지 않았습니다.

· 또한, 작가는 본 작품의 전체 또는 일부 내용을 사회적 편견이나 차별을 옹호, 조장, 선동하려는 목적에서 인용하는 것을 반대합니다.

출간 이후 수정 또는 증보된 일러두기 내용은 아래에서 확인하실 수 있습니다.

작품의 참고문헌은 아래에서 확인하실 수 있습니다.

저승 최후의 날 1

초판 1쇄 발행 2022년 3월 31일
초판 2쇄 발행 2022년 6월 1일

지은이 시아란

기획 안전가옥
콘텐츠 총괄 이지향
프로듀서 김홍익, 정지원
김보희, 반소현, 신지민, 윤성훈
이은진, 임미나, 조우리, 황찬주

퍼블리싱 박혜신, 이범학, 임수빈
편집 문정민
디자인 스튜디오 더블디

경영전략 나현호
서비스 디자인 김보영
비즈니스 이기훈, 임이랑
경영지원 홍연화

펴낸이 김홍익
펴낸곳 안전가옥
출판등록 제2018-000005호
주소 04779 서울특별시 성동구 뚝섬로1나길 5, 헤이그라운드 성수 시작점 201호
대표전화 (02) 461-0601
전자우편 marketing@safehouse.kr
홈페이지 safehouse.kr

ISBN 979-11-91193-40-4 (04810)